追梦者：
蛇口改革开放见证录

黄涛 著

中国言实出版社

图书在版编目（CIP）数据

追梦者：蛇口改革开放见证录 / 黄涛著 . —— 北京：
中国言实出版社，2024.4

ISBN 978-7-5171-4810-4

Ⅰ . ①追… Ⅱ . ①黄… Ⅲ . ①纪实文学—中国—当代
Ⅳ . ① I25

中国国家版本馆 CIP 数据核字（2024）第 083003 号

追梦者：蛇口改革开放见证录

责任编辑：朱中原
责任校对：薛　磊

出版发行：中国言实出版社

地　　址：北京市朝阳区北苑路180号加利大厦5号楼105室

邮　　编：100101

编辑部：北京市海淀区花园北路35号院9号楼302室

邮　　编：100088

电　　话：010-64924853（总编室）　010-64924716（发行部）

网　　址：www.zgyscbs.cn　电子邮箱：zgyscbs@263.net

经　　销：新华书店
印　　刷：唐山玺诚印务有限公司
版　　次：2024年6月第1版　2024年6月第1次印刷
规　　格：710毫米×1000毫米　1/16　26印张
字　　数：300千字

定　　价：98.00元
书　　号：ISBN 978-7-5171-4810-4

序

我们都是追梦人

李小甘

"我们都在努力奔跑，我们都是追梦人。"党的十八大以来，以习近平同志为核心的党中央团结带领全党全国各族人民坚定信心、迎难而上，勇于追梦，不断把梦想蓝图变为美好现实。

1978年12月，党的十一届三中全会实现党和国家工作中心战略转移，开启了改革开放和社会主义现代化建设新时期，中国人民沿着这条道路取得了举世瞩目的建设成就。

1979年7月，招商局蛇口工业区的开山"第一炮"，拉开了中国改革开放春天的序幕。伴着蛇口工业区的隆隆炮声，移山填海兴建的码头和工厂开始动工；矗立在蛇口街头的那句"时间就是金钱，效率就是生命"口号，成为"冲破思想禁锢的春雷"；凭借着埋头苦干、敢为人先，蛇口工业区更是以全国首个外向型、开放型、改革型工业区而成为中国改革开放率先崛起的样板，劳动用工、招投标、商品房、股份制、工资分配改革、社会保险制度等一个个新探索、新做法、新经验在这里酝酿、成熟，进而像蒲公英的种子一样撒遍全国。

回首改革开放的历程，我们感慨万千。深圳，从一个边陲农业县到国际化现代化先行区，成为中国改革开放的缩影，赢得了世界的瞩目。

改革开放以来，来自大江南北长城内外的追梦者们，怀揣着梦想，涌向深圳，不断推进深圳市场化、国际化和法治化，不断完善深圳基础设施建设。同时，这些追梦者们也培育了一种积极进取的精神，勇敢面对挑战，勇敢追求梦想，他们用行动证明了改革开放的正确性和必然性。

今天，展现在我们面前的这本《追梦者》，就是一部献给这些追梦者的致敬之作。这本书记录了改革开放以来，来自全国各地、各行各业的建设者在蛇口在深圳参与深圳经济特区建设中追梦、筑梦和圆梦的真实故事，记录了他们在蛇口在深圳这片改革开放热土的所见、所闻、所思、所悟，以及对这片土地深深的眷恋与热爱。在这些追梦者中，有来自清华大学的博士，有当年的基建工程兵，有光荣的人民教师，有人民警察和国门卫士，有第一代打工者，也有从草根阶层成长起来的企业家。这些追梦者的故事，是中国改革开放的缩影，更是无数中国人奋斗的写照。他们是默默无闻的劳动者，他们是勇往直前的创业者，他们是勇敢探索的先行者，他们是辉煌前行的见证者。

数年前，在南山区委工作时，我与本书作者黄涛同志相识，进而熟悉。《追梦者》书中记录的四十多个人物，是黄涛同志在多年的工作实践中，采访的各行各业精英人才的深圳追梦故事，黄涛同志将平时采访的这些人物故事进行重新整理，集结出书。

在品读这四十多个追梦人的蛇口逐梦故事时，脑海里不时跃出该书作者的形象。这种文字形象与生活形象的叠加，是有其根源的，因为，黄涛同志本人就是万千蛇口追梦人中的突出代表。当年，他辞去江汉平原村党支部书记职务，只身南下，来到深圳蛇口。此后，从派出所保安、协警、《南山日报》记者、《蛇口消息报》记者，及至今日报社管理层，25年风风雨雨，他始终未曾离开过蛇口这片热土。他在本书中讲述着四十多个追梦人的故事，同时也讲述了他自己的蛇口追梦故事。因此，本书写作视角之独特，洞察之深刻，情感之诚挚，也便不难理解了。

《追梦者》这本书的问世，是为了将这些真实而生动的奋斗故事和梦想传递出去，激励更多人追逐梦想。它从不同维度、多个侧面展示了深圳改革开放以来的巨大成就和变化，传递了深圳精神的力量。相信通过这本书的推广，会有更多的人了解深圳的发展历程，感受深圳的魅力和活力。我为深圳的成就而骄傲，更为深圳人的努力和奉献而感动。深圳的发展离不开每一个深圳人的辛勤付出和贡献，让我们共同追逐梦想，努力创造更加美好的未来！

深圳，作为中国改革开放的发轫地，明天的故事将更加精彩。在这个充满机遇和挑战的时代，我们向这些敢为人先的追梦者致敬，感悟他们成功背后的奋斗情怀，汲取他们积极向上、拼搏奉献的进取精神。同时，也希望我们这座城市能够为他们创造更好的工作和生活环境，让每一位来深建设者都能够在这里放飞梦想、逐梦圆梦，在个人梦想成真的同时，也创造我们这座城市更加美好的未来。

我希望《追梦者》能够引起广大读者的关注和共鸣。愿《追梦者》这本书能够为每一个读者带来启发和勇气，激发更多人追寻梦想、奋发向前。在追梦的脚步中，我们铭记改革开放给我们带来的繁荣与进步，也时刻铭记改革开放给我们的使命和责任。

深圳，是我们共同的骄傲！让我们坚定信心，继续追梦，共同谱写深圳新时代的壮丽篇章。

李小甘

2023 年 11 月 18 日于深圳

（作者系深圳市文化创意与设计联合会会长，原深圳市委常委、宣传部部长）

目录
CONTENTS

陈难先：深圳有个人人皆知的"老校长"

"老校长，您好！"在深圳、在蛇口，市民们在公园、社区、学校、图书馆、马路上，见到一个满头银发、慈眉善目的长者时，总会热情地上前与他打个招呼问一声好。这位老人就是在改革开放第一声炮响的地方创办了蛇口育才学校的校长——陈难先。

因此，"老校长"也成为陈难先在深圳蛇口独享的一个称呼。育才学校创办之初，陈难先在一片荒滩上建起了四所学校，他勤勉做人，踏实干活，虚怀若谷，儒雅谦和，十分受人尊重。

陈难先1943年生于浙江省绍兴市，1967年毕业于北京大学西方语言文学系英语专业。1982年10月调入深圳市招商局蛇口工业区，组建并管理一小、二小、一中、二中共四所学校，即育才学校。曾任蛇口工业区教育卫生办公室主任、党委宣传部部长、社区教育顾问等职。

经过几代育才人的艰苦创业和历届师生的励精图治，现在的深圳市育才教育集团是广东省第一个以公办学校为主体、以实施育人教育为纽带、以探索现代学校制度为目的的多体制、多形式、多层次办学模式且具有独立法人资格的教育集团。它的前身就是闻名遐迩的原招商局蛇口工业区子弟学校——育才学校（1983年9月建校，2000年9月移交深圳市南山区政府）。由陈难先创办的育才学校自20世纪80年代以来就以其教育方面的成就引起海内外社会各界的广泛关注，成为珠江三角洲教育领域熠熠发光的一颗明珠。育才教育的起步、发展与辉煌，不仅印证着蛇口工业区和深圳经济特区作为改革开放前沿而崛起的历程，而且也是特区教育在改革开放背景下逐步迈向现代化和国际化的一个缩影。

创校之初，陈难先就和历届育才人倡导：不求人人成为精英，但求人

参加"蛇口沙龙"的蛇口人与陈难先（二排中）校长合影留念

人走向成功！以推进德智体美劳全面教育为核心，协调发展学生的综合素质与专项特长，为培养兼具人文素养与科学素养、创新精神、实践能力和合作意识的复合型、创造型和国际视野的人才打基础；把集团建设成为一个具有规模优势的个性化、现代化、信息化和国际化的国内一流、国际知名的综合性教育集团；同时成为面向社区、社会与国际需要，提供优质教育服务的功能强大的示范性综合教育园区。

应大舅哥电话相邀毅然来到蛇口

回到浙江之后，陈难先在杭州电子工业学院（今杭州电子科技大学）教英语。1982年的一天，陈难先接到了来自昔日校友韩邦凯的电话，询问他是否愿意到改革开放最前沿的深圳蛇口培训中心来当老师，韩邦凯当时就要陈难先在电话里做出决定。"我当时脑子飞快地转了一下后，就说'行'。"

为什么这么快就做出决定了呢？原来韩邦凯是陈难先北大的同窗，比陈难先早几个月到深圳蛇口来发展。而陈难先在回杭州之前一直单身，直到1981年才跟韩邦凯的妹妹结了婚。这个电话相当于是大舅子对妹夫的邀请，陈难先回忆说："我当时也来不及和远在上海的妻子以及在安徽农村的父母商量，因为韩邦凯到了深圳之后经常写信回上海，所以我妻子一家对于深圳的情况也有所了解，我相信她也不会反对我来蛇口的。"

就这样，在校友兼大舅子的推荐之下，陈难先挂了电话就开始办理调动手续，前后21天很快就来到了深圳蛇口。"我离开杭州电子科技大学像扔了一颗炸弹，尤其是年轻老师跟炸了锅一样。上有天堂下有苏杭，居然愿意离开杭州，连大学老师都不愿意当了？"

陈难先当时在杭州教书的时候，一个月的工资是68.50元，上有父母，又有妻儿，日子过得捉襟见肘。但到了深圳蛇口之后，工资变成了一个月168元，每个月增加的近百元对于陈难先养家糊口来说算是解决了大问题。

陈难先到了深圳之后，才发现深圳虽然地处海边，但交通相对欠发达，文化底蕴也不深厚。他说，那个时候要买些教学用品，蛇口没有就要跑到南头，南头也没有的话就要跑到广州，而很多东西确实要跑到广州才能买得到。但是在改革开放的春风下，毗邻香港的深圳很快就形成了自己的城市文化，后来陈难先在创办育才学校的过程中使用香港原版教材，这种"培养学生学会跟资本主义打交道"的教育理念也深深植根于深圳独特的城市氛围中。

受命创办育才学校后全国招老师

随着蛇口工业区的发展，来自全国各地的人才不断涌入蛇口，随迁子女日益增多。但那时，蛇口片区只有两所学校，即蛇口渔民小学和蛇口中学，有近400名蛇口工业区的职工子女在那里借读。

1982年初，"筹办自己的子弟学校——育才学校"一事被提上蛇口工业区发展日程。时任蛇口工业区建设指挥部总指挥、改革开放先锋袁庚提出："无论我们怎么穷，也要把学校、医院办成一流的。"当时袁庚的思想就是学校要交给懂教育的人来管理，不要过多干预。

谁来筹办学校？蛇口工业区的相关人员查了人事档案，发现陈难先是当时工业区唯一一个既在中学又在大学任教过的教师。"创办蛇口工业区的袁庚老人是一个很民主的人，他尊崇法国思想家狄德罗的理念，保护人说话的权利。即使你讲的不对或者你反对我，我也保护你的话语权。"陈难先说，现在的蛇口人都怀念当时的那种蛇口精神，民主氛围非常浓厚，这种精神也被万科的王石称为"蛇口基因"。

其实，来蛇口后，陈难先最初是在蛇口工业区的培训中心教书。1983年初，工业区要组建一所学校，就找到了陈难先，想请他出任校长。一开始陈难先拒绝了，"我心想，之前别说校长了，连教导主任都没做过，不敢贸然接下这个任务。"但是陈难先是当时工业区为数不多的既在中学又在大学有任教经验的教师，工业区人事部的干部就一次次地去拜访陈难先，前后去了七八次，给他做工作要他答应。就这样，陈难先受命接下了这个重担。

从 1983 年 4 月开始，陈难先以蛇口工业区育才学校准校长身份开始学校的筹建工作。但是，兵马未动粮草先行，学校建起来了，老师从哪里来？教师队伍建设是学校建设的重要一环。教师从哪里来？当时的蛇口工业区给了陈难先很大的权力——一本 50 页盖好公章的空白调令，招谁由他说了算。

为了解决招聘好老师这一难题，陈难先四处奔波游说。20 世纪 80 年代的人事调动不像现在，人往往跟单位挂钩，"那时候光你自己同意来深圳可不算，还要看你原单位放不放人，因为你的档案在单位管着，没有档案很多事情都办不成。"

为了招到好老师，陈难先亲自出马，一路北上，在 20 天里走了 15 个省市，从第一站杭州到最后一站沈阳，火车、汽车一段一段地坐。一路上颠颠簸簸，陈难先吃了不少苦。陈难先还清楚地记得，在安徽淮南招到了两个老师之后，他从水家湖站一路北上赶赴北京，但火车上没有空座位，"天津站下的人多，我才好不容易'捡'到一个座位，之前我一直站在两个车厢衔接的地方，厕所都进不去，里面都挤满了人。"

旅途的奔波劳累可以克服，但是招老师时碰壁的"困境"却让陈难先很难受。在武汉郊外的围垦区，他好不容易找到两位大学毕业生，于是动员他们到深圳育才去。那时正值武汉发水，陈难先挽起裤脚蹚大水，跑到了区教育局，获得同意，但是在市教育局仍功亏一篑。同样的事情也在长沙发生过。尽管招老师的过程中遇到了很多阻碍，但功夫不负有心人，在 20 天时间内，陈难先还是从全国各地招来了一批优秀的教师。

陈难先说，欣慰的是 1984 年，北京东城区的四所重点中学在政府的牵头之下，以特级教师郑俊选为首，带来了一批优秀教师来深圳育才学校对口支援。从北京来的这些教师解决了育才早期缺师资的大困难，他们与中国中小学教育最前沿先进的思想接轨，眼界高一些，这种眼界"不是蛇口的眼界"，而是能够使育才的办学眼光和北京最好的学校站到了一样的平台。

办学理念和教育理念带有强烈的北大因子

从接手创办育才学校开始，陈难先始终不忘自己在燕园所受的教育，燕园大家儒雅、严谨，在生活上如同父母般关爱，在学习上又严格要求学生。陈难先把这一点带到了育才，他的办学理念和教育理念始终带有强烈的北大因子。

"学生利益高于一切，这是我首先提出来的一个观念。"从创校开始，陈难先既是这么说的，也是这么做的。"我到现在仍然只是一个讲师，没有高级职称，我也申请过高级职称，但是没有评上。"当时深圳没有高级教师职称评委会，需要委托广东省教育厅进行评审。陈难先拎着育才学校 13 位老师的申请材料来到省教育厅。"一个月之后还是我去拿材料，给我材料的人很不好意思地跟我说我们学校只有一个人没有被评上。"而这个人就是陈难先本人。

那时候，按照规定，评高级职称需要有兼课，但陈难先在学校不上课。育才学校当时已经建立了第三所学校，陈难先是三所学校的校长，且没有副校长、没有秘书，大大小小的事情都由陈难先一个人来管。

1983 年，陈难先上了一年课后觉得工作量太大，不便专心从事校长一职。"我当时任校长，要是我在上课的时候有着急的公事要处理，那么学生的课由谁来上？还是让其他老师去上课，学生的学习比较有保障，我教的质量反而没保障，对不起学生。"而这个兼课的要求在评高级职称时有一票否决权，陈难先就是这么被否决的。

当时的省教育厅人事处长看到陈难先有这么多的教学经历，又有过硬的翻译著作，却因为这一条被否，感到十分可惜，便建议陈难先在学校每周上一节社会主义思想品德课，绕个弯来解决这个问题。但立马被陈难先拒绝了："我申请的是英语高级职称，这个职称说明的是我的英语教学水平，这与思想品德课有什么关系？"宁可不评高级职称也不弄虚作假，坚持为了学生利益而不兼课，这就是陈难先。

随着经济特区的成立和外向型社会的建设，深圳逐渐被影响。深圳与香港仅一水之隔，许多先进的信息正是从香港传到了深圳。"那时候国门还没有完全打开，但我总觉得国门有一天会开，那么外语能力就要加强，要了解世界的情况。"陈难先为育才的学生引进了深圳最早的牛津版英语教材——English for Today，这套教材是当时香港的学生正在用的，陈难先希望通过学习外语打开学生的视野，提高他们的英语会话能力。除了在英语课上用先进的教材，陈难先也看好电脑，主动为学生开设电脑课。

不仅如此，陈难先还在育才提出了"保护学生学习兴趣"的理念。育才学校每年都会举办科技节、艺术节、体育节、书画展览会。学校也拥有自己的芭蕾舞队、交响乐团，甚至有育才芭蕾舞团的小姑娘长大后在德国成为专业芭蕾舞演员。

早期的深圳教育是一张白纸，陈难先带领育才在摸索和实践过程中逐渐找到了自己的目标——将育才建设成为一流学校。从 1983 年起，陈难先创办的蛇口育才学校从当初只有四百名随迁子女的普通企业子弟学校，发展成为现在我国第一个以追求社会效益为唯一目的的教育集团，就读学生逾三万，在国内基础教育界具有一定的知名度。

育才办学的先进与成功让陈难先成为 1990 年南山区成立时首任教育局局长的最佳人选，但是陈难先毅然拒绝了。"我是北大的人，愿意保持自己独立的人格。不愿意唯领导指示是听，领导讲得不对你还说是对的，这样我不愿意。"陈难先如此表示。

助力多所国际学校落户蛇口

在蛇口工作期间，陈难先曾经先后当过三届深圳市人大代表，是代表里面比较敢给深圳市政府提议案和建议的。

在陈难先执掌育才中学期间，从未设置入学分数线，陈难先的教育理念就是反对"唯分数论"，他主张根据孩子的天性和特长提供教育路径，"低进高出"才应该是教育努力的方向。为此，陈难先曾在育才设立过"飞跃奖"，旨在鼓励取得进步的学生，还开办职业高中，目的就是要让每个学生在自己的基础上获得进步。

那他为什么要这么做呢？陈难先说，这得益于当时蛇口工业区自由、民主的氛围。陈难先借助特区"特事特办"的条件，率先在小学一年级开设英语口语课，引进香港牛津版英语教材供学生使用。在国际化概念未出现时，陈难先就提倡中外交流，接纳外籍学生插班。这些在如今司空见惯的举措，在当时却颇受争议。陈难先说，任何时候，办学都应该解民之忧、急民之急。为了学生，办学者要勇于担当，最忌患得患失。

2000年，蛇口工业区"还政于政"，逐步向南山区政府移交行政职能和社会职能，育才学校移交给南山区教育局，陈难先不再管理学校事务。

2003年，陈难先以蛇口工业区员工身份正式退休。退休之后，他还是闲不住，积极投身国际教育，同时不忘扶持民办学校，特别是为打工子弟开设的学校，他主动送上门，笑称义务给学校当"问顾"。所谓"问顾"，就是先有问后有顾，学校有问题、有疑问了，自己就过去"顾"一下。让他时刻不忘的深圳南山东湾小学，就是一所专为解决辖区内来深建设者子女入学难而设立的学校，学校一直坚守公益为本，不以营利为目的，不追求经济回报。为此，退休后的陈难先主动上门跟校长讲，"我愿意给你们做服务"，充分运用积累的各种资源，助力学校更好发展。

众所周知，陈难先组建并管理了育才学校，但他对蛇口教育的贡献不止于此。多年来，他助力蛇口国际学校（SIS）、蛇口科爱赛国际学校（QSI）落地蛇口，帮助他们排忧解难，见证了国际学校在蛇口发展壮大。

选专业比选学校重要，选老师比选名校重要

"深圳的教育发展不能忘记吕型伟"。陈难先说的这个吕型伟是教育改革家，退休前是上海市教育局党组成员、副局长，上海市教育学会名誉会长，老先生于2012年去世，享年94岁。陈难先强调，吕型伟的教育理念、教学理念让他佩服得五体投地。

据陈难先回忆，他与吕老相识在20世纪80年代中期，当时吕老代表中国教育学会来帮助深圳市实验学校，这是他"探索21世纪中小幼未来教育的研究与实验"课题的一个点。

"当时他经常来深圳，一来便小住一段时间，除了在实验学校蹲点以外，还到市内各校作调查研究。他多次来育才，了解育才的办学思想和实践，后来正式邀请育才参加他主持的国家级课题。在吕老的关怀下，年轻的育才学校得以进入这个名校济济的集体，办学方向更明确，教育实践更科学了。"陈难先回忆说。

可以想象，有了吕型伟的牵线和引路，对于当时在闭塞的蛇口办学的

育才来说，真是如获甘霖。在吕老看来，凡是提出一个科学的论点，有正面，必然有负面，以此类推，提素质教育，一定得有非素质教育，找来找去，你能找到非素质教育吗？找不到。

陈难先说，只要是教育，都是在提高人的素质。曾几何时，素质教育在国内推出伊始，很多中小学校长们无所适从，什么是素质教育？我们现在做的是不是素质教育？

很多校长各显神通，有相当一些人潜意识认为课堂教育是非素质教育，于是开始大搞课外活动，比如吹拉弹唱、体育舞蹈及绘画书法等等，有一段时间叫第二课堂，认为第二课堂才是素质教育……面对这些不合理现象，吕型伟老先生疾呼，要理直气壮、公开地说，课堂教育就是素质教育的精华！

数学该怎么教？语文应该怎么学？这是一代又一代的教育工作者和专家提炼出来的问题。素质教育，必须要正本清源。吕型伟曾提出，一提素质教育，就是特指两条：一个是创造性思维，一个是动手能力，别的不要提。

陈难先在一篇标题为"为了未来的人"的怀念文章里写道：《为了未来——我的教育观》是老教育家吕型伟的一本论文集，书如其人，人如其书……吕老常对我们讲：教育工作者，尤其教育研究人员和领导人，要做到"人云亦云不云，老生常谈不谈"。

陈难先表示，教育就是要教会学生发现问题——研究问题——解决问题，无论文科、理科，都应该这样才是。遗憾的是，现在的教育不再提学生的兴趣，只提目标。学生们的目标就是考上大学，要考上大学就意味着必须全面，差一样也不行。

陈难先以钱钟书和华罗庚为例，你让钱钟书成为数学家，可能吗？你让华罗庚成为文学家，也不太可能。在陈难先看来，好的老师就是要善于发现每个学生在哪些地方突出，在他突出的地方，老师去点拨他，让他成为一个人才。

"假如一个人像钱钟书一样，他的数学就是不行，你老是去点他的数学、压他的数学，最后可能让他的文学也学不好……"

在日常生活中，很多家长会找陈难先咨询、请教关于孩子选学校、选专业的话题，他给出的建议是，选专业比选学校重要，选老师比选名校重要。

　　具体来说，报考大学时，与其选择一个名校，让孩子读一个他不感兴趣的专业，不如改选一个二本院校，挑一个更适合孩子的专业。

　　中学阶段，与其选择一个名校，不如选择一个好的班主任，因为一位负责的好班主任对你孩子的 3 年甚至 6 年会产生至关重要的影响。

　　这就是陈难先，一位让人尊敬的"老校长"。从 2010 年开始，他又投身做起了公益，特别是踊跃参加深圳市学习困难关爱协会与蛇口社区基金会的日常活动，成为袁庚精神的美好传承者。

顾立基：用改革精神和奋斗历程生动诠释了"敢为天下先，不愧清华人"

顾立基，1948 年出生于上海，祖籍浙江上虞。高中毕业后在上海当过近十年工人，1977 年考入清华大学（1978 年 3 月入学）。1982 年招聘到蛇口工业区，为蛇口工业区企业管理培训班二期学员，历任蛇口工业区办公室主任、蛇口工业区免税公司经理。

1986 年顾立基临危受命掌管中集，将企业从濒临倒闭挽救回来，成为国内集装箱行业的龙头。1987 年，历任蛇口工业区多个企业的负责人及蛇口工业区总经理。1998 年开始任招商局科技集团总经理、董事长，执行董事，深圳市招商局科技投资有限公司董事长、中国科招高技术有限公司董事长、招商局富鑫资产管理公司副董事长，是国内风险投资的元老级人物，2008 年退休。

顾立基曾获得美国哈佛大学管理学院高级管理课程 AMP（151）证书、中国科技大学管理系 MBA 硕士学位、清华大学应用电子学工学士学位。作为蛇口早期的创业者之一，顾立基是第二期企业管理培训班学员，肩负蛇口早期建设的重任，见证了蛇口工业区在改革开放波澜壮阔的江海里中流击水、扬帆起航。

被袁庚老人"相中"决定南下
"小平同志视察蛇口我负责全程记录"

1982 年春，一个星期天的早晨，顾立基和室友还在宿舍睡觉，房门被轻轻推开一条缝隙，一位老者探头看了一下，又缩回去，室友以为是哪位同学的父亲或者宿舍看门的大爷到访，赶紧去开门，问他找谁。

刚来蛇口工业区时的顾立基（右一）

老者答道："我找顾立基。"

顾立基被同学叫醒，问老者："您是谁？"

老者答道："我是袁庚。"

原来，作为蛇口工业区的创始人，65 岁的袁庚老人"相中"了清华大学的顾立基，于是，袁庚老人在大女儿的陪同下，从西苑骑自行车经过清华西门到一号楼，来到顾立基的宿舍。

"当时天气很冷，袁庚老人骑着自行车找到我，坐在露天的长椅上跟我谈了半个小时，他一下就把我说服了，我当即决定跟随袁庚老人南下到蛇口工业区创业。"据顾立基回忆，由于自己成立了协会、参与了人大代表的选举，被袁庚注意到了，但他怎么也没想到，袁庚会亲自上门找他。

"在半个小时的交谈中，我印象最深的是，袁庚打了一个比喻，他把当时经济体制比喻成一篓螃蟹，互相钳住，谁都别想动，谁都不能动，要振兴中华，唯有改革，蛇口就是改革的试点。"41 年过去了，和袁庚交谈的这一幕，顾立基依然记忆犹新。

"'蛇口工业区虽然只有 2.14 平方公里，相对于全国 960 万平方公里不过是九牛一毛，如果我们改革成功了，对全国就有很大的意义，万一我们失败了，也只是九牛一毛，无伤大局。当然，我们一定要争取成功，避免失败。我们这一代人老了，当我们觉悟到要有所作为的时候，时间已经不多了，所以希望寄托在你们身上。'袁庚的话让我瞬间热血沸腾！"袁庚关于改革开放和特区建设的思路和理念深深打动了顾立基。

当年 7 月，34 岁的顾立基从清华大学电机工程系应用电子学专业毕业。按照当时学校的分配方案，顾立基可以回到上海市纺织局工作，与家人团聚。"我是带薪上学的，工厂还发我工资，按理说我更应该回到那儿去。但是我想，我无论在哪里，做什么工作，都是为了振兴中华，既然领导动员我去蛇口，而且那个地方又可以试验自己的想法，我还是坚定地选择南下。"

时任清华大学党委副书记艾知生在顾立基等 8 名清华学子即将要南下蛇口时，召集大家开了一个会，最后一次问他们："你们是按原方案分配，还是铁了心南下蛇口工业区？"最后没有一个学生改变主意，8 名清华学子一起追随袁庚老人来到了中国改革开放最前沿的蛇口工业区。

1982 年 11 月 5 日，顾立基到蛇口工业区报到。"来到蛇口的第一印象就是荒凉。四周都是荒山，工业区管委会就在一栋铁皮房子里，最好的两栋房是原来的边防哨所，给我们作宿舍，墙面风化剥落，每天晚上睡觉一定要挂蚊帐，主要不是防蚊子，而是防老鼠和蛇。"回忆起当时来蛇口的印象，顾立基仍然历历在目。

来到蛇口后，顾立基参加了蛇口工业区第二期企业干部培训班的学习，系统学习了经济学概论、企业管理概论、外贸实务，还要学电脑、学开车、学英语和广东话。

培训班让学员们从思想上打开了大门。顾立基说，工业区从国内外聘请了一批专家学者，特别是来自香港的专家为学员授课。其中，最有名的是香港前特首梁振英。梁振英当时作为香港促进现代化专业人士协会成员，为学员讲授测量学和地产。另外，培训班还请来了加拿大多伦多大学的心理学教授江绍伦讲授心理学，在那个年代这是属于相当大胆的事。培训班还安排学员去香港招商局考察，看香港的社会和环境，训练学员抛弃国有企业不适合当时市场的做法。

无数新与旧的碰撞在这里激荡，无数"没想过""没做过"在这里——

成为现实。培训班的课程对学员产生了巨大的震撼，但也有相当一部分人一时难以接受。

"为了改革开放，必须转脑子！培训班出来的一大批新型干部是现代企业商业文明的星火，让蛇口成为当时中国最大程度模拟市场经济的区域，成为中国市场经济和商业社会的起点。"顾立基坚定地说。

1983 年，蛇口工业区管理干部紧缺，仅在培训班学习了半年，顾立基等一批学员就提前毕业，走向工作岗位。顾立基开始在工业区管委会办公室当秘书，凭借自己的努力，第二年就当了办公室主任，而原来的主任成了副主任。顾立基坦言："这样的做法，在蛇口之外简直无法想象。"

临危受命赴中集做了三件事
让中集从资不抵债到盈利 400 多万美元

1983 年，蛇口工业区启动干部制度改革，试行"干部冻结原有级别，施行聘任制"的做法，顾立基将自己定位为职业经理人，成为中国最早的职业经理人之一，他管理的第一家企业是中国国际海运集装箱（集团）股份有限公司（简称"中集"）。

中集成立于 1980 年 1 月，是深圳第一批中外合资公司之一，由招商局和丹麦的宝隆洋行各占 50% 股份。初期，中集由丹麦人员管理，1982 年试生产，但四年来，由于航运业萧条和内部文化冲突，公司已经到了资不抵债、濒临破产的边缘。当时，蛇口工业区并不想这个合资企业就此走向关闭、清盘，于是提出将中集交由中方管理。丹麦方面同意让中方试一试，但表示后续亏损都由招商局负责。

1986 年 1 月 1 日，顾立基临危受命，担任中集副总经理，由此开启了独立管理工作。刚开始，丹麦人莫斯卡担任总经理。莫斯卡和顾立基约定，两个月之内只能看，不能直接指挥，有意见可以告诉他。两个月之后，他让顾立基协助他负责质量控制。9 月 1 日，丹麦管理团队撤出，顾立基开始担任总经理。

顾立基一上任就干了三件事：一是裁员，一次裁员 80%，300 多人最后只留下了 59 人，58 人是流水线上的骨干，只有顾立基担任总经理兼司机；二是封存所有设备，因为当时没有订单，顾立基就先封存流水线，以免机器氧化、变锈，并让出了 4/5 的厂房，然后到香港去接钢结构订单；三是组织班子，当时生产部有三个副经理，一个是搞生产的，一个是负责技术的，还有一个是天津大学学焊接的研究生，顾立基选了搞生产的副经理当经理，因为他最能够领导工人解决实际问题，这个经理就是后来担任中集总裁的麦伯良。

完成这三件事后，顾立基承受了外人难以想象的压力和阻力，而中集也因此实现了起死回生，从 1986 年亏损 80 多万美金，到 1987 年实现历史上第一次盈利，达 100 多万美金，1988 年盈利 200 多万美金，再到 1989 年盈利 400 多万美金，用事实证明了"中国人能管好现代化企业"，当然也与航运市场转好有关。

顾立基总结，当年中集之所以走入困境，还是管理的原因。丹麦宝隆洋行对中集的质量体系和按时交货制度的形成是有贡献的，但它们用西方工业管理模式来管理中国企业，不能形成很好的激励。

而顾立基在上大学之前曾在工厂当了 9 年工人，因此他对工人非常了解。他上任后，将一线生产管理人员全换成工人，并且要求班长要对每个岗位的工序都能干并熟练，这样才能服众带队伍。大学生则根据他们的特点，分配至营销、市场或者技术岗位。他还对工艺流程进行严格规定，制定了一套适合中国工人的工作纪律。比如，在焊接角配件时，要求 6 分钟完成，但有一名工人提出至少需要 15 分钟，于是顾立基找来该工序的班长，给他现场演示，4 分 30 秒就完成了。

在集装箱喷涂工艺中，顾立基将联产承包制引入工序中。当时 20 英尺一个的集装箱售价在 2000 美元至 3000 美元之间，原材料成本价在 1000 美元至 1200 美元之间。因为集装箱要求经受严苛的气候条件，更要适应海上和陆地运输，集装箱涂料非常重要，因此喷涂的油漆需要花费 400 美元，属于重要部件和易耗品。为了能让油漆三道工序的厚度保持一致，同时减少涂料成本，中集给喷漆工人定额每个集装箱 400 美元的油漆使用量。生产检验合格后，如果用量超额，要求工人自掏 10% 的金额补齐，剩下 90% 由公司负担。如果用量有节约，则将余额的 20% 奖励给工人。顾立基说，这套关于节约和浪费的奖罚制度，不仅促进了工艺要求的稳定，并且很好地调动了工人的积极性。

1996 年，在总裁麦伯良的领导下，中集通过三次成功并购，超过韩国现代精工和韩国进道这两个全球规模最大的集装箱制造企业，成为世界产销量最大的集装箱制造企业。当年顾立基（1989 年底卸任）和他的团队结合中国国情，在丹麦人的那一套管理基础上，形成了一套适合集装箱制造的质控、分配制度，兼并收购就是通过人把这套制度输出。在顾立基看来，中集发展得那么好，离不开蛇口工业区良好的外部环境，而这跟袁庚有非常大的关系。"袁庚是一名有理想、敢做事、能做成事的共产党员，他不仅有过人的胆识和魄力，而且心里始终想着，怎样让老百姓过上好日子，他给我们这批年轻人树立了榜样。"

顾立基坦言，在深圳几十年，有很多机会可以让个人变得富有。改革开放打开了一扇窗，苍蝇蚊子也都会跟着飞进来，不可避免地会有个别的不正之风。"但我们这一批到深圳的清华人，在深圳踏踏实实做了几十年，我们这批人在招商局包括在其他国企，是坚决抵制这些行为的，这源于袁庚同志的以身作则，也源于我们多年在清华所受的教育。"

继承发扬袁庚精神
率先实行财务总监制并轮换

袁庚 1993 年离休，仍生活在蛇口，使顾立基有更多机会看望并讨教。1987 年，顾立基调到香港工作（仍担任中集总经理至 1989 年底），1991 年调回蛇口，担任招商港务的总经理。1992 年顾立基任蛇口工业区副总经理（主持日常工作，兼任招商港务的董事长）、1994 年至 1997 年 7 月任总经理。

回顾在蛇口工业区主持工作的那些日子，顾立基认为蛇口工业区在国企中率先实行财务总监制并轮换是继承发扬袁庚精神最值得总结的。顾立基说当时蛇口工业区下属企业财务干部引进不多，很多是工业区从基层工人干部报名培训中心财会夜校学员中选拔的。很多工业区直属公司分管财务的副总经理并不是财务出身。在中集工作的几年，顾立基认识到财务总监的职责远比当时国企中的总会计师职责要广，除了资金、会计计账外，要从资金角度策划公司的战略、经营及提出资本营运的建议。顾立基首先大幅度提高财务在公司经营中的地位，要求各公司设立财务总监职位，该职位的任命要得到董事会（或上级财务部门）批准。财务总监必须由学财务（或相关专业）并熟悉运作的专业人士担任。

为了探索从制度上廉政，工业区试行直属公司总经理轮换，但对业务有影响。顾立基把这种制度改成了财务总监轮换，他亲自给财务总监培训，要求财务总监在复杂环境中既做好工作又要保护自己。蛇口工业区财务总监轮换制度达到较好效果并培养了一批财务出身的领导干部。

顾立基说，那些年，工业区把应该政府办的事逐步移交给政府，专注企业按现代企业制度要求进行完善，集中资源向蛇口区域外业务拓展。

敢闯敢做敢试"敢为天下先"
他是国内最早涉足创投的企业家

早在 1989 年，为推动国家"863 计划"成果的产业化，招商局与国家科委、国防科工委共同设立了中国科招高技术有限公司，这是中国本土第二家风险投资公司，顾立基曾任该公司董事长。因此，顾立基还是国内最早一批涉足创投的企业家。

千禧之际，顾立基的目光瞄准了科技，运用风险投资推动科技的发展。

1999 年 1 月，招商集团在香港成立招商局科技集团有限公司后，由顾立基负责。应深圳市政府邀请，招商局科技成建制搬回深圳。2000 年 8 月 26 日，在深圳经济特区成立 20 周年之际，招商局科技成立北科创业中心，这是国内首家完全按照企业化机制运作，主要针对电子通信、生物工程等领域的高新技术项目进行孵化、培育和扶持。

在经历了"三来一补"的阶段后，深圳转向了"科技立市"的战略，鼓励市场在高新技术产业发展中的主导地位，依托深圳高新科技园建设深圳虚拟大学园，陆续引进了清华大学等多所高校的研究院，并引入清华大学、北京大学和哈尔滨工业大学深圳研究生院，为科技创新发展注入了知识和人才动力。"深圳发展的一个重要经验是特别强调宏观决策的超前性，'科技立市'的战略十分有远见。"顾立基说。

"当时我们孵化了很多企业，我们投资过一家清华校友企业，是做多媒体芯片设计的。本来在广州做得也很好，但他一定要到深圳这边来。为什么？因为深圳有科技园，相当于孵化器和加速器。"顾立基说，由于芯片设计需要很多工具软件，比如设计芯片需要用到十个软件，每个软件需要十几万美金，一家小企业为了设计可能要花一百多万美金来买工具软件。而深圳清华研究院当时有一批工具软件，这样一来，企业如果入驻，就能以很低的成本租用这个工具软件，这样就可以帮助企业快速启动，节约运作成本。"所以大批孵化器、研究院的引进，实际上是为了帮企业把配套工作做得更完善，吸引了大量的人才，包括海归人才。"

风险投资是科技创新企业发展的"推进器"，招商局科技集团为深圳乃至中国的科技发展起到很强的推动作用，中芯国际、展讯通信都是招商局科技集团下属的基金领投，为中国芯片行业保留了星星火种。早在成立科技集团以前，招商集团就开展过某些分散性的企业融资，1994年向金蝶软件投了45万余元，金蝶软件之后取得成功并发展壮大，现成为全球领先的在线管理及电子商务服务商。

2001年正式开始投资，至2008年底科技集团投资了48个种子期项目，总投入3.15亿人民币，内部收益率IRR43.66%，远超行业平均水平，为招商局集团金融投资行业开了一个好头。

作为风投界元老级人物和职业经理人，顾立基在未退休之前还受邀到清华大学研究生院任教，将他的企业管理和风险投资实战经验传授给学子。以后还在不少大型企业担任董事和监事，为企业健康发展做顾问。在蛇口工业区工作几十年，伴随着深圳在改革开放春风沐浴下的成长，顾立基说，蛇口的经验除了敢做、敢试，还要有理想和信念。

顾立基说，开始接手中集时，因为集装箱市场前景不好，曾有人劝他将中集改为当时热门的电视机、冰箱等白电生产企业，哪怕是服装加工企业都能赚钱，并且中集合资背景能轻松从国外进口零配件，只需组装，不用销往内地，在特区内销售就能大赚特赚。虽然政策允许，改行也并非不可能，但顾立基却认为，中国工业要强大，必须眼光放长远，中集的设备、工人及技术特长，不允许我们转行，强大的制造业才是强国基础、经济基石。

老一辈革命家陈云说过，不唯上、不唯书、只唯实。顾立基认为这就是蛇口工业区一直践行的理念，要按历史发展规律、经济规律办事，提出有前瞻性的建议，不能只顾当前，要想着国家的利益、公司的利益、长远的利益。

　　顾立基说，袁庚等一批改革先行者用"敢为天下先"的创新精神，以智慧、勇气和担当杀出了一条血路，更走出了一条阳光大道。顾立基自认为自己是最早追随袁庚老人的改革先行者之一，也是蛇口工业区的开拓者，是敢闯、敢试、敢做的探索者，是想改革、能改革、善改革的奋进者。他感慨地说："我们这批人是跟共和国一起成长起来的，国家对我们有很多的照顾和培养。没有共产党就没有新中国，也就没有我这一生的成就，所以我从心底里热爱共产党，热爱我的祖国。"

敢为天下先，不愧清华人
清华学子要立大志、明大德、成大才、担大任

　　2004年，受时任清华大学深圳研究生院副院长林功实教授邀请，顾立基在深圳研究生院讲授营销学的案例课。2009年，顾立基退休以后，被正式受聘为清华大学深圳研究生院兼职教授、特聘教授。

　　"我一直认为，学工科的学生要学点管理知识，我们希望培养的是有创新意识、管理意识的工程师，而不是看不懂（商业）计划书的工程师，如果计划书有问题呢？我本身是做实业的，手头有非常多的案例，而且都是最贴合时代的。当然，给学生讲案例包括给学生做题目的时候，都是要求他们签保密协议的。我很愿意把我在业界的经验，以及我自己的人生经验与同学们分享，也很高兴看到学生研究我的案例，他们通过研究提炼总结出自己的观点，反过来，这些观点对企业也可能有所启发。"顾立基说，后来他又开了一门"风险投资的策略与技巧"课，林功实教授把这两门课合并在一起，增加了一些内容，开设了一门新的"高新企业的创办与管理"课。

　　在顾立基看来，教书育人不仅是授予学生创新创业必备的知识，更要教学生做人的道理，培养学生远大的理想和志向。"'勤恳＋智慧'能做成生意，'勤恳＋智慧＋理想'才能成就事业，清华学子要立大志、明大德、成大才、担大任，积极贯彻党的二十大精神，成为实现中华民族伟大复兴的先锋力量。"

　　2004年12月，袁庚应邀在清华大学深圳研究生院做客紫荆讲坛。期间，袁庚特意为清华题词："敢为天下先，不愧清华人"。而以顾立基为代表的第一批到蛇口的清华人则用他们的改革精神和奋斗历程生动地诠释了袁庚

老人的这句题词。

　　"清华的精神、改革的精神早已深深地刻在我的骨子里，这两种'基因'成就了现在的我。我从来不觉得我做出了什么很了不起的贡献，我只是做了一名清华学子该做的事，做了一名改革者该做的事。"顾立基表示，特区精神就是一种坚持改革、敢为天下先的精神。蛇口发展得好，一是靠规划，二是靠做事的人。该怎么做就怎么做，不做违规的事，也不说假话。整个蛇口工业区的机制和体制是非常好的，有一套非常好的管理制度。还有就是文化，是精神改造的成果。这么多年过去了，以袁庚为代表的创业奋斗精神一直在，尊重市场、尊重人才的氛围一直在，这就是深圳特色，这就是蛇口基因。

狄浅：和蛇口结缘以后"从一而终"

招商局蛇口工业区控股股份有限公司工会联合会主席狄浅，出生在古代夫余国发源地——松嫩平原上的明珠吉林省扶余市，1986 年 6 月读大学时加入中国共产党。1988 年 7 月从中国人民大学毕业后，放弃在北京部委工作的机会，南下深圳投身于招商局蛇口工业区开发建设，一直工作到现在。

来蛇口工业区（后改为招商局蛇口工业区控股股份有限公司）以后，狄浅先后在招商局蛇口工业区档案馆、招商局集团行政部、招商局置业（深圳）、招商地产和招商蛇口工作。

2020 年 7 月，狄浅担任招商局蛇口工业区控股股份有限公司（以下简称：招商蛇口）工会联合会主席。作为管理涉及金融、港口、房地产、海工建设、集装箱制造、物流仓储、交通运输等 78 家企业、2.13 万工会会员的工会联合会主席，狄浅以"忠诚党的事业、竭诚服务职工"作为工作的出发点和落脚点，牢牢把握"政治性、先进性、群众性"原则，不断创新工作体制机制和方式方法，在政治思想学习、工会组织建设、劳模劳动精神、关爱职工身心、职业能力发展等方面扎实工作，有力推动了企业和谐发展和职工终身就业能力提升。

因为他的突出业绩，2018、2021 和 2022 年分别荣获招商蛇口"女娲奖·功勋奖"（招商蛇口最高荣誉）；2022 年荣获深圳市"五一劳动奖章"。

大学毕业拒绝包分配：
因招商局一篇报告文学而选择来蛇口

每当有人问狄浅，作为 20 世纪 80 年代中国人民大学毕业的学生，那时毕业国家包分配，并且绝大多数会留在北京或者各省会城市，为什么会选择来刚刚开发的蛇口？

狄浅说，这个讲起来还真有点意思。1988年6月，狄浅毕业论文通过后，就等着分配。有一天刚好宿舍里不知谁买了一本报告文学，报告文学里有一篇李士非先生的《招商局集团》写招商局开发蛇口工业区创业的文章。当时很多学生或多或少了解经济特区，狄浅看了关于招商局集团和蛇口工业区在中国的南海边热火朝天地开展改革开放的壮举，虽说那时候自己也是一个热血男儿，也知道国家正在搞改革开放，但总觉得自己距改革开放前沿的蛇口还很遥远，因为那时候学校包分配，优秀学生主要留在北京相关部委工作。

到了毕业分配的时候，老师给狄浅等同学提供了要招收毕业生的国家部委单位名录，然后说你们看看这些单位，考虑去哪个部委工作。最后，老师说，还有一个单位，不知道同学们是否感兴趣，这个单位叫招商局。

狄浅的脑子里闪了一下，自己前几天看了关于招商局在蛇口搞改革开放的文章，虽然不知道蛇口究竟是什么样子，但是，作为一个新时代的大学毕业生，完全可以尝试一下新生事物，到改革开放最前沿的地方去闯一闯、试一试，如果可以的话就留在蛇口，如果不行再通过考研进行二次选择。

于是，狄浅把那篇报告文学又找出来仔细看了一遍，下定决心要到蛇口去追寻不一样的工作生活环境，他把这个想法和家人商量了一下，家人都说能够留在北京工作是多少人梦寐以求的目标，你为什么要跑到那个陌生的地方去工作？并且蛇口正在搞开发，工作生活环境和北京是一个天上一个人间的区别。但是，做出了决定的狄浅最终还是说服了家人，毅然选择来到蛇口。没想到，一来蛇口就投入到激情燃烧的改革岁月中，并且在招商局"从一而终"了。

来到蛇口后，狄浅最早在招商局蛇口工业区档案馆工作，因为他大学学的专业是档案管理。后来，因为工作需要被调到招商局集团行政部工作，2001年，招商局集团重组地产业务，招商地产成立行政人力资源部，狄浅通过竞聘调到招商地产担任行政人力资源部总经理。狄浅从2001年3月开始，一直到2022年10月，都是在招商蛇口内从事行政人力资源管理工作，2013年通过竞聘晋升为招商人力资源总监。因为招商地产被招商蛇口吸收合并，2016年1月起担任招商蛇口行政总监、党委委员等职务，成为招商局集团一名高级管理人员。

在狄浅改任招商蛇口高级顾问时，招商局集团领导对狄浅三十多年来对招商局系统行政人力资源工作做出的贡献给予了充分肯定，特别是对招商蛇口尤其是招商地产人力资源体系建设做出重要贡献，对重组后的招商蛇口干部人事制度和组织管理变革，促进干部与组织"双六能"和队伍激励机制建设发挥了促进作用。

在建立和规范人才招聘培养体系方面，人才能招进来留得住，培养锻炼成才，担当大用。在人才培养方面，担任讲师，为新航程计划讲授《享受职业生涯过程之美——让我们拥抱变化一起进化》，为转型先锋班讲授《面壁十年图破壁 难酬蹈海亦英雄——招商蛇口转型先锋的修养》，为公司远航班讲授《远航寻梦 落地结果——组织能力研讨》及《总经理是如何炼成的》。目前，招商蛇口公司高层管理团队及中层管理者多是这二十年招进来和培养起来的，他们为招商蛇口的发展发挥了关键和重要的作用。

人才价值主张：
应以人文关怀和能力发展激励价值创造

狄浅基于招商地产的内外部环境、招商地产三十年积累的文化与管理实践、人才管理的核心价值点，创新提出了招商地产的人才价值主张，即以人文关怀和能力发展激励价值创造，并且以此为导向推动人才管理匹配公司战略执行。

人文关怀，就是尊重人、关心人、发展人、成就人，是对全员的尊重、关心、发展和成就，管理实践上不仅是对那些在核心岗位上创造价值的人、对那些在辅助岗位爱岗敬业的人，也是对那些能力技能不足的人的尊重、关心、发展和成就，对那些怠工者来说，要加强辅导，帮助其改变，如不改变，为了组织健康与活力，就要予以淘汰，如不淘汰则是对那些敬业者的不公平不公正。人文关怀是普惠式与差异化的激励式相结合的，从而以有效的成本吸纳、激励与保有所需人才。

为发展和成就人，就要帮助员工进行职业能力规划与发展，使员工持续提升终身就业的能力。

激励价值创造不仅是正向激励，也必须与负向激励组合使用，用好

"正向"与"负向"激励组合。多用"正向"激励，少用"负向"激励。正向激励重在职业发展机会如职务职级晋升、职业荣誉（如女娲奖）、多发奖金，负向激励应侧重在职业机会（如降职、免职）、职业荣誉（如通报批评）、降薪、不发或少发奖金等。

强化责任感和目标感：
追求卓越的践行者和推动者

为了做好行政人事工作，狄浅坚决贯彻落实招商局集团和招商蛇口党委班子提出的战略部署，在招商蛇口带领员工一起找差距、补短板，目的就是希望大家强化责任感和目标感，以更好成为追求卓越的践行者和推动者，进而实现获得感和成就感。

狄浅认为，全系统员工应立足当下，把握招商蛇口未来的方向和目标，重点是用"三个一"即客户、队伍、思维，"三个力"即认知力、组织力、执行力，"三项措施"即文化、考核、激励，助推"五个一"（特色IP、模式、动力、体系、平衡），做到招商蛇口党委所要求的精益管理、卓越执行。

第一个是"客户"。狄浅说，招商蛇口的文化是服务文化，"客为先"是行政管理人员的价值观。从工作内容上看，行政工作有党建、行政管理、人力资源管理、企业文化建设，还承担法务、客户服务等等。从角色上看，第一角色行政是公司文化、制度、政策及重要工作要求的宣贯者、践行者、推动者、执行者。第二角色是所在单位总经理在队伍建设方面的方法论和解决方案的提供者，助推所在单位成为高绩效组织，标准是四效，即效率、效益、效果、效能，重点是效率、效能，效率是人力资源效能、人工成本效率、人力配置效率，效能是组织力。第三角色是业务经理的业务合作伙伴，成为员工管理问题解决专家。第四角色是员工能力发展咨询师和助推者，也是员工心声的倾听者和收集者，如辅导、督导员工能力发展计划制定和督促，向上反映员工心声。

从能力上看，狄浅表示，行政人力资源管理工作能力首先是体系能力，体系分为三个层级，即招商蛇口总部（综合管理部）、区域/事业部/专业公司及其下属单位。这个体系能力既是纵向一体化的，是系统能力，也有各层级的能力，各层级能力是个人能力与团队能力的合体。

狄浅（中）和他的工联会团队们

那么，如何为客户服务？狄浅说，行政人事工作就是要主动关心客户需求。关心公司、总经理、业务经理在关心什么、强调什么，行政人员通过工作真正为人力资源管理"赋值"，并将管理寓于服务中。公司要打造一支以奋斗者为主体的员工队伍，要做新一代的奋斗者。奋斗者的特质是什么？一是精神，二是能力，三是干劲。一是有敢为天下先（敢想、敢试、敢创、敢干、敢变）的创新创业精神；二是有为客户创造价值和为公司创造业绩贡献的能力；三是爱岗敬业，具有攻坚克难、攻城拔寨、不达目标誓不罢休的干劲，贡献显著。

狄浅提出，行政管理负责人要像 CEO 一样思考，要具有经营意识，选人用人育人励人就是投资，投资就要讲回报。比如"控总量、调结构、提质量"，就要做到有上就有下，有进就有出，有多就有少，即人才"六能"。尤其是要实现各单位班子动态化常态化量化配置，通过控职数、调结构来提质量提人效。

关于如何落实"人才聚集—培养—管理能力"和"考核—激励—评价能力"及精益管理？狄浅认为，每位行政管理人员必须认真检视自己的工作，必须做到深刻认识、主动执行，必须做到执行有力、执行有效。因为"人才聚集—培养—管理能力"是人力资源管理底层能力，应自设量化指标，即为所在单位招到多少适合人才——学习能力适应能力强、投入度敬业度高、业绩贡献大的人才，精准引进了多少人，优化了多少人。

为进一步强化人才培养，狄浅要求各单位应列出重点培养的人才，列出名单对他们进行全职业生命周期管理，除集中培训外，重点在岗位实战中培养考察，同时安排导师进行辅导，切实杜绝流于形式。人才聚集——培养—管理要设指标，要有量化成果。对于冗余人员，可以分类分流。让所有员工认识到单位不会养闲人，重点助推员工知识技能发展，转岗的薪酬职级不能不变，要降职降薪，更不能提升，让他们深切认识到珍惜工作机会，工作机会比什么都重要；给了机会仍然没有适合的岗位应该解除劳动合同。

狄浅说，"考核—激励—评价能力"也是人力资源管理的底层能力。"考核—激励—评价能力"的强化，首先应从行政人事管理部门开始。打铁还需自身硬，行政人事人员要强化门槛要求即任职资格管理，过了就是门，过不了就是槛，就要拦在门外；已在岗的人要检视自己，该补的短板要抓紧补，该固的基础要抓紧固。

狄浅指出，行政人事管理部门要做到执行有力就要做好推动者，推动员工"考核—激励—评价能力"做细做实做到位。推动者要积极地进行"三推"：一推总经理，二推业务经理，三推员工。要切实发挥好他们各自的主体责任，执行到位。切实履行好推动者的职责，不能做"老好人"，做"老好人"的本质就是不负责、不作为、不称职，要勇于、敢于、善于对表现差、业绩差的人"拉下情面"，否则是对业绩好、表现好的员工的伤害。严管就是关爱，日常该严肃指出问题所在的必须严肃指出，红红脸，出出汗，该淘汰的坚决淘汰。队伍建设管理问题是冗余与短缺同在，不是量不够，而是质不高，所以必须控总量、调结构。只要有冗员、业绩差的就必须出与下，才有进和上的空间。

要做到执行有效就要保持对变化的敏感性，要适应变化。变化是常态，唯一不变的就是变。狄浅认为要识变、应变、求变、改变，尽快转换思维方式，积极作为，不换思想就换人。公司对员工的关爱首要的是能力发展，持续打造员工工作能力和胜任度。狄浅表示，应做好日常员工的关爱工作，在他们困难时给予帮扶等。企业文化活动是必要的形式，但不能为活动而活动，要将"思享汇"、员工之家、读书分享、员工能力发展计划书与培训有机结合。

狄浅一直倡导和践行行政管理人员要做追求卓越的践行者和推动者。他说，践行者是先行者、宣贯者、解释者，要做到真学真懂真干，做到多学深学、学懂弄通、真抓实干，而不是听一听、看一看。推动者，从方向上推动，向上推动领导、横向推动中层、向下推动员工；从内容上（提供工具、方法、方案）推动；从管理上推动，包括督办员（过程）、验收员（成果）、复盘员（知识管理）。在他的推动下，招商蛇口（招商地产）于2015年成为获得盖洛普全球最佳敬业组织奖的中国第一家公司。

围绕高质量发展大局
全力打造党委信任、职工满意的行业示范工会

2020年7月，狄浅被选举为招商蛇口工联会主席。在蛇口工联会主席岗位上，他坚持以习近平新时代中国特色社会主义思想为指导，紧紧围绕企业高质量发展大局，全面落实"面对面、手拉手、心连心"服务职工群众，全面加强以"感知力、响应力、影响力、凝聚力"为核心的中国式现代化工会组织能力体系建设，全力将蛇口工联会打造为党委信任、组织健全、职工满意、维权到位、工作规范、作用明显的示范工会。组织开展"工会干部党史教育"、党的二十大精神学习等主题活动，活动覆盖率达100%。1家集体荣获"广东省职工书屋"、2家集体荣获"深圳十大书香企业"，2名职工的奋斗故事被纳入广东省总工会《向上吧！追梦人》微纪录片。通过系列学习活动，引领工会职工听党话、跟党走、做贡献。

狄浅将工会工作纳入大党建工作总体布局，工作同部署，任务同落实，将党建带工建工作纳入各单位公司党建责任制考核。不断加强工会组织建设，企业建会率100%，企业职工入会率达100%，不断夯实企业建会成效。组织开展各类工会干部培训，覆盖工会干部超2000人次，积极发挥工会积极分子作用，不断完善工会干部培养、使用、发挥作用机制。

同时，狄浅围绕企业生产经营和职工成才成长，组织开展"建功十四五 奋进新征程"技能竞赛、职工技术比武、十佳青工评选、十佳创新工匠、创新工作室、巾帼文明岗、安全生产月等活动。从2022年至今，1家集体荣获深圳市劳模创新工作室示范单位，1家单位荣获深圳市创新示范

工作室，1 人荣获全国青年岗位能手，1 人荣获深圳市五一劳动奖章，15 人荣获"深圳工匠"称号。举办"五小"创新成果竞赛，创建创新成果 92 项，产生经济效益价值约 7900 万元，11 个项目入选 2022 年深圳市"五小"创新与质量技术成果竞赛决赛，创历史新高。

竭诚服务职工群众，建设"美好之家"。狄浅不断提升工会组织的响应力，健全维权服务工作体系，做到"职工有所需、工会必回应"。聚焦基层工会一线职工、困难职工、农民工求学需求，组织开展"圆梦计划"，帮助 300 名职工实现了在岗上大学的梦想。聚焦基层工会帮扶职工生活问题，组织开展帮扶补助、春节送温暖、金秋助学、双节慰问等活动。聚焦脱贫攻坚和乡村振兴工作，近年来，蛇口工联会组织各基层工会通过开展消费、就业、助学等举措，累计投入消费扶贫金额 2000 万元。

"心灵驿站"是蛇口工联会服务职工的重点品牌项目。聚焦职工心理辅导，组织开展"心灵驿站"职工心理健康服务，对 5207 名职工进行心理健康服务，项目荣获广东省职工心理健康示范项目优秀奖。聚焦职工文化生活，组织开展新春联欢会、职工羽毛球赛、职工读书月、蛇口宣讲行、职工音乐会等文化主题活动。2023 年 4 月，蛇口工联会荣获第三届深圳职工音乐节优秀组织奖（深圳市唯一一家企业工会）。聚焦职工关爱服务，组织"夏日送清凉"、单身青年联谊、健康食堂创建等活动，营造"简单、阳光、高效、关爱"的组织氛围。

不断加快智慧工会建设，强化职工服务阵地体系建设，加大普惠服务工作力度，构建线上线下有机融合的职工服务体系。狄浅结合招商蛇口职工实际需求及基层工会力量，自主开发了"蛇口工联会智慧工建新媒体平台"，定期发布贴近职工群众、符合工会工作特色的图文信息，推出小会培训、小会观影、小会福利、小会书屋、小会联谊、小会咨询、小会推荐 8 类微信活动，不断加强同市总"智慧工会"平台共建共享活动，开启了"互联网＋职工服务"的工会工作新模式。

"圆梦计划"是蛇口工联会服务职工的一项品牌活动，狄浅以工会资助形式，为一线产业工人搭建学历、技能、综合素质成长的平台。近年来有上百名职工通过"圆梦计划"实现了在岗上大学的求学梦想，招商楼宇科技仇朦萌就是其中的一个代表，仅有初中文化的仇朦萌于 2018 年来到招商楼宇科技，2020 年在招商蛇口工联会的帮助下参加了"圆梦计划"，报考了山东大学社会工作（本科）专业。

倾心打造"四个一"工程
下一个 45 年蛇口仍将成为又一个中国剧本

人们常说，深圳曾是一个小渔村，其实这里所说的深圳，代入的却是依山傍海的蛇口。位于深圳湾畔的蛇口，在过去的 46 年，其角色被不断改写：小渔村——工业区——自贸区，它的每一次变化都是一个时代的转折点。这个占地只有 11.23 平方公里的半岛，是中国 46 年巨变的一个缩影。

为了记录招商蛇口历史变迁，在 2018 年中国改革开放 40 周年时，狄浅授命主导开展了"四个一"工程。

在中国改革开放 40 周年这个特殊的时间节点，蛇口人决定重温蛇口的故事。2018 年 8 月，《时间的风景——蛇口四十年瞬间》一书由商务印书馆出版。该书以蛇口为切入点，将中国改革开放 40 年的风景通过图片、文字、地图和二维码等多媒体方式立体展开。这种梳理和展现既是现实的，又是艺术的，更是前瞻的。这本书选择了普通人作"主角"，以微观见宏观、以小见大的方式为蛇口 40 年作传。一个人、一栋楼、一艘船、一条路、一个村；40 年、40 个故事、329 个瞬间；《时间的风景》通过具有穿透感的图片和凝练的文字，引导读者一步一个脚印回到从前。

蛇口是改革开放的起点，策划《时间的风景》最初的想法很朴素，就是要为庆祝改革开放 40 周年做点事。这本书如何不落俗套、给人耳目一新的感觉？狄浅说就是围绕三个关键词：第一个是瞬间，这个瞬间一定是真正意义上抓拍的瞬间。第二个是穿越，每一组照片都要尽量穿透 40 年。第三个是生长，记录蛇口 40 年很重要的一点就是反映蛇口的生长。通过他们，把普通人这 40 年的获得感、幸福感呈现出来。中国改革开放 40 年，其实就是普通人对美好生活的实现。

这个想法在实现的过程中就像一粒石子在湖面漾起的圈圈波纹，不断扩大维度。最终，《时间的风景》只构成了四分之一。在庆祝中国改革开放 40 周年之际，招商蛇口最终实现了"四个一"工程：一本讲故事的画册《时间的风景——蛇口四十年瞬间》、一部故事集《蛇口，梦开始的地方》、一部简史《改革开放梦工厂：招商蛇口工业区开发建设 40 年纪实（1978-2018）》、一部纪录片《国家记忆：蛇口见证》。

在《时间的风景》中，读者能看见一个个普通人的名字：屈春华、林小静……蛇口渔村屈春华一家三代人所经历的逃离与回归，恰恰折射了蛇口的生长与巨变。而林小静是蛇口工业区最早的打字员之一，以不同的书写方式记录和保存了蛇口的变迁轨迹。

狄浅表示，书中的普通人虽然普通，但并不是随便选的。每一个普通人背后都代表着一个群体，他们生活的变化正是改革开放 40 年带来的变化。在书中，读者还能看到工业大道、时间广场、蛇口港码头、海上世界、前海自贸区，老照片与新照片的对应，映射出蛇口 40 年间的天翻地覆。一个个熟悉的地名，其实隐藏着招商蛇口"前港—中区—后城"的发展模式，具体来说，就是港口先行、产业园区跟进、配套城市服务的蛇口模式。

"四个一"工程不得不书写蛇口奇迹的缔造者——袁庚。但是，袁庚并没有作为主角出现，读者在"四个一"作品中却常常看见他的身影。狄浅说："袁庚之伟大，已经不需要我们反复以高大上的方式记述。袁庚是蛇口精神的化身，离开他就没有'时间的风景'。我们叙述的角度是普通人物的故事，这些主角的人生轨迹与蛇口的重要时间点重合时，袁庚自然出现在了画面之中。让读者感受到，他不仅仅是大人物，更是离每个普通人都很近的袁庚同志。"

书名《时间的风景》的创意来源于那句曾轰动全国的口号"时间就是金钱，效率就是生命"。当年袁庚提出来这句口号，因极具争议，标语牌曾经历了三拆四建的过程。而这一过程以一幅幅老照片的形式在书中有最直观的体现，也有了瞬间的永恒感。

2023 年，狄浅主编完成了《同梦·蛇口工联会四十周年画传》，这部大型画册全面、多角度记录了中国工会的一面旗帜——蛇口工联会成立 40 年的历史。

2023 年 7 月，在庆祝蛇口工联会成立 40 周年大会上，狄浅与蛇口工联会干部职工共同回顾了蛇口工联会 40 年的发展历史，他表示，蛇口工联会将永远忠诚党的事业、竭诚服务职工，在纪念为中国工会探索创造出"蛇口模式"光辉历程的同时，开启中国特色社会主义工会示范工会新"蛇口模式"新征程。

狄浅表示，当年来蛇口的人都心怀梦想。如今，招商蛇口已迎来 45 岁生日，招商蛇口"四个一"工程和"同梦·蛇口工联会四十周年画传"就是要做一次总结和重温，就是要告诉大家：人应该勇于有梦，敢于追梦，勤于圆梦。

蛇口是因改革而生的地方，是因创新而生的地方。狄浅希望如同当年葆有多种可能性一样，作为美好生活的承载者，蛇口一代又一代人能践行"时间就是金钱、效率就是生命""空谈误国、实干兴邦"的理念。新时代新征程，面对下一个 45 年，演绎了无数中国故事的蛇口仍将成为具有足够开放性的又一个中国剧本。

崔学鸿：深圳教育系统的一个标杆

他，毕业于中等师范学校，通过在职自学，先后获得专科、本科、硕士研究生文凭，现在是多所师范大学的兼职教授和硕士研究生导师。

他，在安徽从龙华行政村小学教师起步，后被调到联合乡中心小学、市实验小学、安徽工业大学高职院任校长、院长，经历过基础教育、高等教育的全过程。

他，放弃内地令人羡慕的岗位，毅然来到改革开放最前沿的深圳特区，创办育才四小，履职南外集团总校长，执掌深圳市第二实验学校，从未停止探索的脚步。

他，创新提出"教育从赏识开始""教育是绿色的""五育互育""儿童无错"等教育理念和"美美与共，和而不同，1+1>2"的集团化办学理念。

他，著有《赏识教育初论》《绿意盎然》，在《人民教育》等发表过《教育应该是绿色的——由绿色 GDP 想到的》《让每一位学生感受到爱》《绿色课堂焕发师生生命活力》《让每一位学生获得充分发展》《五育互育，高效促进学生全面发展》《儿童无错，共同发展》等论文 60 余篇，主持的课题研究荣获教育部首届基础教育"国家级教学成果奖"二等奖。

他，就是深圳市第二实验学校党委书记、深圳市"十佳校长"、广东省名校长、全国教育创新"杰出校长"——崔学鸿。

1963 年 11 月，崔学鸿出生于安徽省马鞍山市，教育管理硕士、特级教师、正高级教师、深圳特级正校长、深圳市地方级领军人才、全国"崔学鸿名校长工作室"、广东省"崔学鸿名校长工作室"、深圳市首批"教科研专家工作室"主持人和深圳市人大代表、教科文卫专业委员会委员。

崔学鸿和他的学生们在一起

　　来深圳工作以前，崔学鸿曾任安徽省马鞍山市珍珠园小学校长、安徽省马鞍山实验小学校长、安徽工业大学高级职业技术学院副院长。崔学鸿曾兼任国际赏识文化研究会副会长、全国英才教育研究会常务理事、中国绿色教育联盟和中国未来教育联盟轮值主席、北京师范大学兼职教授、华南师范大学兼职教授、广东省第二师范学院兼职教授、深圳大学兼职硕士生导师，现兼任教育部基础教学指导委员会中小学德育专业委员会委员、深圳市教育学会德育专业委员会理事长。

　　崔学鸿还曾获评安徽省"教坛新星"、安徽省"十大杰出青年"、享受省政府特殊津贴教育专家、《中国教育报》"2011年度校长"、全国家庭教育百名公益人物等。

　　2014年8月，崔学鸿来深圳工作刚好10年，被调任南山外国语学校这个名牌教育集团。这所创办于1995年的南山外国语学校颇具传奇色彩，作为南外第七任总校长，崔学鸿运用系统思考方法，以一枚小小的校徽撬动整个集团的治理和创新。他提出"像树一样成长"的办学理念，系统进行南外（集团）的文化建设，并着手构建十五年一贯制课程体系。

　　在南外任内，崔学鸿设立了南外八大"少年学院"，提升了学生的综合素养。少年外交学院和少年人文学院成立时，外交部前部长李肇星先生和著名国际管理学大师彼得·圣吉先生先后亲临现场揭牌。

崔学鸿执掌南外以后，南外高中的重本率不断提升，从 2014 年的 46% 提升到 2018 年的 72%，并于 2018 年获深圳市"最佳高考绩效（低进高出）奖"。

一路奔跑的教育集团也没有因为规模扩张而"稀释"优质资源。南外集团内高新、文华两部中考均分名列全市前茅，新开办的大冲学校首次参加中考就被誉为全市的"黑马"；桃源中学与集团联盟后很快得到社会认可，初一新生人数由前一年的 150 人骤升至 476 人；新建的南外高中、科华学校（九年一贯制）、滨海小学也都如期开学。

2018 年 7 月 12 日，深圳市南山区委区政府为了加强南山二外（集团）的发展，任命崔学鸿为南山二外（集团）总校长兼海德学校校长。

从一个成熟的集区调到一个新组建的集团，崔学鸿在周密调研和深入思考、讨论之后，提出了"海纳百川，和而不同"的办学理念和"打造南山商业文化中心区一流教育集团"的办学目标及三年发展思路。同年底，南山二外（集团）分别被《南方都市报》和《南方日报》评为"深圳最具影响力学校"和"最具改革创新力学校"。

来深圳南山区工作 15 年的崔学鸿，已经在南山实验、育才、南外和南二外四个教育集团历练过，而他本人也三次登台深圳"市民大讲堂"，向市民分享其教育理念，颇受欢迎和赞誉。

创办育才教育集团第四小学
用"期待线"取代学生作业本上的"×"

2005 年 9 月 1 日，由崔学鸿负责筹建的深圳市育才教育集团第四小学正式开学。这所新创建的校园占地面积 20000 平方米，建筑面积 11000 平方米，设计办学规模 30 个班。学校背倚秀丽的大南山，面临旖旎的深圳湾，比邻巍峨的深圳湾大桥，远眺一衣带水的香港，校园布局合理、设计典雅、环境优美、设施齐备。

招收的第一批学生只有六个班 200 多名学生，在开学第一天的工作会议上，崔学鸿根据其深耕教育领域多年的经验提出了"新而不显稚嫩，小而不显屡弱"的办学思想，他认为在客观上，学校可以"新"、可以"小"，但不能让学生觉得这个小而新的学校稚嫩且屡弱，无论学生在多新多小的学校上学，都应当获得像"百年老校"一样的高质量的教育水准。于是，崔学鸿提出了"六个一"办学理念，即：一所百年老校的成功取决于它的"第一个十年"，而第一个十年能否成功取决于"第一年"，第一年能否成功取决于"第一个学期"，第一个学期能否成功取决于"第一个月"，第一个月取决于"第一周"，而第一周取决于"第一天"。因此为了打造一个优秀的百年老校，开学第一天变得尤为重要。

当天的开学典礼仪式顺利结束后，崔学鸿便前往各个班级听课，这是他一贯的作风：开学第一天一定要听各班级第一堂课。他认为，如果他可以安安静静地听完一堂课，足以证明学校的教学稳定下来了。就这样，开学第一天，崔学鸿上午、下午全天候在各班级听课。下午四点半所有学生放学回家后，崔学鸿和全校老师们都松了一口气，随后他通知全体老师到会议室开会，进行开学第一天的复盘。

这所新学校的开学第一天是顺利的，也是成功的，这得益于全体老师和校负责人之间密切的配合和精心的筹备。崔学鸿表示，评判一个好学校的唯一标准就是家长愿意将孩子送来读书，如果一个学校留不住学生，那就是教育工作者的失职，就是对市民群众的不负责任。为了庆祝第一天开学工作的圆满成功，崔学鸿说："今天我们所有人共同努力完成了'六个一'计划中的第一个'一'，接下来的四天我们只需要做到像今天一样就可以完成第二个'一'，那么我们只用了一个星期时间就完成了'十年计划'里的两个'一'，一个月完成三个'一'，一个学期完成四个'一'，然后是第五个、第六个，最终将育才四小建设成真正的百年老校！"

育才四小成立后的第一次学期期末考试，育才的四个小学要举行一次统考，面对这次统考，四小的全体老师都没有信心，毕竟对手都是已经成立多年的成熟学校，最老的育才一小1983年建校。面对低靡的士气，崔学鸿表示："我们得最后一名也很正常，我希望大家努力让我们和第三名的差距小一点。"见到校长如此开明、如此知心地帮助大家分担压力，全体老师士气高昂，成绩下来后，育才四小英语成绩第一、数学第二、语文第三，没有一门课垫底。

"小学 6 年，学生的作业本上不允许出现红叉叉！"在育才四小，崔学鸿要求全体教师共同约定学生作业批阅不打"×"。学生作业做错了，老师在错误的地方划上一个期待线"\"，学生纠正错误后，老师再把期待线变成对号"√"。

崔学鸿说，小小批阅符号的改变，不是作秀，而是体现了对学生人格的尊重，对学生错误的接纳和对学生纠正错误的期待。以往教师在学生作业上打"×"的初衷是指出错误，可是，往往对学生的心灵造成伤害。为了让学生的心灵是绿色的，他们的作业即使错了，也不会收到教师"×"的负面能量。于是，有了心理安全感的学生就有了一个下次获取对号的期待。这种期待会使学生的学习质量越来越高，心理也越来越健康。

为了进一步推动绿色教育的贯彻实行，崔学鸿还创新提出了"40 保 4"课程策略，即在提高课堂 40 分钟教学效益的基础上，确保每位学生的"4个一小时"，包括学生每天家庭作业≤ 1 小时（中年级≤ 40 分钟，低年级≤ 20 分钟）、每天参加体育锻炼≥ 1 小时、每周参加社团活动≥ 1 小时、每周平均参加"红领巾小区"活动≥ 1 小时。

"40 保 4"课程策略强调面向全体学生、促进学生全面发展，突出德育为首和教学为中心，整合了德智体美劳的教育内容，融绿色学堂、阳光体育、学生社团、"红领巾小区"活动于一体，体现了综合学科课程、活动课程、社团课程、实践课程、环境课程的大课程观，也实现了孩子喜欢、家长支持、社区欢迎的共赢效果，较好地回答了减负之后做什么、如何做的问题，实现了"减负增效"，促进了师生与学校整体的和谐、高效、可持续发展，学校也因此获评深圳市、广东省多项荣誉。2014 年 6 月，"中国中小学绿色教育联盟"成立大会暨首届年会在深圳育才四小举行，顾明远先生欣然为学校题词"教育是绿色的"。

在崔学鸿和全校教职工的努力下，至 2010 年 3 月，育才四小已圆满完成了学校《第一个五年发展规划》，学校荣膺"国际赏识教育学会研究基地""全国课堂教学创新特色学校""广东省义务教育规范化学校""广东省心理健康教育示范学校""深圳市绿色生态学校""深圳市书香校园""深圳市安全文明小区"等称号。

在育才四小，崔学鸿倡导"教育从赏识开始""教育重在培养好习惯""教育应该是绿色的"核心理念，并实施绿色管理，开展绿色德育，构建绿色课堂，推进绿色服务，努力促进学校和谐、高效、可持续发展。

学校努力把素质教育落到实处，崔学鸿把"好习惯养成教育"作为学校德育工作的一条主线；"红领巾小区"社会实践活动吸引着98支"红领巾小队"活跃在周边社区；"绿色课堂的研究与构建"等校本教科研活动努力把不断提高教育质效的理想变成现实，76个学生社团为全面提升学生综合素质打造了坚实的平台。

5年时间，崔学鸿和全校教职员工同心同德，求真务实，无私奉献，开拓创新，致力于把学生培养成"通古今中外，汇科学人文，听、说、读、写、算门门优良，吹、拉、弹、唱、跳总有一手，德、智、体、美、劳全面发展"的优秀学生，为他们成长为具有深厚民族情结和文化底蕴、具有国际合作意识和竞争能力的国际型人才打下坚实的基础，并涌现出像叶子同学摘得"舒曼杯国际青少年钢琴大赛"少年组第一名桂冠的一批优秀少年。

呵护孩子心灵开展课外活动
让学生在主动实践中体验，在快乐体验中成长

2015年，以"教育的未来——关注孩子的精神成长"为主题的教育论坛在深圳成功举办。本次论坛由中国教育学会家庭教育专业委员会、中国少年儿童新闻出版总社主办。论坛期间，崔学鸿就"呵护孩子心灵，让孩子在体验中成长"这一话题进行了分享。

在分享中崔学鸿指出，要提高德育工作的实效性，就一定要发挥学生的主体性，而要发挥学生的主体性，必须增强德育的实践性，要让学生"在实践中体验，在体验中实现自我教育"，自我教育才是最好的教育。

在育才四小，崔学鸿打造了一个深受学生们喜欢的活动："我参与我成长"红领巾小区活动。学校和社区共同在孩子们居住的生活区里面开辟红领巾小区。当初为什么要这样去想、去做？崔学鸿认为，红领巾小区活动是素质教育的活动，孩子上街去扫地、去搞卫生，不是要把保洁员给取消掉了，而是要在这个活动当中去体验。红领巾小区活动有队名、有队旗，所有的小队都是由孩子自己组成的，队名是他们自己起的。除了有队名以外，还有队旗，这些队旗也是孩子自己设计的。他们自己制作队牌，自己

制作宣传品，还有分工，他们还有以家长为主的轮流的辅导员。

崔学鸿说，队员们自己要设计活动计划，一个月开展一次活动，一个月利用双休日的半天时间。他们的活动有设计、有规范、有手册、有评奖、有标准。这些活动最后都变成孩子们自己积极主动参加的活动了。这个活动有三类：一个是常规的活动，一个是定期的主题活动，另外一个是不定期的主题活动。孩子们做一张手抄报，到公园里面让人给他签名，还有爱护鸟的宣传，这都是常规的宣传，低碳生活宣传，是他们自己做的海报。

还有一个"地球一小时"活动。有一天，崔学鸿看到有市民开车到小区门口，被红领巾们抓住了。孩子们告诉市民，叔叔阿姨，今天是无车日，你们能把车子开回去吗？崔学鸿说，这样的活动只要让学生发挥主体性，就一定会有创造性。即使学校不组织，红领巾队员们每年也都会到莲花山上给邓小平塑像献花；深圳举办 2011 年世界大运会期间，南外红领巾小队在结束的赛场上捡垃圾；汶川地震，少先队自发组织募捐，一星期时间给汶川募集捐款 7 万元；有个学生上初一得了白血病，红领巾小队短期内自发募集了 10 万元捐给这个同学。

崔学鸿说，前后 8 年时间，南外集团有 100 多支小队都是孩子自愿组织的，开展了 7000 多次活动，活动涉及保洁、助残、助学、慰问等，这个是"红领巾小区"的活动效果。红领巾小区活动让学生在节假日里从家庭走出来、从习题中走出来、从孤独中走出来。学生越来越主动、家长越来越热情、教师越来越轻松。红领巾小区活动让学生在实践中体验，在体验中实现自我教育，真正成了学生愿意参加、乐于参加、渴望参加的德育教育活动的平台之一。

以学定教强化学生主体地位
走出减负提质创新的"绿色学堂"领跑之路

2019 年新学期即将开启之际，深圳第二实验学校（以下简称"二实"）迎来新的掌门人。2 月 16 日，二实召开教职工大会，会上，崔学鸿被任命为该校副校长，全面主持学校党政工作，第二年，崔学鸿被任命为二实党委书记、校长。

二实创办于 1989 年，是深圳市教育局直属公办普通完全中学，学校是广东省首批国家级示范高中、广东省一级学校、广东省高中教学水平优秀学校，连续十多年获深圳市高考工作卓越奖，曾被评为深圳市最具影响力学校。崔学鸿在任职演说时表示，二实有着丰富的历史、深厚的积淀和辉煌的成就。在二实再上新台阶的关键转折期，自己将带领团队尽最大努力，化危机为机遇，变压力与挑战为动力和活力，用智慧和汗水把二实打造成让领导放心、让家长信任、让学生快乐成长的崭新的一流学校。

在二实，崔学鸿认为，用科学发展观指导课堂文化建设的本质和核心是坚持以生为本、以学为本。而绿色课堂文化建设的基本途径是构建环境友好型的和谐课堂，营造轻松友好的学习氛围，发挥学生主体性和创造性，把课堂还给学生；构建资源节约型的高效课堂，尊重学生生命，精心设计学习活动，使学生的时间资源得到充分利用，努力提高课堂教学效益，确保"减负不减质"；构建可持续发展的创新课堂，寻求科学的发展方式，促进老师和学生共同成长、持续发展，焕发师生生命活力。和谐、高效、可持续的课堂是真善美统一的完美课堂，是充满爱与活力的绿色课堂。

崔学鸿坚持教学是一门艺术，倡导以人为本——好的课堂应该是和谐的；和谐体现了民主平等的师生观，追求的是善。教学是一门科学，讲究科学效益——好的课堂应该是高效的。高效体现了全面发展的价值观，追求的是真。教学是为了促进发展，追求持续发展——好的课堂应该是可持续的。可持续体现了持续发展的发展观，追求的是美。和谐、高效、可持续的课堂是真善美统一的完美课堂，是追求和向往的、充满爱和活力的绿色课堂。

为此，接手二实以后，崔学鸿着力构建促进学生全面发展的高质量育人体系，推动和谐高效绿色学堂建设，促进学生德智体美劳全面发展。"绿色学堂"也成为深圳市第二实验学校一张落实"双减"精神、推动课堂变革的耀眼名片。在双减时代下践行减负提质的路上，二实又一次实现了"创新领跑"。为贯彻、落实"双减"精神，真正在教学中落实减负提质，作为深圳市首批义务教育阶段减负"实验学校"，崔学鸿结合二实实际情况，摸索出许多创造性的举措。

崔学鸿认为，"双减"要真正落实，首先要从改进、优化、重塑作业和学堂入手。崔学鸿亲自挂帅，行政干部深度参与协调，年级和科组负责统筹作业数量与质量，班主任和科任老师是双减工作的具体实施者和宣传者，在制度和组织构建上保证"减负不减质"，能够落地生花。

崔学鸿提出"三精"原则，即精心设计，提高作业质量；精诚合作，控制作业总量；精讲精练，提高学堂效益。这个逻辑关系是减负的核心。

其中，精心设计，提高作业质量就是精心设计作业内容、形式，难度适中，确保效果；探索个性化、综合性主题式、大单元和分层弹性作业设计，杜绝机械、重复、低效作业，严禁惩罚性作业；学科书面作业包括基础性作业(必做)和拓展性作业(选做)；作业题目分知识强化、能力提升和综合探究三个层次供学生选择。

精诚合作，控制作业总量，就是实行年级主任负责制，严格按照"每日严控，周内协调，周末补偿"的原则布置作业。任课老师沟通，班主任统筹协调，年级主任核查负责，每天协调，控制总量；需要多布置作业的学科周末补偿。

精讲精练，提高学堂效益就是要明确认识到"减负不减质"的关键在于提高课堂学习效益，从根本上消除家长焦虑。强调以"学"为中心，把课堂变成"学堂"，让学生成为学习的主人，努力提升学生学习效益。学生是学习的主体，要把课堂还给学生，让学生成为课堂的主人，让学生在课堂上多练习，让课堂真正成为学生主动学习的"学堂"。同时强调以"学"为主线，进行"学"的练习设计。精心设计"学"的练习(听说读写想演算等)，引导学生进行深度学习，训练思维，提升能力，精讲精练，提倡当堂解惑、当堂消化、当堂作业、当堂校对、当堂订正，杜绝"课内损失课外补"的现象，不需要多布置课外作业。

通过践行"三精"原则，二实的作业和课堂实现了优化和重塑。量少而质优的作业、生动高效的"绿色学堂"成为二实师生们的最爱。随着"双减"政策的落地，学校以学定教，强化学生主体地位，倡导构建和谐、高效、可持续的"绿色学堂"，引领全体教师从师德的高度认识"减负"问题，把为学生设计精妙的课堂练习和家庭作业当作日常任务，全面压减作业总量和时长，减轻学生作业负担，分类明确作业总量。教师们精心设计，提高作业质量；精诚合作，控制作业总量；精讲精练，提高"学堂"效益，确保"减负不减质"。

崔学鸿在"减负提质"方面的优异表现让学校获得"深圳市教育工作先进单位""深圳教育改革示范学校""深圳课堂革命示范学校""深圳市首批义务教育阶段'减负提质'实验校"等荣誉。

创造性提出"五育互育"育人理念
为师生开启别样精彩的高质量校园生涯

近年来，崔学鸿在二实中高考、思政教育、学科教学、艺体竞赛、科技创新等多方面获得瞩目成绩。毋庸置疑，这些卓越成绩的取得源于领先的教育理念、教育思想、教育体系。崔学鸿经过多年思考与沉淀，在深圳任职的几所学校创造性地提出"五育互育"育人理念，富于前瞻性地挖掘"五育"之间的有机联系，贯穿于教育实践中，为师生开启了一段别样精彩的校园生涯。

近年来，崔学鸿在二实坚持实践"五育互育，促进每一位学生最优成长"的办学理念，以"促进学生全面发展"为目标，构建了"5·20"提升学生综合素养的校本课程体系。

当前，构建德智体美劳全面培养的教育体系，形成更高水平的人才培养体系，是摆在教育工作者面前的一个重要课题。那么，如何让"五育"落地于中小学教育教学实践并产生更高的整体效益，从而真正落实立德树人的根本任务？崔学鸿认为，应以"五育互育"促进"五育并举"，由此提高五育的整体育人功能，高效促进学生全面发展。

所谓"五育互育"？崔学鸿说，"五育"指德智体美劳五育，"互育"指德智体美劳五育之间的相互作用，即根据"五育"在教育内容和教育方式上的相互包容、交汇、渗透、补充等特点，强化"五育"之间的动态联系及相互作用，在"一育"中渗透"五育"，在"五育"中实现"一育"，使"五育"通过"互育"实现共生与融合。从理论和实践层面看，"五育互育"的必要性与可行性有四个方面：

其一，德智体美劳"五育"在内容上可以实现"互育"。"五育"的内容既相对独立、不可替代，又相互联系、难以分割。智育、体育、美育和劳动教育中无不包含着德育的内容，德育、体育、美育、劳动教育中也无不包含着智育的内容，体育、美育、劳动教育的内容同样渗透在各育之中。"五育"是一个紧密联系的辩证统一体，以德育为核心，共同服务于塑造全面发展的人才这一目标。"五育"的内容相互包容、交汇，在"互育"中培养全面发展的人。

其二，德智体美劳"五育"在方式上可以走向"互育"。"五育"在实施途径和形式上相互重叠、渗透、补充，任何一育的实施都可以渗透其他各育的内容，任何一育的达成都需要其他各育的补充。二实提出"以球健体、以球养德、以球启智、以球塑美、以球促劳"的原则，就是希望学校篮球队示范发挥体育在其他"四育"中的功能，对学生德智体美劳进行全面培养，带动和促进全校的"五育互育"。

其三，"五育互育"离不开每一育对自身任务的审视。崔学鸿说，为什么很多物理考试得满分的学生不会安装电灯？类似这种"高分低能"的现象，其实就是智育没有完成其本该完成的任务所致，也就是智育的"不充分"。要做到促进学生智力发展，并不是单项推进就能达成目标，还需要与其他几育互育共生、协调融合，否则就可能出现"高分欠德""高分体弱""高分乏美""高分恶劳"等问题。如果"五育"没有"并重"，就会导致"五育"的不平衡；如果"五育"没有"互育"，则会出现"五育"的不充分。

其四，"五育互育"有利于发挥"五育"整体育人功能。教育的对象是一个个整体的人，德智体美劳各育的效果通过教育对象自身的复杂建构才能显现、发挥。只有通过"五育互育"实现"五育"的整合与融合，才能呈现"五个一相加大于五"的整体成效，高效促进学生全面发展。

崔学鸿认为，"五育"是相互联系、不可分割的整体，"五育"的对象也是一个个具有独特个性的鲜活的生命体，具有整体性和社会性，因此，"五育"仅仅"并重"还不够，还要注意各育之间的内在联系。通过系统思考、整体设计，实施"五育互育"，才能形成德智体美劳全面培养的教育体系和教育方法。

为促进学生德、智、体、美、劳全面发展，崔学鸿在学校开发了丰富多彩的课程套餐，成立了翠竹书院、梧桐书院、东湖书院、南海书院和五环书院五大书院，形成了独具特色的个性化人才培养体系，为培养人文、数理、科技、艺术、体育、国际化等方面的创新人才搭建了广阔的平台。

学校获评广东省首批国家级示范高中、广东省一级学校、广东省高中教学水平优秀学校。

近年来，崔学鸿在深刻理解立德树人教育根本任务的基础上，结合深圳特点及校情，探索构建独具二实特色的"五育互育"高质量育人体系。秉承"社会即学校，生活即教育"的理念，二实注重在德育工作上彰显自己的特点。学校坚持"发挥主体性，增强实践性，激发创造性"的原则，让学生在实践中体验，在体验中实现自我教育。

崔学鸿认为：教育要"着力解决发展不平衡不充分问题"，就要切实做到"五育并举"，解决德智体美劳发展不平衡的问题，促进学生德智体美劳全面发展；同时大力倡导"五育互育"，解决德智体美劳发展不充分的问题，高效促进学生德智体美劳全面发展。"在实践中辩证地处理'五育'之间的关系、实现'五育'的整体育人功能……不是简单地做'加法'，而是要在'五育'之间做'乘法'，以形成'五育'的整体倍增效应。"崔学鸿这样阐释"五育互育"的内涵和举措。

二实在连续十六年获得"高考卓越奖"的基础上，在学科竞赛、科技创新、体育艺术、文学阅读、信息化课堂等方面屡屡摘获国家级、省市级大奖，"德、智、体、美、劳"多点开花。全国中学生物理竞赛一等奖，第七届中国国际"互联网＋"大学生创新创业大赛"萌芽赛道"全国总决赛中夺得最高奖——创新潜力奖，第八届"阅读之星"全国青少年阅读风采展示活动中获全国二等奖，首届中国中学生男子五人制足球联赛冠军，第十四届全国运动会中二实老师作为广东省毽球队主教练带领二实毕业生获得两枚金牌，二实被誉为"毽球冠军摇篮"，学校篮球队先后获得"耐高联赛女子组广东赛区冠军""广东省青少年三人篮球锦标赛甲组（男子）冠军""广东省中学生三人篮球锦标赛（高中女子组）冠军、初中男子A组冠军""深圳市中小学篮球赛冠军"等，学校花语合唱团获得深圳市中小学生艺术展演一等奖、世界合唱节A2组（16岁以下童声合唱组）金奖，青春舞蹈团参演央视新年音乐会，广东省第七届中小学艺术展演获评一等奖，"广东省中学生天文知识竞赛"高年组一等奖，"深圳市第十届运动会竞技体育组航空、航海、车辆模型竞赛"金牌……

"分数"与"素养"并蒂开花，遍及"德、智、体、美、劳"的奖项与成果，正是崔学鸿"五育互育"育人体系结出的累累硕果。崔学鸿执掌二实期间，接连获得"中华优秀传统文化传承学校""全国群众体育先进单位""广东省交通安全文明示范学校""深圳市中学生科技创新教育特色学校""深圳市中学生科技创新教育基地学校"等荣誉，还获得"深圳市先进基层党组织""深圳市教育工作先进单位"光荣称号。

2019 年，崔学鸿在《中国教育报》第二届全国校长大会上以《五育互育，落实五育》为题发表了主题演讲，阐述了他"五育互育"、高效促进学生全面发展的育人思想。

教育的秘诀是让学生感受到爱
教育没有爱不行，仅有爱不够，还须有爱的艺术

综合自己从教一辈子的经历，崔学鸿总结出爱是教育的前提，教育不能没有爱。崔学鸿认为，爱学生不等于会爱学生，对学生的爱如果没有让学生感受到，就难以充分发挥爱的教育作用。因此，教育没有爱不行，仅有爱不够，还须有爱的艺术，教育之爱的艺术是让学生切切实实地感受到爱的艺术。教育的秘诀是通过对学生具体的尊重、理解、信任、欣赏、激励和宽容等言行和神情，让学生切切实实地感受到爱。

崔学鸿说，尽管绝大多数老师对学生是充满爱的，但是，老师的爱是不是充分发挥了教育的作用？老师的爱有没有成为促进学生积极主动地发展、快乐健康地成长的动力？为此，崔学鸿有这样一项调查结果：问被调查的老师："你爱你的学生吗？"90% 的老师回答："爱。"再问这些老师所教的学生："你感受到老师对你的爱了吗？"只有 10% 的学生回答说感受到了。

为什么 90% 的爱的投入只有 10% 的爱的产出？什么原因导致爱的效益如此之低？崔学鸿从受调查者所写的说明来看，19% 的人认为"爱学生与会爱学生是两回事"，32% 的人认为"爱的传递与感悟更需要沟通和交流"，28% 的人认为"爱和被爱之间缺乏一座由工作方法和工作艺术搭起的桥梁"，分别有 34%、33% 和 23% 的人认为教师必须具备"爱的意识""爱的行为"和"爱的能力"，29% 的人认为"教师应提高爱的品位和艺术性、学生应学会感受爱、接受爱"，17% 的人认为是学生缺乏理解和接受爱的能

力，25% 的人认为"学生应学会爱和理解爱，才能感受、体验到爱的乐趣和爱的愉悦"，20% 的人认为"学生对爱的理解要靠老师的引导"。

概而言之，除了学生缺乏对爱的理解和感受能力之外，导致爱的效益如此之低的主要原因是教师缺乏爱的艺术。因此，在几十年的教育实践中，崔学鸿都努力排除"种种原因"的干扰，让教师表现出自己爱的能力。

崔学鸿认为，教育仅有爱不够，还须有爱的艺术。只有提高爱的艺术，才能提高爱的效益，教师的爱才能真正发挥教育的作用、成为促进学生成长的动力。那么，什么是爱的艺术？崔学鸿表示，所谓爱的艺术，就爱的实践而言，就是爱的具体化的艺术。所谓教育之爱的艺术就是把教育工作者对学生的爱化作让学生可以感受得到的具体的言行或神情的艺术，就是让学生把教师的爱化作他们解放自己、主动发展的力量的艺术。

如果教育的真谛是爱，那么教育的秘诀就是让学生感受到爱。教育之爱的艺术就是让学生切切实实感受到爱的艺术。崔学鸿在教育实践中总结出，教育的秘诀就是如何让学生感受到爱。

他说，首先，要尊重学生，因为学生是人。作为自然的人，学生是有思想感情的个体，具有自身独立的人格。他们有自己的需要、愿望和尊严，这一切都应该得到正当的尊重和满足。作为社会的人，学生是独立的社会个体，有独立的社会地位，是行使权利的主体，理应受到社会的特别保护。

因此，教师必须尊重学生独立的人格和社会地位，重视学生的意愿和选择，维护学生的权利和自尊。要根据学生的未成熟性、可发展性及其发展差异性，对学生身上的优点和缺点予以全部接纳。只有全部接纳学生，才能全面了解学生，因材施教，办适合学生发展的教育。

其次，要理解学生，因为学生是未成熟的人。未成年人因为生理上的未成熟与家庭和社会地位的缺失，极易产生自卑心理，幼儿期的无助、童年期的懵懂、青春期的烦恼、应考前的压力等等，使他们渴望得到理解和帮助。可以说，理解学生的未成熟性是对学生最好的尊重和帮助。

了解是理解的前提，只有充分接触、细致观察、全面了解，才能逐步达到真正理解。教师要通过耐心细致的观察、热情专注的交谈、平等友好的家访或校访等，走近学生身旁，走进学生心灵，深入细致地了解学生的行为表现和心理感受，发现学生的闪光点。尤其要与学生实现心与心的交流、灵与灵的融合，使学生能够得到真正的理解。

再就是要信任学生，因为学生是发展中的人，学生身上蕴藏着巨大的潜能。这些潜能都是种子，如果给予适当的发展条件，就会生长、显现出来；如果没有这些条件，它们将被窒息而死去。教育就是帮助学生实现他们的潜在可能性。相信人人都有才，才会正确对待每一个学生的发展潜能；相信人人能成才，才能找到适合学生发展的好方法、好途径。

但是，信任不是放任，信任仍需指导。崔学鸿表示，要从学生的发展实际出发，给予学生切实的行为指导，帮助学生把潜能转化为正确的行为和真正的能力，使学生在体验成功中树立自信、主动发展、愉快成长，让强烈的自信心成为伴随学生发展成长的永动机。得到信任的学生会充满自信，更加活泼可爱；得到解放的学生会充满活力，更加积极主动；得到放飞的学生会充满睿智，拥有主见，慢慢学会负责，逐渐走向成熟。

还有就是要欣赏学生，因为生命渴望被呵护。崔学鸿认为，欣赏能让学生获得温馨和鼓舞，能让学生感受到爱和关怀，能使学生产生自尊和自信，能使学生产生积极的情感和向上的动力，欣赏有利于发现学生的闪光点。对于教师来说，学生身上不是缺少优点，而是缺少发现。只有拥有欣赏的心态，才容易发现学生身上本已存在的优点，或者从学生的缺陷或失误中发现闪光点。每一名教师如果能像欣赏优美的诗、美丽的画、动听的歌、鲜艳的花一样欣赏学生，不仅能让学生在被欣赏中摆脱冷漠，逃离孤寂，感受温暖，树立自信，舒展身心，焕发生命活力，而且教师自身也将会从中获得美妙的享受。

崔学鸿还表示，学生需要鼓励，因为成长需要激励，并且还要学会宽容学生，因为儿童无错。崔学鸿说，宽容不是包庇，更不是纵容，宽容的目的是使教师能够冷静而有效地引导、帮助学生主动克服缺点、自觉纠正错误。宽容还表现在对学生发展的积极期待和耐心等待上，要容忍学生在改正错误的过程中出现反复，不要急于灰心失望，应耐心等待学生在反复中前进。

陈琼：以奋进姿态展现新时代环卫人风采

2003 年，她辞去老家城建委体面的工作投身深圳环卫事业，20 年来，她牵头对深圳市宝安区 1048 座公厕进行升级改造，公厕管理"宝安模式"得到省、市表扬并推广；她首创管家服务，打造深圳城中村环境卫生标杆；她钻研制定多项管理标准，牵头开发的智慧环卫信息化系统获国家、省相关部门肯定并推广。她就是深圳市宝安湾垃圾分类处理有限公司副总经理、工会主席——陈琼。

每个行业，都有敢于中流击水的先锋；每个岗位，都有以破难为己任的攻坚者。陈琼就是这样一位深耕环卫一线、恪守党员初心的环卫人。从一线环卫巡查工作人员成长为宝安湾生活垃圾分类处理有限公司管理者；从社区志愿服务者到当选省十三届人大代表，陈琼的职务在变，身份在变，但初心依然不改。

近年来，作为省人大代表，陈琼积极参加省、市、区人大常委会等单位组织的代表履职活动。列席各级人大常委会会议 14 次，参加执法检查 33 次、专题调研 63 次、座谈 43 次、培训 11 次。在 2020 年"深圳人大代表活动月"的启动仪式上，她作为唯一代表发言；在深圳市人大常委会举办以"践行绿色发展理念 推进生活垃圾分类管理"为主题的人大代表电视问政会上，她作为省人大代表登台问政，获得一致好评。

陈琼来自环卫一线，对环卫工人的艰辛感同身受，设身处地为工人着想。她联系各方开展多样化的关爱环卫工人暖心活动，首创的"爱心歇脚屋"在全市推广。通过她连续 5 年在省人代会上为环卫群体发声，推动广州市环卫工人工资翻番，深圳市面向环卫工人提供公租房，1352 名环卫工人受益；广东省 30 万名环卫工人得到岗位津贴、免费体检、职业技能补贴等实惠。

"近年来，党和国家越来越重视环卫工作，关心环卫工人。习近平总书记也多次看望慰问环卫工人并强调，'劳动没有高低贵贱之分，任何一份职业都很光荣。'各级党委政府和相关职能部门也积极落实党中央工作部署，重视保障落实环卫工人权益，多渠道给予环卫工人关爱与温暖。这些都让我深受鼓舞，备感振奋，激励我更加坚定地投身环卫事业。"陈琼如此表示。

宝安区在全市率先建成 153 座小型垃圾转运站

1979 年 8 月，陈琼出生于湖南衡阳，1997 年 7 月毕业于湖南省衡阳市财政会计学校。同年进入湖南省衡阳市建委城建档案馆工作，其间，先后在湖南省衡阳市职工大学中文秘书专业（大专）学习、湘潭大学档案管理专业（本科）学习。

2003 年 4 月，陈琼为了实现心中的理想，来到深圳市宝安区城市管理局市容环境综合管理服务中心工作，投身于深圳的环卫事业，成为宝安城管系统环卫巡查队的一名城管协管员。当时的工作职责是劝导乱摆卖、乱扔垃圾的不文明行为。但是，每当看到环卫工人们辛苦清扫摊贩留下的垃圾，陈琼便主动加入清扫队伍中。她时刻记得，自己在学生时期就是一名共产党员，必须任劳任怨干一行爱一行专一行，专心、专注、钻研、专业。这就是陈琼来深圳时对自己提出的基本要求，至今她已经认认真真地坚持了 20 年。

2004 年，深圳城管执法事权调整后，陈琼开始负责街道的环境卫生巡查督办，每天奔走于大街小巷，白皙的皮肤晒得黝黑，同事们半开玩笑地称她为"马路都督"。

2006 年，宝安开始筹建小型垃圾转运站，陈琼被委以重任，参与这个项目新安、西乡、福永、沙井片区小型垃圾转运站的建设。为了科学选址，陈琼每天早出晚归，深入街道的各个社区，脚下的水泡起了又破，破了又起。当时，有很多社区居民对转运站的选址工作并不理解。陈琼就拿出设计图纸和环保资料，一遍又一遍地跟他们解释。2007 年，终于建成第一批小型垃圾转运站。2008 年年底，宝安区在全市率先建成 153 座小型垃圾转运站。

啃完一个"硬骨头"，另一个挑战又来了。当时，摆在陈琼面前的新课题是如何推行车载桶装垃圾转运站收运模式，让垃圾做到不落地。陈琼选了上川、上合、安乐三个社区进行试点，连续一个月，每天凌晨5点坐在垃圾车上与清运工人一起往返于试点社区的垃圾收集点之间，对着垃圾反复计算司机和装卸工的配置、垃圾车与转运站的衔接调配、660升密闭式垃圾桶的投入数量，逐步完善设计了运作方案，形成垃圾清运"宝安模式"。这个模式在全市得以推广，成为当时国内最先进的案例。

随着特区一体化的到来，如何更好地维护深圳的市容环境，对环卫工作者提出了更高的要求。陈琼想，自己应该努力成为这个领域的专才，走"专家路"。于是，她开始自我加压、自我提升，在饱和的工作之余挤时间攻读华中师范大学公共管理MPA专业并顺利通过考核。值得骄傲的是，她的硕士毕业论文《论垃圾转运站的建设与管理》荣获学校当届论文答辩的第一名。

将草围社区打造成全市城中村环境卫生"标杆"

从一线的巡查协管员一步步成长为工作标兵和行业专家，陈琼表示，让自己持续深耕环卫事业的不竭动力和创新能量就是自己作为一名共产党员，来自于基层，成长于基层。扎根基层，奉献基层，始终牢记服务之心，坚持一心为民，用自己的实际行动忠诚履职，这是责任，更是使命。

2011年，第26届世界大学生夏季运动会在深圳举办。陈琼被抽调到大运办，牵头负责与迎大运相关的环境卫生工作，时间紧、任务重。由于连轴加班，一天晚上，陈琼突然感到一阵眩晕，一脚踩空，从单位3楼摔到2楼转梯口，摔伤了脚，脚骨折了，她就把办公室搬回家，不久，她又瘸着脚回到工作岗位，工作一件没落下。在迎大运期间，陈琼牵头制定了路面冲洗工作流程和工作标准，规范承包企业的作业方法，确保路面见本色，得到市、区领导高度赞扬。

陈琼努力学习钻研，领衔挑重担，历经无数个日日夜夜，牵头制订了几十项区级环卫服务标准并进行试点，在全市首创统一了清扫保洁和垃圾清运考核办法、考核标准。她还带领行业员工对辖区的环卫企业、车辆、

陈琼与环卫工人们交流

垃圾转运站、公厕等信息进行采集，为全区所有环卫车辆和工人安装 GPS 定位仪，建立起全新的环卫作业考核模型，在全市首创智慧环卫信息化系统。这个系统获得住建部、省住建厅的肯定和推广。

2016 年深秋，刚生完二胎的陈琼主动提前返回工作岗位，根据打造"全国最干净城市"的部署，承担起宝安区打造"城中村环境卫生'双治'示范创建行动示范点"的重担。陈琼会同单位领导选取基础薄弱、环境卫生整治难度较大的草围社区和后亭社区作为创建行动示范点。示范点的标准有多高？那就是走进社区的任何角落，地面干干净净见本色，墙面看不到一张乱张贴的东西，大街小巷无摆卖，公厕洁净无异味。这无疑是巨大的挑战。

为了得到第一手数据，陈琼每天 7 点必到社区，查路面、盯转运站、看公厕，蹲守记录每一个环卫作业工种的操作流程。晚上各项环卫作业结束后，她又回到办公室，分析数据，研究如何优化衔接各个环节。当时，陈琼的二女儿才 4 个月，孩子只认母乳，不喝奶粉，每次饿了都哭得令人揪心。因为陈琼常常夜晚加班忘记哺乳时间，家人只好电话催她回家或者把孩子送到办公室、送到社区甚至到工地去喂奶。

经过反复研究，宝安区最终优化了作业流程，创新制定了相关创建标准和管理服务标准。经过一个月的集中整治，两个社区的环境卫生有了质的飞跃。市、区领导先后 3 次在示范点召开工作现场会，高度肯定"宝安经验"。其中，草围社区还成为全市城中村环境卫生的"标杆"，这让陈琼更加坚定了在环卫事业这条路上走下去的信心。

2017 年，宝安开始大力推进"厕所革命"。陈琼又牵头对全区 848 座公厕进行升级改造，省内首建"一厕一人一管一米不臭"工作机制；首创公厕服务评星级，"星级服务公厕"入选第五届南都街坊口碑榜百件民生实事 30强。2018 年，陈琼牵头推出了"厕评行动"，打响全省"厕所革命"示范检查评比"第一枪"，公厕管理"宝安模式"得到市领导表扬并在全市推广。

从 2019 年起，陈琼首创设计了厕评员、公厕保洁员的服装，牵头在人流密集场所设计一座座智能化、现代化、便民化的街头特色公厕，让便民公厕成为城市靓丽的风景线。

首创"爱心歇脚屋" 极大地改善环卫工人工作条件

陈琼一年 365 天有三分之二的时间都和环卫工人们在一起，与环卫工人们共同经历过风吹日晒，共同面对过工作中的汗水与泪水，和这样一群用汗水和勤劳为城市的洁净默默奉献的环卫伙伴们并肩前行着，无关乎身份，无关乎岗位，任劳任怨、勤勉敬业。

陈琼深深地感受到，时代所赋予的建设使命，归根到底都要靠尽职尽责、辛勤劳动才能实现。作为一名共产党员，要善于把握基层工作的条件和优势，时刻关注民生实事，以干实事为工作目标，树立干事导向、干成事导向，以强烈的主人翁意识投身到改革发展的时代洪流中，以人民为中心，平凡亦是伟大。

近年来，陈琼牵头开展了一系列关爱环卫工人的爱心活动。其中，首创的"爱心歇脚屋"极大地改善了一线环卫工人的工作条件，得到各级领导的肯定和支持，在全市推广建设。

2018 年陈琼当选广东省第十三届人大代表的第一次会议期间，在代表们午餐午休的时间，她还在会场准备环卫工人安全保障条例时，记者无意中拍下陈琼废寝忘食的照片，后来被刊登在 2018 年第一期的广东省《人民之声》杂志封面上。陈琼积极履职，坚持为环卫工人群体发声，经过不懈努力，深圳首次向环卫工人提供公租房，全市 1352 名环卫工人喜拿钥匙，全省 30 万名环卫工人得到岗位津贴、健康体检、职业技能补贴等。

2018 年 9 月，深圳遭遇 35 年来最强台风"山竹"，广东超过 50 万人受灾，一天下来整个深圳倒伏树木无数。很多在市区上班的人员，需要在树木中穿梭而行，但是，当时宝安区却在清晨六点钟以前就已将所有的主次干道全部清理出来，路面畅通无阻，这是陈琼和工友们一起 72 个小时、三天不眠不休的成果。没想到，陈琼和同事们应战台风"山竹"的画面又一次被记者拍摄到并刊登在 2018 年 9 月 17 日《深圳特区报》的头版。

2020 年初，新冠肺炎疫情无情蔓延。陈琼带头"逆行"一线做好本职工作，并组织宝安区劳模协会分批购买了口罩、酒精等防疫物资，捐赠给快递小哥、环卫工人、检疫点驻守人员等一线人群。此外，她还发动全区劳模捐献了 1100 万元善款和价值 800 万元物资，个人带头捐赠了 3000 个医用口罩、6000 个医疗垃圾袋和 2000 元现金，通过多方渠道对接专业机构，向环卫工人捐赠 14 万个口罩及手套、护目镜、消毒水、自燃饭。

陈琼还与多名省人大代表联名向广东省政府、深圳市政府提出《关于疫情期间春节假期延长一周的建议》等 6 份建议，全部建议得到采纳并实施。

陈琼表示，作为一名共产党员，在新的征程上一定要牢记初心使命，坚定理想信念，践行党的宗旨，自己将不忘初心，忠诚履职，勇于担当，为自己的理想和事业，用心谱写新时代的奋斗之歌，用劳动、用智慧成就梦想，凯歌奋进，勇当尖兵。

努力呼吁全社会对环卫工职业的高度认可与尊重

2022 年 6 月，陈琼参加宝安区首场"人大代表会客厅"活动，话民生、解民忧、促发展；7 月，她又积极为全国文明典范城市创建工作宣传代言。

近年来，陈琼积极提出建议和议案。5 年来，共向省人大提出议案 3 件、建议 46 件，大部分意见和建议得到了较好采纳和落实。其中，《关于制定〈广东省学前教育促进条例〉的议案》《关于制定〈广东省家庭教育促进条例〉的议案》2 件议案被成功纳入省人大常委会立法计划，有力推动、启动了相关领域的立法工作；提出的关于加强垃圾分类管理和无害化处理、加强电动自行车管理等 3 件建议被省人大常委会列为重点督办建议；《关于强制企业为外卖骑手全额缴纳工伤保险费的建议》被省人社厅采纳并推广实施。作为环卫行业的从业人员，她坚持为环卫行业发展和环卫工人权益发声，通过实地调研广州、深圳、佛山、汕头等地十多次，提出的 1 件议案、6 件建议均被有关部门采纳。

一串串数字，展现了她作为新时代人大代表的初心和使命；一份份履职报告，记录了她的责任和担当。其履职表现和成效得到了充分肯定，陈琼曾受邀在省人大代表培训班上介绍经验做法和心得体会。她表示，将笃学守正，当一名学习型人大代表，以奋进的姿态展现新时代人大代表的履职风采。

2022 年，省政府印发《广东省新型城镇化规划（2021—2035 年）》，提出将全面放开放宽落户限制，环卫工人等普通群体的落户指标有望动态调整。这个消息让陈琼倍感振奋。目前广东约有 30 万名环卫工人，八成以上年龄在 40—60 岁之间，九成以上是外来人口……解决他们的落户问题一直是陈琼记挂在心的事情。陈琼说，自 2018 年当选省人大代表以来，她连续 5 年提交了关于完善环卫工人保障体系的建议，关注环卫行业发展，为保障环卫工人合法权益鼓与呼。

陈琼来深圳工作就进入环卫行业，如今已深耕 20 个年头，这也是她一直为环卫工人发声的动力来源。"我刚来深圳参加工作时，就是一名基层的环卫巡查协管员，见过太多环卫工人的不容易。"陈琼在工作之余经常走街串巷、入户慰问环卫工人。在陈琼的电脑里，存着一个名为"宝安环卫工"的文件夹，她为每位走访过的环卫工人建档立卡，一一备注基本信息。一次次入户走访，一点点收集数据，陈琼逐步完成对环卫工人群体全貌的描画：工作强度大，工资福利低，老龄化严重，近九成环卫工人是外来务工人员，居住条件有待改善。

"提建议只是手段，如何跟职能部门交涉、了解、跟进，再到最后落实，才是履职中最重要的一环。"陈琼当选为省人大代表后，便根据她此前深入调研多方了解的情况，积极为环卫工人发声。

履职省人大代表期间，陈琼抓住提高环卫工人待遇水平的"牛鼻子"，向省人大会议提交相关建议。2018 年，陈琼提出"采取有力措施让环卫工人成为一个受社会尊重的职业"的建议，关注环卫作业人员工资福利待遇、工作强度、工作器具、居住环境和卫生安全等方面的情况。2019 年，陈琼意识到规范化对于保障环卫工人权益的重要性，于是她提出关于"规范环卫行业用工"的建议。从规范机制入手，意味着以书面形式定下来，才能算得上是取得了明显的成效。

2020 年，陈琼继续关注环卫工人待遇问题。在关于"提高我省环卫工人待遇"的建议中，还提出了建立健全环卫工人教育培训机制方面内容。陈琼提出以广州、深圳为试点，一年前进一小步，一旦在试验田里发现具有推广价值的经验，就应该以政策文件固定下来。2021 年，陈琼建议出台关于环卫工人健康安全关爱的相关政策，得到有关部门的积极回应。

在陈琼等代表的呼吁和社会各界的推动下，2019 年，广州市出台制定了《广州市关于规范环卫行业用工的意见》《广州市环卫工人岗位津贴标准》，确定广州市环卫工人用工基本成本指导价为 6441.9 元 / 月·人。2019 年，深圳市首次将环卫工人群体纳入公租房对象，提供了 724 套保障房供 1353 名环卫工人居住。

2020 年下半年，广东省住房和城乡建设厅将公租房保障工作重点向公共服务行业一线困难职工倾斜。广州市也于同年为环卫工人筹集了 1000 套市属公租房。相当于广州市环卫工人的工资翻了一番，他们也有机会住上洁净明亮的公租房，生活条件得到很大改善。

2022 年，陈琼在省人代会上提出关于"加快推动城市环卫行业技能人才培养"的建议，涉及环卫工种技能评价体系、培训考核办法及规范环卫工人持证上岗，期待环卫行业能尽快从劳动密集型向技术密集型转变，打造技能型环卫人才梯队。环卫工人只有掌握了技能，有了对应的评级体系，才能提高社会对这项职业的认可与尊重。

2020 年下半年，陈琼接到广东省总工会鼓励劳模再深造学习的通知时，第一时间报考了中国劳动关系学院，并如愿以偿地进入工会系统的全国最高学府，就读人力资源管理专业。这期间，在广东省总工会的关心爱护和大力支持下，陈琼不仅在人力资源专业的理论和技能上得到了极大提升，还学会了八段锦，提高了身体素质。学院组织的每一次学习、实践，都给陈琼留下了许许多多美好的回忆。她表示，在以后的工作和学习中，要进取有为，自强不息，发扬劳模精神，争当时代先锋。

2013 年，陈琼被评为"鹏城优秀美容师"；同年，被评为"广东省优秀环卫工人"；2017 年，陈琼被授予"深圳市劳动模范"；2018 年，被授予"广东省五一劳动奖章"；同年，当选广东省第十三届人大代表；2019 年，陈琼当选为深圳市宝安区劳动模范协会会长；2020 年，被授予"广东省劳动模范""广东好人"等荣誉称号；2021 年被授予"深圳市宝安区优秀共产党员"称号。

曹世锋：为守护生命的美好不断前行

谦逊、温和、彬彬有礼是曹世锋给人留下的第一印象。深入了解后就会知道，这是一位在为守护生命的美好而不断前行的路上奋斗了三十多年的企业家和行业专家。

曹世锋历任深华建设（深圳）股份有限公司总经理／总裁、深圳领筑科技有限公司 CEO、深圳智慧建设控股有限公司董事长。其创办的智慧控股集团成立于 2015 年，年产值达 30 亿，旗下拥有深华建设、领筑科技、华筑供应链、智慧科技、鼎华创、智联安全、远泰安全等十余家控股子公司，业务涵盖工程建设板块、工程数字化板块、工程服务板块、应急装备板块。

曹世锋 1993 年毕业于太原机械学院，毕业后被分配至公安部天津消防科学研究所从事消防科研工作，后受天消所指派进入天消所所属的深圳因特公司从事消防工程技术管理工作。在天津消防科学研究所担任不同职务期间，曹世锋不仅发挥了自己过硬的专业技术优势，还展现了出众的管理才华，他所管理的众多施工项目被评为市级文明工地和优良工程，其中东海花园二期消防工程项目荣获"国家科学技术进步优秀奖"，为企业争得了荣誉。

辞掉"铁饭碗"，毕业 5 年开启创业之旅

从天津到深圳，曹世锋觉得深圳的创业氛围非常浓厚，开放包容的深圳让他有一种想自主创业的冲动，他觉得这种机遇非常难得，于是，为了实现自己的远大理想，曹世锋于 1998 年创办了深圳市派尔实业有限公司，承揽消防、机电、智能化等工程施工业务。

拥有了自己的企业，有了一个平台后，他总被一种追求卓越的信念所驱使，不断强化管理和技术创新，不断开拓、升华新的服务理念，全力打造"派尔"品牌。经过近十年创业发展，作为一家从事提供安全服务的专业化高科技企业，派尔实业已持有深圳市公安局颁发的安全技术防范许可证、深圳市建设局颁发的消防设施工程专业承包资质、广东省建设厅颁发的机电设备安装工程专业承包资质，公司经营范围涉及消防安全、保安安全、机电安装等领域。

曹世锋经营理念的改变带来了公司发展思路的转变，派尔消防以前端专业的技术优势在深圳占据了最大份额的消防维保市场，创造了派尔实业的利润新高。本着开拓创新、精益求精的精神，派尔消防维保为深圳高交会、中国长城计算机、东海花园、港丽豪园、百仕达花园一二三期、沃尔玛、华润万佳等近百项卓有影响力的工程展开了高效低价、优质贴心的维保服务，深受业主赞誉。

虽然技术力量是派尔实业的底气，凭借它，公司征服了包括和记黄浦、东海集团、鸿基集团在内的众多大型工程项目，为企业创造了可观的经济效益和社会效益。但让客户得到满意的服务是曹世锋用爱做企业的一个着力点。载着"做国内第一的消防维保公司"的愿景，派尔公司坚持"客户第一"，以长远眼光、诚信负责的操守、共同成长的理念发展公司事业。公司与相关利益共同体和谐发展，以得到客户、员工和社会的尊敬为自身的自豪和追求；以高品质的服务内容、人性化的方式向客户提供高效、便捷的服务，通过自身努力给予客户最大的放心，是曹世锋为派尔公司确立的企业使命。

锻炼培养一流的维保、检测、安装人才，做一流的维保、检测、二装工程是曹世锋作为派尔公司掌门人向客户做出的庄严承诺。经过长期不懈的努力，特别是重点工程的磨炼，公司积累了丰富的调试、故障排除经验，锻炼出一支一流的消防设备维保、检测、二次装修专业队伍。

对于这些技术力量乃至公司普通员工，技术出身的曹世锋可谓"惺惺相惜"。一方面，他注重技术及服务方面的培训，常年聘请各相关专业专家定期授课。为了不断提高消防队伍的专业化，派尔公司与消防院校结成战略合作伙伴关系，消防院校教授为公司提供系统的科学理论，公司为消防专业应届毕业生提供实习基地，并适时引入优秀的消防专业毕业生。另一方面，曹世锋更加重视员工综合素质的提高，公司形成了"正直、尽责、优质、高效"的价值观和"锐意进取，追求卓越"的企业精神。身为企业的创业者，曹世锋没有把派尔实业看作自己的私有物，而是视为"我们的"企业。他和公司员工不是建立在雇佣与被雇佣的关系上，而是相互倾心的创业伙伴、聚在一起所结成的命运共同体。他重视员工利益，激发员工潜能，在企业价值最大化的前提下追求员工价值最大实现；关注员工成长，重视员工的兴趣和专长，以良好的工作条件、完善的员工培训计划、职业生涯通道设计促进员工个人职业发展；重视企业文化管理，以健康简单的人际关系、严肃活泼的工作气氛、畅快透明的沟通方式，促进员工满意度的不断提高，使员工保持与企业同步成长的快乐；激发员工潜能，追求个人与公司共同成长。

在曹世锋的带领下，在派尔人不懈的求索中，派尔公司业务快速发展壮大，信誉快速提升，公司成就了诸多优势：储备和培养了大量消防工程的各类专业人才，为客户提供了各类消防工程设计、施工和消防系统整体维护保养的优质、高效服务。作为广东省为数不多的专业性消防维保单位之一，具有在维护保养所需要的各类基本机械设备和先进检测设备，在硬

曹世锋（左一）在项目现场

件方面为提供安全、放心的维护保养服务拥有强有力的保障；取得了海湾消防产品深圳总代理权，同时又是利达、国泰、KMC、江森、日探等品牌特约经销商，保证可以最低廉的价格为客户提供最优质的产品；具有极专业化的消防维保队伍，采用规范的作业方法，坚持 ISO9001 质量体系，让客户在享受专业化服务的同时高枕无忧；采用日本 5S（整理、整顿、清扫、清洁、保养）标准作业，维护作业环境，员工持证上岗，通过周检、月检、季检、年检，为客户提供更及时更有效的服务。

战略布局扩展，收购国有消防企业

经过多年的发展，曹世锋的企业取得了良好的社会效益和经济效益。2008 年，为了适应企业快速发展的需要，他成功收购了深圳市深华消防设备工程有限公司，并出任公司总经理。他上任后，凭着敏锐的市场嗅觉和高超的管理才能，对公司大刀阔斧地进行改革，带领全体员工艰苦奋斗，使深华公司迅速发展，企业各项资质得到全面扩展和升级，业务范围由深圳扩大到整个广东省乃至全国，在全国范围内成立了 16 家子公司，业务增长迅速，年产值达到 3 亿元。

随着企业的发展，曹世锋树立了把公司发展为中国知名消防企业的目标，并通过务实的管理使公司呈现勃勃生机，在深圳市场创出了自己的品牌，累计为数以万计的客户提供了优质的工程质量和服务，涉及领域包括政府事业单位、公共交通、商业综合体、高层写字楼、高层住宅、大型厂房等，如深圳国贸大厦、深圳开元大厦、深圳电视中心、深圳商业银行大厦……，荣获鲁班奖、国优奖等国家级荣誉的项目不乏其数，深华因此赢得业界良好的口碑和赞誉，成为行业内的知名品牌。

公司在 2010 年被评为深圳消防行业唯一的"深圳知名品牌"，并获得深圳市"消防维保创新企业奖"。在曹世锋的领导下，公司效益稳步上升，企业利润、技术水平、工程质量、安全文明施工等各项经济技术指标都大幅度提升，公司重合同守信用，在业界拥有良好的信誉。

尊重技术价值，用技术驱动产业升级

随着企业的持续发展，深华业务版图不断扩大，企业业务体量迅猛提升，过快扩张和粗放经营带来了庞杂的业务管理，进击中的曹世锋开始了新的思考，如何为客户提供高品质服务？

这个思考主要源自移动互联网技术的浪潮。在工业化时代，企业借助资本的助力，建立规模优势，而面临移动互联网，人性将得到最充分的解放。互联网本身不会把世界变成乌托邦，但它意味着重构价值链和消费渠道，通过互联网技术可降低生产和管理的成本，创造一个尊重价值的平等市场。

2011 年，在互联网发展的浪潮下，曹世锋基于消防行业市场需求与痛点，如融资难、成本与风险管控难、规模化运营管理难、经营合规管控难、劳务管理难等问题，借助互联网技术，决定投入研发一套工程数字化运营管理平台，旨在通过技术让工程更省心，同时也寄希望该平台可以在工程产业中广泛应用开来，从而提高产业效率，提升产业质量水平，推动工程产业整体水平的升级。于是，曹世锋通过牵头积累深华在消防工程行业三十多年的经验和资源，将其融入产品研发中，希望提供的不仅仅是一个平台、一套系统，更是一种经营理念和管理模式，通过流程标准化、业务线上化、危机预警化、数据可视化、决策智能化等产品优势，为客户赋能。

发展至今，由曹世锋牵头研发的工程数字化解决方案已从单一的工程经营系统转变为如今集工程经营、供应链、劳务、金融、咨询、教培和协同办公七大解决方案，可提供工程全场景数字化服务，帮助工程公司、物业公司等解决项目管理难、材料采购难、项目找人难、资金引入难、经营合规难、风险控制难等工程全生命周期中存在的问题，用技术驱动行业发展和产业升级。

在曹世锋看来，产业互联网的核心就是重构产业链内的组织关系，用共享、协同的方式来进行产业的运营和升级。深华打造的工程全场景数字化服务平台实现了产业数据的互通和共享，为生态伙伴及工程产业实现数字化转型提供了重要保障。

从 2011 年的产业互联网道路初探索到 2015 年积极进行股份制改革，在"尊重技术价值"理念的引领下，深华建设走出了一条彻彻底底的传统企业到互联网科技企业的数字化转型之路。依靠技术驱动力，深华建设实现了更高层次的发展，在曹世锋的带领下，深华建设经过十多年的技术积累，已经在技术研发领域取得了一定的突破成果，公司先后获得148项省级、国家级重要荣誉，拥有10余项国家专业资质，50余项专利和著作权，企业业绩也实现了突破性增长，成为行业类少有的具备全国化、规模化运营能力的消防机电工程数字化建造商。

视野超前，共建百亿消防机电产业生态圈

2015年，党和政府高度重视互联网发展，相关政策密集出台，在曹世锋的带领下，深华建设开始积极布局工程产业的互联网生态，也正式开启了公司的工程产业互联网之路，开创了工程产业互联网的新业态。

为了更好地推动工程产业互联网生态的运营，2015年曹世锋创办了深圳智慧建设控股有限公司（简称智慧控股集团），集团定位为工程产业互联网生态运营商，以"为工程而奋斗，实现共享主义"为使命，以"创造一个崇尚技术、协同共享的工程产业互联网数字化生态"为愿景，集团旗下涵盖十多家控股子公司，包括领筑科技、领筑供应链、领筑咨询、鼎华创、育安学校等，同时深华建设也并入到智慧控股集团，作为集团发展的源头和核心。

曹世锋说，回看这十几年的变革，才发现公司一直在用中国文化的思维治理企业。曹世锋把公司的维保部、业务部、采购部、技术部、金融部、项目部、商务部、劳务部等所有部门全部分裂出去，实现生态化，成为一个平等的、市场化协同的上下游产业企业。从一个都是"我"的部门转换成我们是一个群体，我们是平等的，共同来做一件事。在这个过程中，曹世锋感受到这个群体的力量大于一个人的力量，每个人都既为自己的事业而奋斗，也为这个群体的事业而奋斗。

经过这一改革，曹世锋意识到，这仿佛是我国传统文化中的一个大家庭，过去因为生产力落后、需要竞争、家族需要团结家族的成员，于是血缘关系、亲情关系就成了一个很有力量的工具。有了互联网技术，曹世锋可以快速地去统一公司员工思想，协同作战，分享利润，分享成果，一样能够实现"1+1大于2"。曹世锋认为这是因为中国传统的整体文化、群性文化被互联网技术赋能了，关联企业变成一个更大的家庭。

曹世锋说，从一个国家的视角来看，一个行业的协同和群性，一个产

业的协同群性，甚至到一个区域的产业协同，互联网技术的变革所带来的组织变革和小型组织高效协同的需求，是需要一个文化来主导的，那这个文化恰恰就是中国文化。回头一看，还是中国文化的根一直在影响着公司，给企业赋能。所以曹世锋想把十几年打造的一个小生态模型奉献出来，在这个行业里复制，让它变成一个更大的千万级工程人一起来团结协同、高效运行的一个大的生态。

近年来，"生态系统"日益成为企业战略和商业管理的热词。研究发现，打造具有竞争力的生态圈是越来越多企业走向成功的重要特征，因此，打造生态型公司，也成为众多企业家追求的最高境界。而在消防机电领域，智慧控股集团就是实施消防机电产业生态战略的突出代表，通过为行业打造完善的生态圈，助推中国消防机电产业创新发展。

智慧控股集团从事消防机电工程行业已有 30 年，积累了丰富的工程项目管理和经营经验，为客户提供消防工程全过程服务，从最开始的招投标、预结、预算到工程实施过程的管理、后续的维保、结算等一系列服务。在此过程中，智慧控股集团与行业内众多相关企业形成了稳定、持续的伙伴关系，包括为合作伙伴提供的预算咨询服务、招投标服务、工程实施服务、材料采购服务、维保服务等。

正是凭借如此强大的资源优势，智慧控股集团以产业互联网构建了消防机电产业生态圈，希望改变整个行业生态，最终达成提高产业效率、提升产业质量水平、促进农民工向产业工人的转化，推动工程行业整体产业水平升级的目标。

2015 年，国家开始更加重视消防工作，而消防应该是防大于消，防患于未然，因此培训工作很重要。于是，曹世锋积极响应国家号召，在生态圈构建的背景下迅速在深圳建立了广东省第一家消防培训学校，承担起消防培训的责任，很快就成为广东省质量最好、规模最大的消防培训学校，陆续为深圳消防行业培训了 5 万多专业人才，为深圳经济社会发展做出了突出贡献。

同时，为了完善生态圈的业务布局，曹世锋抓住深圳市政府对消防安全加强重视这个机遇，很快成立了鼎华创公司，投入了专门人员和研发经费，创新用装备式的集装箱模式，打造了一个移动式消防站的解决方案。

目前，包括南山区、福田区和罗湖区等深圳市各区消防站有 60% 至 70% 是曹世锋公司所建，及时消除了阻碍深圳经济社会建设的各类消防安全隐患。

打造生态圈是一个持续和长久的过程，曹世锋不忘初心，始终带领智慧控股集团在全国范围招募商务合作伙伴、供应商合作伙伴、运营合作伙伴以及创业合作伙伴，希望一起打造百亿消防机电产业生态圈，通过对合作伙伴的全面赋能，实现生态圈的共创、共享、共赢。

共享"领筑云"生态价值，发起成立联众生态联盟

我国建筑业的数字化程度还处于普遍较低的水平，严重制约着行业的发展，面对这一行业痛点，智慧控股集团依托深厚的产业背景和对行业的深刻理解，孵化出"领筑云平台"，致力于帮助工程组织建立产业链上下游的线上组织关系，提升产业链上下游之间的协同效能解决组织内信息化、数字化建设中的数据孤岛问题，让数据驱动企业战略发展的数字化战略赋能平台。

领筑云通过"千人千面"的生态构建，计划上线 54 个工程行业角色，为工程产业生态内的每一个用户提供专属的工作台与生态世界，为建筑工程产业链的各方组织构建产业生态。建筑总包单位、分包工程公司、建材供应商、劳务公司、工程咨询公司、金融服务机构、施工队、数字化解决方案供应商等不同的组织，未来都能进入领筑云的世界，参与到生态的共建、共创、共享中来，共享"领筑云"的生态价值。

鉴于领筑云沉淀的深厚的工程建设管理技术和专业技术能力，在数字化施工方面，对建筑行业可提供更为细致、更广的数字化服务，能为产业做出更多的服务和贡献，结合建筑产业、企业及从业者痛点，以领筑云等新兴技术平台为依托，2023 年 6 月，曹世锋以深圳智慧建设控股董事长的名义联合志同道合的行业专家及生态服务企业在北京共同发起成立了"联众建筑产业数字化生态联盟"（简称联众生态联盟），立志于打造建筑产业数字化生态，以数字化赋能建筑产业升级，他本人荣任联盟首届理事长。

联众生态联盟以崇尚技术为根、以协同共享为本，为建筑人赋能，实现产业升级。联众生态联盟以"用数字化赋能建筑产业升级"为使命，以"成为千万建筑人信赖的数字化服务平台"为愿景，建立以数据为基础的线

上化交易平台，让交易更可靠、合作更高效；建立产业技术标准及评价体系，推动产业高质量发展；建立行为标准及评价体系，推动树立诚信文化和契约精神；推动产研对接，让新技术快速孵化、成长，为行业发展赋能；推动在线化工人培训及施工计件制，让农民工升级为产业工人，增加收入；推动数字化创新投融资，让项目融资更快捷、更简单。联众生态联盟的成立对产业的发展具有重要的意义。

守护生命美好，保障人民群众生命财产安全

曹世锋认为，以物联网、大数据、AI 和产业互联网为代表的智能时代已经到来，技术的高速发展、新商业模式的大量涌现以及新市场、新需求的不断增长，传统消防产业正面临前所未有的冲击，企业发展面临越来越大的不确定性。面对挑战，智慧控股集团会怀着包容开放的心态，拥抱变化，与时代同行。

时代在变化，在拥抱变化的同时，曹世锋期望深华人继续秉承"让建筑更智慧，让生命更安全"的企业使命，坚持"质量为本、争优创牌；公正守信、持续改进"的质量方针，立足大数据和信息平台，依托集团资源，凭借技术、管理和人才优势，以"智慧建设"筑"平安城市"，打造最值得信赖的智能消防机电工程服务商，为守护生命的美好而不断前行。

真诚定能收获信任，创新必然带来改变。曹世锋认为，用户是领筑云最重要的伙伴。多年来，领筑云始终不忘初心，以锐意进取的优质服务回馈我们的用户。领筑云将不断优化产品体系，为用户提供更好的服务，创造更大的价值。未来，领筑云将与用户携手并进，共荣共生，共创行业新价值，探索数字建造世界新高度，用技术驱动产业升级，用技术守护人民群众的财产安全。

在曹世锋看来，富有社会责任感的企业家不会依靠旁门左道、不义之举甚至不法行径积累财富。而唯有发起向性价比进军，创造出激动人心的产品和服务的人才是真正的建设者，是民族的脊梁，是民族之魂的塑造者。

聚力同行，创享未来

曹世锋执掌的公司完成了集团化、全国化、生态化的整体战略布局，

已经成为行业内具备规模化运营能力的公众企业。公司荣登"2020广东省企业竞争力500强"，2022年产值突破28亿元，参建项目曾获得"国家科学技术进步优秀奖""国家优质工程奖""鲁班奖"等；2019年荣获全国十大工程企业称号、入围深圳500强企业，还被深圳市政府授予"深圳市文明企业"、深圳市工商局授予"守合同重信用"企业，获评2020年"深圳知名品牌"等。

曹世锋曾是一名南山区政协委员，在繁忙的工作中，他尽可能抽出时间履行委员责任；他也是一名慈善家，多次以个人或企业的名义慷慨解囊，向弱势群体伸出援助之手。因在社会政治事务、公益慈善事业中的突出表现，他先后获得深圳市各级政府和慈善部门热心公益奖、支持党建工作企业家、十大优秀消防企业家等荣誉称号。在2019年南山区十大创新工匠评选活动中，曹世锋因主导提出了保护人民生命财产安全的消防创新产品"小型应急救援（消防）站"和主张以产业互联网为商业模式，以创新合伙人平台化为业务模式，以互联网化和数据化为运营管理模式的"消防产业互联网"两个创新产品，被提名为2019年南山区"十大创新工匠"。

敢闯敢试，敢为人先。深圳能发展到今天，关键是它有一种敢闯敢试的精神，曹世锋在这片热土成长，与这座城市同呼吸、共命运，一起取得了令人瞩目的成果。都说21世纪最缺的是人才，而人才最缺的是能有共同价值观，并能有让他为之奋斗终生的事业！未来，曹世锋及其带领的公司愿在深圳这片热土上，与生态伙伴一道乘风破浪，聚力同行，共创未来！

陈喜嘉：把阅读推广当成终身事业的"故事爸爸"

　　陈喜嘉1977年出生于广东省揭阳市农村，其曾祖父陈成禹先生是当地县志记载的名老中医，也以诗文著称。家族历来崇文尚学，多数从事文教工作。陈喜嘉的成长深受祖姑母陈桂侬老师、大伯父陈业韩教授等长辈的熏陶。1999年，陈喜嘉从广东药学院毕业，作为国家任务生，如果回生源地，工作可以包分配。但陈喜嘉选择来到深圳，先从事食品、药品检验工作，2006年改行当童书编辑，为孩子们编辑出版儿童读物。

　　17年童书出版生涯，陈喜嘉一共编辑出版《大排长龙》《和朋友们一起想办法》《鲨鱼斗火车》《晚安，工地上的车》《美味的朋友》《老鼠记者》等儿童读物400多册，翻译60多册。其中《大排长龙》《和朋友们一起想办法》等切合家庭教育要领，内容积极向上，带动了超过1600万个家庭的亲子阅读。据不完全统计，全国每30名10岁以下的孩子中至少有1名读过陈喜嘉编辑的童书。

　　2011年，随着女儿出生，陈喜嘉重拾儿时爱讲故事的爱好，成为一名"故事爸爸"，到处播撒阅读的种子。13年来，陈喜嘉结合童书编辑和研究，倡导"爸爸亲子阅读"，长期从事爸爸亲子阅读、爸爸家教推广活动。开展亲子阅读培训、家庭教育、亲子阅读讲座和分享会四百多场，培养四百多位阅读推广人和五千五百多个亲子阅读家庭。

　　陈喜嘉现为心喜阅童书高级策划编辑，兼任深港澳三地"童阅未来"家庭亲子共读计划导师组成员、微微绘本学院培训教师等。曾兼任深圳市妇联"好家教好家风"亲子阅读课程体系专家团成员、深圳书城童书帮帮堂讲师、深圳罗湖图书馆阅读推广人培训教师。

　　2015年，《南方教育时报》用头版压题导读，以《给孩子讲"吃"讲

"玩"最有意思："故事爸爸"陈喜嘉的故事心得》为标题，用整版做深度报道。2016年，大V店首届绘本节授予陈喜嘉阅读推广大使荣誉证书。2018年，《小学生·快乐新读写》"亲近名家"栏目刊登了陈喜嘉《故事爸爸和书的故事》。2020年，中国出版协会少年儿童读物工作委员会、《出版商务周报》授予陈喜嘉最佳童书代言人荣誉证书；微微绘本学院授予其金牌讲师荣誉证书。2023年，深圳市总工会授予陈喜嘉"深圳市五一劳动奖章"；爱阅公益基金会授予其阅读推广公益证书。

初来深圳一年半时间搬了六次家

1999年6月底，陈喜嘉一早在广州流花车站坐长途大巴，中途被转手给了另一辆车，将近中午才来到罗湖汽车站，然后转乘小型公共巴士来到黄木岗附近的姑姑家落脚。

陈喜嘉的第一份工作是在深圳市巨邦酒业有限公司当质量检测员。公司地址在龙岗区坪山镇沙堂村，其姑丈专门送他到酒厂宿舍，姑丈姑妈对他关怀备至。由于公司领导的信任，陈喜嘉用一两个月时间打造了实验室，购买了色谱仪等仪器。

从1999年7月到年底，酒厂经常加班。建厂之初没有盈利，所有人不论职务每月1000块工资。大家住集体宿舍，陈喜嘉除了吃饭，基本不花钱，每月还能剩六七百块。领第一个月工资时，陈喜嘉除了寄钱回家，也给关心自己的祖姑母、大伯父每人寄去88元，略表问候。

酒厂离坪山镇十多公里，如果来趟市区，先后要坐摩托、公共小巴、大巴，还要过关，得两三个小时才到。陈喜嘉平时待在厂里，没有手机，没有网络，周围也没有同学或朋友，业余时间喜欢看书、听碟。

但陈喜嘉还经常想家，因为在毕业前半年，父亲生病了。1999年国庆节，陈喜嘉从深圳回老家揭阳。把家里的黑白电视机换成彩电，买了DVD机和父亲喜欢看的一些潮剧盘片。父母和姐姐们靠种地、打工供陈喜嘉读书，父亲总是以儿子为荣，但陈喜嘉认为自己能够回报的太少了。2000年春节期间，其父亲骨瘦如柴，进食困难。陈喜嘉陪他晒太阳聊天，用在药学院学到的推拿功夫给父亲做按摩。这一年农历二月初父亲走了，在料理完后事后，陈喜嘉虽然牵挂母亲，但还是赶回深圳酒厂上班。

陈喜嘉刚来深圳时的三九南方药厂办公室

　　这时酒厂由于打不开销路，处于半停工状态，工友们都在找出路。陈喜嘉也一边找工作，一边帮厂里物色接任的质检员。一个多月后，才选中了专业和自己相似的一名男孩。陈喜嘉手把手教会他，然后才辞工。在接下来的半年里，陈喜嘉疲于找工和换住处。期间在八卦三路住过十元店，靠近罗湖人才市场。同房间室友的年龄都比他大，不少人从较远的省份来深圳找工，由于生活压力大，有的甚至两人合吃四五块钱的快餐。大家一早出门投简历、面试，晚上睡觉前聊聊收获，如果有人找到工作，还会请喝饮料。在刚来深圳的一年半时间，陈喜嘉搬了六次家。

陪伴母亲对深圳进行"深度"旅游

　　2000年10月的一天，陈喜嘉到位于深圳银湖的三九医药股份有限公司南方药厂上班。陈喜嘉的求职简历不用电脑打字，而用手写，字迹工整，在面试和入职时受到夸奖。进厂后被分在质管部当质量监督员，负责巡视生产厂间，每月编《质量月报》，并协助完备质检档案。公司领导对《质量月报》的内容没有定性要求，此前也没有同事编过，完全由陈喜嘉发挥。通过办月报，陈喜嘉摸索采集数据、编辑整理、分析总结、排版设计等技巧。

　　陈喜嘉入职数月后，便被提为中级技工，不久又被提为高级技工。药厂工作环境良好，工友们给了陈喜嘉很多帮助。但是因为诸多原因，陈喜嘉还是没有归属感，渐渐地他发现自己的兴趣不在医药行业。

可是刚来深圳一两年过于动荡，在药厂总算稳定下来，陈喜嘉不敢轻易挪动。期间他多次想回老家发展，以便照顾母亲。陈喜嘉也想过回去考公务员，但最终没有回去。由于去留未定，在深圳难以做长远规划。后来，陈喜嘉喜欢以自己的经历现身说法，鼓励年轻人既来之则安之，即使不能确定长久留下，也要在深圳做三年或五年的计划，好好经营，自然机遇也会随之到来。

2004年3月，陈喜嘉回家给父亲扫墓，并趁机说服母亲到深圳走走看看。于是，陈喜嘉跟朋友借了傻瓜相机，在故乡拍了田野、学校、晒谷场、祠堂、村前的榕江水，以及从童年到成年住过的老屋。重头戏是拍下母亲在深圳走过的地方，带她去了药厂办公室。

2004年3月至4月，陈喜嘉陪母亲去了位于深南中路的深圳书城、邓小平画像，逛了笔架山公园、荔枝公园、莲花山公园、红荔路"深圳的一天"铜像群等，对深圳进行了一次"深度"旅游，绝大多数是免费景点。照片洗出后，陈喜嘉在背面注明时间、地点。这是陈喜嘉想为母亲留下的一段愉快旅途，也是为自己留下的一份关于深圳的美好记忆。

连续办了 6 张暂住证后终于成为深圳人

2004年夏天，陈喜嘉的上司朱进部长来到其办公室，告知南方药厂有入深户的指标，问陈喜嘉想不想把户口迁过来。在此之前，药厂也有办理招工入户，但必须缴纳费用，而当年是免费入户。面对突如其来的机会，陈喜嘉有点不敢相信，虽然必须放弃"干部指标"，以工人的身份招调，但仍然无比兴奋。

于是，陈喜嘉着手办理入户手续。可是好事多磨，在办理调档和相关证件时，陈喜嘉在广州、深圳、揭阳三地来回折腾，直到11月离截止入户只剩一周才办妥。2004年12月，在深圳连续办了6张暂住证后，陈喜嘉终于成为一名深圳人，从此打消了回老家的念头，全心全意留在深圳打拼。

2005年9月，陈喜嘉辞职了。当在住处听到附近小学传来的上课铃声时，陈喜嘉想到自己已经迈出校门6年了。此时，陈喜嘉想靠写作谋生。因为从小爱读书，爱写作，小学六年级就开始写日记，作文经常被作为范文。就读广东药学院期间，陈喜嘉还参加了学院的广播站，当记者采写报道，临毕业前写的社会实践在学院报上全文刊登。

然而数月过去，陈喜嘉只发表了一篇人物采访和一篇短篇小说。通过网络投简历，想找文字工作，都如石沉大海。多次到人才市场投递简历，只得到了数次面试机会。用人单位拒绝的理由是：既没有文科专业背景，也没有正式从事文字工作的经验。陈喜嘉还想过做保险，想过做回医药检验本行，但最终还是想做文字工作。

为了让自己保持冲劲，陈喜嘉当了"驴友"，跟着一群登山爱好者，差不多走遍了深圳附近的所有山头。每月一次登山出行，梧桐山、东西涌、石头河、塘朗山，还有惠州的罗浮山都走过。从 2000 年开始，陈喜嘉每次碰到难题，或者心情不佳，当有想离开深圳的想法时，就来走笔架山。后来就在笔架山公园附近租房，辞工后每周都来爬山。笔架山公园植被完好，充满郊野气息，走着走着，就感觉只听到自己的脚步声，还有未来的梦想在山间起伏。

因为对文字的热爱被破格录用为图书编辑

幸运的是 2006 年 4 月初，陈喜嘉找到了一份文字工作，到金榜文化有限公司当时尚书编辑。金榜文化愿意收下这匹非科班出身的"黑马"，说来事出有因。陈喜嘉到罗湖人才市场投简历时，有一位中年男士问陈喜嘉为什么要离开收入相对较高的药厂，来当薪资一般的编辑？陈喜嘉说因为喜欢文字，他说那你来面试吧。入职后陈喜嘉才知道，他就是金榜文化总经理陈正云先生。

后来，听负责面试的编辑部经理说，陈喜嘉的书面考试一般，但面试时她被陈喜嘉对文字的热爱所感动。陈喜嘉也不负所望，仅用一个月就掌握编辑校对，稿子还成了范本。陈喜嘉似乎有使不完的劲头，早上六点起来做早餐，吃完了做中餐，午间吃自己带的便当。晚上快八点才回到家，边做晚餐边琢磨稿子。当第一个休息日到来时，陈喜嘉走在皇岗路的人行道上，觉得空气甜润，路边树上的每一片叶子都鲜亮翠绿。每天的编校量要求不少于 3 万字，由于用眼过度，下午眼睛经常不停地滴出泪水来。眼镜的近视度数从 180 度变为 270 度，而在过去十多年里，陈喜嘉的视力几乎没有变过。为了保质保量，陈喜嘉经常下班后多干 1 小时。晚上和周日则反复阅读《编辑校对手册》。

为了提高审稿水平，陈喜嘉想尽办法，他找来中央人民广播电台"长篇连播"节目音频，对照原著小说体会责任编辑如何润饰文字，改成适合演绎的播讲稿。并且还打印了原著一些章节，边听播讲边逐字逐句推敲。虽然试用期每月只领 2000 元，但是转行以后，陈喜嘉觉得找到了合适的职业，相信自己能够在深圳生存和发展。半年后，当香港新雅文化事业有限公司招聘拥有三年工作经验的编辑时，陈喜嘉被录用了。

2006 年 11 月，陈喜嘉到新雅文化设在深圳的编辑分部上班。新雅文化成立于 1961 年，是香港历史最悠久、出版品类最广泛的童书出版机构，陈喜嘉主要负责儿童文学。有一位新作者投了一份侦探题材的稿子，编辑部交给陈喜嘉来推动。陈喜嘉觉得故事节奏较慢，侦探情节一般，特别之处是加入了魔法元素。于是建议以魔法为主、侦探为辅，精心设计三种插图营造气氛，并在书末根据故事编写相关的侦探课堂和魔法课堂。

陈喜嘉的策划方案获得通过，这套书系列名定为《魔幻侦探所》。陈喜嘉在新雅文化任职期间，一共为该系列编辑了前面 8 册，这 8 册书的版权还卖给了国内知名童书机构——浙江少年儿童出版社，由该社出版中文简体版。此后《魔幻侦探所》持续畅销，至今已经出版了 50 多册，成为新雅文化的口碑儿童文学，推荐语一直沿用陈喜嘉撰写的文案："错综复杂的侦探情节融入诡异玄幻的魔法元素，带你进入到紧张刺激的侦破行动之中！"

作为一家拥有四十多年出版经验的老牌出版机构，新雅文化在出版资源、人力资源上都有深厚积累。深圳工作室主任、编辑部经理、总编辑等，工作经验丰富，陈喜嘉对他们给予的指导认真对待，对编辑过程中提供的建议或批复仔细推敲，如饥似渴地吸收养分。每年 7 月放暑假期间，在香港会展中心都会举办香港书展。新雅文化在书展前夕会推出一批新书，陈喜嘉会借调到香港总部上班。新雅文化每年举办新雅全港小学生阅读写作比赛，2008 年、2009 年两届都由陈喜嘉到香港总部审稿，由此对香港小学生的阅读和写作能力有所了解。

新雅文化岗位分工明确，流程清晰，工作计划细致，每天上午、下午的事务进展都有规划。第二年的出版计划会提前一年出来，具体到明年某一天完成什么事情也能明确。每本书从策划选题开始，都有专门的档案袋。

每个工序完成后，负责人必须签字确认，才转到下个工序；整个出版流程的每个环节都记录在案，任何一环如果出错，可以随时根据出版档案发现疏漏，追查根源。这里上班节奏快，但从不加班，每项出版步骤都必须在预期内完成，不能延误耽搁进展。陈喜嘉对新雅文化的工作管理相当欣赏，虽然有较大的工作压力，但在预定时间里严格要求自己，尽心尽力做到最好，然后迅速进入下一项工作。陈喜嘉把这种管理工作和时间的方法也应用到生活和学习上，并不断改进。

在新雅文化工作一段时间后，陈喜嘉又遇到了瓶颈。由于图书主要只在香港销售，读者都是香港的孩子，深圳编辑部很难了解到市场信息和读者反馈。另外，编辑主要只负责审稿批复、插图创意、编辑校对、清样校对等环节，在此之前的市场调查、选题策划、联系作者、参与创作，在此之后的图书推广、市场营销等，极少能够参与，无法掌握完整的编辑出版流程。

引导以图书为载体的"书香"亲子陪伴

2010 年 6 月，陈喜嘉应聘到新成立的心喜阅信息咨询（深圳）有限公司当童书编辑。这是由国内知名童书出版机构海豚传媒有限公司控股的子公司。

心喜阅童书成立之初，只有十多人，大家都爱书，趣味相投，经常一起开会、谈心。那间小小的茶水间成了萌生创意的小天地，边喝茶边聊天，工作就有了进展。工资待遇不高，但公司给人的感觉特别温馨。这里一本书从无到有，包括策划选题、申报审批、联系作者、图文创作、编辑审校、排版设计、打样印刷、出版发行、阅读推广等，编辑都能够参与。

2011 年夏天，陈喜嘉着手编辑一套从英国引进的快乐农场图画书。书中农场主每次碰到困难时，就会在朋友们的帮助下想出办法解决。在对内容进行分析后，结合中国孩子普遍缺乏独立能力，遇到问题和困难无法自己解决，同时家长也存在过度保护的情况，陈喜嘉提炼图书的主题为"想办法，解决问题"，并和同事们商量，将系列图书名定为《和朋友们一起想办法》。定位为让 4—8 岁的孩子通过生动有趣的农场故事，学会用正面积极的态度面对困难，不怕挫折，寻找解决的方法。

　　为了让家长和孩子能够更好地领会图书的主题，开展亲子共读，陈喜嘉搜集了 4-8 岁儿童的家长所关心的育儿问题，从中挑选有关"独立自主，解决问题"的话题，针对这些需求翻阅相关资料，经过认真研读，编写具有实用性、可操作性的育儿指南。陈喜嘉在每册书里编写一节《父母智慧课堂》，结合故事引导家长帮助孩子善于思考问题，寻找解决的方法。全套共 16 册，家长如果每周陪伴孩子阅读 2 册，并做相关的阅读延伸活动，那么两个月读完这套书后，孩子就有可能成为一名解决问题的小达人。

　　《和朋友们一起想办法》上市 3 个月就冲上当当网童书排行榜，2016 年被当当网授予"2006-2015 十年畅销好书"殊荣。该书至今出版 12 年，持续畅销 1420 万册，获得 70 多万读者推荐，陈喜嘉认为成功的原因在于：

　　首先，童书编辑一定要了解孩子，了解家长的需求，关注和收集少儿教育的热门话题。

　　其次，策划图书选题时，年龄段要明确，主题不宜过大，能够紧扣一两个热门话题已足够，毕竟一套书能够承载的内涵有限。

　　再就是做亲子共读选题，最好配置亲子互动和导读，撰写导读的目的在于为对亲子共读普遍缺乏了解的家长给予指引。

　　此外，引进外版书时，在尊重原版内容的基础上，可以考虑进行适度的本土化和主题化。

　　此后，陈喜嘉负责翻译、编辑、导读多套童书，比如《爱是什么》6 册，帮助孩子发现爱、感受爱、表达爱；《我的心灵成长书》8 册，帮助孩子了解自我，塑造良好的心理素质；《学前必读经典童话绘本》20 册，借助经典童话故事，帮助孩子学习语言知识。

　　2012 年、2013 年，陈喜嘉两次参加法兰克福书展，这是在德国举办的全球最大的书展，有"国际出版界奥运会"的美称。

　　2013 年是跟随德国出版研修考察商务团访问，除了逛书展，陈喜嘉还参观了多家出版社和幼儿园、教育媒介协会等。此后，陈喜嘉参加过北京书展、上海国际童书展等。了解到国内外丰富多样的出版方式、教育方式，让陈喜嘉明确编辑作为项目发动者、组织者的身份，要善于积累作者资源、市场信息，灵活调拨出版资源，达成预期的出版计划。

　　陈喜嘉负责编辑的童书大部分是图画书，主要读者是学龄前的孩子。

这一阶段的阅读注重寓教于乐，培养阅读习惯和兴趣。陈喜嘉的编辑出版方向有一方面是给孩子出版"吃喝玩乐"的童书，把阅读当成亲子游戏。其中，由陈喜嘉编辑出版的美食图画书多达数十种，比如《美味的朋友》8册、《美味花样多》8册，以及《薯片好了没》《猴子甜品师》《猴子大厨师》《猴子能做什么工作》《饼干小公主》《小企鹅做刨冰》等等。

2021年8月，陈喜嘉编辑、导读的美食绘本《大排长龙》面世，当时正值疫情期间，大家没法出门。这套书能够满足家长在家陪孩子看看美食图画，讲讲吃的故事，并按照书里的食谱做点好吃的，分享美食、分享爱心。《大排长龙》一经上市，立即大受欢迎，《中国出版商务周报》还把它作为2022年新品图画书第一名加以推荐。另外，陈喜嘉也编辑了《在学校便便没关系》《和同学吵架了没关系》等贴合校园生活的图画书，其中《好朋友也可以说"不"》入选2023年"百班千人"暑假分年级阅读推荐书目。

从2014年开始，线上童书分享开始出现热潮。陈喜嘉既做线上活动，也做线下活动。每次都认真备课，反复琢磨，同一个主题在不同群体的分享各有侧重。同时，广泛借鉴同行，融会贯通，慢慢形成自己的"说书"风格——注重图文深度赏析，把自己对图书的理解和热爱，通过生动的讲解和有趣的互动加以展示，从而引导孩子和家长爱上阅读，以图书为载体的"书香"亲子陪伴。

因为喜欢阅读始终保持一颗童心

编辑工作需要耐心和恒心，有时候为了精益求精，会长时间推敲，忘乎所以。陈喜嘉能够心无旁骛地工作，在公司得益于领导和同事们的通力协作。总经理刘霜女士和主管领导吕心星女士给予陈喜嘉充分信任，多年来随时结合陈喜嘉的实际情况创造优良的工作环境。在家里有家人的关照，起初是母亲终日劳碌，婚后是妻子忙里忙外。女儿出生后，家里就过得更红火了，小宝贝为陈喜嘉的童书出版和阅读推广带来热情和希望！

陈喜嘉从小爱看书、爱听戏，喜欢讲故事。大人和孩子都爱听，连村里不识字的老人也喜欢。读初二时，县里举办革命故事演讲比赛，陈喜嘉在镇上夺冠，然后在县里拿了二等奖。从女儿出生14天开始，陈喜嘉就在她的小床边读书给她听。此后伴随她的成长，陈喜嘉会找来适龄的童书亲子共读。在她两岁到四岁期间，每晚陈喜嘉都会带孩子到小区里的图书馆讲故事，邻居家的孩子们也来听。慢慢地，有些大孩子也开始学着给婴幼儿讲故事了。

在女儿出生前，陈喜嘉做童书全凭感觉和认知。女儿出生后，她成了陈喜嘉真实的读者对象。经过日积月累，婴幼儿对阅读的兴趣，家长对图书的要求，陈喜嘉有了实实在在的了解。陈喜嘉定了一条规矩：女儿多大，自己就编辑这个年龄段孩子的童书！以女儿为参照，能够了解这个年龄段孩子的阅读需求和家长的教育需求。现在女儿上初一了，12年的亲子阅读经历让陈喜嘉对从婴幼儿到12岁儿童的童书都能够自如驾驭。陈喜嘉把做出来的童书当成是为女儿和她同龄的孩子出版，也看成是自己的儿女。陈喜嘉精心打扮每一本书，乐意看到它们像漂漂亮亮的小宝贝一样为大家所熟悉和喜爱。

由于自身兴趣驱动，加上公司的推广助力，陈喜嘉开始广泛做线下亲子阅读活动。2015-2019年，陈喜嘉以"故事爸爸亲子阅读支招"为主题，先后开展了200多场讲座和分享会，足迹遍布深圳的中心书城、南山书城、宝安书城、福田图书馆、罗湖图书馆、南山第二外国语学校、翰林实验学校、仙桐实验小学等，还到过广州、佛山、韶关、江门等地。陈喜嘉既做面向孩子和家长的亲子故事会，也针对家长需求开展亲子阅读讲座。2016-2017年，陈喜嘉还负责在公司内部举办以帮带教的阅读沙龙，带领新编辑探索童书出版的奇妙世界。

陈喜嘉通过阅读推广和教学工作，结交了众多阅读推广界的师长和朋友。童书翻译家周龙梅老师、林静老师，著名阅读推广人、红泥巴读书俱乐部创始人阿甲老师，绘本老爸、微微绘本学院创始人阿渡老师等，经常给予鼓励和帮助。陈喜嘉先后担任了微微绘本学院30多期学员培训的授课老师，并由此结识了全国各地的绘本馆馆长、阅读推广人。同时，陈喜嘉还应罗湖图书馆的邀请，担任该馆少儿阅读推广志愿者培训的授课老师。

刚做编辑出版时，陈喜嘉仅凭自己的兴趣接触童书，后来为了授课做好教学工作，陈喜嘉开始大量阅读相关书籍。广泛的阅读和丰富的教学打开了陈喜嘉的视野和思维，陈喜嘉在不知不觉中通过教学相长，也具备了童书研究者的视角。陈喜嘉认识到自己必须做学问，才能带领孩子和家长向前进，才能不只是当一名"文字工匠"。陈喜嘉多方收集整理童书发展不同阶段的经典著作，这项工作到现在还在继续，它帮助陈喜嘉对童书发展的历史、现状和未来有了相对清晰的认识，对部分经典的阅读以及部分名家的代表作，也由感性了解进入系统研究。比如，研究日本的绘本发展史，因为中日文化同源的关系，它对于中国的原创出版发展具有特殊的借鉴作用。

亲子阅读能否坚持，关键在于家长的态度，因此陈喜嘉想通过推广阅读，让家长意识到亲子阅读能够帮助家长找到跟孩子沟通的方式，并指导他们如何把亲子阅读当成一种习惯，时刻陪伴孩子成长。由于男女分工不同，在关注亲子阅读、家庭教育上，一般是以妈妈为主，爸爸相对较少参与。陈喜嘉认为，家庭教育也好，亲子阅读也罢，爸爸的参与必不可少。陈喜嘉试图探索爸爸亲子阅读、亲子陪伴的人文内涵，以及相关的理论指导和延伸活动，并将此项活动进行提炼归纳，使之更有利于推广。

陈喜嘉还提倡一项"双 15 亲子阅读陪伴计划"，即家长每天至少陪伴孩子阅读 15 分钟，这种亲子阅读习惯至少保持到孩子 15 岁读完初中。陈喜嘉希望借助亲子阅读活动，在做好亲子阅读的同时，也关注自身的终身阅读，通过阅读和学习提升自我。

陈喜嘉回顾自己的成长，从小生活在小乡村，吃饭还成问题，但因为一路有书相伴，童年的回忆很甜蜜。来到深圳以后，陈喜嘉始终保持一颗童心，乐于探索和思考，对阅读充满热情。陈喜嘉相信书籍能带给人无穷的动力和滋养，不论是对孩子还是大人。陈喜嘉表示，将用心编辑出版优质儿童读物，当好故事爸爸，把阅读推广当成终身事业，把更多的好书、更好的亲子阅读经验分享给大家。

陈向阳："以色彩革新模具，以梦想铸就匠心"

陈向阳，1971 年出生于湖南省衡阳市祁东山区。高中毕业后南下广东打工，从事模具行业 33 年，获国家新型专利 20 余项，发明专利 2 项。2019 年 10 月被深圳市模具技术学会聘为专家委员会委员。2021 年被认定为"宝安工匠"、深圳模具行业"模具荣誉工匠"，被全国企业管理公示共享平台授予"中国诚信经理人"，被香港亚洲商学院授予"亚商最佳贡献奖"。2022 年获深圳市宝安区沙井街道总工会授牌命名陈向阳劳模和工匠人才创新工作室。2023 年荣获"深圳市五一劳动奖章"、深圳宝安创新创业大赛新材料行

刚来深圳时的陈向阳

业三等奖。现为深圳"模行天下"制造业平台联合创始人、《模具制造》月刊编委、深圳美工源塑胶模具有限公司 CEO。精通各类模具特别是双色—多物料模具制造与设计，三色以上多物料模具制造一体注塑成型、高级防水外壳专家，专治各类模具"疑难杂症"。

凸显长子担当
广东寻梦遇恩师，钻研模具攻难题

湖南祁东多山，与绝大多数走出校门外出寻梦的年轻打工仔一样，1990 年高中毕业后，作为长子，陈向阳却有自己的主张，决定独自前往广

东打工，好好学一门技艺，早日挑起家庭重担。他当时的想法是，自己有了门路，万一弟弟妹妹也没上大学，出来打工就会多一条后路，他不仅要养活自己，更要让家里人都过上舒坦日子。

父母知道陈向阳是一个有主见的人，而且说到做到，没反对他外出打工，只是提醒他在外面要照顾好自己，如果不想在外打工了，随时可以回家学个木匠或者什么手艺。就这样，陈向阳第一次离开家乡挤上了南下广东的火车。

在火车上，一个老乡告诉他，男孩子去广东进厂比登天还难，除了去工地拉砖打砂浆，学不到什么技术，还不如跟着他去韶关种果树，种果树也是一门技术，学会了回老家搞个果园，果园里再养鸡，也是一条致富的好门路。陈向阳觉得这老乡挺热情，说得很对，也很可靠，自己又不知道到了广州去哪儿落脚，便在韶关下了火车跟着他去了大山里。进山第二天他就开始干活，时值农历七月末，天气异常炎热，从早到晚不是锄草就是修剪树枝，环境跟家乡差不多，也学不到什么，这哪是自己想要的生活呀？于是三天后，他就独自下山再次挤上了南下的火车。

从广州火车站出来，举目无亲，陈向阳不知道下一站该去何处，直到天快黑才想起有一位初中同学在中山市打工，只好坐汽车去找他。同学说你可以学点技术，有高中毕业证，人又聪明，明天去美力时模具公司试试，他们每年4到8月份都会收一批学徒。

美力时模具公司是一个大公司，在业内享有一定声誉。第二天，他去到厂门口，门卫却说这几天不招工。陈向阳打听到里面有个香港的黎师傅技术很好，那时通信不方便，陈向阳便写信给黎师傅表明自己肯吃苦想学艺的决心，并经常去厂门口找黎师傅。黎师傅有时会来厂门口见一下陈向阳，次数多了，黎师傅说给个机会试试，于是面试一些基本操作常识让他模仿后，就收下他了。就这样，陈向阳便进入美力时模具公司。

那时美力时模具公司的设备齐全且先进，规模大，刚一踏入模具行业，陈向阳就赢在了起跑线上。他潜心学艺，勤劳用功，加上黎师傅的精心栽培，仅用两年时间就学会了模具制作所有的机器操作流程。在工厂里，陈向阳按师傅的指导操作，学到了过硬的技术，他特别爱动脑筋，总在思考有没有更省事的办法制作出更精密的模具。无论下班多晚，他都会在宿舍里自学机械制图。他的工资大部分用于买书了，身边最值钱的"宝藏"就是书籍。他对自己的要求是：不但手艺要做好，还要学懂学精模具设计技术。

1992 年，陈向阳辞别恩师，拿着含金量极高的美力时模具公司厂牌离开了中山，他想去经济更发达的城市闯出一片新天地。于是，他来到深圳沙井一家隶属于飞利浦集团的公司，有幸结识了香港的黄老先生，深得其精传，他的设计、制模等技术突飞猛进。师傅黄老号称"模王"，真是名不虚传。这称号的来由相当传奇。当年，有一款保险柜抗干扰信号的塑胶外壳产品，要满足在一定范围内，受到外界异常声音干扰时，保险柜就会自动发出报警的声音，其对产品的辐射面及光感应的角度要求精度非常高。这对模具的精密度制作者的考验极大，关键在于如何解决保险柜里辐射的线条、声音接收的敏感性。

在 20 世纪 90 年代，加工设备条件十分有限，客户在寻访了全球多家知名模具企业后，都表示无法实现产品的设计意图。黄老接到这个任务后，带领陈向阳及其团队迎难而上，通过计算圆弧、曲线、曲面去逐点加工和打磨，最后进行互配，终于出色地完成了全套模具的制作。产品交付后，客户专程坐飞机过来对公司团队进行嘉奖，竖起大拇指称赞道："你们是真正的模具牛人！"并发了一面英文锦旗给黄老："一代模王"。

每每想起这一幕，陈向阳至今仍感到骄傲，他说："模具做好了，就会得到别人的认可与应有的尊重。"用心做事得到的回报是尊重，这份荣誉感成为他攻关模具难题的动力。又过了两年多，在模王黄老的精心培养下，陈向阳进步神速，不仅学会了独立思考，也学会了如何把握重点、攻克难点。无论多复杂的模具，陈向阳都能发现核心问题并精准解决。陈向阳很感恩黎师傅和黄老的精心培养，也很希望能像师父那样有成就，把模具做好。他知道，自己是时候离开师父开启新的梦想了。于是他去到一家公司做了模具组长，他要通过实践来检验自己的学习成果。

当时，陈向阳不到 25 岁，在 50 多名技师中，他制作出的模具得到老板和客户的认可，技术力压群雄，老板决定破格提升陈向阳为模具主管。当时，有一位五十多岁的老师傅，因为是厂里的元老，爱摆资历，人人都得"让他三分"。他使用加工设备时，决不允许旁人使用。在他眼里，初来乍到的陈向阳就是一个"毛头小子""不谙世事""不懂规矩"。这样的小青年竟要挑战"权威"做主管，老师傅哪肯答应？

老板知道后，决定能者上，要求二人共同做一套电极端子产品以试高低。该产品分上下壳，陈向阳做上壳，老师傅做下壳。相对来说，上壳工艺要求更高，制作难度更大。为了证明自己，陈向阳二话没说就答应了。陈向阳将思考重点放在模具的内在结构和原理上，他快速理清制作逻辑，定好设计方案，结果，一点也不意外，老师傅输得心服口服，陈向阳当选为主管。成为主管后，他兢兢业业，勤于思索，积极向上，不仅为公司，也为个人创造了广阔的发展空间。整个模具车间，员工由他管理，任务由他安排，他大展拳脚，把公司管理得井井有条。他要求所有员工都必须不断进步，经常组织同事开会、培训，讲述模具设计、模流分析，模具加工工艺，多型腔模具、模内脱螺纹、模内贴、薄壁、旋转抽芯等复杂结构精密的模具的制作方法。工友们很高兴，并不断地为公司创造价值。

之后，陈向阳又经历了多家大公司的历练，其个人技术和管理经验都有了足够的沉淀和积累，深受公司器重，负责公司全盘运作。

最具戏剧性的一次是二十多年前，客户找到陈向阳讨论结构图。陈向阳用笔画示意图，那张 A4 纸上的坐标图比用尺子画得还直，把客户看傻了眼，当场下单让他做一套模具。第一套模具做完后，客户打电话给他，说有大项目需要沟通，并笑了笑说："我是第一次见到随手便能把线画到那么直的人，当时我就相信，是金子总会发亮，就会在不经意间被发现优势，你一定要下定决心发挥自己的强项，一定要在深圳，在模具行业闯出一条属于自己的路，打下一片属于自己的天地。你性格'霸蛮'，日常遇到难题不是绕过去而是钻进去，怎么可能做不好模具？"从此，这位客人还成了陈向阳的朋友。

紧跟时代步伐
以色彩革新模具，以梦想铸就匠心

长期的经验和积累让陈向阳练就了"眼尖"的本领，他总是一眼就能看出问题。他从不放弃技术攻关，这与喜欢钻研理论分不开。从学技术起，他的每一步积累都是理论与实践的结合。"所有的东西都离不开理论"，这是陈向阳常挂在嘴上的话。"只要原理对了，沿着这个方向走，就一定能走通"。对他而言，模具制作考验的绝不仅仅是动手能力，更是动脑能力。通过实践论证原理，这是一个反复打磨的过程，一遍遍打磨，也更坚定了他的信心。

陈向阳算得上是最早一批接触双色模具的人了，他最早做过水平转盘双色模具、托芯转盘双色模具。陈向阳发现双色模具可随意更改第一色与第二色的颜色与材质，这样产品的组合就多了，他敏锐地嗅到多色模具制作将是未来的行业发展方向。在双色模具制作与成型的基础上，延伸到三色、四色以上多色/多物料模具，从双色模到多色模，要跨越的"技术门槛"尤其多。这不只是简单的颜色累加，他说："每加一个色或一种物料，难度系数都要大好几倍。"

在多色模具制造道路上，陈向阳横下一条心，总在研究怎么把模具做得更快更好，让产品的组合结构变得更简单。就这样，陈向阳带领团队多年深入研究，充分利用模具制作的机械原理、注塑成型原理、塑胶材料结合的原理等，通过多物料一体成型技术，实现产品多功能转换与应用。从模具开发评估、模流分析、模具结构设计、模具设计评审、细节处理、制造工艺流程改良、加工品质保证及持续改良，增效控本，技术指导，现场解决模具生产过程中的问题及注塑过程中出现的问题，他不断攻克多物料一体成型等技术难关。

经过多年历练，陈向阳在三色、四色、五色以上等多色塑胶模具领域取得显著成果，制作了很多有创意、高难度的多功能结合防水产品，以满足市场需求，这对整个塑胶模具行业发展具有重大意义。他说："双色—多物料模具、多物料注塑一体成型产品防水，防摔，结实耐用，好看环保，层次分明，不需要喷涂，不用组装和多次连接，牢固好用，实现产品创新升级，降本增效。"

这些年来，深圳美工源塑胶模具有限公司在陈向阳的带领下，从无到有，从有到强，解决了很多行业技术难题，拥有了多项技术绝活，已掌握多色/多物料模具制作与一体成型的核心技术，制作的产品优先同行 3-5 年技术优势，包胶/套啤模具，塑胶包五金，塑胶与陶瓷、绝缘导体、5G 材料等结合，制作 IPX-7 级 8 级防水外壳经验丰富。

陈向阳还面向前沿技术，获实用新型 20 余项，发明专利 2 项，在实审中发明专利 10 余项。主要成果发明专利号：ZL20201 1457860.X 是一种具有内部空腔的产品成型方法及其产品，本发明涉及产品注塑成型技术领域，尤其是指一种具有内部空腔的产品成型方法及其产品，本成型方法先成型第一部分及第二部分；再将第一部分和第二部分采用第五壁或 / 和第六壁包覆连接，从而得到一体成型的产品，产品的内部带有空腔。本成型方法可以对产品内部带有一个或多个型腔的产品进行注塑成型，解决了现有技术中不能脱模而无法成型产品的技术问题，使产品生产速度快，效率高，易于实现自动化和批量化生产，产品性能优越，可靠性高。解决复杂结构问题，复杂高精密零件、高难度的模具制作，多功能组合产品与多功能转换应用，并且可以采用不同材料及其材料组合成型等。产品采用注塑一体成型，产品整体性和一致性好，密封性能优越防水，减少组装和多次连接，省去装配成本，多项专利技术填补了国内外空白。

从一名普通打工仔华丽变身为攻克制造业世界难题的大国工匠，陈向阳除了天资聪颖，刻苦钻研，更离不开中国当代经济的飞速发展和广东高新技术产业集群的创业环境。为了实现当年离开家乡南下打工时的"工匠梦"，他从不计较个人得失，无论多艰难，都先把事情做好。多年来，他坚持引导、培育模具新人，培养他们热爱模具行业，灵活使用各项技能。在他的徒弟中，有些成为行业核心技术人员和管理人员，有些成为模具行业老板。他不仅成就了别人，也成就了自己。

攻克多色模具
创意设计成现实，主动让利给客户

极具匠心的陈向阳早已成为一面旗帜，其多色模具制作佳话可以书写成一本厚厚的书。他致力于帮客户找到产品设计和模具设计之间的最优化方法，实现产品创新升级，帮企业解决双色多色模具注塑工艺难点，从材料创新、顶层设计及方法技术等方面进行改善，为企业赋能。

前几年，深圳美工源塑胶模具有限公司制作的三色防水炫彩音箱模具，陈向阳建议客户更改用套啤模具制作，解决客户生产的后顾之忧。原来客户计划用 850 吨三色注塑机生产的模具，经他更改后为用 120 吨注塑机生产第一色透明乳白色 PC 材料；用 168 吨注塑机生产第二色 ABS 白色材料，套啤第一色成复合件；用 168 吨注塑机生产第三色 TPU70 度蓝色材料，套啤前二色复合件，完成生产，从而简化模具结构，有效控制注塑生产成本。

市面上三色注塑机比较稀缺（3 个注塑炮台生产），且机器占用生产场地大，尤其是大吨位的三色注塑机更稀缺，需要订制进口设备，146MM 圆形音箱内有 2 个斜 45 度装配的喇叭位，用三色模具制作需要三套模具各做 2 个大斜抽芯结构，使模架尺寸变大，制作更复杂，制作周期更长。陈向阳更改为三色套啤：（1）模具为第一色 PC 材料，可以按上下平面结构出模，模穴还能 1 出 2 制作；（2）模具为第二色 ABS，使用斜抽芯结构，套啤第一色；（3）模具为 TPU70 度材料，避空斜喇叭位置，制作简单。目前，陈向阳发挥公司多年来多色套啤模具优势，已完成第三色套啤。

在陈向阳的建议下，公司使整个产品开模周期缩短了十多天，做出来的产品比原有的样品效果还要好，已经替代进口设备。该模具使用常规注塑机便可生产，整个项目可直接为客人降低 30 万元以上的模具成本，降低注塑生产单件成本 5 元 / 个。如何用双色模具制作技术与套啤模具制作技术，经过多次有效甄别验证，他建议公司立项，对模内少腔，双物料比例悬殊特别大，注塑机台吨位稀缺，双物料连接处形状规则或结构简单，其他部位形状奇特、结构复杂的产品等用套啤模具制作，反之用双色模具制作。该建议成效显著，省时，省成本，与客户之间取得了双赢效果。

类似的故事在陈向阳的经历中有满满一箩筐。其中，中山威浦电器有一款防水插头，帮其协作的模具制作厂商是一家接插件知名公司，实力不凡，可是做出来的模具一年半都没达到防水效果，而且软胶与硬胶结合不好，容易分开，非常着急。该公司副总带着样品找到陈向阳，陈向阳说了些解决方案和原理，可模具拖来三天后对方说仍不死心，还要拖回去修改，要自己再想办法。结果，半年后仍未解决问题，他们又把模具拖了过来，不得不再次找陈向阳帮忙。按照陈向阳出的改模具方案，不到半个月就成功了。别人做不好，陈向阳修好了，威浦公司按照类似的模具下订单，并计划将手工装配的产品工艺全部淘汰，改为双—多色一体成型工艺。

近几年，陈向阳攻克的双色/多色模具的成功案例实在太多。还有一款用于轮船上的电动清洁工具，防水等级高，由5种材料一体成型，在一大型知名企业研究三年都未能解决的防水难题，客户在展会上找到了深圳美工源塑胶模具有限公司的陈向阳，一个月就解决了，帮客户至少赚了五百万。客户自豪地说，该产品同行至少3到5年内模仿不出来，可以安心卖好几年。

再比如，小米52#手提箱推车用的3色轮子：由（轮芯PP料）+（轮皮软胶TPU80°）+（POM轴承套）组成。客户用3次套啤模具来制作轮芯模具：PP材料1出8穴，手工放POM轴承套，套啤在轮芯里，成型后再用手一个一个放到轮皮软胶里，陈向阳运用双色模具+机械手套啤POM轴承套，全自动生产后即可满足供货需求，比之前的外观好看牢固。其具体实施为：合理排多模穴，想法使模具工艺优化，制造工艺简单。在制造过程中优化工艺编制，按序进行质量管控；充分利用机器设备及配套设备利用率，全自动设计制作；在保证产品外形不变的前提下，将硬胶外围周圈加上类似燕尾槽的拉力扣，让软胶跑到燕尾槽两边的拉扣里，黏合力度增大，这样，不仅增加了结构强度，使模具结构变得比以前更简单，还可以按平面结构上下出模。同样的模架大小，模具的排位数量是原来的2倍，变成1出16，硬胶1出16用针阀式热嘴进胶，软胶Tpu80度用1出4尖咀式进胶再交叉分1出4，用香蕉入水潜入轮子装配里面之产品底部进胶。上下工字板码模具，模具大小刚好充分布置在机器上，采用针阀热嘴封胶，解决PP材料易出现的拉丝现象（俗称流口水现象）。

为保证产品质量稳定，先解决热嘴处温度高，进胶点周围易出现一圈亮印的问题，前模仁与模架A板接冻水，热流导板与前模固定面板及两后模仁都接水温机60°，保证热嘴处温度恒定，同时有利于热嘴出胶并保持整体模温在生产时稳定，并让注塑机附属设备充分利用。轴套通过吸料机，将轴套自动吸入振动盘为，振动盘容量可以装35000个，量少到一定程度后自动补充，同样不需要人工放入POM轴套。硬胶PP料通过针阀式热嘴入胶，调节阀控制出胶稳定，不会留拉丝，Pom轴套抽到振动盘盒内，通过振动架自动排序，准确按产品方向逐个送入夹具口，用小气缸对准在振动架上的机动座，机动座布置对等模具排位中心距的16个卡枣位置，机械手与机动架信号同步，将 16 个轴套吐入机械手的夹具内，机械手接住后快速送入相互定位配合的 16 个模腔内，动作稳定可靠，发挥功能利用最大化。这一技术不仅全程实现自动化生产，而且节省人工和机台，充分利用了现有生产资源，生产质量稳定可靠，日产能两万多个，是原来每天生产的近三倍效益，完全满足了客户的出货需求，还主动让利给客户。

专解疑难杂症

突破极限缩工期，不改初心铸匠心

模具是工业之母，而在国内防水领域，陈向阳多年的潜心研究可谓独树一帜，让他成了高级外壳防水专家，许多知名高端制造企业都来寻求帮助。

2018 年，广州某军工企业总工艺师赵总专程来深圳找陈向阳。带来产品图询问陈向阳一些技术上的问题，出于礼貌，陈向阳一一作了回答。问完之后，赵总一行人便离开了。当晚，陈向阳接到该公司采购经理打来的电话，对方询问报价后告诉他，希望他第二天带着电脑去一下公司总部。

第二天上午 9 点，陈向阳便到了该公司广州总部。经过重重安检，陈向阳来到会议室，有十几个人正静静等候，包括赵总。赵总说："陈总，今天请你来是因为我们可能有项目要交给你做，希望你能帮忙提点意见。"会议室里，投影仪展示着项目图纸，在座的十几个人都是这个项目的负责人，他们围着图纸轮番请教相关问题，陈向阳一一作答。最后，赵总问他："凭您的经验，这个产品 45 天工期够不够？"陈向阳说行。

次日，赵总一行人又来到陈向阳办公室，他说："根据你之前的意见，我们的工程师连夜做了修改，您再过目一下。"陈向阳又帮他们优化了部分图纸，赵总很满意，可最后他又说："这个项目特别重要，工期缩短 5 天行不？"陈向阳想了想说："行！"

过了两天，赵总又打电话过来祖露心声："陈总，我们这个产品改图拖了好久，上面催得太急，请您再提前几天交货。"又要提前？面对赵总的不断请求，陈向阳都表示尽量想办法，因为他知道，客户有客户的难处。

后来的十多天，工厂所有成员加班加点，加工设备也是日夜不息地运行，短短 18 天就将产品顺利完成。整套项目包含一套三色模、四套双色模和八套单色模具，正常来说，任何一家公司都不可能在 20 天内完成这项工作。在交工前，赵总还带着几名工程师昼夜不停地配合赶工，几乎没作任何休息，在大家的共同努力下，提前到 18 天便圆满完成了任务。事后陈向阳对赵总开玩笑说："如果一开始就告诉我 20 天交期，就算你给我 1000 万我也不敢接呀。"

这次经历，陈向阳也向赵总学到了识人、用人、技术、领导等多方面能力。他深知，带好一个团队需要责任心和各方面资源的整合与自我综合能力的提升，在突破工作极限的同时，还创下了模具生产史上一项广为传颂的纪录。

33 年坚持做模具，陈向阳的人生就是中国模具制造业技术者发展史的缩影，他随着时代的进步而进步，不断创新，不断攻克四色以上的多色模具、高难度的多功能组合一体注塑成型、高级防水外壳等，不断钻研如何把模具做得更快更好，为客户节约成本，降本增效，技术攻坚和工艺的突破实现产品创新升级，并为产品设计和模具设计之间找到最优方案，让产品的组合结构变得更简单，产品生产速度越来越快，效率越来越高。

陈向阳还热心帮助相关企业实现产品创新升级，有着许多"天马行空"的设计和创意，让产品变成了个性化定制。他的技术被广泛应用于汽车、通讯、医疗、军工、航空、家电、农业、文教、工艺品、健身器械、包装等行业，以及三防产品 IPX68 级、IPX-7 级以及 8 级等高级防水外壳上，企业生产出来的产品更加牢固、耐用、美观、舒适。多个塑胶件一体注塑成型技术的运用，让产品的零部件无须装配自成一体，大大节省了企业组装成本，增强了中国制造在国际市场的竞争力，为国家产业升级和现代智能产业高质量发展做出了应有贡献。

2023 年，陈向阳研发出一种运用于新能源汽车的电机产品。该产品为五金件的外围整圈包履 0.1 mm 及以下超薄的耐高温塑胶材料，在五金件上注塑这么薄的耐高温塑胶材料，可以说绝大部分从业者想都不敢想，因为这个数值已经达到极限中的极限值了。这样的世界级难题属于行业卡脖子问题，陈向阳用自身的专利技术迎刃而解，无论是同行还是客户，见到这一电机产品时，都不敢相信是这样做出来的。

近年来，陈向阳多次受邀在高交会、广交会及行业内做专业技术讲座，将技术传播给同行，并接受同行技术咨询，帮助改善模具问题，得到业内广泛赞誉。很多企业由于长期受困于双色、多色、多物料注塑生产中管理经验不足、设计人员水平低、错误选择材料等问题，反复试模，不良率过高，导致产品交期延迟，陈向阳总是主动帮助这些慕名而来的企业解决各种工艺难点，帮助他们的企业迈上新的台阶。

此外，陈向阳受制造电火花加工设备团队邀请，加入研制团队。电火花机有"工业母机"之称，该设备全程自主研发，软件、硬件及数字化一体控制系统、芯片等全部实现国产化，突破了现有技术瓶颈，具有颠覆性的放电加工模式，操作简便易学易会，加工速度快，可替代先前依赖进口的高端电火花加工设备，相信该设备很快将广泛运用于中国模具市场，并走向世界。

动手前先动脑，坚持原理先行，专治模具"疑难杂症"，陈向阳始终专注模具行业。他打破传统，开启技术革新，致力于双—多色模具为主赛道，无论何时何地都在研究如何把模具做得更快、更好，让产品研发者从"天马行空"到落地开花，让每一款产品的个性化定制成为现实。

科技日新月异，市场瞬息万变，但无论怎么变，陈向阳"以色彩革新模具，以梦想铸就匠心"的初心没变，把研发成果转化为生产力，为中国高质量发展而奋斗的理念没变，"敬业、精益、传承、专注、创新"的"工匠精神"没变。

陈小菊：以"新中装"打造中国服饰文化

2017 年，美国旗袍大赛中国赛区冠军是一位来自中国深圳的选手，她也是这次大赛中唯一一位集服装设计、形象气质和红毯走秀三项优势于一身的大陆选手。2019 年，她的作品《牡丹百花齐放》获得由中国纺织服装教育学会、深圳市旗袍文化艺术行业协会、深圳市时装设计师协会主办的首届"龙华杯"旗袍创新设计大赛一等奖。2021 年，她荣获 2019-2020 年度深圳市南山区"三八红旗手"荣誉称号。2023 年 8 月，她更是脱颖而出，当选为深圳市南山区妇联执委。她就是深圳市龙腾汉唐文化科技有限公司、深圳市铭思威投资发展有限公司董事长、中国服装协会国风服饰专业委员会副主任委员——陈小菊。

身着旗袍的陈小菊

20岁只身南下来到深圳蛇口

1967年，陈小菊出生于浙江省台州市三门县。台州市三门县陈氏裁缝技艺非常有名，这套技艺以纯手工制作方式、精工细制、合身适体为准则，以家族传统工艺、手工技艺、量身定做、因人而异、精工细制为特色，包含了大襟、立领（又称"中国领"）、一字扣、镶、嵌、滚、宕、盘、钉、勾、绣等具有鲜明中华民族服饰风格的独特技艺，传承了中华民族几千年的服饰文化精髓。

陈氏中式服装制作技艺历史悠久，影响深远。对于研究中国传统服饰文化、技艺及婚俗传统有促进作用，也有传承和推广中式服装制作技艺的诸多传统习俗。陈小菊的祖父、祖母、母亲、姐姐等全家三代人都以裁缝为业，陈小菊自小耳濡目染，从小就对服装的剪裁制作很感兴趣，十几岁便开始在家里帮忙剪裁、缝制服装。

1987年，只有20岁的陈小菊从媒体上了解到深圳正在进行一场热火朝天的伟大变革，为了寻求自己的人生梦想，陈小菊在说服了家人以后，以年轻人的勇气只身南下来到深圳蛇口，在这个充满想象的地方演绎着春天的故事。

然而，蛇口这个地方如同它的名字一样，想要在这里生存下去并不容易。俗话说，在家千日好，出门万事难。初来蛇口的陈小菊经受了很多磨难，然而胸怀梦想的她在挫折面前没有退缩，反而以超出常人的勇气负重前行，终于实现了自己的深圳梦。

刚来深圳蛇口，陈小菊从一名服装厂的普工开始干起。来深圳的第一站，陈小菊在蛇口金利美服装有限公司做车工。在这里，她做过几乎所有服装加工的工种，陈小菊为此不知流了多少汗水和泪水，终于从流水线上的普工成长为技术组长，后来被原野衬衫厂"挖"走聘为质量总管。1992年，25岁的陈小菊已经成为深圳仁恒西服厂的厂长。

由于祖传的服装行业基因以及自己到蛇口后对服装的钻研，1994年，陈小菊便在深圳南山创办了深圳丽华服装有限公司，为外贸出口订单做加工服装业务；短短七年时间，陈小菊便在蛇口有了属于自己的服装品牌，用辛勤汗水成为驰骋服装行业的女企业家。

2013 年，陈小菊又成立了深圳市铭思威投资发展有限公司，专门从事服装以及相关产品研发、设计、生产、销售和代理。2019 年，陈小菊的作品《牡丹百花齐放》获得由中国纺织服装教育学会、深圳市旗袍文化艺术行业协会、深圳市时装设计师协会主办的首届"龙华杯"旗袍创新设计大赛一等奖。2021 年，陈小菊荣获深圳市南山区三八红旗手荣誉称号。2022 年，陈小菊的旗袍制作技艺入选浙江省三门县第八批非物质文化遗产代表性项目名录。

把旗袍文化视为自己的生命

陈氏裁缝技艺来源于浙江省台州市三门县，传承了中华民族几千年的服饰文化精髓，血脉中的传承是一代代人无论怎样身经患难都心存安宁的美好向往。

陈小菊家族人才辈出，陈氏裁缝技艺从陈小菊外婆郑吴氏开始传承传统服饰制作，由于家族的优良传统美德与教育作风影响着后人对陈氏裁缝技艺的传承，陈小菊的母亲郑香玲，跟着其母亲郑吴氏学习手工缝制服饰的技术，全面掌握当时的传统服装制作技艺，是当地出了名的"金剪子"；而陈小菊的姐姐陈爱萍，传承了母亲郑香玲的传统服饰手工缝制技艺。陈小菊年少时跟着姐姐学习传统服饰手工缝制技艺，作为陈氏裁缝技艺第四代传人，陈小菊在祖上三代营造的传统服装文化气息的家庭氛围中成长起来，她从小就对旗袍、对传统服装情有独钟。

来深圳蛇口以后，陈小菊更是把旗袍文化视为自己的生命，在从事传统服装制作技艺这些年，她做外贸服装、开设高端时装店，其中两家是高端定制店铺。在面临信息匮乏、店面统筹、业务开展困难等一系列问题时，陈小菊不停地奔走呼吁，每天加班加点工作，甚至连刚出生的女儿都无暇照顾。

就这样，陈小菊始终凭着骨子里不服输的精神，在逆境中埋头苦干，在工作中一丝不苟、兢兢业业、以身作则，在质量上严格把关，在客户需求、款式设计和店面管理上亲力亲为。在蛇口她一直奉行"时间就是金钱，效率就是生命"的理念，不断提高自己的技艺水平，逐渐攻克了一道道难关，收藏和保存了许许多多各类清代、民国的古典旗袍，并根据这些老式旗袍的工艺再复原，版型也做了修改和调整，更加凸显女人的窈窕曲线，增添旗袍的古韵古味，让每件旗袍都成为一件有生命的作品。

别出心裁打造新中式著名品牌

陈小菊曾在"龙华杯"旗袍设计大赛获得一等奖的作品——《牡丹百花齐放》旗袍，既具有传统因素，又融入现代审美风格。陈小菊还与服装学院等学术界交流学习古文化并准备创办商学院，培养热爱旗袍文化的设计师，将旗袍文化更好地传承下去。

据陈小菊介绍，新中式服装在保留传统经典的中式元素基础之上，同时采用西方的剪裁，结构风格强烈而又不张扬，盘扣、提花、刺绣等传统庄重的元素加上现代化的面料和剪裁，着实让人眼前一亮！

近些年来，新中式服装是在复古的探索中，在传统的服装中找到的一种新的搭配方式，符合现代人体学的理念，符合年轻人追求国风的心态，让中国风发扬光大，再创辉煌。陈小菊的理想就是为打造新中式品牌，推动中式服装在社会上形成流行的氛围，让人们认同、喜欢、穿着中式风格的服装。

提起龙腾汉唐，陈小菊表示，龙腾是中华图腾，汉唐是中华盛世的两个朝代。深圳市龙腾汉唐文化科技有限公司就是专门从事制作新中装，打造新中装高端品牌"龙腾汉唐 百年华服"，推动中式服装发展的公司。

"龙腾汉唐"公司生产、销售、品牌一体化，视产品质量为生命，以良好的信誉求发展，以"追求客户最大的满意"为服务宗旨，始终坚持"产品的差异化，市场的整合、全局化、利益共享化，在变化中找准自我定位"的经营理念，以"龙腾汉唐"品牌华服为核心，大力布局整合发展新零售业务，同时大力发展以供应链管理为主要方向的金融科技解决能力的业务，实施"华服时尚产业新零售＋新链融"战略，以实体华服时尚产业为基础，以供应链金融科技为工具，积极探索"产融结合"的道路，将"龙腾汉唐"华服打造为全球领先的服装产业和供应链金融科技应用融合发展的新经济体，以民族自信、文化自信、服饰自信为创意核心，设计出继中山装、西装之后的第三种可以在重大场合、重要节日穿着的新中装。

陈小菊很自豪地表示，新中装一方面明显保留了中国元素，如立领、对襟、连肩袖等形式，面料采用真丝、宋锦等。另一方面，又在融入传统因素的基础上，创新出符合现代审美的新风格，颜色雅致，舒适大方，不失潇洒，既传承了中华民族悠久深远的优秀文化，又灵活地将传统元素融入时尚精神，真正结合了传统与时尚。传统服饰文化的传承是实现中华民族伟大复兴的前提，是中华民族的魂。而工匠精神是一个手艺人的安身之本，是一个国家的生命之魂。在陈小菊眼中，代代相传的工匠精神就是用自己的巧手做出一件件高端华服，用自己的热情去宣扬旗袍文化、服装文化。"服装是我一辈子的事业，是我一辈子的爱，从测量到剪裁，从制作到管理，样样精通，我愿把这份美丽的事业坚持下去，愿把这份美丽带给更多的人。"陈小菊说道。

为更好地保护、传承、弘扬中华民族优秀传统文化非物质文化遗产，为更好地传承发展"传统服饰制作"项目，陈小菊将"传统服饰制作"带进大学课堂和大型企业，加强传统服饰产业与高校、企业之间的合作，在更大范围、更高层次、更宽领域开展产学研合作，进一步提升传统服装品牌的影响力和生命力。

改革开放以来，深圳服装行业不断发展，从一批外贸服装加工厂落地生根到外贸服装产业逐渐壮大，而近年来，原创设计发展迅速，中式款式日益受到消费者的欢迎。陈小菊作为一个行业的见证者和实践者，她在深圳蛇口努力打拼，从普通的服装缝纫工到服装设计师，再到创办服装公司，做外贸服装，这一路上她不忘初心、砥砺前行，让会上形成中式服装流行的氛围，让人们喜欢穿着新中式风格的服装。

中式服装走出国门闪耀世界

在 2014 年 APEC 会议上，来自世界各国的领导人身着中式服装闪耀世界，根为"中"，魂为"礼"，形为"新"的"新中装"掀起国潮风。对服装时尚趋势敏感的陈小菊果断行动，结合中华龙图腾和汉唐两个服饰最为鼎盛的朝代创立龙腾汉唐品牌，传播国潮文化，提振国民自信，成立深圳市龙腾汉唐文化科技有限公司，并在各地开连锁裁缝铺，以宣扬传统服饰文化，专业从事制作新中装，打造新中装高端品牌"龙腾汉唐百年华服"，大力推动中式服装发展的理念，在社会中形成中式服装流行的氛围，让广大人民认同、喜欢、穿着中式风格的服装。通过传统服饰载体，激活流淌在中国人血液中的民族记忆和创新活力。

就这样，深圳市龙腾汉唐文化科技有限公司以民族自信、文化自信、服饰自信为创意核心设计出的新中装，一方面明显保留了中国元素，如立领、对襟、连肩袖等形式，面料采用真丝、宋锦等；另一方面，融入符合现代审美的新风格，颜色雅致，舒适大方，精心打造的百卉含英圆襟旗袍、凤翥鸾翔圆襟旗袍、仙鹤告瑞盘金绣等舒适款中国服装品牌，真正实现了传统文化与时尚潮流的完美结合，深受国内外客户的喜爱，多年来为国内外许多高端政商界人士定制过精美的西服和旗袍，并与中国五百强企业南山集团合作打造了新平台。

《春秋左传正义》疏曰："中国有礼仪之大，故称夏，有服章之美，谓之华。"衣冠上国，锦绣中华，中国是也。衣冠服饰是华夏文明中最灿烂的明珠。"陈氏中式服装制作技艺"在新中装的设计制作上，既严谨、庄重，又包容、大气；在纹样上，既寓意吉祥，又华而不炫、贵而不显；在色彩上，既喜庆、热烈，又纯正、时尚。这符合年轻人追求国风国潮的心态，让人们认同喜欢穿着新中式风格的服装。

除此之外，陈小菊为更好地传承这项传统技艺，将"传统服饰制作"带进大学课堂和大型企业，开展产学研合作模式，进一步提升传统服装品牌的影响力和生命力。一件件高端华服，凝聚了陈小菊多少个日日夜夜。从用料到裁剪，再到缝制，精益求精，件件精品。一个手艺人的安身之本是代代相传的工匠精神，而工匠精神更是一个国家的生命之魂。陈小菊将家族百年的旗袍制作技艺传承下来，这项技艺被称为现代服装界的"活非遗"，2022年陈氏"旗袍制作技艺"列为非物质文化遗产项目。

30年来，陈小菊带领公司，始终以弘扬中华服饰文化为使命，以推动新中式服装创新发展为宗旨，以打造龙腾汉唐服饰国际品牌为目标，致力于引领国潮新时尚、新形象，使国人的文化自信从服饰文化自信开始，全力设计出新中国最美新国服，让中国人都穿上自己的新国服。企业的发展离不开良好的营商环境，粤港澳大湾区蓬勃发展，惠企政策不断助力政府为企业提供了多方面的支持，龙腾汉唐品牌也不断得到提升，产业链持续拓展，实现了生产、销售、品牌一体化业务覆盖企业团体工装、高端定制等多种新零售模式。

举办中国传统服饰文化沙龙

2023 年 4 月 25 日，在深圳市南山区委区政府的支持下，由南山区文化馆主办、深圳市龙腾汉唐文化科技有限公司承办的"翩若惊鸿，织锦霓裳"中国传统服饰展开幕式成功举行，南山区副区长叶春，区慈善会常务副会长周庆芝，区文化广电旅游体育局局长周保民、副局长任艳峰，区市场监督管理局局长郑镜雄，区委统战部副部长、工商联党组书记乐丽华以及深圳市商业联合会副会长、深商总会秘书长石庆等 100 余位特邀嘉宾出席了开幕式。

此次"翩若惊鸿，织锦霓裳"服饰展展出的既有陈小菊多年收藏的部分古典旗袍，也有其创新绣花工艺的一些现代旗袍，还有她亲自设计制作的一些新中式服装。出席开幕式的领导和嘉宾认为传统服饰展的展品非常精致美丽，具有极强的观赏性。同时高度评价陈小菊专注服饰的工匠精神，以及为宣扬传统服饰文化而无私付出的举动。

陈小菊扎根深圳近 40 年，通过非遗技艺与时尚流行元素的结合，创新推出国潮新中装，将中华服饰文化发扬光大。她的新中装系列服饰融合了现代设计理念，让传统服饰散发出时尚活力，作品屡获殊荣。

在大力推进中华优秀传统文化创造性转化与创新性发展的今天，在高度重视非遗传承发展、打造城市文明典范的深圳，传统服饰展的举办尤有文化意义与创意价值。与会嘉宾均期待此次展览能推动中国传统服饰文化的普及与深入，更期待旗袍服饰在现代化国际化的深圳不断在设计、品牌、推广和产业发展上创出新的风向标。

2023 年 8 月 15 日，深圳市南山区第五次妇女代表大会在南山会堂开幕，陈小菊全票当选区妇联第五届执委。作为一名来自基层的代表，陈小菊深刻体会到，妇女事业的发展体现着社会的进步与发展，每名女性的成长与发展既是个体的，也是社会的。自己必须努力做好岗位工作，实现个人成长和岗位建功；也要努力绽放光彩，在家庭和社会呈现女性特有的真善美品质。

其实，早在 2021 年，陈小菊就获得南山区"三八红旗手"称号，现在又担任起妇联执委，深感责任重大、使命光荣。陈小菊表示，接下来将努力发挥基层女性职工的"半边天"作用，继续发挥公司的特色和优势，组织服装技能竞赛，让更多妇女及家庭享受工作以外的美好的高品质生活。

热衷公益事业努力回馈社会

赠人玫瑰，手留余香。在做好企业的同时，陈小菊还致力于做公益事业，通过旗袍将中华优秀传统文化传扬到全世界，陈小菊如今的成功，和她小时候的经历息息相关。

陈小菊懂得付出，传递正能量，用实际行动开启公益事业的向善之门，犹如冬日暖阳，温暖世间各方。30年来，陈小菊带领公司追求卓越，在公司发展到一定规模以后，又开始热衷于公益事业，努力回馈社会。

近年来，陈小菊在江西革命老区寻乌县投资新建了大田希望小学，为当地贫困儿童解决了上学难的问题；在河源市连平县为当地贫困儿童捐赠童装；在深圳蛇口海上世界艺术码头，为环卫工人送上冬衣；她还通过工商联和慈善会等机构，为新疆喀什地区捐赠数千件全新衣服；为四川甘孜州捐赠数千件过冬棉服，将深圳企业家的关爱传递给有需要的困难群体。

2020年新冠疫情爆发以来，陈小菊又带领公司团队全心全力投入抗疫活动，不仅做义工、扫楼、送菜，还慷慨解囊为喀什深圳产业园捐赠医用防护服10050件，同时也为深圳市南山区慈善会捐赠医用防护服7800件。并且在美国疫情爆发期间，通过在美读书的女儿，为在美华人捐赠一批又一批抗疫急需的口罩、医用防护服等物资，为疫情防控阻击战贡献力量。

近年来，原创设计发展迅速，中式款式日益受到消费者的青睐。陈小菊是服装行业的见证者，也是一个实践者。她在深圳蛇口独自一人打拼，从普通的服装缝纫工到服装设计师，再到创办外贸服装公司，一路上她都不忘初心、砥砺前行，未来的她会继续打造新中式品牌，促使社会上形成中式服装流行的氛围，让人们乐于穿着新中式风格的服装。

因为创新，因为新中装，让陈小菊获得了很多荣誉。但是，陈小菊认为，这些荣誉既是鼓励，也是责任，将为建立新中装文化传承馆而努力，让龙腾汉唐的新中装和中国服饰文化传播到世界的每个角落，向全球展示中国的服饰文化。

陈渊青：巾帼不让须眉的健康守护者

陈渊青巾帼不让须眉，担任公立医院院长二十余年，现为深圳市第七届人大代表、深圳市人大常委会监察与司法工委委员、深圳市司法人民监督员。曾任广东省第十次党代会代表、深圳市第五次党代会代表、深圳市第六届人大代表。

1963年1月，陈渊青出生于江西南昌。1987年大学毕业后，在南昌大学第二附属医院工作7年，先后担任麻醉系副主任、主治医师、讲师。

1994年8月，调任到深圳市福田区第二人民医院工作，先后担任麻醉手术室主任、副主任医师、政工科科长、副院长。2001年以后，先后调任深圳市福田卫生监督所所长、深圳市福田卫生局初保办主任；深圳市福田慢性病防治院院长、党总支副书记、主任医师、硕士生导师、教授；2007调任深圳市福田妇幼保健院院长、党委副书记。

2019年1月至2023年1月，出任深圳市南山卫生健康局党组成员、南山医疗集团总部党委书记，期间还同时兼任南山妇幼保健院党委书记。2020年4月至2021年4月，任华中科技大学协和深圳医院（南山区人民医院）党委书记。

主政福田妇幼保健院
引领妇幼卫生工作跨入全国先进行列

在担任深圳市福田区妇幼保健院院长、党委副书记期间，陈渊青肩负着辖区妇幼卫生事业的科学定位和战略管理，承托着全区180万群众的健康期望，她以大胆创新、敢于管理的魄力，推动妇幼卫生事业的快速发展；她以求精图强、争创一流的行动展示着医院管理者和医务工作者的壮志与豪情；她以与时俱进、开拓务实的步伐迎接着新时代的机遇与挑战。

在任期间，陈渊青勇于创新，锐意改革。建立以理事会为主体的医院治理结构，推进管理体制改革、运行机制改革、人事制度改革、分配机制改革、服务模式改革等6项改革。实现政事分开、管办分离，成为福田区第一家试点理事会管理的区属公立医院，也是深圳首家实行理事会管理下院长负责制的妇幼保健院。

同时，陈渊青以医疗增加值为核心，扩大经济总量，控制变动成本，提高医疗增加值含量，提升运行效率和效益。建立科室分类管理的质量控制评价指标体系，严格控制医疗费用增长，提高科学合理用药水平。改革实施后，医院药品收入占医疗收入比例呈逐月下降趋势，从改革前的24%降至现在的15.9%，属历史最低水平。

在此任上，陈渊青还整合优化妇幼计生资源，将妇幼保健院与计划生育中心两大机构合并，运用高超的管理协调能力，全面整合两个机构的人、财、物，率先在全市实现妇幼计生资源的深度融合，实现了一体化管理，成立了妇幼保健计划生育中心，充分发挥妇幼的技术资源优势和计生的行政资源与网络资源优势，提高了妇幼与计划生育技术服务水准。

陈渊青不仅是一名具有前瞻意识的医院管理者，她还清楚地认识到，医院要彻底实现转型升级，必须以服务作为突破口。因此，她和她的团队创新服务举措，积极推进妇幼卫生星级服务品牌建设。在巩固原有公共卫

刚来深圳工作时的陈渊青

生项目基础上，启动4项免费新公共卫生项目，基本覆盖全区妇女儿童生命全周期，妇幼健康工作继续领跑全市，公共卫生项目数量与完成数量创历史新高。

陈渊青还全面推进福田特色的青春健康进校园项目，并且全面开展福田区民生实事育龄孕产妇全程健康管理项目，着力保障全面二孩政策下高龄高危孕产妇生育全程安全。启动移动服务平台，以"互联网＋"的方式改善患者就医环境，提高患者满意度和医院运营效率。国家卫计委妇幼司对该医院开展青少年保健服务给予"受益匪浅、全国典范"的高度评价。

陈渊青常说："做得好不好，要看老百姓满意不满意。"她和她的团队先后推出多项考评措施，形成第三方满意度调查、满意度测评器、星级服务信箱、院长信箱绩效考核、院科两级质控、星级评比等评价体系，确保服务举措不走样、星级服务出成效、市民朋友得实惠。2014年5月，福田区在全国率先实现"三证"同办，同时为服务对象提供免费婚前优生健康检查和免费孕前检查的一站式服务模式。国家卫计委领导到深圳市福田区调研后，对此给予了高度赞扬。

在陈渊青的带领下，医院连续10年获评深圳市妇幼卫生综合先进单位，被深圳市总工会授予深圳市五一劳动奖状，被卫生部授予全国百强妇幼保健院，被国家卫计委授予全国妇幼健康服务先进集体、国家妇幼健康优质服务示范区、全国计划生育优质服务先进单位。妇幼卫生工作跨入全国先进行列，成为深圳市妇幼卫计系统的领头羊。

履职南山医疗集团
全国首创"区域学科联盟"建设工作模式

2019年履新深圳市南山区以后，陈渊青面对医改任务之巨，肩负辖区居民健康之责，认真贯彻落实党的各项卫生工作方针，不忘初心，甘于奉献，勇担新使命，奋发新作为，实现新发展。陈渊青通过抓管理带队伍，敢担当善作为，敢探索勇创新，在卫生管理、医药卫生体制改革、党的建设等方面成绩斐然，获得业内赞誉、群众信赖，在全市有较强的影响力。

任期内，陈渊青始终以锐意进取的改革精神，在全市乃至全国率先推出多项医改举措，并取得显著成效。当时，陈渊青在全国首创"区域学科联盟"建设工作模式。通过辖区社康中心与医疗卫生机构共建区域学科联盟，实现诊疗水平、预防康复、服务能力、强基层与高水平医院的无缝对接，五个"无缝对接"将分级诊疗落地生根，目前辖区内106名三级甲等医院专家已在社康中心常规预约诊疗。

陈渊青在全市率先探索整合辖区社区健康服务机构，形成大的"院办院管"模式。建成体系完整、分工明确、结构合理、功能互补、密切协作的整合型医疗卫生服务体系。陈渊青将辖区公立医院承担的社区健康服务机构举办职责全部划归南山区医疗集团总部承担，并将辖区非公立医院举办的社区健康服务机构全面纳入监管，确保在政府投入资源总规模内统筹、调配各区属公立医院资源，搭建完善、协调、统一、高效的基层医疗集团管理体制。

在此基础上，陈渊青还搭建医院——社区健康服务机构医疗卫生协同服务体系，着力推进公立医院依托社区健康服务机构分级诊疗向高水平发展，社区健康服务机构借助公立医院优质医疗资源强基层，并且实施"三个一百"工程，在全区建立100个社区首席专家工作室，培养100名首席全科医师和100名首席全科护士，系统提升社区健康服务机构的诊疗水平与服务能力。

搭建区域"六个共享"中心。全区建设信息数据共享中心、检查检验共享中心、影像共享传送中心、药品供应和消毒供应共享中心、技能培训共享中心、物流配送共享中心。

达到"六个统一"。建设南山区区域学科联盟，推动辖区内各公立医院差异性发展，实现区域统一学科规划、统一资源调配、统一信息平台、统一技术支持、统一社区首诊、统一分级诊疗、双向转诊。

推行"六个标准"建设。实现社区健康服务机构建设标准化、服务标准化、管理标准化、薪酬标准化、标识标准化、装备标准化。

作为辖区居民群众健康的护航人，陈渊青以卓越的领导能力，带领医疗机构快速发展。建设社康云审方信息化平台。针对社康药师不足的现状，启动云审方平台建设。南山区社康一体化精细化数据监管平台获得国家专利，为集团总部公共卫生监管信息化及未来大数据应用奠定了坚实基础。该平台部分报表数据已经用于各级主管部门开展考核使用，效果显著。

陈渊青还注重构建优质的人才队伍，开展有针对性的国际培训，完成岗位配置方案，引进慢病管理社工 100 名。通过购买服务的形式，协助医师进行社区慢病管理。强化社康服务质量管理与考核，查找问题，持续改进社康业务发展。

牵头邀请市级专家开展南山区社区健康服务评估工作，推动社区健康服务规范发展。每周对社康中心进行循环安全检查，内容主要为强化安全教育、规范医疗文书书写、提高急危重症处置能力等，对发现的问题及时反馈整改。优化基本公共卫生工作模式，形成"总部统筹—区域质控—社康落实"的"1+N"公共卫生工作新模式。对公共卫生工作人员及工作职责进行调整，按照 JCI 标准，制定 14 项基本公共卫生工作的流程。

在陈渊青的带领下，深圳市南山区社区健康服务机构能力得到全面快速提升。2019 年，南山医疗集团服务人次同比增长 19.4%，社区首席专家工作室门诊量增长 92.3%，常住人口家庭医生服务签约率达 41%，重点人群签约率达 80.8%，均为历史新高；预防接种同比增长 10.67%；完成产后访视同比增长 8.17%；儿童保健同比增长 4.44%；管理高血压患者 9800 人，同比增长 38.24%；管理 2 型糖尿病患者 3786 人，同比增长 41.11%。

在兼任南山区妇幼保健院党委书记期间，陈渊青领导的南山区妇幼保健院团队产前诊断中心高分通过广东省产前诊断专家组评审，被国家疾控中心授予"2019 年世界母乳喂养周活动优秀推广单位"称号；成功创建市卫健委"健康促进医院"并获得银奖；在深圳市家庭发展十大品牌项目评选活动中"让孤独症家庭不孤独项目"荣膺第一名；患者满意度保持全市领先。

突出党建引领
打造南山特色"1+C+N"整合型医疗服务体系

陈渊青在担任区卫生健康局党组成员、区医疗集团总部党委书记时，全面落实上级部署的各项决策，突出党建引领，深入打造具有南山特色的"1+C+N"整合型医疗服务体系，统筹推进强基层、建高地、登高峰，强力开展卫生监督工作。

2002 年，陈渊青以党建领航，带领广大职工拼搏奋进，改革经验再获全国推广，在国家级、省市各级比赛中荣获佳绩：在"广东省基本公共卫生职业技能竞赛"中斩获团队二等奖、个人三等奖；在"深圳市基本公共卫生职业技能竞赛"中夺得团队第三名；在"深圳市家庭医生岗位练兵及技能竞赛市级决赛"中斩获团队三等奖、全科诊疗组二等奖、公卫组和护理组三等奖；在市社区卫生协会和市糖尿病防治中心联合举办的"深圳市'笔架山杯'糖尿病知识竞赛"决赛中获得全市一、二、三等奖的佳绩，获得2022年度"深圳最强糖尿病管理医师团队"；在第五届全国"绽放杯"5G应用征集大赛中荣获"商用特色奖"。

陈渊青充分认识到，区委区政府高度重视现代化智能化高水平医疗集团的打造，高位推进，将医疗集团建设列为1号重大改革项目，进行立柱架梁的顶层设计，实施健康南山战略；区委卫生工委、区卫生健康局全面推进与督导，设立"时间表"和"施工图"。为此，陈渊青带领区医疗集团狠抓落实，创新构建"1＋C＋N"的整合型医疗卫生服务体系，加强现代化精细化管理。对深圳市南山区医疗集团现代化管理实践进行全面梳理，为改革发展过程中提供有益的借鉴和实践参考，编制60万字的制度集《医疗集团现代化管理》，并由广东人民出版社出版发行。

注重内外兼修，内化于心，外化于形。"只有点线面结合，基层服务能力才能不断加强。"为此，陈渊青注重从点上发力，示范管理，积极打造"南山医改"服务品牌，传递卫生健康系统正能量，树立卫生健康行业良好形象。2022年，全区家庭医生签约服务实现新突破。家庭医生签约数为47.48万人，重点人群签约率达79.85%；共新建1035张家庭病床，较上年同期增加43.2%。基层中医药服务实现新突破。全区所有社康中心均已开展中医药服务，中草药处方数共计8.2万张，中药颗粒剂处方数4.1万张，中成药处方25.9万张，非药物治疗处方120.3万张，非药物治疗111.2万人次，中医服务144.6万人次，占总诊疗人次的63.65%。健康服务项目实现新突破，开展医养结合项目、医防融合、医校园融合项目，大力开展新技术新项目。

陈渊青还特别强化统筹全区重点学科建设。开展区重点学科建设及动态管理，推进公立医院专科向高水平发展。深入各重点专科建设单位进行学科调研和督导；统筹全区医学人才管理与保障，统筹全区医疗设备管理，统筹全区医疗信息化资源。同时，奠定"建高地"新格局，明确集团成员单位定位，实行差异发展。陈渊青将华中科技大学协和深圳医院建设成南山区域医学中心；深圳市前海蛇口自贸区医院建设成与国际接轨的自贸区医院；南方科技大学医院建设成具有鲜明专科特色的三级甲等医院；南山区妇幼保健院建设成三级甲等妇幼保健院；南山区疾病预防控制中心、南山区慢性病防治院负责承担辖区公共卫生服务项目的具体指导、督导工作。

修订完善区域学科联盟建设管理细则、经费使用管理细则、绩效评价方案和任务计划书，提高区域学科联盟经费使用效能。全区建设信息数据共享中心、检查检验共享中心、影像共享传送中心、药品供应和消毒供应共享中心、技能培训共享中心、物流配送共享中心。强化共建共享，为全方位全周期保障人民健康、建设健康南山奠定了更加坚实的基础。

为了发挥党建工作引擎力，跑出高质量发展加速度，陈渊青积极健全党委领导下的院长负责制，组织保障到位。全面加强集团党的领导与党的建设，运用好党委领导下的院长负责制，落实党委督办疫情防控、基本公卫、基层党建、安全生产等重点工作；完善纪委监督体系；配齐配强支委班子，选派一批优秀的中层业务骨干建立联合支部。创新建立深圳湾联合社康中心党支部书记工作室，建设"党建服务＋文明实践＋社会治理＋健康促进"综合体，全面贯彻"以人民健康为中心"的卫生健康理念。

充分发挥监督执法高压监管作用，做好卫生执法强保障。陈渊青积极开展便民服务，推行公共场所及放射诊疗许可证补办"秒批"工作。受理各项行政许可事项3511件，其他行政权力及公共服务事项162件。开展专项行动及保障工作共9项；开展法制稽查、医疗卫生监督、传染病防控督导、放射卫生监督、学校卫生监督，监督覆盖率达100%。

不断增强学习的自觉性，更加系统地学习相关理论知识，研究粤港澳大湾区和先行示范区政策，努力提高思想政治理论水平。坚持学干结合、以学促干，将理论学习与医疗集团改革等重点工作结合起来，加快构建整合型大健康新格局。

强化思想引领
全市卫健系统创新开办"党员干部大学"

自2020年履职协和深圳医院党委书记以后，陈渊青迅速进入角色，及时摸清医院现状，了解班子成员特点，重新合理分工，团结带领班子成员，科学民主决策，切实做好党委各项工作。

陈渊青紧紧围绕新时代公立医院党的建设总要求，坚持公立医院办院方向，将医院党的建设提高到引领医院全局发展高度，全面提升党建工作质量，努力建设"四有"示范单位，切实加强和改进党对医院工作的全面领导，坚定不移地推进全面从严治党，大力加强领导班子建设，扎实推进基层党组织建设，深入开展党风廉政建设，把党的领导落实到把方向、管大局、作决策、促改革、保落实上来。

陈渊青注重把方向，强化思想引领，思想政治建设全面加强，在全院扎实开展创先争优活动、党支部评星定级活动，在全院开展党员"戴党徽、亮身份、树形象、作表率"活动及"党员先锋岗"创建活动，接受群众监督，发挥带头示范作用。同时，强化干部队伍建设，医院综合能力不断提升；强化制度建设，党政议事决策更加规范；强化聚焦重点任务，推进现代医院管理试点工作；强化基层党建和党风廉政建设，战斗堡垒更加坚强有力。

特别是创新党建工作机制，在医院开办"党员干部大学"。陈渊青带领院党委加强党建品牌意识，精品打造"一院一品"。为了培养一支高水平又红又专的先锋队伍，创新性开办了深圳市卫生健康系统内唯一一个"党员干部大学"，实施"三三三"办学机制。通过党员干部大学的高标准、严要求，从党性、政治性、自觉性、理论性进行系统化的培训教育，让医院成为一支特别能战斗、特别能奉献的队伍，让党的领导旗帜在医院高高飘扬。

办学中，院党委以"三个机制"奠定基石：完善顶层机制、完善办学机制、完善考核机制。制定学员学籍制管理机制，建立培训考核机制，将年度各项评先评优与参加培训考核结果挂钩。以"三个平台"推动教学，分别是搭建保障平台、搭建师资融合平台、搭建网络 AI 平台。同时，以"三股力量"护航前行。具体为组织的力量，以支部换届为契机，将支部建在科室上，明确支委成员是科室民主管理小组的既定成员，推进支委成员与科室行政的交叉任职，参与科室重大事项的决策，促进党建与业务深度融合，极大地强化了支部的战斗堡垒作用。

队伍的力量。医院围绕南山经济社会发展和老百姓的健康需求，谋划学科发展，把党员培养成医疗业务骨干，将业务骨干培养成党员，实行院领导重点联系业务骨干及高学历人才制度，培养了一批实用人才、领军人才和学科带头人。

榜样的力量。榜样的力量是无穷的，医院党委组建了一支宣讲团，深入学校、企业进行宣讲，并作为区委党校一堂固定的培训课程，参加对区委行政干部管理培训，宣讲团既有力地宣传了医疗卫生行业的感人事迹，精彩的宣讲又起到了激励培训对象的作用。

在党建引领方面，陈渊青还开展了系列"党建＋"实践，促进党建业务深度融合。实施"党建＋全国文明城市创建"实践，各党支部积极响应创建文明城市号召，成立 6 支党员志愿者服务队，开展文明城市创建志愿者活动 42 批次，累计 240 余人次参加，为深圳市顺利通过国家复评并实现蝉联国家文明城市"六连冠"的目标做出了贡献。

着力推进实施"党建＋团建"实践，陈渊青带头实行党支部书记联系团支部机制，每个团支部至少安排一名党支部书记做联系人，指导团支部团建工作。

实施"党建＋改善医疗服务行动"实践，各党支部带领党员骨干开展了建立健全预约诊疗制度、远程医疗制度、建设智慧医院、就诊信息互联互通等一系列改善医疗服务行动，社会满意度不断提高，前进到全市三甲医院前三名。2020 年医院荣获改善医疗服务行动全国示范医院和示范科室，陈渊青也获得"全国改善医疗服务突出贡献者"的称号，被《健康报》进行整版宣传报道。

领衔医疗改革
确保市民"小病不出社区大病不出南山"

"南山医改是大手笔经验，值得推广。"2020 年 10 月 22 日，在国家卫生健康委召开的全国分级诊疗制度和医联体建设工作推进会上，陈渊青作为广东省唯一的代表南山区的医疗集团，向全国分享了南山医改的经验，得到国家卫健委领导的高度评价。

如何把优质的医疗资源全部整合起来，形成全区医改"一盘棋"？由陈渊青领衔主导的南山区卫生健康系统医疗改革，大力践行中国特色社会主义先行示范区"病有良医"的民生建设要求，贯彻落实党中央、国务院关于医改工作的决策部署，以"补短板 强基层 建高地 促健康"为主线，举全区之力推动南山区医疗集团建设。

2019年初，在基层医疗服务体系建设和基层医改方面有丰富经验的陈渊青从福田区被引进到南山区担任南山区医疗集团的"掌门人"全力操盘南山医改。南山区医疗集团整合辖区内81家社区健康服务机构，搭建"1+C+N"的医疗集团模式，在全市率先探索将辖区公立社康中心统一划归医疗集团总部管理，整合全区医疗资源调配，在学科建设、人才管理、信息化建设上做到"三个统筹"，优化区域资源配置，搭建区域六个共享中心。

何为"1+C+N"医疗集团模式？陈渊青说，"1+C+N"的医疗集团模式中的"1"为南山区医疗集团总部(含所辖区属社康中心)，"C"为区属各公立医院及公共卫生机构，"N"为辖区其他医疗卫生机构。

"医疗联合体建设是提升基层能力、促进分级诊疗的有效途径。"陈渊青表示，南山区卫生健康系统的特点是各家区属公立医疗机构体量普遍较大，等级普遍较高。同时区内还有深圳大学总医院、中国医学科学院阜外医院深圳医院这些市属医院以及一批社会办国际化高端医疗机构。为此，南山医疗集团采取"强基层"和"建高地"两级架构，根据差异性发展原则，以重点学科建设为抓手，积极打造高水平医院，同时搭建医院—社康中心协同服务体系，实现医疗水平、预防康复和服务能力的无缝对接。

以南山百姓"小病不出社区大病不出南山"为目标，南山区推进优秀医疗资源护航万家健康先行示范服务，打造南山基层医疗全程环式服务样板，通过全国首创区域学科联盟，让居民在家门口就能找到三级医院专家看病。

南山被称为中国的"硅谷"，拥有腾讯、中兴、迈瑞、金蝶、达实科技等一系列知名高科技企业。陈渊青说，作为区域内的医疗集团，肯定不会错过这么优秀的资源。"近年来，我们坚持以人民为中心的发展思想，积极推动智慧医疗'南山样本'建设，专门从腾讯、华为引进一些高端人才，成立智慧健康部，对如何将大数据、5G、物联网、AI智能等技术应用到诊疗服务中进行了深入探讨与尝试，在'互联网＋医疗'等方面取得显著成就和进展。"为此，陈渊青利用区医疗集团统筹全区信息化建设，建设区域医学信息中心，充分利用互联网和大数据等手段，打破信息"孤岛"，逐步实现医院、社康中心、公共卫生机构数据的互联互通、信息共享，打造智慧医疗服务体系。

目前，南山区构建了以"133＋"为规划蓝图的智慧健康框架体系，即建设"1个支撑平台、3个数据中心、3大智慧系统＋智慧应用"，为南山区医疗服务、公共卫生和行政监管等方面提供全天候、全覆盖、全方位的技术支撑。"上到三级医院，下到社康中心，甚至到民营医疗机构都在里面。"陈渊青说。

此外，南山医疗集团与腾讯公司进行技术合作，借助腾讯云的计算和存储优势，大幅提高影像的处理速度，并且通过 AI 技术和 5G 技术的引入，实现智能辅助诊断、远程会诊功能，提高医生工作效率和诊断水平，实现统一的区域智能影像数据互联共享。在物联网应用方面，南山医疗集团通过与区内高科技企业合作，开展远程体温监控。

陈渊青表示，人才是第一资源，因此，把人才引进作为推动南山医改的大事要事，把强化队伍建设作为造福群众的重要保障。为此，陈渊青一方面坚持高标准引进人才，努力提高人才待遇，南山引进全科医生保证收入不低于 42 万元年薪的待遇留人。另一方面通过事业平台留人，以全科医生为例，通过"三个一百"工程对医护人员进行全方位的职业周期培养，为他们打造执业平台。此外，坚持人才服务保障有力，给全科医生提供人才住房，让他们可以安居乐业，把人才留住。

"这一切都得益于区委区政府对医疗集团建设的重视和支持，专门拿出一批周转房给医疗集团成员单位人才进行分配，符合申请条件的人才基本都拿到了，就算是刚毕业的大学生，只要符合条件也都能拿到人才房。"陈渊青说。

人才是学科发展、技术提升的关键。陈渊青说，以华中科技大学协和深圳医院为例，结合医院发展实际情况，在打造一批重点、优势、特色专科的同时，医院将争取在较短时间内培养出一批技术骨干和学科带头人，积极拓展人才培养渠道。同时还将积极引进高端优秀学科带头人，引进国家"千人计划""万人计划"入选者、"长江学者奖励计划"入选者等高层次人才。

在如何保持竞争力方面，陈渊青认为，成立医疗集团的一个重要目的就是各个医院的差异性发展，每个医院的定位不一样，不会形成竞争，而是形成"1+1>2"的效果。其中，华中科技大学协和深圳医院的目标是建设成为南山区域医学中心，因此，通过区域医学联盟，促使其承担全区重症、抢救等救护功能。阜外深圳医院则承担南山心血管病的防控。南山区妇幼则成立了产前诊断中心，其他医院有这样的患者，就转诊到南山区妇幼。各个医院通过差异化的发展把竞争变为互补。

近年来，深圳南山的医改举措频频引发全国关注，并得到广泛认可和赞誉。由陈渊青主导的南山医改经验还被中共广东省委办公厅、广东省人民政府办公厅刊发，并报送中共中央办公厅、国务院办公厅；国际顶尖医学杂志《柳叶刀》也予以收录。

梦想已经实现
希望团队能快乐工作幸福生活

陈渊青说："学医是自己从小的理想，但是，到深圳工作是自己毕业以后的梦想，现在，自己的理想和梦想可以说都实现了，但是，深圳是一个快节奏的国际化大都市，医护人员所面临的挑战和风险也很多，我希望从事医疗卫生工作的所有同事都能快乐工作幸福生活。"

陈渊青大学毕业时，以全系第一的成绩获得留校工作的名额。在南昌大学第二附属医院工作期间，她的体重从90多斤下降到70多斤，因为在医院的工作强度非常大，有一次在连续抢救患者期间两天两夜都没有休息过。在深圳工作期间，特别是一些突发性重大公共卫生事件发生时，更是夜以继日地工作，"5+2，白＋黑"几乎成为常态。

由于在深圳市医疗卫生事业方面做出了突出的贡献，陈渊青现担任中国公立医疗行业协会常务理事、中华医院管理协会常务理事、中国妇幼保健协会常委、广东省社区卫生协会妇幼保健分会会长、广东省卫生经济学会常务理事、广东省医师协会全科医师分会常务委员、广东省助产协会副会长、深圳市女医师协会监事长、深圳市社区卫生协会监事长、深圳市医师协会常务理事、深圳市卫生健康信息协会副会长。 同时，陈渊青还担任《中国医院管理》《中国卫生经济》《中国卫生》杂志常务理事，主持课题 22 项，其中重大课题 6 项、世界卫生组织课题 2 项、国家卫生部课题 2 项、省级课题 3 项、市级课题 7 项、区级课题 8 项；发表论文 60 余篇；主编出版图书 5 本、参编图书 1 本。

陈渊青从事临床、教学、科研与卫生管理工作 36 年，参与多项医疗机构标准规范的撰写与推动、卫生健康法规修订。曾获国家卫生健康委"进一步改善医疗服务行动计划先进个人"、深圳市五一劳动奖章、深圳市三八红旗手、深圳市抗击新冠肺炎疫情先进个人、第一届深圳市十佳卫生管理者（院长）、深圳市百佳医务工作者等众多荣誉称号。

戴焰锦："愿天下人四海有家！"

"愿天下人四海有家！"这是秋果 S.1979 系列酒店创始人戴焰锦秉承秋果酒店集团愿景创建深圳秋果 S.1979 的初衷，也是他身体力行的诺言。

戴焰锦，1981 年 11 月出生于湖北省黄冈市武穴市，2004 年毕业于三峡大学英语专业，辅修并获得日语及心理学专业证书。大学毕业后来到深圳，2004-2006 年就职于英国 INTERTEK 天祥国际检测中国有限公司，担任进口国海关商检员，代表目的港国家海关对进口货物进行检验。2006-2016 年就职于荷兰 IFS 雅菲仕国际采购中国有限公司，2012 年成为总经理，负责公司及工厂各部门工作协调，带领团队开展精益生产及成本管控。

从 2016 年开始，戴焰锦转行做服务型国际贸易＋酒店创业投资，创办香港 GOHOME PRODUCTS COMPANY LTD，兼任南京 VOGELS B.V 南京代表处首席代表。机缘巧合下，作为投资人的戴焰锦涉足酒店投资，与北京秋果酒店集团合作建立了深圳第一家秋果酒店，成为深圳秋果酒店的开创者及深圳分公司负责人，此外还先后参与投资了成都秋果酒店春熙路太古里店、北京秋果酒店总部基地店，并参股北京秋果酒店品牌方。

戴焰锦心系社会，热衷于公益事业，有着舍己为人、服务于民的崇高思想。疫情期间积极响应政府号召，2020-2022 年打造的秋果健康驿站成为福田区标杆驿站，创立"疫起爱"基金，每日从每间房拿出 1 元钱，用于关爱隔离中的妇幼等有需要的人士，该项基金成为福田区党课优选分享案例，并得到来深隔离人员的积极响应与捐款参与。2022 年组建秋果抗疫志愿团参与福田区疫情防控方舱的专项管理，得到深圳多家媒体报道以及荣获市区政府及援港建设单位中建科工集团的多面锦旗和表彰。

在戴焰锦的推动下，2023 年 7 月 1 日，秋果 S.1979 追梦者系列首家店在改革开放最前沿的蛇口后海大道正式创建，旨在向世界传播深圳的改革开放发展历程，招募每年来深追梦者参与投资传承分享自己的追梦经历，同时也是年代追梦者为新生代追梦者构建的家。

戴焰锦表示，未来将以"深圳年代追梦者"为纲，以 1979 年为妁，2078 年为终，用其独有的方式谱写一个 100 年来深追梦者的奋斗史，记录并传播深圳的年代故事。

新店开业成为隔离酒店
不计后果服务国家社会

戴焰锦与秋果酒店的结缘缘于一段有趣的经历，在戴焰锦做投资的时候，曾帮助一位客户销售一种电视机支架，如何能为电视机支架开拓一个比较大的市场呢？戴焰锦想到了酒店，可由于这种支架定位比较高端，价格也较昂贵，因此必须选择同样拥有高端定位且对酒店品质有较高要求的酒店，几经辗转，戴焰锦最终选择了拥有"影音房"这种特色房间的秋果酒店。

想要说服一家企业购买一种价格昂贵的产品并不容易，可戴焰锦在这方面有自己的"独门秘方"，他信奉：想要成为别人的供应商，首先要成为他的客户，当与对方建立了关系、产生了情感链接以后，再想做生意自然水到渠成。带着这样的想法，戴焰锦进入了酒店行业，正巧秋果那时也有在深圳发展的规划，2019 年，在戴焰锦的主导下，深圳的第一家秋果酒店——秋果酒店福田上沙地铁站店正式成立。

进入社会以来，戴焰锦的人生阶段都清晰分明。第一阶段，他的规划是解决温饱，开放思想；第二阶段，他的规划是宁做鸡头不做凤尾；第三阶段，他的规划是首先成为客户的客户。

2019 年 7 月，酒店开始筹建，2020 年 5 月，深圳第一家秋果酒店开业了，

戴焰锦在 S.1979 系列酒店典礼上致辞

那时正值新冠肺炎疫情在全国范围内的肆虐阶段，为了控制疫情、隔离风险人群，深圳市政府在全市范围内征用隔离酒店，就这样，秋果酒店还没有迎来第一位旅客，就成为隔离酒店。当时社会大众对于疫情是唯恐避之而不及的，倘若全市第一家酒店因为疫情成为大众眼中的"禁忌之地"，投资岂不打了水漂？疫情的起源地是湖北武汉，同为湖北人的戴焰锦和董事长刘伟基于利他理念，也缘于家乡情怀，毅然决然地将酒店用于接待隔离人员。

为了将隔离工作做到最好，戴焰锦带领团队做了许多预案，让所有参与疫情防控的员工从薪资、补贴、保险等各方面无后顾之忧，并穿上防护服以身作则参与防控，当时戴焰锦的小儿子只有三岁，所有人都劝他要多加小心，但他表示，只有社会这个大家安全了，自己的小家才能静好，依然坚守在一线。就这样，酒店的员工无一例外地全部主动留下，表示要为疫情防控出力。

疫情初期，在酒店接待第一位隔离客人的时候，负责接待的服务员不知是由于防护服闷热还是心里紧张，全身都在发抖，见此情景，戴焰锦主动上前接待来宾，为大家做出表率、加油打气，渐渐地，随着招待客人的次数增多，酒店全体员工就熟练掌握了接待客人的方法，戴焰锦也将秋果酒店打造为健康驿站，并被评选为深圳市福田区标杆驿站。

为了更好地服务外国隔离人员，戴焰锦设立并全程跟进了一项服务内容名为"管家服务"的创新之举，充分发挥他的英文优势，通过建立网络群，与所有的外国客户建立联系，了解并对接他们的一日三餐和生活用品，同时询问他们的感受，戴焰锦从几乎所有外国客人的口中都得到了相同的回答：目前中国最安全，这个答案给了他极大的鼓励，让他觉得自己的一切努力没有白费，值了！

2022年3月，政府相关部门找到戴焰锦，表示有个很大的隔离方舱项目，需要在福田区建造一个拥有1000间房的方舱，用于专门解决有可能发生的疫情危机，并询问戴焰锦愿不愿意提供帮助与专业酒店服务，戴焰锦当即表示："干！"他立刻组建团队迅速完成决策、考察场地、制定计划，由中建三局负责承建，仅花了12天时间就完成了方舱的全部建设。当时秋果已在深圳开设了八家连锁门店，戴焰锦迅速召集八家门店的经理、店长及全体员工，克服种种困难，在 10 天之内将所有的布草买到位，运输到方舱并全部布置完成。后来戴焰锦才得知自己参与建设的方舱所接待的是援港建设者，该方舱也是为了让他们能够平安度过疫情。

自 2020 年秋果正式参与疫情防控以来，始终以高品质、优服务作为标准，得到了政府和社会各界的广泛认可。为了完成政府托付的任务，为了不负市民群众的信任，秋果酒店出动了 120 人对接方舱 1000 间房、1200 人的一日三餐，每天按照"三班倒"的形式、穿着防护服送餐 3600 份，收厨余垃圾、医疗垃圾 3600 份，从 3 月至 8 月，历时 5 个月。

经历了三年疫情，戴焰锦实实在在地感受到了"百姓岁月安好，是因为有人在负重前行"。他表示自己曾经总以为天下太平，只是因为自己生活在其中，当真正作为服务社会的参与者和工作者时，才知晓了这社会不为平凡人所知的另一面。这种感悟也使他催生出 1979 系列酒店的想法。

灾害天是城市的避难港
寻常日是城市的会客厅

秋果作为隔离酒店第一次接待的客人是来自中国香港的一家四口，这家人中最小的孩子仅有 3 岁左右，根据政策规定，他们要在一间房里连续居住 14 天。想到这么小的孩子要在一个小房间被"关"14 天，戴焰锦心里就泛起一阵不忍，他说："我们能关住大人，但很难关住小朋友。"天生极具共情心的他当即决定要做些什么，为这些被隔离的客人们尽可能地改善被隔离带来的不适，于是他自掏腰包设立了"疫起爱"公益基金。

"疫起爱"公益基金最初只为被隔离的小朋友买一些玩具，帮助他们更好地渡过隔离生活，后来受助人群扩大到老弱病残孕，为他们提供人文关怀。

戴焰锦成立"疫起爱"公益基金的初衷源于对社会、对同胞的爱，希望以这些在他看来微不足道的付出为他人带来温暖，为社会的人文关怀献一份力，努力实现"隔离不隔爱"的理念。戴焰锦说："三年疫情，深圳没受到太多影响，这是因为有政府的努力付出，有这些人主动放弃'自由'配合隔离，才让我们广大深圳人有了自由、舒适的生活环境，'疫起爱'是我给他们的一点回报和答谢。"

疫情期间，戴焰锦曾接待过一个从美国归国的华侨三口之家——一对夫妇和一个刚满月的小婴儿，这么小的孩子自然是需要婴儿床的，然而酒店并没有相应的配套设施，因此戴焰锦用"疫起爱"公益基金为他们配置了一张婴儿床。戴焰锦无私助人的精神打动了许多客人，越来越多的人在他的影响下表示愿意与他一起为公益事业献一份力，因此"疫起爱"公益基金也得到更多人的注入，戴焰锦不再"孤军奋战"。

戴焰锦最初选中秋果酒店的很大一部分原因就是它温暖到家的服务与别的酒店很不一样，热情到位、贴心细致，在北京寒冬的夜晚，还没有投资秋果酒店的戴焰锦深夜应酬完回到酒店时，服务员会端上一碗热粥给他暖胃，这让他感受到家庭般的温暖，他决定把这种感觉传递给更多的社会大众。

2023年9月1日，超强台风"苏拉"来势汹汹，当日20时许，来自杭州的货车司机全先生浑身湿透跑进深圳市福田区一家酒店，想了解有没有便宜的房间入住。酒店工作人员为他递上干净的毛巾擦拭，并告知他台风当前可以免费为其提供食宿。这位全先生不敢相信，"台风天还能免费住？"得到工作人员肯定的回答后，他再三表示感谢。这一幕发生在秋果酒店皇岗口岸店，当晚，戴焰锦开车行驶在深圳的马路上，切身感受到了台风的自然灾害以后，毅然决定将全深圳所有秋果酒店的地址和联系电话公布在相关媒体和公司网站上，免费为市民群众提供服务，台风期间，深圳秋果酒店免费接待了近1000名受灾群众，秋果的善举也得到深圳市相关政府部门和媒体的高度肯定。

俗话说，患难见真情。在人们普遍的认知中，极端天气时酒店的费用大多会上涨，毕竟灾害天气时营业并不是一件容易的事，可秋果偏偏反其道而行之，不但提供免费住宿，还会为求助者提供免费的热水、食物、网络和手机充电，真诚地服务每一位顾客。

戴焰锦说，深圳是一座极具包容性的城市，吸纳着五湖四海形形色色的人到此工作、生活，有着"来了就是深圳人"这种十分体现深圳包容精神的城市标语。作为酒店从业者，戴焰锦也有着相同的包容理念，他致力于将秋果酒店打造成深圳市的会客厅，他表示，希望能将秋果建立成一个任何人都能进来休息的地方。如果有一个在外面赶路的人，他很渴、很累，也想上厕所，那他完全可以进入秋果酒店，酒店会有服务人员为他端茶倒水、提供座位，满足他的全部需求。

戴焰锦说："我希望打破人们不敢进入酒店的隔阂，将秋果打造成一个人人都想来、人人都愿来的为人民服务的酒店，服务来此消费的客人叫义务，服务进来酒店的所有人才叫服务，让秋果成为城市的会客厅。"如今秋果也在实实在在地做这件事，如果有店门外驻足休息的外卖小哥，店员会热情地邀请其进来休息，将服务赠送给每一个有需要的人。戴焰锦表示，这不过就是把一个本就存在的空间更好地利用了。

致力打造秋果"民族品牌"
努力实现深圳"一城百店"

戴焰锦大学毕业后来到深圳打拼，奋斗多年、历经艰辛，深知异乡漂泊的不易。经历过伤痛才会更懂得体谅他人，戴焰锦表示，如今秋果酒店正秉承着"愿天下人四海有家"的愿景，努力"弘扬东方文化"，致力于将秋果打造成中国"民族品牌"酒店。

2023 年 7 月，秋果 S.1979 创立，戴焰锦将秋果 S.1979 定位为"致敬深圳改革开放系列酒店"的开篇之作。1979 年是改革开放正式落地之年，对于深圳来说，这是最神圣的一个数字，戴焰锦计划从秋果 S.1979 开始，以年份为酒店名，最终开设到秋果 S.2078 酒店，共计 100 家。

戴焰锦说："这个创想源于我 2004 年来到深圳，无处落脚，只能住在多人拥挤的小旅馆，我想给每一个来深的追梦者一个家，让他们能够安心、安全地追梦。无论你何时来到深圳，你总能找到那个年代的家，那就是秋果 S.1979 系列。这个系列的创立，是让酒店超越酒店，是迷你博物馆，是梦起步的地方，让深圳城市的地图上布满自 1979 年以来每一个年代的家，这是深圳独有的年代秀，最终完成一城百店，愿天下人四海有家的愿景。"

戴焰锦期盼着到了 2078 年，人们打开深圳地图时会看见每一处秋果都有深圳年代代码。秋果 S.1979 系列是一种传承与引领，更是每一个追梦者来深的第一个家，在这个家里，有年代家长的教诲与支持，让奋斗的独行者不再无助、迷茫和失落。

围绕着这个计划，戴焰锦带领团队制定了一系列方案，其中部分已在实施，如 1979 年来深追梦者或者 1979 年出生的旅客入住秋果 S.1979，将按照 1979 年的物价收取其房费（相当于免费），并记录分享那个年代的故事；不定期组织"深圳年代秀"，给来深追梦者一个指引，甚至是工作机会等。

此外，戴焰锦真诚希望能够切实帮助到来深新生追梦者，为他们解决基本生活问题，用爱鼓励每一位奋斗者，为其量身定制入住方案，甚至可以零元入住，等参加工作，拿到第一个月的工资以后再来支付房费；或者选择在酒店工作，秋果系列酒店通过零时工作支付房费。戴焰锦表示，自己之所以想要这样做，就是想帮助所有来深奋斗者，让他们有机会施展自己的能力，也是在帮助曾经的自己。

"愿天下人四海有家！"这句话不仅是戴焰锦秉承秋果愿景的真挚的想法，更是他努力践行的诺言，对于戴焰锦来说，这几个字便是他一生的追求与梦想。他无不期盼着，在未来的某一天，自己"一城百店"的目标实现以后，这个梦想能被点起，然后逐渐燃成一团火，为深圳加一道光亮。

范镌文：女人，成长永远比成功更重要

她毕业于北京师范大学，擅长演讲、主持、授课以及各类女性活动组织、统筹协调等。毕业后她成为体制内的一名公务员，工作五年后，受前同事的邀请，辞去公职加盟了这家外贸公司，通过三年不懈努力，公司经营额稳步上升，也让她赚到了人生的第一桶金，实现了在深圳安居乐业的梦想。从 2015 年 6 月开始，她又大胆尝试并创立了自己的教育公司，用她的话说："女人，成长永远比成功更重要！"她就是深圳市新嘉程教育培训有限公司创始人——范镌文。

经过 8 年努力，现在，范镌文已经策划组织统筹线下活动超过 1000 场，曾主导组织由深圳市思卓书院主办的"书香女神节"、深圳市南山区党群服务中心主办的"湾区'她'力量""青年创业者论坛"等超大型女性论坛活动。

2017 年，范镌文被评为首届深圳市十大女创业家，并被深圳卫视"青春之星华语主持人大赛"聘为演讲礼仪指导；受邀作为 2018 年深圳市南山区粤海街道主办的"我的深圳我的城"大赛总策划及评委老师；2021 年深圳市直属机关建党百年演讲大赛演讲辅导及特邀专家评委；2021 年深圳广电女性时尚盛典"她时代女性领导力"论坛策划及主持；深圳都市频道《出彩女性演讲台》演讲辅导老师；2022 年南山区党群服务中心《红色宣讲员》课程主讲老师；2023 年深圳登山协会珠峰 20 周年演讲嘉宾辅导老师；深圳市光明区、南山区等各妇联组织常驻形象礼仪演讲辅导讲师；深圳公安、边检、海关、国税、银行等各类演讲比赛形象礼仪演讲指导导师及评委。

范镌文开设的课程有《色眼识人》《玩转色彩》《点亮衣橱》《魅力旗袍》《魅力演说》《讲师培训》《沟通礼仪》《红色宣讲员》《时间管理》《亲密沟通》

《识人用人》《高情商演说》《卓越女性》《色彩形象定位》《领导沟通艺术》等，深受职场人士欢迎。

她倡导人生绽放从学会表达开始

作为女性成长领航者的范镌文，到目前为止已经举办了 1000+ 场培训，帮助 70 万＋学员，范镌文倡导人生绽放应从学会表达开始。

同时，范镌文认为："女人，成长永远比成功更重要！"范镌文说，自己是一位女性创业者，不管是 30 岁前脱下制服后的第一次创业，还是事业进入稳定期后的第二次创业，自己的人生都与事业密不可分。

作为一位女性演讲家，范镌文创办了"周三演讲分享会"，带领学员走过 300 期的 5 分钟演讲，积累演讲辅导案例 5000+，演讲授课超过 1000 场。作为一位培训师，范镌文帮助了线上学员 70 万＋、线下学员 1 万＋；还辅导过上市公司董事长、总经理和海关、妇联等数万名政商界学员。

范镌文创办了专门致力于"终身学习与成长"的新嘉程教育，开设《卓越女性》课程，希望影响及带领更多女性活出自己的美丽人生。范镌文却认为自己只是一名女性成长领域的探索者。

自从创办深圳市新嘉程教育培训有限公司以后，范镌文就想利用不断学习的成长经历，帮助所有学员战胜自己，打破内心的迷茫、生活的麻木和对未来的焦虑，推动学员去遇见真实的自己、绽放的自己、更美好的自己。

范镌文当年为什么要放弃公务员的岗位，其实也是脱离了一个稳定的环境。愿意放弃不错的收入、稳定的工作环境，因为她知道自己不喜欢一眼望到头的生活。范镌文说，自己很喜欢美，喜欢通过穿衣服展现自己的态度，但体制内追求的是制服式的标准化；而她希望能够更自由地做事，希望自己能活得更加绽放，相对稳定的工作环境与她的个性有一些冲突。

于是，范镌文毅然选择开始人生中的创业，希望给自己开拓一片可以尽情释放自我能力的天地。

希望每个人都有勇气放弃和不断尝试

范镌文说，当一个人有勇气去放弃和不断尝试，那他就离成功不远了。

其实，范镌文步入创业途径，刚开始是为了帮助一位朋友了解演讲课程，不想自己却误打误撞进入了演讲领域。范镌文当时真心想帮朋友找到好的演讲老师，所以自己先去学习，看老师好不好。然后又因为演讲老师看重其在学习社群里的影响力，于是被邀请合作办学。而范镌文也发现教育领域真的可以帮助到更多人，自己感觉到一种使命在召唤，所以就入行了。

事实上，在30多岁用热爱成就一份事业，敢于放弃、敢于跨界、敢于拼搏，并不是每一个人都能有这样的勇气。但范镌文觉得：人生不设限、魅力才无限。她最旦做演讲是负责搭建平台、招生、招募老师的企业运营人，而不是上台授课的老师。

生活中的范镌文

刚开始时，合作的老师给到学员的承诺是终身复训。但后来，那位合作的老师觉得做教育太辛苦了，决定转行。可范镌文不愿轻易放弃对学员的承诺，多次协商沟通后合作方还是不同意。无奈之下，范镌文只好通知学员，办理退费。但有些学员很认可范镌文，并不愿意就此退费，为了感激学员们的信任与支持，范镌文想把课程办得更好，帮助更多学员站上演讲的舞台，于是，她从2015年开始创业做演讲课程。经过一年的教学互动，范镌文发现很多学员即使学好了演讲技巧，但仍然没有勇气和信心站上舞台，最主要的原因是内心缺乏信心和勇气。所以，范镌文开始设计新课程来帮助学员激活内在动力。

2016年3月，范镌文创建了女性智慧商学院的课程，这也使她的公司成为深圳比较早的专门开设女性课程的机构。

创业其实就是一场未知的探索

范镌文认为，创业其实就是一场未知的探索，因为在她事业刚起步后又遇到了新的打击。

为了给商学院学员更好的指导，范镌文请了其他老师一起合作。但在经济利益面前，曾经合作过的老师失去了教育的初心，不断打破做教育的原则，不仅想带着学员做投融资类项目，甚至还做了一些恶性竞争的事情。

合作老师的这些行为让范镌文非常失望，于是不断与合作老师交涉、协商与博弈，但两人始终无法达成共识，最后只能分道扬镳。也是因为这一次一些无法言说的原因，范镌文遭到了很多人的误解和攻击，多重打击之下，尽管表面上她依然坚持工作，但身体却出了问题，也经历了她人生当中第一次 17 天的生病住院。

俗话说：吃一堑长一智。这件事情过后，范镌文深刻反省自己在团队制度、老师规范、学员管理等各方面的原因。她意识到，为人师者，不仅要教授学员能力，更要正心正念，给学员传递正确的价值观。从此，范镌文更重视手中的麦克风了，决定以后一定要自己掌控麦克风，把学员带好。

于是，范镌文开始跟随国内演讲界的名师学习，看遍了国内外几乎所有演讲的书，观摩了上千个优质演讲视频，每周做多次演讲剖析，以最高的标准要求自己。

从 2015 年开始，她跟随杨思卓老师学习管理和领导力，跟业内顶级老师学习演讲及性格分析等课程。与此同时，范镌文不断跟随国内外业界知名导师学习了形象顾问、形体礼仪、时间管理、领导力、心理学、管理学等多个领域的知识和技能。为了精进自己，她一直不停地学习，就是为了让所学的知识助力自己的"演讲"之路。

那年春节，在所有人都回家过年团聚的时候，范镌文一个人待在深圳死磕演讲技能，逼自己去研发新的课程和提升自己的表达能力。2017 年 3 月，范镌文作了自己第一场 200+ 人的《重遇未知的自己》演讲分享，在舞台上开始传播正心正念的思想，更深度地带领大家一起成长。

成长路上虽风波不断，但每一次披荆斩棘之后都是全新蜕变的自己。在创业路上，范镌文愈发清晰自己的使命：躬身入局，以身作则，通过演讲这个舞台，带领更多女性一起突破自我、修炼自我和终身成长。

事业与人生一样免不了高低起伏

在范镌文成为一位独立的演讲导师后，她的事业可谓迎来了快速发展期。2018 年，范镌文应邀承办了深圳经济特区成立 40 周年"我的深圳我的城"演讲大赛活动，全程作为评委老师，对参赛者进行指导与点评。

同年，担任深圳市光明区妇联"巾帼心向党"演讲比赛培训和主评委导师、"我是演讲家"大赛评委老师，并以指导老师的身份，参与深圳市凤凰街道演讲比赛、深圳邮政储蓄银行行长演讲培训系列课。

2019 年，范镌文成为"李燕杰演讲杯全国演讲大赛"评委导师，辅导学员荣获该大赛一等奖。值得一提的是在 2019 年全国演讲大赛中，范镌文的公司有 20 名学员报名参加，其中，6 人入围 30 强，1 名学员问鼎冠军。

在智慧女性领域方面，范镌文陆续开办《卓越女性课》《优雅仪态》《美好关系》《卓越影响力》《超级魅力讲师班》等线上线下优质课程，授课学员超过 70 万人次。

在管理领域方面，范镌文曾被杨思卓教授任命为思卓书院 230 家分院的执行总院长，管理运营全球 30 多万粉丝，并在院长年会上与两位教授一同授课。

在公共领域方面，范镌文联合创办了国内首个华夏书香名媛会，并担任创始会长，影响和带领万千女性成长和进步。

同时，范镌文还在家乡湖南岳阳开展迎"三八"妇女节"塑造阳光心态追求完美人生"专题讲座，被称为该市多年来"最走心、最温情、参与度最高"的一次讲座。

作为深圳市南山区女企业家代表之一，她跟随妇联领导一起接待全国妇联副主席宋秀岩、马来西亚华裔女企业家商会、阿联酋考察团等。

越学习，范镌文越能感受到智慧带来的洗礼；越演讲，越能感受到自己对舞台的热爱；越帮助，越能感受到成长的正能量。范镌文一直认为，事业与人生一样，免不了高低起伏。

按照这样的发展势头，范镌文的公司有望在全国开多家分公司。因此，范镌文开始扩张团队人员、购入办公设备，并规划重新装修公司。但不幸的是 2020 年全球疫情爆发了。公司长达数月无法开办课程，学员上不了课，团队的运行也是半停状态。一年扛下来，仅运营成本一项开支就将近 200 万元。团队人员也因为收入明显下降，纷纷选择辞职，范镌文再次面临创业后的一个至暗时刻。

不过，上天总会眷顾那些在逆境中依然坚持不懈，愿意积极改变的人。从 2020 年初开始，为了让学员在家依然能够坚持学习演讲，范镌文开始学习短视频制作和在线课程打磨，希望借助互联网的力量帮助更多的人学习演讲。

那一年，范镌文与互联网超级 IP 罗永浩、王石等一起荣登视频号博主排行榜前 100 名，同时在垂直科普自媒体领域类的视频号榜单中排行第 25 名，更荣获全球华人新媒体创业国际峰会"新媒体价值奖"。

因此，在疫情成为新常态的情况下，范镌文利用已开拓的互联网赛道，开始从线下课程培训转型为线上线下双结合，更多元地陪伴学员学习演讲，让学员得到了很好的成长。

在合作伙伴的帮助下，范镌文完成了一场超 67000 人同时在线的大型直播；而另外一个 45 分钟的线上课程，也以 9.9 元的单价销售了 3.6 万多份，帮合作伙伴变现 30 多万元。

此外，在深圳都市频道举办的"她时代女性领导力"论坛环节中，范镌文被邀请担当访谈主持人，与成功女企业家代表、外交官、中科院院士等各领域大咖进行对话。

带领一群人活出了各自的精彩

范镌文常说，一个人活得精彩不重要，最重要的是带领一群人活得绽放！在很多学员没遇见范镌文之前，总觉得生活没有波澜，日子没有滋味。但遇见范镌文以后，在范镌文的帮助与共同努力下，这群人不仅通过演讲的舞台锻炼了自己的沟通能力，还找到了自己内心真正的热爱，活出了各自的精彩人生。

"壹海珠"珍珠品牌创始人金苏琴，原来恐惧上台，演讲技巧欠缺，经过范镌文全方位学习演讲姿态、吐字方式、声音技巧、情感表达、演讲知识和场景表达等方面的培训后，整体沟通和演讲能力有了大幅提升，对事业发展也有了更强的助推力。

整理师刘慧敏以前演讲会紧张，舞台的台风和姿势都不够到位，不敢说，不能说，也不会说。通过范镌文的课程学习后，知道如何运用表达技巧快速处理工作和生活中的事情。而且在范镌文的指导下，刘慧敏还开启线上整理师的课程，并大量成交。

事业心女强人吴丽自从加入演讲课程后，她走出了婚姻失败的冲击，学会了关注自己的内在成长，重新建立起了生活信心。她还运用课程中学到的沟通和表达力，处理与自己孩子的关系，让孩子从"问题儿童"变成"暖心学霸"。

2021 年底，在深圳广电集团和深圳市女企业促进会共同打造的《她创时尚盛典》上，几位企业家学员也在范镌文一对一的悉心辅导下突破自我、勇于发声，登上了电视演讲大舞台，讲述了自己的人生故事和创业旅程。

范镌文很自豪地表示，这些成绩不仅仅只是自己人生的一次突破，也同时提升了一个企业家自身的社会影响力，更体现了湾区女性由内而外独立自主、创新创业的精神。一味安心于过去取得的成就，人就无法在未来占有一席之地。

如果不甘于现状那就从沟通开始

在自己的创业经历中，范镌文深深地悟出了一个"真理"——如果你不甘于现状，那就从沟通开始。与人沟通、与自己沟通，在表达的过程中找到你的向往、你的使命及你人生中真正的事业。

范镌文说，每个人在实现人生梦想的路上，因为身陷过不同困境，所以知道跨越有多难。因为经历过至暗时刻，所以知道等待有多长。正因为有这些经历，大家才懂得低谷来临时的无奈与迷茫，更为此亲身探索出破局之道。走出低谷，走向成长，蜕变新生由你决定。

下面这些成功人士就是通过范镌文的细心指导和培训后，不甘于现状，从沟通开始，取得了令人瞩目的成就。其中，一位 20 年深漂房企女高管刘玲分享说，跟范镌文老师学演讲缘起一次偶然的机会，是某天在手机里刷到了范老师 21 天学演讲的课程，就毫不犹豫地报了名，因为她觉得这是自己的短板。通过学习演讲，刘玲克服了出场前的胆怯心理，在没有提前准备的状态下也可以即兴发挥。

而谈到为什么会选择跟范镌文老师学习演讲，黄利蕊律师是这样说的，古人云："一人之辩重于九鼎之宝，三寸之舌强于百万之师。"黄利蕊通过朋友介绍，在观摩了范镌文的演讲课程后，意识到演讲的重要性，一个人的事业成功、职业发展甚至人际交往等都离不开演讲，尤其是在这个信息爆炸、媒体变革、经济发展、与外界的交流越来越频繁的时代，拥有卓越的演说能力能让自己更容易博得他人的好印象，获得更多的机会和认可。

范老师教他把会议室搬到"直播间"

疫情下农产品滞销，镇党委书记急群众之所急，毅然决定跟范镌文老师学习演讲课程，下定决心开始直播为农民带货。

五百户镇隶属于河北省廊坊市香河县，地处香河县南部，户籍人口近 4 万，主要经济作物为蔬菜。因此，如何促进辖区农产品销售成为五百户镇党委书记吴立春的头等大事。

吴立春抓住香河县处于快速发展新阶段的特殊时期，加速推送实现乡村振兴的历史进程。直播带货的火热程度立即引起吴立春的关注，因为在疫情影响下，农业供应链、渠道等均受到冲击，地方农产品供应也承受着巨大压力，五百户镇也不例外。

急群众之所急，想群众之所想，于是吴立春做了一个重要决定——"我也要学直播。"

"您之前有接触过直播吗？"

"没有，我从来没有接触过直播，我也没有带过货，也不知道这个是怎么玩的，但是我知道只要能为辖区民众服务，无论任何方式，我都可以尝试一下。"吴立春信心满满地表示。

对于完全不懂直播的吴立春来讲，怎么直播？如何面对镜头？怎么讲？自己能不能讲？这些问题一直困扰着吴立春。

想归想，一直没敢付诸行动，主要是担心自己讲不好，无意间接触到范镌文老师的一个线上演讲课程后，期间学到了不少干货，并且参加了三次线上直播分享会，吴立春正式下定决心开始学习直播！

在范老师的指导下，吴立春特别刻苦好学，不断体悟演讲的核心和要点，并持续训练，每天至少录制一个小视频，很快吴立春试手的机会就来了。

理论宣讲是推动党的理论和路线方针政策深入基层、深入群众、深入人心的重要工作方法。香河县选聘 323 名宣讲员，根植基层，进村入企、深入田间地头、走到百姓家中，宣政策、讲技术、传新风，将党的声音带到基层百姓身边，讲到百姓心头。

吴立春抓住机会开起了直播，为全镇群众宣讲党的最新理论政策，党课主题是《关于乡村治理工作的实践与思考》，镇机关全体党员干部、43 个村街党员干部群众共 2000 余人在线收听观看。直播过程中，吴立春还与百姓就直播的内容实时互动，进一步吸粉圈粉。后期观看重播回放 1100 余人次，累计获赞 2.7 万次。

通过课后调查，大家广泛认为，这次党课形式有创新，内容接地气，能够吸引人、打动人，希望以后能够提供更加丰富多彩的党课。

本次党课，吴立春尝试改变以往的领导讲话风格，全程带着感情娓娓道来，认真讲好每一个历史故事，让观众的感受更加真实、更加深刻。特别是在引用和朗诵网上流传的文章《只有中国》时，充满了感情，引起大家的共鸣，充分展现了在大灾大难面前，中国作为负责任大国的担当，展现了中国共产党的世界担当。在讲到秸秆禁烧、两违治理等具体工作时，又加重语气，极为严厉，表现出依法依规治理乡村的信心和决心。

"直播后，我们县电视台对我进行了专访。通过这件事，我就明白一个道理，你恐惧什么就去学习什么。所以特别感谢范老师的在线演讲课程，她让我实现了敢想敢试的巨大突破。"

五百户镇农忙时，几乎只有在田里才能看见人，但随着互联网直播风口的到来，吴立春的直播课也真正方便老百姓了解更多党的好政策。随后，在范镌文的指导下，五百户镇还办起了线下演讲"弘扬运河通航精神，讲讲我的治村故事"农村干部大讲堂活动，43 个村支部书记全部登台演讲，讲述自己的治村故事，分享经验感受。该活动主要锻炼支部书记的演讲能力，提高表达能力，对于推动农村工作有很好的促进作用。

说话是最简单也是最难提升的一种能力，有的人三言两语就能切中要害、打动人心、引起共鸣，像阳光雨露一样驱散群众心中的纠结。也有人说话絮絮叨叨、滔滔不绝，却总是让人觉得云山雾罩、不明就里。话说得怎么样，在很大程度上体现着素养、能力和情怀。对于吴立春来说，把话说好不仅关系公众形象和领导水平，更直接体现党员干部为人民群众服务的能力。

　　作为党员干部，不能做到能说会道是一种能力缺憾。如何更好地表达，吴立春在范老师的在线课程中演讲和表达能力得到了快速提升，范镌文在沟通技巧方面给予了吴立春全方位的指导，也使吴立春在直播中有了精彩的表现。

　　目前，五百户镇在吴立春的带领下，正在大力宣传和推广本地特色农产品，比如香椿营牛羊肉、邢营臭豆腐、珊珊鸡蛋和香河韭菜，通过直播等新形式带动农民增收，吴立春也成为老百姓喜爱的直播书记。

符七贤：从小的梦想就是当一名军人

符七贤，深圳市南山区蛇口大铲岛人。1968年2月参加中国人民解放军，在空军高炮十一师三十一团技术处修理所任油机代理技师。

在1970年大搞技术革新运功中，符七贤成功将火炮电源机与指挥仪电源机合二为一，节约了大量油料，使指挥仪工作更稳定，受到了师、军的肯定。在后来的"援老（老挝）抗美"战场实战中，此电源机取得很好效果。

1971年8月，符七贤从陕西咸阳安全领回四部860型炮瞄雷达，受到团领导嘉奖。在9•29战斗中其他苏联进口的炮瞄雷达受到敌机施放电子干扰而掉失目标，而860雷达就把美军F-111死死锁定，准确把数据传送到100高炮，并一举击落当时的可变翼全天候战斗轰炸机。

"援老抗美"期间，符七贤在31团兵器技术保障二营抢修点负责二营12台电源机的技术保障，参加了在孟洪击落敌F—111战斗轰炸机的战斗。1972年12月28日参加了击落敌T—28攻击机战斗。连续三年被评为五好战士，入寮期间荣立三等战功一次。

从小崇拜军人
碰得头破血流也要去部队当兵

1947年冬至，符七贤出生于广东省佛山市南海区，父亲勤劳淳朴，母亲是马来西亚归侨，熟悉英语、马来语、客家话、闽南话、粤语等多种语言，生八名子女，符七贤排行老七，父母希望他们兄弟姐妹和睦团结，贤德良善，所以给他取名符七贤。但是，新中国成立前医疗水平低，生活也没有保障，兄弟姐妹中仅存活二姐、六哥、符七贤和八妹。符七贤的父亲是开船的，在他两三岁的时候，随父亲来到宝安县西乡暂住，后来，15岁的二姐到大铲岛养蚝，见岛上有边防、海关等，人丁较旺，父母便决定带着全家人到大铲岛落籍安居了。

大铲岛自清代设海关，新中国成立后属广州海关管辖，原住民大多是来自东莞、南海和番禺等地的流动渔民。岛上有一个守护南海过往船只的护航队，护航队有十几名解放军官兵，这些解放军战士和岛上居民相处的像一家人。

因为没有钱买建筑材料，符七贤的父亲就在护航队官兵的房子后面，借部队房子的一面墙，挨着墙搭起了一个简易的房子，这就成了全家人的家。护航队里有一名十五六岁的年轻战士，人还没有枪高，但他特别喜欢小七贤这样聪慧礼貌的小孩子，每次护航队做了好吃的总是端一碗给小七贤他们家吃，所以，他们家从那时候就品尝到北方饺子的味道。也正是有了这种亲密交往的经历，小七贤自幼就崇拜解放军叔叔，发誓长大以后一定要参军入伍，保家卫国。

1965年，18岁的符七贤到了应征入伍的年龄，在蛇口公社人民武装部的安排下，集中到南头卫生院做体检，可就在体检进入到最后一科的时候，符七贤骑自行车不小心摔破了头，血流如注的他坚持要去部队服役，但是，因为受了伤，军地双方都没有同意他的入伍请求。

而1966年和1967年连续两年蛇口公社都没有征兵，直到1968年的时候，又有了一次征兵入伍的机会，符七贤一路顺利通过体检，如愿以偿地参加了中国人民解放军，在空军高炮十一师三十一团技术处修理所任油机技工。

修理技术过硬
战场消除故障的火炮狠揍美机

去部队前，符七贤已经在生产队参加工作几年，爱钻研各种机器，通过自学以及海关关员的教授，习得了部分修理机械的技能，到部队后直接分配到技术处。在部队新兵训练最艰苦的那些日子，有些新战士情绪低落，认为部队太累太苦了，但符七贤一直认为是共产党、毛主席领导中国人民翻身得解放，所以开导战友一定要有不怕苦不怕累的精神，苦练杀敌本领，一旦祖国有需要的时候，就勇往直前上战场。服役两年后，很多战友已经复员了，但符七贤得知有出国作战任务后，毅然放弃复员，选择参战，走进了"援老抗美"的战场。

"援老抗美"期间，符七贤在31团兵器技术保障二营抢修点负责二营12台电源机的技术保障。入寮期间，最让符七贤难忘并骄傲的是9·29战斗。因为在击落美军F—111的前几天，他接到二营营部电话通知：六连雷达油机故障，需要他马上过去修理。当时他在五连，从五连到六连超过4公里，他一路小跑到了六连。问六连油机员电源机什么故障？油机员说发动机卡死了，符七贤一检查，的确是发动机连杆把曲轴抱死了，这得大修！他二话不说，立刻带领着两名油机员修理起发动机，同时致电连部，申请让团技术处派技师来帮忙。可团技术处安排的人员久久未到，符七贤深知雷达供电一刻也不能耽误，三人连修了三天三夜，两名油机员轮流小休息了一会儿，但符七贤连续70多个小时完全没睡下，连部专门安排最好的伙食给他们仨，但他完全食之无味，终于在9月28日晚上把发动机修好，及时正常地送电给雷达并开机。而不到五个小时后，也就是9月29号凌晨2点10分，雷达通电不久便扫描到美军F—111，成功助力31团32团打下这辆军机。打下美军机不久，团技术处陈锦祥技师和张日昌助理也赶到了。

1972年12月28日上午，三架美制T-28型螺旋桨攻击机进犯孟塞防区，遭到我高炮31团一营和三营的打击，这是符七贤入寮以来第二次参加战斗。

这一天，符七贤从二营调回团技术处。上午处里几个组安排人员到各连队检修兵器，符七贤和技术处副主任钱振斌到7连检查各油机。检查完指挥仪油机后，就到雷达油机房去。雷达油机员反映油机有"放炮"声，电

符七贤故地重游

压不稳定 (7 连的雷达油机是苏联产的 AAT-15 型)。

符七贤不懂俄文，和国产的风冷式"长江 -12 型"雷达油机相比，这苏联的好用多了。技术人员说的"放炮"，不是 100 炮或 57 炮发射炮弹，而是形容内燃机运行不正常，排气管发出"柏柏柏"的不正常杂音。这种情况有多种原因：比如点火过晚，汽油跑到排气管里燃烧；又比如排气门磨损或烧坏、雾化的汽油串到排气管里燃烧等。

当天还好，这些现象不算严重，发电机频误差正负不超过一周。不过雷达上对频率电压要求很高，电压和频率是需要很稳定的，否则就会影响雷达手们捕捉飞机。经过检查，雷达油机的白金触点烧坏，符七贤便把白金架卸下来，用细纱布打磨平滑并安装好，再调整点火角度就可以了。把雷达油机调整完毕，准备去炮油机房检查。刚出雷达油机房，等警报拉响了，只见炮排和雷达排指挥仪班的战士们迅速上了战斗岗位，阵地上响起了指挥员下达战斗口令声和炮弹上膛的金属撞击声。

符七贤和钱副主任走进距离指挥仪和炮阵地之间的一处掩体，顺着指挥仪三米测距机瞄测的东南方向望去。约过了两分钟，就看到三架 T-28 攻击机从东南偏东方向两山之间的云雾中钻出来。

敌机一出云雾便俯冲下山，直线向我防区临近机头几经下压，看飞行姿势是向我方阵地俯冲攻击。这时，各炮班长用力一挥手中的旗子，大声喊出"开火"的口令。6 门 57 炮炮口喷着火焰，发出震耳欲聋的轰响，连串炮弹射向敌机。一经炮击，前面两架 T-28 敌机马上抬高机头向山顶云雾爬升，再掉头右拐弯向东北方逃跑，只见右面一架先冒了一阵蓝白色的烟，三四秒后，再喷一阵蓝白烟逃去，但速度明显慢了下来，显然是受了伤，没有左面一架逃得快，两架飞机拉开了距离。前面两架敌机受伤逃跑时，第三架敌机马上调头跟着前面两架飞机方向逃跑了，后来经老挝人民军汇报，受伤的那架敌机坠毁在离我防区十多公里的原始森林里。

带队启封新车
中国军人受到老挝副部长的盛情款待

1972 年 11 月中旬的一天，符七贤接到前线指挥部首长的命令，前往离我部驻地 20 多里的老挝解放区乌多姆塞省交通部驻地，为老挝人民军启封一台新的工程车，这台新的工程车是我国赠送给老挝人民军的先进装备。

11月13日上午，符七贤和来自四川绵阳的战友刘涪生，江苏无锡的战友濮振球、吴国平以及来自上海的战友李玉林司机和翻译官一行六人到了老挝解放区乌多姆赛省交通部。乌多姆塞省委所在地是树林深处一块面积不大的平地，里面有几间用竹和草搭建的高脚小楼，有小卖部手摇缝纫店和铁匠铺。

老挝乌多姆塞省交通部波西副部长告诉符七贤等人，他们共有十辆中国产的解放牌南京牌汽车，有6辆在我国边境勐腊县修理，有一辆解放牌他们自己修理。工程车的司机有一个中国名字叫"光荣"，他学习过技术，带了5个新手。汽车是解放30型，车厢是我国泰安造的，电源是汽油发动机，符七贤带领光荣和他的徒弟清除车床台钻等设备上的黄油，然后教他们操作使用各种机床，清洗完防锈油后，加上机油、汽油，然后发动了汽油机给工程车送上电，最后教他们两个士兵操作工程车。

波西很客气，留符七贤等在那里吃中午饭。符七贤清楚地记得，当时吃的是糯米饭，饭桌上还有鸡汤和黑色的鸡肉。老挝吃饭时不用筷子。但那天吃饭时他们按照我们国家的风俗习惯准备了碗和筷子。符七贤便用筷子夹起鸡块，沾了香草盐水送到波西和光荣的碗里。他俩一边点头，一边用中国话说："谢谢，谢谢。"吃完饭到外面走走，符七贤看见外面吃饭的士兵左手里放一个盛在芭蕉叶上的糯米饭团，右手扳下一小块，沾着盐水吃，没有下饭的菜。

符七贤和战友还看了看汽车驾驶员和汽车修理工的宿舍，我们伟大领袖毛主席和老挝苏发努冯亲王的画像并排贴在墙上，还有京剧《智取威虎山》的一些图片，毛主席的画像和那些图片看来已经贴上去很久了，从中看到了中老人民的深情厚谊。

11月14日下午，符七贤等人圆满完成了任务。波西副部长、光荣同志和营区官兵和他们话别，依依不舍。

永远不忘初心
回乡开办汽车修配厂服务市民

服役六年，两次提二，但因当时亲属的港澳背景和战伤，以及不愿母亲忧思成疾等原因，最后符七贤放弃了被提干的机会，1974年退役后，回到广东省宝安县蛇口公社，公安部门两次邀请他进入公安局，但他从小在岛上长大，最终选择与大海有关的事业，在水产公司船队任轮机长，改革开放期间自办了一间汽车修配厂。

"我在部队学会了修理，尽管在部队修理的是枪炮器械，在地方修理的是汽车和农业机械，但是，修理的原理都是一样的。并且我开办修理厂也不纯粹是为了赚钱，主要是因为自己爱好修理。"符七贤在接受访谈时如此表示。

事实上也真的如符七贤所说，自从他开办修理厂后，为蛇口公社各生产队修理了很多器械，甚至南头公社的器械出了故障也慕名到蛇口来请他帮忙修理。而且大的故障，符七贤收费很低，小问题免费也是常有的，因为人品和过硬的技术，他慢慢积累了良好的名声名气，到后来，福田、罗湖那边也常有人专门跑到蛇口来请他帮忙修理各种故障器械了。

有人问符七贤有这么好的技术和名气，为什么不多收点费用？他笑呵呵地说："我的修理技术大部分是在部队学习的，作为一名共产党员，又是一名退役参战军人，别人找我修理，已经很看得起我了，我无意用这些技术来赚取高额回报，用我在部队学习的技术服务政府、服务群众才是我最开心的事情。"

后来，虽然带出了不少小师傅，但还是常常事事都亲力亲为，符七贤的孩子们都非常孝顺，体谅父亲年纪大了，工作也辛苦，自力更生多年，小有积蓄，于是，动员他关了修理厂，转做轻松些的工作了。

完成半退休后，符七贤并没有闲下来，而是继续在股份公司担任监事长达十年，为公司业务尽职尽责。到六十多岁自学电脑打字、图像编辑，给公司出报告、编写出版《光辉的历程》。另外，由中国诗词楹联出版社出版的《剑指长空》（援老抗美回眸）一书，专门邀请符七贤担任顾问，讲述了当年"援老抗美"的故事。

不仅如此，符七贤还经常接受各企事业机关和学校的邀请，开展党史学习教育，为企业员工和老师学生讲解我党的建党历史和建军历史，希望大家牢记历史，展望未来，好好学习，为实现中华民族伟大复兴而努力奋斗！

这就是符七贤——一个老共产党员和退伍军人的初心。

黄志坚：努力把工会打造成真正的职工之家

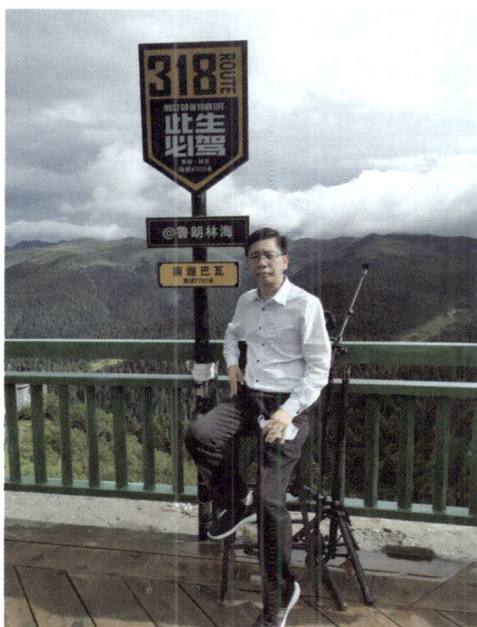

生活中的黄志坚喜欢旅游

黄志坚，广东省汕头市人。1984年末来深圳蛇口工业区打拼，就职于三洋电机（蛇口）有限公司（后更名为深圳立讯电声科技有限公司），他从公司储备干部做起，历任科长、主任、副厂长等职务。

1998年1月，黄志坚被正式任命为公司扬声器事业部厂长，成为公司最年轻的高管，上任后尽心尽力将销售额提高至原来的5倍。2009年当选为公司工会主席，先后被市总工会等单位授予"质量管理小组卓越领导者"，深圳市"十大读书成才好职工"，

深圳市"五一劳动奖章"获得者，深圳市"首席质量官"，宝安区"十佳工会主席"，省、市、区"黄志坚劳模创新工作室"等荣誉称号。出于对工会工作的热爱，2022年5月，他当选宝安区总工会常务委员，2023年1月当选沙井街道总工会副主席。

在黄志坚的职业生涯中，有着数不清的亮点。谈起自己的这些经历，黄志坚却谦虚地表示"没什么大不了的"。可一说到立讯电声科技有限公司的工会工作，黄志坚透着自豪感："我是从一名普通员工干起来的，现在做

了工会主席，就一定要努力把公司工会打造成真正的'职工之家'，给每位员工带来家的温暖。"

高考落榜后
考取蛇口工业区外资企业的储备干部

黄志坚 1965 年出生于广东汕头，1984 年高中毕业时没有考好，本打算复读一年后继续参加高考。就在这个时候，意外接到县劳动局通知，改革开放的深圳蛇口工业区有一个外资企业招考储备干部，并且特别说明蛇口工业区是深圳经济特区中的"特区"，机会不要错过。其实当时黄志坚也没有弄明白特区是做什么的，特区中的特区又是做什么的。不过，他很清楚的是，哪怕是上班，也一样可以完成大学梦的。

就这样，黄志坚开始在家里好好复习准备考试，后来还真的考了好几场，用黄志坚的话说，考这个储备干部根本不比考大学轻松，首先是劳动局的重重考试，通过以后，再到深圳蛇口的外资企业——三洋电机（蛇口）有限公司考试，以前参加高考，只要分数达到了起分线是不需要面试的，可是考这个三洋公司的储备干部居然笔试过了后还要面试。黄志坚清楚地记得，当时参加储备干部考试的有二百多人，经过几次考试后最后只录用了 18 个人。当年 11 月份，黄志坚等被录用的 18 位年轻人被汕头劳动部门集中送到深圳蛇口工业区。

三洋电机（蛇口）有限公司成立于 1983 年 10 月，1984 年 11 月黄志坚等进厂的时候，三洋集团公司当时在蛇口已经开了三个厂了，其中包括生产双卡录音机的工厂，早在 1984 年 7 月份就开业了。黄志坚 11 月份进工厂后，主要负责做声学产品，以扬声器为主。黄志坚说，刚进厂那会儿，工厂里全是空白车间，其他什么都没有，而作为储备干部考进来的那帮年轻人也不知道做什么事，只好跟着公司管理团队的日本人和香港人了解一些基本情况。有趣的是当时三洋公司有日本人、香港人和内地人，内地人那个时候的英语也只是简单认识一些单词，日本人的英语也一般，香港人又不会讲普通话，就这么三个地方的人凑在一起，磨合着把这个产品生产线组建起来了，把设备也安装好了，一切准备妥当后，当年 12 月份三洋公司扬声器厂开始招聘首批员工开干。

黄志坚说，那个时候做事讲求速度，当时招商局集团常务副总裁、蛇口工业区创始人袁庚老人提出的"时间就是金钱，效率就是生命"已经深深地根植在蛇口人的心里，三五天时间，设备安装好了就开始生产，当时所有进厂的人都是从零开始学的。黄志坚虽说是储备干部，也是先在流水线上干了几个月，然后当了线长，一个线长带三条线，再晋升到主任，就这样一级一级从基层开始，干到了1996年，黄志坚因为工作表现特别优秀，被公司直接任命为代厂长。那时候，在所有蛇口外资企业里面，日本管理团队顶多给中方干部当个科长已经不得了了，或者晋升到部长，而黄志坚居然直接被提拔为厂长，着实引起了很大的轰动。当时包括国内同行，以及很多外企都很好奇地来了解日本公司怎么会把厂长这个重要职位让给中国人来做的。然而，事实上，黄志坚就实实在在地在三洋电器当了18年厂长，一直工作到2014年三洋退出中国市场为止。

就任厂长后
兢兢业业地带领员工致力于提高生产效率

上任厂长伊始，黄志坚就充分发挥年轻人敢想敢干、锐意进取的精神，大刀阔斧地开展工作，很快打开了局面。在他的带动下，扬声器事业部取得长足的发展，年销售额由1500万美元上升至8000多万美元，员工总数也从550多人扩展至3000多人，使工厂一跃成为集团的模范主力事业部，他的管理模式得到了集团的高度肯定。

黄志坚积极思考，敢于创新。"公司当时的中高层大部分都是日本人和香港人，做事的条条框框比较多，而我属于比较敢打破藩篱的一类，工作中的突出成绩让我取得了他们的信任，之后我致力于用不同的方式来提高生产效率。"黄志坚说。担任厂长期间，黄志坚根据产品的不同特性来配置人员，同时将单一的一字生产线，根据不同的产品改进成U型、Y型或L型，大大提高了生产效率。他的这些做法得到公司领导的高度认可，也为扬声器事业部带来不少荣誉。

2014年，三洋公司因为多种原因决定退出中国市场。为什么立讯电声科技有限公司接替了三洋？因为立讯董事长出道的第一份工作就是入职蛇口三洋，后来自己出去创业，成立了立讯精密，毕竟对三洋公司还是很有感情的，于是王董事长第一时间找黄志坚了解情况，希望黄志坚出面协调让日本人把三洋卖给立讯公司，由立讯全面接管三洋。本来那个时候三洋都已经找到合适的公司准备承接了，立讯董事长就问合同签了没有？黄志坚告知就差这一步了，立讯董事长说合同没签就有机会，就这样，在立讯董事长和黄志坚的努力下，顺利完成了收购工作。

至于黄志坚为什么能够帮助三洋顺利移交给立讯，除了黄志坚是三洋的厂长以外，还有一个职务就是三洋的工会主席。1986 年三洋公司成立工会的时候，黄志坚就是工会支持者，那时候三洋公司有一位姓车的工会主席，是从长春来的，车主席对工会工作非常熟悉，虽然年纪不大，但比较有经验。后来三洋公司经过几轮工会换届，突然把事先毫不知情的黄志坚推到主席位置，而他本来作为公司行政的最高负责人，按照规定是不能兼任工会工作的，所以这对黄志坚来说显然是一个全新的考验。

2014 年 9 月，三洋集团结束了国内业务，黄志坚不但完满地处理好了员工的补偿问题，还促成了立讯精密与三洋公司的股权转让，双方并购成功，三洋电机（蛇口）有限公司成为立讯精密子公司，更名为立讯电声科技有限公司，使全体人员的工作得到延续，受到大家的尊敬和一致好评。

对于当时立讯顺利收购三洋，前后两家公司满意、员工满意的案例，深圳乃至周边的东莞、中山等地的很多公司还专门过来取经。由于黄志坚深得公司领导和员工的信赖，因此，全体员工一直坚持推选黄志坚担任公司工会主席，鉴于黄志坚对企业发展和社会和谐稳定做出的贡献，从 2016 年 10 月起，他被选举为深圳市宝安区政协委员，兼任沙井街道联络站副站长职务，期间带领团队积极参与民主监督、参政议政、组织调研、开展学习，并提出了改善建议十五条，大部分得到有效落实，其中主导的沙井道路交通改良、海上田园升级改造、地摊管理规范化、学校资源扩编等方案获得采纳推进。

履职工会后
努力把工会干部锻炼成为职工群众可信赖的"娘家人"

回想 2009 年 6 月，黄志坚高票当选公司工会主席时，对于增添的新担子，他不畏困难，与工会委员们一起制定了"创建中国一流的企业工会"的目标，推进一系列改革措施，落实职工代表大会制度，组建"职工之家"，筹办工会大学，推进各项文体设施建设，并创立完善管理机制，每月举办一次"职工生日晚会"及"逢节必庆"活动，让广大会员感受到家的温暖及节日的氛围，形成了别具一格的企业文化。公司工会也因此先后获得广东省"模范职工之家"、广东省"五一劳动奖状""安康杯"竞赛省优胜单位、深圳市"先进职工之家""职工教育示范基地""十大书香企业"、全国"职工书屋"等荣誉称号，一举跨入省、市先进企业工会行列。

说起立讯电声科技有限公司的"职工之家"，黄志坚十分自豪。在他的努力下，公司职工之家拥有 2600 平方米的室内场地。里面配有可以容纳 60 名员工的电影院，有具备架子鼓、电子琴、吉他等乐器的音乐排练室，有可供国内医科大学毕业生实习义诊的保健室，有按照专业 KTV 标准装修的卡拉 OK 房，以及多功能厅和各种体育场馆，员工们可以全部免费使用这些设施。此外，员工宿舍区也建有 2000 余平方米的休闲公园、烧烤场、儿童乐园和露天篮球场等。"坚持以职工为本，着力打造服务型工会，希望能让员工在工作之余真正体会到家的温暖。"黄志坚说。

工匠精神作为一种追求卓越、追求完美价值观的体现，是企业的灵魂，我们必须大力弘扬和推广！在此背景下，黄志坚劳模创新工作室诞生了。记得 2017 年工作室设立之初，成员们摸着石头过河，在实践中不停地探索和前进，初步建立起一系列制度和职责。终于，大家的努力没有白费，2019 年 5 月，工作室得到了宝安区劳模创新工作室的授牌，这一认可，一下激发了各小组成员的信心和动力，通过相互学习和协作，在不断尝试和改进中，逐渐突破技术难关，实现了一个又一个的创新成果。2021 年 12 月，工作室又获得了深圳市示范性劳模和工匠人才创新工作室称号，这让团队欢呼雀跃、热血沸腾。黄志坚却说："这荣誉应该属于热心参与的全体职员，我们需以此为起点，一枝独秀不是春、百花齐放春满园，让更多的工匠产生，争取成立更多的劳模工作室！"如今，黄志坚创新工作室已拥有一支专业的技术力量和先进的研发设备，近三年来，工作室承担了公司攻关和创新项目 15 项，其中已完成创新成果 12 项、申请专利 12 项（当中 7 项已获得了授权），这些专利的运用为公司的技术积累和品牌建设奠定了坚实的基础。同时，也为公司带来了超过 2 亿的创收和超过 1 亿的成本节省，培养出超过 180 名的声学专业人才。2023 年 11 月，在市总工会、区总工会的指导和力荐下，工作室荣获广东省示范性劳模和工匠人才创新工作室的认定，充分体现出上级对黄志坚工作室在声学领域不断创新和发展的高度肯定。

孩子既是国家的未来，也是每个家庭的希望！故解决好家长每年暑假焦虑症，让远方"留守儿童"与亲人快乐团聚，也成为黄志坚此刻的首要课题。幸好在上级组织的支持下，从 2018 年首推夏令营托管班开始，通过暑假一系列课程学习和亲子活动，为广大职工提供"心贴心、实打实"的服务，同时指定食堂配送专门套餐，并特别为孩子们购买意外保险，即使在疫情期间也从未间断，这些举措彻底解除了员工们的后顾之忧，受到大家的追捧和热烈拥护，也更坚定了黄志坚再难也要办下去的决心，促使每届越办越好，赢得上级及全体会员的充分肯定。

记得十年前，受富士康发生的十四连跳影响，企业界掀起了心理辅导热潮，黄志坚所在公司的工会也紧跟步伐，成立心灵驿站，黄志坚亲自担负起辅导老师的责任，这么多年来，终于妥善处理了心理问题和精神障碍 78 宗，成功化解危及生命安全事件 9 起，这在员工中产生了极好的影响，同时也使工会的声望进一步提高。

不仅如此，为了增强工会的影响力和职工对工会的认同感，黄志坚在新员工入职时便会对工会工作进行宣讲，让员工在困难时能想到工会。同时，工会也和周围的二十余家商家签订了联盟合约，只要员工持工会证消费，就可以享受相关折扣。"这样既扩大了工会影响力，又给员工带来看得见的实惠，可谓双赢的局面。"黄志坚说。

"工会工作只有顺应时代要求、适应社会变化、立足职工需求、积极主动作为，才能更好地服务职工。在这个过程中，我作为工会主席，必须要站在员工的角度想问题。要努力把公司工会建成名副其实的职工之家，把工会干部锻炼成职工群众完全信赖的'娘家人'。"黄志坚如此表示。

何远彬：用"心"守护法律的天平

　　深圳市龙华区人民法院刑事审判庭庭长、审判委员会委员、四级高级法官何远彬，从小就有一个梦想——长大后要成为一名伸张正义的法官。

　　现在，他终于实现了儿时的梦想，连续多年结案数排在全庭第一，连年被评为优秀共产党员，多次获评年度先进个人、多次获个人嘉奖，曾荣立个人三等功2次、二等功1次。2016年，何远彬作为刑事审判法官中的唯一代表，当选深圳市第六届十大优秀法官；2017年获评广东省"雷霆扫毒"专项行动先进个人；2021年，获评广东省扫黑除恶专项斗争和平安建设工作先进个人，并曾获评深圳市五一劳动奖章、深圳法院英模、深圳市优秀法官等荣誉称号。

　　何远彬1981年出生于广东茂名的一个教师家庭，从小爱看律政类电视节目，期望成为一名伸张正义的法官。上小学时，受父亲的影响，何远彬最爱读的课外读物是《支部生活》《党风》等杂志，一大批鲜活的党建故事和党员楷模事迹在他心中种下了"红色"的种子，从那时起，他对加入中国共产党便充满了期许。

　　中学时期，品学兼优的何远彬如愿加入了中国共产党。高考填报志愿时，他毫不犹豫地选择了法学，以优异的成绩考入中山大学法学专业。大学期间，他先后担任了法学院2000级学生党支部书记、校团委宣传部副部长，他所在的党支部被授予"中山大学先进基层党组织"称号。2005年，他参加国家公务员考试，以名列前茅的成绩进入深圳市中级人民法院（以下简称"市中院"）工作，成为一名人民法官，终于圆了自己儿时的"法官梦"。

　　其实，成为一名法律人对于何远彬来说是偶然，也是必然。"和其他男孩子一样，我从小就喜欢舞刀弄枪，且有保护弱小、惩治罪恶的热血渴望。家里也有亲戚是做警察的，我也希望像他一样。而大一点，又在看了一些断案、破案的影视剧、书籍后，对用法律武器惩恶扬善、伸张正义更加推崇。"何远彬表示，自己之所以能踏入法律的门槛并最终成为一名法官，是因为对法律工作的志向和兴趣。而正是这种志趣，使他面对当前"今天重复着昨天的故事"，日复一日、年复一年的审判执行工作，依然能够应对自如，始终保持对司法事业的热爱和执着。

努力让人民群众感受到法律的公平正义

2011年秋，何远彬开始在市中院从事刑事审判工作。刑事审判涉及公民的人身自由权利和生命权利，稍有不慎便会造成冤假错案，考验着审判法官的责任心和洞察力。

何远彬清楚地记得，2013年，深圳市某区发生一起聚众斗殴事件，起因是货柜车司机李某某的儿子调戏一名摆地摊女孩，从一开始的口角演变为后来的聚众斗殴，包括李某某及其老乡赵某某、侯某某、女孩的哥哥等多人均被卷入事端。事后，货柜车司机李某某一方三人被检察院以故意伤害罪提起公诉。一审宣判，三名被告均被判刑。第三被告侯某某提出上诉，并作无罪辩护。

该案移交到市中院二审开庭，何远彬主审。经审理发现，侯某某被起诉的关键证据在于现场监控录像拍摄的斗殴画面中，有一名身形相貌与其极为相似的男子手持长木棍在追赶被害人。某第三方鉴定机构给出的报告也认定视频中的男子与侯某某的外貌特征相吻合，理由是"人脸左右对称"。鉴于其报告有违常识，合议庭决定不再采纳。随后，法庭再次委托其他鉴定机构进行鉴定，对方认为录像像素太低，无法得出结论。案件审理陷入僵局，何远彬反复观看监控录像寻求突破口。功夫不负有心人，他捕捉到了疑点：监控中的男子奔跑时双脚呈两白点，明显是穿了一双浅色鞋，而根据调查显示，侯某某当日始终穿着黑色皮鞋，未离开过现场。警方再次调查，从案发现场的小卖部经营者处证实，案发当日确有与侯某某样貌相似的人在现场。在人证物证确凿的事实下，侯某某被改判无罪，一起冤假错案得以避免。

"谢谢何法官，你让我又相信法律了！你让我坚信了法律的公正。""你们救了我们的儿子，我们由衷地感谢你、感谢法院、感谢党！"收到二审宣判结果后，侯某某及其父母激动不已，不停地向何远彬表达感激之情。对此，何远彬表示，他只是还原事实真相而已。

办案要走心，要细致，才能办好案，办铁案，这是何远彬在办案中的最大感触。"其实这个案子，有人就跟我说，如果二审再判他有罪的话，他出来后就可能复仇，成为社会的对立面……所以，在司法的实践中，一名法

何远彬在开庭中

官办一两件好案、铁案不难，难的是一辈子都办好案、铁案。我想，解开这一难题的钥匙便是责任心。"何远彬表示，法官尤其是刑事法官，掌握着剥夺他人的自由乃至生命的权力，更应该谨慎小心，如履薄冰，必须从办案的每一个细节做起，扎实认真、用心地让责任融入自己血脉，内化成自己的品格，成为日常的工作习惯。

面对繁重的审判工作任务，何远彬牢牢把握住案件质量这条生命线，始终坚持高标准和严要求审核证据，严格贯彻宽严相济的刑事政策，做到案结事了，维护司法公信力。"办案无他，唯用心二字"。何远彬说："努力让人民群众在每一宗案件中都感受到公平正义，这是我们政法人永恒不变的追求。"

官司可能一生一次影响却是一生一世

在庭审中的何远彬总是给人以威严、睿智、干练的形象，休庭后他又展现出铁骨柔情的另一面。在市中院广为流传着何远彬与上访人老何的

故事。

老何是四川南充人，老家距离深圳 1600 多公里。2005 年，其儿子小何在深圳某工厂应聘时因阻止多名嫌疑人的偷车行为，遭到对方殴打致重伤，后经抢救无效死亡。事后，其中 1 名嫌疑人被抓获归案并被判处有期徒刑13 年，但其余嫌疑人在逃。判决生效后，老何不服，认为对被告人量刑过轻，同时认为应追授其儿子"见义勇为"称号。老何提起申诉被依法驳回后，开始了长达数年的信访。

2012 年，何远彬承办该信访案件。一开始，老何怨气很大，但何远彬总是热情接待，耐心听老何倾诉，同时认真向老何分析案情，普及法律知识。连续接访一个月后，何远彬的真诚让老何的态度缓和了许多，何远彬也发现老何其实很讲情理，只是心结难开。渐渐地，老何上访的次数变少了。真正让老何放弃上访的原因在于何远彬的千里释法之行。

那时，有段时间老何很久没来上访，何远彬辗转打听到老何因故回四川老家了，他决定来一次"家访"——他自费购买了一些营养品和水果，利用周末专程前往四川探望老何。何远彬的突然到访令老何十分意外和感动，主动把他请进家里。一番拉家常之后，何远彬谈起了小何的案子，对老何最关切的对被告人量刑和追授小何"见义勇为"称号的两个问题再次进行解释。何远彬千里释法的诚意和通俗的法律条文得到当地村支书和老何亲戚们的一致赞同，也终于感动了老何夫妇，他们终于选择相信法律的公正，并当即表示服从判决、撤销上访。一场耗时 7 年之久的上访事件得以顺利了结。

"对当事人来说，官司可能一生一次，影响却是一生一世。"每次谈起这件事，何远彬都深有感触。"法官不仅要关心案件的审理，也要关心案件背后的民生。"

类似的案件还有很多，何远彬每次都坚持对来电来访必接，耐心说案情、分析证据，细致谈法律、讲道理，设身处地地聊家事、敞心声，用专业知识说服人，用心帮助人，用真诚打动人。

宽严相济，努力促进法理和情理的结合

从事审判工作以来，何远彬共审结各类刑事案件 700 多宗，连续多年结案数都是全庭第一，也是市中院刑事审判部门的"状元"。特别是 2016

年，他审理了 165 宗案件，审结 162 宗，结案率 98.1%，创造了市中院刑事审判法官个人结案数的最高历史纪录。在同事们的眼中，何远彬特别能吃苦，特别能战斗，特别能奉献，充分体现了共产党员的先锋模范作用。

在办案中，经常遇到当事人家属打电话表示要请客送礼，让何远彬"帮忙"。面对诱惑，他一句话就打消了对方的想法："我接受您的礼物帮了您，那对方也可以来找我，那么是不是谁给的礼物更多更好，我就要向着谁？这样的法官能做到公正吗？这样的司法您还信任吗？"

十多年来，何远彬一直恪尽职守，勤勉廉洁，德才兼备。他以廉字立身，让法字入心，恪守法官本色，干净办案，切实维护人民法院和人民法官的形象和公信力，始终保持共产党员的廉洁本色。

天天办案会烦吗？面对如此疑问，何远彬笑着说，"审判有它的魅力。每个案件都不同，都是新的，里面不仅蕴含法理，更有人生百态。"

何远彬不仅办案数量多、效率高，而且办案质量高，每宗案件均能实现"案结事了"。有人说：法官就是蒙着眼、左手持天平、右手持利剑，用人类的良心和司法的力量维护正义的神。这样一句话，或有夸大之辞，但放在何远彬身上，却更能表明，一名优秀的人民法官就是社会秩序和正义天平的守护者。

"作为法官，一定要做到不枉不纵，坚持实体正义和程序正义，有效维护法律的权威，维护法院和法官的公信力。"为此，在审理各类案件时，何远彬始终严格遵守法律准则和要求，用高度的责任心认真办理每一起案件，不遗漏一个细节，不放过一个瑕疵，努力追求最公平的裁决，守护社会道德和秩序的最后一道防线。

2015 年 4 月，深圳某小区发生一起卢某某故意杀人案。何远彬接受该案件主审任务后，他加班加点，及时开展了大量细致的工作，对案件进行了审理。他认为，被告人卢某某受到被害人郭某某的热情招待，但仅仅怀疑被害人一家不会帮助他解决问题，便以暴力方法非法剥夺他人生命，致二人（包括年幼无辜的谢某某）死亡，其行为已构成故意杀人罪；卢某某在杀害两被害人后窃取了被害人的财物，且数额巨大，其行为又构成了盗窃罪。被告人卢某某的行为闻者震惊，见者愤慨。他虽具有坦白情节，但其犯罪意志坚决，作案手段残忍，情节极其恶劣，后果极其严重，应当依法判处死刑。

"让正义以看得见的高效方式实现。"接下来，该案从开庭到宣判不足一个月时间，依法以故意杀人罪判处卢某某死刑。而由于一审判决工作扎实细致，事实认定清楚，证据确凿、充分，判决文书辨法析理详细透彻，广东省高级人民法院也很快对案件二审做出维持原判的裁定。

在坚决严惩恶的同时，何远彬也注重宽严相济，促进法理和情理的结合。

2014年，何远彬也审理了一起家庭矛盾引起的杀夫案。被告人柯某某与被害人罗某某是夫妻关系，罗某某有长期吸毒史，经常与柯某某发生争执。2014年5月15日，罗某某在卧室内吸毒，随后又因琐事与柯某某发生争执，罗某某打了柯某某，柯某某随手拿起一把水果刀向罗某某连刺数刀，致罗某某倒卧在床上。后经120检查，罗某某已经死亡。而柯某某也在客厅内吞服大量药物，意图自杀。

本案中，被害人罗某某常年受到毒品的侵害，亦使一直以来任劳任怨、操持家务、照顾家人的柯某某的身心长期受压，最终导致家庭悲剧的发生，留下年迈的母亲。该案审理中，何远彬和合议庭依据我国宽严相济的刑事政策和精神，根据被告人的犯罪事实、性质、情节及悔罪表现，综合考量本案发生的特定因素、被害人家属的充分谅解及社会影响等，最后判处柯某某有期徒刑六年。

此外，第一次庭审后被害人的母亲常某某提出一个诉求，眼看天气逐渐转凉，希望能前往案发后被查封的房间拿取被褥和御寒衣物。何元彬立即组织合议庭进行研究后认为，本案证据确凿、充分，无须再次勘查现场，继续查封该房已无必要，应尽快还物业给当事人，减少对当事人生活的影响。在何远彬的沟通后，房间次日便被解封，常某某专门来电感谢。

法官既要解当事人的"法结"，更要解"心结"

对一些当事人来说，官司可能一生也就一次，影响也一生一世。为此，何远彬还指出，作为法官，不能机械地照搬法律，也要法、理、情多点结合，为当事人耐心、全面、详细地释法答疑，做到法理和情理有机结合，法官就要既解当事人的法结，又解当事人的心结。

在一桩故意伤害致死案中，被害人曹某林因帮饭店老板处理一起在饭店院内发生的车辆剐蹭纠纷，与人发生打斗，被几名男子追砍致死。法官依法酌情判决后，被害人的母亲杜某某对判决结果不满，二审期间多次致电和提交书面材料表达意见乃至愤懑，此后每天来找承办法官。何远彬在对来电来访必接的同时，反复耐心地与杜某某说案情、析证据、谈法律、讲责任、聊家事，整整持续30天。第31天早上，杜某某如常而来，却说："何法官，我决定明天开始不再过来了，虽然我对判决结果的意见未全消，但我对你没有一点意见，你是一位好法官，谢谢你的开导。"

还有一次，发生在福田某理发店的一宗致死案的民事部分需要调解。被害人一方因为痛失爱子、丈夫而致生活经济来源成了一道不能逾越的难题，要求严惩被告人的同时强烈要求给予民事赔偿。而被告人杨某某少年时患有精神疾病的父亲已去世，母亲远走他乡改嫁，其与哥哥相依为命，也有精神病史，在案件审理后期看守所反馈杨某某渐见发病端倪。何远彬将这些情况记在心，慎思量，再权衡，"只要有百分之一的可能，就应付出百分之百的努力"，为此他积极协调双方，化解双方的对立情绪，抚慰被害人家属的心灵，并多次做杨某某哥哥的工作，还提供筹款的思路供其参考，有时调解到下班时间。经过何远彬的不懈努力，杨某某的哥哥筹借了十万元赔偿金给被害人家属，被害人家属给杨某某出具了书面谅解书。双方均对法官的工作表示由衷的感激。

"法律是刚性的、冰冷的，但实现法律的过程应该是温暖的、充满人情的。"何远彬说。

深圳法院系统不惧病魔的"拼命三郎"

熟悉何远彬的人不但知道他是业务骨干、办案能手、审判专家，更佩服他是不惧病魔的"拼命三郎"，经常加班加点，"五加二""白加黑"，忙于各种案件审理工作，案多人少的矛盾在司法机关一直是个难题。

2013年7月，何远彬因劳累突然摔倒，导致颅脑出血严重昏迷，随后，他被紧急送往医院，并做了开颅手术。但是术后不久，他就说服主治医生提前出院。出院后仅休息了三个月，何远彬感觉自己的身体状况可以适应工作，于是提前结束病休时间，重返岗位。

在何远彬审结的案件当中，有不少重大、疑难、复杂、社会影响大的案件，案卷材料多、庭审时间长、工作强度大，要耗费相当大的精力。但在完成繁重的办案任务之外，他始终坚持理论与实践相结合，注重对新问题、新情况的调查研究，出成果，出精品。其中，他负责调研和起草了深圳市中院重点研究课题《深圳市中级人民法院毒品犯罪量刑指引（试行）》等多篇文件，指导深圳市两级法院的毒品案件审判量刑工作，编写发表多篇毒品案件指导性案例，并在《深圳特区报》上发表了多篇禁毒类的案例，取得了显著的普法效果，广受好评。

多年来，正是这种特别能吃苦、特别能战斗、特别能奉献的"拼命三郎"的精神，让何远彬面对繁重的刑事审判工作任务时总能迎难而上，攻坚克难。

从事刑事审判工作以来，何远彬参审各类刑事案件累计达4100多宗，仅近三年就审结1000多宗，连续多年结案数全庭第一，是深圳中院刑事审判部门的结案"状元"，且无一宗案件超审限，不断刷新深圳中院刑事审判法官个人结案数的最高历史纪录，并成功调解刑事附带民事案件逾100宗，调解率全庭最高。

在何远彬审理的众多大要案中，不乏林某某特大黑社会性质组织案、吴某某特大跨境贩卖毒品案、侯某某"5·26"滨河大道飙车案、卢某某入室恶性杀人案、钟某外资企业车间杀人案等社会影响大、关注度高的重大、复杂、疑难案件。

其中林某某等43人涉黑专案系公安部挂牌督办的黑社会组织案件，社会影响重大，被告人多，罪名多，事实约34单，案卷材料多，开庭时间长，判决书300多页，共25万字，该案创下深圳法院刑事审判的多项纪录。作为该案主审法官之一的何远彬，夜以继日地与合议庭成员一起连续加班三个多月，出色地完成了该案的审理工作。此案件的审理得到上级法院的充分肯定，赢得社会各界的一致好评，省市媒体也高度评价主审法官的庭审能力、法庭审判程序的公正性、判决书的说理性。因审判工作出色，何远彬所在的合议庭于2015年、2016年连续两年被评为"优秀合议庭"。

法官之于社会犹如医生之于病人

何远彬在省法院刊物《法庭》卷首语《法官的幸福》的文章中这样写

道："法官之于社会，犹如医生之于病人。好医生不在于就病治病，而在于查明病理，将病患根除于萌芽。人民法官，定纷止争、案结了事，既解当事人的法结，又解其心结。"言行一致的他在实际工作中正是这样一位既善解法结又善解心结的"暖心法官"。

何远彬作为广东省扫黑除恶专项斗争先进工作者，一年内审结了两件一审重大涉黑案件，把每一起案件都办成铁案。他为行业长效治理"开良方"，在疫情期间创新审判模式，判案、调节、写判决……加班到深夜是他的常态。荣誉的背后是他对法律孜孜不倦的追求。

何远彬两个月审结一件一审重大涉黑案件，一年内审结两件一审重大涉黑案件，工作业绩十分突出。面对垒如山高的案件材料和错综复杂的案件事实，不退缩、不气馁、不懈怠，何远彬带领团队，迎难而上，出色地完成了重大涉黑案件的审理工作。

"那两个月，我们审判团队连续加班至深夜12点，我差不多有一个月没有回过家，吃住都在法院。"何远彬用两个月的时间连续作战，依法、高效地审结了该案，打了一场漂亮的攻坚战，创造了审结一审重大涉黑案的办案纪录。

在何远彬兼任龙华法院扫黑办主任期间，龙华法院系统扫黑除恶工作可谓硕果累累：深入推进黑财清底，统筹审判执行力量，成立工作专班，联动配合，建立审执双向沟通反馈机制和"绿色通道"，攻克多件执行骨头案；实现打财断血，黑财清底，瓦解黑恶势力的经济基础；着眼于行业清源、源头治理，为行业治理"开良方"；深入剖析黑恶案件背景、成因、特点和社会影响，向有关部门发出司法建议50多篇；引导行业主管部门有效治理行业乱象，构建长效常治机制，推动经济社会高质量发展……

2021年2月，中共深圳市龙华区委颁发表扬信，充分肯定龙华法院在扫黑除恶专项斗争中的卓越表现和担当作为。

在扫黑除恶常态化中，何远彬带领团队将扫黑除恶与"断卡"行动结合起来，给18家商业银行发出司法建议，建议将禁止出售银行卡或资金结算账户的风险告知书纳入开户流程。联合公安检察机关开展打击电信网络诈骗犯罪"迅雷行动"，依法审结电诈犯罪案件69件，共87人。

"在防疫工作面前，我们也要积极发挥自身的作用，越是艰难险阻越向前。"三年疫情期间，为打赢疫情防控阻击战，充分发挥审判职能，何远彬带领全庭法官，第一时间成立专门审判团队，创新审判模式，开通"绿色通道"，快立快审快判。他推行"互联网＋法院"的庭审模式，实行网上开庭，网上宣判，在线审理了95%的涉疫刑事案件，依法审结全市首宗涉疫妨害公务案。何远彬带领团队创造了可推广、可复制的涉疫案件全流程快审模式与经验，受到上级法院的高度肯定和推广。

在打击整治养老诈骗专项行动中，何远彬带领团队重拳出击，靶向施策，精准打击，依法审结涉养老诈骗案件2件共9人，追赃挽回受害人损失198万余元。审结案件数量、追赃挽损数额均位居全市基层法院第一。他多措并举，打出一套组合拳，切实维护老年人合法权益，形成"不敢骗、不能骗、骗不了"的社会氛围，为辖区老年人安享幸福晚年营造了良好的社会环境。

自从进入法院系统工作以来，何远彬始终坚守初心，砥砺前行，为平安深圳、法治深圳保驾护航，努力让人民群众在每一宗司法案件中感受到公平正义。2023年4月27日，广东省庆祝"五一"国际劳动节暨五一劳动奖表彰大会在广州举行，何远彬荣获"广东省五一劳动奖章"，省委主要领导为其颁发荣誉证书和奖章时，对何远彬给予高度评价和充分肯定。

梁桂华：深圳是追梦者的栖息地

《在水一方》《空山浅碧》《栖息地》《月笼纱》《飘红》《晚晴》《醉花阴》《灼灼其华》《时光叠翠》《生生不息》《都市节拍》《湾区交响乐》《红树湾畔》……以上这些流淌着诗意的词汇都是深圳跨界设计师梁桂华的美术作品名称，画纸上的各色水墨更是交融出有过之而无不及的诗情与意境，她用画笔描绘出一座山海连城、枝繁叶茂、生生不息的深圳。

梁桂华笔下的深圳：绿水与青山比邻而居、浑然天成，楼群在海湾中映出倒影、交相辉映；深圳湾畔的白鹭在落日余晖中悠闲地梳理羽毛，静待日出后再度展翅高飞，而星罗棋布的楼宇在骄阳下闪闪发光。深圳就是这样，它意志坚定、性格顽强，它心存希冀、向往荣光；深圳市树——红树落地生根，托万物生长；深圳市花——簕杜鹃寒冬盛放，笑严寒、盼春光。

梁桂华来自有着"山水甲天下"美誉的广西桂林，大学毕业后她便来到了深圳，在这里拼搏成长三十余载，深圳早已成为她的第二故乡。她见证了深圳的三个十年发展，目睹了万千大厦平地拔起，同千万深圳人一样燃青春、洒汗水、挥笔墨，汇聚成一支跌宕起伏的改革开放主旋律，与这座城市一起繁荣不息。

16 岁考入广州美院
20 世纪 80 年代来到深圳创业

20 世纪 60 年代末，梁桂华出生于广西桂林的一户书香门第，她的父亲是广西师范大学中文系教授，母亲也是一名优秀的人民教师。

1986 年，梁桂华大学毕业，她选择来到因改革开放而日益繁荣的深圳，决心在这里从事平面设计与品牌策划工作，梁桂华的第一份工作是在深圳家用工业公司集团下属的一家设计公司，作为一名有着艺术天赋、对人生有追求的设计师，她的梦想是有朝一日能设计出属于自己的品牌。后来，梁桂华在工作中结识了自己的丈夫，两人携手创立了他们人生中的第一家公司，公司选址罗湖区凤凰路；因为当年深圳的印刷品质领先全国，于是他们决定从设计印刷做起，开始建设他们人生的第一条创业路。

从 20 世纪 90 年代开始
打造女装品牌"城市俪人"

20 世纪 90 年代初期，深圳的繁华集中在罗湖区。梁桂华至今还深刻地记得，那时深圳的坐标原点就是上海宾馆，上海宾馆以西是坑坑洼洼的泥路。彼时，华强北路正在从工业向商业转型，因此许多空店铺都在招租。某天，梁桂华发现"女人世界"旁边的商铺正在招租，于是萌发了自创品牌的想法。

对于梁桂华来说，在创业这条道路上前行的她，自始至终都以"做品牌"为唯一目标，她心中始终认定自己是设计专业出身，她想做的不是"生意"，而是"品牌"。

20 世纪 90 年代初的深圳有不少做来料加工的生产厂家，但是能做出品牌的却寥寥无几，"既然如此，这对我来说是一个非常好的机会"，梁桂华心想："有没有行业经验不重要，我可以把自己当作消费者，从顾客的需求出发来定位，做出一个深圳本土服装品牌。"感觉敏锐的她迅速把握了这次机会。

想要创业，首先的问题是启动资金。好在当亲朋好友们得知梁桂华夫妇俩的"品牌梦"之后，都乐意出资助力。

为了做好品牌定位，梁桂华决定先出国调研学习，她只身前往新加坡、吉隆坡、香港三地考察学习，现场体验品牌店的装修、设计、布局等。在持续半个月的时间里，她每日都游走于各大国际知名商圈，身体上虽筋疲力尽，但精神上已收获满满。回到深圳后，她将此次调研成果与自己大学多年的所学相结合，凝练出许多颇有价值的心得，最终独立完成了"城市俪人"品牌旗舰店的形象设计，在优质的门店形象和品牌推广的加持下，店铺实现了开门红。

创业初期的梁桂华（右一）

但她很快发现，由于进货渠道相同，产品在销售终端的竞争力不强，旁边的商家不比品质只拼折扣，梁桂华立即决定转变思路，要做品牌必须从前端开始——从设计着手！梁桂华表示："必须塑造品牌的个性化和差异化，在保证品质的前提下，避免同质化的竞争。"于是创品牌之路便从华强北开始了。

品牌创立初期，梁桂华负责前期的产品规划设计、面辅料选购以及门店选址、形象设计和品牌推广，她的先生负责生产、销售、财务等运营管理。一年后，他们完成了从产品设计开始到选订面料、打板、加工，以及营销推广的全流程。如今回忆起那时的经历，一切过往的艰辛和窘迫都已变成谈笑调侃的趣事。

就这样，从华强北的第一家专卖店开始，梁桂华的服装品牌以鲜明的形象、独特的产品和优良的品质迅速获得消费者的青睐，"城市俪人"服装品牌也在十年的时间里迅速开拓市场，在国内开设了近百家门店和专柜。直到2006年，"城市俪人"品牌及团队被香港的一家上市公司看中并收购，梁桂华才结束了她与"城市俪人"长达十年之久的"缘份"。

创建餐饮品牌香蜜轩
打造南粤侨创基地华汇智谷

2006年，梁桂华在朋友的介绍下开始涉足餐饮，她运用自己在品牌规划、空间设计、氛围营造方面的专业优势，开始了餐饮品牌的打造。

从香蜜湖度假村的第一间店开始，梁桂华后来陆续在南山区世界之窗、南山高新园、龙岗天安数码新城拓展出三家分店。在开业的第一年，香蜜轩就被《时尚》周刊评选为"最佳欢聚餐厅"，在名宴名菜大赛中荣获"深圳名菜"金奖。多年来，香蜜轩以健康美食天然营养的理念和清新优雅的用餐环境赢得了诸多荣誉和一众消费者的喜爱。2019年，香蜜轩荣膺"深圳知名品牌"。2020年，香蜜轩荣膺"深圳老字号"。

成立十余年，香蜜轩凭借以有健康养生功效的优质食材、别具一格的独特风味，加之运用中国传统元素，融合现代设计手法的装潢风格，陆续收获了"中国深圳十佳餐饮名店""最喜爱的中华美食餐厅""绿色餐饮单位"等称号及荣誉。

同一时期，梁桂华夫妇还在广东河源国家级高新区投资建设了华汇智谷产业园区，园区是广东省科技企业孵化器、广东省归国华侨联合会的首批"南粤侨创基地"，为归国华侨在河源市创新创业发挥了积极作用，为创业青年提供了创新创业服务平台。

园区集孵化器、人才公寓、研发厂房及其他配套于一体，目前，园区总服务企业过百家。

捐助奉献爱心
积极主动地履行社会责任

作为深圳市第七届人大代表、南山区第五届政协常委、南山区知联会副会长，梁桂华既是来深奋斗的追梦者，也是亲历了深圳改革开放飞速发展的见证者，同时也是为深圳发展建言献策、贡献力量的建设者。近年来，梁桂华始终将社会责任担在双肩，积极捐款捐物奉献爱心。

梁桂华多次随同南山区统战部、知联会前往各地进行助困扶贫。河源市连平县莞中村、和平县下车镇兴隆村都留下了她扶贫帮困的足迹。同时她热心社会公益事业，关注文化创意。2017年，她创立的华汇文化集团出资三十余万元举办华汇文创公益集市，帮助文化工作室和小微文创企业创新创业；数年来她多次与丈夫一起，积极参与深圳市统一战线"同心助学行"公益活动，为梅州兴宁、广西百色、河池乡村优秀教师捐款近二十万元，为提高乡村教育质量贡献力量。此外，梁桂华还多次与深圳市南山残疾人联合会、知联会、区慈善会、深圳市华侨公益基金会等组织到各地扶贫捐助。

2020 年 1 月深圳疫情暴发期间，市场上很难买到新鲜蔬菜，梁桂华夫妇多次前往市区医院慰问一线医务工作者，先后向深圳市第二人民医院、深圳大学总医院、南山人民医院、南山妇幼保健院、福田妇幼保健院捐赠上千份、价值十余万元的优质爱心新鲜蔬菜，为疫情防控阻击战做出了实际贡献；海外疫情严重时期，海外市场很难买到防疫口罩，他们向海外侨胞赠送防疫口罩，为海外侨胞战胜疫情做出了积极贡献，梁桂华的爱心之举得到了医务工作者和海外侨胞的高度赞扬。一方有难、八方支援，她表示："只有同心协力，我们才能战胜一切困难。"

梁桂华关注教育、支持教育，她表示自己今日的成就得益于母校曾经的栽培，为回馈这份恩情，她积极为母校教育发展基金会捐款，从年少时就读的桂林市中华路小学、广西师大附中，到大学的广州美术学院都有她的捐助，她希望为教育事业添一份微薄之力，她期待如今埋头苦学的学子们能在未来收获各自梦想的果实。

时刻不忘初心
重拾画笔描绘深圳文化艺术名片

作为人大代表和政协委员，十余年的工作履职经历让梁桂华感受到许多潜移默化的影响，她常常表示，人大与政协这两个平台对她的事业定位和个人提升影响深远。在履职过程中，梁桂华经常与来自不同领域的企业家以及政府工作人员沟通，也经常参加政协、人大组织的不同主题学习培训，通过不断的学习、调研和交流，她深深地感受到时代在发展、社会在进步、人才在辈出。

梁桂华常思索，身处深圳这个先行示范区，自己该如何重新定位。在不断向身边的优秀精英们学习的同时，她也在不断地审视自我，不断地跨界探索与尝试，她表示自己之所以能回归艺术，也与之有密不可分的关系。

疫情期间，梁桂华获得了与往日不同的充分独处时间，这让她安静下来，也让她有了难得的思考和沉淀的机会。在一次外出写生的过程中，她目睹了河边花开花落、山间云卷云舒，大自然的生机让她重新找到了自我和初心，也让她有了乍现的灵感，她想到自己作为一名在深圳生活、奋斗的追梦者，是不是可以重新拿起画笔，画下这座自己投入了大半生青春、汗水和激情的城市，画出这片让自己爱得深沉的第二故乡。

回顾深圳三十余年的时光变迁，回首自己奋斗多年的峥嵘岁月，梁桂华将所见所闻的深圳发展史在心中提炼出三条主线：自改革开放以来的45年间，深圳一直保持着高速度发展，经历了小渔村——小城市——大都市的蝶变，梁桂华常感慨："深圳的建筑就像雨后春笋一样，我几乎每次出差回来都能看到新的立交桥或者新的大楼，而且深圳有许多建筑已经成为这座城市的地标，成为奋斗者拼搏的疆场，成为创业者筑梦的乐园，它们矗立在那里，共同表达着这座城市独有的精神特质，散发着它朝气蓬勃、蒸蒸日上的气息，这种特质就是我创作的系列作品《都市节拍》的灵感来源。"

带着对深圳的深厚感情，梁桂华从2022年开始重拾画笔、回归艺术。她创作的每一幅作品都彰显着她心中对这座城市的热爱，作为一名在深圳成长的设计师、企业家，梁桂华用画作表达对深圳发自内心的赞美与讴歌。城市中奋斗着的人们、公园里四季常开不败的鲜花、海湾边连绵成林的红树都是她作画的主要素材，在这座以人与自然和谐共生为特点的都市里，生活着千千万万的如梁桂华一样寻梦、逐梦、筑梦的人，这片滋养梦想的土地是她创作的动力和源泉。

在不到两年的时间里，梁桂华潜心创作，完成了多幅水墨作品。2023年下半年，她连续举办了三场画展：2023年5月在深业上城64楼城市云客厅举办"山海之约"水墨画个展；9月，在深圳市政协文史馆举办"生生不息"新水墨个展，著名文化学者尹昌龙先生亲自策展并点评道："无论是她的故乡桂林，还是她新的家园深圳，都浸泡在枝繁叶茂的世界中，而这个世界到了她的笔下，便成了一方艺术的天地闪亮而灿烂，并且光芒四射。"艺术家陈向兵说："梁桂华不仅见证了深圳日新月异的发展和沧海桑田的变化，而且对深圳这片热土有着深厚的情感。"11月在南山博物馆举办"融墨之美"新水墨艺术展。三次展览均得到政府与媒体的关注与支持，受到深港艺术家的肯定与鼓励。梁桂华作为一名跨界设计师回归艺术创作，开启了她人生的新篇章。

　　参观完梁桂华的画展后，原深圳市南山区委党校校长梁宏表示："梁桂华以水墨写意的手法，生动描绘了深圳这座城市日新月异的时代变迁，深刻诠释了人与自然和谐共生的中国式现代化的显著特征，准确展现了深圳高质量发展的恢宏气象。"

　　梁桂华的绘画风格新颖而独特，以水墨描绘着现代都市生活，传递出日新月异的都市节拍和昂然奋进的山海之歌，其中作品《都市节拍》入选广东省第八届中国画作品展并获奖，《红树湾畔》入选全国女画家作品展，《湾区交响乐》参加第四届世界华侨华人美术书法展，《城市交响曲》入选第十八届深圳画家画深圳作品展。中国国家画院邹明导师表示："梁桂华的作品清新淡雅，抽象的构成与水墨肌理表现的气韵与明快的色彩浑然天成，既有温馨雅致的情趣，又不失通达畅神的气象。"

　　她笔下抒写的是人与自然和谐共生的美好画卷。红树林自然保护区是深圳市十分重要的自然生态景区，这里是鸟类栖息嬉戏的天堂、植物的王国，它为众多生物提供着生长、栖息的住所，保护着深圳的物种多样性。

　　2023 年 7 月，梁桂华被聘为"红树林湿地教育推广大使"，通过《山海之约》和《生生不息》两次个展，为红树林代言，呼吁社会各界关注生态，关注可持续发展。梁桂华对红树林的爱全在她笔下一心一意的描画中，其中的丰富性与弥漫性无不展现出坚韧与热烈，这正是她唱给红树林的赞歌。

　　梁桂华表示，红树林之所以能成为她创作的主角，是因为红树是深圳的"海岸卫士"，它在净化海水、防风消浪、维持生物多样性、固碳储碳等方面都发挥着重要作用，红树林不仅仅是自然景观、生态系统，在她眼中更是一个美学符号、一个文化标签、一种精神特质。梁桂华希望通过新水墨艺术的表达与传播，能唤醒更多的人关注红树湿地、保护生态环境。

　　如今"都市水墨"已经成为深圳的文化艺术名片，也是中国美术事业发展中一道靓丽的风景。当今，"科技＋文化"正成为最具感染力的全新表达，未来，梁桂华想用数字增加文化的动力，用创意实现文化的张力，尝试一些数字化的创意水墨作品，也为中国传统文化的创造性转化和创新性发展做出自己的贡献。

　　"湿地是候鸟的栖息地，而深圳是追梦者的栖息地，前者孕育了生命，后者孕育了梦想。"梁桂华如此表示。

林刚：从"军旅绿"到"志愿红"

深圳市南山区退役军人、红星志愿服务队队长、南山区龙辉社区退役军人党支部书记、桃源街道老班长书记工作室牵头人——林刚，身上有着多种身份，但最让他自豪的还是40年前的那段军旅生涯，在战火纷飞的边境，奉献了自己最无畏无惧的一段青春。

退役以后，他虽然脱下了"橄榄绿"，但是又穿上了"志愿红"，几十年如一日，林刚时时刻刻永葆军人本色，凸显共产党员的担当。

受父亲影响
从小立志报国终于圆梦戍边

林刚的老家在广东茂名，其父亲曾是一名抗美援朝老兵，受父亲的影响，他从小立志报效祖国。

1984年10月，17岁的林刚胸怀壮志，毅然报名参军入伍，成为某部炮兵团指挥连的一名战士。到了部队后的林刚心中暗暗发誓，一定不负家乡人民的期望与重托，争取早日成为一名优秀的战士。从进入军营的那一刻起，林刚就做好了吃苦的准备，他严守纪律、虚心好学、勤奋锻炼，历经了三个月的严格军事训练。

林刚逐渐成长为一名合格的战士，锤炼出自己的军人血性。后来，他到了123师炮兵503团79分队担任班长，1987年光荣地加入了中国共产党，还获得红旗车标兵驾驶员的荣誉称号。

受大运启发
投身志愿服务始终不渝

1989 年，林刚退役后，选择来到改革开放最前沿的深圳，在深圳市长虹通讯设备有限公司担任办公室副主任。

"刚退役时我对工作比较生疏，为了尽快适应，我自学了电脑操作，文档管理、企业管理等知识。"林刚的认真尽职获得了领导同事的肯定，1995 年，他获评深圳市福日区企业系统优秀共产党员。从 2011 年至今，林刚就职于广东省脐带血造血干细胞库。

谈起做志愿服务工作，林刚说，当年退伍后来到深圳。工作之余，他在 2011 年第 26 届世界夏季大学生运动会中初次接触了志愿服务工作，从中获得了成就感，从此，志愿服务活动成为他生活的一部分。身为共产党员的林刚说，深圳是"志愿者之城"，而一个党员就是一面旗帜，他乐意发挥所长，奉献自己的一分力量。

尽管退役多年，林刚依旧永葆军人本色，坚持为人民服务的初心。2019 年，他当选为南山区龙辉社区退役军人党支部书记。当选社区退役军人党支部书记以后，林刚向南山区桃源街道龙辉社区党委提出，不少退役军人虽然已退伍，但他们热情充沛、干劲十足，关心社区的大小事。当时，林刚主动请缨，向社区党委提议成立退伍军人志愿服务队。当年 9 月，龙辉社区退伍老兵志愿服务队成立，这是南山首支以退役军人为主的志愿服务队。

2020 年，面对突如其来的新冠肺炎疫情，林刚积极响应社区党委战疫的号召，第一时间组织带领龙辉社区退役军人红星志愿服务队的 16 名队员加入社区疫情防控志愿服务行列中，配合社区党委开展防疫工作。林刚用自己的实际行动向社区居民诠释了"卸下的是戎装，不变的是为人民服务的初心"。

"各位居民朋友们，大家好，疫情期间勤洗手，勤通风，少聚集，出门戴口罩。"整个疫情期间，桃源街道龙辉社区的龙辉花园小区内，社区退役军人志愿者们用大喇叭宣传疫情防控知识的温馨提示语每天都在小区内准时响起。

不管刮风下雨，龙辉花园总会出现一支穿着绿马甲的退伍老兵志愿者，在党支部书记林刚的组织下，他们配合社区开展疫情防控工作，每天安排三人穿梭于小区的各角落移动播放疫情防控广播，协助社区工作人员执勤、测体温，通过大喇叭宣传防控措施，在小区各个角落、楼道内张贴防疫通知、防疫知识等宣传海报，提醒广大居民提高自我保护能力和公共卫生意识，做到"宣传不留死角"。

"作为一名退役军人、一名共产党员，我要发挥党员的先锋模范作用，冲在抗疫前线，尽我所能服务居民。"林刚说。

疫情期间，他带领老兵们参与协助社区工作人员执勤、测体温，在小区各个角落张贴防疫通知、防疫知识等宣传海报，一抹抹"军绿色"的身影冲锋在前，令人动容。

林刚表示，"老兵们虽然年过六十，但依旧积极参与，他们用行动诠释了退伍军人退伍不褪色的精神品质。"

受社会肯定
时刻践行为人民服务的初心

2021年6月，龙联龙辉花园棚改项目取得了项目启动签约15天即实现签约率突破"双99%"的佳绩，再次刷新南山棚改新速度。其中，林刚和老兵志愿者们也出了一份力。

在龙辉花园棚改的关键阶段，作为桃源街道红星志愿服务队队长，林刚和老兵们积极配合街道社区宣传棚改政策，挨家挨户上门讲解政策。"在我们的带动下，居民自发组织了100多名义工参与到棚改宣传中。经过沟通交流，取得了绝大多数业主对棚改工作的积极支持。"林刚说。

2021年10月，林刚当选南山区退役军人红星志愿服务队队长。"星星之火，可以燎原。"林刚凝聚起退役军人力量，组织带领队员们参与社区文明城市创建、治安维稳、环境综治等志愿活动。在他的带领下，志愿服务队不断发展壮大，"散兵游勇"变为"精兵良将"：成立深圳市首支在国企中的退役军人红星志愿服务队——招商工业孖洲岛修造船基地退役军人红星志愿服务队，助力筑牢海防的铜墙铁壁；开展龙辉社区居民领袖培育计划，为有能力、有意识参与社区事务的居民上课"充电"，培养骨干参与社

林刚（右一）向上级领导汇报红星志愿服务队工作

区事务；为西丽高铁新城建设添砖加瓦；走访慰问社区困难退役军人和独居老人。

截至目前，林刚累计志愿服务时间超过 1000 个小时，先后获得南山区"防疫优秀志愿者"、南山区"优秀志愿者"、社区"战疫先锋"等荣誉。他表示，这些沉甸甸的荣誉都将会转化为动力和担当，他将继续带领队员们走在公益路上，不断擦亮红星志愿服务队的品牌，用行动践行人民子弟兵的情怀和为人民服务的初心。

此外，为了增强为退役老兵服务的精准性和实效性，林刚通过建立桃源街道老班长书记工作室，促进社区治理小组的成立与发展。同时以老班长工作室作为前沿阵地，创新和优化社会治理模式，打造一支党性高、信念强的社区治理干部队伍。

在龙辉社区党委成员眼中，林刚是一个外向的热心大哥，待人热情、处事果断，组织能力优秀，积极响应社区号召，长期与社区并肩作战。身为龙辉社区退役军人党支部书记，他率先垂范，带领支部充分发挥战斗堡垒作用，活跃在社区综合治理一线。

2002 年，林刚和曾经参加对越自卫反击战的 208 名深圳南山区退役老兵，在得知第二故乡广西百色发生疫情，群众生产生活受到影响后，第一时间自发捐款 40800 元，并通过南山区慈善会定向捐赠给广西百色地区抗击疫情。

林刚说，广西百色是南山区许多退役老兵用青春、热血战斗过的地方，是他们终生难忘的第二故乡。得知百色地区的疫情防控形势日趋严峻，人民群众生产生活受到较大影响，为了更好地支援百色地区的疫情防控工作，表达对革命老区人民的深情厚谊，林刚和退役老兵林建文、周伟明、黄任环等自发在微信"战友群"里发出了《老兵有爱、红色情怀、共抗疫情，驰援百色倡议书》。

一石激起千层浪，很快，南山区8个街道的208名曾经在广西服役的老兵纷纷自发捐款，仅两天时间就筹集到40800元善款，第一时间送到南山区慈善会秘书长、曾参加对越自卫反击战的退役老兵刘德东手上，通过区慈善会定向支援百色地区抗击疫情。

林刚表示："希望南山区退役老兵的点滴付出汇成爱的暖流，为百色人民早日战胜疫情、恢复正常生产生活秩序做出贡献。"

一身军旅绿，满心志愿红。未来，林刚期望在每个社区都建立一支红星志愿服务队，发挥退役军人特点，化解社区基层矛盾，为社区和谐稳定做出贡献。同时，他也将继续讲好老兵故事，传承红色精神，把红星志愿服务品牌擦得更亮，为南山区高质量发展贡献力量。

他热心公益
获评首届社区领袖金象奖

2020年12月，林刚获得了由恩派公益联合汇丰社区伙伴计划、中国社区发展促进网络、北辰青年颁发的首届"2020年度最具社区影响力社区领袖金象奖"荣誉称号。

该活动评选的初衷是：他们爱操心、会操心、有韧性、有恒心；他们富有感染力和执行力；最重要的是，有一颗建设美好社区的公益心，他们用积极的行动推动社区改变与社会进步。他们拥有共同的称号——"社区领袖"。

"2020年度最具社区影响力社区领袖TOP20暨首届社区金象奖"（也称"社区领袖金象奖"，简称"金象奖"）旨在鼓励更多社区居民参与社区营造，重建守望相助的社区关系，提升社区的社会资本，共同营造"平衡、信任、共治"的美好社区。此次全国范围内共评选出20位社区领袖颁发"金象奖"，林刚是其中之一。

之所以命名为"金象奖"，是因为大象是性格最温顺的动物之一，同时也是最有主见、有力量的动物之一。其特质与社区领袖吻合，因此用大象比喻社区领袖。目前我国的社区营造仍处于一个快速发展阶段，每位社区领袖都对社区营造有着不同的理解，但同时也用行动在擅长的领域推动社区发展，就如盲人摸象一样，努力将每位社区领袖所触摸的部分组合起来，组合成一只完整的"大象"，因此也用大象比喻包罗万象的社区。

本届"金象奖"是首次在社区公益领域为看见具有社区影响力价值的社区领袖开设的行业奖项。评选重点关注和表彰三大类别（分别为社区疫情防控类、社区关系营造类、社区治理行动类）社区行动中具有影响力的社区领袖，进一步彰显热心社区公共事务、有社区责任感的社区居民在平凡的社区生活中做出的不平凡的事迹，为社区营造提供标杆典范。

广东省推荐林刚的理由为：退伍的人民子弟兵林刚依然把"为人民服务"作为个人的信念。在林刚的带领下，退伍军人志愿者组织定期为社区居民提供各项服务。而在疫情期间，他们也成为社区防控的有力宣传助手，发挥了社区志愿者组织的作用。退伍不褪色，林刚能充分利用自身优势，集结身边正能量，真正发挥军人本色，获得多次媒体报道。

"退伍不褪色，我是党员，我曾经是人民子弟兵。虽然我退伍了，但我坚韧的信念、顽强的斗志正如血液一般在身体内流动，同心协力必会打赢这场疫情阻击战。"这是林刚和来自龙辉社区所有退伍军人志愿者的心声，他们挺身而出为群众"站岗"，以行动诠释退伍军人退伍不褪色的精神品质。在党和人民最需要的时候，林刚以军人的血性毅然决然地站了出来，始终奋战在社区抗击疫情的一线，彰显出退役军人爱国爱民、共克时艰的大爱精神。

近年来，林刚带领的南山区红星志愿服务队伍还不定期参与社区消防安全检查、应急救援、文明创建、环境治理等社区治理服务。通过开展这些活动，充分发挥退役老兵的军人精神，不仅可以服务于社区居民，为社区建设做贡献，同时也调动了退役军人的积极性，让他们收获价值感。

林刚作为支部带头人，积极参与社区公益性志愿服务，为建设和谐、稳定、美丽的社区发挥积极作用，同时也受到国家退役军人事务部思想权益司、深圳市退役军人事务局、南山区退役军人事务局的多次表扬和嘉奖。

数十年来，林刚的努力也获得了回报，1988 年 10 月林刚被授予 123 师红旗车标兵称号；1995 年获评福田区企业系统优秀共产党员；2020 年获评南山区"防疫优秀志愿者"；2020 年获评南山区"优秀志愿者"；2020 年获评南山区社区"战疫先锋"；2021 年获评深圳市十佳红星志愿者；2021 年获评南山区优秀红星志愿服务队队长；2022 年获评南山区红星志愿服务先进个人等荣誉称号，受到党委政府的充分肯定和社区居民的敬重与爱戴。

刘丽琳：用音乐点亮生活中的美好

　　青年女高音歌唱家、深圳大学声乐教师、深圳市南山区音乐家协会主席刘丽琳，2006 年毕业于广州星海音乐学院声乐系。2007 年通过意大利驻广州使馆的考试，获全额奖学金赴意大利帕尔玛音乐学院留学。2010 年被录取为米兰斯卡拉歌剧院大师班学员，是斯卡拉歌剧院大师班的第一位中国人。2011 年 9 月回国后，任教于星海音乐学院声乐系。2012 年 9 月，作为海归优秀人才调入深圳大学艺术学部音乐系。

　　刘丽琳的代表作品《因为有你》《梦的畅想》《又见荔枝红》《梦之湾》《我爱东方之珠》等享誉中外，曾获得第二届全国宝贝新星选拔大赛美声专业组金奖和十大新星奖、香港国际声乐比赛第二名、第七届佩萨罗国际声乐比赛第二名、意大利特雷维索国际声乐比赛第一、意大利斯卡拉歌剧院大师班优秀学员称号，主持参与国家、省、市级课题 13 项。刘丽琳还是深圳大学海洋艺术研究中心教授、音乐研究部主任，九三学社深圳大学三支社主委、深圳市音乐家协会理事、深圳音乐剧协会副会、深圳市暖工大使星海音乐学院深圳校友会副会长、广东省五一劳动奖章获得者。

斯卡拉歌剧院大师班的第一位中国人

　　刘丽琳 1984 年出生于广东揭西，是地道的潮汕客家人，性格活泼外向。她的妈妈是一名人民教师，这让她从小生活在欢乐良好的氛围中。她从小就喜欢音乐，自小便学习声乐、钢琴等。音乐是她童年最好的玩伴，也梦想着长大以后从事音乐工作。

　　随着年龄的增长，刘丽琳在音乐方面的天赋逐渐显露出来，并萌生了专业系统地学习唱歌的想法。家人虽然知道走音乐之路并不容易，充满荆棘，可对她的决定还是给予了最大的支持和充分的肯定，自此刘丽琳开始了自己的音乐旅途，尽情地挥洒对音乐的钟爱之情与无限热情。

2006 年，刘丽琳毕业于广州星海音乐学院声乐系，师从男高音歌唱家杨岩教授。本科毕业后，她了解到美声唱法最早起源于欧洲，因此她开始为出国深造作准备。

2007 年 9 月，刘丽琳以优异成绩获得意大利帕尔玛音乐学院的全额奖学金，赴此留学，师从著名男中音歌唱家、指挥家 Lelio Capilupi 教授和著名钢琴艺术指导 Juliana Panza 教授。在那里，她体会到不同地域的音乐文化差异，感受着最纯粹的音乐。

留学期间，刘丽琳取得了相当优异的成绩，曾参加多部歌剧的演出和国际声乐比赛、大师班等活动；2010 年 7 月被录取为米兰斯卡拉歌剧院大师班学员，是斯卡拉歌剧院大师班的第一位中国人，师从世界著名女高音歌唱家 LucianaSerra 和米雷拉·弗雷妮 (Mirella Freni) 以及著名钢琴艺术指导 Vincenzo Scalera，并获米兰斯卡拉歌剧院优秀学员称号。

2010 年 10 月，刘丽琳以优异的成绩毕业，获意大利政府最高声乐表演（歌剧演唱）专业硕士研究生学历，并在意大利帕尔玛音乐厅成功举办了个人独唱音乐会，接受了意大利帕尔玛的多家媒体专访。

刘丽琳说，去国外学习音乐的那段经历让她终生难忘。异国的求学求知之路让她有机会领略中西方不同文化的魅力。刘丽琳说，在教学理念上，无论国内还是国外都是相通的，强调气息乐感和咬字，强调声音靠前，像说话一样。唯一不同的是国外的钢琴伴奏老师是艺术指导，很多歌曲的处理都是艺术指导说了算，因为好的艺术指导跟过无数的指挥家和歌唱家，知道哪种处理最适合你，声乐老师还得尊重艺术指导的处理方式，声乐老师要侧重提高学生的演唱技巧。

日复一日，年复一年，音乐的旋律追逐着时光的脚步，从最初的兴趣到现在的职业，从最初的热爱到现在的钟爱，坚持不懈的求学之路，刘丽琳用自己的行动践行着从小就萌生的对音乐的追求与梦想。

坚持重启发轻灌输重记忆轻盲唱

2011 年 9 月，刘丽琳从意大利学成归来。众多专业团体和单位向她抛出了橄榄枝，可她最终选择到深圳大学教书，成为一名声乐老师。这个选择既在意料之外，又在情理之中。她的母亲从事教育事业多年，受母亲的熏陶与感染，刘丽琳对教师这一职业有着深厚的情谊。

为什么选择做老师？刘丽琳微笑着说："首先，母亲是我心目中最伟大的女性，更是我的人生导师，我希望成为像她一样的优秀教师；其次，我觉得教师更像一位传播者，把自身的学术见解和人生理念传授给学生，让他们获得知识的同时，树立正确的人生观、价值观和世界观，这本身就是一件无比幸福的事。此外，对我而言，音乐是我的兴趣，也是我一生挚爱的事业，将自己的爱好变成专业，再变成职业授受于人，这是一种艺术传播，更是一种职业的传承。传播是前奏，传承才可以让艺术生生不息。"

求学多年的刘丽琳对于校园并不陌生。然而从学生到教师的角色转变依然让她面临不少困惑：如何上好每一节课？如何与学生们沟通相处？通过实践与探索，加上刘丽琳好学上进的秉性以及教授与人的赤诚之心，让她在短时间内对这些困惑给予了很好的回答。

在教学中，刘丽琳坚持重启发轻灌输，重记忆轻盲唱。她比较注重帮助学生用最科学的方法找到自己最好听的声音，帮助他们通过思维意识的控制使腔体有一个直接性的记忆而不是盲目的练习。刘丽琳认为，声乐必须用心思考、用脑记忆才会产生美妙的声音，不思考不走心必将"无音"。

刘丽琳常常会跟学生进行音乐的探讨与学习，谦卑和蔼的她让学生毫无压力。学生们敢于说出自己的见解，刘丽琳才能及时发现每一位学生的问题，然后积极帮助他们释疑解惑。她坚信，只有学生内心真正地理解并且认可音乐，将音乐作为热爱，而不是一项技能，才会将音乐的精髓传承下去，生生不息。

作为一名优秀的青年教师，刘丽琳时刻牢记恩师对她的教导——"先做人，后学艺"，这是成为一名优秀音乐人的必经路径，也是每位音乐人的永恒追求。在课上，她对学生严格要求，对授予学生的知识精益求精，是良师；在课后，她真诚地与学生相处，打成一片，是益友。正因为这样，刘丽琳任教后的短时间内就赢得了在校领导、同事和学生的青睐与认可。

对于时间的精准把控与分配，使她不仅出色地完成了所有的教学工作，

刘丽琳（左一）辅导学生声乐

也在舞台上大放异彩。刘丽琳表示，教学与表演二者并不冲突：在课堂上，她将舞台上的经验倾囊传授给学生，为他们今后登台奠定了基础；与此同时，她将理论与实践结合，将同学们在课堂上提出的问题带上舞台实践，在表演中细细揣摩，提升自己的专业水平。教学相长，在教与学的过程中，刘丽琳体会到前所未有的快乐与满足。

舞台上的刘丽琳，靓丽闪耀，是优雅的歌者；讲台上的她，温文尔雅，是谦卑的老师。舞台上，她用声音征服听众；讲台上，她用知识征服学生。刘丽琳用自己对音乐的钟爱和对教学的热爱，将歌者与教师这两个身份进行了完美地诠释。

用声音传递爱国主义情怀

作为一名九三学社社员，刘丽琳有着深深的家国情怀。多年来，她用歌声讲述中国故事，传递爱国主义情怀。

2014年10月26日晚，香港大会堂音乐厅灯火通明，座无虚席，刘丽琳独唱音乐会如火如荼地上演。绚丽的舞台，闪烁的灯光，刘丽琳优雅高昂的歌声，让现场观众都沉浸在音乐的艺术氛围之中。音乐会以大众熟知且喜欢的中华歌曲《五星红旗》开场，显现出这位从意大利归来的歌者浓浓的爱国之情，也激发了香港同胞们对祖国的思念之情，观众们纷纷跟着哼唱起来，音乐传递着大众的正义爱国之魂。

音乐会上，刘丽琳相继演唱了《军营飞来一只百灵》《祖国，我为你干杯》等红色经典歌曲、《青春小鸟》等民族特色歌曲、《诺言》《奉献》《夏日时光》等艺术歌曲，同时还演唱了歌剧《拉美摩尔露契亚》选段《四周多么寂静》以及歌剧《唐帕斯夸莱》选段《姑娘的秋波》。丰富多样的曲目将刘丽琳的唱功淋漓尽致地展现在观众面前，热烈的掌声绵延不绝，此起彼伏。音乐会临近尾声，刘丽琳返场演唱了歌曲《一杯美酒》和《我亲爱的爸爸》，为这场精彩绝伦的演唱会画上了圆满的句号。

这场音乐会由深圳大学主办，是刘丽琳在香港的首次独唱音乐会，这不仅是她学成归来后一次重要的汇报演出，更承载着她的爱国之情，她用艺术表演的形式增进了内地与香港同胞间的惺惺相惜之情，也培育了香港同胞的爱国情怀。

2018年10月，刘丽琳不远万里，奔赴北非，参加在地中海南岸的阿尔及尔举办的中阿两国建交60周年系列演出活动，为宣传中国形象，推动中阿友谊，她热情献唱。19日晚上，阿尔及尔歌剧院美音绕梁，现场观众热情洋溢，满怀激情，给远道而来的深圳大剧院爱乐乐团举办的中国作品专场演出带来了无限的鼓舞，深大乐团的完美演出为"2018阿尔及尔国际交响音乐节"增添了华丽一笔。

次日，阿尔及利亚文化部在阿尔及尔歌剧院又举行了中阿两国建交60周年暨阿尔及尔歌剧院正式运营两周年庆祝音乐会。深圳大剧院爱乐乐团与阿尔及尔歌剧院乐团共140位演奏员同台，奏响了中阿两国的"友谊之声"。阿尔及利亚文化部部长米胡比、外交部部长梅萨赫勒出席了此次活动，中国驻阿尔及利亚大使杨广玉以及在阿中资企业代表、公派教师、学生和阿尔及利亚广大观众共1400多人观看了演出。

在此次活动中，刘丽琳深情演唱了《我爱你，中国》，唤起了现场驻阿同胞们强烈的爱国热情和民族自豪感。歌词优美、旋律奔放、富有强烈节奏感的新疆民歌《一杯美酒》表达了人们对爱情的憧憬和美好生活的赞美，引起了中阿两国观众的共鸣。演出结束后，现场观众们纷纷表示：刘丽琳等艺术家们技艺高超，表达了中国人民强烈的爱国之情，展现了新时代中国的精神风貌。

为庆祝中华人民共和国成立 70 周年，增强当代大学生的文化自信和爱国情怀，2019 年 10 月 11 日和 12 日，深圳大剧院邀请深圳大学生合唱团在深圳大剧院联合举办大型合唱交响音乐会《祖国颂》，用振奋人心的歌声共同唱响新时代的主旋律。此次音乐会以深圳历年荣获全国奖项的爱国优秀歌曲和黄河大合唱为主要演唱曲目，昂扬向上的旋律、铿锵有力的歌声，将深圳青年儿女奋进新时代、阔步新征程的时代心声表达得淋漓尽致。刘丽琳担任《祖国颂》领唱，她的实力加盟使此次演唱会更加精彩，也让莘莘学子在接受艺术熏陶的同时受到了深刻的爱国主义教育。

歌者用声音传播力量、表达情感。刘丽琳用自己的声音传递着爱国主义情怀，始终如一。

帮助声音工作者更好地保护嗓子

刘丽琳既是舞台上优雅的歌者，也是讲台上亲切的老师。多年来，刘丽琳热衷公益，积极参加包括医疗扶贫在内的各类社会公益活动，用自己的微薄之力给需要帮助的人们送去些许温暖。

2013 年 11 月，在深圳市民中心礼堂，九三学社深圳市委举办了"情暖藏区·爱满鹏城"首届爱与和平慈善盛典暨第 25 届国际科学与和平周闭幕晚会。此场晚会主要是为西藏地区先心病患儿募集善款，是一场公益晚会，嘉宾没有任何报酬，但刘丽琳毫不犹豫地主动要求参演。此次晚会共吸引了 200 多名演员，3 位"好声音"学员加盟演出。晚会上，刘丽琳饱含深情地演唱了《芦花》，"芦花白，芦花美，花絮满天飞……"优美的歌声打动了现场的每一位观众，为募集善款尽心尽力。

2014 年 11 月，在深圳广电集团 1800 米演播厅，九三学社深圳市委主办的"九三·潮青第二届爱与和平慈善盛典暨第 26 届国际科学与和平周闭幕晚会"隆重举行。刘丽琳登台献唱，一曲《欢乐海》再次惊艳全场。"邀请你一起来，释放我的痛快，开启美丽新时代……"，这既是对各位爱心人士无私奉献的由衷赞美，更是对广大同仁加入公益事业的诚挚邀请。

2015 年 4 月 16 日是第十二个世界嗓音日，由深圳市科学技术协会联合深圳大学师范学院艺术系主办，刘丽琳领导的师生团队发起的"科学发声音乐坊"项目启动仪式在深圳大学师范学院音乐厅举行。"科学发声音乐坊"公益讲座集科学性、艺术性、公益性和教育性为一体，通过专家讲座、艺术表演、互动体验等形式，旨在向社会普及科学艺术知识、提升城市文化素养，拉近市民与科学艺术的距离，落地高校及中小学、音乐厅及文化馆等场所，现已开展了百场公益讲座和音乐会。

在启动仪式现场，刘丽琳化身"科学发声达人"，深入浅出地教授如何科学地运用气息。她细心剖析了专业声乐发声法，重点强调反作用力对于气息的作用。同时，刘丽琳还鼓励百名听众"现学现用"，通过"一呼一吸""简单发声"等现场教学感受科学气息法。轻松愉悦的教学互动方式让现场满是欢声笑语，观众掌声不断。

2018 年 6 月，在深圳市南山文体中心剧院，"科学发声音乐坊"系列活动之"梦的畅想·中外经典作品赏析音乐会"成功举办，慕名而来的 300 多名市民很早就排队等候入场，现场井然有序、座无虚席。音乐表演精彩绝伦，"科学发声音乐坊"的教学内容更是令人赞不绝口。现场观众不仅受到了音乐的洗涤，还跟随刘丽琳学习了科学的发声方法，不仅能够让歌唱者更加轻松优美，还能帮助声音工作者更好地保护嗓子。这是一场科学与音乐相融的视听盛宴，值得品味。

2019 年 4 月 27 日，在深圳湾 1 号 T7 云颂音乐厅举行了"燃情唱响 青春之歌"——深圳湾 1 号璀璨之夜活动，此活动也是"科学发声音乐坊"公益系列活动之一。在这个位于 350 米高空之上，号称"世界最高音乐厅"的舞台上，刘丽琳倾情演出，带给市民不一样的音乐体验与享受。

2019 年 11 月，在深圳市福田文化馆音乐主题馆二楼剧场，"科学发声音乐坊"公益系列项目组成员受邀参加福田区第六届主题文化馆艺术节系列活动之"青春绽放"——荔园学子专场音乐会。刘丽琳和她的学生项艳洁、许国诺、陈旖忻等为大家带来了一场精彩绝伦的音乐盛宴，从古典到流行、从歌剧到民谣，整场音乐会得到了现场市民观众的高度赞誉！

一首首独唱及男女声重唱将音乐会推向高潮，《梦的畅想》久久在耳边回荡，令人感慨万千；大提琴独奏《哈尔的移动城堡序曲》更是余音绕梁，直击心灵。当音乐会即将谢幕之际，全体演职人员合唱《我和我的祖国》，现场数百名观众被深深感染，爱国之情油然而生，他们以长时间热烈的掌声表达了对艺术家的敬意和对祖国的热爱之情。

近年来，"科学发声音乐坊"已经累计举行了一百多场活动，成为推动深圳市科学与艺术文化相结合的重要项目。作为这一项目的发起者、组织者，刘丽琳始终坚持全程参与所有活动，积极推动项目的发展，提升活动的影响力与知名度。

用实际行动坚守自己的初心

"初见荔枝红，心与心相逢，在这梦开始的地方，把希望播种。青春的风景，曾经的懵懂一次邂逅就注定，一生的心动……"耀眼的阳光下，美丽的校园让人心生向往。像黄鹂鸣歌，其声婉转，如此动人。清脆雀跃的女声演唱伴随着大气的交响乐，给人一种迎面而来的青春气息。

这首《又见荔枝红》是 2020 年深圳大学官方毕业歌曲，由刘丽琳参与作词并担任领唱。歌声悠扬，老师把祝愿写进歌中，给每一位在荔园留下青春的同学送去了美好的祝福。

新中国七十余载，取得了翻天覆地的变化；新时代不忘初心，走在了伟大的复兴路上。不能忘，是谁带领我们站起来、富起来、强起来；不能忘，是谁与我们风雨同舟，奋斗追梦。

《因为有你》由深圳市龙岗区文化馆副馆长夏士康创作，刘丽琳演唱。歌曲充满了感恩的抒怀，用大气的笔触描绘着中国人民跟随领路人奋斗在复兴路上的生动场景，传递出老百姓坚定的信心和决心。刘丽琳的演绎，澎湃中藏着柔情，细腻处饱含真诚，极富艺术感染力，不觉间将听者深深吸引。

宝剑锋从磨砺出，梅花香自苦寒来。刘丽琳一直孜孜不倦地努力，不辞辛劳地奉献，赢得了业界前辈、学界同仁与市民群众的高度肯定与赞赏。

在数年的工作中，刘丽琳兢兢业业，不仅多次受邀参加在深圳、香港举办的独唱音乐会、歌曲赏析音乐会，还指导、带领学生开展过不少师生音乐会，取得了亮眼的成绩。

在教学方面，刘丽琳辅导学生参加国内外声乐比赛，获得金奖 6 项、银奖 10 项、优秀奖 22 项，她本人也多次荣获优秀导师、广东省优秀音乐家等称号。2013 年，刘丽琳老师当选广东省青联委员，2018 年荣获广东省五一劳动奖章。

谈及自身对音乐的看法，刘丽琳动情地说："音乐是会与人的心情相呼应的。当你内心有某些思绪无法言说的时候，如果你听到一首和你的心境相符合的歌曲，你可能就会觉得你的生命并不是黯然无光、索然无味的——音乐中蕴含着情感，它能实现跨越时空的交流。"她觉得音乐也能承载记忆。当听到一首熟悉的音乐，人们可能就会顺着旋律回忆起很多过去的美好往事。就像给回忆添上了伴奏，音乐让过去也充满风采。

"我觉得是音乐点缀了生活，音乐让生活更美好。我比较喜欢一边吹着风一边听音乐。"是的，音乐能承载记忆，它让一些记忆更加耀眼，这是一种很奇特的感受。有时候音乐又与环境、味道相关，刘丽琳希望每个人都能与音乐相伴前行。

深圳市南山区音乐家协会于 2020 年 9 月推出全新音乐品牌"云颂南山"系列活动，并在两个月的时间里相继开展了"花好月圆迎国庆""歌剧沙龙""新时代歌谣音乐会"三场主题活动。刘丽琳作为南山区音乐家协会主席，全程参与，并在舞台上倾情演唱，三期"云颂南山"活动均取得了圆满成功。

刘丽琳满怀信心地说，在建设中国特色社会主义先行示范区、粤港澳"文化"大湾区的双区驱动背景下，南山区音乐家协会将团结引导广大文艺工作者，充分发挥文学艺术在南山区建设创新型国际化滨海中心城区中的积极作用，努力打造南山音乐品牌，推动南山文艺事业的蓬勃发展。

值得关注的是，在刘丽琳参加过的数十场音乐会中，有不少属于公益性演出，刘丽琳始终坚持全程参与所有活动，积极推动项目的发展，提升活动的影响力与知名度——她用实际行动坚守着自己的初心。刘丽琳多次受邀出访美国、加拿大、欧洲等地演出；音乐代表作在学习强国和全网播出。曾在国内外音乐厅成功举办多场独唱音乐会，如 2011 年深圳龙岗文化中心音乐厅举办"喜迎大运会"刘丽琳独唱音乐会，2014 年在深圳大学音乐厅举办"大爱无疆刘丽琳师生音乐会"，为学生患病母亲筹得 13 万元人民币善款，2014 深圳音乐厅举办"美丽星期天"之"丽音琳琅——刘丽琳独唱音乐会"，2017 深圳音乐厅举办"梦的畅想——刘丽琳中国歌曲赏析音乐会"，2017 年香港大会堂举办"庆回归同心圆交响音乐会"。

刘丽琳还热心参与并积极推广文化艺术。从 2013 年至今，刘丽琳举办和参与的国内外公益演出和讲座达 169 项，其中：2014 年 5 月在深圳音乐厅举办的"绿韵之声 乐动华心"绿色环保公益音乐会，2015 年 2 月由广东省团委、深圳市义工联组织的到大铲岛的慰问演出，2015 年 6 月在福田文化中心举办的"铭记历史，旗正飘飘"纪念抗战胜利 70 周年群众歌会，2016 年 10 月香港华人华侨总会在香港大会堂音乐厅举办的庆祝中华人民共和国成立 67 周年欢歌乐舞国庆晚会，2016 年 11 月举办的庆祝中华人民共和国成立 65 周年深圳优秀青年歌唱家音乐会，2017 年 12 月受邀参加的美国芝加哥金秋皓月大型综艺晚会等均广受好评，并接受了国内外新闻媒体采访报道。公益之影、奉献之心，刘丽琳用实际行动坚守着自己的初心。

进入深圳大学以来，刘丽琳多次被评为广东省优秀音乐家、优秀声乐家、国际声乐比赛优秀导师称号；中国唱片深圳分公司全国发行《歌声飘过香江》刘丽琳香港大会堂独唱音乐会 CD 和 DVD。QQ 音乐、网易云、酷我、百度音乐等全国发行原创歌曲《梦的畅想》《因为有你》《我爱东方之珠》。

"我相信音乐会跟随着深圳特区的创新发展，继续滋养更多市民的精神世界，培育出深圳这座城市的美好明天。"刘丽琳如此表示。

林小静：见证蛇口 54 年的变迁

1969 年
6 岁的林小静随妈妈来到了蛇口

1963 年，林小静出生在深圳南头，1969 年，6 岁的林小静随妈妈来到蛇口和爸爸团聚，一家人定居蛇口。

在很多老蛇口人的记忆中，建设初期甚至更早期的蛇口是一片荒野，条件十分艰苦。林小静的父亲 20 世纪 50 年代在蛇口船厂工作，她的母亲最初在南头罐头厂担任出纳。一家人在迁来蛇口前，林小静的母亲常常带子女们从南头走路到蛇口看望父亲，一走就是几个小时，沿途都是泥巴路。

林小静（右三）和第一代蛇口打工妹们在一起

为解决两地分居问题，林小静的母亲于 1969 年调至蛇口船厂担任会计。从此，一家人终于在蛇口团聚了。

在儿时的林小静看来，当时的蛇口很小，就一条小路，两旁都是荔枝林。家的前后各有一条河，中间是一片农田。林小静用"荒山野岭"形容当年的蛇口，"全家人最开始住在木棚里，一场台风就能把木棚全掀掉了。"

林小静记得，当年的蛇口只有两三千人，分成水湾、湾厦、海湾、南水、大铲、渔一、渔二 7 个自然村，当地的居民以种田和打鱼、养蚝为生，村里没有自来水，只能每天挑水生活，经常会停电，煤油灯是每家必备的，吃饭穿衣凭票，想吃肉要一大早去排队凭票购买。

在林小静的记忆中，当年的蛇口，村周围是海，几条小河穿行在村边，涨潮的时候，海水会淹没村里的泥泞小路。贫穷、落后是这个小渔村的基调，大部分村民过着"日出而渔、日落而息"的生活。

"当时住的是爸爸单位分的单间房，屋里只放了一张大床，我们全家六口人（包括奶奶）就挤在这间屋子住，妈妈后来调到蛇口公社工作后，也分了宿舍。为了解决家里人多拥挤的难题，我和弟弟有时轮流和妈妈去她单位宿舍睡，后来爸妈索性在家里做了间阁楼，我们几姊妹有时爬上阁楼去睡。"林小静笑着说，"当时家家户户都这样，我们小孩子也都习惯了，所以并不觉得苦。"1979 年 7 月，蛇口率先实行住房制度改革，居住在此的林小静一家也因此受益。

蛇口是深圳经济特区创立之初的地标，也是林小静工作、生活过的地方，40 年后的今天，曾经的小渔村变成了如今现代化的城市，曾经的木棚房变成了现在的高楼林立，曾经的泥泞土路变成了现在的宽阔街道。

1979 年
改革开放第一声"开山炮"在蛇口炸响

1979 年，中国改革开放的第一声"开山炮"在蛇口水湾村炸响，蛇口的变化从那一声春雷开始。

1979 年初，招商局蛇口工业区正式创办，林小静学过打字，通过招工来到蛇口工业区办公室从事打字员工作，"当时的招商局蛇口工业区建设指挥部是 8 栋向蚝民征集来的黄色平房，工作人员常常加班，晚上停电，就用发电机发电。"林小静说。

1979 年 7 月 8 日，招商局蛇口工业区基础工程正式破土动工，蛇口轰然响起填海建港的开山炮，蛇口成为中国第一个对外开放的工业特区、改革开放的"第一窗口"，一场改革由此发端，无数突破旧有陈腐观念与体制的举措喷薄而出，辐射全国。

林小静刚到招商局蛇口工业区工作不久，就参与了打印"开山炸石"公告的任务，公告打印完后，被工作人员张贴在工业区各个显眼的位置。

"开山炸石的第一天，我和很多同事就站在办公室的门口观望，炮声响起时，地动山摇，灰尘弥漫，让人有一种改天换地的感觉。"林小静说，那以后的几个月时间里，蛇口每天都会响起轰隆隆的开山炮声，几天就开出一条新路来。

"万科、平安、华为的协议，都是一个字一个字敲出来的。"1980 年 8 月 26 日，第五届全国人民代表大会第十五次会议通过了国务院提出的《广东省经济特区条例》，深圳经济特区正式建立，深圳从此成为改革开放最活跃的探索者之一。

那时，林小静从家里到上班的地方骑自行车要二十多分钟时间，道路都是新修起来的，两旁竖着"时间就是金钱，效率就是生命""空谈误国，实干兴邦"等许多标语牌，林小静说，每次看到这些标语牌都感觉十分振奋，自行车也不知不觉骑得更快了。

1979 年到 1984 年，深圳的变化瞬息万变，二十多个"全国第一"缔造了一个个经济奇迹：第一个实行人才公开招聘、第一个改革人事制度、第一个实行工程招标、第一个进行分配制度改革、第一次以拍卖的方式获取土地使用权、中国首家麦当劳在东门老街开门营业……

1984 年，蛇口工业区管理局设立，管理局拥有项目审批权、进出口物资审批权、人事权等职能，蛇口工业区管理局可以根据企业需要处理许多事情，不需要层层请示、往返周折，当时其他地方创办企业走流程要 3 个月，而在蛇口，企业从申报创办到拿批文只需 10 天。

行政审批效率提高了，工作任务自然就增多了，林小静几乎每天都要在办公室加班加点打印文件。刚开始打得最多的是各种征地协议，过了几个月，打得最多的是企业落户蛇口的合作协议，万科、平安、华为等多个如今跻身世界 500 强的大企业，当时的相关协议就是林小静和同事们用手动打字机一个字一个字敲出来的。

林小静清楚地记得，最多的时候一天要打出四十多份文件，差不多一个月就要用坏一台手动打字机，因为工作量太大，林小静那时每天工作到很晚才能回家，一双手除了大拇指外，每个手指头都磨出了茧子，两只胳膊红肿酸痛，但一回到办公室，这些疼痛就都忘了，眼睛里只有工作。

1979 年，年仅 16 岁的林小静高中毕业后，通过招工来到蛇口工业区工作。此后，林小静在蛇口求学、工作、结婚、生子、生活直至退休返聘，她和她的亲人们的人生轨迹多未离开过蛇口，见证了改革开放时代背景下蛇口工业区的初创、早期开发和建设，经历了蛇口多年的变迁与今日的繁华。

1986 年
结婚后不久分到了福利房

改革开放初期的蛇口，青年们大胆更新观念，简办婚事，林小静也不例外。

林小静和丈夫的相识相恋过程十分简单。林小静的丈夫陈卫文是部队子弟，1979 年高中毕业后留在蛇口派出所工作。当时同在蛇口工作的林小静，和蛇口邮局的一位工作人员相熟。两人就在这位朋友家中认识了，后来经常来往，一来二去看对方很顺眼就决定组建家庭结婚了。

热恋时，林小静和陈卫文常常去爬微波山："记得那时山上有座观景塔，可以俯瞰整个蛇口，我们就常在山上的观景塔上憧憬未来。"林小静回忆。

1984 年，相恋三四年的林小静和陈卫文决定结婚，两人各自拿了自己的照片去登记。将两张照片合在一起盖上章，当年的结婚证书就这样诞生了。

林小静和丈夫的婚事办得十分简单，当时的蛇口喜事新办蔚然成风。1985 年至 1987 年间，蛇口工业区约有 15000 名工人，平均年龄 24 岁，蛇口工业区平均每天有一对青年举办婚礼，但从未出现结婚大操大办、铺张消费的现象。

在接下来的岁月里，林小静和陈卫文共同在蛇口相濡以沫地生活。

1987 年 12 月 12 日，两人的儿子陈敏聪出生。"名字是我取的，寄托了对儿子的美好希望。"

林小静对儿子主要采取的是放养教育。"儿子原本是学电子工程的，觉得不喜欢，又改钻研红酒，后来又留学美国学习语言。"如今从美国学成回国的陈敏聪选择回深圳发展，在平安保险工作。

"我们的家庭氛围比较民主，对于儿子的选择，我们作为父母都尽量给予尊重和支持。"林小静说。

1986 年，林小静结婚后不久就分到了福利房，1988 年她和丈夫花了一万多元买下了这套房，后来绿本转红本补了 6 万元地价，现在仍居住在当年的福利房里，林小静觉得很幸福。

1990 年
本有择业选择，却被领导继续留在蛇口

在蛇口工业区工作的三十多年里，林小静曾有两次其他的择业选择。一次是 20 世纪 80 年代蛇口开始建设初期，林小静的妈妈希望女儿到蛇口公社工作。

还有一次是 1990 年，蛇口工业区管理局有些政府职能工作由南山区政府接管，组织上想调林小静去南山区人事局管理档案。由于林小静工作认真负责，蛇口工业区领导不想放她走，所以两次都没有批准，就这样，林小静一直在蛇口工业区工作，最初做打字员，1987 年改做保密员，1998 年机构改革后又做了机要员。

做保密员期间，林小静和蛇口工业区创始人袁庚先生在一栋楼工作，常给他送文件，也常在楼道里碰到他。"袁庚先生为人十分和蔼可亲。他身上那股锐意进取的改革精神对我们老蛇口人的影响非常大。"林小静说。

参加工作后，林小静每年都参加蛇口工业区安排的植树活动。蛇口原来树少草多，现在大南山脚下的树，很多都是林小静和当年的蛇口工业区同事们种的。

和林小静一样，丈夫陈卫文也眷恋着蛇口这片土地。后来，陈卫文由蛇口派出所调至深圳市远洋渔业有限公司办公室工作。前几年深圳市远洋渔业有限公司由蛇口迁至宝安区沙井街道，陈卫文舍不得离开蛇口，就选

择留下来，在家附近开了家店。

"我们从没想过离开蛇口，对儿子也没有过高的期待和要求。结果，儿子从美国留学归来还是回深圳了，这可能就是蛇口情结吧。"林小静说。

如今，林小静将自己和陈卫文当年的结婚证捐出，将其作为展品陈列在中国改革开放蛇口博物馆，见证着相濡以沫的情感，也是两人心中的记忆珍宝。

林小静说，"如今中国改革开放蛇口博物馆所在的位置过去是海，海景广场那儿最初是陆地，1979 年，一场台风把树刮倒了，海边的防风林只剩下树桩。1980 年，蛇口工业区就在这个位置兴建了蛇口第一个商品住宅项目'碧涛苑'。四海公园则是 1987 年建成的。每年春节蛇口工业区工会、团委通常会在蛇口四海公园开展游园活动，大家聚在一起玩各种游戏，有肥皂、气球、篮子等各种奖品。"

四海公园和海上世界一样，是林小静和许多老蛇口人魂牵梦萦的地方。尽管青春的记忆十分美好，但在林小静眼中，经过改造提升的四海公园和海上世界如今也越来越美："现在我们全家休闲、娱乐、吃饭基本上都在这里，习惯了，离不开了。当年班上四十多个同学，如今有十几个人留在深圳（包括蛇口）。我们习惯叫自己为'蛇口人'，对蛇口似乎有一种情结。同学、朋友、熟人都在这里，感觉特别亲切。"

1998 年
蛇口工业区总部搬进新时代广场

在蛇口工业区的工作经历，为林小静的人生打开了一扇窗。林小静说，当时的蛇口就像一个热火朝天的大工地，五湖四海的人怀抱着同样的梦想，从四面八方来到这里，为蛇口的明天奉献自己的青春和汗水。

当时蛇口工业区借聘了很多来自交通部的工程师和规划师，他们为蛇口工业区的初期发展和后期建设做出了很大贡献。林小静也在工作中与这些早期建设者们朝夕相处，为这群建设者身上的敢闯敢干的蛇口精神所感染。

当时的工作条件非常艰苦，蛇口工业区建设指挥部是征购的蚝民房，早期的行政部是铁皮房，夏天没有空调，只有一部简陋的风扇。林小静一边学习打字，一边跟着蛇口工业区早期建设者们学说普通话。因为当时蛇口工业区在香港购买的打字机字体是繁体字，林小静又跟着来蛇口的老同志学习繁体字。这个在蛇口长大的广东人，现在普通话也说得非常流利。

林小静清楚地记得，1981 年，蛇口工业区建设指挥部搬进了新落成的三层办公楼。1983 年迁进蛇口工业区大厦，在这栋大厦的沙盘里，开始展现蛇口工业区的未来规划，"我们开始觉得日子有盼头了。"林小静说，"随着凯达、三洋等工厂的陆续迁入，蛇口工业区开始人多了，很多外国友人也来了，蛇口工业区也热闹了起来。"

1984 年，由于越来越多的新项目进驻蛇口工业区大厦，蛇口工业区总部的办公地点迁至招商大厦。林小静说，搬至招商大厦时，电脑仍然不普及，到 1998 年 6 月 28 日迁入蛇口工业区总部新时代广场时，整栋楼均设置了网线网点，这在当时的深圳算是十分领先的，慢慢地，网络办公开始在全市推广起来。由于办公地点几经搬迁，办公条件也越变越好，令林小静颇感自豪。

2015 年
前海蛇口自贸区片区正式挂牌成立

蛇口东滨路曾是蛇口工业区指挥部原址，2015 年 4 月，在蛇口东滨路与南海大道交汇处竖起一道蓝色拱门，上面写有"中国（广东）自由贸易试验区深圳前海蛇口片区"。作为蛇口的门户，这个大门仿佛告诉人们，一个全新的蛇口已经诞生。

前海与蛇口分居深圳南头半岛的两侧，2010 年 8 月 26 日，国家正式将深圳前海开发纳入"十二五"规划纲要。2012 年 6 月，国务院批准前海实行比经济特区更特殊的 22 条先行先试政策，前海成为"特区中的特区"，新一轮改革开放打开了更加波澜壮阔的画卷。

2012 年 12 月 7 日，习近平同志担任中共中央总书记后首次离京考察，第一站来到深圳前海，在前海石旁，习近平总书记发出了改革开放再出发的号召。

2015 年 4 月，蛇口与前海一并入围自由贸易试验区，中国（广东）自由贸易试验区前海蛇口片区正式挂牌成立，深圳前海蛇口自贸片区总面积

28.2平方公里，分为前海区块和蛇口区块，肩负起深圳经济特区未来继续先行先试、勇当科学发展排头兵、打造中国自贸试验区新标杆的使命。

林小静兴奋地表示，过去的四十多年，蛇口的角色不断改写，从当年打响开山炮的小渔村，到被誉为"特区中的特区"的前海蛇口自贸片区，再到粤港澳大湾区、先行示范区，在这里，平均3天推出一项制度创新成果，为大湾区建设提供了可借鉴、可推广的经验模式。

2018 年
聘为蛇口工业区改革开放博物馆顾问

深圳经济特区建立43年来，林小静一直生活、工作在蛇口。2013年，林小静从招商局蛇口工业区控股股份有限公司（简称"招商蛇口"）退休后被返聘，2018年初，林小静被聘任为招商局蛇口工业区改革开放博物馆顾问，亲历了深圳经济特区43年的变化，林小静在一次次地向参观者的讲述中将回眸的落点投射到蛇口，重温蛇口这个小渔村向大都市蝶变的故事。

2016年7月29日，对林小静来说，又是一个难忘的日子。这一天，招商蛇口在招商局历史博物馆举行"蛇口改革开放博物馆展品征集启动仪式"（备注：蛇口改革开放博物馆于2018年8月正式更名为中国改革开放蛇口博物馆），将这个酝酿了近两年的征集展品项目委托给深圳市南山区蛇口基金会承办。作为一名老蛇口人，林小静和40多位蛇口老前辈，以及200多位社区志愿者一起参与了启动仪式，并参与到展品征集工作中。

"为了号召更多老蛇口人参与到展品征集中来，我们一面通过微信推送，一面印一些宣传册和征集展品的海报，送到蛇口片区的社区、学校和老年大学。2016年11月，短短3个月时间我们就筹集了市民捐赠的2000多件藏品。到2018年11月，市民自发捐赠的藏品就达到7000多件。"林小静说，"原本只是受上级委托，来博物馆帮帮忙，没想到这一帮就停不下来了！"

回顾两年多的展品征集工作，林小静坦言工作量很大。"展品征集工作和我以前从事的工作相比，内容更加庞杂。我们要为每位捐赠者发放展品征用证书及鸣谢函、展品征集回执，还要给每一位展品捐赠者建立展品图库和编辑展品信息单、展品信息卡，内容包括捐赠者的基本情况、工作单位、展品名称、年代和展品故事。对于纸质文件，我们要扫描。而对于过去留下的收音机和电视机等老物件，我们也要拍照建立图库，7000 多件展品，光图库就做了 2 万多个。"林小静感慨地说。

尽管工作十分辛苦，但林小静的家人十分支持她，她的丈夫经常接送她上下班，她的两个姐姐也都来看过展览，尽管工作十分繁忙，但林小静这个大家庭每周尽量坚持聚会交流，共叙亲情，共享天伦之乐。

"从前的蛇口，只是一个偏僻荒芜的小渔村，如今却发展为宜居宜业的滨海城区，袁庚先生当年为蛇口人描绘的愿景，要让居者有其屋，要让每家每户都拥有汽车，把蛇口建成适合人类居住的地方。对老蛇口人而言，这些理想如今都实现了。"林小静兴奋地说。

作为博物馆的顾问，林小静希望通过这些富有历史意义的展品，让更多人了解当年的蛇口，了解那个激情燃烧的年代，了解那个年代的人们的追求与梦想。

如今，在中国改革开放蛇口博物馆，林小静捐出的结婚证、广东省居民边境通行证等老物件，和众多带着时光记忆的展品一块展出。而作为中国改革开放蛇口博物馆顾问，林小静一直为征集展品四处奔走，日夜忙碌。在博物馆展品征集活动工作中，林小静常常不由自主地忆起当年的蛇口，她不能忘记过去那段峥嵘岁月，不能忘记全家人相濡以沫的日子。

在"两个一百年"奋斗目标的历史交汇期，深圳确定了新的发展目标：到 2025 年，建成现代化国际化创新型城市；到 2035 年，建成具有全球影响力的创新创业创意之都，成为中国建设社会主义现代化强国的城市范例；到本世纪中叶，成为竞争力、创新力、影响力卓著的全球标杆城市。

现在的蛇口马路拓宽增多，交通方便、设施完善、高楼林立，深圳的变化可谓翻天覆地。回忆起深圳经济特区四十多年的巨变，林小静脸上总是洋溢着灿烂的笑容，她说，作为老蛇口人老深圳人，希望深圳继续书写改革开放的春天故事。

赖振光：聚焦产业升级，构建创新运营生态圈

赖振光系广东河源人，深圳市朋年投资集团有限公司创始人、董事长、总裁，暨南大学硕士毕业，自来到深圳打拼以后，全力构建创新运营生态圈，经过十多年的精心努力，取得了骄人的成绩。

2007年3月，赖振光注册成立了深圳市朋年投资集团有限公司，其总部位于深圳市南山区桃源街道大学城。该公司不仅被认定为A级纳税人，更是一家科技企业孵化器。深圳市朋年投资集团有限公司的经营范围广泛，包括投资兴办实业、国内贸易、电子产品的技术开发及相关信息咨询、物业信息咨询、物业租赁、电子软件开发等。同时，公司还从事装饰工程施工、经营性停车场服务、装饰工程的设计以及物业管理等活动。

经过16年的发展，赖振光所创办的深圳市朋年投资集团有限公司是深圳一家实力较为雄厚的公司，经营范围广泛，拥有多项知识产权，人员配

来深圳创业初期的赖振光

置较为完整。公司在投资领域有着丰富的经验和较强的实力，且在电子产品技术开发和物业管理等方面也有着一定的业务覆盖。

赖振光现为国家级创业导师、科技部科技创业孵化贡献奖获得者，深圳市南山区创业之星大赛特邀评委、创业辅导师、创业咨询师，深圳市产业园区发展促进会副会长，深圳市科技企业促进会副会长，深圳市众创空间协会理事，深圳市孵化器协会会员，广东省中小企业发展促进会常务理事，广东省小微企业创业创新基地服务联盟常务理事等。

把服务当事业当灵魂当纽带
做好每一件事情　服务好每一个客户

赖振光祖籍广东河源，地地道道的客家农民的后代，凡是与他打过交道的人，都能从他身上感受到客家人的谦和、好客和友好。

1992年，赖振光从河源市来到深圳市南山区驻港办事处工作，在后来的十年中，他一直从事政府招商工作，为南山区政府招商引资企业达千余家。正是这份长达十年的工作，为赖振光后来的创业打下了坚实的基础。

由于赖振光的工作能力出众，又有很好的社会资源，2002年至2005年，赖振光被调至深圳市南山区投资管理公司工作，统筹公司国有企业改制事宜。2007年，经过前期招商、国有改制等经验的积累，赖振光辞职下海创立了深圳市朋年投资集团有限公司，致力于孵化器运营管理。

公司创立后，赖振光成功改造了深圳市罗湖区银湖科研大楼，并顺利招商，经过几年的不断完善发展，银湖科研大楼的物业管理工作得到了所有租户的一致认可与好评，成功打造为罗湖区中小企业基地。企业创办之初，赖振光就给公司管理层明确提出，做服务行业，必须处处站在客户的立场上，处处为客户着想，才能把服务工作做好。"细节决定成效"，赖振光团队在服务中充分展示有形的服务，向业主提供消费知情权，让业主了解公司为他们提供了何种超值服务，并将服务程序化、步骤细化，从提高服务质量着手达到企业与业主的双赢。

为了更好地服务客户，赖振光十分注重员工培训需求，努力强化员工技能培训，提高员工整体素质；并且经常性地开展职业技能竞赛，努力拓宽人才通道；注重员工学历教育，提升员工文化层次。

赖振光对员工们说："我们应该把服务当作公司的事业，服务当作公司的灵魂，把服务当作社会高品质生活的纽带。要站在业主而不是物业管理企业自身的立场上改进服务品质。要改变旧的服务体系，善待每一位客户，做好每一件事情，用心做好每一天，就能赢得每一个客户的欢心。"

经过开展培训，员工素质相比同行业企业高出很多，赖振光的事业也逐步做大。2007年到2012年期间，赖振光又带领朋年公司拓展物业改造、出租、管理及房屋装修相关业务，先后成功改造和管理银湖科研大楼、盐田特检站住宅楼等园区，在产业园运营领域迅速崛起。

物业管理服务既有一般服务行业的特征，又有其独特的个性。赖振光清楚地认识到，服务至上是任何服务性企业永远不变的宗旨，物业管理企业所从事的一切活动要使业主称心、满意，其核心就是要提供优质服务。因此朋年公司始终贯彻精致服务的理念，寓管理于各项服务之中。

打造创业服务生态链
聚焦产业升级规划　构建全方位运营生态圈

2011年，深圳腾笼换鸟、产业转移正在进行时。

在市场经济的大潮中，一些企业因发展动力不足，跟不上潮流，生产经营陷入困境，资不抵债，破产倒闭，造成厂区土地、厂房闲置，成为"僵尸企业"；而另一方面，在招商引资中，一批大项目、好项目，却受到"土地短缺"的掣肘，无法落地。

如何处置"僵尸企业"，盘活闲置土地，在没有新增供地的情况下，腾空发展空间，实现企业经济量质提升和创新转型？

怎么办？不破不立，吐故纳新。此时，赖振光带领朋年投资公司以敢啃"硬骨头"的勇气，通过大力推进空间换地，引进高优创新型企业，筑起企业发展"暖巢"，为民营企业的发展提供了强劲动力。大学城创客小镇在改造前，园区已经接近废弃，工业产值接近0，没有发挥应有的价值。朋年公司接手后1年，首期超过1000万的硬件设施投入后，园区再次焕发生机，成为深圳南山区招商示范园区，成为"腾笼换鸟"，盘活闲置土地面积的又一成功蝶变实例。

为了巩固好招商示范园区的成果，赖振光强调公司团队切实树立良好的服务意识观念，并为此建立了高效、团结的工作团队，制定了切实可行、操作性高的工作目标和发展计划，建立了有效、可行的培训机制。同时，要求公司所有员工服装统一、举止文明、态度和蔼、语言亲切，依照服务标准，勤练内功，熟练业务，不断提升服务形象，树立物业管理的品牌形象。在日常工作中，强化岗位职责，突出工作程序，努力把服务做细做精。

2015 年，国家出台政策鼓励大众创业、万众创新。"我们赶上好时侯了！"经过两年的精心准备，2017 年，赖振光又创建朋年科技公司，提供包括"共享办公空间，创业辅导，创业融资平台"在内的创业服务生态链，帮助初创企业、创客团队实现成长梦想。在 2012 年到 2018 年间，赖振光先后建立起大学城创客小镇、田寮新材料产业园、大学城科技园、希创产业园等多个孵化器园区，率领朋年人从物业管理到园区服务，从单一的园区管理向中小企业孵化服务转型，园区入驻率高达 95%，成为深圳市仅有的 6 个国家级民营孵化器园区之一。

其中，朋年投资有限公司大学城创客小镇被评为国家科技部火炬中心认定的国家级科技企业孵化器；朋年大学城科技园被评为深圳市科技企业孵化器产业园；朋年北科产业园被评为深圳市科技企业孵化器产业园；田寮新材料产业园被评为深圳市认定的创业孵化基地，园区其他荣誉包括深圳市招商引资推荐示范园区、大沙河创新走廊新兴产业孵化器园区；科技创业孵化贡献奖、广东省名牌产品（立业园服务）；公司荣获深圳市红旗文明诚信企业。

现在，赖振光创办的朋年投资集团拥有多家子公司和关联企业，专注孵化器运营和产业园管理，成为深圳市产业园发展领域的佼佼者。拥有国家级孵化器、国家级众创空间、深圳市创业孵化基地等多个大型园区和配套公寓，并建有企业孵化服务管理平台，管理总面积超过 60 多万平方米，专业运营团队 200 多人，拥有 8 家子企业，包括朋年装饰、朋天产业园管理、朋年科技等涵盖产业园运营全链条的子企业，产业园区专业运营服务商，聚焦于产业升级规划、精细化管理、科技、企业孵化和创新服务、股权投资等，构建了全方位的创新运营生态圈。

赖振光说，深圳最吸引人的地方，就是每一个普通人都有相对公平的机会，只要你愿意奋斗、执着追求，就会实现自己的梦想。

营造良好企业文化氛围
努力为创业者搭建平台　助力更多人实现梦想

赖振光表示，员工是企业经营与生产中最重要的要素之一，一支忠诚度高、专业能力强的员工队伍更是企业最为宝贵的财富。安定团结、和谐发展是朋年公司一贯坚持的企业文化。

因此，公司在各级管理人员中积极灌输风险管理意识，让员工特别是管理层深刻认识什么是真正的"以人为本"，并将这种思想贯穿服务全过程。赖振光认为，"以人为本"就是以业主为中心的物业管理理念。物业管理是为业主服务的，要设身处地为业主着想，给业主和创业者创造一个安全、整洁、舒适、优美的生活和工作环境。通过体贴入微的家庭式关怀，使他们在享受服务的同时得到精神上的满足。

就这样，赖振光和他的所有公司在服务行业众多竞争对手中脱颖而出，靠的是从细微做起的实力，而不是凭借华丽的外表和豪华的装饰。朋年投资集团经常换个角度来检验自身的不足，并且不断地进行培训，让员工学习吸收外界的服务精髓，真正提升企业本身的服务质量，并且实现质的飞跃。

如何提高服务水平，如何将服务工作落到实处，如何给公司创造价值，都是摆在朋年投资集团面前的实际问题。为此，赖振光着手改变企业内部机制，增强员工市场竞争意识。加强公司部门之间的沟通问题，严禁出现工作起来部门之间互相排斥。同时，建立公司本部的服务培训内容，加强培训力度。做好对外宣传工作，加强与业主的正常沟通。在服务中把每一个环节都做精细，每一项工作都做成精品。

赖振光在处理员工关爱问题中体会到，员工安居乐业对一个企业来说十分重要。员工安居乐业不仅有非常好的办公环境、好的伙食、好的团队精神、好的福利，更重要的是员工有一份稳定的工作，有房住、有车开、小孩上学容易。当一个员工愿意改变、愿意努力、愿意积累、愿意为自己的未来家庭而努力，无形中会为公司创造更大的价值，这种价值将不需要公司一直提醒，它将是企业发展的基石和内在的驱动力。

随着公司逐步做大做强，赖振光思考得更多的是如何从根本上提高公司的竞争力！于是，他通过各种渠道积极引进人才、培养人才，不断创造积极良好的工作文化氛围，让全公司员工人人都积极进取，满怀希望，以公司为自己理想的事业家园。赖振光说，只有这样，公司才能真正吸引人才、留住人才，公司才有可能进一步做大做强。

为此，赖振光努力优化员工奖励制度，对基层员工的奖励加大比重；出台员工培训激励制度，一方面加强内部培训，先后开展了领导力、团队建设、职业道德、市场营销等年均 15 场次的培训；另一方面通过学费补贴的形式，鼓励员工业余时间参加自考，或参加各种认证考试；为公司中层以上干部解决住房难题，让夫妻双方都在公司工作，有食堂提供中晚两餐，解决小孩上学问题等等。

朋年集团的多位高管跟随赖振光超过 10 年了，在这些高管眼里，赖振光是一个关爱员工的好老板，他不仅有深圳企业家深耕产业的执着，更有深圳企业家审时度势，紧抓行业发展脉搏的敏锐眼光。公司还有很多员工，自从进入朋年集团以后，就紧紧跟随赖振光创业，他们都认为，有好的老板就一定有好的企业，有好的企业就一定有自己的发展空间。很多员工在买房、买车和子女就学方面都得到了赖振光的及时帮助，所以，他们都愿意安心在朋年集团效力。

事业成功的同时，赖振光致富不忘家乡，富贵不忘桑梓。10 年来，赖振光一直用一颗感恩的心回报家乡、回报社会。近年来，赖振光计划在河源家乡建立新的园区，积极努力地为河源创业者搭建平台，助力更多的创业者实现梦想。

扶持大学生创业就业
开放免费孵化空间　激发创新创业活力

近年来，随着大学生就业压力逐步增大，为了进一步支持帮助大学生创新创业，提升辖区创新策源能力，培养更多企业家后备力量，赖振光在国家级众创空间"星火空间"，面向来深大学生创业团队及国内外创赛获奖项目开放免费孵化空间，降低大学生创新创业门槛，优化创新创业环境。

星火空间位于深圳市南山区桃源街道大学城创客小镇，是深圳市朋年投资集团旗下的综合性众创空间，该空间自 2018 年运营以来，累计孵化双创项目超过 50 个，培育团队申请各项专利多达八十余项，获得融资超 3000 万元。为扶持一批有潜力的大学生创新创业项目，该空间自 2022 年以来面向符合条件的大学生创业团队和优质创赛项目，开放了一定比例的免费孵化空间和工商注册优惠政策，并定期进行企业培训、财税管理、技术辅导、投融资咨询、政策申请与解读、创业经验交流分享、专利知识讲座等创业服务，促使项目孵化落地，服务社会经济高质量发展。

入驻星火空间的深圳市凡可为科技有限公司总经理张正志表示："公司入驻星火空间快两年了，这种联合办公的形式非常适合初创企业，空间基础设施齐全，公共环境舒适，开放式的办公环境可以将不同类型的公司集合在一起，互相交流经验，共享资源。"

深圳市何处科技有限公司创始人王梦奎也表示，自己和创业团队来自于南方科技大学、哈工大（深圳）和中科院，大家在校科研时就产生了将技术商业化落地的想法。星火空间地处桃源大学城片区，交通位置便利，科研氛围浓厚，可以对接高校资源，接触很多高层次人才，是创新创业的沃土。

赖振光说，深圳市南山区桃源街道近年来助推西丽湖国际科教城建设，社区、校区、园区"三区融合"优势明显，高校、企业、人才集聚，营商环境始终向好，已成为企业创新创业的理想地。未来，朋年集团将紧密配合南山区桃源街道，持续促进科教资源共享，构筑人才服务高地，全方位推动辖区高质量发展，营造"创新创业在桃源"的良好氛围。

"孵化器""创客空间""创业园"早已成为耳熟能详的词，但在 21 世纪初，孵化器还是个新鲜的事。孵化器是经济发展到一定程度的产业业态，一种经济现象，哪个城市转型成功，实体经济发展好，就催生孵化器的出现。赖振光心中的孵化器，不仅仅是场地、空间、中介、平台、培养技能的培训机构，更是一个有血有肉，有阳光、水分、空气，适合企业生长，人为设置的完全市场化的生态环境；是一所学校，给予的是滋养。"孵化器不应该只扮演房东，孵化器要有自己的责任担当，一切为企业服务。"赖振光如是说。

2023 年 3 月，李金桥这名深圳市第四届优秀来深建设者，虽然身有残疾，但是，他自强自立，主动放弃政府相关部门给他提供的就业机会，而是选择创业，由于资金短缺，租不起办公场所，赖振光知道这一情况后，主动让公司管理人员联系李金桥，让他免费入驻星火空间。李金桥也不负赖振光所望，在半年时间内，带领公司团队为深圳大学、中国电信南山支局以及南山区相关政府部门和企事业单位组织策划了 20 多场活动，其民微项目《南头老兵》更是被南头街道评为年度民微第一名。

勇于创新，高瞻远瞩，这是一个企业家的眼界。赖振光用 16 年的时间，让一个孵化器实现不可思议的跳跃，跻身深圳前列实属不易。不管对于企业自身的发展、众多创业者的圆梦，还是对于一座城市的科技创新、转型升级，赖振光都功不可没。赖振光的成功，证明了改革开放 45 年来，深圳企业家在思想理念和实践能力上的与时俱进，他们的眼光放得很长远，行动做得很务实。

赖振光表示，未来将带领朋年集团公司为社会提供更多科企平台服务，塑造更专业精准的服务队伍，助力来深创业者就业者圆梦鹏城。

彭晓燕：爱红装也爱武装的"保安司令"

安徽芜湖坐落在长江边上，是安徽省独树一帜的城市，其经济实力在安徽仅次于省会合肥，城市景色和居住舒适度在安徽首屈一指。凡是去过芜湖的人都知道，芜湖的晚霞景色如诗如画，每当夕阳西下，天空中的霞光便如同被打翻的调色盘，洒落在江面上，映照着城市的建筑和自然风光。这样的美景让人心生向往，想要在这里安居乐业。

芜湖不仅有着悠久的历史和文化底蕴，也是近代中国海军的发源地之一。1971年，彭晓燕就出生在宜居宜业的芜湖，也许是受故乡人文历史的影响和熏陶，天生丽质

基层派出所时的彭晓燕

的彭晓燕从小就是个不服输、永不放弃的人。初中开始，她就有一个梦想，长大以后一定要穿制服，要么当军人要么做警察，既爱红装也爱武装。

有幸成为深圳第一批巡逻警察

1994年，深圳经济特区实施改革创新，在全国率先增加了巡逻警察这个警种，主要是为了维护深圳经济特区社会治安和公共秩序，加强城市管理，保护公民合法权益。为了从严治警，提高巡逻警察的素质，保障巡警依法行使职权，根据当时《中华人民共和国治安管理处罚条例》和有关法律规定，结合特区实际，深圳市人大常委会还专门制定了《深圳经济特区

人民警察巡察条例》。巡警担负维护社会治安、参与城市管理、为民排忧解难三项职责，实行综合执法的职能。

彭晓燕有幸成为深圳面向全国公开招考的第一批巡警，她当时被分配在南山巡警大队，当时整个南山公安分局正式民警才300多人，增设的巡警配置了400人，南山的警力一下子扩充了一倍。

由于报到时间太短，彭晓燕选择了坐飞机去深圳，这也是她第一次坐飞机。来不及感慨飞机的新奇，彭晓燕就马不停蹄地到了位于罗湖区的市公安局，接到分配到南山巡警大队的通知后就奔上了大巴，一路向西，坐了两个多小时到了南山公安分局，然后从分局再换中巴车，终于抵达南山农批市场附近的巡警大队去报到。

当时南山巡警大队周边属于南山区外来人口安置区，巡警办公室和宿舍全是铁皮房，大队旁边全是黄土裸露，十分荒凉。到了巡警大队以后，有三个伙伴直接打背包回去了，说这地方还不如老家的县城，这哪里像特区啊？！彭晓燕回忆说，当时那情景也正常，因为第一批巡警队伍里面，除了像她们这些本身属于公安的人员，很多都是高户毕业生或者从部队转业、退伍回来的以及警校刚毕业的学生，还有就是深圳的巡防员也可以参加巡警考试，鱼龙混杂，打退堂鼓自然也就正常了。

彭晓燕说，谁也不会想到，深圳会在短短的四十多年间发展得这么快，反正自己是锚定了来深圳的，既来之则安之，肯定是不会放弃的。就这样，24岁的芜湖姑娘彭晓燕成为深圳第一批巡逻警察，也开始了在深圳的人生阶段。

到南山巡警大队报到时，令彭晓燕印象最深刻的是那些两层楼的铁皮房，都是临时的，天上下大雨，"屋顶"下"响"雨，为什么呢？虽然屋内没有下雨，但雨点砸在铁皮房上的声音，咣咣咣咣振聋发聩，远远超过屋外的雨声。彭晓燕说，不过那时候反正也年轻，就觉得这都不是事啊，而且还觉得挺好玩的。

接下来的七个月，正是深圳最热的时段，也是巡警集中全封闭军事化训练的阶段。每周6天、每天8小时在驻港部队营区训练，每周三晚还要进行政治和法律课程学习，紧张而充实。周末可以休息一天，但不得离开驻地，每月可轮流外出一天，还需提前报备。那段时间，既是对身体素质和警务技能的提升，更是对新一批巡警们纪律约束和体质意志的考验。

训练之余，最重要的事之一，就是给家里人打电话。彭晓燕从小是祖母带大的，和祖母的感情最深。所以来深圳后，最舍不得的就是祖母，祖母也更舍不得她。那时候 70 多岁的祖母听到远在千里之外的孙女电话，每次都哭成了泪人。而电话这端的彭晓燕，为了不让祖母和父母担心，每次都是报喜不报忧，只说好的，不说累的苦的，挂了电话后就开始流眼泪。心疼女儿的妈妈每次都会在电话最后加一句："燕子，你折腾啥呀，一个小姑娘在家挺好的，为啥非要折腾去深圳呢？想回来就随时回来！"彭晓燕却说："不，我不回去！人要有梦想，有愿景，要不断尝试。我就是要找个更广阔的天空去尝试一下自己到底有多大能耐。我一定会坚持下去的！"

多警种工作展示不一样的自我

1995 年 10 月 1 日，深圳市巡警正式上岗执勤，彭晓燕被分配到南山巡警大队机动中队担任内勤工作，机动中队除了担任机动应急工作，更多的是办理重特大案件，包括打击"两抢两盗"、抓走私等，是整个大队的"尖刀队"。与芜湖不同的是，深圳巡警的职业生涯充满了激情与速度，而彭晓燕也在不知不觉中成家立业，结婚生子，真正开始了深圳警队的职业生涯。

从 1995 年成立，到 2005 年深圳巡警实施改革，南山巡警大队变为如今的机动训练大队，彭晓燕见证了深圳巡警的 10 年始末。十年间，彭晓燕也不断成长，逐渐成熟，工作上多次获得嘉奖和"优秀公务员"称号。

2005 年，当时的深圳巡警基本上已经开始巡逻属地化了，六个中队全部分到辖区派出所。随着经济发展，应运而生的是社会不稳定因素的不断涌现。南山公安分局再次走在创新前列，成立了全国第一支机动训练大队——南山机动训练大队，彭晓燕入选首任女子"山鹰队突击队"副队长。这个"山鹰队"是和香港警队学的，就是在执法过程中可能遇到了老人、女性、孩子等，能够以软性柔和的人性化方式执法。机训大队还包括"猎豹队突击队"（飞虎队）和"野狼突击队"（警犬队）。

刚进入"山鹰队突击队"的时候，一开始也是为期 40 天高强度的训练，训练要求特别高。所有队员统一去广州的武警警官学校学习训练，接着又去了香港警车机动大队现场教学。学习结束后就开始干。

南山机动训练大队成立于 2005 年 11 月底。成立后 40 天，即 2006 年 1 月 8 日，南山公安分局在西丽大学城举行了"亮剑"仪式，这支训练大队借鉴了国内外先进的现代警务理念和成功经验，在全国公安部门创新打造了"战训合一"的新型警务模式。这套培训教材成为典范，一直沿用到现在，并且在全国公安系统推广。不久，深圳市政府和市公安局在福田区搞了一次清理"黄赌毒"统一行动，行动结束后，很多人"维权"，把市政府都包围了，参与人员多为女性，市公安局紧急调派南山机动训练大队"山鹰队突击队"，成功处理了此次事件。这次真正意义上的"亮剑"，得到了市政府和市公安局的充分肯定。随后，各省市公安部门及公安部领导，多次到深圳南山机训大队来学习调研，南山机训大队这种模式成功在全国公安机关得以推广。时至今日，作为首届"山鹰队突击队"成员之一，彭晓燕依然十分自豪和骄傲。

机训大队采用轮训制。2006 年 11 月，彭晓燕结束轮训，调整工作岗位，先后在分局刑警大队、南山派出所挂职锻炼。2008 年 8 月又通过全市公安系统竞争上岗，担任深圳湾派出所副所长，参与组建新的深圳湾派出所，并全程参与建设了第一期的派出所临时板房办公营地建设。

2009 年 5 月，彭晓燕调整工作岗位，回到南山公安分局，担任指挥处副处长、警察公共关系室主任，一干就是 7 年。新的岗位，新的领域，彭晓燕依然坚持与时俱进、不断创新的思路，坚持以先进理念抓机制构建、以机制构建抓警民互动平台、以警民互动平台创造最大社会效益的工作思路，全局上下全员公关，形成了"理念更加先进、作风更加亲民、互动更加和谐、内涵更加丰富、群众更加满意"的新型警察公共关系。独具南山特色的公关先进工作经验和成果被公安部宣传局和广东省厅宣传处多次推广，多次荣获个人嘉奖、集体三等功，多次被国家级、省市级媒体评为优秀通讯。尤其在涉警舆情应对方面，结合实际工作，总结提炼并牵头制定了全市"涉警舆情处置"相关标准及培训教材，并在全省公安系统推广。2012 年，彭晓燕更是带领公关团队紧跟时代发展，进一步拓宽"民生警务"平台，创新公安网络服务业务模式，建立了分局政务网站，"深圳南山公安"新浪、腾讯微博，率先开通"深圳南山公安"微信公众号，全面开展"指尖服务"新警务。

在公共关系室工作的几年间，彭晓燕认为收获最大的是认识了各界媒体朋友，"和公安同事一样，如同战友般，一起上战场，一起相帮相扶"，兄弟姐妹之情终生受用。

在此期间，最让彭晓燕心存遗憾的是没有时间陪伴成长中的女儿。谈到孩子教育时，彭晓燕眼眶有些湿润地表示，一个是警察一个是医生，因为工作的原因，夫妻俩都觉得亏欠孩子。记得 2011 年深圳举办第 26 届世界大学生夏季运动会，彭晓燕与作为南山人民医院医师的老公一起投入到保障工作中，正值暑假，整整两个月必须吃住在单位。彭晓燕和两个公安的同事上来把孩子们集中在一家，请个保姆帮忙照顾。于是，一个保姆、三个孩子、一只猫，混了一个暑假。那时正是女儿小学升初中，等到初一开学摸底考试，傻眼了，孩子的成绩差了一大截！一了解，别人家的孩子暑假都在补课，而自己的孩子天天跟猫玩，成绩不下降才怪呢！

2016 年 7 月，彭晓燕转战到分局警务保障科工作，几年间，以"一切为公安工作服务，一切为公安基层服务，一切为公安民警服务"为宗旨，在警务保障方面通过推进智能化提升、精细化服务、规范化管理、专业化团队，打造了新型智慧警务保障体系，获得全局上下一致好评。期间，连续两届当选区党代表，荣立个人三等功，并多次被评为优秀公务员。

服从组织安排做了南山"保安司令"

2019 年 11 月 28 日，南山公安分局政治处领导找彭晓燕谈话说，现在实施政企分开，原来隶属于南山公安分局代管的南山保安服务公司进行改制，转隶到南山区国资局管理，但是，国资局希望南山公安分局挑选一位讲政治有能力敢担当的董事长人选。你符合条件，可以报名！又一个事业选择口，从警三十年的彭晓燕心动了：选择一个人生新的赛道，挑战自我！更何况作为一名共产党员，更应听从指令，服从安排！就这样，彭晓燕脱下穿了 30 年的警服，转任南山区国有企业南山区保安服务公司董事长。

提起南山保安服务公司，也是深圳保安系统的一面旗帜。1990 年深圳市南山区成立，两年后的 1992 年 10 月，南山保安服务公司成立。2020 年，南山保安服务公司整体正式移交深圳市南山区国有资产监督管理局，由全民所有制企业整体改制为国有独资公司。

30 余年里，南山区栉风沐雨、奋斗不息，经济社会各方面迎来了翻天覆地的变化，取得了举世瞩目的成就，GDP 稳居广东区（县）第一。与此同时，南山保安服务公司也乘着南山区披荆斩棘、乘风破浪的向上之势，茁壮成长。公司累计服务客户单位 1100 余家，员工人数达 1 万多名。南山保安服务公司作为南山区发展的见证者、参与者、推动者，为南山区的平安与繁荣贡献了不可缺少的安保力量。

彭晓燕说，经过 30 余年的发展，南山区发生了翻天覆地的变化，成为深圳经济大区、科技强区、创新高地。在某种程度上，南山保安服务公司的成长滞后于南山区的发展，与南山区世界级创新型滨海中心城区的定位有差距。作为南山区唯一的国有保安公司，如何对焦南山区实际安保需求，提供专业的安保服务，以匹配城区发展现状和速度，是全公司应该思考的问题。

借着制定公司"十四五"规划之际，彭晓燕请了十几个外脑团队，全面梳理、了解保安行业国内外现状，研究发展的瓶颈和存在的问题，探讨未来的发展方向，大胆提出了保安行业应当从单纯人力资源服务向科技创新型综合安全服务全新发展，努力实现从"保安"到"安保"再到"安全"服务核心竞争力持续跃升，把南山保安服务公司建成输出国内一流安全综合解决方案的城市综合安全服务平台。

担任 1 万多人的南山区"保安司令"后，彭晓燕严管理、拓业务、树品牌，带领全体"南山铁军"大胆创新、勇于改革，推出一系列改革举措，公司整体形象焕然一新，人员精神面貌得到显著提升，安保业务发展打开了新格局，凝心聚力助推公司高质量发展，助力南山加快建成世界级创新型滨海中心城区。

党建引领国企发展方面，彭晓燕创新打造"红色安保"党建品牌，制定了特色党建规范文件，结合保安行业流动率高的特点，创建"党建活动小组"，多措并举强化流动党员教育管理。同时，加强企业文化建设，完善工青团妇组织建设，增强员工战斗力、凝聚力。

强化公司现代化治理方面，彭晓燕以市场化改制为契机，强化法人治理结构。按照现代企业管理模式及市场化导向原则，明确企业战略目标、构建管理体系、设置各阶段重点任务；新设异地分公司，实现跨区经营飞地经济；与高科技公司、大学院校签订战略合作协议，在产业人才引入、产业标准探索、技术场景搭建等方面展开合作，突出多方联动，强化技术创新与应用；与其他区国有保安公司达成战略合作，强化沟通、共赢发展；与其他区属国企强化合作、共享信息、协同发展，创新共建南山区智慧园区、异地产业园运营模式，打造智慧园区标杆。

对内，公司不断完善人才布局，打造数量充足、结构合理、素质优良、引领发展的人才梯队。同时，搭建内控体系，建立健全公司内部管理"白皮书"，推进公司内部管理机制落地，推动内部管理规范化、制度化、精细化、标准化、科学化。

拓展业务发展方面，彭晓燕认真贯彻落实区委区政府关于做强做大区属国有保安公司的决策部署和指示精神，锚定高质量发展第一要务，立足安保服务领域，坚持政府类和市场类业务"两翼齐飞"。既彰显国企担当，做到召之即来、来之能战；又对焦市场化服务需求，以传统人力安保为基础，将人防、物防、技防融为一体，为客户提供综合安保服务解决方案和"一站式"安保服务。

推进科技赋能方面，充分发挥南山创新产业优势，借助高科技企业智慧外脑，强化数据驱动，突出科技赋能。开发 OA 自动化办公平台，实现流程线上化、数据可视化，办公效率显著提升；引进"南保学堂"线上培训平台，推动培训线上化、专业化；打造"南山智数安保管理平台"，全面实现安保服务"人防＋物防＋技防"一图展示、一网汇聚、一键指挥，切实提升安保服务品质和效能；筹建"无人机团队"，助力公司承办大型活动的安保巡检、人流疏导管控、应急救援等安保服务业务。

创新的步伐坚定持续。助力行业发展，在全市率先构建校园安保标准化培训体系，创新推出安保规范，与区教育部门共同编制《南山区校园安保护卫标准化管理手册》，落地校园安保培训课程体系，提升校园安保队伍服务品质；配合区相关部门参与建立区属公园安保服务"人防＋物防＋技防"标准化管理体系，协助制订南山区公园安保岗位标准、培训规范及"人防""物防""技防"工作指引，提升南山区重点领域安保服务水平。

疫情期间，彭晓燕更是用勇毅坚守诠释忠诚担当。疫情三年，她带领公司全体员工勇扛战疫重担，履行国企责任，按照区委区政府及区国资局党委的各项工作部署，响应不同时段疫情防控工作需要，闻令而动、冲锋在前、支援各方，以"白＋黑""无休假式"的坚守，竭尽所能助力南山区疫情防控，切实筑牢辖区安全防线，累计派勤近 50 万人次，得到了领导、群众和社会各界的高度赞扬。

彭晓燕认为，公司的发展和成绩离不开辛勤耕耘的员工。公司大部分员工，包括很多中层干部，在公司的工龄超过 20 年。刚进公司时，他们还是一个懵懂小伙或者年轻姑娘，现在已人到中年，把青春年华都献给了公司，献给了南山区的保安事业，他们是南山建设、公司发展不可缺少的参与者。

山再高，往上攀，总能登顶；路再长，走下去，定能到达。对于未来，彭晓燕信心满满。她表示，南山保安服务公司将致力服务于平安城市"最后一公里"，聚焦综合安全服务领域，对接多方资源，延伸产业链条，构建以科技创新为引领，以传统安保业务为基础，以人物技能结合为导向，以新型城市综合安全服务解决方案为主体的全新业务发展格局。

新时代、新征程，坚持高质量发展，以打造科技赋能型城市综合安全服务平台为目标，不断强化公司自我造血功能，推动企业做强做优做大，在维护公共安全和社会稳定中发挥更加重要的作用。

这就是来自安徽芜湖既爱红装又爱武装的彭晓燕的下一个梦想。

仇朦萌：用汗水践行自己的初心

2022 年，共青团中央、人力资源和社会保障部联合开展了第 21 届全国青年岗位能手评选活动，来自招商局旗下的招商积余楼宇科技的仇朦萌荣获"全国青年岗位能手"称号，其追梦事迹还入选了广东省总工会微纪录片。

此次被命名表彰的全国青年岗位能手经择优遴选、严格把关、集中评审和社会公示产生，是全国各行各业职业青年的优秀代表。他们在科技强国主战场艰辛求索，在生产经营第一线突击攻坚，在技术革新最前沿精益求精，在为民服务本岗位勤勉工作，在司法执法主阵地敢于担当，在社会服务各领域无私奉献，在技能竞技大舞台挥洒汗水，集中展现了新时代中国青年不懈奋斗的精神风貌，为广大青年立起了标杆、做出了榜样，而仇朦萌能够代表深圳获得此殊荣实属不易。

仇朦萌，这位来自甘肃天水的年轻人，是一名敢想、敢干、敢拼搏的 80 后，也是一直在追梦路上的工匠人。自来到深圳工作后，先后获得"全国青年岗位能手""深圳市五一劳动奖章""深圳百优工匠""深圳市十大读书成才职工"等一系列称号。

承载着过去的荣誉，仇朦萌说，在追梦路上，自己将依然奋力前行，以无悔的青春，筑梦中国工匠之路。

可由于仇朦萌只有一个高中毕业证书，没有其他任何技能，所以很难找到合适的工作岗位，但又不能打道回府。为了在深圳留下来，仇朦萌只得去了一家制鞋厂做了一名普通员工。但现实很快让他明白生活不易，辗转多家单位后，仇朦萌发现以自己的健壮体魄和高中学历，只能做简单的体力工作，且收入根本不足以支撑他在深圳生活。

每天下班后，仇朦萌就思考该做些什么样的突破，才能让自己的命运发生一些改变呢？后来他想到参加技能提升培训，学习一项专业技能，唯有这样才能摆脱目前这种"打零工"的状态，也能提高收入。

参加成人培训班
勤学苦练终于取得电工操作证书

很快，仇朦萌找到打工附近的深圳市龙华区大浪成人培训学校，报名参加了电工技能培训。每天下班后，来不及吃饭的他就匆匆赶往培训学校听老师讲课，认真做笔记。实操课积极动手，有不理解的地方就向老师请教。

功夫不负有心人。经过半年的勤学苦练，仇朦萌终于取得初级电工操作证书，正式踏入电工这个行业。

2015 年 6 月至 2018 年 7 月，持有电工证的仇朦萌先后在深圳市阿尔法特网络环境有限公司和深圳比亚迪汽车有限公司任电工。拥有一项专业技能的仇朦萌仿佛打开了一扇新大门，他跟着老师傅学习，把自己所学的知识运用到实践中去，在实际工作中提升自己的技能水平。

有了一技之长，仇朦萌在工作中始终以身作则，不断提升自身素质，注意学习和研究，总结工作经验。经过不懈的学习和日积月累的潜移默化，自身理论修养和操作技能都有了很大提高。

仇朦萌孜孜不倦地学习本领，并不断将知识化为实践，完成了从"书上说"到"实际干"的转身。为了解决工作中的难点和提高设备维修的精度准度，总是一丝不苟、精益求精，一遍不行就再来一遍。

仇朦萌深知，在物业服务一线，只有心系客户，想客户所想，急客户所急，给客户解决问题，才能赢得客户的肯定。而直接服务于用户的是设备，物业电工提供管理方法，维护好设备才能给客户一个舒适、安全的环境。就这样，无论严冬酷暑，仇朦萌都与同事们奋战在一线，对于有隐患的设备迅速维修，对于需要改造的设备，用心去完成，从而使客户服务、设备维护保养更加精细化。

不断追求进步
再接再厉努力开创工作新境界

很快，仇朦萌发现自己所掌握的知识还远远不够，比如自动化控制和电工电子知识等。可仇朦萌并没有气馁，相反，他将电工相关知识列进了自己的学习计划中。不久，他又继续参加职业技能培训，正式从一名普通工人向高技能人才转型。

在仇朦萌看来，不断追求进步是一名产业工人的本色和责任。他用实际行动诠释着一个道理：担当源于责任，知识无边界，学习无止境。他将再接再厉，全面学习科学文化知识，并不断积累实践经验，提高专业技能水平，努力开创工作的新境界。他将秉承初心，在新的岗位中带领团队为客户带来更优质的服务，为公司创造更大的价值。

于是，仇朦萌还利用空余时间考取了电工特种作业证书、中级电工证书、高级电工证书、电工技师证书等，并自学工业自动化控制课程。2018年，仇朦萌报考了西北工业大学，通过网络教育，于2020年7月顺利获得西北工业大学电力系统自动化专业的大专文凭。

有了诸多证书的仇朦萌干劲更大了，他一边工作，一边立足本职岗位，积极进取，刻苦学习科学文化技术知识，不断提升自身素质。工作中吃苦耐劳，乐于奉献，爱岗敬业，并紧贴自己的岗位实际，努力工作，任劳任怨，曾先后获得了公司"优秀员工""先进工作者""技术标兵""岗位优才"等荣誉称号。

由于仇朦萌的出色表现，公司还推荐他代表公司参加了深圳市数次技能比赛，凭借扎实的基础和强大的心理素质，仇朦萌在2019年深圳技能大赛——龙岗区职业技能竞赛中，名列电工（三级）项目第一名，荣获该项目一等奖，被授予"龙岗区技术能手"；在深圳市第十届技术创新运动会暨2020年深圳技能大赛——电工（物业电工）职业技能竞赛中，名列第一名，荣获该项目一等奖，被授予"深圳市技术能手"；在2020年广东省职业技能大赛——"保利物业杯"广东物业管理行业职业技能竞赛中，名列电工第八名，荣获电工优秀选手；在2020年深圳技能大赛——罗湖区电工职业技能竞赛中，名列第六名，被授予"罗湖区技术能手"。

"圆梦计划"圆了本科梦
成立劳模创新工作室实施传帮带

2018年7月，为谋求新发展，一直在制造业工作的仇朦萌来到中航楼

仇朦萌（中）在劳模创新工作室和团队成员进行创新讨论

宇科技工作，做维修工。

仇朦萌成为一名物业综合维修工，从事物业工作后，他的父母及爱人都不能理解他的选择。尽管也有过短时间的迷茫和纠结，但仇朦萌时刻勉励自己，青春正当时，奋斗正当时，要勤于奉献，勇于担当。

入职五年来，每逢春节，仇朦萌都主动把过年回家的机会让给其他同事。在工作中，仇朦萌给人的印象永远是吃苦耐劳，乐于奉献，虽然仅仅只有五年的物业工作经历，但因为极度尽职尽责，让他赢得客户的一致认可。

他有一个记事本，每天都会把客户的意见和他发现的问题记上，从客户的角度和需求出发开展工作。成为工程主管后，他对徒弟说得最多的一句话就是"今天完成的事必须比昨天有质量，明天完成的事必须比今天做得更好"。

业精于勤荒于嬉，行成于思毁于随。尽管只是一名普通的维修工，但仇朦萌对于专业技术刻苦钻研的精神犹如学者一般，永远以更高的标准来要求自己，工匠精神在他的身上体现得淋漓尽致。

仇朦萌所服务的招商局积余产业运营服务股份有限公司，是招商局集团旗下从事物业资产管理与服务的主平台企业，始终构建以为客户创造美好生活的物业资产生态平台为牵引，以打造产业数字化标兵为使命。通过管理赋能和业务赋能两大核心抓手，助力招商积余，实现由人力密集型向科技、知识、技术密集型转型。

自进入物业行业以来，仇朦萌便立足岗位，努力工作，积极进取，不断提升自身素质，朝着心中的梦想不断追逐。在五年多的时间里，想客户所想，急客户所急。对于有隐患的设备和需要改造的设备，都用心去完成，使客户服务与设备维护保养更加精细化。

2020 年，在广东省职业技能大赛——"保利物业杯"广东物业管理行业职业技能竞赛中，仇朦萌代表公司参赛，获得全省电工第八名，荣获"优秀选手"称号。在仇朦萌看来，以技术立身，不断进取与持续服务是一名物业人的本色和责任，因此，他始终用实际行动诠释这个信念。

由于在全省竞赛中取得佳绩，2021 年，仇朦萌晋升为工程主管，作为公司的一名新晋工程主管，他表示，自己将秉承初心，不断努力，在新的岗位上带领团队为公司创造更大的价值，为客户带来更优质的服务。并且将以竞赛取得良好成绩为契机，再接再厉，将技能竞赛所取得的成果、经验用于持续提升员工技能水平与服务品质的各项行动举措中，努力为社会培养更多高技能、高素质的人才！

为了更进一步提升自己的专业水平和理论素养，2020 年，仇朦萌通过深圳市总工会举办的第十三届"圆梦计划"资助，报考了山东大学社会工作专业本科，2023 年 7 月顺利毕业，获得山东大学继续教育学院颁发的优秀学生荣誉证书。

2021 年 8 月，仇朦萌成立了劳模创新工作室，这对他来说是一个重大的突破。他作为领衔人开展技能带教，围绕公司重大项目、技术难点开展技术创新，在传授他人知识技能的同时依然不断钻研学习。2021 年获得电工技师职称，2022 年考取绿色建筑协会技术员职称，并被深圳鹏城技能培训学校聘为考评员。

"我想把工作室发展起来，通过'传帮带'让更多职工走上技能成才之路，同时也要和团队成员不断钻研，持续创新，发挥工作室应有的作用。"仇朦萌表示。他将以劳模创新工作室为平台，把劳模创新工作室打造成技术创新的"催化剂"，培养人才的"孵化器"，凝聚团队的"方向标"。

回首过去，仇朦萌认为，读书和学习是人生中尤为重要的事情。读书像生命中的一场春雨，绵绵不断且润物无声，让他变得充实。读书，让他的内心更坚定，让他的灵魂更富有；读书，是拓宽视野、放大格局的最佳捷径。仇朦萌相信读过的书已经长成了自己的骨头和血肉。书读多了，精神世界便不再贫乏。

攻克企业技术瓶颈
荣获"全国青年岗位能手"称号

成为中航楼宇科技有限公司龙岗分公司工程主管后，仇朦萌先后为深圳市信息职业技术学院、中国医学科学院肿瘤医院深圳医院等多家单位提供服务。他扎根一线，注重理论知识和操作技能学习，几年来，独立或合作完成多项整改工作，解决工业生产中的实际问题，并改良生产线设备，提高了生产效率及质量；他依靠自身过硬的技术、刻苦钻研的精神、不断学习提升的劲头，获得了很多荣誉，这些荣誉不仅承载了他的汗水和努力，还承载了他对工匠精神的理解——用户至上的服务精神、精益求精的品质精神、追求卓越的创造精神。

在日常工作中，仇朦萌不断学习积累，不断扩展视野，总结得失，工作之余不忘"充电"，实现技能和学业的双提升。

多年来，仇朦萌扎根本职工作，认真对待每一个细节。他曾先后攻克多项技术瓶颈，对公司的多个应急指示灯和应急指示牌进行电子元件更换，使其顺利通过检查，为公司节约了一大笔经济成本；安全无小事，他对公司用电安全事务从里到外仔细排查，把配电房的灯都换成更安全的防爆灯，把机房都安装上安全出口指示牌。抄水表时发现业主用水量反常，他就为业主修复好破裂的水管，获得业主连连点赞；学生宿舍热水器坏了，他连夜修好，得到学生"仇师傅，你真牛"的夸赞。这些一丝不苟对待每个环节的片段，构成了仇朦萌的工作日常，也提升了他的专业本领。从一名基层的普通员工，成长为技术骨干和工程主管，仇朦萌付出了很多常人无法想象的汗水和努力。

2021 年，34 岁的仇朦萌凭借着专业技能，不仅实现了在深圳立足的梦想，还把家人接到身边，能够陪伴孩子成长。他说，自己很感恩身处的这个时代，感恩深圳的包容，感恩公司给予他广阔机会和无限舞台。如今，仇朦萌以公司劳模创新工作室领衔人身份，将自己的经验和力量传递给更多人，为更多的就业者、寻梦者提供成长空间，打开就业新格局。

2022 年，在共青团中央和人力资源社会保障部联合开展的第 21 届全国青年岗位能手评选活动中，仇朦萌荣获"全国青年岗位能手"称号。该项评选活动的主办方以从事基础和一线工作的青年职工为主要对象，以政治坚定、品行过硬、能力突出、实绩优异为评价标准。主办方在给仇朦萌的颁奖词中说：仇朦萌立足平凡岗位，对工作精益求精，通过岗位练兵、导师带徒、技能比武等方式，攻克 12 项企业技术瓶颈，为企业技术创新、项目降本增效，工匠精神在他身上体现得淋漓尽致。

同时，在广东省总工会融媒体中心举办的《向上吧！追梦人》微纪录片征集活动中，仇朦萌也入选"奋斗不息""追求卓越"主题追梦故事人物。

对于取得的荣誉，在仇朦萌看来，既得益于市总工会推出的一系列就业创业及培训服务举措和公司对人才培养的重视，也得益于自己在日常工作中不断学习积累，及时总结经验吸取教训。仇朦萌说，每次参加竞赛，不仅使自己的业务技能有了系统性的提高，心理素质得到极大锻炼，同时也让自己有机会补齐短板，正视自身能力。

凭借自己的努力，近年来，仇朦萌连续获得一系列荣誉称号：

2019 年 11 月，荣获"深圳市龙岗区技术能手"称号；

2020 年 8 月，荣获"广东省物业管理行业职业技能竞赛优秀选手"称号；同年 12 月，荣获"深圳市技术能手"称号；

2021 年 1 月，荣获"第五届深圳百优工匠"称号、"岗位优才奖"荣誉；同年 4 月，荣获"深圳市五一劳动奖章"荣誉称号；同年 11 月，荣获"深圳十大读书成才职工"称号；同年 12 月，荣获招商蛇口工联会"十佳青工"称号；

2022 年 9 月，荣获"第 21 届全国青年岗位能手"称号。

"以技术立身，不断进取与持续服务，是我始终用实际行动诠释的信念。成绩的获得不是结局，而恰恰意味着下一阶段努力的开始。"仇朦萌说，未来的路还很漫长，他将继续努力钻研，用汗水践行自己的初心，以无悔的青春筑梦中国工匠之路。

秦文冲：争做快递行业标杆，在深圳追梦路上砥砺前行

秦文冲于 1993 年 8 月出生在河南武陟县一个贫困农民家庭，因为父母每天日出而作日落而息忙于生计，他基本上是跟爷爷奶奶一起生活长大的，因为家庭原因，初中没读完就辍学打工了，先后在餐厅做过服务员，在工厂做流水线工人，因没有学历，找不到理想的工作。

但秦文冲长得很壮实，18 岁的时候，他毅然选择报名应征入伍，想着退伍以后去深圳找工作，因为他听朋友们说过，在大城市找工作，退伍军人可以优先。

经过 5 年的部队锻炼后，秦文冲果断选择到改革开放最前沿的深圳寻找自己的梦想，进入顺丰公司做了一名快递员。在顺丰公司，秦文冲热心公益，先后多次参加偏远山区"莲花助学"公益行；他见义勇为，在大雨中挽救了一名因车祸受伤的司机；他是演讲冠军，参加市内外巡回报告会，向广大青年职工分享自己追梦的故事。

由于秦文冲的努力付出，自进入顺丰公司以来，荣获了诸多荣誉。

2019 年 12 月，秦文冲荣获珠海市共青团、珠海市青年联合会颁发的"湾区青年说·奋斗新时代"青年说励志演说大赛冠军；2021 年 4 月，深圳市首届"深圳青年五四奖章"；2021 年 4 月，被共青团中央授予"全国优秀共青团员"称号；2021 年 12 月，荣获"中国梦·邮政情"第一届深圳市"最美快递员"荣誉称号；2021 年 12 月，荣获全国总工会"2021 年网聚职工正能量，争做中国好网民"网络正能量微视频作品二等奖；2021 年 12 月，获评"广东向上向善好青年"荣誉称号；2022 年 2 月，所带团队被广东省邮政管理局、广东省总工会授予"广东省最美快递员团队"荣誉称号；

2022 年 4 月，荣获共青团广东省委员会、广东省青年联合会颁发的"广东青年五四奖章"荣誉称号；2022 年 4 月，荣获中华全国总工会颁发的"全国五一劳动奖章"荣誉称号；2022 年 4 月，荣获 2022 年全国五一劳动奖章；2023 年 2 月，荣获 2022 年"南粤最美职工"；2023 年 5 月，荣获第 27 届"中国青年五四奖章"。

秦文冲说："作为一名共产党员、一名快递小哥，一定要知责于心、担责于身、履责于行，未来，自己将不忘初心、继续勠力前行。"

部队五年锤炼后认识到
走正步唱军歌服从是第一天职

2011 年 12 月，刚满 18 岁的秦文冲参军入伍。登上火车一路向北出发，窗外的景色从灰绿变成深黄，终于抵达服役地辽宁葫芦岛。

成为一名光荣的武警战士以后，秦文冲的军旅生涯就一直丰富多彩：他曾参加过反恐维稳和抗洪抢险、做过黑板报、组织过文艺晚会、参加过军事技能竞赛，他是连队里十分活跃的中原汉子。也正是这段保家卫国的经历，让秦文冲找到了人生的价值、前进的方向。

5 年从军生涯，秦文冲印象最深刻的就是在喀什执勤的那段日子。令秦文冲忘不了的，有烈日下穿着防弹衣执勤的汗流浃背、有网格化巡逻的身心疲惫、有执勤时的早出晚归，更多的是当地群众对武警战士的真情关爱。

秦文冲还记得，盛夏的一天，他和战友在喀什的一个农贸市场执勤，衣服全湿透了。一个维吾尔族阿帕（注：妈妈）推着一车西瓜来到执勤点慰问战士们。尽管官兵们一再拒绝，但是阿帕执意留下西瓜，盛情地说："因为我儿子是一名牺牲在一线的军人，现在看到你们就像看到我儿子一样。"听到这里，战士们簇拥着阿帕，一边接过阿帕递过来的西瓜开心地吃着，一边说："阿帕，您的儿子牺牲了，以后，我们就是您的儿子，有什么需要我们做的，您尽管吩咐就是了。"

阿帕听了，非常开心地说："好！好！军民一家亲，军民鱼水情，以后，我就把你们当亲儿子对待了。"

在部队参与抗洪抢险任务时的一个画面，秦文冲一直记忆犹新，每每想起，心中都充满了感动。那次完成任务后，战士们坐车离开，道路两边的群众大喊："谢谢解放军战士们！"大家拿着水果和土特产，使劲往车里扔。

"我们是人民战士，抗洪抢险是我们的职责，但当地百姓们都把这些看在眼里，记在心上，尽力回报我们，所以帮助别人是件很幸福的事情。"那个难以忘怀的画面，秦文冲每每想起都激情澎湃。

在部队的日子里，秦文冲永远不会忘记的是，追着他们问好的小朋友、向他们敬军礼的退役老兵、为他们送上节日问候的大学生……在新疆喀什，留下了太多令他感动的故事和场景。

"他们让我感到自己没有愧对身上庄严的军装，也体会到肩上沉甸甸的责任和军人存在的价值。"秦文冲说，军旅生涯是自己人生中最宝贵的财富，不仅磨炼了意志品质、开阔了视野，也让自己成熟进步了很多。

2011年到2016年，五年的军旅生涯，秦文冲参加过反恐维稳，参加过抗洪抢险，在部队他是大家公认的"大师"。做板报、唱歌、军事技能竞赛，样样都行，什么都会，也什么都敢尝试。秦文冲说，领导交代的任务必须先接下来，然后再想尽一切办法完成。

"刚到部队的时候，有些字我都不认识，更不用说写文章了。"秦文冲说，在部队，他坚持每天看报、看新闻联播，个人的文化素养有了很大提升，他还喜欢记日记，写散文，第一次投稿的文章《母亲》就被采纳，后来很多作品都在各种报刊上发表，包括《人民日报》《光明日报》《人民武警报》等。

2016年2月，秦文冲将自己在军营写下的文章和日记集纳成册，共56页2万余字的小册子，记录着见证着他的边疆军旅生涯。后来他的日记还被连队装订出版了三本书，作为部队内部读物传阅。

秦文冲在前言中写道："军营是个大熔炉，把一个个毛头小子千锤百炼成了一个知道服从是第一天职、走就走正步、唱就唱军歌，实实在在为国为民的军人。"

深圳是一座充满活力的圆梦之城
他把客户发展成朋友，把朋友发展成客户

"人生中对我影响最大的两件事情，一是当兵入伍，另外一件就是来到

深圳，入职顺丰！"为什么会选择深圳呢？秦文冲说，退伍以后自己曾经来深圳旅游过，觉得深圳人有一种什么都敢想、什么都敢做的精气神。"深圳是一座充满活力的圆梦之城！很符合我当时的状态。"之所以选择顺丰，当上快递小哥，秦文冲的理由很实在：趁着年轻，多干一点多赚点钱，努力让家人和自己都过上好日子。

因为年轻、因为当过兵，又因为能吃苦耐劳，所以，来到深圳找工作时，秦文冲顺利进入了顺丰集团公司。2017 年，秦文冲如愿成为一名顺丰快递员。身为重货收派员，秦文冲的工作与很多骑电动车的快递小哥不同，他主要负责 20 公斤以上大件货物的收派工作，这对从业者的身体素质是不小的挑战。

因为有着部队的军旅经历，在顺丰公司，平时同事有什么烦心事，也都愿意第一时间找秦文冲倾诉，他总是耐心地开导，帮助他们处理好工作和生活中的难题，因此，秦文冲成了同事眼中的"知心大哥"。

之所以选择顺丰，秦文冲的理由很朴实："我是武警出身，负责的又是反恐维稳，最严峻的生死都经历过，这点苦累算什么，趁着年轻，多干一点是一点，努力肯定会有结果。以前当兵是服务国家，现在做快递小哥是直接服务社会，都是服务，自己也算是老百姓美好生活的创造者。"

秦文冲开展劳模宣讲

服务客户，乐于奉献更成为秦文冲进入顺丰公司后一张靓丽的名片。有一次扛重货到客户家门口时，全身已大汗淋漓。客户闻到汗臭味，不让他进屋，却又要求他把货物送到屋里面。"我们是服务行业，客户至上，客户再不友好，我们也要把他服务好，要用真诚去感化他。"

在服务客户的过程中，秦文冲还会利用在部队学的修理技术，帮路遇爆胎客户换轮胎，送电视送货上门时义务帮忙安装，工作之外的事情，他也会尽力为客户解决。

逢年过节，也是他最忙的时候。春节期间只有三名重货收派员值班，还要跨区域收件，非常忙碌，秦文冲每年都主动请缨留下坚守岗位。加上之前当兵的那几年，秦文冲已经有十多年没和家人在一起过年了。

2019 年除夕一大早，秦文冲开着货车横跨百公里，在龙岗、坪山和大鹏三个区间奔波收派件，为许多家庭传递那份远隔千里的思念。虽然很累，但秦文冲深知，很多客户在那一天寄出的都是给远方家人的年货，离家在外打拼都不容易，因此再累也要多体谅客户，一定要及时将客户的心意第一时间送到客户手中。

当日下午四点多钟，秦文冲在大鹏南澳完成最后一单收派任务，准备回家吃年夜饭，突然接到来自坪山坑梓的一个客户电话，说有快递要寄出。秦文冲二话没说，赶紧驱车前往。因为跨区路途较远，父母打来电话问什么时候回家吃年夜饭，他说自己还在工作不能陪父母了，直到很晚才回家吃年夜饭，真的成了吃"年夜饭"了。

大年初一，还来不及吃母亲准备的早餐，秦文冲又为了一个急件匆忙出了门。客户寄完快件还要赶去高铁站回家，时间较紧，秦文冲主动载客户到高铁站，待他帮客户取完票离开，这才发现自己早已满头大汗。客户上车后，发来微信真诚感谢，还要给他发个红包作为车费，但秦文冲只接受了客户的感谢，没有收红包，因为帮到了客户，他的内心感觉收获了满满的成就感。

秦文冲在深圳从事重货收派工作有 5 个年头，从清晨的第一缕阳光，到夜幕降临之后的万家灯火，他每日都重复着同样的工作流程，穿梭在城市的大街小巷。他以平凡人的真诚，做着细致入微的工作，让爱和美好在人们的心间流淌。

　　5年的辛苦付出，5年的出色表现，公司领导是看在眼里记在心上，2022年，29岁的秦文冲通过自己的努力成为营业点的主管，走上了管理岗位。他希望能够在未来带出更多优秀的小哥，让更多的一线小哥工作更出彩。他常常跟快递小哥分享自己如何"把客户发展成朋友，把朋友发展成客户"的经验，在服务客户的过程中，时刻都要学会换位思考，遇到再"刁钻"的客户都可以用真诚的服务去感化他。

　　青年担当是扎根平凡，做出不凡业绩。秦文冲说，习近平总书记曾在新年贺词中称赞"快递小哥"是美好生活的创造者、守护者，这是对快递小哥极大的肯定和鼓舞，快递小哥们经常一天里程超百公里，日均完成的快递收派量按吨计算，每天都是汗流浃背。"希望所有客户也能对快递小哥多一分理解和包容。说一句'谢谢你'这样的话，会让我们觉得付出那么多是值得的！"

从业以来一直保持"零客诉"
在平凡的岗位上书写了非凡人生

　　"您的快递我现在送过去，马上到楼下了。"2018年6月22日，和往常一样，秦文冲在派件前和客户打电话沟通。

　　话音刚落，眼前的一幕让他震惊了：一名送餐小哥被一辆大货车撞飞。听到倒在地上的小哥凄惨的叫声，他把车横在路边，第一时间下车，以免伤者受到二次伤害，然后拿起电话先打120，再打110报警。

　　刚把报警电话挂断，天空突然下起了大暴雨。秦文冲担心伤者的伤口感染，就赶紧去路边商铺家把遮阳伞给借过来，帮小哥遮雨。这个时候，身边的同事、路过的市民也纷纷投入现场救援，有人撑伞、有人指挥交通、有人维持秩序，一起等着救护车的到来。终于，救护车及时赶到了，大家提着的心才放了下来。

　　等把受伤小哥送上救护车，再赶到客户家中，已经超过了约定时间。"你不用解释了，我都看到了。"客户在门口目睹了秦文冲救人的过程，为他送上暖心的干毛巾和热茶。秦文冲说："不知道该如何去表达当时我内心的感受，只觉得暖暖的！"

　　当天，"顺丰小哥雨中热心救人"的事迹被多家媒体报道，朋友圈更是被刷了屏，以前的战友们也纷纷转发报道为他点赞。这些都让秦文冲有些不好意思，"见义勇为是顺丰小哥们经常做的事儿，举手之劳罢了。"2019年春节期间，秦文冲接受了中央电视台"新春走基层"的采访。

"我当时就是一种本能的反应，来不及想太多，只想着救人。"秦文冲说，因为自己曾经是一名军人，在部队里学过自救的知识，遇到突发情况挺身而出已经成了习惯。

不仅做到见义勇为，秦文冲的领导和同事们都知道，他还有一副"热心肠"，看到别人有困难，就要伸出援手帮一把。当自己的力量不够时，他就倾尽全力寻找资源，争取最好的结果。

2020年初，正是新冠肺炎疫情暴发、防疫物资短缺的时候，在2月的一个傍晚，顺丰集团总部接到了一通"神秘"的电话："我这里有一批消毒液，一共是500套1000瓶。我想以个人名义，将这些无偿捐赠给奋战在抗疫一线的顺丰兄弟姐妹们，虽然数量不多，希望能尽自己的绵薄之力！"

电话那头的捐赠者正是秦文冲，在接线员的再三追问之下，他表示："目前疫情形势严峻，希望自己可以为公司、为网点同事们做点力所能及的事情！"这次以个人名义捐赠的义举，不仅为奔走在一线的快递员送去了防疫物资的支持，也为他们带来了精神上的鼓励。物资捐赠只是秦文冲抗疫行动的开端。此后，他自发组建"抗疫小分队"，为疫情防控阻击战贡献了顺丰力量。

秦文冲说，如今，快递行业逐渐朝着科技物流方向发展，对快递小哥业务能力和职业素养的要求也在不断提升。因此，所有快递小哥"对工作要用心，对客户要尽心，对同事要关心，对自己问心无愧"。秦文冲归纳出"四心"，鞭策自己不断前进。从业以来，他一直保持着"零客诉"的成绩。

进入顺丰后，秦文冲还多次参加"莲花助学公益行"活动，经常到偏远山区资助困难学生。来到贵州黔东南剑河，秦文冲震惊了，没想到千里之外还有这么贫穷的地区。他和另外一位同事花了两天时间才走访到散落在大山里的五六户学生家庭。大部分家庭家徒四壁，但好客的主人会从灶上取下平时舍不得吃的腊肉，热情招待远道而来的客人。从家中到学校是一百多公里的山路，上高中后，孩子们都是半年甚至一年才回一次家，周末就去学校旁边的小店打工，一天赚三四十元钱的生活费。

之后每次去助学，秦文冲都会自费买几本高中英汉双语词典送给孩子们，并签上名字、留下电话，再写上一句话："机会是为有准备的人而准备的，我在大山的另一边等你。"他认为吃的、用的，都只能解一时之急，孩子们更需要精神食粮，更需要唤起他们对未来美好生活的向往。从那以后，秦文冲经常到偏远山区帮助困难学生，在微信群里和他们交流升学志愿的选择，偶尔还会通过快递给孩子们"空投"物资。

秦文冲还连续多年参与"深圳市心益通残疾人关爱事业发展中心""深圳市拥抱阳光公益"等公益组织进行公益合作，负责完成捐赠物资的物流运输服务及费用。他认为，参加公益会让自己帮助更多的人、传递更多的爱、体验不一样的人生。"他们生活得那么艰难，却依然笑得那么开心，生活在大都市里的我们，没有理由去抱怨生活。"

工作之余，秦文冲会将所见所感写在日记里。这个习惯他在部队时就已养成，字里行间满是他丰富的内心世界。他写过情真意切歌颂母爱的散文，写过跌宕起伏的南疆故事，还在不少刊物上发表过文章。他还喜欢用照相机记录祖国的大江大河，摄影作品也多次被刊登在《人民日报》《解放军报》《武警报》、新华网等媒体。他以最大的热情拥抱生活，生活也同样回馈他满满的、向上的能量。

当选党代表圆了大学梦
不负时代不负韶华

2022年5月22日下午，广东省第十三次党代会深圳代表团会议讨论现场，褪去工服、换上正装，一名干练壮实的代表一走进来就引起大家关注。

"我是一名快递小哥，来深圳5年多了，和这座城市有相互温暖的感觉。"光荣当选为省党代表的顺丰速运有限公司深圳分公司收派员秦文冲在现场分享了一段温馨回忆。

作为深圳30万新业态从业者的代表，秦文冲直言，近年来感受到各级党委政府越来越多的关注。"2021年中组部在深圳开展新业态、新就业群体党建试点工作，依托深圳市邮政管理局成立深圳市快递物流行业党委，让我们有了更多被关注的温暖。"秦文冲举例说，行业党委指导顺丰建立了党组织联系快递员制度，每名党员定点联系5名快递员。"前段时间，有快递小哥向党支部反映新工服存在不散热、汗多发臭、反光条脱皮等问题，第一时间就得到了反馈，改善后的新工服很快发放到我们手中。"秦文冲说。

目前，我国年快递业务量已连续 8 年居世界第一，广东是全国快递业务量最大的省份。在党代会期间，秦文冲带去了深圳 10 万快递从业者的期盼："希望能帮助我们提高社会形象、完善道路设施、推进群体融入，特别是引导企业为我们提供提升学历和技能的机会，让大家在职业上有奔头、在生活上有盼头。"秦文冲还表示："回到工作岗位以后，贯彻省党代会精神还是要落实在本职工作中，今后我会努力为客户提供更好的服务，带动更多小哥们在平凡岗位上创造出不平凡的业绩。"秦文冲的发言赢得热烈掌声。

2022 年，秦文冲通过深圳市总工会圆梦计划，顺利入读了西南科技大学经济管理专业，终于圆了自己的大学梦。

从部队到社会，从快递小哥到营业部主管，秦文冲一直在平凡的岗位上做着不平凡的工作，从不后悔每一个选择。2022 年"五一"国际劳动节前夕，秦文冲被授予"全国五一劳动奖章"。2023 年 5 月，荣获第 27 届"中国青年五四奖章"。

"我们的工作没有惊天动地，更多的是默默坚守、送好每一份快递，这就是劳动者最美的一面。我代表的不仅是自己，更是深圳快递小哥这个群体。这些不但是荣誉，还是一份沉甸甸的责任。"秦文冲说："今后，我将继续发挥爱岗敬业、争创一流、勇于创新、淡泊名利、甘于奉献的劳模精神；继续发扬辛勤劳动、诚实劳动的劳动精神；珍惜荣誉、保持本色，谦虚谨慎、戒骄戒躁，不负时代不负韶华，继续发挥示范带头作用，在深圳追梦路上砥砺前行！"

孙磊：努力通过技术创新解决生产中的瓶颈问题

1977 年 12 月，孙磊出生于辽宁省锦州市。1997 年至 2001 年，就读于哈尔滨工程大学机械制造工艺与设备专业，获学士学位；2002 年至 2005 年，就读哈尔滨工程大学机械电子工程专业，获硕士学位。2005 年研究生毕业后，来到深圳中兴通讯股份有限公司工作，先后出任 SMT 工艺工程师、现场工艺科科长、PCBA 工艺首席专家、电子制造职业学院院长等职务。

自 2005 年参加工作以来，孙磊一直从事电子装联工艺技术研究和生产线工艺技术支持工作。在电子产品生产工艺流程制定、新工艺、新材料导入、设备研发选型、现场工艺支持、失效分析定位方面有丰富的理论基础和实践经验。目前担任广东省电子学会 SMT 专委会资深专家委员、四川省电子学会 SMT/MPT 专委会专家委员、江苏省电子学会 SMT/ 组装自动化委员会专家委员、高级工程师、深圳市"两新"党委党代表；深圳市总工会第七届

爱工作爱旅游的孙磊

委员会委员。

18 年来，孙磊多次牵头中兴通讯部件生产中重大项目，努力通过技术创新解决生产中的瓶颈问题；牵头中兴通讯制造新技术、新工艺、新设备导入及制造技术人才培养工作。通过质量提升、效率改善和成本降低，为企业创造了巨大的经济效益。在专业技术上有丰富的输出，完成四项发明专利、一本专著，在行业论坛和学术期刊上发表 30 余篇学术论文，在电子装联行业有一定的影响力。

2017 年，孙磊荣获深圳市五一劳动奖章，2018 年获得中兴通讯供应链"匠人"称号。

扎根生产一线
主动研究积极探索，不断提高专业技能

在中兴通讯公司，如果在生产过程中遇到这些问题：SMT 印锡、炉后缺陷搞不定找谁？波峰焊选择焊搞不定找谁？波峰设备故障搞不定找谁？失效分析搞不定找谁？供应链的同事们会异口同声地告诉你："找孙磊啊！"

"孙工在制造部可是个响当当的牛人，找孙工准没错。""我们工作中遇到工艺方面的难题，只要找到孙工就有解决办法。"

"每天来科室最早的是孙工，晚上走得最晚的是孙工，周末加班最多的还是孙工。如果说拼搏的人都见过凌晨三点的深圳，在制造部，孙工肯定是见过凌晨三点的深圳次数最多的人。"这是公司领导和同事们对孙磊工作的充分肯定和高度认可。

自从进入中兴通讯工作以后，孙磊就一直从事电子装联生产技术的现场工艺支持和研究工作，他带领团队负责整个中兴通讯 PCBA 单板加工的现场工艺技术支持工作，PCBA 单板加工的疑难杂症在哪里出现，哪里就有他忙碌的身影。他通过不断的理论学习和实践积累，逐步从普通工程师成长为妙手回春的 PCBA 单板加工核心业务骨干和技术专家。

十多年的苦心孤诣，数万小时的点滴积累，让孙磊在电子装联生产现场工艺技术问题分析与解决、装联设备的评估及应用、产品故障的原因分析和 DFM 评估等方面获得高超技艺。他多次牵头解决重大疑难生产及工艺问题，用创新思维提出多项解决问题的新方法和新思路，为保证生产质量、

提升生产效率、降低生产成本立下赫赫战功。

孙磊在平凡的生产一线岗位上十几年如一日，始终保持极大的工作热情，主动研究，积极探索，不断提高专业技能，磨砺出惊人技艺；长期专注细节，孜孜以求，持续改进，持续微创新，不断超越自我，将工作做到极致。公司领导和同事们都说孙磊是能量场，是催化剂，是铸造精益供应链的奇兵重器，是真正的价值贡献者。

而孙磊却说："自己一定要保持专注，不被外界的纷繁复杂所打扰，把有限的时间和精力发挥到最大价值；刻意练习，将每一件小事做到极致，用滴水穿石的精神打穿每一个技术壁垒；突破局限，从多角度寻找解决问题的关键，不断与领域内的高手交流、碰撞、过招。"

在创意向产品转化过程中，一个个生产工艺难题接踵而至，身为技术专家的孙磊摇身一变，立刻变成 PCBA 单板加工的"内科医生"。面对手机 BGA 球窝缺陷问题，孙磊利用机理研究和实验验证等方法，通过更换辅料、优化工艺窗口等手段，解决了困扰手机细间距 BGA 焊接的球窝缺陷问题。他投身于细间距印刷中 PCB 定位与支撑的新方法的研究，采用了真空顶针与一体化工装相结合的方法，极大地改善了密间距印刷当中底部支撑的难点，对提升高端产品的质量和效率起到了决定性作用。

望、闻、问、切，孙磊条分缕析地对工艺问题进行全面诊断。为了解决回流过程中钽电容的吹气问题，他从元器件的制程出发，通过多项实验，验证了钽电容在回流过程中吹气的原因，使问题得到了根本性解决，保障了生产的正常进行。同时，此举改变了业界长期以来对该问题的认识，相关文章在学术期刊上发表后被多次引用。高速连接器的短路问题一直困扰着一线工作者，孙磊从理论分析和时间验证两方面出发，利用逆向思维，打破常规，用增加锡膏量的方法成功地解决了生产过程中高速连接器的短路问题，提升合格率 30% 以上。

努力攻坚克难
一直站在时代前沿，躬身实践勇攀高峰

作为中兴通讯供应链唯一的一位 6 级工艺技术专家，孙磊掌握着顶尖的理论和技术水平，对行业和技术前沿有着敏锐的洞察力，不断为公司 PCBA

工艺水平构造核心能力。

十多年来，面对复杂多变的理论瓶颈和技术难题，孙磊总是迎难而上，凭借专业水准和丰富经验，快速响应上下游单位的需求，一次又一次地将问题解决在时间窗内，为公司创造价值。

2019年，孙磊作为中兴通讯供应链部件生产部专家，荣升为公司6级专家，这是供应链当时唯一的一名6级专家，代表了专业领域的顶级水平，具有标杆性的示范和表率作用。孙磊表示，升任6级专家，既感受到公司和供应链对他的肯定与对生产工艺技术的支持，同时也感到莫大的压力，将会鞭策自己不断提高专业能力，发挥岗位价值，为公司业绩做出更大的贡献。

作为供应链唯一的一位6级专家，孙磊对所在领域的专业理论研究精深，拥有顶尖的技术水平，他熟知电子装联行业的相关标准，熟练掌握系统单板生产工艺、设备工艺。孙磊一直认为，作为技术人员，深入一线、重视现场经验是提高自身专业能力极为重要的一环。因此，十多年来，他不但在自身专业水平上持续精进，也乐于将专业技能传递分享给身边的同事。在部件生产部，最常见的情景就是孙磊徘徊穿梭在生产线的身影，他总是不厌其烦地指导生产，和大家共同探讨业务问题。在他的带领下，一支专业水平强、做事效率高的队伍正持续不断地为PCBA工艺的发展助力。中兴通讯部件生产部负责人认为，PCBA之所以成长得如此之快，很大程度上归功于孙磊和他带领的团队。

在通信行业各个关键的节点上，孙磊也为公司起到了中流砥柱的作用，他带领团队攻克了很多技术难题。比如从2G过渡到3G时代，手机电路板上芯片的最小引脚中心距从0.5mm变成0.4mm，对制造领域来说是一个极大的挑战，需要耗费极长时间的调试。无论是锡膏原材料的导入、芯片封装的要求，还是PCB焊盘的设计，各个方面都是颠覆性的改变，在孙磊的带领下，团队成员通过一个个正交实验，逐个解决每一个细微的问题，耗费将近2年时间，促成手机产品的不断进步，为公司经营业绩做出了重要贡献。而从3G到4G时代手机POP芯片堆叠工艺攻关、4G到5G时大尺寸单板生产工艺攻关……孙磊一直站在时代的前沿，躬身实践，勇攀技术高峰。

常年披星戴月

保持专注持续学习，精益求精只争第一

熟悉孙磊的人都知道，他的工作状态是名副其实的披星戴月，每天总是伴着朝霞来到公司，而回去的时候早已满天星辰。

谈及这一点，孙磊笑说这很平常，主要目的是为了抢车位。但其实，趁着每天倒班的空隙，孙磊会与刚刚下夜班的一线员工交流业务问题，不放过每一个沟通的机会，很多时候，一些问题就是在这样的晨谈中得到解决的，在孙磊的徒弟张龙江看来，师父没有所谓上下班的概念，他总是以解决问题为第一要务，问题解决了就是下班的时刻。因此，在团队需要的时候，孙磊总是第一时间赶到现场解决问题，哪怕当时是深夜。

这种对工作的敬业精神在 2019 年 4 月的一次事件中体现得淋漓尽致。当年 4 月份，广东河源的一位团队同事在工作中发生了意外，孙磊得知后，不但深夜第一时间驾车前往，慰问受伤成员，同时争分夺秒地与团队成员调试设备，协助河源的团队攻坚克难，顺利解决问题。第二天，他依然伴着朝霞准时出现在深圳的车间里，努力抢回被"耽误"的时间，保证生产效率和质量。这种对工作高度负责、对团队成员亲如家人的品质，深深感染了部门的每一位同事，言及此事者，没有一个不竖起大拇指的。

数十年专业理论的学习，生产一线海量实践的浸润，培养了孙磊敏锐的洞察力和对理论的高度内化与灵活运用，持续积累的结果正是创新的突破，他总是能在技术攻关的瓶颈地带攻坚克难，带领团队突出重围，与孙磊经常进行工艺攻关的同事们对攻克高速连接器的焊接短路问题都记忆深刻。对于连锡问题，常规的处理方式是减少多余的焊膏量，然而在案例中该方法却加重了短路的产生。一筹莫展之时，孙磊组织分析器件的引脚结构与缺陷类型，结合在修复不良品上的大量实践经验，深入分析问题机理，创造性地运用焊接"润湿"理论，看似"有悖常理"地将焊膏量增加至近 2 倍，反而提升了润湿效果，一举将不良率从 70% 降为零，彻底解决了高速连接器再流焊接中的短路问题。

作为该领域的首席专家，孙磊产生的能量场域覆盖范围十分宽广，质量、中试、产品线……孙磊一方面给出切中要害的专业分析建议，另一方

面快速响应上下游单位需求，第一时间将问题予以解决。

协同担当，不仅要紧贴一线不作壁上观，更要有向前一步迎难而上的勇气。某次与产品线进行联动工作的过程中，某器件生产出现60%的不良率，为推动问题解决，产品线同事建议寻求器件供应商的帮助，然而孙磊并没有驻足等待，反而迅速决策，组织团队研讨解决方案，并建议与供应商方案进行效果对比择优。几经波折，在供应商方案未有较大改进的情况下，孙磊成功地将不良率降低到了5%。不止于此，在得到产品线的认可与信任后，孙磊进一步将不良率降低到0.5%。这种面对抉择时的迅速决策，背后正是他精益求精、只争第一的生动体现。

为此，孙磊提出了16字箴言与大家共勉：保持专注，持续学习，大道至简，行者无疆。

理论结合实际
积极进取不断创新，精益求精孜孜以求

"一个人如果一直做能力范围之内的事，那就永远没有进步。要不断挑战自己，咬住一个目标坚定地做下去，越困难的工作对人的成长历练越大。"孙磊不善言辞，但提到自己的工作却能侃侃而谈。在"以师带徒"过程中，他对弟子言传身教，从理论出发，结合生产实际，耐心讲解生产工艺问题，在总结实践经验的同时，还通过理论分析找到问题的根本原因。在他的悉心指导下，一批又一批弟子成长为生产一线干将。

十多年来，孙磊曾荣获2014年中兴通讯供应链年度先锋人物称号，连续3年被评为中兴通讯电子装联职业技术学院优秀讲师，并多次在国内SMT高端论坛及相关的专业技术期刊中发表《无铅再流焊接BGA球窝缺陷研究》《无铅焊接PBGA空洞缺陷研究》等学术论文三十余篇；《细间距印刷中PCB定位与支撑的新方法的研究》课题获得2016电子制造技术应用大赛最佳方案奖；编写《现代电子装联常用工艺装备及其应用》专著1部；发明专利4项；硕果累累。更难能可贵的是，孙磊善于将这些高精尖的理论知识灵活转化，运用到公司内部标准及相关指导文件中，为实际工作提供权威标准及理论支撑。

2017年孙磊荣获"深圳市五一劳动奖章"，面对荣誉，他说："盛名之

下，其实难副，我只是 ZTER 中的普通一员，其实在公司的每个岗位上都有大量的爱岗敬业典型。我这次能够获得这份荣誉，一方面是领导和同事们的信任，另一方面很大程度上是外界对中兴人创新、实干、不断进取精神的肯定，是中兴这个大的平台培养了我。荣誉只代表过去，在今后的工作中，我和我的团队将满怀感恩之心，继续秉承实干、匠心、协同、担当的理念，积极进取，不断创新，努力工作，为公司的发展做出自己更大的贡献。"

2020 年，孙磊又多了一个新的身份，中兴通讯电子制造职业学院院长。孙磊坦承，相比原来在学院中单纯的教学与科研任务，当了院长之后，需要更多地思考学院的工作规划、校企合作、团队管理等诸多工作，很多内容对自己来说也是全新的课题。

因为集"深圳市五一劳动奖章"、供应链 6 级专家和电子制造职业学院院长等诸多身份于一身，孙磊说，公司的产品是通过供应链近万名一线员工加工制造而来，产品性能提升对制造工艺提出了更高要求，客户对产品质量的要求也更加严苛。为此，自己必须毫无保留地将所学专长传授给公司技术人员。

现在，中兴通讯一批又一批像孙磊这样的供应链工匠们，在孙磊的带领下，努力在自己的岗位上执着钻研、静心修炼，发挥精益求精、孜孜以求的精神，用匠心铸造精品，扎实提升产品质量，为实现中兴通讯公司的智能制造转型升级不懈努力，努力凸显深圳的工匠之魂、匠心之魄。

孙立春：立足三尺土 春耕育桃李

孙立春

出身五代相传教育世家的深圳市南山区第二外国语学校（集团）赤湾学校党支部书记、校长——孙立春，25年前报考大学时，除了师范院校，她没有选择第二专业，因为骨子里血脉相传的就是赓续祖辈父辈们对教书职业的那份坚守。

2001年，东北师范大学一毕业，孙立春就踏上了前往深圳特区教育第一线的火车，她知道，自己的梦就在那里，她要去追梦。临行前，96岁同为教师的祖父用她的名字"立春"写下寄语：立足三尺土、春耕育桃李，并且叮嘱道："不管你走到哪里都不要忘记：讲台是老师的根，你只有站好了讲台，才有立身之本。"踏上从哈尔滨到深圳的新征途，40多个小时的火车上，孙立春反复思考着祖父的话，她决心做一个深受学生认可和爱戴的老师，开启自己在深圳的春天故事。

架起师生信任之桥
努力让每一个学生都成为更好的自己

孙立春1979年4月出生于黑龙江五常市，名字中的"立春"是二十四节气的第一个节气，名如其人，宇宙乾坤，运行万年而不紊，皆因顺应天道、有迹可循；人生和教育亦如此，发现并遵从其内在的客观规律，就势而为、施以主动，则可畅行不辍，驰入佳境。

"作为一个平凡的老师，在深圳这片改革开放的热土上，播下科学的种子，是这座科技之城、创新之城，赋予我的光荣使命。

初心不改，情怀永在，请和我一起静待那朵朵花开……"

2016年9月3日，伴随着这段内心独白，在经历层层晋级、冲出总决赛后，孙立春得以站在舞台中央，成为2016年深圳市14万教师中的唯一"年度教师"。

来到深圳特区教育教学第一线已经22年的孙立春，从一线班主任、科组长到学校中层干部、副校长，现在已经是九年一贯制学校党政一把手。孙立春说："做老师，过去我未曾迟疑，将来也不会离开。因为这份信念已经流淌在我的血液里，铭刻于基因上。做一名深受学生认可与爱戴的好老师，承载了我全部的光荣与梦想。"

她是这样说的，也是这样做的。任教以来，孙立春先后教过中学科学、生物和物理学科，努力打破学科壁垒，融汇知识体系，始终以培养学生的核心素养和关键能力为使命。走上讲台，孙立春秉持"做一名时代的科学+"的理念，努力在学生心中播下科学的种子，植入创新的基因，与学生一起挑战风雨、追寻阳光，也成就了自我，实现了人生蜕变。

"我爱教书，我爱每一个孩子。"这句话发自孙立春的肺腑，近似信仰，却又超越信仰，深入灵魂。很多人说孙立春身上有教师基因，孙立春将其视为自己的荣誉与使命——出身教师世家的她有一份与生俱来的使命感，家族五代12人从事教育工作，心灵的传承无须文字和言语。

孙立春的职业梦想，自懂事起，除了做老师便没有其他选项，她有一份与生俱来的使命，就是要将教师这份看似平凡琐碎却令人肃然起敬的事业进行下去，让善良与聪慧的种子在学生心田牢牢生根、美美开花。有人曾问孙立春："你最大的梦想是什么？"孙立春的回答是：用智点亮学生的路，用爱滋润学生的心，让教过的每一个学生都成为更好的自己！

教育需要智慧，好的老师会深入学生的内心。孙立春也曾遇到"烫手山芋"，一个两年换了6个班主任、被断言"升学无望"的班级。她和学生一起将班级命名为"风雨彩虹班"，寓意风雨过后，终见彩虹。从那时起，孙立春就深入到学生中间，认真倾听每个孩子的每一句话，从不取笑他们的幼稚观点，也不用有色眼镜看他们，因为孙立春知道，孩子们最需要的是尊重。很快，一座看不见的信任之桥悄然搭建起来，孙立春跟他们成了朋友！校运动会开幕式上，这个班整齐的方阵、昂扬的气势、响亮的口号，震撼全场，并斩获团体总分第一名。中考时，这个曾经被断言"升学无望"的班级，七成学生考上了高中。现在这个班级的孩子还和孙立春保持着联系，时不时给孙老师发来温暖的问候。

十多年班主任工作，孙立春带领着一届又一届的孩子挑战风雨，追寻阳光。用自己对待工作、对待生活的勤勉与诚恳影响着学生，令孙立春特别欣慰的是，这些品格已经成为学生们人格中的养分。担任班主任的十多年，孙立春所带的历届班级，每一届都进步巨大，成绩优异，她也被同事们冠以"点石成金"的金牌班主任称号。但孙立春说自己并无良方，唯是用情至深、用心至诚，以信任和关爱，激活孩子的潜质与正能量，让学生在蜕变中发现自己原来可以做得更好。

不放弃每一个孩子
传道授业解惑，引领学生奔向幸福彼岸

叮铃铃，上课铃响了。孙立春走进教室，开始了她的化学课。她在黑板上写了两个字"玩火"。随即引发学生的兴趣，"老师，怎么玩火啊？"孙立春笑着说，"老师先给你们变个魔术。"她拿出一团纸巾，在手中揉搓，突然一丛火苗从纸上蹿了起来。学生看得惊呆，"老师，你是不是在纸巾上做了什么手脚？"他们纷纷猜测这背后的奥秘。

谜底揭晓：原来纸巾里包了一小块白磷。进而，孙立春引导学生们了解燃烧的几大条件。她还跳出课本，将问题引入生活情境，引导学生们反向思考"如何灭火""如何预防火灾发生"……一堂原本晦涩的化学课，经孙立春的讲解，变得有趣极了，学生们听得兴致勃勃。

作为深圳市优秀班主任，面对来自最普通的劳务工家庭的孩子，"一个都不能少"是孙立春的育人信条。她曾资助贫困学生阿龙的早午餐费、将习惯小偷小摸的学生焦某转化成义工队员、陪伴有阅读障碍的孩子胡某升

入高中考上大学、让集体厌学弃学的班级八成学生考上普高。

好老师要善于发现学生的个性和潜能。发现潜能，就是发现了未来。刚大学毕业，第一年做班主任，孙立春的班上有一个叫小C的学生，他打架斗殴、抽烟喝酒，各种各样青少年反叛的顽疾，10件行为中有8件与学校的规定背道而驰。顽固、叛逆、嚣张、目中无人、不可一世、飞扬跋扈……孙立春参加工作第一年的工作日记，前15篇中有12篇是写他的。写的都是他怎样以叛逆的姿态、大胆的作风、另类的形象与老师对抗的事情。可见这个学生给刚大学毕业并承担班主任工作的孙立春施加了多大的压力。

估计每一个当过老师的人都会有这样的感受，如果一个班级有这样一个"刺头"总跟你对着干，这种感觉肯定"超不爽"。所以，孙立春不止一次地对着他写满倔强和排斥的背影叹息。

好长一段时间孙立春都很郁闷，一直在思考解决问题的办法。她查找了很多资料，并请教有经验的班主任寻找处理班级"刺头"的办法。发现有两点是肯定的：但凡这样的学生，把他转化过来，对集体会有很大的促进。第二，他也许并不如脸上所写着的那样不羁，关键是要走进他的内心。于是，孙立春不再频繁地找他谈话，而是默默地观察他，通过多种渠道了解他。把搜集到的点点滴滴都作以记录。发现一个小小的亮点，就真诚地表扬。考虑到他有弹吉他的特长，就建议他组织了个小乐队，并推荐他参加学校的大型元旦演出；还任命他为班级的体育委员，情况略微有了好转。

那么怎样才能让他的内心受到强烈的触动呢？正巧赶上语文在学习对人物的描写，孙立春就有了个冲动，写写他吧，这不仅能提高学生写作的热情，另一方面也让他看看孙老师眼中的他是什么样？学理科的孙立春用了两天时间写了一篇作文"我看小C"，这不是一篇普通的文章，它花了孙立春很多心思。从他第一天来学校，几个月来的点点滴滴以及各方面的细微变化、孙立春的所感所想等等。这篇文章感动了班上的语文老师，她把孙立春对小C这一人物的描写作为范文分析了整整一堂课。下课后，语文老师和班级的好多同学把孙立春围住了，孩子们说："老师，你也写写我吧，太让人感动了！"多愁善感的语文老师眼睛湿润了，她告诉孙立春：小C哭了！那个顽固、叛逆、嚣张、目中无人、不可一世的"家伙"哭了。

第二天，孙立春发现自己的办公桌上有封信，上面只有两句话：您太让我吃惊了，我会让您更吃惊！（这里他用的是"您"）

中考时小C以3个A+、2个A的成绩考入深圳市重点高中。教师节前夕，孙立春收到了他的贺卡，有几句话很让孙立春感动。贺卡是这样写的：

不知道附中的您，是否还一如既往，披星戴月；

不知道为人母的您，是否还多愁善感，天真烂漫；

不知道您是否还惦记着我？

早来的秋风，拂起了阵阵思念，思念穿过从前，卷入心间，无言，无言，何以载我到从前。

教师节当天小C捧着一叠报纸来看孙立春。因为他在教师节当天的报纸上以"保附中一方净土、育中华九州英才"为题，为母校和孙立春老师献上了一份特殊的礼物。

毕业十几年，每年的教师节孙立春都会收到小C的问候，2016年得知孙立春参评深圳市年度教师，特意发来问候，并自告奋勇前来录制短片，当孙立春看到镜头里谦谦君子般一表人才的他说"老师，谢谢您的爱和宽容，当初没有砍掉我的棱角，让我保持真实的样子。让我不只是记得有一位老师，教导我如何拿好成绩，上重点高中；而是有一位朋友，在成功时为我喝彩，在失落时替我分忧，告诉你人生需要走点弯路，但要及时调整方向，而每一段走过的路都成为人生最美好的回忆。谢谢您温暖了我曾经孤寂散漫的心灵"时，孙立春不禁热泪盈眶。

育人的旅程虽然充满挑战，却又如此美丽。十多年的班主任工作，孙立春和学生一起经历了一个个成长故事，在成就学生的同时，自己也不断收获各种荣誉和成长。孙立春先后被评为"学生最喜爱的老师""南山区优秀班主任""深圳市优秀班主任""广东省五一劳动奖章"，教师最幸福的时刻莫过于对学生人生的影响与引领。

"长大后我就成了你"——孙立春的学生小郝受孙老师的影响，也报读了师范大学生物专业，并表示毕业后将回到深圳，以孙老师为榜样，传道授业解惑。这些年里，孙立春一直坚持着自己的幸福教育实践，不放弃每一个孩子，引领着学生们奔向幸福的彼岸。

率先成立"少年科学院"
"3I"教学在全国搭建了更广阔的平台

什么是好老师？什么是特区教育的好老师？孙立春认为，好老师要善于发现教学的规律和本质。身为科学老师、物理老师，孙立春觉得培养学生的核心素养，特别是与学科相关的理科思维，以及质疑批判、勇于探究等科学精神，是特区教师的重大使命。为此，她总在琢磨如何将科学课、物理课上得生动有趣，怎样让学生从接受知识到探索实践。

2001年，孙立春刚毕业走上讲台就赶上全国第八次课程改革，她成为首批中学科学教师。这是一个包括理、化、生、地四个学科的综合学科。没有现成经验，孙立春凭着探索的勇气知难而上，努力让理科教学成为培养创新能力、造就科学素养的沃土。为了教好这门综合课，孙立春曾经研读三十多本人教版、苏教版分科教材，做了近二十本同步练习，并坚持每年听课在300节以上。孙立春把教学内容分解成一个个研究课题，组织学生开展自主+合作的探究式学习，琢磨出了一套有自己特色的探究式学法，孙立春的探究式实验课成为学生最喜爱的课程。其科学组率先在学校成立了"少年科学院"，并且带领"小院士"们参加区、市、省、全国各级竞赛，在北京一路过关斩将晋级全国总决赛，一举拿下4个金奖、2个银奖的好成绩，成为广东省获奖人数最多、获奖级别最高的科组，先后获大奖五十余人次。

经过多年的教育教学实践，孙立春的科学教学"3I"教学模式也日渐成熟，成为教学的名片。"3I"的关键要素是以培养学生创新能力为导向、以开展探究活动为主线、以跨学科统整为特色。具体流程是：通过问题导入，让学生自由探究；通过情境创设，丰富学生的情感体验；通过内容拓展，发展学生的创新思维，归纳提升、构建知识体系。这套教学模式契合初中阶段学生的学习特点与心理需求，孙立春带领孩子们走出课堂、走出校园、走向大自然、走向实验室、走近科学家，当孩子们从过往的填鸭式教学"藩篱"中被"解放"出来时，迸发出的创新潜力与探索精神是惊人的。后来，孙立春受聘担任"中国科学院智能科学与技术科普联盟委员"，并且成为"中国少年科学院优秀科技辅导教师"，为"3I"教学在全国搭建了更广阔的平台。

孙立春认为，教师就是学生的摆渡人，陪伴他们从人生的此岸到达理想的彼岸，并在途中探索未知的世界。在课堂上、实验中，孙立春不再是"一言九鼎"的教书者，而是与学生一道分析现象、发现规律、寻觅真理的同行者。为了拓展学生的思维广度与国际化视野，孙立春充分利用互联网技术手段，引导启发他们开展无边界学习。如 VR 创新课堂、MOOC（慕课）、PAD 教学等，已经成为常态化教与学的得力工具。当美国宣布首次探测到引力波、中国决定设立引力波科研项目的重磅科学新闻传出，孙立春第一时间组织学生查找资料，了解引力波的概念，还鼓励学生给深圳大学、南方科技大学、中山大学、香港科技大学、哥伦比亚大学的教授、学者发E-mail，请教引力波对未来人类科技进步的影响等问题。

学生们说，敢去问为什么、敢去质疑一些"定论"，让他们觉得很有趣。而孙立春跟学生在一起时最愿意听到的一句话就是："孙老师，我很好奇……"也因此，光启实验室、大疆无人机设计室、腾讯总部、前海蛇口自贸片区展示馆，都留下了孙立春和学生"约会科技"的足迹。

就是这样，崇尚科学的种子在一点点萌芽，探求未知的习惯在一天天形成，用创新的理念与手段为学生营造最好的学习条件和氛围，孙立春和学生始终在路上。

筹建全国首个"年度教师工作室"
参加"长征路上送教行"，足迹遍布四省五市

在获得 2016 深圳"年度教师"称号后，孙立春更在乎的是自己对教育的这份热爱、探索、坚持，能否带动、影响更多的老师，能否引发老师们更多对生活与职业的反思，能否为孩子们播下求知、探索、创新的种子。

在学校里，孙立春长期一岗双责，曾连续十年既当班主任，又做组长。除了曾高质量完成四个班每周 20 节课的授课任务之外，还要牵头大量的教育学术研究与校际交流活动。这也促使孙立春从一个人潜心学科教学的研究，逐渐拓展到关注科组、学校，再到全区、全市的教育教学情况。

为了成为一个更好的引领者，孙立春继续攻读了东北师范大学教育管

理专业博士学位，努力将教育学、心理学等理论知识与自己的教学实践相结合。寒暑假在高校学习充电时，孙立春反复学习研读佐藤学的学习共同体理念，认识到一场新的教育革新正以燎原之势从日本波及到东亚地区。正处于课程改革攻坚阶段的深圳教育，不得不直面这一新的教育浪潮，更快地与国际教育接轨，在变革中求生存、求发展。于是，孙立春立即将所学所思与自己的实际工作相结合。为此，孙立春召集学校不同学科、不同学段的教学骨干成立了合作学习研究小组，编制不同学科的合作学习实施方案，并在全校大会上反复论证，带头上合作学习的引路课、示范课。

孙立春带着年轻教师一起观课、备课、磨课、研课，培训青年教师，使小组成员均成为业务骨干。后来合作学习成为全校教育教学的特色，并且成为区市优秀课题。孙立春也多次在区域及帮扶对口学校交流中分享合作学习的操作策略。连续多年，孙立春还利用业余时间开设班主任工作培训班，讲授"如何开好班会课"等课程。

盘点过去，展望未来。深谙教学德育，业务一线成长起来的孙立春，成为赤湾学校党支部书记、校长以后，尤为重视教师业务能力的提升，特别把抓教学、抓课堂作为全校工作的重中之重。多次邀请全国、省市区教科院专家名师入校指导，助力青年教师迅速成长。鼓励引领青年教师的课堂从"深耕"到"精耕"，进而全面建设高质量课堂。正是得益于学校素养课堂的培养，胡菲有幸代表南山区走向市级大赛舞台。在比赛过程中，孙立春更是从自身成长经历中提炼宝贵的经验，手把手传递参赛经验和劳模精神，千方百计地支持大赛选手胡菲。

同年，胡菲参加了深圳市班主任专业能力大赛、深圳市班主任基本功展示交流活动。参赛过程中，孙立春结合过往大赛经验，从专业指导甚至到赛场服装穿着、体态手势，全方位提供最温暖有力的支持。最终，胡菲一年内先后获得市级现场基本功大赛奖项3项，被全市关注。

成为深圳市"年度教师"后，在市总工会、市教育局的统一组织下，孙立春作为教师标杆到深圳市十个区及直属学校巡，传播教育理念，分享教育智慧，共享教育情怀。2016年11月，孙立春作为全国教师的优秀代表参加了纪念工农红军长征胜利80周年"长征路上送教行"大型公益活动。一年内，革命老区陕西延安、广西百色、河池，教育薄弱市县广东汕尾、河源等四省五市都留下了孙立春的足迹。演讲五十余场，主持大型活动二十余次。通过送教帮扶，关注老区教育发展，为老区人民上课、开讲座，把深圳改革、创新、开放的理念进行推广辐射，孙立春感到特别有意义。

在市、区教育局的大力支持下，孙立春成立了全国首个"年度教师工作室"，在专业领域继续成长，在课堂学习方式变革探索中教书育人，自我超越，努力成为具有信息化、全球化视野和创新能力的新一代名师；并促进目前全市以学科为基础的名师工作室之间的跨学科融合，对教学、科研、德育展开系统化综合研究探讨，构建名师多元立体的知识、能力、情感结构；立足课堂，扎根深圳，放眼世界，思考和解决一个校园、一个区域、一个城市的教师专业发展的方向。

同时，孙立春潜心思考信息技术与教学的深度整合策略，并带领团队钻研 VR+STEAM 创新课堂的建构，努力实现传统教育向未来教室、未来教师、未来学校的转型；同时示范新技术课堂，培育新课程，努力实现课堂的新变革。孙立春的 VR+STEAM 创新科学课"掏心掏肺"，被深圳市各媒体争相报道，成为新技术与课堂教学融合的样本。

由于孙立春的不懈努力，到现在为止，她曾先后获评 2012 年深圳市优秀班主任；2016 年全国素质教育先进个人、深圳市年度教师（全市 14 万教师中的唯一）；2017 年深圳市劳动模范；2019 年广东省五一巾帼奖；2021 年广东省五一劳动奖章；2023 年广东省先进女职工；2023 年全国五一巾帼标兵。先后获评全国科普竞赛优秀教练、中国少年科学院优秀辅导员、被授予"孙立春示范性劳模和工匠人才创新工作室"。孙立春还是深圳市南山区第八届人大代表、广东省工会第 14 次代表大会代表、全国工会第 18 次代表大会代表。

幸福值得追求，教育没有终点。孙立春说，作为一名深圳特区教师，生命中最大的幸运莫过于以灵魂塑造灵魂，以思想唤醒思想，以智慧启迪智慧。永葆"闯"的精神、"创"的劲头、"干"的作风，努力续写更多春天的故事，"让每颗星辰都闪亮"，为党育人、为国育才！

万丹：追梦路上，将一如既往地勇毅前行

1989 年 7 月出生的土家族姑娘万丹，2011 年就读于中南民族大学工商管理专业本科。由于她十分努力，在校期间多次获得校级奖学金，并于2010 年获得全校"优秀共青团员称号"。2022 年又报考了武汉大学工商管理专业，现在硕士在读。

2011 年大学本科毕业后，万丹作为一名优秀的应届毕业生，被深圳市特发信息光网科技股份有限公司录用为商务员，身处最基层一线的万丹在工作中自强不息，奋发有为，不断进取。由于她在沟通表达能力上的突出表现，以客户至上的销售理念，2013 年开始，被调至光网科技销售部任销

深圳市南山区"十佳青工"万丹

售工程师一职，2017年被提拔为深圳市特发信息股份有限公司销售中心高级客户经理，2019年又被提拔为深圳市特发信息股份有限公司新基建事业部销售总监（以下简称特发信息）。她说，在她的心里只有客户，因为客户就是上帝，只有把客户维护好了，让客户获得了最大利益，才可能实现双方的互赢互惠互利。

2012年，万丹获特发信息公司"最佳成长进步奖"，2019、2020、2022年工作所在团队获得特发信息公司"优秀团队"称号，2013、2016、2018、2021年其本人获得特发信息公司"优秀员工"称号。

2016年，万丹获得客户"华为公司"颁发的"金牌客服代表"奖；2016年被评为深圳市南山区"最美青工"；2017年—2023年当选为深圳市南山区妇女联合会第四届执行委员会委员；2018年当选深圳市南山区工会第五次代表大会代表；2019年11月当选为深圳市工会第七次代表大会代表；2023年当选为深圳市南山区粤海街道总工会第四届委员会委员。

提前结束毕业实习
开始公司大客户部销售和跟单工作

1989年万丹在湖北长大，2011年，大学毕业实习的万丹带着梦想来到深圳经济特区第一个国企特发集团下属的特发信息，开始自己的职场生涯。刚进入公司后，万丹就把自己当作一名正式员工，不仅做好公司领导交办的分内工作，而且主动向同事们请教学习，了解公司的发展历史，积极参与公司的各项活动。由于出色的实习表现，万丹被销售部领导赏识并提前结束实习，直接面对客户，开始了公司大客户部的销售和跟单工作。上岗之前领导意味深长地问万丹："这个工作很苦，你能不能干？"懵懵懂懂的她欣然迎接了挑战。但她很快就发现这份工作并非想象中的容易，大客户往往有一套成熟的管理体系和运营模式，对产品的品质要求和先进的技术方案尤为看重。接二连三的问题随之而来：对客户需求反应过慢导致交货延迟；长途运输导致产品破损；生产优先顺序频繁改变导致运营成本增加；服务水平不高等问题都成为客户投诉的问题。那段时间，委屈的万丹经常到洗手间哭完后，又回到工位打起精神继续干。公司领导知道后耐心地教导她：这些都是成长的必经之路，只有不断地学习和积累经验，才能更好地应对这些挑战。

　　特发信息立足于光通信领域，发展线缆制造、光电制造、科技融合、智慧服务四大业务板块。多年来综合实力位列中国光纤光缆行业十强，提供的产品和服务在国家一级干线网络等重点工程如港珠澳大桥项目、北京奥运场馆、南水北调项目、西电东送项目、"电力天路"青藏电网联网工程、嫦娥四号中继星、彩虹无人机、各型号战斗机航电系统、空空弹、巡航弹、战略导弹等广泛运用。对于公司参与了这么多国家重点工程项目，万丹非常自豪，也十分荣幸能作为公司一员参与其中。

　　于是，在节假日和晚上，万丹在同事们下班休息以后，很快熟悉了公司各服务板块的业务，进入公司不到半年，万丹就对公司各业务精通了。

　　由于万丹形象好气质佳，且口齿伶俐，所以，当公司有外地客户和同行以及上级领导到公司来参观调研时，公司有意安排万丹陪同接待并介绍公司业务工作。对此，万丹如数家珍："我们公司线缆制造板块的主要产品包括光纤光缆、光连接器、光模块、机箱机柜和金具等新一代信息技术基础材料和综合布线系统全套产品。产品广泛应用于中国移动、中国联通、中国电信等电信运营商，以及电力、广播电视、石油、矿山、公路、铁路、国防等行业专网广泛使用。"

　　"特发信息除了线缆制造板块，还有哪些业务板块？"面对来访的领导和同行以及客户的询问，万丹从容介绍道，还有光电制造板块，主要产品包括无线、固网、数据中心用光模块、10GPON/XGPON、4K/8K 高清机顶盒、高清 IPC、WiFi5/WiFi6 路由器、安卓云服务器、千兆 / 万兆园区级管理交换机等网络终端设备、光交换产品，为客户提供家庭智能接入，以及用户端光、电设备产品及综合服务解决方案。

　　科技融合板块的主要产品包括电子信号与信息处理、高性能运算、数据存储、嵌入式计算机、测控仿真平台、卫星通信、装备制造，以及智慧服务板块等等，该板块负责智慧网络工程和数据中心的规划设计、建设施工、运营维护，以及相关产品的一体化、定制化综合解决方案。

　　由于机会总是给有准备的人，万丹在第一时间熟悉了公司的业务后，不仅得到了领导和同事的赞赏和肯定，还将全部精力投入到工作中去。

　　2013 年—2016 年，借助公司良好的平台和快速发展的机会，万丹实现了个人销售额从百万到千万以及 2016 年以后每年上亿元的销售额。连续多年蝉联公司前列，入职初期便获得所在集团公司的"最佳成长进步奖"。

给客户提供"保姆式服务"
荣获华为公司颁发的"金牌客服代表"奖

为了更好地服务客户，万丹成为公司少有的特殊业务员——办公桌在生产车间的业务员。出办公室的门，就是一排排整齐的光缆生产线。只要客户问订单执行情况，如原材料到货、零配件开模、在制品库存、成品合格率、发运模式、到货进展等信息，事无巨细，万丹都能了如指掌，如数家珍。

作为传统制造型企业的一分子，万丹深刻意识到不仅要有"工匠精神"，同时也应积极创新，与时俱进。于是在努力探索客户需求和拓宽市场销售渠道的同时，万丹长期深入研发和生产一线学习专业知识，并做到学以致用，配合研发和生产部门开发各类新产品、新工艺。工厂里的同事们都亲切地喊万丹"丹哥"。80 末的小姑娘，天天泡在车间，和大家一起检验光缆，组装跳线，研究车间里面的大设备怎么能产量更高、品质更稳定。当时几乎没有同事年龄比她小，但是看着男孩子一般性格的万丹，大家都敬佩地叫她"丹哥"。

为响应国家号召，公司倡导"低碳、节能、环保"的发展理念，从 2015 年开始，万丹配合生产部门回收利用木质包材，每年为公司节省成本百万余元。2016 年 5 月，万丹总结进入公司五年来从事光缆销售的经验，并在科技行业国家级期刊发表文章《提高室内光缆销售量的可行性建议分析》。

2017 年 1 月，万丹又积极参与研发协作，与公司研发人员共同获得实用新型专利《抗拉抗压光缆用保护头箍》和《尾端抗弯光纤活动连接器》。尤其是 2020 年初，抓住国家战略下对 5G 通信和数据中心等的发展机遇，大力推动公司 5G 系列产品的开发、投产。创造销售业绩的新突破，不到半年时间，新产品开发立项十余款，超过一半以上已经开始为公司创造经济效益。

为了提高客户满意度，万丹更是给客户做到了"保姆式服务"，长期蹲守在客户的仓库，帮客户梳理不同品类产品的库存情况并提醒客户精准备货；与客户的关联部门打成一片，产品使用过程中偶发的异常都能成为万丹和她的项目团队提升和改进的专题。在服务客户的工作中，她获得了客户的一致好评。

尤其是在 2016 年，万丹获得大客户华为公司颁发的"金牌客服代表"奖。华为公司给予万丹的评价为：对内高标准严要求毫不放松，对华为不欺瞒不谎报，实事求是。

万丹就是这样在生产、计划、交付、全程跟踪一把抓，日报、周报、月报、一个都不落，并且想客户之所想，急客户之所急，坚持特发人"责任、效率、坚韧、开放"的理念服务客户。

多年来，万丹服务的多家客户都给她办理了园区通行证或工牌，方便她随时到客户现场服务。客户公司的保安、清洁工阿姨都会客气地跟她打招呼。

2015 年特发信息公司处于开拓某重要客户的关键时期，需通过严苛的审核和认证。而且全新的业务模式是极大的挑战，万丹带头组建"重大项目组"，为了更好地完成目标，刚刚新婚的万丹搬进工厂宿舍以厂为家。那一年，万丹申请推迟婚假，至今已过去多年，依然没有补过假期。在工厂住宿舍的日子，荒凉的工厂没有娱乐，于是她利用少有的业余时间，开始投入到职业技能提升中，并顺利通过评定和考试，获得中级经济师职称，后又经过努力获得更高级别的认证。

由于万丹全身心投入到"重大项目组"工作，她从商务岗位到计划、生产调度、仓储、物流货运各个岗位全部新设专人专岗，并自行学习摸索，短时间内顺利完成公司的既定目标。

顽强拼搏感动阿姨
一次又一次帮助客户解决力所能及的问题

在深圳，从来只听说雇主给保姆发红包的，但保姆给雇主发红包还真是新鲜事，万丹作为雇主就收到过这样一份特殊的红包。

作为职场妈妈，万丹的经历可能跟很多深圳女孩一样，生孩子的前一天依然坚守在工作岗位。直到第二天中午，同事打来电话："丹哥，今天有几个货柜要出货，你还来做出货前检查不"（以往为了确保万无一失，万丹都会带队进行出货复核）。"可能今天来不了咯，你们把好关，昨晚生孩子实在太疼了。"她半带调侃地回复车间的同事。自此"丹哥"生娃的消息才被大家知晓。

由于父母都在老家未退休，休产假的日子，幸亏有阿姨的帮助，她才能抽空用手机、电脑等工具与同事保持联系，随时了解项目的进展和团队的情况。喂奶的间隙回复邮件，宝宝睡觉的时间开会讨论项目成为常态。她甚至会在宝宝哭闹的时候，一边安抚宝宝，一边处理紧急工作。

休完产假上班后，同事们都开玩笑说："丹哥，你家女儿嗓门真大，随你。"看来不少人都在电话那头听到过她家婴儿的哭声。工作没耽误的同时，万丹在思考，怎么能给孩子树立好的榜样？于是她开始复习备考，参加了两年的全国硕士研究生统一招生考试后，顺利取得武汉大学硕士学位录取通知书。通知书到的当天，阿姨给万丹准备了一个大红包并送上祝福："阿姨祝你终于如愿以偿，功夫不负有心人。"看到阿姨的红包，两个人都流下了眼泪。

要知道那两年，万丹每天晚上九点等孩子睡着后，开始学习三个小时。做不完的试卷，背不完的单词，当然还要攻克本科时严重偏科的高等数学。要克服这些困难，可想而知有多艰辛，阿姨看在眼里，疼在心里。

"丹哥，客户喊你去选办公室"，平静的办公室因为这句话沸腾起来，万丹的同事认真地传递客户电话里的邀请。

当天是一位重要客户乔迁的大喜日子，客户从初创期不到20人挤在两间办公室，到后来发展壮大到进驻甲级写字楼。万丹一直与客户紧密互动，初创阶段，客户公司都是顶级的技术专家，但是暂时没有专职文员，丹哥主动承担起起草文件、传递资料的工作。后来对方少有的几位专员由于经验不足，在工作过程中问题频出，万丹回公司认真学习相关知识后，再次耐心地讲解给对方，帮对方出谋划策，帮客户规避了不必要的麻烦。

后来她一次又一次地帮助客户解决了众多力所能及的问题，获得了客户充分的信任。客户的高层领导表达过多次，以后公司扩大了，一定给特发信息的合作伙伴万丹留一间舒适的办公室，欢迎随时来交流业务。都说"工匠精神"就是把工作做到极致，做到十分，结果就能出彩。万丹也用自己的实际行动践行着服务客户的极致精神。

为公司开拓新兴业务
帮助企业拓展市场，实现多元化发展

多年的大客户服务经验，让万丹有更多机会了解到行业内的最新动态和发展趋势，从而更好地把握市场机遇，可以帮助企业拓展新的业务领域和市场，实现业务的多元化发展。

2020年12月，万丹在全球发行量大、发行面广的中文商业财经类期刊发表文章《浅谈大数据驱动与企业创新创业发展》。2021年为顺应公司发展战略，她积极探索新的业务领域，开始转向开拓智慧服务综合解决方案和智慧化业务市场，并在短短两年时间内开拓了智慧园区、智慧安防、智慧交通灯等一系列新兴业务。

其中，智慧服务板块的主要业务就是基于特发信息"产品＋服务"专业化、一体化的能力，为客户提供信息技术基础设施建设和智慧化的项目综合解决方案。万丹带领团队的伙伴，东奔西跑、日夜鏖战成为常态。只要有业务、有项目、有投标，就拼尽全力去争取。大家都鼓足了干事创业的精气神，团队拿下了很多重要项目。这其中包括头部的互联网大厂的机房运维项目、深圳市某生命科学大数据中心项目，团队经过一年多的跟踪和细节跟进，经历了各种波折，尤其在投标阶段组织了近30人的团队，没日没夜地写了2000多页的技术方案，最后获得了客户的认可。

在业务开拓和项目交付过程中，万丹带着团队成员长期奔波在工地现场，制定详细的项目计划，对项目施工过程中的设备、材料、工程质量牢牢把关。这期间，万丹和她的团队频繁感受过公司所处的深圳科技园区凌晨一二点钟的热闹，也看到过凌晨三四点钟特发信息港的园景，看到过凌晨五点钟客户工地上的日出。

万丹说，智慧服务板块第一个重要项目"城市智慧安防项目"，需要建成全方位视频覆盖体系，编织成大视野、大场景的城市防控网络，促进新型智慧城市建设。需要街道部署安全感知设备，同时部署应急设施。

此项目多是施工建设任务，此前相关经验不足。既然不懂就开始学，她带领项目组成员和几位骨干技术员一起，快速行动，迎难而上，每天守

在工地，跟着技术工人学习施工常识，跟着设计公司学习点位勘察和图纸深化，从监理苛刻的监工要求里面总结经验教训。很快，凭借着超高的执行力和锲而不舍的精神，他们把握新技术，应用新知识；从简单的水泥标号、管线尺寸学起，在学懂弄通做实上下功夫，到后来在光缆敷设、地笼安装、接地防雷等方面的建设意见都能得到施工和监理的认可。

由于万丹的突出表现，近年来，她还应邀积极参与了深圳市南山区妇联执委相关工作，坚持求真务实的态度，认真履行工作职责，并积极向公司员工和身边人宣传《中华全国妇女联合会章程》《妇女权益保障法》《未成年人保护法》等法律法规，坚持理论联系实际，边学边用、学用结合，锻炼自己的组织领导、分析问题和解决问题的能力。通过不断学习，自己的理论水平、知识水平和工作能力有了较大提高。

作为妇联执委，万丹努力作为，积极协助完成各项组织工作。积极宣传，提高身边妇女儿童的法治意识。协助公司工会、社区服务中心等积极参与开展法律维权集中宣传、法律维权服务进社区、进家庭、到身边等活动。做好妇女群众工作，为二胎妈妈、大龄女青年、港澳籍女士等特殊群体提供力所能及的工作。同时，积极参与扶贫济困公益活动、志愿者服务活动、关爱未成年人活动等工作。疫情期间积极响应妇联及"深圳市妇女儿童发展基金会"等倡议，热心参与捐助，积极参与抗疫。疫情隔离在湖北期间，万丹还积极主动地参与当地的抗疫工作，主动寻求防疫物资（防护手套、口罩、额温枪等），通过爱人在商会担任秘书长的工作途径，组织天门籍深圳企业家为家乡捐款捐物，获得当地政府和医院的高度认可。

万丹说，深圳是一座年轻的城市，自己是一个新时代的年轻人，追梦路上，今后将一如既往地勇毅前行。

王会娟：深圳社工行业的佼佼者

2006年党的十六届六中全会提出建立一支宏大的社会工作人才队伍，这为社会工作行业蓬勃发展带来了契机。

王会娟是深圳市首批社工中的一员，现任南山区社会工作协会会长、历奇辅导师、中级社工师，曾当选南山区第五届人大代表，深圳市第六、七次党代会党代表。先后获得"全国街道社会工作模范""全国百名社工人物""宁夏回族自治区三区计划优秀督导""深圳优秀社工（金星奖）""深圳市优秀共产党员""深圳市优秀党务工作者"等荣誉称号。

全国首创"四点半课堂"
她是社工实务的践行者

王会娟2008年建立发展蛇口街道海湾社区"四点半课堂"，她坚持三年周末无休，与志愿者共建课堂。

"四点半课堂"主要是为外来打工子女放学后提供一个作业辅导、文体活动、休息的场所，解决城中村孩子失管失教的问题。王会娟运用社工的理念和专业，耐心帮助学生解答学业上的问题，细心帮助学生解决与他人的相处问题，用心帮助学生解决亲子关系的问题。帮助学习困难的婷花顺利走过了中小衔接，考进职业院校；帮助因意外烧伤的明明筹集善款得到及时治疗和康复；帮助返乡读书的晓洁实现了参观腾讯的心愿。

印象最为深刻的是明明，那时他五年级，父母都是保洁人员，收入不高。晚上明明妈妈做饭，明明去卫生间洗澡，因为煤气管老化，瞬间起火，狭小的空间里让火情变得异常严峻，因缺乏防火灭火的经验，结果迅速蔓延的火势导致明明全身80%的烧伤。

作为社区社工的王会娟收到信息后，第一时间奔赴医院，看着满身纱布的明明，眼含热泪，满眼心疼。经了解，明明家里面对这突如其来的意外措手不及，难以承担高额的医疗费，长达数月的康复期影响明明学业。为了尽快让明明得到积极的治疗，王会娟立即跟社区、街道进行汇报并得到支持，启动为明明募捐善款，经过努力，筹集善款数万元。

这些善款让明明得到了及时、积极的治疗，其家庭经济压力迅速得到缓解，后期康复营养得到有力的保障。待明明伤情好转，王会娟与志愿者共同为明明安排了学习计划，通过与学校老师沟通、志愿者补课、自学等多种方式，帮助明明赶上学业，后续进行心理辅导，减少烧伤带给他的心理影响。明明康复后顺利返学，王会娟觉得一切努力都值得。同时，王会娟还积极链接整合多元的志愿服务力量，为城中村的孩子带来丰富的课余活动。参与的志愿者来源非常广泛，有街道领导干部、腾讯、移动、深大、深职院、舞蹈学校、外籍人士、区义工联等，志愿者在"四点半课堂"充分发挥自身优势，不仅让孩子们的视野开阔了，展示的机会增多了，而且自信心也增强了，孩子们曾被邀请参加腾讯年会表演节目，曾实现心愿到深大游学，他们曾与外籍志愿者互动学习外语，并得到专业舞蹈老师的指导学习跳舞。该项目荣获全国优秀志愿者服务项目，并成功升级为深圳市海湾社区四点半学校试点（深圳市总共 4 所）。王会娟在社区服务的岗位上工作了 7 年，创建社区四点半课堂的品牌，开发阳光助残的服务品牌，用专业的情怀服务社区居民，用多年的坚守践行助人的理念。

从一线社工到管理岗位
她是社工队伍建设的推动者

2015 年王会娟被调到南山区社会工作协会担任副秘书长，角色发生了变化，从一线社工转至管理岗位。

当时南山区社区服务中心率先实现了全覆盖，每个社区配置 6 名社工，社工队伍规模实现了快速增长。但社工人才紧缺，持证水平偏低，社工专业水平参差不齐。队伍建设面临较大的挑战。

王会娟积极争取支持，创办南山区全国社会工作者职业水平考试考前辅导班，2015 年至 2023 年连续举办了 9 届。辅导班从单一的线下培训扩

王会娟出席社工研讨会

展至"线下＋线上"混合式培训，从单一讲授式转变为"学、思、练、考"一体化模式，从初级扩大到中级、高级。同时，王会娟统筹组织优秀督导编撰辅导手册，她力推每日一练、每周一解、每月一考的模式，辅导课程体系日渐完备，师资队伍强劲有力。凡是有要参加考试的同事，她都积极创造学习的机会，其中有个本地村民王女士非常担心自家孩子的前途，整日在家无所事事，她希望孩子也能够从事社区服务方面的工作，哪怕志愿服务也可以。于是王会娟就将从事社工的要求及条件告诉该女士，并将学习的平台、资料等一一转达，后来，王女士的孩子顺利通过考试并在社工机构入职。

2023年，王会娟参与到乡村振兴工作中，代表南山社协与桂林市仁人社会工作服务中心签订协议，通过考前辅导的支持计划，精心培育一批当地专业社工力量，王会娟将在线课程、复习资料、考前冲刺练习等相关内容进行了细致分享，切实提高了机构社工的考试通过率。

据不完全统计，参训人员超过4000人，2023年初级通过率60.9%，中级通过率69.62%，有效提升了南山区社工持证率。自2023年7月起，南山区社工持证率达到100%。

在此基础上，王会娟紧紧围绕"一个核心、两个结合、三类优势特色人才培养"工作主线，坚持党建引领社工人才培养机制，聚焦培养助老扶幼、民生兜底和社区治理三支优势特色社工人才队伍，运用机制建设、专业培训、评先评优、保障激励等多元化举措，助力培育造就一支规模适度、结构合理、素质优良、充满活力的社会工作专业人才队伍。

依托平台整合力量
她是文明交通的倡导者

2017 年，王会娟开始负责南山区交通安全进社区社工宣传项目。她带领团队依托协会枢纽平台作用，整合链接社区党群服务中心、社会工作者、志愿者等力量，以社区为阵地，结合交警大队加强重点群体交通安全宣传工作，围绕电动车驾乘人员、快递外卖从业人员、环卫绿化工人、重货重挂驾驶司机、学生、长者等重点人群推广普及交通安全知识。同时，创新开发交通安全宣传工具包，搭建系统性教育课堂，设计双路线交通文明体验式阵地、组建社工＋志愿者超千名的宣传队伍，着力提升社区居民交通安全意识，深化交通安全宣传教育体系，促进精准化教育、常态化教育。

面向环卫车辆驾驶人群、路面作业环卫工人组织专项培训，采用现场知识授课、派发宣传资料、播放教育警示片、典型案例分析、线上问答等形式，讲解道路安全隐患、规范作业、汽车盲区等内容。

面向快递外卖新就业群体，采用"线上＋线下"双课堂，采用多种方式普及交通安全知识和法律法规。面对不同的群体，针对不同时期的重点工作，设计具有针对性的宣传方案，让交通安全宣传深入到广场、小区、校园、工地、企业、楼栋、党群阵地等。

据不完全统计，王会娟共组织开展专场活动超 100 场，社区、校园交通安全宣传活动 3000 余场、文明观察 200 余次、交通安全知识问答约 10000 余份。活动得到社会各界的一致好评。其中，交通安全宣传进某个小学的活动中，初步安排 2—3 年级的学生大约覆盖 300 人。活动现场，学生的反响特别好，各类型体验式沉浸式的摊位让学生寓教于乐，通过模拟现场学习到识别躲避汽车盲区、文明乘车、停车场注意事项、安全带生命带、正确戴头盔的重要性等内容。学校觉得活动非常有意义，紧急协调动员将活动扩大到 4-5 年级的学生，活动覆盖大了一倍。

王会娟不仅参与倡导的行动中，也关注到交通事故受害者的群体。期间，有一孩子跟伙伴们在小区玩耍未注意到来往的车辆，急速奔跑，与行驶的车辆发生碰撞导致车祸。王会娟联系社区社工、督导等力量为该家庭提供哀伤辅导、心理抚慰等服务，运用专业力量缓解家庭遭遇事故的伤痛。

该项目荣获中国社会工作学会"优秀青少年事务社会工作事务案例评选二等奖"、深圳市青少年发展基金会"十大青少年发展典范项目"、深圳市民生微实事项目库十佳项目等。她期待通过交通安全的宣传，最大限度地预防减少交通事故的伤害。

<h2 style="text-align:center">打通服务"最后一米"
她是民生兜底保障的探索者</h2>

2019 年广东省"双百计划"在街道建设社会工作服务站，充分发挥社会工作在基层民生保障、基层社会治理、基本社会服务等方面的积极作用，通过政策实践、精准识别、精细服务，打通为民服务的"最后一米"。

蛇口街道社工站是南山区唯一省试点街道社工站，秉承"暖人心，聚爱心，惠民心"的服务宗旨，为辖区各类困难群众及特殊群体提供民生兜底服务。王会娟参与前期申报、团队组建、阵地运营、站点督导等全过程，她树立"专业聚焦民生兜底，示范引领幸福街区"的信念，在站内规划、资源链接、系统平台建设、五社联动等方面给予大力支持。

其中，针对特殊群体大爱里的小梦想这个项目，通过联动社区、志愿者、社会组织等力量，深入走访，挖掘特殊群体的服务需求，形成 59 个小梦想清单。王会娟同小伙伴们一起共同发力，得到爱心党支部、爱心企业、爱心人士主动认领。这个项目实现了对特殊群体的精准帮扶。

项目进展中，王会娟还进一步拓宽服务影响，争取到区慈善会、民营医疗机构协会等支持，通过腾讯公益平台，广泛筹集资金，实现南山区174 位困境儿童的精准帮扶服务全覆盖，并形成长效帮扶机制，固定春节、六一节增加专项慰问，成功探索社工 + 慈善的公益帮扶模式。同时，在疑难案例方面，她主动参与搭建平台，寻求多元解决途径，期间帮助多名失学儿童顺利复学、帮助疫情受困群体寻找基金会支持、帮助独居失能老人入驻养老院得以妥善照顾、帮助多子女单亲妈妈得到社会多元帮扶。

君君，生活在单亲家庭，因父亲患有重病，由母亲独自抚养。母亲收入不稳定，导致君君辍学在家。孩子上学是大事，耽误不得。王会娟了解情况后立即与社区社工联动商议解决办法，形成解决方案。一是建立君君妈妈与区教育局积极沟通的渠道，申请公办学校的学位；二是联系公益基金会，寻求社会支持路径；三是与街道联动，共同关注君君的日常生活照顾等问题。

在各方的努力下，君君最终获得公办学校的学位。期间，社工发现君君在寒冷的天气仍然穿着短半截的不太合身的衣服，王会娟立即安排为君君送上了新衣服。新学期开始，王会娟通过微心愿等资源为君君准备了新书包和新文具，第一时间满足君君上学的需要。

王会娟就这样积极落实"幼有善育、学有优教"的要求，通过精准识别、政策落实、精细服务，打通为民服务的"最后一米"。因户籍、社保、居住证等影响入学的问题类似这样的案例不只君君一个，政策性限制问题需要多部门共同发力，困难重重。在王会娟的心里，保障青少年儿童的教育权是未成年人保护的重要一环，是关键中的关键。解决一个，可以避免出现留守问题，可以预防未来。尽管前面困难重重，但她总有攻坚克难的坚韧，她在困弱群体的帮扶上保持专业的初心，热忱满满。

十三年如一日
她是党建+公益的联结者

2011 年，南山区社会工作协会党支部在民办东湾小学设立党员服务点，搭建党员社工服务平台，坚持以党建为引领，以联建聚合力，持续开展公益助学和党建主题教育活动。截至目前，已连续在东湾小学开展公益助学 13 年。

王会娟作为协会党支部书记，积极践行党建+公益的服务路径。她一方面争取区社会组织党委的支持，将社协党支部公益助学打造成党建品牌，增加助学资金，扩大困难学生的帮扶力度；另一方面联动多个党支部、多个公益项目、社工机构等，引入更多资源支持民办学校东湾小学的发展，开展丰富的党建带少建的活动。

十多年来，王会娟带领协会在东湾小学先后举办了"不忘初心，牢记使命"红色运动会、"五个一"系列助学、"百年风华、初心如磐"庆祝建党百年活动、交通安全宣传进校园等，公益助学服务从社协党支部的独家宴走向了百家宴，活动形式和内容日渐丰富。期间，该校六三班的黄同学得了急病，儿童医院给家长下达了病危通知书，曾经活泼可爱、眉清目秀的女孩变得面目全非，深受病痛的摧残，每天高达 9000 元的医药费让家庭变得苦不堪言。

王会娟接到校长发来的信息后，第一时间捐款响应，并在支部内部进行动员，以社协党支部的名义支持黄同学。与此同时，王会娟还联合街道社工站建立对黄同学家庭的支持网络，让处于困境中的家庭获得更多的支撑。

13 年间，南山社协党支部在党建＋公益的路上，累计投入 40 余万元，服务 5.2 万余人次，通过每年帮助 10 个同学，让因病、因重大变故、因家庭关系破裂等受困的孩子得到及时帮助，让民办学校得到更多的社会关注和支持。

社会工作在深圳市南山区发展了 16 年，王会娟在社会工作行业道路上行进了 16 年。16 年来，王会娟用社会工作的专业和信念奋力前行，在深圳这座有爱的城市助推公益发展，共建美好未来。

翁恒：大山里走出来的"美女姐姐"

1986 年 3 月，翁恒出生在红色革命圣地贵州省遵义市的一个小山村。童年的回忆是清苦但充实的，她与深圳的结缘是因为学生时代的一次深圳之行。真是因为一件事，爱上一座城。她爱这里日新月异的快节奏生活，爱这里温润宜人的气候，爱这里机会均等的包容。即便在这座城市里举目无亲，可她依旧从中感受到了令人幸福的人间温情。

2008 年大学毕业后，翁恒心中载满了梦想，只身来到深圳。在这里，她做过前台接待服务员、客房服务员、餐厅服务员。每日工作虽然辛苦，可工作、生活、

翁恒与花结缘

学习的节奏都令她感到充实，兴奋的大脑总是支配着疲惫的身躯。

在深圳，翁恒一直秉信"笨鸟先飞"的理念，她善于思考、敢于行动、勤于奋斗，时时刻刻朝着心中的梦想准备着、奔跑着、从不懈怠。最初在深圳工作的几年时间里，即使收入微薄，她也将所剩不多的积蓄投资到学习中。在这座圆梦的城市里，她坚信自己的梦想也会实现。

翁恒在工作中勤勤恳恳，一步一个脚印，工作也不断攀升，当她在事

业高峰期时毅然辞去工作，转而开启了别样的人生——创业。

女孩都爱美，更喜欢花，于是，翁恒开了一家花店，在她的精心经营下，花店经营由创业初期的艰难慢慢挺了过来。接着她注册深圳市桃满园婚庆礼仪策划有限公司，经营逐步正轨化。

如今，翁恒的公司早已从零零散散的以零售为主逐渐走向承接大型活动、整合周边配套资源、拓展连锁店面，通过线上和线下结合的一站式、立体化、多渠道营销模式，公司一步步发展壮大，现已初见规模。目前，翁恒的花店已在深圳开设了 10 家连锁店，仅在改革开放第一声开山炮响的深圳市南山区就开设了 3 家，在全国总计开设了 13 家，同时也帮到了一些志同道合的人一起致富，解决了一部分人的就业问题，为社会的稳定也做出了一定的贡献。

现在，翁恒在全国零售花店行业有一个亲切的名字"美女姐姐"，粉丝量 7000 万 +。

从工作中提升，在学习中升级

正是因为大学毕业前的一次深圳之行，改变了翁恒的人生轨迹。这座美丽的海滨城市给她留下了很多美好的回忆和对比感受。便捷的交通、干净整洁的街道、快节奏的生活、穿梭在城市中忙碌的人群……这一切都是她想要的。特别是在老家时，寒冷的冬天，满脸都是冻疮，在深圳温暖湿润的气候里短短几天就不治而愈，真是太神奇了。从此她下定决心：留下来！

揣着哥哥给的 500 元路费，她只身来到了举目无亲的深圳。酒店管理专业毕业的她，第一份工作是在福田区福朋喜来登酒店担任服务员，这份工作虽然很辛苦，收入也不高，可她还是觉得很充实，想想每天都能见到很多陌生的人，遇见很多新鲜的事，很开心。

随着工作能力的不断提升，一年后翁恒跳槽到更有挑战、工作难度和强度更大的国际知名酒店——深圳丽思卡尔顿酒店。应聘前，翁恒了解到英语口语是必考项目，对于来自贵州大山里的她来说，英语可是一大难关，可面对看似不可跨越的"拦路虎"，她没有选择退缩，而是拼一下！抱着这样的想法，她开始了自学英语的漫漫长路。当时月薪才 600 元的她，整整凑了三个月才凑够 1500 元买了个英语学习机，每天晚上下班后，她借着路灯的光刻苦学习。在路灯下，她读了一年英语。"苦心人，天不负"。一年后，她如愿进入梦寐以求的深圳丽思卡尔顿酒店工作。

离开深圳丽思卡尔顿酒店这么多年了，谈起当年的工作经历，翁恒仍然兴致勃勃，对酒店的管理文化脱口而出。可见这段工作经历对她人生的影响之大。她说刚入职时，从"拓荒"开始做起，逐步熟悉酒店服务的各项流程，入职初期真的很辛苦，不过融洽的同事关系、井井有条的管理制度、轻松的工作氛围以及令人愉悦的工作环境都让她十分享受工作。所以她工作很努力，也很出色。

在深圳丽思卡尔顿酒店工作期间，翁恒曾为来自香港的黄先生家小孩提供量身定制的个性化服务，黄先生最后成了深圳丽思卡尔顿酒店的VIP客户，很多年后，黄先生还津津乐道地谈论此事。

随着工作越来越顺心，每天接触优秀的人越来越多，翁恒心中萌发一个念头，怎么才能成为像他们一样优秀的人？内心的小火苗越燃越大，辞职！创业！

海阔凭鱼跃，天高任鸟飞

离开深圳丽思卡尔顿酒店后，翁恒找了一家企业做销售工作，凭借勤学苦练，不到一年时间，她就成为该企业华南地区销售总经理。每天待在飞机上的时间比在地面上的时间还多，生活没有规律。渴望安定自由的她，在公司提出升职加薪挽留时，被她婉拒了。她就想干自己喜欢的事：创业！

一旦坚定了决心，翁恒便毫不犹豫地投入了自己多年工作所积攒下的全部积蓄，开始全力经营起自己的生意，在半年时间里她先后开了花店、鞋店、包店。

可事与愿违，因为没有经验，创业之路并不像她所预想的那样顺利。半年以后，三家店铺经营到最后只剩下负债，于是她毅然决定关掉鞋店和包店，全身心经营她最喜欢的花店。

果然，选对了赛道，从此一路狂奔。

花店的生意渐渐好了起来，营业额也一路飙升。

翁恒是个要强的人，一次外出培训让她大开眼界，原来这个行业有这么多大咖，他们可以做到，为啥我不能？从此一路学、一路考、一路跑……

接下来她考取了很多行业内证件，业务技术不断提高，店里的营业额也翻了个番。很多同行都以为她有卖花"奇招"，其实她并不是把鲜花当成商品。她认为草木皆有情，鲜花从摘下的那一刻起，作为花艺师的她要重新赋予鲜花生命，她有这个责任和使命。

因为喜欢，所以专注；

因为专注，所以专业。

与其说翁恒对鲜花的价格没那么计较，还不如说她更关注送花人和收花人的情绪体验。因为花，她结识了很多有缘人、有心人、同行人。她把自己的花店像孩子一样呵护，对自己的员工像姐妹一样爱护，对待客户像朋友一样真诚。当她想让员工休息时，就将花店设置成"自助销售"托管模式。同行们质疑她的这种做法时，她只淡淡答道："我相信我的客人！"

爱心回馈社会，真情感动佳人

每逢妇女节、劳动节、护士节、建军节、警察节、记者节、教师节等各种节日，她都以花会友，将自己精心准备的鲜花免费送到劳动一线。收获的除了感动，还是感动。

为了鼓励学生们努力学习，翁恒经常邀请初中生、高中生到店里进行勉励谈心，并附上精美礼物。她经常在很多老年人生日之际，亲自送上免费鲜花，很多耄耋老人收到人生的第一束鲜花时都热泪盈眶。她经常给店里员工诠释她做这件事的初衷：如果没有这些先辈们在艰苦岁月的奋斗，就没有我们在和平年代的安定和幸福。

2023年"五一"国际劳动节当天，翁恒组织一群孩子带着提前准备好的鲜花，在大街上寻找着为这座城市默默奉献的劳动者，当一束束鲜花从孩子们稚嫩的小手传递到快递小哥、环卫工人、执勤保安一双双粗糙的手上时，一张张幸福的笑脸像花儿一样绽放，这世界多么的温情！

讲起花，翁恒总有聊不完的故事。一天，一个男士在她的花店来回踱步，满怀心事的样子。被她看出后连忙上前询问，得知男士要不要买一束花争取快要崩溃的婚姻时，她找来纸笔，记下男士口中的点点滴滴，不断鼓励他大胆地去追回自己想要的幸福。

通过了解对方的兴趣爱好，为他量身定做了一束大大的鲜花，附上真诚、走心的祝福卡片。临别时，她和男士打"赌注"：今天的花我为你优惠，就当是提前祝贺尔！也替我向弟妹问好，祝你们幸福！祝你成功！如果你追回了你的幸福，回头每天替老婆送一束花，意下如何？男士欣然应允，接过花，大步流星地离开，翁恒看出了他步伐里的坚定！

两年过去了，翁恒差不多都忘记了此事。一天，一男一女牵着一小朋友来到店里，径直朝翁恒走来，一家人满脸春风，翁恒不知道发生了什么。他不断解释着："听了您的建议，我真的成功了！"他指着面前的小宝贝说："看，这就是我们幸福的结晶！对不起，从那以后，我被派到外地市场，一忙两年过去了。""老板，从现在开始，我就是您花店的终身会员了，我要兑现当初和您的赌注！我要让她幸福一辈子。"说完大家都哈哈大笑起来。

投身公益回报故乡，感召厌学少年重返校园

因为经历过贫苦，翁恒更懂得生活的不易；因为体会过生活艰辛，她才更会关爱他人。回想起自己读书时老师们的帮助和关心，她决定利用自己有限的力量去争取身边一些爱心人士投身公益事业。

2019年，翁恒回到家乡的一所山区小学，自己带着团队出资为全校200多名学生更换了四百多套新校服和新鞋子，为每间教室更换了新的电脑和打印机；2023年，她前往贵州山区的一所学校，为学校捐赠课桌椅四百余套，为学生们赠送学习用品。此外，她还经常为贫困地区的学生们开展励志演讲，鼓励孩子们努力学习，用知识改变命运。

如今的她在行业内已经有了许多荣誉和头衔，这其中她最喜欢的还是"爱心人士"这个称号，她不但自己热心公益，还身体力行地带动身边人一起投入到公益服务中去。

多年来，翁恒带领公司员工前往社区、福利院、学校、医院、企业等地，为人们提供免费花艺课程培训。工作之余，她还多次应邀走进深圳宝安电视台，客串情感嘉宾和主持人，弘扬正能量，为社会的新风尚发声。此外，她还给残障人士提供切实有力的帮助，她的公司还为残障人士提供免费实训、工作机会及就业岗位，她曾帮助过一位自闭症女孩。曾经有一位自闭症女孩在她的花店里工作，这个女孩来花店工作前，曾整日待在家

中，跟任何人都不讲一句话，跟家人的关系也很冷漠。自从小女孩进入她的花店工作以后，她每天上班时都会给她一个大大的拥抱。通过全体员工的交往和认同，小女孩像变了一个人，每天可以按时上班，能管理好自己情绪，改掉了一些坏习惯，不仅能够独立完成交代的工作，还学会分享和慢慢交流了。

2022年暑假的一天，一位妈妈带着一个13岁的小女孩来到翁恒的花店，这个小女孩说自己要找工作，问她招不招员工。她很惊讶，这么小的孩子应该是学生啊。小女孩表示自己不想读书，就想找工作。翁恒想了想，给了小女孩一张纸，并让小女孩写下自己的理想，随后对小女孩说："我现在给你一个假期社会实践的机会，到了九月份，你一定要回到学校上学。"小女孩答应了。

两个月里，小女孩感受到劳动的艰辛，心智也发生了一些改变。

到了9月，小女孩按照最初的约定，揣上纸条上的理想，回到学校上学，这次她不再抱怨学习的辛苦和无聊，也不再像两个月前那样总是把"不想上学"挂在嘴边，往后每次成绩有了进步，她都会第一时间向翁恒汇报喜讯，在最近的一次考试中，她考到了全班第五。

每每讲到翁恒帮助过的人，都和她的花有关，她的脸像向日葵一样阳光；当谈到自己的事业，她又像一朵盛开的嘉兰，冷艳而知性，自信而笃定。

翁恒表示，她终于找到了自己热爱并愿意为之奋斗一生的事业，她希望再接再厉，让这些铺满鲜花的小店在全国"遍地开花"，她说："鲜花能为人们带来好心情，每个人都需要好心情！"因为鲜花可以改善人们的情绪和心情，减轻压力，提升幸福感；鲜花可以表达感谢和感激，用于回报别人的善意、帮助和支持；鲜花可以传达祝愿和祝福，希望对方获得好运、健康和成功；鲜花可以装饰和点缀环境，提升环境的美感，创造愉悦的氛围。

翁恒认为："鲜花的美丽和生命力使其成为一种受欢迎的礼物，可以适用于各种不同的情境和目的。柴米油盐是生活必需品，但是，鲜花代表着好心情，送花就是传递好心情，没有人会拒绝好心情。希望在未来，每个人家里的餐桌上都会放着一盆鲜花，让每一个市民每天都有好心情。"

吴开孟：始终坚持优质健康规范新鲜的餐饮经营理念

　　吴开孟，1969 年岀生，高级营养配餐师，深圳市南山区第五届政协委员、深圳市连云港商会常务副会长、深圳市江苏东海商会会长、深圳市开味缘餐饮集团董事长。

　　1999 年，吴开孟在深圳蛇口创立了第一家城市快餐店——翠竹亭餐饮连锁店，二十多年来，随着城市的不断进步与发展，他先后创立了越来越多实力雄厚的知名餐饮品牌，其业务主要服务于大型产业园区配套就餐。多年来，吴开孟带领开味缘餐饮集团在深圳一路领先，成为深圳市最具发展潜力的数智化餐饮综合运营服务商。

　　近年来，吴开孟积极关注社会民生、热心慈善事业、助力乡村振兴，尽显深圳优秀企业家的社会责任与担当。2022 年被深圳市总工会授予"爱心企业"荣誉，2022 年获深圳市南山区文明办"十大温暖人物"称号，2023 年荣获深圳市南山区对口帮扶工作组表彰"助力乡村振兴爱心人物"。

　　2014 年 5 月，吴开孟当选深圳市连云港商会副会长，2015 年当选深圳市南山区政协第五届政协委员，2017 年 4 月创办深圳市江苏东海商会并担任会长，2017 年代表南山区政协等单位对口帮扶河源连平县溪山镇东水村、镇南村、溪西村，2018 年 6 月当选深圳市南山区慈善基金会理事，2019 年 4 月至今创办深圳市开味缘农业科技有限公司。同时，吴开孟还兼任深圳市南山区慈善基金会理事、深圳市团餐行业协会理事、深圳市绿色产业促进会理事、深圳市南山区酒店餐饮同业商会副会长、深圳市南山区工商业联合会（总商会）常务理事、深圳市连云港商会常务副会长、深圳市开味缘餐饮管理有限公司党支部书记、深圳市开元餐饮管理有限公司关心下一代工作委员会主任等社会职务。

关心市民饮食
而立之年创办翠竹亭餐饮快餐店

1969 年 5 月，吴开孟出生在江苏东海县，1988 年 7 月高中毕业后，吴开孟回到家乡开始创业，1998 年以前，吴开孟担任江苏省东海县巾帼综合经销站天然水晶工艺厂厂长职务。天下人都知道，江苏东海是世界天然水晶原料集散地，有着"世界水晶之都"的美誉。东海水晶以蕴藏量大、质地纯正而著称于世，曾入选"江苏符号"。东海水晶的开发利用可追溯到 19 世纪，是中国最大的水晶市场，同时也是世界水晶交易重要的集散中转地，享有"东海水晶甲天下"的美称。

虽然在家乡干得风生水起，但是，中国人有个说法：男子三十而立。看到很多同学朋友老乡去改革开放的深圳打拼，取得了不菲的成就，吴开孟想着自己也 30 岁了，是骡子是马也该拉出来遛遛了。于是，和家人商议后，毅然辞去了水晶工艺厂厂长职务，南下深圳来到改革开放第一声开山炮响的蛇口开始追梦。

俗话说，民以食为天。吴开孟决定开办餐饮店，因为不管什么人都要解决一日三餐的问题。说干就干，就这样，1999 年吴开孟 30 岁的时候，就在深圳创办了翠竹亭餐饮店；到 2005 年 12 月，又创办经营深圳市开元餐饮管理有限公司；从 2010 年 9 月至今，创办经营深圳市开味缘餐饮管理有限公司。

自从 1999 年吴开孟在蛇口创立了一家快餐店——翠竹亭以后，因为市场需求，很快发展为餐饮连锁店。翠竹亭是许多早年来深圳打拼奋斗的白领阶层心中记忆深刻的一家店，每天清晨，店门口都会飘着热腾腾的蒸气，路过的行人们远在几十米外就能闻到来自店里的饭香味。包子、油条、豆浆、粽子、粉面……翠竹亭里供应的食物种类应有尽有，适应着全国五湖四海来深圳打拼的奋斗者的口味。饿了，但不知道吃什么，进入翠竹亭后总能找到中意的。

那时的许多白领，每天早餐匆匆出门后来到翠竹亭，买两个包子、点一杯热豆浆，然后拿在手上，一边在上班路上走着，一边就把早餐解决了，深圳的快节奏生活在这其中展现得淋漓尽致。

有了翠竹亭的成功，吴开孟在几年后又创立了餐饮品牌开味缘，创立至今，开味缘始终把营养健康、卫生新鲜作为出品的首要要求；规范化的管理流程保证客人用餐的快速便捷，而其简约亮丽、悠闲时尚的装饰风格，给人以舒适温馨的愉悦感受，是当今深圳白领人士需要用餐时的首选餐饮品牌。

开味缘在蛇口扎根、在蛇口成长、从蛇口发扬；它凭借着"诚信、营养、健康、专业"的经营理念精耕细作，已经成功地建立起一个遍布深圳的餐饮网络。此外，二十多年的经营探索让吴开孟创建了餐饮行业的四大标准运营体系，即原材料采购检验标准化、后厨生产标准化、餐厅操作标准化和装潢风格标准化，从而让餐厅实现在品质、服务、客户体验三方面达到与国际标准接轨。深耕餐饮行业二十载，开味缘已发展为一家大型现代化餐饮全产业链综合服务企业，目前集团员工总数 500 余名，为中国团餐百强企业。目前在河源连平拥有 30 万平方米自营农业种植基地，在深圳投资建设中央厨房及多个专业生产加工中心。服务客户 100 余家，服务百万人群，服务网点辐射全深圳。

吴开孟至今还清楚地记得，刚来蛇口时，工业八路两旁尽是排成行的铁皮房，其中夹杂着一家家工厂。不过，当时的景象虽然看起来与一个先进的国际化大都市格格不入，但却给人一种蓬勃发展的感觉，好似这些低矮、简陋的铁皮房终有一天会以顶天立地之姿重新出现在人们眼前。事实证明，吴开孟当时的预感是正确的，二十多年后的今天，这片土地上已然拔起成群高楼，穿梭在楼宇之间，来自各类企业总部经济聚集的现代化气息扑面而来，吴开孟步履生风，走得愈加意气风发。

如今，开味缘熟食中心的运营版图遍布深圳招商蛇口网谷、永新汇、南山科技园、龙岗星河 WORLD、西丽云谷等各大型高新科技产业园区及 CBD 中心区，在市内开设分店已达二十余家，日接待顾客 3 万人次，总经营面积 3 万余平方米，服务园区总面积超过 100 万平方米。同时在深圳投资建造高标准智慧中央大厨房，为政府机关、企事业单位、学校、医院、国际会展中心等提供团餐配送、食堂承包、美食广场运营等餐饮综合服务。

从零开始，到发展成现代化餐饮综合服务企业，作为一名企业家的吴开孟也从中不断学习和成长，同时他也背负着越来越多的社会责任。他说："从一个企业家到一名政协委员，不仅要着眼于员工、顾客，企业发展到现在也离不开社会的支持，我理应承担起更多的社会责任。"吴开孟个人的成长，在某种程度上也是南山一代企业家成长的缩影。

关注乡村振兴
扎根连平山区六年，助力村民脱贫致富

2015 年，吴开孟通过选举当选为深圳市南山区第五届政协委员。在餐饮食品行业耕耘多年，吴开孟热爱这项工作，也热爱他所从事的这项事业，因为他从中深刻体会到自己是能给社会带来切实贡献的，这些成就感、荣誉感、幸福感汇聚成最简单的一种情绪——开心。吴开孟自己干得开心，也让消费者感到开心，他认为这才是和谐社会的根蒂。当选为政协委员以后，他也紧抓这个根蒂：一切行动的宗旨，就是为了让"食客"开心。

2017 年，吴开孟积极响应南山区政府号召，投入到国家脱贫攻坚战的伟大事业中，在南山区政府、区政协等单位的牵头下，吴开孟带领开味缘企业深入广东省连平县溪山镇与隆街镇，对其进行精准对口帮扶，帮助建立起完善的帮扶长效机制，此举充分体现了深圳企业家的社会责任感和使命感。

吴开孟的扶贫理念特别朴实，他认为"授人以鱼不如授人以渔，只有帮助扶贫对象创造就业，才能真正地将扶贫工作落实到位"。那时，连平县溪山镇东水村还是一片贫瘠，尽管那里背山面水、土地资源优越，村民们也同样在辛苦耕作：养猪、种果树等，他们努力进行了多年的农业生产，却迟迟无法将资源开发利用率最大化。

为解决此等困境，在南山区政协牵头下，吴开孟决定前往东水村实地考察，细致探索问题产生的原因，为扶贫出谋划策。最终，经过扶贫组的细致研究后决定，要为东水村打造一个蔬菜种植基地，由南山区政协利用扶贫资金投资基建，村里负责把农民的土地统筹集中，最后由吴开孟的公司负责农产品的包销。

扶贫的计划是完善的，扶贫的目标是美好的，可通往这美好目标的道

吴开孟（中站立者）和他的蔬菜基地

路上却充满着艰难困苦，然而，只要众人同心，便能拥有移山覆海之力，怀着消除贫困的决心，吴开孟不计成本的投入：无论淡季旺季，他都以均价来采购蔬菜。此外，公司还不断投入存储、运输以及人力成本。吴开孟表示，不管项目期限如何，这些投入都将进行下去，直到扶贫成功。

于是，在距离深圳数百公里外的这片土地上，吴开孟在东水村投资建立了连平开味缘蔬菜高科技示范基地，他带领员工们用来自深圳企业的热血与力量，实打实地帮助当地村民脱贫致富。对于参与扶贫的原因，吴开孟表示："一是公司工会每年都会组织前往贫困员工的老家扶贫，有丰富的扶贫经验；二是公司是做餐饮的，正好可以给农民种植的蔬菜提供销售渠道。由此看来，这个职责非我莫属。"

扶贫，不单单是短期内帮助目标对象脱贫致富，更是要找到帮助其自力更生、实现长久效益的方法，这也是"助人自助"的理念。

经过实地考察，扶贫组发现了东水村的优势：东水村地理环境优越，有3万多亩山地，村前有条大河，背山面水，环境宜人。村里还有许多保存完整的客家祖屋，充满文化气息。于是吴开孟提议，应当抓住东水村这个天然优势，在对口帮扶的基础上，因地制宜，延伸扩展项目，利用村里的天然资源打造民宿生态旅游，形成产业链，有望彻底将东水村激活。县镇领导听闻此建议后也是一拍即合，计划按照南山区政协带来的新思路，将东水村打造成连平县的发展样板。吴开孟计划先承包五千到一万亩土地发展林下经济，养殖鱼羊鸡鸭鹅、种沙糖橘、红肉柚子、鹰嘴桃等等，未来也将继续完善村里的农文旅项目。

此次扶贫工作在产业协作、人才支援、劳务雇佣、消费帮扶等方面成绩显著，从"农文旅"产业融合建设到新举措新思路实行，为实现乡村振兴积极贡献企业力量。通过三年脱贫攻坚、两年巩固，东水村科技种植蔬菜项目不仅能够确保贫困户稳定脱贫，而且从长远发展来看还可以确保贫困户致富。以"企业＋基地＋科技＋农户"的发展模式建设现代农业产业园，在连平县得到了推广。

扎根六年，吴开孟带领企业终于成功地帮助当地村民甩掉贫困帽子，走向乡村振兴的康庄大道。目前开味缘蔬菜高科技示范园已获评深圳市南山区对口帮扶标杆示范项目、"深圳农场"、河源市连平县科普教育基地等荣誉。

关爱幼儿教育
努力让学生吃到有品质保障的放心饭菜

作为政协委员，吴开孟尤为关注的是学前教育问题。经过仔细调查，吴开孟发现，南山区学前教育存在诸多问题，如幼儿园学位紧张，小区配套独立园舍数量严重不足；民办园数量太大，占比达到97%以上，且多以营利为目的，专业管理人员不足，管理难度大；幼儿教师学历不高，待遇低。为了改变这种现状，他书写提案，建议政府新增一批新型公办幼儿园。

在全市率先新增一批新型公办幼儿园，是为了解决好市民群众的刚性入园需求与学前教育不平衡不充分发展的矛盾。吴开孟认为，新型公办幼儿园不等于传统公办幼儿园，对比原有公办园，新型园在办园主体的确定、法人登记的方式、以事定费的模式、生均拨款的补贴办法、不给编制但保障待遇的用人形式、大专以上学历的教师队伍等方面应有所突破、有所创新。在吴开孟等政协委员和社会各界的努力下，南山区幼儿园民转公走在了全市前列。

对教育的关注也引发了吴开孟对学生的关注，想要教育出优秀的学生，照顾好学生的身体健康便是基础，这其中首当其冲的就是要提供给学生高质量的午餐。学生的午休午餐是近年来居民们越来越关切的热点，目前在深圳的许多学校和幼儿园中，进行午餐供应和负责午休管理的并不是同一个团队，这样造成的现状是管理难度大、费用高、相关人员素质也参差不齐，容易出现问题。

发现此类问题后，吴开孟计划配合政府相关部门，利用自己在餐饮行业的优势，创新性地提出由相关企业打造专业午休午餐团队，在学生上学期间到学校全程负责学生午休午餐。将两者合二为一，并由专业团队统一管理的好处是能让管理有保障，效率也会提升，而且相关企业一定要做到定期对管理团队进行培训。吴开孟表示："未来若推动政府把这一块向社会开放，既可为企业谋福利，也能为政府做贡献，更重要的是让学生开心，让家长放心。"

目前开味缘餐饮集团在为全深圳二十余所中小学提供科学合理、营养均衡的学生营养餐，助力学生健康成长。

关乎老人幸福
设立长者食堂，解决三类老年居民用餐问题

2019年5月，在深圳南山招商街道的沿山社区，由开味缘承办的"长者助餐食堂"正式开业，专门解决社区内60岁以上的三类居民用餐问题。

根据相关政策，南山户籍年龄在60周岁以上的"三无"（无劳动能力、无生活来源、无法定赡养人）、低保家庭及低保边缘家庭等的长者，中餐免费；南山户籍年龄在60周岁以上的长者，每顿中餐补贴5元；除第一、第二类助餐对象外，年龄在60周岁以上的辖区长者也可自费就餐。

作为政协委员，吴开孟十分关注基层百姓的生活，他清楚城市中有许多年岁已高的老人已经无法再妥善照料自己的生活起居，为解决这些老年人的用餐问题，提供健康实惠的餐食，吴开孟亲自把关食品质量，食材由公司种植、养殖基地提供，是经得起检验的优质食材。同时，吴开孟还周到地想到应该为老年人提供个性化服务，根据老年人的身体状况进行咨询调查，为其建立个人饮食档案，目的是为了更好地给老年人匹配具有针对

性的餐食。

此外，沿山社区也居住着许多第一代深圳建设者，他们都是些深圳改革开放初期的城市建设者，随着时间的流逝都已逐渐步入老年。"一个地区的人文关怀程度是能够侧面反映出该地的发展水平的，老年人群体都是我们的前辈，没有他们挥洒青春、流血流汗的付出，我们就享受不到如今美好、和谐、繁荣的生活。"吴开孟如是说。

吴开孟的做法也得到了区政协领导的高度认可，在吴开孟的牵头努力下，老年人的生活需求、餐饮需求引起了政协的关注并着手解决，政协委员工作站推进"长者助餐食堂"顺利开业。今后，政协委员工作站将持续发挥阵地、桥梁、家园等作用，打通委员联络群众的"最后一公里"。

关切政府民生
不遗余力做慈善，心系社会发展，积极建言献策

疫情期间，吴开孟带领的开味缘餐饮集团作为应急防疫重点保供企业、社会重大活动应急餐饮保障单位，先后助力南山区应急管理局、西丽街道办、蛇口街道办、招商街道办、南山街道办、沙河街道办、罗湖五方健康驿站等政府机关单位，排除一切困难迎难而上，为其辖区内的防疫一线工作人员和隔离人员持续提供配餐服务。其高标准的餐食出品、细致贴心的服务得到各级领导、隔离居民和一线工作人员的一致好评，为疫情防控后勤保障工作做出突出贡献，并得到了南山区疫情防控指挥部的高度认可。

吴开孟还多次带领开味缘企业联合深圳市职工解困济难基金会、深圳市南山区慈善会、深圳南山招商街道总工会、深圳南山蛇口街道、南山区应急管理局、福田食物银行等单位组织为防疫一线单位、隔离居民、医院等捐赠新鲜蔬菜及抗疫物资。

投身于慈善事业以后，吴开孟凭借餐饮行业耕耘多年的经验，积极思考如何结合自身行业为社会民生带来更多切实的贡献。近年来，他定期向贫困山区留守老人、儿童捐赠物资，以求为他们改善生活，在疫情期间也一直持续为街道社区抗疫一线的工作人员、医护人员、隔离市民捐赠大量新鲜蔬菜及防疫物资。

所有捐赠的新鲜蔬菜均从开味缘餐饮集团实现助力乡村振兴的对口帮扶地区——河源东水村开味缘高科技农业示范基地现场采摘、打包，经过3小时冷链专车当日配送至深圳，快速运送至各社区接收点，在抗疫关键时候送达隔离居民家中。通过此举，吴开孟将自己曾经做过的扶贫工作与慈善事业相结合，达到一举多得的显著效果，让所有困难人群各取所需，实现共赢。

吴开孟是江苏东海人，虽然多年来他在深圳建设，在深圳创业，可心中时刻惦记着故乡的发展，不忘初心，主动去帮助家乡发展建设。2017年，吴开孟创办深圳市江苏东海商会，搭建在深圳的东海人"话情谊、叙乡情、谋发展、促合作"平台。面对新时代新发展的大好机遇，深圳市江苏东海商会定期在深圳承办招商引资会，促进深圳与东海两地的商务合作，为家乡项目招引、人才引进、资源整合等方面充分地发挥桥梁纽带作用。除了招商引资，吴开孟也为家乡的慈善事业积极做出贡献。2018年，深圳市江苏东海商会通过深圳南山区慈善会向江苏连云港东海县定向捐赠6万元为家乡修建道路；2020年疫情期间，深圳市江苏东海商会为家乡捐赠10万元及爱心物资，助力家乡抗疫。

在其位，谋其政。吴开孟作为一名政协委员，总是主动为政府分忧解难，他切实关注社会问题，多年来提出了多项提案，针对时弊提出了多项有效的解决方案。其中《加强园区运营支持力度，营造安商稳商环境》议案得到了政府的高度关注，在该提案中吴开孟提出，在整体经济遭遇一系列负面因素影响下，企业经营所面临的压力及其对于未来的下行预期，令写字楼需求出现明显的放缓迹象。

针对这一现象，吴开孟提出了五条行之有效的应对建议：将对政府主导的园区优惠政策延伸至优质园区；施行科创类企业产业用房补贴政策；政府主动介入园区运营管理；建立政府园区运营定期会商机制，实现园区"巡视"常规化；合理均衡各园区扶持政策。此建议得到了区政府和相关部门的高度重视，并督导落实。

曾经蛇口工业八路上成行的铁皮房，到如今鳞次栉比的高楼大厦。二十多年来让吴开孟感受最深的不仅是城市发展的迅速、区域环境的提升，还有人员素质的进步，吴开孟说："南山对人才的吸引，促使越来越多的高级人才进驻，也倒逼着各类企业家不断开拓思路，改进工作方式，形成良性互动，影响带动起南山这些年的高速发展。"

"以人为本、品质为先"是开味缘的立身之本。吴开孟表示，开味缘将不断提升技术水平和管理水平，全面运用现代化管理方式，更好地为追求生活品质的城市白领提供高质量的文化餐饮服务，积极构建从田园到餐桌的大农业全产业链生态，力争成为数字化餐饮行业的标杆企业，让企业在蛇口在南山在深圳打造世界级创新型滨海中心城市贡献力量。

谢超祖：他把井冈山精神带到了鹏城

井冈山精神是红色革命精神之一，它诞生于土地革命时期的井冈山根据地。井冈山精神的内涵可以概括为坚定不移的革命信念，坚持党的绝对领导，密切联系人民群众的思想作风，一切从实际出发的思想路线，艰苦奋斗的作风。

在改革开放最前沿的鹏城——深圳市，就有一个井冈山的老表，把井冈山精神带到了深圳，用自己三十多年的努力打拼，在深圳创立了深圳市南山区联众肉食品有限公司（以下简称联众）。到目前为止，联众公司供应深圳、广州、佛山等粤港澳地区的猪肉每天超过 50 吨，占整个珠三角地区猪肉销售市场的 15% 左右。

联众公司的董事长兼总经理谢超祖，1991 年一个两手空空闯深圳的江西井冈山农家子弟，从猪肉批发公司的杂工做起，勤劳刻苦，寻觅商机，自立门户，最终创立了自己的联众公司。成功以后的谢朝祖致富不忘故乡。2008 年，他又带领自己的两个弟弟回家乡投资，创办了超亿元的大型现代化生态养殖示范园区，造福乡邻，既丰富了珠三角地区市民的餐桌，又让家乡父老乡亲不出门就能赚钱，因此，得到深圳和江西两地政府的充分肯定和市民群众的拥戴。

大胆走出井冈山
只要能赚钱的事他样样都做

1963 年，谢超祖出生于江西省井冈山市新城镇排头村。谢超祖是家里的长子，下面还有几个弟弟妹妹。木工出身的父亲没上过学，希望孩子们能多读点书，用知识改变命运。于是，让谢超祖到 3 里外的长溪村，一座办在神庙里的只有 6 个老师 3 个班的坳头中学就读。初中毕业，因家里人口增长生计所迫，父亲还是让谢超祖去学手艺。就这样，谢超祖 13 岁那年，从中学辍学以后去学裁缝学徒。那时候，谢超祖身板精瘦，看上去有几分羸弱，但他天天背着沉重的缝纫机架，随师父走村串户到乡亲们家里做衣服。三年以后，谢超祖终于出师，也可以单独承接活计，为家里赚取生活费了。

1983 年 10 月的一天，谢超祖去外婆家经过永新县城，在县百货公司看到从浙江进货的衬衫，每件才 2 元。他顿时想到大批量生产的衬衫如此便宜，而手工制作的一件衬衫工钱要 1 元 2 角，还不包括布料、配件等成本。看来裁缝这门手艺已被机械化流水作业所取代，自己应尽快转行。

父亲见谢超祖不愿做裁缝了，认为儿子的观念也是对的，就让谢超祖到自己所在的宁冈县基建公司改学泥水匠。谢超祖在基建公司一干就是 7 年，从缝纫师傅变成了基建公司的技术能手，月工资由 18 元上升到 75 元。那会儿月薪 70 多元，相当于企业单位的五级工了。但谢超祖并不满足，那时他已成家立业，有了两个小孩，这点钱只够温饱，于是，谢超祖不安心在基建公司干了，又有了自己的想法。

20 世纪 90 年代初，计划经济已逐渐转向市场经济，很多企业职工下岗、失业。谢超祖所在的基建公司也因经济效益低落而摇摇欲坠。谢超祖思前想后，决定到广东去打工。他对妻子说：这么多人出去打工，有的干得很好，我有几门手艺，还怕找不到工作？到外面再怎么吃苦也要混出个人样来！谢超祖的妻子虽有万般不舍，但是，基于家庭现状，最后也不得不含泪同意老公去深圳试一试。

1991 年春节过后，雨水连绵，天气寒冷，谢超祖别妻离子，背上行李，坐上了南下深圳的火车。他一踏上深圳的土地，立即感到气候很温暖。然而，只有找到合适的工作才能从心里温暖。他走了几个地方，留意招工广告。有一张颜色很新的印刷文字：招收保安，月薪 180 元。谢超祖抄下地址，沿途打听，几次转车，临近黄昏时赶到了那家工厂。厂里的人事主管见这个小伙子精神状态很不错，就让他留下来了。

但谢超祖只做了一天半保安就辞工了，原因是厂里要求保安值班像军人那样站得笔直，在农村劳作惯了的谢超祖站得腰酸腿痛，实在受不了，并且工资还低。人事主管听说他自动辞职，就说领不到工钱。谢超祖一挥手说："咳，要什么工资，一天半算是参加一次军训了吧。"主管见他挺豁达，就告诉他附近有一家制衣厂，叫他去试试。

到底是裁缝出身，在这家制衣厂做了一名电车工的谢超祖，一小时就学会了踩电车。没过几天，他就远远超过了本车间的所有员工，且质量好，数量多。按件计酬，月底谢超祖领到了300多元工资。这时候谢超祖的第三个小孩在老家出生了，这意味着他又多了一份生活重担。眼见孩子们越来越多，要用钱的地方也多，在制衣厂拿这点工资也不是长久之计。

于是，谢超祖又萌生了跳槽的念头。他进到一个工厂做搬运工，欲用沉重的劳动换取较多的收入。但干了不到3个月，他得出的体会是：光下死力搞搬运，只是赚点辛苦钱，大钱被别人赚去了，看来还是要干技术活。于是，又想到做基建工人。谢超祖的姐夫赖玉华是广东人，也在深圳从事基建工作，他就通过姐夫进了基建工地。

由于谢超祖是技术能手，砌墙又快又好，粉刷手艺也很精。特别是在钢筋水泥的浇铸上，图纸一看就懂，还能做出技术改进调整，省工省料。基建队的包工头很器重他，没多久就让他当了小组长，工资也调到月薪850元，比在老家高出十多倍。

几番跳槽，转眼快过春节了，基建队也放假了。谢超祖出来快满一年，很想回老家过年，可是当时车票紧俏，连高价票都买不到。有天晚上，赖玉华在聊谈时讲到南山区丽欣生猪批发公司，离春节放假还有八、九天，职工已走了一大半，弄得杀猪送肉的人都不够，公司愿出双倍的工资招临时工。说者无心，听者有意。谢超祖心里就想去试试。第二天上午谢超祖来到丽欣公司，公司经理房金球正愁找不到人，见来了个年轻小伙子，高兴地立即给他安排了工作岗位。

谢超祖的任务是把从外地调来的生猪从车上赶下来，在猪背编号盖上码印，再赶到屠宰车间宰杀。每天都有好几车生猪调进来，原来由两个工人完成下猪的任务，谢超祖也不明就里就一人承担。他虽高挑清瘦，看不出有多大的手劲，但对猪有着天生的"杀性"，只要他低沉威严地喝上一声，猪就老实了，由着他拉下车盖印，然后赶往屠宰车间。谢超祖穿着高筒水靴，腰里系着一块黑皮裙，依然像个赶猪老手。一车生猪上百头，不用两小时，就妥妥帖帖地完成了。然后，打扫卫生，休息片刻，再到屠宰车间帮忙给猪肉过磅，放进库房。

谢超祖接连十几天，干得轻松利索。房经理不禁对公司的管理干部惊讶道："这个小谢真能吃苦！一人抵两三个人，这样的临时工打着灯笼也难找啊！"

其实，谢超祖并不知道自己的工作范围和工作量，别人完成任务就走人。而他干完一车又一车，不知疲倦，浑身是劲，任劳任怨。正月初十，陆续有职工回公司上班。房经理问谢超祖："小谢，你能留下来吗？""行啊，谢谢房经理的关照。"房经理高兴地补充说："你的工作，公司很满意。工资你放心，我会给你定高一点。"谢超祖微笑着表示感谢，心想，只要工资高，我干什么都行。

谢超祖结算了在丽欣生猪批发公司春节加班的半个月工资，居然胜过在老家干一年，也相当于在基建队干了两个月。而且，公司房经理把他留了下来，于是，谢超祖从基建工人又变成了生猪公司的临时工。谢超祖每天要完成300多头生猪的编号打印，再赶到屠宰车间，天天如此，从未叫苦叫累，从未出过差错。公司干部、职工对谢超祖的吃苦耐劳精神无不钦佩至极。房金球经理也多次夸道："谢超祖真是个累不垮的铁人！"从此，他的"铁人"外号不胫而走。

丽欣生猪批发公司是隶属南山区商业局的国营单位，能够进到公司的职工基本要求有城市户口和商品粮。谢超祖头半年领工资是打条子，长此以往，财务不好做账。到了11月份，房经理在公司办公会上提出：谢超祖虽是农村户口，但他工作卖力，人又忠厚老实，特殊情况特殊处理，公司想聘他为在编员工，工资纳入报表，享受职工同等福利，再上报局里备案。房经理的这一想法已向几个副经理讲过，因而在会议上并无异议地决定下来。

机会不负老实人。就这样，谢超祖从一个春节到生猪公司做临工的外来工，最终成为一名国有企业的在编员工，这是谢超祖始料未及并且也来之不易的事情。

吃苦耐劳把握机会
不惑之年创立自己的公司

一个有志向的打工者不但要吃得了苦，还要耐得住寂寞，沉得住气，受得了气。谢超祖正是如此，他在丽欣公司上班埋头苦干，下班就看看书报。休息日也不出去玩，看见别人忙不过来就上前帮助。谢超祖就像一台发动着的机器，不停地运转着，公司有些不理解他的职工认为他傻里傻气。

其实，谢超祖大智若愚，他不仅观察别人，更思索自己。对公司的很多事看得清清楚楚，只是装糊涂而已。有一天上班前，他在卫生间，有两名职工进来洗手，以为卫生间没人，压低声音说从公司赊销猪肉的事。谢超祖听懂了广东话，其中一个职工告诉对方，说他昨天拿出去的两只后腿，送到酒楼赚了70多元。

不知从何时起，公司出现了职工把肉赊出去锞售，送到联系好的酒楼饭馆，每斤可以赚将近1元的差价，后腿和五花肉差价更高。尽管不少人这样做，但谢超祖不敢，一是怕公司知道后不允许，这时猪肉市场还没放开；二是自己人生地疏，没有销售点。后来，倒肉出去的现象越来越多，公司领导也是睁一只眼闭一只眼，这使谢超祖感到不解。撑死胆大的，饿死胆小的。看到赊肉外销的情形有增无减，谢超祖想这么多人都做，我为何不能？

销肉首先是找好客户，谢超祖明白星级大酒楼、大宾馆很难挤进去，只能找中小规模的。一个休息日，他换上洁净的衣服和皮鞋，来到南山区几个中等酒楼，打听后连连碰壁。谢超祖想到应该到偏远一些地方，就乘车来到宝安区。几经周折，找到一家接受送肉的酒店。餐饮经理再三叮嘱谢超祖说："你可要送好肉，送准时啊。"

谢超祖翌日就为这家酒店送肉。他于凌晨4点多起床，在屠宰车间记账拿出30斤猪肉，捆在借来的自行车上，借着路灯骑了大半个小时，天亮就来到酒店，过秤结账，正点回到公司。谢超祖一算账，送这趟肉净赚了30多元，比每天的工资还多。连着一个多月，谢超祖每天凌晨起来送肉，少时三十多斤，多时五六十斤，收入比每个月工资高出一两倍。他乐此不疲，买了一辆自行车，打算扩大业务。有感于他的守信和厚道，酒店老板给他介绍了邻街的一个餐馆。

有了两家餐馆的业务，谢超祖信心大增，干得更起劲。也难怪，他每天送肉的收入达到工资的两倍以上。受到信心的支配，他下半夜两点起床，办完赊肉手续，用摩托车搭载七、八十斤猪肉，送完这家又送那家。随着深圳市肉食品行业变革的发展，像丽欣公司职工自找门路销肉是正常的合法经营，只是要用现金结算。这样一来，谢超祖从思想上获得了解脱，那种偷偷摸摸的感觉已从心头滑落，犹如脱下了身上的袈裟。他对送肉干得更起劲了，发展到第三个客户。那段时间，谢超祖每天都忙得很有节奏——早起的下半夜、战斗的白天、忙碌的晚上。上班、送肉两不误，真成了三头六臂。公司的干部职工都知道谢超祖是吃苦送肉的"拼命三郎"。可是本职工作完成得无可挑剔，大伙都很佩服。房经理给他算出每天顶多睡4个小时，可是他还是这么精神抖擞，不由地摇头赞叹：真是个铁人！

就这样，不管春夏秋冬、寒来暑往，谢超祖每天都把上百斤猪肉准时送到客户店里，从未失信过，连客户都为之佩服。谢超祖以超人的意志，感冒都服药继续前行。他不知道多少次遇上突然间的狂风暴雨，雨水淋得他睁不开眼。为了不影响上班，他承受的是体力劳苦，更是意志磨炼。他始终清楚地知道，打工赚钱不容易，以自己各方面的现实，要想取得事业成功，就必须苦干、实干，不能有半点松懈。在日复一日的三年当中，谢超祖犹如超级"铁人"。他生活中的全部就是上班、送肉。他从不打牌、进歌舞厅，稍有时间就看电视、看报纸，留意深圳猪肉市场的商业信息。

送肉赚钱，比在公司上班强出两三倍，甚至四五倍，谢超祖心中有数。三年多下来，谢超祖感到震惊：没想到送肉送出这么好的结果！他下意识地决定："何不把二弟也叫过来呢！"好事情让兄弟们共享。1995年9月，比谢超祖小4岁的谢根祖，来到了深圳兄长的身边。二弟来了，并不等于歇口气了，谢超祖至少要送三个地方。凭着他这些年来生意上的诚信与厚道，开拓客户并不难，已经与五、六家酒店、餐馆建立业务关系。他多次对二弟说："守信是我们的基本原则，哪怕这一趟不赚钱，也要赚个信用。不论送多少，都得准时和保证肉的品质，让客户放心。没有信用，就没有回头客。"

谢超祖后来又盯上了利润更好的猪下水。他给搞卤菜的四川人苟老板送猪大肠，一副猪大肠可以赚10元，苟老板一天需要七八副。看到谢超祖送来的猪大肠品质好，也很守时，苟老板很满意，从不复秤，又给谢超祖介绍了另一家搞卤菜的客户。谢超祖兄弟的送肉业务越来越大，运输工具也由摩托车换成了小卡车，招收了四五个家乡人，兄弟俩的家属也到深圳来了。

光阴似箭，日月如梭。谢超祖酝酿已久的战略构想也准备付诸实践。

他坚定地认为深圳的流动人口急剧增加，猪肉市场前景广阔。从目前的生意状况来看，人手还是太少，尤其缺乏能够独当一面，在经营上掌握全局的能人，谢超祖想到了大弟谢冬祖。

谢冬祖在北京担任国家石油部勘探局多种经营办公室主任。谢超祖知道，三兄弟中冬祖文化水平最高、能力最强、阅历最广。要是能让冬祖到深圳来，自己的事业一定有大的发展。2000 年 10 月，在大哥的说服下，谢冬祖在单位办理了停薪留职手续，从北京来到了深圳。经过了解，谢冬祖对于兄弟间今后的事业走向有了明确的定位。要转变方式、规模经营，做大生意。他明确提出，要借丽欣生猪批发公司的名义，自己组织货源，实行调进生猪、猪肉批发、进入超市，并发掘肥肉市场的一条龙服务。这一设想与谢超祖的构思不谋而合，可谓兄弟同心其利断金。

谢超祖郑重地拜见房金球经理，提出借丽欣公司的名义拓展猪肉市场。其实，房经理早已了解到谢超祖兄弟这些年来业务做得很不错。这位古道热肠的广东人，念及谢超祖在丽欣公司 9 年的突出表现，同意他们借公司的名义实行市场运作，只是按照规定办理手续。有了丽欣生猪批发公司的牌子，可以合法经营了。谢超祖熟知调进生猪的渠道与销售环节，经过十多天筹备，从外地调进了第一批生猪，既搞猪肉批发，又向新老客户送肉，双管齐下实现了经营方式的重大转变。

从 2001 年至 2003 年，深圳猪肉市场的行情持续看好，他们的经营效益也相当可观。生意做大了，目标也更高了。谢超祖强烈地意识到：要想把事业做大，不能老是借别人的牌子，必须创建属于自己的肉食品公司。从 2003 年 8 月起，谢超祖开始忙于公司的筹建与审批，找南山区卫生部门、工商部门看场地、检测卫生、工商登记等，逐一落实。

2003 年 10 月，深圳市南山区联众肉食品有限公司正式挂牌成立，来深圳打工 14 年，刚刚进入不惑之年的井冈山汉子谢超祖终于创办了属于自己的公司。

联合三兄弟的力量
联众商海战舰乘风破浪稳健前行

一个好汉三个帮，兄弟团结坚如钢。联众的含意之一是联合三兄弟的力量，在商战中奋力搏击，走出一条共赢的致富之路。联众公司成立后，发生了向商业经营的形式转变，新的形势要求他们更加团结和谐，将各自的智慧和才干整合在一起，把好不容易打拼出来的事业做强做大。

从商业经营的角度来说，谢超祖的角色是以外为主，开拓公司的销售渠道，稳定老客户，发展新伙伴，在竞争激烈的商战中克敌制胜。这是公司的生存之道，也是发展前提。

世事洞明皆学问，人情练达即文章。谢超祖虽然只是初中毕业生，对外交际缺少圆通灵活的一套。但是，在深圳十几年的打工经历与社会阅历极大地提升了谢超祖的处世能力。而且，他浑然天成的纯朴厚道，使与他接触的人听说对方来自革命老区井冈山，立即对他有一种好感，这有助于谢超祖逮住商机。

谢超祖决定挺进深圳的几个大超市。百佳超市是李嘉诚在鹏城的子公司，超市里的猪肉销售量很大，谢超祖经打听，得知超市采购部的女主任姓张，是江西南昌人。一天上午，他来到超市办公楼，给采购部工作人员递上名片和一张纸条，上面写着：很想在鹏城拜见我们的老乡主任，落款为：你的亲戚，一个井冈山人。有些别出心裁的纸条，引起了张主任他乡遇故知的亲切感，同时为之好奇，很快出来把谢超祖接进办公室，待谢超祖坐下来，张主任不解地问："你说我们是亲戚？""是啊。"谢超祖笑吟吟地回道："我们不是江西老表吗？我是你的表哥，当然就是亲戚嘛。"张主任听得恍然大悟，笑着说："有意思，看不出来谢老板还挺能'侃'呢。""我哪能侃什么呀？井冈山人原先只会砍木头砍竹子，不过现在会砍猪肉了。"谢超祖的玩笑之言又让张主任感到开心。

接着，谢超祖把话引入正题。在谈到销售猪肉时，他只是微笑着询问："张主任，能不能让我们先以小批量接受百佳的检验，得到你们的认可后，我们再大批量合作？"又是一句赢得对方好感的话。与客商打交道很多的张主任从中窥视到了井冈山人的纯朴与谦和。她打开进货报表看了看，略作考虑，同意联众日供鲜肉3吨。谢超祖心里一乐，又说："我希望以后不只是这个数，因为百佳的生意做得越大，联众就越能沾光。""你很会说话呀，谢老板。""呃，应该叫我表哥，别忘了我们是亲戚。""好，既然是亲戚，今天中午我请你吃饭。"百佳超市的采购部主任主动热情地招待供货商是少有的破例之举。

如果说生意场上幽默风趣的交际能更快地打破拘谨、拉近距离，促成双赢，那么诚信经营则是最可靠的无形银行。谢超祖与民润超市的业务扩大则是从退回一笔货款开始的。本来，联众在这个大超市的生意量并不大，只是每天供应 2000 斤鲜肉，一个月下来也不超过 30 吨。有一次月底结算，公司会计发现对方多付了 5000 元货款。谢超祖让财务核实后，当晚带上对方多付的现金退还民润。几天后，超市的老总才得知这件事，就很坚定地对采购部经理讲道："联众可以长期打交道。"总经理的这一句话，使得联众在这家超市的猪肉供货增加了三四倍。

联众公司除了向百佳、民润、新一佳等大超市供肉，成为固定的生意伙伴外，谢超祖还注意与一些大的餐馆、酒楼建立业务关系。为把肉送进福田一家五星级宾馆，谢超祖不止十次地来到那儿，与总经理和餐饮部经理建立关系。有时候遇上总经理正在忙碌，他就在办公室外的走廊上等着，一直等到中午下班，总经理走出办公室看见他还在这儿，才记起来了："哦，你还没有走啊？""我看见您那么忙，不敢打扰您啊。"谢超祖淡淡地一笑，声音轻缓地回答。

这种情形已是好几次了，谢超祖在一连两三个小时的等待中表现出超常人的诚意和耐心，最终感动对方，开启生意之门。在调进生猪组织货源方面，谢超祖更是件件办得妥妥当当，使对方感到满意。谢超祖得益于右丽欣接触到的供猪客商，与他们接上联系后，专程去他们那儿签订供货合同。公司收到生猪后，半天内打出货款。一两个小时后谢超祖又给对方打电话，询问货款是否收到。尤其在生猪价格变化上，谢超祖坚持按照合同价格执行。猪肉市场价格每月定一次，往往上月定好的价格，下个月价格又下调了。面对亏损，谢超祖守信如山，宁亏自己，不亏客户。这让供货商都很感动，乐意和他做生意。

在江西新干、新余、吉安以及湖南几个县的生猪供应行业，谢超祖的生意信誉很高，这种声誉的内核就是诚信可靠，为商正道。谢超祖以全身心的投入，负责联众公司业务上采进与销出的两条主渠道，始终保证着流水的一进一出畅通无阻。

对于一个公司实体来说应该是有外有内，互为结合，缺一不可。在联

谢超祖出席深圳食品工作会议

众的内部管理上，谢冬祖是个优秀的内当家。谢冬祖对于如何实施公司的内部管理，很快就形成了明晰的规定，并着手付诸实践，他擘画的目标是在公司建立一整套正规而科学的管理制度。

联众建立之初是小作坊式的管理松散、无章可循的状态。没有专职的会计和出纳，营业额由各人保管，隔几天才按照纸条上的数目交出来。在谢冬祖看来，这种农民合伙做生意的管理方式会造成很大隐患，或出现漏洞，一定要建立正规的企业财会制度。不久，公司招聘了专职会计、出纳，制订了完整的财会制度，规定财务上的每个环节都要纳入程序范围，营业额日结日清，不允许在个人的衣袋里过夜。

谢冬祖特别重视抓制度的实行，他根据以前的管理实践，结合公司的实际情况，制定了考勤制度、卫生管理制度、进出库登记制度、门面现金上交制度等规章制度，使企业在运作过程中的每个重大环节都有章可循，有制度可依，做到用制度管人。他要求员工把遵守规章制度当成自觉的行动。对违章犯规的现象，谢冬祖的处置措施果敢、严格：该罚则罚，该赔则赔，一视同仁。

联众的组建是由个体户经营发展为企业实体的转变。人的思想能否跟得上这一转变，程度不同。思想指导行动，企业员工的各方面素质在一定程度上决定着企业的发展。联众在建立之前就从井冈山老家招收了二十多个员工。企业在得到经营形式的转变，即组建公司之后，又进来三十多个家乡人，而且不少是谢家兄弟的亲戚。五六十个井冈山人在公司上班，固然形成了一种异地少有的家乡人气氛，但这种老乡和亲戚关系的存在也使企业的品质建设受到制约。

一个公司没有制度是可怕的，有了制度不执行更可怕。谢超祖有个亲戚担任营业部会计，擅自挪用一万多元现金长达几个月。被查出来后，谢冬祖决定以除名处理。联众公司在谢冬祖的不懈努力下，各种规章制度从无到有得以建立并坚定地实行，终于顺利地走上正规管理。

谢根祖则是联众公司坐镇前沿的调度生产、指挥员，对冷冻库运过来的猪肉进库、出库的各个环节进行现场监管。每天凌晨3点钟，他就出现在生产车间，手里拿着猪肉配送表，指挥员工们有条不紊地卸车，过完磅又上到正在等候的十几辆汽车上，谢根祖镇定自如地工作着，一直忙到上午10点多钟。长年累月，谢根祖天天都是这样运转。

从1998年起，谢根祖就以很大精力负责公司肥肉生产，使肥肉生产成为公司的支柱产业。1998年上半年，谢根祖与兄长发现肥肉生意大有做头。那时肥肉没人要，在广东河源、海丰、惠东这些地方猪肉市场，肥肉很便宜，特别是香港肥肉没人要。谢超祖与二弟敏锐地意识到：做生意要人弃我取。这年9月，经过对肥肉市场考察的谢根祖，从别的市场调进肥肉，组织加工。加工后的肥肉用于肉丸、灌香肠、熬油、剥取猪皮等，加工后的一斤肥肉达到了三、四斤附加值，利润相当可观。由于有利可图，谢根祖扩大了肥肉经营，从香港直接调进肥肉。肥肉加工已经成为联众公司的大宗经销项目，每天能加工消化肥肉8吨以上。

联众公司这艘由三兄弟合力的商海战舰在汹涌澎湃的商海中破浪前行。

适应市场需要投资家乡
合作建设棋子石生态农业示范园区

联众公司已发展到成规模、上档次，生意越做越旺。而谢家兄弟并不满足，他们现在不是为了赚钱，而是为了干事业。"现在卖肉比原来难多了。"谢超祖表示。但他并不担心联众不能适应深圳猪肉市场改革，而是被另外一个问题所攥住：据统计，深圳市年消费生猪量约为 550 万头，其中90% 从外省调入。为了保证生猪供应的来源，深圳市政府斥资在省内外建立了 5 批共 147 个生猪生产基地，规模可达 310 万头。可还有很多生猪从何而来呢？"我们老是杀猪，哪来那么多猪呢？能不能我们自己有猪杀呢？"这个问题时常在谢超祖的脑海中闪过："过去艰苦创业，现在完全是守业，为什么不能再创业呢？为什么总是杀别人的猪呢？守业守不好就会变成休业！"这就是谢超祖为之萦绕在心、苦苦思索的问题症结。谢超祖历经磨难，从小就养成了一种不甘现状、发奋图强的天性。

国务院办公厅《关于促进生猪生产，发展稳定市场供应的意见》出台以后，谢超祖深受启发，有了撬动心灵、提升观念的认识。当时，深圳市农牧实业有限公司开发科科长找到他："谢总，你搞猪肉市场这么长时间了，又是井冈山人，我们能合作搞个项目吗？"来人直奔主题，尤其是"井冈山"三字，更是点到了合作项目的题意。谢超祖立马回应："你是说我们合作养猪，发展生态畜牧业？""是啊！谢总一点就明，你们井冈山多好养猪啊。我们出技术，双方办个大型生态畜牧场，以生猪为主，不是很好吗？"那人兴致勃勃地说。

谢超祖心旌摇曳，突然激动起来，他对这位科长回道："你们有这样的打算就好，我们正在寻找合适的合作伙伴呢。这叫作鞭炮点两头——响（想）到一起来了。"此后，谢超祖一直在考虑这件事。有一天，一个熟悉的地名突然从脑海里闪现——棋子石。在井冈山市新城镇，距镇上 8 里的西北边陲，绵亘着一派海拔千米左右的大山，逶迤的大山郁郁葱葱，长满茂密的松杉杂树。就在这些山峰中间，有一块方圆 6 平方公里的盆地，原先是竹子篷，后被开发为水田和菜地。在盆地的右边山湾里，生活着七八户廖姓山民。这块高山之巅的小田园叫作棋子石。三十多年前，山上的住户搬迁到新城，国家于 1978 年新修了一条通往永新的公路，从棋子石经过。从棋子石的地理区位来说，就是办大型生态养殖场的天然佳地。十几天之后，谢超祖陪同深圳市农牧实业有限公司领导与技术人员，踏上了棋子石这块荒无人烟的高山之巅。当他们站在山顶扫视时，同时发出一声声惊叹："好地方，简直绝了！再也找不到这样理想的生态养殖场了！"

有了好地方，更坚定了双方建立现代生态农业示范园区的信心。经过深圳市农牧实业有限公司专家与联众公司多次规划，一个合作建设"示范园区"的项目确定了，双方达成协议，签订合同。按照现代生态农业产业链的思路，棋子石示范园区的规划布局分为生态畜牧养殖区、优质三鸟养殖区、优质水产养殖区三大产业板块，占地 650 亩。总投资在 1 亿元左右，各产业板块都有详细的规划设计。

联众公司成立了以谢冬祖为董事长兼总经理的井冈山市新盛农产品开发有限公司，在新城镇政府的全力支持下，新盛公司已办理了购买棋子石土地的相关手续，公司斥资 1200 万元，2008 年春节过后，投入园区的第一期工程建设。棋子石现代生态养殖示范园的筹建只是联众公司发展规划中的其中一环。公司的远景规划是：生产基地在棋子石；加工基地在厦坪；储藏和销售基地在东莞塘厦。围绕这样的规划，公司已经在塘厦购买了 25 亩土地，而在井冈山新城区厦坪购买的 40 亩地，早在 2005 年就办妥了征地手续。

再也不是当年单枪匹马闯深圳，也不止一个好汉三个帮。谢超祖现在已经是一个团结和谐的团队，是屹立于企业之林的有文化、有品位、有开拓进取精神的战斗集体。谢超祖表示，联众公司今后的战略方针是："深圳这边的营销市场紧抓不放，以保住'阵地'为主，适当开发市场，发展客户。把它的经营当成公司事业的基本保障，这是一定要做到的，姑且把它当成是守业吧。"我们不能光是守业，更要创业，创业目标就在棋子石，那是联众新生命的所在。只有把示范园区建成办好，能够从那儿每年运出 3 万头左右的"杜洛克"肉猪，才能看到公司层次更高的创业成果，才能在这个基础上创出猪肉市场的井冈山品牌。

谢超祖、谢冬祖、谢根祖三兄弟对于公司未来的发展方向思路清晰，目标一致。而且把创业提到战略的高度："我们三兄弟在深圳搞猪肉市场十几年，现在取得一些成功，也算在竞争激烈的商战中立住了脚跟。但我们不能忘记家乡父老，棋子石示范园区只能成功，绝不允许失败！因为那是我们以改革养猪产业化结构，让家乡农民切实受益的一种方式。除此，我们无以回报。"

谢超祖展望未来，现在有了条件，应该把企业办到家乡去，为造福家乡做出自己应有的贡献。

徐翠媚：比学历和天赋更重要的
是持续学习的好习惯

徐翠媚，1979 年出生在广东阳江的一个军人家庭，拥有土木工程学士学位，1999 年 4 月在大学期间加入中国共产党，深圳市高层次专业后备级人才。现任深圳市中深投资控股集团有限公司（以下简称"中深投资集团"）党支部书记，深圳市中深装建设集团有限公司（以下简称"中深装"）总经理、总工程师、工会主席。

徐翠媚出生于 1979 年，在 2008 年与几位合伙人一起注册并成立了深圳市中深装建设集团有限公司，担任总经理一职，次年便成立了公司党支部。从事建筑行业工作 15 年，徐翠媚积极探索"支部建在企业上""支部建在项目上"，推动成立"改革创新工作室"的党建引领企业发展模式，推动企业党委荣获"深圳市非公企业党建百企示范"、企业工会荣获"广东省模范职工之家"。

多年来，徐翠媚始终以共产党员的高标准自我要求、自我约束，在工作中不骄不躁、潜心向学，不断提升自身能力助力公司

徐翠媚荣获深圳市五一劳动奖章

发展。2015 年 4 月，徐翠媚经市人力资源和社会保障局认定为"深圳市高层次专业人才后备级人才"；2016 年获得"深圳市五一巾帼标兵"；2017 年 4 月获"深圳市五一劳动奖章"，同年建立"徐翠媚劳模创新工作室"和"徐翠媚技能创新工作室"；2018 年 11 月获"福田英才"Ⅱ类认证；2021 年获"深圳市优秀共产党员"称号，同年当选为深圳市第七次党代会代表。此外，她还多次获得全国及广东省建筑装饰行业"科技创新成果奖""科技示范工程奖""中国建筑工程装饰奖"等荣誉。

在建筑装饰行业专心耕耘 15 年，徐翠媚不断为我国在建筑装饰领域的技术进步和科技发展上贡献力量。迄今为止，她拥有发明专利 1 项，实用新型专利 20 余项，建设工程省、市级工法各 2 项，中国装饰科技创新成果 4 项。在学术研究方面，主编中国建筑装饰行业工程建设团体标准 1 项，《室内泳池热泵系统技术规程》已正式发行，副主编 2 项，参编 4 项，自主软件著作权 2 项，在重点国家级书刊发表论文 6 篇。

长时间加班，阳台上冲凉

1999 年，徐翠媚在湛江读书期间因优异的表现通过了党组织的考核，成为一名光荣的党员。还没毕业的徐翠媚来到位于深圳市福田区八卦岭的一家电子厂实习，负责从事传呼机的质检工作。

只要从事一项工作，徐翠媚就会要求自己尽可能做到尽善尽美。完成传呼机质检工作的基本要求是需要质检员熟悉电路板，为了保证检查中不出现失误，许多质检员都会对照着图纸核对电路板上的每一个元器件。而徐翠媚的做法不同，在上岗后的很短时间内，她就把整个电路板了解得透彻至极了，对于电路设计原理、元器件的位置，每个位置放置什么东西、充当什么作用，她都烂熟于心，如此一来，仅凭双眼的检查速度甚至一度超过了机检。

徐翠媚担任质检员，需要跟进各工序的抽检工作，流水线上还有一个工种叫插件工，专门负责手动安装一些机器无法自动安装且体积较大的插件。当时许多插件工为了多获得些收入，每天从早上 8 点开工，一直工作、加班到晚上 10 点才收工回家，完整的一条流水线离了谁都是不行的，所以那段时间徐翠媚也经常为了同步抽检工作，跟着加班到很晚，不过收获就是每日的高强度劳作让她学到了流水线上制作产品的全部相关知识，也让她通晓了工厂里各种加工设备的使用方法，到后来她都能够胜任整条流水线及各自动化生产工序上的所有岗位，徐翠媚有天生的好记性，这些知识也为她后来的发展提供了不少帮助。

后来厂里还举办了一个电子类的知识竞赛，给所有人一套题库和一个星期时间准备。徐翠媚一看到这就乐了，作为刚刚从学校里出来的人，心想："这些知识都是课本上学过的东西，早就背得滚瓜烂熟了，这不相当于白给我一个第一名嘛！"不到一个小时，徐翠媚就把题库全刷了一遍，后来到了考试当天，她就像机器扫描的速度一般，迅速完成答题，不仅第一个交了卷，而且还考了满分，真的得了一等奖，又因此得到了厂里发的 500 元奖金，这可把徐翠媚高兴坏了，实习那时候每个月的工资才800 元啊！

在深圳实习的那段时间其实很辛苦，除了每天高强度的工作，厂里提供的住宿条件也比较一般，工厂给流水线工人提供的是没有浴室的 8 人间宿舍，每次要冲凉只能到阳台用一块布遮挡，然后对着水龙头冲凉水澡。因为住宿条件不好，徐翠媚有几位同学坚持不下去离职了，但是她是军人家庭出身，从小就在家人的培养下养成了吃苦耐劳的品性，整整五个月的实习期，只有她一直坚持到了实习结束。

陪考被选中，爱好成职业

实习期结束后，徐翠媚也即将面临毕业找工作的问题，当时广告行业兴盛，原本对于学机电专业的徐翠媚来说，广告业是跟她八竿子都打不着的关系，可就在命运的巧合下，她因一件意想不到的经历被广告公司相中，顺利进入广告行业工作。

那时，有一位同样在深圳求职的校友找到徐翠媚，让她陪自己去参加一个广告公司的面试。在等待校友面试的期间，徐翠媚独自一人坐在隔壁的等候室里，却被广告公司的人误当成前来参加面试的求职者。就这样，在面试官等人的邀请下，徐翠媚糊里糊涂地参加了该公司的面试，可谁知面试过程中，面试官给出的问题全是徐翠媚非常了解的领域，她自信满满地回答了全部问题，而且答案完全正确，面试官当即表示徐翠媚正是他们公司需要的人才，广告公司将她录用了。

原来，在大学时期徐翠媚爱好画画，一有空闲就喜欢琢磨色彩、研究构图、练习绘画，因为这项爱好与特长，她还担任了学生社团组织里的宣传部部长，而这家广告公司面试时所出的题目恰好与色彩学有关。徐翠媚还记得面试官出的第一个问题是：洋红和中国红的区别是什么？当时她不假思索地回答："中国红比洋红多了数值为 100 的黄。"接着面试官又依次拿出几种颜色，让她回答怎样才能调配出这些颜色，每一种颜色徐翠媚都能精确地回答出调配它们所需的三原色（青色、洋红、黄、黑）的精确比例。面试官原本惊叹于徐翠媚拥有对色彩天生敏感的能力，可后来徐翠媚每想起此事时都会笑谈道："真实情况是我每天都在画画啊，为了做好宣传部工作，天天调色，天天研究构图，对颜色能不了解嘛！"就这样，徐翠媚收获了广告公司的工作，那位原本真正来面试求职的校友却落选了。

徐翠媚之所以能获得这份职业，与其说是运气，不如说是她多年"修炼"的专长恰逢有了用武之地，因为机会总是给有准备的人。来到广告公司工作后，她的工资也随之上升到每月 2000 多元，在那个年代，这个工资待遇是相当不错的。

徐翠媚十分懂得居安思危，也清楚学习的重要性，她知道自己毕竟不是广告学专业的学生，虽然有绘画特长、对色彩也有相当程度的了解，可总归在这个专业领域还从未经受过正规培训。"我得去学广告！"于是她报了许多广告培训班，工作之余就去学习，后来还去学习摄影。所幸那时候她的工资高，足够支持她报各种培训班，后来她还购买了相机、胶卷、脚架、显影剂等许多摄影设备，甚至为自己配备了一间暗房，一有时间就研究学习摄影。这样学习了差不多一年时间，徐翠媚对广告学知识的掌握已经可以比肩科班人士，于是她心想干脆去考一个广告学的大专，进入学院接受一下规范化的培训。

抱着这样的想法，徐翠媚顺利考取了深圳广播电视大学（现深圳开放大学），在这里她系统地学习了广告学，还考取了高级摄影师技能证书，并精通多种专业图像处理软件。后来在广告公司任职期间，徐翠媚主要负责一家香港影视公司的海报设计，并且屡获老板赏识和奖励，也因此留下了不少作品。

合伙开公司，努力考资质

2008 年，受全球金融危机的影响，广告行业开始变得没落，而彼时的徐翠媚也有了变动工作的想法。正是在那段时期，现任中深装董事长的柯颖锋及一些合伙人找到她，提出希望共同合作创办一家能够承包建筑装饰装修工程的公司，徐翠媚与几位合伙人一拍即合，她接下了注册公司的重任，整整用了一个月时间，在克服了种种阻碍之后，深圳市中深装建设集团有限公司于 2008 年 12 月 20 日正式诞生。

创业难，最难的就是初期。在一个企业的发展初期，由于人数有限，常常需要创始团队的成员们有身兼数职的能力。为了让公司渡过发展初期的难关，徐翠媚独自一人揽下了行政、人事、资质、奖项、投标等多方面的全部事务，遇到不会的地方就现学现用；公司想要独立运营起来，相关的资质是必不可少的，从个人的到企业的，徐翠媚就这样在几年时间里把缺少的资质一个个补齐，有些资质是需要绑定特定的职业资格证书的，徐翠媚干脆自己去考试和评审下这些证书：建筑装饰施工高级工程师、电气中级工程师、高低压电工作业证、土建质量员、安全员等等，最多的时候她一个人就考了 30 多本证书，如今还有效的证书有 17 本。也正是在她和全公司上下的共同努力下，目前中深装拥有 13 个一级资质，共计 39 项资质证书。

在徐翠媚等公司管理者的不懈努力下，中深装得到了稳步发展、一路向好，先后承接了 2011 年第 26 届世界大学生夏季大运会、深圳京基 100 精装工程、深圳仙湖公园部分区域绿化工程、中铝科学技术研究院、厦门地铁 2 号线等多项国家重点建设项目。疫情期间为深圳市人民医院、香港大学深圳医院、中山大学附属第七医院、济南市传染病医院等多所医院进行了工程建设，近年来也为深圳大学、南方科技大学、深圳职业技术学院等市内数所知名大学提供了升级建设。

中深装在公司发展中稳扎稳打，力求一步一个脚印，踏踏实实为城市建设发展提供力所能及的服务，从最初的 10 余名员工，历经 15 年的发展，中深投资集团目前在全市范围内的员工总数已逾 600 名。徐翠媚表示："疫情期间，公司从未进行过任何形式的裁员，我们所有人同甘苦、共进退！"

疫情期间，中深装承接了好几家医院的洁净工程项目，可这个领域是徐翠媚了解不多的，触及到了她的"专业盲区"。作为总经理，徐翠媚一向要求自己要了解公司所负责的所有业务，她认为这是作为总经理的一项基本修养。不懂怎么办？学呀！为此，她果断决定回到学校学习。就这样，徐翠媚考取了深圳职业技术学院建筑智能化专业，进行了为期三年的全日制学习。

在校三年期间，徐翠媚十分珍惜学习机会，在学校实验室里跟着老师研究设备、学习程序，在不上课的间隙回到公司处理工作上的事情。三年下来，她完成了40多门课程的考试，2023年7月顺利毕业，接过毕业证时徐翠媚既高兴又滑稽，她自我调侃道："疫情三年，我居然读了个全日制大学。"不过回想起在校园学习的时光，她还是会非常感慨，表示学校的实验室对于热爱学习的人是宝藏、是天堂，它可以允许学生尽情做实验、学习而不用担心出错，在工作中可是没有半点出错的机会呀。

以党建引领业务，实现党建与业务工作双赢

徐翠媚出生于军人家庭，从小受父母影响，因此她骨子里就带有刚正不阿、勤奋刻苦、爱党敬业的品格。

大学期间，徐翠媚品学兼优，是同学们的表率，因而顺利通过了党组织考核，成为光荣的中国共产党员。来到深圳实习时，她被深圳如朝阳般的拼搏氛围吸引，便毫不犹豫地将党组织关系转入深圳，用她的话说："找到组织就找到了家，党组织在我心中就如同定海神针一般，让我遇到什么困难都信仰坚定、永不放弃。"在徐翠媚刚来深圳的时候，这里还能看到大片黄土，那时的她就十分期待看到深圳未来美丽繁荣的样子，更希望这道美丽中有一点能是自己这个来深建设者所贡献的。

中深装在成立之初就有一个特点，初创团队的几人都是中共党员，为了更好地开展公司活动，徐翠媚提出应尽快在公司内建立党支部。于是在她的主推下，2009年3月，公司便成立了福田区少有的企业党支部，同年还成立了企业工会，在公司还处于发展初期、全公司仅有十几个人的时候，内部已经拥有了党支部和工会。

作为公司的党支部书记，徐翠媚要求公司党员做到"三个主动三个保持"，即：主动学习时刻保持危机意识，主动亮身份时刻保持党员先锋形象，主动团结同事时刻保持追求卓越的信念。以她为核心技术骨干角色参与的厦门地铁 2 号线、第三代指挥中心工程等十多项工程被评为"中国建筑工程装饰奖"。

在公司党建工作方面，徐翠媚始终将公司业务与党建工作紧密结合在一起，实施"双向培养"机制，一方面把党员培养成业务骨干，另一方面把业务骨干培养成党员，实现党建与业务工作双赢。在党支部的带领下，中深装企业发展为中国装饰百强企业、设计五十强企业。

作为党员，徐翠媚深刻理解"党是领导一切的"时代要义。在公司建设方面，她带领支部党员围绕"打造一流的工地党建、培养一流的人才队伍、形成一流的科研成果、交付一流的精品工程"的目标，积极探索把"党支部建在项目上"，让党旗在项目一线高高飘扬。在这种创新的党建引领企业发展模式中，企业的业务水平能力与日俱增，企业的文化氛围欣欣向荣，先后被授予"深圳市非公企业党建百企示范""广东省模范职工之家""深圳先进职工之家企业"等荣誉称号。同时，徐翠媚充分发挥党员的担当精神和高度的责任感，凡事耐心雕琢、精益求精，她曾在项目中为解决施工难题，考取十多项建筑领域专业资质证书，全面掌握专业系统理论知识。在工作中徐翠媚经常"查漏补缺"，遇到不懂的领域时马上学习，缺什么补什么，以补充自己知识上的空缺，她逐渐从一名行业小白成长为公司的核心技术骨干，成为中国建筑装饰协会专家委员会等建筑领域专家。敢闯敢试、敢为人先、埋头苦干的特区精神在她身上体现得淋漓尽致。

疫情期间，徐翠媚带领党员骨干，冒着被感染的风险，圆满完成了北京小汤山医院配电增容改造工程、济南市传染病医院新建项目手术室净化工程、深圳市市属医院传染病防控救治设施升级改造项目——市人民医院子项目（设计施工一体化）等工程，为患者和医务工作者创造了良好的治疗与工作环境。2020 年，在工期仅 90 天的济南市传染病医院新建项目手术室净化工程中，徐翠媚线上召集了山东分公司的 5 名党员同志，迅速成立临时党支部，连夜赶往工地监督并参与施工，最终顺利完成任务。此外，在生活中，她积极筹措、捐赠物资，为街道缓解了基层物资紧缺问题，在社区抗疫先锋活动、分拣快递、进出人员测温等义务工作中做出了突出贡献。

徐翠媚常说："没有人生下来什么都会，作为共产党员，我们更要勇于开拓创新、不懂就学，做事就要做到最好！"2017 年，她在深圳市总工会的指导下，建立了"劳模创新工作室"，把建筑产业工人队伍建设成知识型、技能型、创新型劳动者大军，公司也由最早仅有 1 名高级工程师发展为如今拥有 20 多名高级工程师、60 多名中级工程师的规模，其中 4 人获得深圳市五一劳动奖章。

持续学习比学历和天赋更重要

近年来，徐翠媚着力发挥"劳模创新工作室"的榜样作用，主导完成发明专利"嵌入式光伏系统及其安装方法"，可节省约 15% 的成本；在承接深圳市部分装修工程时，她带领技术专干攻坚克难，通过引入装配化装饰装修的理念，利用建筑信息模型（BIM）技术手段，对传统木挂板安装施工工艺进行改进，并以此荣获中国建筑装饰行业科学技术奖——科技创新成果奖。

为了在实践中建立行业团体标准，徐翠媚首创《室内泳池热泵系统技术规程》标准，带领行业专家和学者，通过对全国各大城市室内泳池热泵项目收集数据研究提炼形成技术标准，对室内泳池热泵系统细分市场的设计、施工、生产、研发等方面具有重要的指导意义；首创副主编《医疗洁净装饰装修工程技术规程》，这是国内首个建筑装饰行业与相关行业相融合的示范性标准。

徐翠媚还着力编制工法，跑出城市建设加速度，主导完成 3 项广东省级工法《内墙新型彩色混凝土预制饰面板干挂施工工法》《内嵌式屋面光伏发电系统施工工法》《室内超轻吸音板"干粘法"施工工法》，可为施工项目节省约 13% 的成本，有效提高施工效率和质量，进一步提升行业经济效益。

作为劳模，徐翠媚也时常受邀进高校、进企业、进社区进行"奋斗有我·闪耀鹏城"弘扬正能量的劳模宣讲，分享自己的奋斗故事，传播自己的奋斗思想，宣扬伟大的劳模工匠精神。她总会以自己的真实经历激励年轻的奋斗者们："学历和天赋并不是最重要的，比它们更重要的是持续学习的好习惯。"

杨瑞：致力于打造深圳罗湖电商生态圈

杨瑞2003年毕业于武汉大学，2007年来到深圳打拼，创办了新赋能教育科技（深圳）有限公司，并出任深圳新网策企业管理咨询有限公司高级顾问，现任深圳市罗湖区数字经济产业协会会长。

2010年，杨瑞在深圳成立公司，主要以电商培训业务为主，是淘宝大学第一批合作机构，至今已开办创业培训、专业技能培训、传统企业转型电商培训、网店经理人培训及电商精英培训等上千场次。

杨瑞作为深港淘宝商会首任秘书长，负责商会所有的日常工作，同时与淘宝网平台进行紧密对接，2013年担任深港淘宝商会会长，带领会员单位在企业竞争力提升、业内资源整合、规范化经营等方面开拓进取。2014年成为深圳市罗湖区电子商务产业联盟执行会长，2018年担任深圳市罗湖区电子商务行业协会会长，2022年至今担任深圳市罗湖区数字经济产业协会会长，致力于打造罗湖区电商生态圈，将罗湖电商圈从纯电子商务到互联网企业发展进行扩大整合，并与多个互联网平台建立了良好的渠道关系。

2015年，杨瑞当选为深圳市第六届人大代表，并先后担任深圳市中级人民法院特约监督员、深圳市人大法制委员会委员、深圳市检察院人民监督员、深圳市特邀行政执法监督员等社会职务，现任深圳市第七届人大代表。

同时，杨瑞还是深圳市先行示范区专家（教育组）、深圳市政府"数字政府"监督委员会委员、深圳市政府行政执法监督员、深圳市司法局监督员、深圳市教育局督学、全国人大培训中心深圳基地客座讲师、深圳市女企业家发展促进会理事、阿依土豆公益服务爱心导师、国家一级理财规划师、深圳市家庭教育协会智库主席、浙江省电·商务促进会专家库成员、中国管理科学研究院产业发展中心新职业教育领域首席智库专家。

从山西太原南下深圳"闯世界"
开启七年电商培训创业之路

1979 年 8 月，杨瑞出生于山西太原。小时候的杨瑞不仅生的漂亮可爱，而且十分乖巧，没事儿的时候，小杨瑞经常坐在家里院门口的马路牙子上，跟路过的每个人打招呼："叔叔好！阿姨好！"于是，街坊邻居的叔叔婶婶们但凡家里有好吃的，就会想着这个乖囡。等她去了学校，从来不跟小女生一样扎堆，反而发展了一群铁哥们和少数几个亲闺蜜。等到考上武汉大学，这种自信则变成了她探索更多可能性的强大支撑。

"从助教到家教，从餐饮到电台，我上大学的时候除了学习好像就没玩过。不过，父母在，不远游。"大学毕业时，杨瑞依然回到山西，回到太原，回到父母身边。

因为天生丽质，又有武汉大学的文凭优势，刚毕业的杨瑞在太原顺利进入一家连锁便利店并出任人力资源总监。对二十出头的年轻人来说，这样的岗位足以令人羡慕和骄傲。接下来要考虑的无非是成家立业。然而，就在这个时候，杨瑞的老板把她和两个同事一起送去深圳，学习引进一套价格不菲的培训系统。

当时是 11 月，太原已经全城供暖。想着深圳气温高，杨瑞特意带了两件长袖衬衫和薄秋衣。带着对深圳这个传奇而年轻城市的向往和想象，她和同事从太原登上绿皮车，哐当哐当了三天三夜才到深圳。

当杨瑞穿着厚绿厚绿的军大衣、拎着沾满了泡面味的行李箱下车，见到来接站的女孩一身清爽的牛仔裤、白 T 恤时，她满脑子只有一个想法："我简直就是《秋菊打官司》里的秋菊——土到家了。"

虽然第一次到深圳的场景有一点尴尬，但那次学习可以说改变了杨瑞的一生。老板送她来深圳上的课程商界叫得上名字的人几乎都上过，包括当时中国最顶级的企业家。所以，因为那段时间的学习，杨瑞接触到了非常多在太原根本遇不到的人，包括影响了她一生的总教练、教练和同学们。

当时中国最高的建筑物是深圳市罗湖区地王大厦，而杨瑞当时就在那里学习工作："拍照给别人看可骄傲了，每天楼下都有人在拍照打卡。"但那也是她人生中最累的一段时间——不仅没有周末，每天基本都要忙到晚上两三点钟。有时还要去广州学习，坐车回深圳时，东边的天空都开始泛亮了。

跟很多996到想躺平的北漂、深漂一样，在异乡拼命工作又不被认可时，杨瑞也曾经打电话跟家里人和公司老板哭诉："我要回去！我要回太原。"所以，对杨瑞而言，那段艰难的训练给了她受用至今的学习能力、表达能力、统筹能力和专业精神。

2004年10月，25岁的杨瑞与青梅竹马的同学结婚了，太原人讲究结婚要配齐几个大件，尤其是得买房。但是，早就双双下岗的公婆、疼爱女儿的父母已为他们的婚礼倾尽全力，再给不到小两口更多支持。婚后的压力是现实的，杨瑞掐指一算：深圳的薪资是太原的三四倍，南下两年，给小家打好经济基础不是事半功倍吗？于是，小两口果断决定：挥师南下，到深圳去！

2005年7月，杨瑞和老公到了深圳，在龙华区租了个单间落下了脚。一开始，他们也是不适应的。"什么五一、十一、中秋，每个假期都想方设法地回家。根本没想过要在深圳留下来，就觉得太原才是自己的家。"然而，在这样候鸟般的往返中，杨瑞渐渐明白，什么叫"回不去的地方叫家乡"。

刚来深圳打拼时，偶尔回家看到留在老家的同学朋友基本都进了体制内，每次聊天时，他们讨论的都是如何从老人那里"继承家业"，而杨瑞夫妇和深圳人想的是怎么挣钱给家里买房。

大部分太原人绝不会舍得花一个月的工资去上一门与赚钱技能无关的课程，而杨瑞在深圳养成了"凡是好课都要去上，而且要一路上到最高阶"的习惯。时间会改变一切，曾经无话不谈的同学朋友之间有了思想观念上的鸿沟，习惯了照章办事的深圳特区，就难以适应办好任何事情都得找人托关系的做法。

就这样，哪怕乡音未改，故乡也慢慢成了回不去的地方。"出生的地方是你的根，我依然热爱自己的家乡，但你发芽的地方不一定是最适合你生长的地方。"都说北上广深不相信眼泪，因此，杨瑞说，只有自立自强自信，才能将他乡变成故乡，只有在故乡的怀抱里，才有家的幸福感。

在深圳打拼了一段时间后，一开始上班的培训公司解散后，一位有企业管理经验的前同事邀请了没背景、没资源的杨瑞一起创业，她看中了杨瑞敬业、拼命的劲儿。

2005 年，杨瑞和前同事一起承包了深圳罗湖区最早的人才市场，开启了杨瑞的创业之路。那时候人才市场有"周卡""月卡"，一开始，她完全无法理解为什么会有人办月卡——难道找一份工作需要一个月吗？

杨瑞开始观察这些跟自己一样的深漂，因为这份观察，她开启了事业的新地图。这些人都做好了在那儿驻扎一个月的准备。住在十元旅店里，十几个人一个房间，卫生间、冲凉房都是公用的，有的连冲凉房都没有。

招聘会分上午场和下午场，两场之间 12 点到两点半是休息和重新布场的时间。于是，杨瑞发现很多人这段时间就在人才市场门口、路边蹲着，或者找个台阶坐着，等下午场再进去碰运气。深圳的夏日漫长而灼热，经常是从 5 月开始，到 11 月结束，七八月份更是曝晒。

就这么在外面等上两个半小时，太辛苦了。杨瑞开始思考怎么才能帮到这些求职者。于是，她在有空调的大厅里隔出了一个房间，装上供人休息的椅子和投影仪。她自己备课，给大家讲求职面试技巧，讲深圳的城市发展规划，有时还给大家放电影。在亲身接触这些人的过程中，她逐渐发现，大多数求职者对自己的定位并不清晰，直接去富士康、比亚迪、华为的流水线上做螺丝钉其实未必是好事。更重要的是，有些人根本就不适合找工作，他们更应该去找自己的路。

当时，很有想法的人往往希望有人欣赏自己的想法、支持自己落地，但是那时候的老板要的是听话的人，而不是有想法的人。于是，杨瑞开始建议这些人创业。然而，创业从来都是九死一生，华强北、东门服装市场、水贝珠宝圈并不适合没本钱的玩家。她继续认认真真地为他们操心：有没有什么适合更多人的低门槛创业项目呢？

命运或许在那个当下自有安排，一来二去，杨瑞被正在全国征集学员、培训网店创业者的淘宝大学吸引了目光。"跟他们联系之后，我发现他们也不知道怎么开发课程，正好需要课程开发人员。"杨瑞便主动提出自己有几年的培训工作经验、可以助力课程开发。就这样，她加入了淘宝大学的课程组，参与编写了很可能是中国的第一套电商课程。

淘宝大学第一次在罗湖人才市场开课，来了四五百人。本着帮人帮到底的精神，杨瑞还在办公区腾出了一块地方，像网吧一样配好电脑，打算开网店的人都可以免费使用三个月。三个月后，如果还赚不到钱，或者是养活不了自己，杨瑞就建议对方换条路、重新出发。

好的创意往往来自对人的洞察，其实这就是最早的电商孵化器了。不过，当时的杨瑞并没有想那么多，她只一心想着用实在的方法给大家铺一条相对快捷的路。"反正就这样，也不是很懂，也没有什么太深度的思考，那个时候就觉得自己想到什么就去做。"杨瑞说。

杨瑞因为这样一份单纯的善意，她历经曲折找到了自己作为讲师、顾问的个人定位，而她的行动也踩在了时代的脉搏上。就这样，杨瑞开启了密集而精彩的七年电商培训创业之路。

时刻把握好每个当下
对自己、家人和社会 100% 负责才无愧人生

开启电商培训业务大概两年后，公司走上了正轨。杨瑞也经过 6 年的努力终于怀上了第一个宝宝，因为妊娠期糖尿病，她每天在家要测三次血糖，打胰岛素，吃什么都要拿秤来称。眼看就要成功转职当"母亲"，杨瑞满心欢喜，然而，就在她临产前，公司出了问题。

十一假期后的第一天，员工一大早给她打来了电话，说他们到公司上班，看到门上贴着封条，扒着门缝往里看，发现电脑等各类办公用品也已经不翼而飞。一开始以为是被物业查封，杨瑞马上挺着个大肚子去要说法。物业却说：在国庆节期间，她的合伙人就把所有的房租、押金都退了，还说他们搬了新的办公室。杨瑞担心合伙人是不是出了什么事。她让员工都回家休息，自己到处找，结果发现合伙人借了高利贷，躲债去了。

这可怎么办？公司那个月还没发工资，还有许多买了年卡学习淘大课程的个体创业者需要交付，自己又身怀六甲。关键时刻，老公果断站出来力挺她。夫妇俩商量后都觉得，创业本就艰难，如果他们不继续交付，对这些无辜的创业者来说无异于雪上加霜——这不是有担当的创业者应该做的事。就这样，老公毅然决然地辞掉了工作，整个人扑进来撑起了公司。夫妻俩放弃了罗湖人才市场的承包项目，拿来课件，在八卦路与泥岗路交

界处的经理大厦租了一间教室，开始夫妻轮流讲课。

当年，杨瑞夫妇并没有将这件曲折告诉淘大的任何人，但那段时间，很多老师都主动过来免费代课，还得到了当时的淘大校长家洛的大力支持。再说起这段经历的时候，杨瑞满眼都是感激，没有半分对合伙人的抱怨。

就这样，杨瑞以自信自立自强撑起了对自己、对用户的担当，这种担当也帮助她在淘宝大学一步一步把事业走得踏实。

新的学科发展经常滞后于市场，在电商飞速发展的那几年里，淘宝大学的老师显然不够用。所以，生下女儿后不久，杨瑞开始作为淘大团队中的"养马师"，用赛马制培训讲师。那时候，她几乎每月都要去杭州待一周。女儿还没有断奶，她还要带着孩子和自己的妈妈或婆婆一起。如果把三个人的登机牌存下来，得有一本书的厚度。在淘大的工作强度非常大，为了保证大家真正学到位，杨瑞每次培训都要凌晨两点钟去巡房看大家的作业进度。

第二天一早，再跟由淘小二、社会专家学者、淘宝大店主组成的评委团一起指导预备讲师们。作为这些讲师的导师，以及最早开始培养淘宝店长的讲师，杨瑞还成为淘宝商会秘书长，担负起商家与平台、商家与商家之间的沟通和协调工作。2009 年，淘宝商城发起了史上第一次双十一购物狂欢节，天猫一战成名。

大部分人都不知道，每一次双十一背后，还有很多像杨瑞一样全程没日没夜地协调、支持店家完成目标的幕后工作者。因为严格认真、雷厉风行，为了学员随时随地豁出去的风格，学员和其他老师送了杨瑞一个诨名："八十万禁军总教头"。

或许也是因为这股任侠之气，哪怕是在淘宝、天猫最高歌猛进的 7 年，杨瑞也一直保持着自己的判断，以及清醒到可能有些孤高的自立。当时，每年的淘宝大学年会都是交给她策划组织的，阿里"虚的实做，实的虚做"的文化被她贯彻得彻底——从不带重名、自带专属配乐的奖项，到五位淘大负责人带着大家在黑暗中唱起的《和你一样》，各种细节至今仍被很多人津津乐道。

年会的嘉宾席自然星光闪耀，不仅有阿里的风清扬、逍遥子，还有大家耳熟能详的王利芬、吴晓波。很多人会去和大佬们拍个合照，最好是能得到几句提点，但杨瑞从来不去，她知道，真正有价值的链接是作为伙伴、朋友的深入交往，而不是合影合照的粉丝之交。这就是杨瑞一直追求的内核：自强、自立、自信！

人生真正的自由在于对自己的选择 100% 负责，深谙此理的杨瑞有很多选择都在"自己的情理之中，别人的意料之外"。杨瑞认为，家人幸福和社会责任往往会超过一般人看重的眼前利益。在杨瑞看来，一个小家一样是一家公司。当家主母就跟 CEO 一样，要以身作则，打造家庭的仪式感，把握好整个家庭的战略方向、排好每个发展阶段的优先项。在杨瑞心里，家庭幸福比事业成功更重要，但她还有更大的担当。

2013 年，34 岁的杨瑞迎来了生命里的第二个小天使。也是这一年，中国电子商务市场交易规模达 10.2 万亿，同比增长 29.9%。其中，跨境电商市场交易规模达到 2.70 万亿元人民币，增长 28.8%。夫妻二人商量之后，决定将业务重点从国内电商培训逐步转向跨境电商培训。在淘宝电商深耕了四年后，做出这样的决策并不简单。

但在杨瑞看来，她的工作一直在跨界，但她从来没觉得困难或者因为不懂想要退缩。对她而言，只要保有学习力、对人对事的态度，再陌生的领域也可以通过时间变得熟悉。从国内电商到跨境电商的培训咨询经验，助力杨瑞成为罗湖区电子商务协会会长，又在 2015 年成为人大代表、法制委员会委员、中级人民法院监督员、检察院人民监督员等社会职务。

说起第一次在现场听深圳市政府工作报告时的感觉，杨瑞眼睛里亮起了星星："我第一次知道这座城市是如何运作的，一群那么聪明的人在如何思考，那一刻，真的觉得生活在这座城市特别骄傲。"开始履职后，她很快发现作为人大代表，能帮助的人比以前多得多，跟这座城市也有了更多的链接。

在其位，谋其政，杨瑞开始积极地投入到社会工作中去，她对深圳的交通、教育、医疗、法律保障等各个方面都保持着关注，提出了很多建议。

2018 年，胡萍校长把新商业女性介绍给杨瑞的时候，她一点也不想以讲师的身份参与，然而，真正进入社群里，接触到全国各地那么多的女性，感受到她们的需求和热情后，就像当年在罗湖人才市场一样，杨瑞还是忍不住开始思考：怎样才能帮助到她们？

于是，她又站上了讲台。两年半的时间，15 期线上社群思维课、15 期线下大群主实战营，还有大大小小的直播、分享和创业营课程，杨瑞又培养了一万多名社群学员、几十位社群导师。

杨瑞说，人一定要把握每个当下，时刻知道自己想要什么，对自己、家人和社会 100% 负责，只有这样才无愧人生。

电商颠覆职场人对工作的态度
电子商务倡导者，帮助创业者开启人生新方向

作为淘宝大学深圳机构第一任校长、零极限电商学院创始人、罗湖数字经济产业会长，杨瑞从 2010 年开始电商培训业务，培训人数至今超过 10 万人次，培养全国各地淘宝大学讲师四百多位，建立淘宝大学电商企业商学院十余个，培养电商企业内训师三百多位、跨境电商讲师一百多位，并被阿里巴巴速卖通大学聘为讲师，担任微选、爱库存、桔子会、顶宜国际、新商业女性等多家企业的顾问及讲师，关注中小企业数字经济转型。

位于深圳罗湖的人才大市场，是无数人才追梦开始的地方。2008 年是改革开放 30 周年，也是中国超过美国成为互联网用户最多的时候，作为开放前沿的人才窗口，这里聚集了无数有梦想的年轻人。

张晓晓（化名）已经不知道自己几进几出这里了，她需要尽快找到一份工作，因为弟弟马上要交学费了；而她找不到工作的原因很简单，因为她是个残障人士。这天中午，她在等待下午场招聘开始时，被一个"零成本创业"的培训课程吸引了，张晓晓也想过自己做生意，却苦于没有钱可以作为启动资金。

这个培训课程的负责人是杨瑞，她正和淘宝大学联合推动"零成本创业"的电商课程，零成本创业的核心是使创业者能够通过互联网的形式，以一种想不到的方式开始创业。抱着试试看的想法，张晓晓在杨瑞的帮助下开了淘宝店铺，做定制 T 恤。整个过程只需要投入一百元买一台丝印机，其他的流程：客户下单、选择尺码、提供照片，全部在线完成。流程清晰、路径简单、毛利润也不错，进价 16 元一件的 T 恤，订制完成后能卖到 35 元一件，有时流水可以将近万元，比上班收入还高。

这一年，正值奥运的接棒与交轨之时，电商时代隆重登场。淘宝从跳

蚤市场的概念里解脱出来，呈现一派欣欣向荣的景象。在杨瑞看来，电商是改变全人类企业定义的行业，电商人将颠覆所有职场人对工作的态度。

在最好的时候进入最风口的行业，杨瑞逢人就推广电商，却被人怀疑是不是在搞传销。因为 2008 年在网购的都被称为二傻子——见不到东西见不到人就把钱付了，不是二傻子是什么？

她还记得同学聚会，声情并茂地给一桌同学讲互联网发展，讲电子商务，讲淘宝大学，就差拿块白板写了。讲完全场寂静了好几秒，其中一个男同学先说："喝一个吧，没听懂。"其余的同学也纷纷端起酒杯："我们也没有听懂。"这是中国电商的序幕，绝大多数人都错过了。无论是企业还是个人都还没把电商当回事，因为需要更长的时间来适应，自然也无法享受这个窗口期。

电商创业的草根性也强于优势。首先是低价，其次是快速，最后是产品和服务，同时创业主体的价值很小，存在创业者需要过度工作和量多取利的问题。于是这种模式更适合那些有梦想、具备灵活性和适应性的小微个体，他们的优势是勤奋，不受以往做事方式的束缚，他们的问题是没有系统的方法———一套以流量为核心的做事方式。

2014 年 12 月，受罗湖区科技局邀请，杨瑞出任罗湖电子商务产业联盟执行会长，开始致力于打造罗湖区电商生态圈。杨瑞带领罗湖电商企业，从电商专业培训、一对一互助会，到各个平台的资源整合，为电商企业的发展出谋划策。

从 2015 年开始，协会受邀为港澳台的青年创业者们进行创业培训，结合青年创业者们的地域特点，杨瑞携手与阿里巴巴全球速卖通合作，为1000 多名港澳台

杨瑞发表获奖感言

青年创业者提供了专业培训，帮助青年创业者们开启了跨境电商之路。

从 2008 年到 2018 年，低价电商、流量电商、资本电商、淘宝电商开启快速发展的 10 年，也是杨瑞扎根电商教育的 10 年。她是电子商务的倡导者，更是见证者。"看着一批又一批的学员，经过我们的培训，走上了创业之路，开启了自己的人生新方向，觉得非常自豪。"杨瑞说。

让更多人找到数字职业
女性更需要职业身份保持与社会的连接

电子商务发展到 2018 年，已经是直通车、钻展、算法的实力投入，创业者杀入争夺流量、资本涌入抢占赛道，然而跑马圈地后只留下一地碎片，在某种程度上也提升了零成本创业的门槛。

2018 年，杨瑞把服务转向零起点女性创业，探索新的互联网商业模式，在商业女性社群的培训中，她遇上 Judy（化名）。Judy 是一个自闭症孩子的妈妈，从孩子出生开始，她每天都写育儿日记，将近 8 年的时间，累计写育儿日记超过 1500 篇，原创文字累计超过 80 万字，吸引了很多妈妈粉丝。

因为没有创业经验，也没有任何行业资源，她不知道怎么把自己的文字内容转成商业价值。杨瑞给她的建议是出书，把公众号所有的文章进行分类整理，汇成一本育儿为方向的亲子书籍。

后来，这本书荣登当当网 2018 年家教类新书榜第一名，全网累计销售超过 4 万册，2019 年还入选京东"中国十本父母必读教育书籍"。Judy 找到了自我价值和商业价值。她在出书前没有身份，没有名字，只是涛涛妈妈。所有的公号粉丝，包括她的先生、婆婆、邻居都叫她涛涛妈妈，而出书之后，她有了自己的名字 Judy，也有了自己的创业项目"快乐妈妈大本营"。

在杨瑞看来，女性更需要职业身份来保持与社会的连接。"如果没有职业身份，女性对这个城市和对社会的归属感和连接感就不够，也很难把自己的价值发挥出来。"

而数字经济正在催生新业态、新职业、新阶层，以需求为基础创造平等的就业和创业机会。从这个角度而言，女性可以选择的数字职业越来越多。数字职业是跟随着数字经济的新名词，特殊性在于先实践再认定。

2022 年《中华人民共和国职业分类大典》修改中标注将 97 个数字职业

标注为 S，它来源于两个视角：数字产业化和产业数字化。杨瑞说，早期电商的经理人、店主、专员、美工这些职业在人力资源系统库是没有的。

随着数字化进程的加深，提升了个体职业的广度与宽度。但事实上，很多女性提到数字经济，就是直销、微商的创业方式，或者是主播、网红这样的职业机会，杨瑞想推动数字时代的职业，能让更多的人找到数字职业。

作为深圳市罗湖区数字经济产业协会会长，杨瑞说，目前协会正在跟深圳职业教育发展处推动新的数字职业认定，以前，这类职业认定的报送都来自于大企业，像华为、腾讯。现在杨瑞又开始推动数字转型师的职业认定。一旦获得认定，职业保障、职业教育、职业规划都会完善，也将推动更多元的职业和创业机会，这是杨瑞感受到自己的专业带给深圳的价值。

在确定数字经济的战略后，杨瑞又开始筹备数字经济的转型类课程和扫盲类课程。"因为我觉得数字经济到目前为止并没有人能够说得清楚，或者说真的定义了它是什么。"杨瑞说，数字经济发展得越快，越需要对更多的市民去定义数字经济的新方向，让个体的命运融入时代浪潮。

从人才大市场的杨老师，到电商协会全票推选的杨会长，杨瑞一直代表着某种新的力量。2015 年当选为市人大代表后，杨瑞对自己的使命和人生追求有了不同的认识。通过代表，从所思所想到所作所为，由小变大，由近到远。后来，这些气质沉淀为当人大代表的能力：在一个问题点上持续关注，做深做实。

不同于做社会组织的以面带片，杨瑞在当代表的过程中一直深耕一个标签，那就是教育。她为群众最关心、最需要的教育议题发声，为最广大的群众利益呼吁并持续推动。家庭教育是杨瑞从 2016 年开始推的，最先推的是学前教育，当时的情况是深圳 1000 多所幼儿园，只有 3.7% 是公办园，其他都是民办幼儿园，学位数量和就学人数不匹配，教育质量与深圳现代化程度不匹配。

杨瑞和关注教育的代表们连续几年呼吁推动，一直到教育局把学前教育单列科室，到五年行动计划，再到学前教育立法，不断地推动和关注教育，同时也关注到深圳市民结构的特殊性，连续发生的社会热点事件，反映出的家庭问题，而又开始呼吁家庭教育立法，用立法解决家庭教育的重视性问题、从业人员的专业性等问题。杨瑞认为，学前教育关乎下一代和祖国的未来，不论什么时候，教育永远是立国之本、强国之基的大命题。

2022年6月，在杨瑞等代表们和社会各界的推动下，深圳市第七届人民代表大会常务委员会第十次会议通过《深圳经济特区学前教育条例》，从家庭责任、国家支持、社会协同规定了主体职责。

自从来深圳打拼以后，杨瑞除了忙社会事务，其余精力都倾注在对教育的热爱上。十多年来，她参与及独立出版书籍《网店推广》《私域数字化》。开发了《企业数字化转型思考与实践》《女性商业思维》《新经济环境下的私域数字化发展》《企业组织发展创新》《企业文化搭建与共创》《沟通与情绪管理》《管理者独孤九剑》《同频团队训练营》《卓越领导力计划》《人大代表履职经验简谈》《如何提出高质量议案建议》《人大代表的角色养成与实践》等课程。

杨瑞说，深圳是一个国际大都市，只要是有梦想的年轻人，都应该来深圳这个大舞台展示自己的才华，助力深圳高质量发展，在深圳这个开放包容的特区圆梦！

姚彩虹：湖北女孩独闯深圳创立上市公司

有这样一位女子，她在 22 岁时选择辞去家乡稳定、体面的事业单位工作，独自南下深圳闯荡，为的是让自己的青春更有意义。

有这样一位女子，她在第一次踏上蛇口这片土地的那一刻，就被这里与众不同的生活气息深深震撼，从此决心扎根于此，立志在这片土地上播种、发芽、开花。

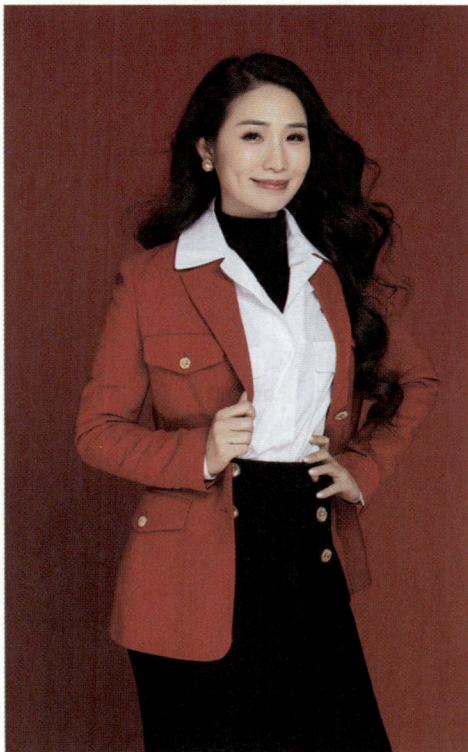
生活中的姚彩虹传递的都是自信自强

有这样一位女子，她勤奋好学、不计得失、乐于奉献，在追梦的道路上一往无前，将所有渴望变为现实。

这位女子就是姚彩虹。她来自江汉平原一个人杰地灵的小镇，悠悠汉水九曲十八湾流经多宝，浇灌出一名小姑娘的远大梦想；因为不甘心自认平庸，于是通过努力逐渐收获了如她名字一样的彩虹般绚丽的人生。

姚彩虹出生于湖北省天门市，1994 年来到深圳蛇口，从技术岗文秘员做起，先后就职了两家最早进驻深圳南山的外资企业。她在工作中认真负责、效率出众，而且善于学习，本着"技多不压身"的初衷，她总是在忙完自己的本职工作后去企业的其他部门学习相关工作，甚至义务给关联部门的领导当助理，就这样她逐渐了解了行业内大大小小的所有事宜，成为一个多技能的职业新人。

多年的潜心修炼和刻苦努力，让她的阅历、见识、能力、技术、经验在领域内都位居前列，她完全具备了独挑企业大梁的能力。

1998 年，姚彩虹与自己的先生、利益合伙人共同创立了一家公司，这家公司经过深耕细作，成为深圳光韵达光电科技股份有限公司。

在创始团队的带领下，光韵达从深圳破土而出，从一个小企业开始，经过努力滋长、蓬勃发展，至今 25 年，已逐步形成一定规模，如今为社会、为深圳乃至全国的激光应用服务、智能装备、航空零部件和激光器等科技领域贡献着重要力量。

同时，因公司经营理念与成果得到社会各界的认可，姚彩虹获得政府和商界的信任，担任深圳工商联（总商会）副会长、深圳市优化营商环境咨询监督委员会委员、深圳市南山区政协第六届委员会委员、深圳市南山区中小企业促进会监事长；中国电子商会副会长、广东省激光行业协会副会长、广东省粤港澳大湾区战略性新兴产业发展促进会副会长、广东省电子学会 SMT 专业委员会企业委员、深圳市 3D 打印协会会长、深圳市商业联合会副会长、深圳工业总会副会长、深圳市企业家联合会副会长、深圳市女企业家商会副会长。

同时，她所在的公司还肩负着中国汽车工业协会、中国光学光电子行业协会激光应用分会、广东省激光行业协会的创会单位、广东省增材制造协会、广东省激光产业技术创新联盟、广东省电子学会 SMT 专委会、广东省大湾区激光与增材制造产业技术创新联盟、长三角 G60 科创走廊激光产业联盟、深圳市上市公司协会、深圳市高新技术产业协会、深圳市中小企业发展促进会等行业协会的核心重任。

除此以外，她还获得"南山区三八红旗手""深圳市十大杰出女企业家""深圳行业领袖巾帼榜样""广东领航 100 领军人物""粤港澳大湾区战略新兴产业青年领袖""大湾区女商卓越创新人物""胡润创新领袖""中国经济十大商业木兰""中国年度上市公司卓越领袖""高质量发展领军人物"等荣誉。

22 岁，只身一人闯深圳
用青春"赌"明天，追寻自己的梦想

在来到蛇口之前，姚彩虹曾在家乡有过一段短暂的工作经历，当时的她和许多同学一样，毕业后被分配到当地的事业单位工作，她所在的单位工作稳定、待遇不错，还相对轻松，并且拥有一定的社会地位，是许多同龄人梦寐以求的岗位。可正值花样年华的她却不满足于这种安稳的生活，在她的思维里，如此美好的青春年华就是要用来拼搏、闯荡、追逐朝阳的，用这些时间来享受安逸的生活实属一种耗费。

那时候的她怀揣梦想、酷爱文学，有着诗人般林中清风的气质，她加入了一个名为《女友》的文学社，成为文学社里的一个编外小记者，也经常阅读文学社的期刊，从期刊的信息里她获知在中国的南方有一个改革开放的"窗口"叫深圳，在深圳有一个打响改革开放第一炮的地方叫蛇口，那里有着自己渴望追求的青春之光，于是她和母亲商量说："深圳能够实现我的青春梦想，我想去深圳。"原本母亲很不理解她为什么要放弃家乡安稳的工作南下闯荡，但看着女儿如此坚定，爱女心切的母亲终于同意，并帮忙张罗女儿南下所需要的一切，同时鼓励道："坚持自己所选择的，不要回头，妈妈会在背后支持你。"

1994 年 3 月 6 日，姚彩虹带着在当地市公安局出具的那个年代进入深圳特区必备的"边防检查通行证"，拖着一个小行李箱就踏上了前往深圳的绿皮火车，在火车和转了几趟的巴士上连续晃荡了近三十多个小时，终于在 3 月 8 日凌晨两点进入深圳经济特区原南头边防检查关，然后直接抵达中国改革开放第一声开山炮响的地方——深圳南山蛇口水湾头，踏上了中国改革开放最前沿的这片热土。

初到蛇口，最令她震惊的是即使到了深夜两点，街边的大排档、夜市也依旧红火，许多人三五成群，吃着消夜、喝着啤酒，与此同时呈现的各式早餐铺、菜市场的老板们已经在为第二天的早市作准备了；整个街道灯火通明，比起家乡的"星星点灯"，这里仿佛是朗朗白昼，在她看来，眼前蛇口工业区的景象就好似夜景版的《清明上河图》。至今仍矗立在蛇口工业五路上的白底红字标语——"时间就是金钱，效率就是生命"给了当时的她最大的感触，这 12 个字成为她心中永远铭记的箴言。

第二天姚彩虹就入职了位于水湾的一家堪称中国 PCB（印制电路板）产业"黄埔军校"的企业——香港独资企业至卓飞高，由于她有学历、思路敏捷、表述清晰，一进入公司就被安排到工程检查中心任职，协助部门领导做与产品检查有关的文职工作。入职后，她半年内就通晓了制作 PCB 的全部流程及各部件的名称、作用、原理等，也因公司的不断扩大和腾飞，见证了电子产业和 3C 产业的蓬勃发展。

工作之余，姚彩虹从未停下对生活的思考和对自我的审视，她明白这个岗位一定不是自己职业生涯的最终归宿，而是帮助自己攀向更高处的阶梯，每在一个台阶上站稳脚跟后，她便计划往下一个台阶移动脚步。

23 岁，业余时间学技能
梦想在深圳有一扇属于自己的"窗"

那时候，每天在朝阳升起前出门上班，在夕阳西下后收工回家，姚彩虹自我打趣道："每天太阳最美的两个时段我都恰好错过。"

出于当初 PCB 产量需求旺盛，因此她和绝大多数工友一样，每天要进行 12 个小时的工作，周末两天也不能休息。如此大的工作量和工作强度不仅给了这批蛇口奋斗者丰厚的资金报酬，还传承了开创者积极向上的创业基因。

姚彩虹还有着与众不同的超前思维，她认为时代是不断进步的，如果安于现状、故步自封，迟早有一天会被淘汰，只有不断学习和进步、提升自我、紧跟时代步伐，才能在日新月异的发展浪潮中成为勇立潮头的弄潮儿。于是每晚 7 点下班后，当同事们都去喝酒、打牌、逛夜市、闲散嬉闹时，她却选择去读夜校。

计算机就是一个伴随时代发展而生的科技产物，姚彩虹决定学会使用电脑，于是她在蛇口水湾头的"中华职校"报了个电脑培训班，每晚下班后就去学习。

受到方言的影响，她首先选择攻克较难的五笔输入法。通常来说五笔输入法的培训周期为三个月，可姚彩虹学习刻苦，加之她天资聪慧，短短一个月便熟练掌握了电脑打字及使用文档、制作表格等其他基础应用，连老师都惊叹她过人的学习速度，准许她提前结业。由于她有独特的电脑学习法，职校的校长甚至出面邀请她兼职成为夜校的助理教师，她欣然接受了这份兼职，一来可以再巩固自己的电脑水平，学而时习之；二来还能获得兼职费用，为个人经济收入添砖加瓦。夜校也很开心，因为如果额外招一名全职老师，可得开出更高的工资。

姚彩虹清醒地知道，自己不是电子产业的科班出身，自己所在的技术文职岗未来发展存在天然的障碍和桎梏，她认为有一份能接触市场全方位的工作才能体现自己的价值，才能够向梦想的"窗口"更进一步。

姚彩虹很清楚地记得，在这家外资企业接待的第一个客户就是当时也在蛇口工业区的华为团队。华为团队行事雷厉风行、认真负责，对产品品质要求精益求精、死磕到底的魄力和工作态度让她心生敬佩，这也耳濡目染地成为她对自己将来工作严格要求的标杆和旗帜。

再次燃起她追梦决心的是她在中秋节夜晚那天由心而生的感想。来到深圳半年后，姚彩虹迎来了在深圳度过的第一个节假日——中秋节，在这个阖家团圆的日子里，这个 20 岁出头的小姑娘独在异乡，与同事们一起带着月饼、零食、水果和收录机在蛇口最大、也是当时唯一的开放式公园——四海公园共度佳节。

她们聚坐在草坪上，吹着清风、共赏明月，一边吃着月饼，一边畅谈着各自的梦想，收录机里播放着嘹亮动人的《我的未来不是梦》。而四海公园周边，鳞次栉比的住宅楼披着月光，万家灯火在湖水的映衬下显得格外温馨。抚过湖面的微风撩动着姚彩虹面颊旁的发丝，此刻她听到周边住宅楼里，一些家庭正闲坐在阳台赏月，他们发出的阵阵谈笑声让这些坐在公园草坪上的一众年轻人都能感受到每家每户欢聚时的天伦之乐。

每逢佳节倍思亲。看到一幕幕"家"的景象，联想起自己远在千里之外的家人，姚彩虹在心里暗暗立下决心："我要成为深圳人，我也要在深圳有一扇属于自己的窗。"

24 岁，机会总是给有准备的人
跳槽后从面试到转正只用了 8 天时间

次年一过完春节，姚彩虹就办理了离职手续，然后前往位于罗湖的深圳人才市场寻找更适合自己的岗位。

到了人才市场，姚彩虹发现那里人头攒动，根本无法挤入。随后她发现人才市场旁边的报刊亭里《深圳特区报》整版的招聘信息特别受求职者喜欢，于是她也买了一份报纸，在众多招聘信息中，她一眼选中了一家主营 PCBA（印制电路板加工技术）的新加坡企业，她觉得这个岗位很适合自己，于是寄出了简历，结果第二天就收到了面试通知。

往后每每回忆起这次求职经历，姚彩虹都会与人分享她感悟至深的一条真理：机会总是留给有准备的人的。

姚彩虹应聘的岗位是这家外资企业的物料部文员，条件是懂 PCB 的制程和工艺、懂元器件、会使用电脑、擅长文件与档案管理，而她的条件完全符合公司的招聘要求。

在面试姚彩虹之前，面试官已经面试了二十多个人，均不符合入职要求。见到姚彩虹以后，面试官的第一个问题就是会不会电脑，她表示会，并且拿出证书给面试官看，可面试官表示不用看证书，而是给了她一些制表信息，要求她在秘书电脑上用五分钟时间做出一张统计表。

在电脑桌前坐下后姚彩虹立马着手进行表格制作，手指在键盘上跳动出"咔嗒咔嗒"的声音。听到这熟练的打字声，面试官马上明白这小姑娘确实擅长电脑，当即表示："你可以入职。"从面试到入职整个过程不到半小时，这种情况在该企业也是鲜有的。

入职第一天，经理给她布置了一个任务：用一个月的时间，将物料部档案室的所有文件单据进行编号、整理、归档、装订成册。档案室里堆满了凌乱的文件，姚彩虹定睛一看，文件上全是密密麻麻的英文字母和数字，经理告诉她：如果一个月内将这些文件分类整理好就可以提前转正，并问她需不需要公司安排师傅指导她怎么做？看着经理信任和期许的眼神，姚彩虹回答："不用，我肯定能做到。"

对于不懂专业英文术语的姚彩虹来说，整理这些文件是困难的，不过她从小在家里就爱整洁、擅收纳，所以即使不懂什么叫 Purchase order，什么叫 Purchase requisition，什么叫 Packing list，什么叫 Customs declaration，什么叫 Customs release note……，她也能凭借着在学校学习规划管理的系统知识和收纳的特长，通过代号、编号、日期等进行索引，同时她还去南山书城买了一本《中英文词典》，将这些不懂的单词全部背下，顺便将所有文件进行了中英文标注，整个整理过程仅耗时三天！经理前来检阅工作时，80多本文件夹整整齐齐、分门别类地摆好在文件柜里，各类单据与封面一一对应，日期和编号一目了然，无一漏缺，深感震惊的经理立刻通知人事部门安排给她提前转正，创造了外资企业八天转正的神话。

姚彩虹工作认真且效率出众，总能很快完成本职工作，在别人看来繁重的任务在她看来感觉很轻松，她觉得自己到深圳就是来奋斗的，倘若每日做完工作后就享受清闲生活，岂不是违背了自己来深圳的初衷？

谨记着"时间就是金钱，效率就是生命"的格言，姚彩虹便开始在忙完手头工作后去找报关、采购、仓管等其他办公室的同事"要活干"，表示自己可以义务给他们当助手。

就这样，姚彩虹成为采购处负责人的"编外助理"，开始只是帮他打订单，并跟他学习与采购有关的具体工作方法，在不到20天的时间里，姚彩虹已经能够胜任打订单、催单、交货、货物追踪、参与供应商询价工作和议价谈判、推进供应商选型和评估等采购方面大大小小的全部工作。由于采购的实施和跟进工作中需要找各部门经理签字，乐于奉献和善于沟通的她在工作中也给公司全体高层领导留下了深刻印象，大家不约而同地对这个初进公司的小姑娘的工作精神与态度表示认可和赏识。后来当那位采购负责人因个人原因必须要离职，离职前向新加坡总经理推荐可以由姚彩虹接任自己的职位，经过总经理和部门领导的综合评估，一致认为她可以胜任，于是姚彩虹入职一个月就转为采购岗，薪资与岗位同步晋升。

姚彩虹认为："在职场上，勤奋做事能把事情做完，认真做事能把事情做对，只有用心做事才能把事情做好。"职场生涯中，她兢兢业业、用心用情，力求每一项任务都完成得尽善尽美，她经手的任何单据、文档都是最规范、最清晰的，她用心的工作态度得到财务部总监的关注和赏识，总监对她说："你干脆去学习下财务知识，考个会计证，然后调来我们财务吧。"她听从了总监的建议，利用空余时间到深圳大学进修财务管理专业，经过逐步培训和考试，获得了会计证以及与之相关的珠算等级证、电算化证。

安逸的生活不毁人，安逸的心态才是消磨人意志的第一杀手。在入职该企业的一年时间里，姚彩虹从文员做起，不怕吃苦、不计得失、乐于奉献，用心完成和接受每一项工作任务和困难挑战，且在工作之余热心帮助同事处理工作，不仅使自己的见识、能力、技术、经验得到快速提升，也收获了领导和同事们的一致好评与信赖。此外，她在公司举办文娱活动时也积极投入到组织工作中去，毫不吝啬地贡献余力。如此一来，公司上下都称赞她，也都需要她，她虽然付出了许多精力与时间，但也收获了更多，这些收获为她日后成功创业打下了坚实基础。

26 岁，辞去稳定管理岗位
投资全部资产开启激光应用领域的创业人生

姚彩虹在这家外资企业工作了四年，四年的历练不仅让她增长了见识、丰富了视野，也拥有了家庭。1998 年底，她辞去驾轻就熟的管理岗位，与丈夫和合伙人联合创立了光韵达，从熟悉的产品线开始，深耕激光应用领域，从此开启了自己的创业人生。1998 年 12 月 24 日，光韵达注册完成，在深圳市高新科技园通讯大厦租了 500 多平方米的办公、生产场地，在装修的同时采购生产设备和物料，开始广泛招聘。一个月左右，这个由 7 个人组成的公司就正式开始运营了。创业之初公司的员工手册，包括公司所有的标准化流程，全是姚彩虹一字一笔完成的，小公司推行一人多岗，在公司开创初期，整个后勤岗只外请了一个会计。作为公司的创始人之一，姚彩虹同时兼做行政、人事、出纳、采购、前台、物料计划、仓管等工作。

在工作中，用心将每一项任务尽善尽美地完成是姚彩虹的工作态度，在创业中她亦是如此，过去任职两家外企工作的经历让她受益良多，高效的工作思维、严谨的工作理念、先进的产品性能和更新迭代的电子信息技术，在改革开放经济迅猛前行的深圳，只要积极学习和接纳来自国外的先进技术和熟练掌握进口设备并将之运用到国内的一线产品中来，通过不断地尝试、钻研与开发，最终就能诞生属于我们自己的先进产品和技术。"当时做光韵达的初心，就是希望未来通过我们的努力，用自己的人才、自己的技术、自己的研发，做到传统技术的取代和突破。"姚彩虹如是说。

姚彩虹是一个具有想做敢做、说到做到的优秀品质和魄力的人，一旦做出决定，她便会向着目标义无反顾地前进。创业之初，姚彩虹便将家里所有的积蓄拿出来筹办公司。

光韵达是中国第一批用激光技术做 SMT（表面贴装技术）激光模板的应用型企业，在初创团队的精诚合作和引领下，团队敢闯敢做，成立初期就实现盈利，仅一年就收回初期投资成本。但姚彩虹及其团队没有安于享受，而是将所有盈利再投入用于公司的发展建设，用三年时间，在华东、华北、环渤海湾等电子信息产业密集的区域布下了十多个激光加工站，为全国各大电子信息产业提供产品支持和加工服务，形成以全国网点布局最大、市场覆盖最广、产品质量最优为核心竞争力的专业 SMT 激光模板供应商。

姚彩虹十分感谢深圳这座城市，也将公司取得成功的很大一部分原因归功于蛇口这片能支持她梦想发芽生长的土壤，她常说自己能有今天也是因为享受了改革开放的红利。

39 岁，公司成功上市
"感恩蛇口，那是我梦开始的地方"

姚彩虹和其他合伙人联合创立的光韵达深耕激光领域 25 年来，从应用到装备、到激光光源的研究开发，采用激光技术＋人工智能技术为新一代电子信息和新能源、航空航天等领域提供创新的激光制造服务和智能制造解决方案。

回看公司发展历程，1998 年 12 月，光韵达从国外引进了第一台激光模板切割机，对先进制造业贴片技术第一关（SMT 印制模板）的传统工艺进行了取代与突破；2000 年，光韵达推出防静电检验罩板专利产品；2004 年，公司专利项目"镀镍精密激光模板"研发成功；2006 年，光韵达在行业内率先提出以低碳环保技术对激光切割产品进行后处理；2009 年成为苹果指定供应商，同年开始牵头主导起草制定行业标准；2015 年被授予实施《表面贴装技术印刷模板》行业标准……

2011 年，对光韵达来说是意义重大的一年。光韵达在深交所成功上市，成为国内首家激光应用上市公司（股票代码 300227），那一年，光韵达创始团队依旧保持初心、坚持学习，创始团队每年都会在世界各国来回辗转、参访、参展，学习国外公司的先进技术。

2013 年，光韵达率先从德国引进 3D 打印设备，开始涉足 3D 打印领域。

2017 年，光韵达牵头成立深圳市 3D 打印制造业创新中心，以增材制造为核心，推动 3D 打印装备国产化的进程，突破制约 3D 打印行业发展的共性关键技术瓶颈和"卡脖子"技术。

2023 年，公司获批组建"广东省增材制造装备创新中心"，聚集国内激光与增材制造行业内头部企业、上下游企业、高等院校、科研院所、院士专家等领军人才，推动行业创新发展。公司在工业 3D 打印从探索到整合，从传统制造到智能制造，从自研到社会共研，已经不仅仅是激光技术和数字结合对传统制造业的一个补充和增强，更可能成为深圳 20+8 战略新兴产业集群中一个新的爆发点。

"关于激光与增材制造，俗称 3D 打印，它属于一项'无'中生'有'的先进制造技术，和深圳这块土地的创新氛围一样，只有想不到，没有做不到。"从姚彩虹坚定的话语中能够深深感受到她对发展 3D 打印产业的执着追求如同她对深圳这片土壤的热爱一样。

如今，先进制造业的竞争已成为新一轮科技革命和产业变革的重要驱动力，国内的增材制造技术和装备，从学习、引进、借鉴再到自研和突破，助力整个制造业产业升级和经济高质量发展。作为国内首批国家级高新技术企业，2021 年底，光韵达提前完成了全激光产业生态链的布局，实现从横向布局激光及智能技术应用到纵向激光与智能制造产业链包括上游激光器的扩展。

而在产品方面，光韵达主营产品"SMT 精密激光模板"还被评定为国家"制造业单项冠军产品"；在价值方面，公司被评定为"专精特新"，即"专业化、精细化、特色化、新颖化"，是国家认证的走在行业前列的企业。

无论是刚来深圳时为外企打工，还是从零开始创业并一步步伴随公司的不断成长走向上市，姚彩虹都不断发挥着自身的"自驱力"，将自己奉献到所热爱的事业中去，奉献到所向往的目标中去，自我成长、自我蜕变、自我繁荣。正如她信奉的一句话："从外部被打破的鸡蛋是食物，从内部突破的鸡蛋是生命。"

姚彩虹不断强调取得"信息差"的重要性，她认为这是取得成功的重要道具，而真正获得成功的根本所需是"自我成长、主动承担、意志坚定"，这是她根据多年闯荡经验凝练出的属于她自己的"十二字箴言"。

深圳这样一个开放、包容、创新的土壤吸引了无数像姚彩虹这种对未来懵懵懂懂但怀揣梦想的"拓荒者"来此播种、努力生根、渴望开花结果，他们为梦想而拼搏，靠信念而奋斗，一同谱写着春天的故事，这些追梦者们纷纷化身成春天故事里的一草一木，体会四季更替、日月星移。

因为想要把握自己的青春，姚彩虹来到深圳蛇口，她以自己为素材，以时间为书，写下一首长达30年的绝美诗篇，而这首诗篇的创作仍在继续，也将更加动人心弦。

姚彩虹总是心怀感恩，她常常表示："蛇口，是我梦开始的地方。"30年来，她不惧艰辛、努力前行，做到了从种子到鲜花的蜕变，沐浴完春风细雨，她奋力冲出土壤，迎来了阳光为她建造的那道彩虹。

只要心不老，青春便不老。姚彩虹表示，未来，将依然不忘初心，砥砺前行，继续追逐梦想，追逐朝阳，用自己的努力为深圳这座宜居宜业的国际化大都市贡献青春力量。

她用了一句话对深圳进行了总结：

"深圳，离海很近，离梦想不远！"

姚一元：鹏城居民身边的"黑猫警长"

在深圳南山区粤海街道辖区，就有一个被居民群众誉为身边的"黑猫警长"，他就是广东省深圳市公安局南山公安分局粤海派出所三级警长姚一元。

1962年9月，姚一元出生在浙江省金华市金东区东孝乡街道戴店社区。1980年11月入伍到00312部队当基建工程兵，1983年9月转业到深圳市市政工程公司，1984年10月调入深圳市公安局行政处，1995年3月至2022年退休，一直在深圳市公安局南山公安分局粤海派出所工作，从事治安民警、辖区警长和刑侦工作。

从1983年转业到深圳工作，40年风雨兼程，姚一元曾荣立个人二等功1次，先后获评深圳市十佳卫士、全国先进工作者、全国特级优秀人民警察等荣誉，在人民大会堂接受了党和国家领导人的接见，在深圳收获了人生的光荣与梦想。姚一元、罗静梅家庭，2020年荣获全国"最美家庭"，2022

姚一元在北京出席全国特级优秀人民警察表彰大会

年荣获全国"五好家庭"荣誉称号。

不惑之年
组建派出所首支便衣伏击队

"滨海之窗""中国硅谷",提起深圳市南山区粤海街道,人们总会联想到科技专利、智慧创新等关键词。而粤海派出所民警心中所思,往往是如何让抓住罪犯的效率和科技创新一样高效。"黑猫警长"姚一元一直在身体力行。

1984年,姚一元从部队转业来到深圳警队,成为一名人民警察。在深圳市公安局工作了10年后,1995年,姚一元主动提出下基层,被调到南山公安分局后海派出所(现粤海派出所前身)工作,先后做过治安民警、社区民警,2005年,45岁的姚一元组建了粤海派出所第一支便衣伏击队。

说起组建粤海首支便衣伏击队,姚一元和同事们说:"我有这一想法并向所领导提出实施的原因,是受到了刺激的结果。"由于粤海派出所辖区地处南山区商业文化中心区,人、车、物流动量大,治安情况较为复杂,前些年盗窃自行车、扒窃、拎包、盗窃商场财物等盗窃案件多发。这些案件与市民群众的安全感息息相关,是市民群众评价社会治安好坏的重要标准。

那时,姚一元还在南油社区当警长,每次和居民聊天,总会听到居民们无奈地抱怨:"前几天刚买的一辆自行车又丢了""昨天晚上我的车玻璃又被砸了"。每当此时,姚一元的心里特别不是滋味。一次,一位老战友坦诚地对姚一元说:"你们干公安的,对一些小偷小摸这样的案子也要引起足够重视,因为这直接关系到人民群众的财产安全。"老战友的一番话对姚一元触动特别大,让他下定决心主动申请从事伏击工作,遏制偷窃案件发生,保护居民的财物安全。

说干就干,有了这个想法的姚一元主动向派出所领导提出了自己的想法,这在当时的深圳公安系统还是一个新生事物,所领导非常支持姚一元的想法,按照姚一元的要求给他配备了精挑细选的便衣伏击队员。

便衣伏击队组建以后,姚一元利用从警后积累的丰富经验和信息资源,带领便衣伏击队对盗窃类案件发起猛烈进攻。在他的带领下,便衣伏击队打击现行犯罪方面成果显著,最多的一年,抓了一百多人。

由于粤海街道辖区大部分都是高新科技园区，犯罪分子利用科技手段犯罪的苗头开始出现。于是，姚一元又带着便衣伏击队把目光投向了新型互联网犯罪，开始专项打击网售有害食品、假药等。虽然对他而言，互联网犯罪是个全新的领域，但是姚一元仍然保持开放的心态去学习，以便做好打击工作。

带领便衣伏击队打击犯罪分子的那段时间，在粤海派出所辖区，居民群众都知道有一位 60 后的"拼命三郎"姚一元，他每天带领着 80 后、90 后年轻民警走街串巷、伏击守候、抓捕嫌犯，专注侦破事关老百姓安全感的民生小案。在姚一元的带领下，粤海派出所辖区偷盗自行车等案件大幅下降，降幅同比粗略统计超过 80%，成为粤海派出所最给力的打击增长点。

忍饥挨饿
连续伏击 8 小时抓获嫌疑人

对于普通市民而言，便衣伏击看似简单，但姚一元说，这其实是一项与犯罪分子短兵相接、斗智斗勇斗心理的工作，非常需要讲究策略。打伏击不仅要耐心、心理素质过硬，还要注重抓捕时机。这不仅关系打击成效，更关系证据采集。动手早了，错失有力证据；动手晚了，眼睁睁看着违法犯罪分子在自己眼皮底下逃离。成败往往只在一瞬间。而姚一元正是这方面的行家里手。

姚一元记得，他和队员们连续伏击最久的一次行动持续了整整 8 个小时。当天中午 12 点，正是吃中午饭的时候，南山书城附近一名男子路过停放单车的区域时，一直用眼睛瞄着各个车辆，最后目光在一辆崭新的山地自行车上打了个转。嗅觉灵敏的姚一元马上提醒队员先不要吃饭，密切注意这名男子，可能要偷车。

哪知，该男子在停车区域晃晃悠悠就是不动手。接下来，该男子又跑到街心公园的长凳上睡觉，随后又到附近商场前看表演，来来回回折腾了十几次。但这一套障眼法根本瞒不过姚一元，他坚信自己的判断，状似随意地站在男子旁边伏击，对方浑然不觉。一直到晚上 7 点半，天色渐暗，队员们都已饿得肚子"咕咕"叫，姚一元不停地鼓励大家再坚持一下。果然，趁着夜色，男子手里拿着剪子，迅速剪断山地车的车锁后，立马走开。

"我当时跟队员说不能追，他一定会回来。"过了一阵，那个男子果然空着手回来，走进停车区域，若无其事地要将山地车推走。这时，姚一元和队员们立即出击，抓了个人赃俱获。

整整 8 个多小时，姚一元和队友们忍饥挨饿地与一名偷车贼周旋，很多时候伏击队的工作都是如此。有的人觉得姚一元这么大年纪了，就是一个平凡的警察，怎么还像年轻人一样如打了鸡血似的日夜劳累奔波，是不是有点傻？

可姚一元却笑着说："我虽然辛苦，公安战线的工作虽然平凡，但我始终带着对党的无限忠诚、对警察职业的满腔热情，兢兢业业、默默奉献，无怨无悔。因为人民警察的天职和使命就是保护人民群众的生命和财产安全，维护社会治安稳定。每多抓一个嫌疑人，就能让市民群众少遭受一次损失，这让我很有成就感。"

言传身教
成为年轻民警最好的"老师傅"

为了保障辖区平安，姚一元不仅自己以身作则身先士卒加班加点工作，而且还利用自己从警以后积累的丰富工作经验，对年轻民警进行传帮带，带出了一批又一批警队青年才俊。

当公安分局和派出所领导每次赞扬姚一元时，姚一元总是谦虚地表示，深圳警队里有很多像我一样的老黄牛，他们忠诚履职、勇于担当、无私奉献，饱含对公安事业的热忱、对特区这片热土的热爱，在平凡的岗位上干出了不平凡的业绩，谱写着深圳公安事业绚丽的画卷，我甘愿做年轻民警最好的"老师傅"，共同维护粤海辖区居民的平安。

有一个收废品的吴先生，花 3800 元收购了一批黄铜线，结果却遭遇了诈骗，买的全是砖头和瓦块，吴先生伤心欲绝，这是他好几个月的生活费。了解到这一情况后，姚一元通过吴先生提供的车牌号，锁定了嫌疑车辆和人群，立即进行跟踪。经过三天的守候，终于把这些诈骗犯一网打尽，让吴先生免受损失。

还有一个专门盗窃山地车的团伙，一天就能偷七八辆车。接到报案后，姚一元通过视频监控锁定了犯罪团伙，在他们必经之路守候了好几天，终于找准时机，在一处红绿灯处超车截住了这个团伙，在追捕过程中，由于嫌疑人还有大木棒等凶器，姚一元和队友们使用了催泪弹，最终将他们一网打尽，过程可谓十分惊险。

在派出所工作的日日夜夜里，每年的中秋节、国庆节以及双休日，姚一元都坚守在路边、街角，或在侦查、抓捕的路上，通过他的努力，一个个抢劫抢夺嫌疑人、盗窃扒窃嫌疑人、贩毒吸毒嫌疑人、诈骗嫌疑人落入法网，依法受到制裁。姚一元感觉无比踏实、无比自豪。

刑侦一线常常是险象环生，稍有不慎就容易遭遇不测，但和嫌疑人斗智斗勇数十年的老姚却屡屡逢凶化吉，完美处置，"黑猫警长"本色可见一斑。

年逾五十的姚一元工作起来是个"拼命三郎"，常年不规律的工作作息给姚一元带来严重的糖尿病。自2009年以来，每天需要扎两针才能稳定病情的姚一元，将药物和针剂偷偷带在身边，经常在行动前自己动手扎完针，然后像年轻人一样走街串巷，奔跑追捕，甚至奋不顾身地驾车对嫌疑车进行截堵。

2014年3月27日，在收网一个开面包车盗窃电单车犯罪团伙行动中，姚一元驾驶私家车一路追踪嫌疑车寻找抓捕机会。当嫌疑车在路口等红灯时，姚一元不顾自身危险驾车急停挡在嫌疑车前，成功抓获5名嫌疑人，缴获十多辆被盗车。

曾有人劝姚一元说："老姚，你年纪大了，身体要紧。"姚一元的回答却是："我把最美好的青春年华奉献给了军旅生涯和警察事业，现在我年纪虽然大了，但只要警队还需要我，就一定要继续当好为民服务的孺子牛、勤恳敬业的老黄牛，从军从警，此生无憾！"

2018年3月中旬，姚一元带队经一个月马不停蹄地辗转于广东佛山、深圳龙岗、宝安等地开展落地摸排，成功锁定多个涉嫌生产、销售假药的犯罪嫌疑人。随后他又带队连续出击，成功在佛山、龙岗、宝安三地抓获3名售卖假药嫌疑人，而此时，五十多岁的姚一元已经连续加班加点近50天。

从一个意气风发的青年，到同事们尊称的"老姚"。姚一元勤勤恳恳的工作作风、任劳任怨的工作态度、兢兢业业的职业精神、不忘初心的责任担当得到各级领导、同事和市民群众的高度肯定和赞誉。

夫妻同心
共同维护辖区平安

常言说：少年夫妻老来伴。年过半百以后，看到姚一元还像年轻人一样每天没日没夜地在辖区一线工作，妻子罗静梅在担心姚一元身体健康的同时更担心老公的安危。

姚一元之所以能这么专注地工作，最重要的支持还是来自于妻子。妻子罗静梅经常对丈夫说："你是一个当过兵的人，是农民的儿子，不管任何时候都不要忘了本，你把工作干好，家里有我。"妻子罗静梅的个人生活习惯比较朴素，连带全家吃穿用度都很节俭，因为丈夫警务工作的性质，小时候孩子基本是她一个人带大的，不管是生病还是上学，都是她在照料。

由于姚一元一心扑在工作上，整天研究的就是如何打击犯罪，想尽一切办法抓住犯罪嫌疑人，长年累月无法陪伴家人，节假日更是经常在岗位上度过。2015年，妻子罗静梅退休后，夫妻俩终于找到了一个既能做好工作，又能兼顾陪伴对方的好办法——姚一元每次打伏击，罗静梅都作为治安积极分子一同参与。为了表彰姚一元夫妻在平安深圳方面做出的突出贡献，2015年，罗静梅获得深圳市公安局十佳警嫂的荣誉，2018年至2019年，姚一元家庭还先后获得南山区、深圳市、广东省"最美家庭"荣誉。

姚一元很自豪地说，妻子经常陪着自己一起打伏击、上一线，全所干警都知道派出所伏击阵线有一对"夫妻档"，对于妻子对自己工作的理解、关心和支持，姚一元是打心里表示感谢。

其实，不仅妻子支持关心理解自己，就连儿子也有时陪父亲一起打伏击，真可谓"打虎亲兄弟，上阵父子兵"。有一次周末轮休，姚一元难得带儿子出去玩，刚好碰到紧急任务，顾不上带儿子回家，直接带着儿子一起去现场蹲点，抓捕伏击犯罪团伙，儿子还能给他打掩护。虽然回家被妻子数落一顿，但儿子有种演警匪片的兴奋，从那以后还多次陪父亲一起去打伏击。

金杯银杯不如老百姓的口碑，从警以后，姚一元平均每年抓获违法犯罪人员六十多个，曾荣获全国特级优秀人民警察和全国先进工作者等称号。

虽然奖项不少，但他最看重的还是辖区居民的评价，因为在基层工作了近四十年，很多辖区居民都认识他，平时走在街上，很多居民都会跟他打招呼，说只要有他在，就会很安心。

儿子姚俊峰说，虽然父母没有刻意嘱咐他要勤俭朴素，但是他早在父母的言传身教中养成了这样的习惯。在美国波士顿求学期间，他一直都在勤工俭学，经常获得奖学金，3年时间里，读了1个本科、2个硕士。他和室友在波士顿合租在一个很小的房子里，毕业典礼的时候父母看到他居住的环境都有点惊讶。拿到硕士双学位毕业后，姚俊峰选择回到祖国和家人身边，目前在南方科技大学做科研助理。

爱岗敬业
"姚一元伏击工作法"成深圳警队标杆

谈起打伏击的那段经历，姚一元说一开始都是要靠人去盯，风吹日晒、全年无休。特别是节假日，盗窃案多发。在姚一元看来，打伏击必须要练就一双"火眼金睛"和一身"钢筋铁骨"，不仅要在人群中准确识别窃贼，还要在对方企图反抗时确保有效控制住。

2011年，辖区内扒窃案件高发。姚一元经常带领队员埋伏在各大商超，只要扒窃人员一斜眼看向受害者的财物，哪怕几秒钟，姚一元都能和队员们精准捕捉，在扒窃人员伸手的那一瞬间果断制服对方。一时间，辖区内所有商超的服务员都认识了姚一元，大家无不连连称赞，亲切地称呼他为"黑猫警长"。

时至今日，这双"火眼金睛"在智慧警务的"支撑"下变得更加锐利。"只要群众报案，派出所各部门都会及时响应，合力侦查。通过研判公共视频，掌握不法分子的基本情况和活动范围，从而帮伏击队实现精确抓捕。"

2021年，姚一元与研判部门"强强联合"，锁定一名专门盗取车内物品的"惯犯"。这名盗窃嫌疑人身材高大壮硕，后续经过一番激烈搏斗，姚一元和同事终于当场控制住对方。当时，有的民警身上还留下了轻重不等的瘀伤。"这都是小场面，只要人民群众有需要，我们随时往前冲！小家的事，就是我们大家的事。"姚一元说道。

姚一元就像"老黄牛"一样默默地扎根在基层，这些年岁里绵延的是对这片土地的深深爱意，厚植的是对人民群众的铮铮誓言，他以守护者的目光见证着粤海街道的日新月异。

2011年第26届世界大学生夏季运动会在深圳举办，那一年，姚一元带领他的团队共抓获各类违法犯罪分子72人，2012年抓获89人，2013年抓获76人，2014年抓获78人，2015年抓获72人，2016年抓获61人。

姚一元说，便衣伏击看似简单，但其实是一项讲究智勇谋略的工作，是一项与犯罪分子短兵相接、斗智斗勇斗心理的工作，非常需要讲究策略，否则，就会差之毫厘，失之千里，成败只在一瞬间，眼睁睁看着违法犯罪分子在自己眼皮底下逃离。

粤海派出所便衣伏击队队员们说，犯罪分子作案，生性多疑，东张西望的戒备心理是必然的，从选定作案目标到下手作案往往有一段时间，在这一过程中，伏击人员既要密切监控，又要防止暴露身份，因此，只有在像姚一元这样经验丰富的"老师傅"带领下，才能做到有效地打击违法犯罪，每抓获一人，都是心血的结晶，智力、体能、技能、心理一样不可或缺，才能在不停地侦察与反侦察、跟踪与反跟踪中与犯罪分子周旋到底，取得胜利。

为了提高伏击队的抓捕技能，姚一元发动年轻民警去看《动物世界》，学习老虎、豹子如何悄无声息地靠近猎物，如何合理控制攻击范围。队员们看了都说很受启发。多年来，姚一元一直是年轻民警眼中最好的"老师傅"，带出了一批敬业勇敢、精明能干的便衣伏击队员。

姚一元的打击案例也得到了中央和省市区各级媒体的广泛报道。除南山分局外，宝安、龙岗等各分局多个派出所的同行也多次找上门来"取经"，为此，姚一元还专门总结经验，与同行们进行交流研讨，希望共同进步，更好地打击现行犯罪。

2014年元旦，姚一元主动加班加点，放弃三天休假，深入社区开展伏击行动，当场抓获1名盗窃分子。1月7日至8日，元旦后的第一个双休日，姚一元又放弃双休加班伏击，成功抓获4名扒窃嫌疑人，协助打掉一个盗窃犯罪团伙，缴获苹果手机3部、钻石戒指2只、金项链1条等价值4万多元的赃物。

2015年春节期间，姚一元带队的便衣伏击队是唯一没有轮休的业务队，姚一元带领伏击民警和队员放弃与家人团聚的机会，坚守伏击岗位，打击不法分子，力保平安，抓获抢劫嫌疑人1名、拎包嫌疑人1名、盗窃自行车嫌疑人4名，有力地维护了粤海辖区春节期间的治安，为前往南山中心区商圈购物、休闲的市民群众营造了和谐、安宁的节日环境。

《深圳刑侦》2014年第62期以"落实四个重视，提高便衣伏击成功率"为题，对姚一元的经验进行详细介绍，并在全市公安机关进行推广。

2016年7月至10月，深圳市公安局开展以挖掘和提炼一批先进工作方法在全市推广，在树立警队以"新标杆"为目的的全市公安机关民警工作团队及工作法命名活动中，"姚一元伏击工作法"顺利通过审核评定并挂网公示。

2022年，两鬓飞霜的姚一元终于退休了，岁月在他脸上、身上留下深深的印记。他以自身的实际行动诠释着"忠诚、正义、为民、奉献"的深圳警队的核心价值观精神。"党员就是要发挥表率作用，就是要敢于担当。"姚一元说，作为一名人民警察，对党忠诚就是对国家、对人民、对公安事业忠诚，这就是"黑猫警长"姚一元的真实写照。

余幼平：传承知识的薪火　播撒文明的希望

　　余幼平的老家湖南岳阳有着"鱼米之乡"的美称。受家庭氛围的影响，余幼平从小勤奋刻苦，志在通过自己的努力改变命运。高考时，他凭借优异的成绩考入长沙师范学院，学习幼儿教育。1990年毕业后，余幼平被分配到岳阳市机关第一幼儿园任教，任教期间，他不断学习探索教育幼儿的更好方法，幼儿园基于对余幼平能力的认可和对他工作的信任，支持他在园内开办实验班、艺术班，探索研究学前教育的更多可能。

　　余幼平在老家的幼儿园工作了5年，虽然待遇和工作环境都很好，可他心中始终有挥之不去的空虚感，或许是因为有着更高远的志向，不愿就这样在舒适和安逸中虚度一生，可他又苦于没有明确的发展方向，不知该何去何从，所幸这时有人为他指了一条明路。

　　在同事的推荐下，1995年，余幼平来到深圳并加入深圳市南山区蓓蕾幼儿园，从此扎根下来成为蓓蕾的老师，2002年余幼平成为园长助理，2005年晋升为副园长，2012年创办蓓蕾幼儿园分园——深圳市南山区首地容御幼儿园，并担任园长，2019年回到南山区蓓蕾幼儿园担任园长，2021年成立南山区首批幼教集团——深圳市南山区蓓蕾幼教集团并担任总园长。

　　近年来，深圳市南山区蓓蕾幼儿园屡获硕果，它不仅是广东省第一批省级幼儿园、深圳市"优质特色示范"幼儿园、广东省安全文明校园、"3-6岁幼儿学习与发展指南"实验园，还成为华南师范大学实习基地、深圳大学学前教育实验基地、南山区第一学区联盟管理园、"十五""十一五""十二五""十三五"多项课题主持单位。

　　目前，蓓蕾幼教集团已形成"1+9"的集团规模，集团覆盖蛇口街道和招商街道两个街道，10 个社区，共计 106 个班级、3024 名幼儿、590 名教职工。核心园和成员园在文化、管理、制度、课程上一脉相承，有得天独厚的优势，通过党建引领，集团各园的各项工作协同发展，在统一发展内涵的基础上保证园所平稳过渡；在上层建筑、文化内核层面进行引领，主张美美与共；在制度建设、管理进程上统一方向，稳步发展，无须打破组织边界便能做到融会贯通；在课程建设方面进行资源共享，在核心园蓓蕾幼儿园的带领下，坚持走科研引领、内涵发展的道路，以课题和项目为引领，围绕"无边界学习"这一核心，建立课程建设常态机制。

近年来，蓓蕾幼教集团在总园长余幼平的带领下，以"众智有为"的集团理念为引领，以"创新共进、优质共享、多元共生"为原则，聚焦课程和队伍等核心要素，着力推动文化价值认同、资源共建共享、课程同构共研、教师专业成长，努力打造发展有方向、前进有力量、过程有温度的蓓蕾幼教集团化发展新样态。

集众人之智，成众人之事——蓓蕾因你而绽放。

蓓蕾幼儿园的"园草"（后排右三为余幼平）

为挑战自己毅然南下蛇口
曾情绪低落最终选择留下

余幼平的家乡位于湖南省岳阳市君山区，他在四兄弟姐妹中年龄最小，还有两位哥哥和一位姐姐。余幼平年幼时，家中的生活条件并不好，或许是意识到了这点，他们兄妹四人很早就懂得了要靠读书来改变命运这条道理。因为懂事早，同时也是受到兄长们的熏陶，余幼平从小就喜爱学习，对任何事物都充满好奇，他喜欢独自钻研、探索新鲜事物，即使没人教他，也能靠自己的悟性学会个七七八八。

在读初中的时候，余幼平从家中翻出一根闲置已久的笛子，他天性喜爱音乐，于是在好奇心和探索欲的驱使下，他竟自己学会了用笛子吹出乐曲，还因此打下了不错的音乐基础。

因为坚信读书能够改变命运，余幼平的两位哥哥都通过努力学习考上了大学，二哥最终读到了博士，而他本人也不负家人的期望顺利考上大学。由于家里没有足够的钱供他大学的学费，余幼平就报考了师范学校，那个年代师范学校和军校是可以免除学费的，而且师范学校毕业后还包分配工作。就这样，余幼平被长沙师范学院录取。

在大学期间，余幼平在学习之余也不忘发展自己的兴趣爱好，他因为喜欢音乐，就参加了学校的钢琴培训班。跟随老师正式学习音乐后余幼平才发现，自己小时候玩"笛子"还真是玩出了些"名堂"，那时的独自摸索确实让自己获得了不错的音乐基础，老师见他在音乐方面颇有天赋，便愿意教授，寒暑假也留在学校为其上免费的钢琴课，这种无私的教师精神让余幼平现在想来都心怀感激，也继承了这种令人敬佩的园丁精神。不过余幼平也没有辜负老师的辛苦付出，他曾参加全省师范类专业学生钢琴比赛，并获得全省第一的好成绩。

1990年，毕业后的余幼平成为岳阳市机关第一幼儿园的老师，由于他在校成绩优异，也毕业于知名高校，因此工作单位将他视作人才进行重点培养，为他分配了房子、菜地，还有一辆自行车。

执教后的余幼平充分运用自身所学，同时他身上也拥有难能可贵的开拓进取精神，在实际教育中不断探索新的教育模式，不断提出有价值的教育理念，力求开拓出更好的学前教育路径；幼儿园也给予了余幼平充分的信任，支持他在园内增设了实验班、艺术班等与传统教育理念有所区别的实验型班级，让他拥有得以实践探索的机会，在余幼平的努力下，这些使用新模式教学的班级均收获了出人意料的好成绩。

余幼平毕业后在家乡工作了5年，这五年的工作感受于他而言是舒适的、稳定的，可这平稳的工作与生活却让他逐渐感受到了一种不安，心中隐隐出现了另一个形容词"一眼望到头"。余幼平是一个有好奇心、有探索欲的人，他渴望去更大的城市，渴望更有挑战的生活，渴望通过奋斗实现他心中的抱负，可是从小在农村长大的他对外面的世界了解甚少，即使想出发，他也不知该往哪去。这时，余幼平曾经的一位同事给了他"来深圳"的建议。

因为听闻深圳因改革开放而获得了前所未有的蓬勃发展，这位同事便毅然离开老家南下深圳，任职于深圳市南山区蓓蕾幼儿园。同事了解余幼平的能力，也清楚余幼平的志向，当时恰逢蓓蕾幼儿园招老师，于是便向余幼平抛去橄榄枝，建议他立刻来深圳试一试。余幼平听取了同事的建议，他果断拎起箱子背上包，于1995年3月来到深圳蛇口。

余幼平刚来蓓蕾幼儿园时，幼儿园内仅有10个班，300多名学生、50余名教职工。他首先要通过3个月的试用期，而且他入职的这段时间恰逢蓓蕾幼儿园正在进行省一级幼儿园的评估工作，因此园内各项与应对评估有关的工作都在紧锣密鼓的筹备中，余幼平一入职便立刻受命加入这项工作中。

应对评估需要完成的任务非常多，有时需要购买一些材料用于布置校园，然而当时深圳的生产业并不发达，需要余幼平专门跑到广州购买材料。如此大的工作强度和深圳快节奏的生活是余幼平在来深圳以前不曾想过的，再加上蛇口当时的城市建设与他想象中的"大城市"还存在一定差距，住宿条件也不如老家，这让他心中逐渐积累了失落情绪，慢慢萌生出"打退堂鼓"的想法。

不过，在园长和同事的关心下，余幼平最终还是坚持留了下来，一来他心中有着"好汉不走回头路"的倔强，二来他觉得既然自己来深圳是为了寻求挑战，干脆挑战到底，不赢不归。后来余幼平回忆道："当年的坚持是我做过的最正确的决定，谁能想到 20 世纪 90 年代末还'其貌不扬'的蛇口竟能在短短 30 年间迎来如此翻天覆地的变化！"

在全园教职工的共同努力下，蓓蕾幼儿园最终成功评选为省级幼儿园，成为广东省第一批省级幼儿园，那时余幼平也度过了试用期，并在随后的调干考试中以南山区第三名的好成绩出线。

在蓓蕾幼儿园，余幼平最初七年一直担任任教老师，他将所有的孩子视如己出，细心照顾孩子们每日在园内的上课、用餐和休息，让孩子们开心，也让家长们放心。2002 年，余幼平开始担任园长助理，后通过教育局的考察考核，于 2005 年晋升为副园长。自 2005 年开始，余幼平也开始探索为蓓蕾幼儿园置办分园，最终，2013 年 1 月，经区委区政府同意、教育局批准，在余幼平的牵头下，在华侨城首地容御小区内成功创办了首地容御幼儿园，这也成为南山区第一所政府出资、由公办园深圳市南山区蓓蕾幼儿园输出管理团队承办的政府产权非营利性公益普惠幼儿园。

余幼平表示，深圳市南山区蓓蕾幼儿园不仅是广东省第一批省级幼儿园，也是学前教育领域的改革先锋。作为公办园，它成为全市第一个办分园的幼儿园，为后来许多幼儿园的建设和发展提供了诸多有参考价值的探索；此外，它也是全市第一个引进男老师的幼儿园。

创最快通过省级评估纪录
促集团内部文化交流融合

2013 年至 2019 年，余幼平暂时离开了南山区蓓蕾幼儿园，前往他主持创办的首地容御幼儿园担任园长，主持全园的教学工作。余幼平深度融合过去的教学工作经验，创新性地将该园定位成一所探索创新办园体制的实验园，并收获了突出效果，得到社会的充分认可。首地容御幼儿园于 2018 年 1 月通过省一级评估，创下了全区最快通过省一级评估的纪录。此外，该园在 2016 年 5 月成为深圳最"年轻"的"深圳市优质特色示范园创建单位"；2017 年 1 月获得"深圳市餐饮服务食品安全 A 级单位""深圳市餐饮服务食品安全示范单位"；目前首地容御幼儿园也是"深圳大学学前教育实习基地"和"深圳大学学前教育国培基地"。

首地容御幼儿园成功通过省一级评估以后，余幼平便回到了原来任职的南山区蓓蕾幼儿园，接手该园园长职务，2021 年 11 月他推动成立了蓓蕾幼教集团，同时开始主持南山区内更多幼儿园的建设工作，旨在缓解学位紧张、解决周边幼儿的上学问题。在他的努力下，蓓蕾幼教集团成立后的第一年，集团旗下便拥有了包括蓓蕾幼儿园在内的 5 所幼儿园，次年园区数量上升至 10 所。

目前，蓓蕾幼教集团由 1 所核心园（深圳市南山区蓓蕾幼儿园）和 9 所成员园（深圳市南山区南海玫瑰幼儿园、深圳市南山区蓓蕾蛇口幼儿园、深圳市南山区龙瑞幼儿园、深圳市南山区蓓蕾幼儿园深圳湾分部、深圳市南山区滨海半岛第一幼儿园、深圳市南山区滨海半岛第二幼儿园、深圳市南山区玺乐幼儿园、深圳市南山区双玺幼儿园以及深圳市南山区半山港湾幼儿园）组成，该集团也是南山区首批幼教集团。

在对学前教育领域的探索上，余幼平从未停下过脚步，他不断推陈出新，寻找顺应时代发展的幼儿教育方法。作为园长和集团总园长，他深刻影响着其领导的幼师队伍，力求将更好的教育带给幼儿，为深圳这些含苞待放的他日成花提供最好的"滋养"、尽最大的努力。

近年来，余幼平勠力打造卓越幼教集团新样本，实现集团化办学机制是他的第一目标，他表示："集团化办学是教育走向更加公平更高质量的重要途径，是实现区域教育优质均衡发展的现实需要，也是满足群众对优质教育资源需求的重要举措。"

在引领集团发展创新层面，余幼平表示想要打造一个卓越的幼教集团新样本，需要由集团"领头雁"举旗定向，整体、系统地构建新发展体系。他介绍，蓓蕾幼教集团发展的"牵引绳"主要体现在用制度"引"行、用活动"系"情、用组织"释"能。集团现已建立决策层、执行层、监督层响应工作机制，集团"三重一大"事项由理事会讨论决定；建立执行园长轮值机制，中层干部、教师定期交流机制，以人的流动带动思想交流，盘活集团内教师资源，促进教师专业素质与管理水平的提升。

此外，集团为形成与集团化办学发展相适应的人才培优机制，坚持优才引进、共同孵化、择优录用、辐射整体等原则，坚持"总园培养—辐射分园"以及"竞聘上岗—服务集团"的原则，让集团成为集团院所发展的人才孵化器，而集团发展规划中心制定的《蓓蕾幼教集团教师分层培养方案》则可以对教师采取多角度、多元化的培养和评价，通过积分制实现队伍建设评价的数据化和科学化，激发教师教育教学热情。

在搭建平台提升集团活力与动力层面，蓓蕾幼教集团通过搭建平台，用活动"系"情。以园所文化展示平台、园所信息交流平台、教师联合教研平台、资源共享网络平台、幼儿活动共享平台五大平台为载体，提升集团内部的活力与动力。

在"幼儿为本、捍卫童年、知行合一、追求卓越、创新示范、优质共享"的集团精神引领下，该集团形成了具有蓓蕾文化特色的校园文化"VI"系统，集团各园在复制"VI"系统的同时，发挥自身特色进行建设，促进集团内部的文化交流与融合。

目前，该集团已经形成以集团牵头、集团课程教学中心为核心、幼儿园教研部门参与的"三位一体"合作教研模式。通过理论学习、现场观摩、工作坊研讨等方式进行专业引领、业务统筹、课题共研、教培共训，从而加快集团办学一体化进程，提升集团整体保教质量。

此外，集团通过系列幼儿活动，实现"一园策划，集团共享"，为集团各园的学生提供情感交流、展现自我、挑战自我的平台，促进幼儿全面发展，在满足幼儿个性化成长需求的同时，也充分体现了"共享"的意义，为蓓蕾"铁人三项"、"艺术节"建立了品牌效应。

在幼儿课程研发方面，余幼平施行无边界游戏课程教学模式，以支持幼儿深度学习：游戏是幼儿的基本活动，对幼儿发展具有重大的价值；游戏课程化是幼儿园游戏和游乐场游戏的本质区别。

在无边界游戏课程开展过程中，蓓蕾幼教集团打造了多样化的室内外一体化学习环境，创建了18个室内外游戏体验中心；形成了"场地轮动——年级联动——室内外联动"的无边界游戏形式；凝练了"观察——评估——设计"的游戏支持周期，为教师支持幼儿游戏提供了抓手和支架。幼儿在游戏过程中主要遵循"计划——工作——回顾"的流程。在游戏活动开始前做游戏计划，过程中操作各种开放性材料，游戏结束后在教师引导下进行回顾和总结。

无边界游戏源于实践的探索，散发着童年的芬芳，充满着生命活力。该集团相关特色课程方案，荣获省级特色课程创建一等奖；《人行天桥》游戏案例被评为全国优秀游戏案例、广东省优秀游戏案例一等奖；《篮球机的诞生》游戏案例被评为深圳市优秀游戏案例，推荐参加广东省优秀游戏案例评选等。

通过游戏让幼儿从中得到学习、收获成长，为幼儿的未来打下基础。"我们无法准备幼儿的未来，但可以帮助他们做好对未来的准备。"

以科学游戏启蒙幼儿教育
为学前孩童铺好未来阶梯

作为中国学前教育界少有的男园长和幼儿园优秀男教师的代表，余幼平身上既有父亲的沉稳，也有母亲的细腻。作为园长，他为蓓蕾的幼师设计了专业化成长路径；作为教师，他主持国家级、省市级科研课题十余项，真正把幼儿的游戏变成科学的培育方法。从事学前教育及幼儿园管理工作三十多年，他以出色的专业和敬业的责任心让蓓蕾幼儿园成为广东省学前教育界的典范。

玩是孩子的天性，帮助孩子快乐地度过童年时光是幼儿园的首要责任，让孩子在游戏中习得知识，在幼儿园教育中培养出健康、开朗的性格，在幼儿园生活中提前接触集体生活是每一个学前教育者的教育目标。为实现这个目标，余幼平积极采用"无边界学习"自主游戏课程。

余幼平说："该课程主要是为了给孩子创造更多真正做游戏的条件，真正的游戏有三个特点：自主、自由、自发。"在传统的幼儿园教学模式中，为了更好地管理幼儿阶段活泼好动的孩子，幼师们往往采用严格的时间管理模式，将孩子们每日在幼儿园的生活进行详细划分，甚至可以每隔十分钟就有一个安排，老师们每天都在花费大量的时间要求排队和强调纪律，留给孩子们自由活动的时间很少，这种管理模式显然是有违幼儿天性的。

蓓蕾幼儿园则摒弃了这种方式，规定每天上午9:00-11:00的两个小时里，孩子可以自己选择去哪里、学什么、跟谁去，真正实现自主、自由、自发的游戏状态。这种学习方式让幼儿园对整体布局和对老师的要求都做出了全新的调整：园区内的教室、户外场地，包括种植园地，都被划分成多个活动区域，孩子们有计划地轮流去这些区域进行游戏。在这一过程中，老师们由过去的主导者变成了现在的观察者，在观察的过程中支持孩子通过游戏学习，与此同时还要"鹰架"儿童，这是现在的老师们需要具备的三方面能力。如今在余幼平的推动下，蓓蕾幼教集团的幼儿园都在做"无边界学习"的尝试，并根据各自的办园特点、建筑布局开展了个性化尝试，比如有的幼儿园做了 STEAM 课程的"无边界学习"，这些尝试不仅帮助老师们丰富了教育内容，也提升了孩子的学习主动性。

自 1990 年进入幼儿园获得第一份幼师工作以来，余幼平已在学前教育事业上持续研学、探索三十余年，迄今为止在深圳的 28 年间，余幼平潜心教育事业，只愿浇灌出最鲜嫩的幼苗。三年又三年，他看着自己培育的一批批"蓓蕾"四散去新的学堂，为各自美好的未来积蓄新的力量；他见证过自己呵护过的"花苞"最终盛放，然后与他一起为深圳这座城市的繁荣增添一道阳光。

在余幼平的心中，教育莫过于人世间最伟大的事业，它传承知识的薪火，播撒文明的希望。

张海东：专业技术人才招聘服务领域领头羊

张海东，1975 年 8 月出生于山西省忻州市繁峙县。1997 年 7 月参加工作，2006 年创办深圳市一览网络股份有限公司（以下简称"一览"），现任"一览"董事长兼总裁。

张海东创立的一览公司于 2015 年 10 月 16 日在新三板成功挂牌（证券代码 833680）。作为中国专业技术人才招聘服务领域的领头羊，"一览"覆盖 IT/ 互联网、物联网、新能源、轨道交通、地下管廊、新材料、生物医疗、电力设备等 14 个大行业，超过 100 个细分产业，累计服务超 40 万家企业及逾 7600 万专业技术人才，被认定为"全国人力资源诚信服务示范机构"（人社部）、"国家中小企业公共服务示范平台"（工信部）、"国家重点新产品"（科技部）、"广东省人才大数据工程技术研究中心"、"深圳市中小企业公共服务示范平台（小巨人企业专项服务类）"、"深圳市专精特新中小企业"。公司独创"扎堆""业问"，前者是在全国各地建立的线下职业学习交流空间，后者是为专业技术人才搭建的职业导师在线指导学习平台。一览英才网则包括了一百多个针对各细分产业人才的求职网站。

在潜心打造公司的同时，张海东还积极参与社会事务工作，目前担任广东省人才大数据工程技术研究中心主任、深圳市人力资源服务协会副会长、深圳市中小企业公共服务联盟副主席、深圳市党外知识分子联谊会常务理事、深圳市南山区新联会副会长、深圳市南山区第八届人大代表，并被评定为"深圳市最受关注企业家""深圳百名行业领军人物""深圳市地方级领军人才"。

大学毕业放弃分配工作毅然南下打工

山西省忻州市繁峙县东山乡中庄寨村毗邻佛教圣地五台山。1975 年，张海东就出生在这个村一个世代务农的家庭。张海东的祖父是位老党员，在村里是那种识大体、明事理、一言九鼎的人物，对童年、少年时期的张海东影响很大。

张海东在繁峙砂河中学上的初中，当时学校条件十分艰苦，十个同学挤一张大通铺，睡下要想翻身，还得与身边的同伴通报一声。十几岁正是长身体的年龄，学校的饭菜总感觉吃不饱。有一次周末回家，爹娘出门干农活去了，张海东看到厨房里有一桶一斤包装的挂面，于是，饿极了的张海东将一斤挂面全倒进锅里煮了，还切了几颗山药，撒了点葱花，倒了点酱油和醋，一口气连汤带面吃了个精光。

学生时代的张海东一门心思地用在学习上，1993 年，张海东在繁峙中学高中应届毕业，考入河南焦作矿业学院。焦作矿业学院及成立于 1909 年的焦作路矿学堂，是中国第一所矿业高等学府。后来几经调整，学校改称焦作工学院，2004 年 5 月，更名为河南理工大学，张海东被焦作矿业学院测绘专业录取。

上大学后，张海东对计算机产生了浓厚兴趣。可是，感兴趣是一回事，能接触到电脑是另一回事。当时，计算机或者说台式电脑还是个新鲜、金贵物件，一台 486 电脑的价格相当于一名大学生两年的学费加生活费。不是计算机专业的学生，其他学生连电脑都见不上。即使本专业的学生，上机操作也得换上拖鞋、穿上白大褂才能进入铺着木地板的机房。好在学校成立了计算机兴趣小组，张海东第一时间报了名，还不时去计算机专业"蹭"个课，得空就琢磨、研究。

为了给父母减轻负担，大学四年的寒暑假，张海东基本上都没有回家，而是周末做家教挣学费。大四那年寒假，张海东依然没有回家，而是怀揣做家教、打零工挣的六、七百元，从焦作跑到南京，参加了一场在南京五台山体育馆举办的大型招聘会。

当时，张海东刚进入体育馆，抬头看见"五台山体育馆"几个镏金大字，顿时有种异样的感觉——因为他的家乡就在山西五台山脚下，而自己走出校门第一次参加招聘会又在"五台山"体育馆，难道真的是"天意"？

体育馆靠近大门的第一个摊位就是一家软件公司在招收软件开发人员。轮到张海东面试时，一位年长者发问："张同学，你应用过大型数据库Oracle没有？"

"这个……没有。"张海东犹豫了一下，结结巴巴地实话实说。

年长者又问："面向对象的开发工具熟不熟？"

"这……不熟。"

"有没有开发GIS（地理信息系统）的经验？"

"……"

现场招聘的"一问三不知"让张海东非常尴尬，虽然当时是冬天，但是，张海东的手心里冒汗了。

初试身手就被人问得灰头土脸，张海东才真正体会到"书到用时方恨少"，只怨自己学的还不够。正待转身离去时，旁边一位助理模样的年轻人递给张海东一张字条，上面有他的姓名、地址及联系电话，说广东省东莞市有几个供电局的GIS项目，他们公司在那里有一个研发基地，张海东如果感兴趣的话可以与他联系。

虽说已是腊月，张海东出了体育馆却汗流浃背——自己几年来在学校学的数据库呀、开发语言呀，跟人家所提问的差距真是太大了，GIS？以前根本闻所未闻。

这是张海东第一次也是唯一一次求职经历，颇有戏剧性。虽然面试当场没有被通过，但临走时递到手里的那张字条却开启了他职业人生的导航之旅。春节后，张海东给东莞方面打电话，对方明确表示，毕业后可直接去项目地报到上班。

毕业时，张海东被分配到河北某矿务局。得知这个消息后，他的父母很高兴，儿子马上就要参加国家分配的工作了，在中庄寨村里，当时还没有多少是吃"公家饭"的。可是，张海东拖着行李回到老家，向爷爷奶奶、父亲母亲宣布了在当时看来惊世骇俗的决定——自己不去分配的单位，而是要到广东去打工，寻找自己的梦。

听到张海东的决定后，他家里顿时像炸开了锅，父亲当即怒发冲冠，嘴唇哆嗦着半晌说不出话来。母亲则心疼儿子："电视上说南方老刮台风、发洪水，并且南方天气那么热，你又爱出汗，去了能受得了吗？"

左邻右舍听说张家念大学的孩子回来了，并且还被分配了国家单位的工作，纷纷过来祝贺。当听说张海东撂了工作要去南方打工，一个个都目瞪口呆：海东这娃莫不是受了什么刺激吧？

好在家里有一个全村人都很敬重的爷爷非常支持张海东，爷爷的话也是一言九鼎，当时张海东的爷爷对家里所有人和村里的父老乡亲们说："南方现在是中国改革开放的前沿，我们家海东决定到南方去发展好着呢，我全力支持！"

其实，在读大二的时候，张海东就明确了自己将来的职业走向——毕业后打工，找一份关系简单的职业。这也是他大四寒假跑到南京参加招聘会的由来。上大学后，张海东越来越感觉到，依自己的个性，将来并不适合在体制内工作——自己学的是测绘专业，毕业后到煤矿工作几十年，撑死了也不过当个测绘队队长。有段时间他还突发奇想，毕业后回老家养牛。不过这个念头很快被打消了，真这么干，还不得让乡亲们的唾沫星子淹死？

因为有爷爷的鼎力支持，就这样，张海东大学毕业后如愿以偿地到南方追梦了。

深圳的开放和包容让他决定扎下根来

1997年7月1日晚，北京亚运村附近的一个广场上，人山人海，礼炮阵阵。南下前，张海东应一位朋友邀请，先到北京观看香港回归祖国的庆典。挤在观礼的人群中，张海东心潮起伏，不能自已。一方面是为国家一洗百年耻辱而激动；另一方面，一想到自己即将开始但又未知的新生活，就忽而欣喜、忽而焦虑。明天就要南下广东，独自一人到一个经济充满活力、在外地人看来又颇为神秘的地方。一晚上辗转反侧，无法入眠。

7月2日从北京坐火车，24小时后到达广州，从广州站出来再到流花汽车站乘汽车到东莞。报到后，被安排在东莞某供电公司附近的一幢楼里，开始了软件开发的职业生涯。

刚开始张海东还很兴奋，因为软件开发在当时是很牛的职业，内地许多人都没有听过。一上手才知道，自己还差得很远，大学四年苦学计算机，但主要是以电脑基础知识为主。操作系统还是Dos，编程工具是Foxpro。虽

张海东在母校河南理工大学演讲

说快毕业时 Win3.1 已上市，也只是偶尔有机会操练一下。而供职的这家公司，电脑上全部安装 Win95 操作系统，数据库是 Oracle，开发工具是 Oracle 自带的 Develop2000，还有 Mapinfo 的编程工具 Mapbasic⋯⋯

张海东说，上大学时学电脑，看似杂七杂八地学了不少，但都是以自己演练为主，完全不具备实战能力。其时中国还没有接入互联网，现在在网上很容易找到参考资料，这在当年根本无法想象。也没有师傅指点，更没有机会参加什么培训班，一点一滴全凭自己摸索、领悟。更要命的是，不仅要在短时间内掌握从来没有接触过的开发工具，还要运用这工具开发软件产品，并确保产品在几个月内上线运行，其难度可想而知。

公司正常工作时间是早上 8:00—12:00、下午 2:00—6:00。但是，每天下班后，张海东晚上 7 点准时上机，一直要忙到半夜 12 点。有时为了赶项目进度，经常一做就是一个通宵。压力山大，极度疲劳。晚上冲凉，地上一绺绺头发，触目惊心。

不管再难、再累、再苦，只要一想起自己离家时的意气风发，就打消了放弃的念头——"好马不吃回头草，好汉不走回头路"，如果背着行李打道回府，岂不真要让乡里乡亲笑掉大牙？多少年后回忆起这段经历，张海东一直记忆犹新地说，这抽筋折骨般的半年永远无法在脑海里抹去。

累是累，苦是苦，但也有开心的时候，那就是一入职，公司就预发了一个月的工资700元。转正后是1000元，第二年春天就涨到2200元。要知道，张海东当时在内地工作的大学同学，月工资都没有超过500元的。

工资大幅增长，说明张海东的能力得到了"东家"的认可，他在电力软件开发这一行也算是立住了脚跟。1998年8月1日，公司拿下了浙江宁波几个供电局的项目，从此他便辗转于宁波、上海、杭州几个城市，继续从事电力软件开发。2001年5月4日，张海东随公司团队重组到深圳国电信息技术股份有限公司。

毕业后在南方几个城市打拼，张海东的收入也是一年比一年多，但却一直安定不下来，始终无法融入工作的城市。张海东总感觉到，那些城市没有真正接纳他这样的外来打工者，他对这些城市也无法产生归属感。

可是，来到深圳的第一天，张海东到楼下的工商银行办事。大厅外阳光明媚，大厅内秩序井然，办事的人们神态安详，银行工作人员彬彬有礼——张海东忽然心生触动：深圳这座移民城市非常开放包容，压根儿没有地域歧视这一说。自己在南方也漂了好几年了，"来了就是深圳人"这句享誉海内外的口号让张海东下定决心"安居才能乐业"，以后自己就在这座城市扎下根来！

经过几年的打拼，张海东在业内的名气和身价已今非昔比，一到深圳这家公司，他就被安排做事业部总经理。在南方这几年，张海东不仅成为业内翘楚，同时还积累了大量人脉。年底公司考核，他这个搞技术的居然拿到一半以上的订单。转年就被任命为销售部总经理、总裁助理。

从1997年到2003年这6年间，张海东一直从事电力行业的软件开发。结合他自己的经历，张海东发现国内软件行业存在一个"潜规则"——当打工者羽翼渐丰的时候，往往炒了东家自己单干——一个人人都想做老板的行当注定不会做大。不做软件做什么呢？还是结合自己的经历，张海东发现人力资源市场上普遍存在着信息不对称的现象。自己找工作是机缘巧合，扩招后大学毕业生一年多于一年，但用人方找不到合适的人才，大学毕业生又找不到就业岗位。这两者之间正存在着巨大的发展空间和机会？

2003年底张海东毅然辞职。经过近一年的筹备、试水，2004年底他在深圳创办了电力英才网，专为电力系统人才招聘牵线搭桥。2006 年 9 月 13 日，创办一览英才网，开国内专业细分招聘之先河。

让求职者一蹴而就招聘者揽尽人才

张海东创立一览英才网的"一览"便取自"会当凌绝顶，一览众山小'。不仅简洁好记，寓意深刻，还表达了"一览"同仁不畏艰险、勇攀高峰的抱负。张海东也希望能为所有求职者与企业提供所需要的任何信息——让求职者一蹴而就、招聘者揽尽人才。网站域名 YL1001.com，"1001"除了"千里挑一"的意思，还表达了"一览"要成为众多行业唯一、优质、高效招聘渠道的愿景。

2006 年"一览"公司成立之初，栖身于一个百余平方米的单元楼内，包括创始人张海东在内，只有 4 名员工。当时，国内网络招聘行业格局已定，形势严峻。一览英才网竟从夹缝中闯出一条生存之道，并一路飞奔。随后，公司更是打造了"每年保持超过 50% 的增长率"的传奇，被誉为网络招聘行业最强的黑马。

其实，一览英才网创办之际，包括前程无忧、智联招聘、中华英才网在内的综合招聘平台已经做得风生水起。如何在这片竞争激烈的领域占据一席之地，张海东下了三步棋：第一步，优选"行业"。避开综合招聘网站的锋芒，抓住内地传统行业对人才需求提升的机会，切入电力、新能源、石油化工、医疗卫生、土木建筑、机械制造、水利、环保等传统及新兴行业。第二步，从"行业"深入"专业"，切入细分市场，建立专业板块平台，并为专业板块配置资源，确保人、财、物等资源到位，发展精细化的顾问式服务。第三步，集中优势，各个突破。在每个专业板块配置资源，精耕细作，形成集中优势，做到最优化，并将这种模式逐渐复制到其他板块、其他行业。

通过商业模式的创新，张海东重新设定了网络招聘行业的游戏规则，他终于闯出了一条新路。但是对于自己的成功，他显得很淡然，用再简单不过的语言描述业绩成长过程："实际上我做的时候，很多竞争对手已经开始做行业人才了，但是我又进一步做了'专业'细分。在每个小领域慢慢做，如果每个小领域都是第一的话，整个业务就是第一的。"

在谈到细分专业的时候，张海东说，公司设计的细分专业并不是完全按照高校专业的分类方法，而是立足于职业的专业细分。长期的人才招聘及服务管理经验使其认识到，传统的高校专业往往与职场上的职业细分脱节，并在很大程度上影响了年轻人的职业成长。张海东表示，"一览"不应该仅仅是信息的传递者，更应该主动承担起推动中国人力资源发展的责任，以加速人才增值、让职业更精彩为使命，成为营造阳光、健康的职业生态圈，打造最值得信赖的人力资源服务平台。

张海东注重分享学习、参与学习的理念。他认为企业家应该有广阔的胸怀，重视人才管理，多听听年轻人的想法，并对他们给予大胆的信任。只有这样，团队才能走得更长远，企业才能持续发展。他用独到的商业模式打造了网络招聘行业的黑马，用独特的职业成长思路构建了社区式职业学习平台。

公司成立后，一年上一个新台阶。2007—2008年，专业细分招聘服务覆盖14大类行业；2009年，获评国家高新技术企业；2010年，打造国内首个基于专业细分的人才成长社区；2011年，入选福布斯"中国潜力企业排名榜"，排第64位，引入风投基金；2012年，成立股份有限公司，排名福布斯"中国最具潜力非上市公司"第7名；2013年，被国家有关部委认定为"国家中小企业公共服务示范平台"；2014年，人力资源全产业链生态圈初步形成；2015年，挂牌新三板；2016年，创办"业问"导师制付费职业成长社区；2017—2018年，"扎堆"模式在全国布局，开启并引领人才共享模式。

"一览"公司也曾获得2011年福布斯中国潜力企业榜排名第64名，2011年德勤高科技高成长中国50强，第三届中国（深圳）创新创业大赛创新奖，2011年德勤亚太高科技、高成长500强，第九届深圳知名品牌，2012年福布斯中国最具潜力非上市公司第7名，2011年广东省中小企业公共服务示范平台，第十一届（2012）深圳企业新纪录——"行业招聘网站细分市场占有率国内同行第一"，2013年福布斯中国最具潜力非上市公司100强第11名，广东省全国名牌等各项荣誉。

"一览"用十多年时间发展到现在的规模，张海东说，一方面是因为有国家持续改革开放的政策和深圳作为人才、财富聚集地的优势；另一方面，与公司行业领先的思维、海纳百川的格局、凝聚员工并不断提升其能力的企业文化息息相关。

职业细分"一览"魂三次创业再出发

互联网和人力资源都是 21 世纪才兴起的新兴产业，"一览"兼而有之。但这两个行业对资本、人才的竞争最激烈、最残酷，稍有迟误便会被无情地淘汰。"一览"行业独大，缘于张海东具有前瞻性、战略性的眼光。"一览"不断创新，方能始终置身于行业"金字塔"的顶尖。

这是一个信息大爆炸的时代，世界变化日新月异，大家都不知道明天会发生什么，一切充满不确定性。但在某些方面又是确定的，未来 20 年之内，中国每年都有超过一千万的大学生涌入职场与大家同台竞技。同时，劳动力年龄人口急剧缩减，年轻人不充分就业、中老年人企业又不用，对于几千万企业的发展来说，意味着很多企业无人可招，更别说招到"牛人"。所以说，用好存量员工，开发好每一个平凡人，是每个企业必须面对的课题。

职业种类新陈代谢，社会经济不断发展，社会分工不断精细化，职业兴衰演替频繁。农村电商的新农人，直播带货的互联网营销师，每种职业都代表着一种有生的力量，都需要有人去关注、研究和引导。中国职场将进入职业化时代，职业化将会成为各行各业最常被提及的名词，拥抱则生，抵抗则亡。

对于"一览"来说，张海东认为即将迎来最好的时代，以职业细分研究作为立足之本，"一览"立志引领推动这个行业的变革与发展。

张海东说："'一览'2021 年提出第三次创业，经过近两年的理论研究和实践探索之后，'一览'三次创业发展之路已经越来越清晰：'平台发展、职业细分、内容为王'是我们必须坚持的发展道路。这条道路来之不易，它是在前 16 年两次创业实践中走出来的，是在百年变局与世纪疫情交织的时代背景下闯出来的，是全体'一览'人经过近两年实践探索出来的。"

"一览"与时俱进，产品和服务不断创新升级。面向人才用户，推出"线上职业内容＋线下职业体验活动""一览职途"产品；面向企业用户，推出招聘会员＋报告库＋案例库的"一览通"会员产品；面向企业大客户，推出"猎头 RPC＋校招－培训"的综合解决方案。

职业发展是一个贯穿人生命始终的命题，"一览职途"产品解决的就是人才的职业发展问题，2023 年"一览职途"产品的核心任务是继续在"三生万物"工程上下足功夫。2023 年高考生约 1200 万，高校毕业生约 1158 万，疫情放开后还将有百万留学生归国，这三大群体依然是"一览"的重点关注对象，面向高中生"一览"推出志愿填报＋职业体验产品，面向大学生推出简历优化＋职业辅导产品，面向留学生推出职业咨询产品。

"一览通"是一款面向中小微企业设计的会员产品，以加速中小微企业能力成长为使命，旨在将职业报告、企业管理案例和网聘进行组合包装，形成模块化、标准化、可快速复制的会员产品，包括免费、付费和增值等多种服务层次。职业报告通过对核心／重点职业的研究，帮助中小微企业更好地处理人力资源领域的关键问题；企业管理案例库萃取了全国各地企业管理经营过程中的典型管理案例，可按行业、规模、企业性质、核心岗位、管理模块等不同维度进行筛选查阅；网聘则继承了"一览云聘"的服务，为中小微企业提供无差别的服务。

机会总是留给有准备的人的，"一览"在危机之下并没有坐以待毙、自等灭亡，而是选择与自己的惯性进行生死较量，重新出发，开辟职业细分新模式，培育职业内容新能力，重塑用户服务新产品。

如何不断地自我否定，能够有勇气、有信心地进行第三次创业，张海东在"一览'职业的力量'2023 年度分享"上演讲道："要永远相信自己很平凡，要敢于直面自己，认清自我，找到差距。差距才是动力的源泉，才是进步的起点。只要致力于成为终身学力提升者，我们就不会被这个时代所抛弃！"

张海东说，回想当初自己创业时，既没有互联网的平台建设经验，也没有销售经验，更没有人力资源经验，是典型的无经验、无能力、无资金的"三无"人员。就这样一个平凡人，创办了电力英才网，并且随着业务发展，团队不断壮大，汇聚了越来越多的平凡人，一同进军土木建筑、机电、矿产冶金、水利、房地产等多个行业，又进一步细分到路桥、园林、光伏等更多垂直领域。这一干就是 17 个年头。很平淡，也很简单，但想干点事的动力与初心一直没有熄灭，始终坚信"职业的力量"。于是，重新出发，开启了"一览"的第三次创业：基于职业细分的人才智慧服务平台建设。

张海东表示，对于"一览"公司、其本人和他的团队成员，面对不确定性的未来，何去何从，同样面临选择。但他认为：17 岁的"一览"正迈入青春期，一切的折腾及问题都属于成长的烦恼，不经历苦难怎能走向辉煌。

"我们都是普通人，没有任何资格'躺平'与'摆烂'。"张海东认为，人生不能没有目标，企业也不能没有梦想。2023 年是"一览"三次创业的第三年，"一览"以加速人才增值，让职业更精彩为使命，以"中国人才发展支点"为愿景，以"用户、利他、专业、靠谱、开放"的"五岳"文化为价值观，激励着新一代"一览"的伙伴们奋勇前行。

"心中有梦，奋斗为桨！平凡铸就伟大！"梦想因坚持而可贵，从一个不安分的青年到能谋善断的企业领袖，回顾走过的历程，张海东说自己是个幸运儿，他感谢这个时代，感谢改革开放，感谢深圳，让他这样的"草根"可以自由选择职业，可以设计、规划自己的未来。

张海东用 26 年的时间证明了，敢于追求梦想，忠于自己的内心，生活定会如你所期。

张敏：不忘初心使命，坚定理想信念

张敏，主任医师，医学硕士，农工党广东省委员会委员、深圳市南山区基层委员会主委、深圳市政协委员、深圳市南山区政协常委、中山大学公共卫生学院硕士生导师、深圳市南山区妇幼保健院院长。

1996 年，张敏毕业于湖南医科大学临床医学专业（七年制），获康复医学硕士学位，毕业后留校任湖南医科大学湘雅二医院康复医学科医师。1998 年调入深圳市南山人民医院，2007 年赴美国 Sister Kenny Rehab. Institute 做访问学者，对运动系统、神经系统疾病康复和急慢性疼痛的临床诊治具有丰富经验。以主研身份参与 6 项市、区级科研立项工作，在省级以

张敏在政协会议上发言

上杂志公开发表科研论文二十余篇。历任深圳市蛇口人民医院副院长、深圳市南山区慢性病防治院院长、深圳市南山区妇幼保健院院长。

历年来，张敏出任深圳市政协第六届、第七届委员会委员，深圳市南山区政协第五届、第六届委员会常委，农工党广东省委员会委员、省委会医药卫生工作委员会副主任、深圳市委员会医药卫生工作委员会主任，中国女医师协会健康教育专业委员会副主任委员，深圳市女医师协会副会长，中国妇幼保健协会妇幼健康发展研究分会委员，广东省基层卫生协会妇幼保健分会副会长。

履新白衣天使职责坚定实践人生价值

张敏1973年5月出生于湖北武汉市。1996年硕士毕业后，从事临床康复工作二十余年，她在运动系统、神经系统疾病的康复治疗和急慢性疼痛的临床诊治方面积累了丰富的临床实践经验。因为工作出色，后被破格提拔，从事医院管理工作十余年。

1998年，张敏怀揣着梦想，从湖南湘雅二医院来到深圳市南山人民医院工作。作为一名康复科医师，张敏严格遵守医德规范，对工作极其负责，一丝不苟，时时刻刻以患者的利益为重，履行着白衣天使的神圣职责。为了做一名让患者信赖的好医生，她刻苦钻研业务知识和专业技能，积极提升自身素质，积累了丰富的临床实践经验，对本专业复杂疑难疾病的诊治有独特的见解和精湛的医疗技术。

2008年，张敏因临床工作业绩显著，年仅35岁即通过广东省职称评审，获得主任医师技术资格，并于2009年1月被评为南山区卫生系统首批优秀临床专业人才。在对下级临床医护人员进行临床技能培训之外，张敏还承担了医学生理论授课任务并指导实习生近百名。在深圳市南山人民医院康复科工作期间，她曾荣获广东医学院2011年多媒体理论授课比赛优秀奖。

2008年，张敏被提拔为南山人民医院医务科副科长，着力于医院医疗技术水平的提升。履新医务科工作以后，张敏主持开展了南山医院"创三甲"摸底、创建标杆科室、南山区专业技术人员考核及专业人员评级等工作，并圆满完成了春运保障、汶川地震灾区伤员救治、奥运特别防护期维稳保健、问题奶粉婴幼儿筛查等重大事件的组织协调管理工作，贡献突出。

工作中张敏积极思考、善于总结和探索，其《调整学科布局及床位分布、整合卫生资源》及《创建标杆科室，实施标杆管理》两项建言均获深圳市南山区卫生系统首届创新建言奖一等奖。

2009 年，张敏升任南山人民医院质控科科长，具体组织实施全院医疗质量管理，致力于医院医疗服务质量的整体提升。首创了"南山医院医疗质量网络化管理系统"并获得 2009 年南山区卫生系统创新建言一等奖。建言"病历书写能力考评系统"获 2010 年南山区卫生系统创新建言一等奖。在全院员工的共同努力下，医院医疗质量稳步提升，在 2009 年卫生部组织的"医疗质量万里行"活动督导中张敏获得表扬，南山医院也在 2009 年至 2011 年连续三年荣获深圳市 A 级医疗服务质量单位，张敏也于 2009-2011 年连续三年被深圳市卫人委评选为"深圳市医疗质控管理先进工作者"。

张敏说，作为一名医务人员，不仅要有良好的敬业精神和优秀的职业道德，更应积极提升自身素质，刻苦钻研业务知识和专业技能，及时跟踪并掌握国内外康复医学疾病诊疗的新理论、新技术。

医乃仁术，无德不立。为此，张敏表示，作为一名医生，同时也是一名医务管理工作者，自己将始终坚守湘雅精神的三句箴言：治学当"求真求确，必遂必专"；对待生活当"公勇勤慎，诚爱谦廉"；对待医学当"如履薄冰，如临深渊"。在救死扶伤的为人民服务过程中实践人生价值，诠释大医精诚的时代内涵。

在全国率先打造"服务 + 管理"妇幼健康信息化模式

作为一名医院管理者，不仅要有较强的组织协调能力和比较丰富的领导经验，而且还必须坚持制度管理，坚持集体领导、民主集中，坚持弘扬正气、反对歪风邪气，牢固树立服务意识，在工作中起到表率作用。2013 年，张敏被提拔为南山区蛇口人民医院副院长以后，更加勤于思考、善于创新，不断改进工作方法，提高工作效率，增强工作的系统性、预见性、科学性，并且严格执行人事、财务管理制度，重视医疗质量和医疗安全，实现安全生产的常态化管理，重视精神文明建设，积极营造和谐向上的文化氛围。

由于在蛇口人民医院表现突出，2016 年，张敏又被升任南山区慢性病防治院院长。在这期间，她创新全民健康服务模式，南山区慢性病防治和精神卫生服务两大主要工作得到了国家、省、市、区各级领导的高度认可。成功引进中华预防医学会会长、中国工程院院士王陇德脑卒中综合防控团队在内的两项深圳市和一项南山区"医疗卫生三名工程"团队。慢性病防治和精神卫生服务连续获得深圳市公共卫生服务质量整体评估"双第一"，2018 年南山区"国家慢性病综合防控示范区"复审工作获得全国第一。

2019 年 2 月，张敏调任南山区妇幼保健院以来，坚持党委领导下的院长负责制，落实民主集中制和集体领导原则，以身作则，努力营造既讲友谊、又讲原则的良好氛围。全面梳理医院各部门的岗位职责和制度，坚持制度建院。医院凝聚力及精神面貌得到快速提升，较好地完成了各项妇幼保健及临床工作。

为了落实区委区政府关于优化妇幼保健院人才结构的要求，给引进高端人才腾出空间，张敏在医院党委的统筹部署下，顺利完成自 2014 年后再未启动的职称聘任工作，聘任工作全过程无任何投诉情况。引入专业咨询公司进行绩效分配方案改革，以强化公益性、体现公平性、突出效率效益、鼓励创新及成本管控为导向，更好地激励员工的主观能动性。张敏狠抓学科建设，2023 年南山区妇幼保健院成功获批全国首批国家婚前保健特色专科建设单位，2021 年获批广东省更年期保健特色专科建设单位，荣获全国首批儿童健康高质量发展优秀实践案例并在全国研讨会上分享"南山经验"。创建 3 个区级重点学科、2 个学科联盟盟主单位及 1 个区级重点扶持学科。2019 年高分通过广东省产前诊断评审，成功创建南山区首家产前诊断中心。在深圳市乃至全国率先打造"服务 + 管理"的妇幼健康信息化模式。2019 年开始建设智慧妇幼管理平台，通过上线智慧产科、智慧妇保管理系统，智慧儿童健康管理系统，提高医务人员的工作效率，为妇幼健康保驾护航。通过智慧产科服务，孕产妇可以随时通过手机客户端进行自助建册、自助报到，接收产检信息提醒和检查报告、保健信息推送及孕妇学校健康宣教、高危管理等。2020 年南山区妇幼保健院获批"互联网医院"，在全市各区级妇幼保健院中首家综合实现互联网诊疗中的预约挂号、健康咨询、电子处方、处方配送到家、视频问诊、护理到家等功能，为妇女儿童提供更快捷便利的就诊服务。

为改善医院硬件条件，提升居民就医感受，张敏积极拓展医院发展空间为引进紧缺优秀人才奠定基础，妇幼健康工作取得良好成绩，在国家三级妇幼保健机构绩效考核中连续 2 年位于全国前 50，等级为 A+；被国家卫健委医政医管局评为"2020 年度改善医疗服务示范医院"；2019 年及 2020 年连续两年辖区孕产妇死亡率为 0，各项妇幼健康指标均居于深圳市前列，达到发达国家水平；荣获全国十大优秀"出生缺陷防控——耳聋基因检测实验基地"表彰；荣获中国疾控中心妇幼保健中心授予的"2019 年世界母乳喂养周活动优秀推广单位"光荣称号；荣获深圳市家庭发展十大品牌项目评选第一名。2020 年成功创建深圳市儿童友好型医院，多次被评为深圳市妇幼健康工作先进单位，医院公众满意度持续位居深圳市前列。

积极主动地深入基层做调查研究

作为一名民主党派人士，张敏具有高度的历史责任感和饱满的政治热情，认真履行职责，为此，张敏经常在工作之余深入基层做调查研究，积极履行政协委员职责。

自从 2015 年履职市政协委员及区政协常委后，张敏基本上每年都会在认真调查研究后向市区政协提出提案和建议。

在 2017 年深圳市政协六届三次会议上，张敏作为医疗卫生系统的委员代表做了题为"以人为本深化医改，筑牢健康深圳基石"的大会发言；2018 年在南山区政协五届三次会议上，张敏又做了题为"以拼经济的劲头打造南山健康高地"的大会发言，相关提案被列为区政协 2 号重点提案并由时任区长领衔督办，特别是由张敏以督办组组长的身份参与了提案办理全过程，最终以全票通过了票决。

2019 年在南山区政协五届四次会议上，张敏又做了题为"以居民需求为导向做实家庭医生签约服务"的大会发言；2020 年在南山区政协五届五次会议上，张敏作了题为"打造国家级区域性癌症综合防控体系，为健康中国建设贡献南山力量"的大会发言，相关提案均被评为南山区政协优秀提案。此外，由张敏撰写的"关于推进我省社区医养结合养老服务的建议"被整理为广东省政协十二届一次会议的大会发言内容；并多次就医疗人才短缺、慢性病防治、青少年心理健康等社会民生问题在深圳市政协论坛和深圳广播电台 89.8 频率政协热线发声呼吁。

作为一名政协委员，张敏还积极参与民主协商工作。2017 年张敏全程参与了深圳市政协重点专题协商"进一步推进我市医药卫生改革"，负责其中的子课题"深圳市基本公共卫生服务及健康教育"，并在深圳市政协主席会议上做了专题发言。2019 年又积极参与了深圳市政协推进"健康深圳"建设专题协商活动。2020 年张敏参与了深圳市政协关于"健全深圳市公共卫生应急管理体系"的重点专题协商工作，提交"公共卫生与医疗机构的分工协作、联通共享机制"的书面建议，并在市政协专题协商会上做了"高度重视我市突发公共卫生事件应急预案建设"的大会发言。

在民主监督工作方面，张敏先后被聘任为深圳市人民检察院"特约监督员"、南山区蛇口街道办事处民主监督小组组长。期间张敏参加了市政协 2018 年组织开展的"医药卫生改革"推进情况民主监督活动，并在深圳市民主监督座谈会上做了"关于社康信息系统存在问题及建议"的大会发言。

不仅如此，张敏还主动发挥专业优势开展社会服务，真心服务群众。通过市政协"委员社区讲堂"，张敏为蛇口街道 300 多名社区居民讲授"慢性病那些事儿"，以理论结合实际的现身说法，提高市民对慢性病的防治能力；积极参加南山区政协组织的"青少年成长支持行动"，作为组长组织政协委员发动社会各界积极关注青少年成长，并联合南科大教育集团第二实验小学组织了主题为"心灵成长、梦想起航"的大型公益讲座。多次组织医学专家赴社区、企事业单位为群众开展义诊并普及健康知识。

自来到深圳工作以后，张敏曾先后荣获 2021-2022 年度深圳市三八红旗手、2021 年深圳市妇幼健康先进工作者、中国农工民主党 2018-2022 年先进个人、中国农工民主党开展坚持和发展中国特色社会主义学习实践活动优秀党员、农工党广东省委会 2021 年社情民意信息工作先进个人、农工党深圳市委员会 2021 年度及 2022 年度优秀党员。2020 年 12 月，张敏获得国家卫生健康委员会医政医管局授予的"改善医疗服务突出贡献工作者"。国家卫生健康委办公厅授予其 2021 年"全国改善医疗服务先进典型个人"。

　　面对如此多的奖项和荣誉，张敏表示，自己就是一名普通的医务工作者，追梦路上，依然会坚持不懈地站在卫生健康第一线，以精湛的医术服务市民群众，时刻践行"敬佑生命，救死扶伤，甘于奉献，大爱无疆"的医者初心和使命，奋力推进健康深圳、健康中国建设，为实现中华民族伟大复兴的中国梦贡献自己的力量。

张武：努力为业主营造安全舒适的优良环境

张武，1962 年出生于山东招远，1980 年 2 月进入广东省煤炭基本建设公司担任职员；1987 年 5 月担任深圳市越华实业公司部门负责人；1992 年 7 月，调入深圳市南山区房管局担任会计；1995 年 4 月，创立深圳市常安物业服务有限公司（以下简称常安物业），出任董事长兼总经理。

经过不懈的努力，1999 年张武获得全国物业管理企业经理证书，2002 年获得物业管理高级从业人员证书，2007 年获得高级经济师证书。在张武的带领下，历经 28 年的发展和沉淀，常安物业在行业树立了服务口碑和品牌形象，获邀为中国物业管理协会会员单位、全国智标委绿色智慧物业应用推广中心副主任单位、深圳市物业管理协会副会长单位、深圳市停车行

刚来深圳时的张武

业协会监事长单位、深圳市南山区物业管理行业协会会长单位。

作为常安物业掌舵人，张武长期注重加强自身的学习与提升，不断吸收最先进的物业服务理念，掌握行业最新动态，导入更系统、更全面的管理模式，指导公司建立实施质量、环境、职业健康安全综合管理体系和卓越的绩效管理模式，通过了一系列国际标准认证，建立了独具特色的成熟的品质管控模式，公司实现了规范化、标准化、专业化、品牌化管理目标，在历年深圳市业主满意度指数测评中均位列"领先30"名单前列。

28年来，常安物业完成了前海花园、百旺信高科技工业园、迈瑞总部大厦、崇文花园等8个项目的物业管理优秀示范项目和4个绿色物业管理星级项目的创建工作。期间，结合物业管理实践申请了20项实用新型专利，积极参与编写了《产业园区物业管理指南》《绿色物业管理项目评价标准》。2022年在《房地产与物业管理40年发展报告》上发表了《常安物业守正出奇稳健经营》的专题文章。在张武的带领下，常安物业绿色物业管理成果受到社会和媒体的广泛关注和好评，在物业行业绿色物管方面树立了一面旗帜。

推动物业管理由传统型1.0版升级为绿色型2.0版

张武自1992年调入深圳市南山区房管局以后，一直从事与物业行业相关的工作，秉承"业主至上、服务第一"的服务宗旨，将常安物业从最初几十人的小规模企业发展壮大成如今千人以上的一级物业资质单位。

2006年以前，常安物业是隶属于深圳市南山区房管局下面的物业管理单位，主要负责南山区政府福利房和微利房的物业管理工作，期间，张武带领常安人探索了一套先进的管理方式，积极创建了国、省、市、区等多种类型的优秀项目。

2006年，为响应国家政策、政府部门要求，常安物业改制为民营单位，此时，为保障常安人的工作生活不受影响，营造企业和谐氛围，张武积极推动并带领大家选择了全员持股的经营管理方式，维持了常安物业"国企改制"的平稳过渡。

2015年以后，张武不断开拓进取，持续要求常安物业全体员工紧跟社会发展步伐，为实现城市经济社会可持续和智能化、自动化发展目标，在物业管理中全面导入资源节约、环境保护理念，积极构建智慧化服务和管理体系，促进绿色物业管理和信息化建设并驾齐驱，推动物业管理由传统型 1.0 版升级为绿色型 2.0 版，促进了常安物业的持续发展。

国企改制以后，常安物业发展迅速，现拥有员工 2000 多名，在管项目类型涉及住宅区、写字楼、大型工业区、商业区、学校、政府办公等物业，管理总面积达 1000 多万平方米。服务模式有全委托物业管理服务、租赁服务、顾问服务、工程维修服务、清洁服务和保安服务。根据客户需求，也可向客户提供会务服务、VIP 高级客户服务、商务中心服务和房屋租赁等增值服务。

公司创立以来，张武秉承"业主至上、服务第一"的企业宗旨，遵循"精心管理、精诚服务、创新品质、创造满意"的质量方针，"遵守法规、遵循科学、倡行环保、倡导和谐"的环境方针，"关注健康、关切安全、持久改进、持续发展"的安全方针，不断开拓物业管理新局面，努力为业主营造"安全、舒适、文明、和谐"的优良环境，探索出一套独具特色的物业管理模式和质量管理体系，在专业化服务和社区文化建设等方面不断创新。

在常安物业所服务的物业项目中，先后有多个项目获得国优、省优和市优称号，其中荔苑小区 1997 年荣获全国城市物业管理优秀示范住宅小区，前海花园 2009 年荣获全国和谐社区建设示范社区，迈瑞总部大厦 2017 年荣获广东省物业管理示范大厦，崇文花园 2018 年荣获广东省物业管理示范住宅小区。

2000 年 3 月，常安物业通过国际权威 BSI 认证机构的 ISO9002 国际质量认证；2002 年 5 月，通过 ISO9001：2000 标准的国际质量认证；2001 年取得深圳市甲级物业管理企业资质；2005 年 3 月获得建设部的物业管理企业国家一级资质；具有国家特种设备生产许可证（电梯修理 A2 级）；2011年通过 ISO9000、ISO14000、OHSAS18000 三合一综合管理体系认证；2020 年通过 ISO45001 职业安全健康管理体系认证和 ISO50001 能源管理体系认证。

2013 年 10 月，常安物业获得中国物业管理协会颁发的全国物业管理"物业管理综合实力 TOP200 强企业"；2014 年 6 月荣获深圳市物业服务企业"综合实力五十强"称号；2016 年荣获《中国幸福社区公信榜》最值得业主信赖的十大物业服务品牌第四名；2019年、2020年、2021年均获深圳市物业管理行业协会颁发的深圳市物业服务企业"综合实力百强企业"。

为实现城市经济社会的可持续发展目标，提高物业管理的科技含量和服务水平，张武在物业管理中全面导入资源节约、环境保护理念，依据2011年深圳出台的首部《深圳市绿色物业管理导则（试行）》和2013年出台的《深圳市绿色物业管理项目评价办法和细则（试行）》，常安物业积极响应并开展绿色物业管理工作，并参与制定行业服务标准。

2016年以来，常安物业有三个项目获得深圳市住建局颁发的三星级绿色物管项目证书，一个项目两次获得二星级绿色物管项目证书，一个项目获得一星级绿色物管项目证书，是同行业中获最高等级三星级绿色物业管理项目证书最多的企业。2016年百旺信高科技工业园被列为深圳市唯一的低碳试点园区。2017年12月崇文花园还被政府主管部门列为深圳市绿色物业管理项目参观基地；2020年9月1日，《深圳市生活垃圾分类管理条例》正式实施，意味着深圳垃圾分类步入了法治管理时代。公司各项目积极响应并动员全体员工及业主开展垃圾分类工作，得到政府相关部门的高度认可，崇文花园、前海花园、丽雅苑分别荣获"深圳市垃圾分类绿色小区"称号。

除以上荣誉外，崇文花园2017年还荣获市优项目称号。2018年完成"深圳市节水型小区"的创建及考评验收工作，获得考评专家的一致好评及肯定，并被列为2019年"深圳市节水型参观示范单位"，9月荣获"深圳市节水型小区"称号。

在第三方物业管理客户满意度调查方面，与行业一级资质物业服务企业的平均水平相比，常安物业的客户满意度处于领先水平，2014年至今多次获得"深圳市物业管理业主满意度深圳指数领先30企业"的荣誉称号。

守正出奇、稳健经营，实现跨越式发展

"经过28年的稳步成长，常安物业已发展为集物业管理、地产开发、机电维保、综合增值服务为一体的集团化企业。自创立以来，常安物业始终秉承'业主至上、服务第一'的企业宗旨，遵循'精心管理、精诚服务、创新品质、创造满意'的质量方针，'遵守法规、遵循科学、倡行环保、倡

导和谐'的环境方针，'关注健康、关切安全、持久改进、持续发展'的安全方针，不断开拓物业管理新局面，努力为业主营造'安全、舒适、文明、和谐'的美好环境，探索出一套独具特色的物业管理模式和质量管理体系，在绿色物业管理和智慧服务建设等方面取得了卓越成就。"谈及公司发展历程，张武如是说。

成立之初的常安物业起点低，底子薄，市场拓展能力弱。为了尽快打破这种局面，张武向优秀物业企业对标学习，补足自身短板。经过一年多的努力，常安物业苦练内功，克服种种困难，成功打造出标杆项目——深圳市南山区荔苑小区。该项目在国优评比中获得全国城市物业管理示范住宅小区、广东省城市物业管理优秀住宅小区、深圳市安全文明标兵小区等荣誉。这些荣誉不仅标志着常安物业进入规范化运营的轨道，还大大提高了常安物业人的信心。

与此同时，张武加快企业标准化建设，于 2000 年成功引入英国权威机构 BSI 之 ISO9000 认证体系。在当时，常安物业此举可谓是开物业服务企业引入国外机构认证体系的先河。该体系为常安物业的运营管理提供了权威尺度，加快了常安物业的发展速度。

常安物业脱胎于国企，隶属深圳市南山区政府，主要接管政府开发的住宅项目。为了适应市场经济的发展形势，常安物业从 2004 年开始迈出国企体制。经过近两年的运作，到 2006 年，常安物业成功脱离原来的国有企业体制束缚，成为一家独立自主的民营物业服务企业。

脱离了原来的体制，原有的政府项目不足以支撑常安物业的发展，这也意味着常安物业要向市场要效益才能有所发展。事实上，此时的常安物业已经积累了丰富的运营、管理、服务等方面的经验，常安物业走市场化发展之路的时机已经成熟。于是张武的发展步伐开始跨出深圳，走出广东，并在省外成功拿到项目。

灵活是市场经济体制的一大特点。这就要求企业要有很敏锐的寻找发展机遇的市场嗅觉。而对物业服务企业来说，单一化经营显然不能适应以需求多样化为特征的市场形势。张武意识到了这一点，于是，在市场化发展进入正常轨道后，常安物业就开始着手多元化的发展模式。从 2007 年开始，常安物业客观评估自身能力与优势后，开始涉足地产产业链上的其他行业，成功并购了一家时装城公司。2008 年，常安物业成立了一家房地产公司，并到内蒙古呼和浩特开发房地产。

随着发展的步子越来越大，越来越宽，张武意识到，要想在市场竞争中始终保持雄厚的竞争力，需要有自己的品牌。事实上，早在 2011 年，常安物业就接管了中国最大的电子医疗器械制造公司的总部大厦，承担该大厦的后勤保障服务工作。这是常安物业向高端化方向发展的第一步，由此也树立起常安物业在业内的品牌形象。

除了通过接管知名项目打造品牌力之外，张武每年都会邀请第三方机构为在管项目进行业主满意度测评。在每年度的测评中，常安物业的服务满意度都在 90 分以上，连续多年在深圳物业行业客户满意度指数排名位列前茅。

从 2014 年开始，常安物业开始推行绿色物业管理。当时深圳市住建局推出绿色物业管理导则和评价标准，指导物业服务企业开展绿色化经营。张武抓住时机，率先在各项目上进行绿色化经营，比如节能降耗、节约用水、垃圾分类、污染防治等。这些措施虽然需要一定的资金投入，但本着承担社会责任、践行绿色发展理念的常安物业认为这值得投入。

除了绿色发展，物业服务企业走智慧化发展之路也是市场的必然选择。张武借助互联网科技，物业管理再次迎来腾飞的契机，传统的物业管理开始向现代服务业转型。常安物业在经过审慎的考虑后，决定与互联科技公司合作，搭建智慧物业管理平台，在各个项目导入信息管理平台，节省人力成本的同时，提高了管理效率。

张武表示，经过 28 年的发展，常安物业坚持了两大方向。方向一就是守正出奇，在"守正"方面，常安物业做到了两个坚守：一是始终坚守"业主至上、服务第一"的企业宗旨，二是坚守"客户至上，和谐发展，精益求精，永续经营"的经营理念。而在"出奇"方面，面对物业服务企业同质化的局面，常安物业坚持走差异化之路，打开了局面。方向二就是稳健经营。在 2021 年 12 月召开的全国经济工作会议上，"稳"字成为热点。稳字当头、稳中求进，就要聚焦"稳"字定大计，牢牢把握发展的大局大势。越是面对困难挑战，越要从容不迫，保持战略定力和耐心，坚持问题导向，抓住"稳"的重点。28 年来，常安物业一如既往，坚守"稳健经营"

的策略。承接一个项目，管好一个项目，不贪多不求大，一步一个脚印。

"面向未来，常安物业依然会坚守这两大方向。虽然行业内不断有收并购出现，中小物业服务企业感受到了压力，但守正出奇、稳健经营是常安物业面对压力、迎接挑战的法宝。常安物业过去如此，今后也依然如此。'张武表示。

践行绿色物业管理，推动物业行业高质量发展

张武说，党中央一直高度重视绿色低碳发展理念，大力推动形成绿色低碳的生产方式和生活方式。各地区各行业遵循绿色发展理念，持续出台各种环境保护、污染治理、节能减排、生态优先等绿色低碳发展的政策和措施。随着人们绿色发展观念的增强，"绿色物业管理"应运而生，作为国内物业管理的策源地，深圳物业管理行业主管部门率先制定出台了一系列法规政策和技术标准，倡导绿色物业管理，引导物业服务企业经营管理模式向绿色物业管理发展模式转变，这是顺应物业管理行业发展绿色化、低碳化发展趋势、推动宜居城市和低碳智慧城市建设的必然选择。随着政策和标准的落地，深圳绿色物业管理渐成燎原之势，从而推动行业发展迈入更高的阶段。

张武表示，近十年来，常安物业积极践行绿色发展理念，在行业内最早推行绿色物业管理模式，第一时间组织员工学习绿色物业管理有关知识，选择崇文花园、百旺信高科技工业园等多个项目开展绿色物业管理的探索与实践，通过科学管理、技术改造和行为引导，有效降低各类物业运行能耗，最大限度地节约资源和保护环境，致力于构建节能低碳生活社区。在物业管理中全面导入资源节约、环境保护理念，提高物业管理的科技含量和服务水平，为支持社会建设和经济发展、构建和谐家园、营造幸福民生做出更加积极的贡献。

通过几年来的实践和探索，常安物业在绿色物业管理方面取得了显著成果，在经济效益方面通过采用节能节水管理技术和措施，为公司节省了大量用电用水费用。通过实施垃圾分类减量可持续发展的新模式，垃圾分类工作受到业内外的高度关注并备受好评。

在社会效益方面，常安物业服务的崇文花园等多个项目获评深圳市绿

色物业管理最高三星级标识殊荣，特别是服务项目业主的绿色低碳、环保意识有了明显提高，获得感、幸福感、安全感明显增强，业主满意度相比以往大幅提高。

在内部管理方面，通过开展绿色物业管理示范项目创建工作，建立了比较完善的绿色物业管理制度体系。明确了企业发展新定位，增强了企业核心竞争力，树立起常安物业良好的社会形象，确立了常安物业绿色物业管理的特色品牌，成为物业管理行业的绿色物业管理引领者，得到政府相关主管部门及广大业主的充分肯定。

深圳市住建局领导专程到常安物业崇文花园项目，专题调研检查了绿色物业管理和安全生产工作。通过现场参观，调研垃圾分类回收设备、电动单车充电设施、雨水空调冷凝水收集、中水利用湿地、照明电梯节能改造、太阳能利用和立体绿化、海绵城市建设等，并到小区中控室检查了闭路电视监控、消防设备运行状况和岗位人员值班情况。市住建局领导称其为深圳市绿色物业管理的标杆，并且希望常安物业继续做好示范，更好地发挥物业服务企业在社会基层治理中的作用。

张武说，为响应国家和政府有关部门的节能降耗工作要求和社会环保需求，常安物业不断投入大量资金，改善服务方式和管理手段，提高业主满意度和幸福感，尽己所能回馈社会，实现常安的社会价值。

张武表示，站在新的征程上，绿色物业管理工作任重而道远，按照深圳市住建局 2022 年 12 月发布的绿色物业管理项目评价新标准，常安物业将在绿色设施、低碳运维、环境宜居、行为引导等各个方面继续深化和改进，扎实有效的绿色物业管理的实施必将成为引领行业高质量发展的重要环节。

坚守防疫一线，感动业主开展爱心捐赠

2020 年春节来临之际，举国上下紧张地投入到新冠肺炎疫情防控工作中。为配合政府相关部门做好本次疫情防控工作，常安物业积极响应政府号召，在张武的领导下，果断采取行动，于 1 月 24 日启动一级响应抗击疫情，全体人员取消假期返回岗位，坚决贯彻落实政府关于疫情防控工作的指示精神，确保各项防范措施到位。在这场没有硝烟的战斗中，常安物业用自己的实际行动与疫情抗争，为业主、住户和员工的健康平安保驾护航。

疫情暴发后，为加强业主、住户的安全防范意识及员工个人安全防护常识，常安物业紧急联系广告公司制作条幅、海报等，悬挂和张贴在各项目主要出入口、大堂及电梯间等明显区域，同时运用广播、微信公众号、智能化管理平台等渠道发布防范知识，强化业主和住户的自我防范意识。

张武还按照政府要求，全面落实"十个一律、五个100%、四个重点"的要求，全面加强防控措施，落实主体防控责任制度，组织各项目工作人员加班加点，对临时出入口全部进行全封闭管控，设置专用出入通道，方便业主进出，为抗击疫情提供了有力保障，并且根据上级主管单位的要求，开展出入人员、车辆及送餐、快递人员双向体温检测管控工作，为防止疫情传播奠定了坚实基础。

同时，积极组织各项目消毒和消杀工作人员每天不少于四次地对电梯间、电梯轿厢、玻璃门、生活垃圾收集点、地库、楼道等公共部位全面进行消毒消杀，使用一次性薄膜张贴电梯及公共部位按键，从源头上消除病毒传染的可能性。

张武说，常安物业过往28载，是一代又一代常安人发扬着"精诚、团结、高效、奋进"的常安精神，始终与公司的发展战略和理念保持高度一致，积极参与公司管理经营，推动了公司稳健持续的多元化发展。在为业主服务的过程中，常安物业始终把客户的需求当作服务的指南，为客户提供周到细致贴心的专业化服务，管理面积持续增加，管理规模日益扩大，综合实力不断增强。

在公司发展过程中，张武深深地体会到，公司的发展离不开社会各界人士的关注和支持，时常谨记要以自身行动回馈社会。在抗震救灾、社区关爱、定点扶贫等社会关注方面，随处可见常安物业的"身影"。常安物业成立28年来，累计通过各种方式为有需要的人士捐赠善款逾百万元、物资若干批次。

常安物业一名普通的秩序维护员温焕荣，因胃出血进行了两次大手术，昂贵的治疗费让本来生活就很艰难的家庭更加陷入困境。得知温焕荣的情况后，张武在公司内部发起倡议书，倡议得到全体员工的关注。为救助身患重病的同事，张武带领公司全体员工纷纷慷慨解囊，捐款相助，第一时间在常安物业前海花园广场谱写了一曲爱的乐章。活动得到爱心款22500

元、公司慰问金 10000 元，总计 32500 元，张武亲手将款项交给员工家属，希望可以解决他们的燃眉之急。

2015 年重阳节，张武还带领公司相关人员来到南山区社会福利中心，开展"牵手夕阳红，爱心满人间"爱心庆典捐赠活动，现场通过南山区慈善会向福利中心捐赠 10 万元爱心款。

面对日趋激烈的市场竞争，张武表示，公司未来将坚持品质第一的服务理念，继续高度重视服务质量提升，持续提高客户满意度，树立优秀的企业品牌。坚持人才优先管理理念，建立健全人才队伍建设机制，加大力度提高全员综合素质，提高企业核心竞争力，为公司发展增添后劲。坚持绿色物业发展理念，在项目管理方面全面导入资源节约、环境保护措施，为实现经济效益、社会效益和环境效益有机统一贡献更大力量。

张修栋：初生牛犊不怕虎的新一代洪湖人

"洪湖水，浪打浪，洪湖岸边是家乡"。洪湖位于湖北省南部、长江中游北岸、江汉平原东南端。洪湖境内河汉纵横，湖泊星罗棋布，土地肥沃，物产丰富，自古有"水乡泽国地，江汉鱼米乡"之称。洪湖还是一块具有光荣革命传统的红色土地。这片革命的热土，曾是全国农村土地革命的中心之一，孕育了数不清的革命传奇与光荣壮举，谱写了一曲曲不朽的英雄之歌。

有一个湖北洪湖的小伙子——张修栋，他的春天故事起于深圳，就是这个初生牛犊不怕虎的新一代洪湖人，1992 年初到深圳寻梦，经过 31 年的打拼，以勇毅、勤劳、果敢、率真的精神，在改革开放最前沿的中国深圳蛇口书写了不一样的人生篇章。

南下打工历经千辛万苦
技艺超群获得提升空间

张修栋 1973 年出生于湖北洪湖的一个农民家庭，洪湖是全国闻名的鱼米之乡。张修栋家里不仅兄弟姐妹多，农田也多。从初中开始，作为家里长子的张修栋也想为父母分担劳作的辛苦。由于在家里种田非常辛苦，他就跟着表哥学起了缝纫手艺，后到武汉学习男装西服精做工艺，完成了三年的学习课程。

1992 年，年仅 19 岁的张修栋毅然和一个做缝纫的朋友南下深圳。当时，进入深圳需要具有边防证，为了能够顺利入关，他在老家就办理好相关证件并做好了充分准备，自打南下深圳的那一刻，就决心要在深圳闯出一条路来。

张修栋（右）在华丝

在前往深圳的路上，张修栋就已经意识到自己这个选择应该是对的，从出发地到目的地，一路上愈发感受到深圳的好。上车前，他穿着秋衣、秋裤与外套，随着绿皮火车逐渐向南行驶，他身上的衣服也越来越少，最后只剩下了两件单衣，深圳元月的气温跟湖北老家初夏的温度相当，非常舒服。

从南头关进入深圳经济特区时，全国各地的年轻人都想来深圳闯一闯，每天都有数万人入关，老家最大的镇才 5 万多人，这更加坚定了他在深圳留下来的决心。"有这么多人都要来这座城市，可见这里是真好啊。"

来深圳后，到处都是工厂，几乎每个工厂门口都贴有招工启事，张修栋很快就找到了工作。他就职的第一份工作是在深圳市亚美欧时装有限公司做流水线缝纫工。由于有着三年的成衣制作缝制技术，可以一个人完成整件服装的裁剪与制作，因此在亚美欧做车位工的时候，他发现自己的技术水平比别的车位工都高很多，很多员工只能完成流水线上的一道工序，而自己不仅可以完成全部工序，还能独立制作成衣，因此主动提出希望能到技术部工作，因为技术部门的工资更高。那时候他只有 19 岁，而技术部都是些三十多岁并且有多年从业经验和优秀技术的人才。为了证明自己确实有进入技术部门的能力，张修栋接受了公司的考核，独立完成了全麻衬手工工艺男装西装从裁剪到成衣的工艺，得到香港总设计师陈娟女士的认可与赏识，由此成功进入技术部，并多次为著名歌唱家关牧村老师制作演出服装。

张修栋在亚美欧工作了 7 年，得到了充分的历练，也学到了更多优秀的服装制作工艺。到深圳以后，他对服装制作的理解也从老家的小作坊生产方式转变为规模化生产方式。7 年时间的学习和见识让张修栋得到沉淀、获得提升，他开始渴望寻求一个更大的发展空间。

那段时间，为了节省开销，张修栋和妻子两人只能居住在位于南头古城里荔枝林中的铁皮房里，租金为 80 元 / 月，省下来的钱投入到妻子开的小卖部里，每天靠着小卖部的营业收入维持生活。要知道，深圳的夏天燥热无比，在烈日的长时间照耀下，铁皮房内的环境就如同蒸笼一般。而且夏天时有暴雨，一到雨天，树林里数不清的蚊子会飞进铁皮房内，那景象遮天蔽日，张修栋说自己这辈子再也没见过那么多的蚊子。在这样异常艰苦的条件下，经历了生活的磨炼，也获得了不一样的心境，他决心重整戎装再出发。

频繁跳槽只为学习技术
七天六夜获得老板奖励

俗话说，人往高处走，水往低处流。1999 年，位于改革开放最前沿蛇口的深圳市华丝企业股份有限公司招聘技术人员，当时华丝可谓深圳服装行业的黄埔军校，通过社会招聘，在 38 进 2 的岗位竞争中，凭借自己的实力成功入选，任贸易部"桑迪丝"品牌的纸样打样工作。

在华丝技术部门工作期间，中央电视台有一档栏目叫《综艺大观》，该节目主持人周涛、曹颖每期的主持人服装均由华丝定点提供，定制服装的工作由贸易部完成，服装设计由余静老师负责，张修栋负责裁剪打样到完工交付，并全程参与中央电视台千禧年跨年晚会主持人的服装设计与制作工作。

从 2001 年至 2006 年，由于贵人相助，张修栋入职深圳市金福旺服装有限公司，担任生产经理，从技术人员转型为管理者，负责公司的业务管理、生产安排及企业运营。

张修栋在金福旺工作期间，遇到工作中最大的一次挑战：当时，工厂跟港商签订了两个货柜的美国订单。合同原定要求于 12 月 26 日完成交货，但当时所有人都忽略了一个问题，每年的 12 月 25 日中国香港和美国都要过圣诞节，圣诞节放假期间海关不上班，如果真的按照原定的 26 号交货，这批货便无法按照规定时间入香港关仓运往美国，客户也将承担因此而造成的巨额空运损失。

想要能够顺利发货，必须赶在 12 月 20 号前完工，工期被整整提前了 6 天，提前交货的重担一下子压在了管理者身上。为此，张修栋带领 100 多名工人整整 7 天 6 夜，在工厂全力赶工，只有每天早晨 5:00-7:30 两个半小时内拉闸限电的时间里稍做休息，吃点早餐、喝喝水、小睡一会儿，根本没时间洗澡。在每天短暂的休息时间中，跟着 100 多名工人在灰尘漫布的工厂打地铺，所有人的身上、脸上都沾满了黑乎乎的灰尘。

流水线分为前道和后道两级，当前道完成了所有服装制作后，再交给后道做整烫、检查、包装，完成包装工作后才可以装车发货。所以对于每批工人来说有 3 天 3 夜的工期，但作为管理者的张修栋来说，他需要跟随全程工序，因此经历了整整 7 天 6 夜不间断的高强度工作，最终才保证全部货物在 20 号晚上 12 点前顺利装上集装箱发往香港。"其实我的宿舍离工厂只有 15 米，但在那种环境下真的需要争分夺秒，一刻也不能放松，7 天时间没有回过宿舍一次。"张修栋说。他不仅为客户挽回了巨额的空运损失，也给公司带来了优质合作伙伴的荣誉评价。

这场仗被全公司人看在眼里，收获了所有人的敬佩与赞美，"7 天 6 夜"也成为参与这次赶货的来深就业者值得回忆与广为流传的故事。公司老板为了感谢张修栋为公司做出的贡献，直接在南山区一个刚开盘的小区——现代城华庭给他买了一套 105 ㎡ 的商品房作为奖励，这是张修栋在深圳拥有的第一套房。在金福旺服装有限公司担任生产经理的七年时间里，张修栋对待工作兢兢业业、一丝不苟，在工作中如同"拼命三郎"的他不仅为公司带来了许多傲人的业绩，也将公司员工管理得井井有条，为整个企业的生产和内部治理做出了突出贡献。

2006 年 7 月，张修栋离开了工作 7 年的金福旺服装有限公司，与一位合作多年的香港老客户开办了一家工厂，开始第一次尝试创业，然而初次创业的张修栋遇到了难以逾越的阻碍，曾经作为生产经理的他只需要一心一意管理好公司的内部发展，对于一个企业在外部市场的运营模式不甚了解，一旦开始独挑大梁，立刻感到问题接踵而至：工商、税务、报关、劳动法、工人培训……这些对于企业发展和运营极为重要的外围工作是曾经只专注于公司内部发展的张修栋从未接触过的，这时他才意识到，自己曾经能将公司管理得蒸蒸日上，是因为企业团队帮他把阻碍公司发展的外围障碍全部扫清了，如今才发现领导一个公司竟如此艰难。张修栋在这样的情况下努力支撑了半年，可公司的经营始终入不敷出，就这样，他的第一次创业以失败告终。

入职企业苦修管理经验
三条锦囊改变人生轨迹

有了上次创业失败的经验和教训，张修栋决心继续潜心学习企业运营管理经验，补足自己创业方面的短板后另谋机会，并有幸就职于深圳市青木三色企业管理有限公司，任生产总监。

在青木三色的 7 年是真正为张修栋人生轨迹带来重大改变的 7 年，青木三色的领导人极具前瞻性，在公司施行了总经理轮班制，以月为周期，让公司内的主要负责人轮流担任执行总经理，轮班制可以让更多人有机会接触到公司的决策管理，培养新一代领导人、提高公司的透明度、促进公司的创新和发展，为公司的长远发展打下坚实的基础。

张修栋常常表示，青木三色的工作经历给他带来了深远的影响，他总以"人生导师"来形容青木三色的老板，除了总经理轮班制，公司还提出搭建生产领域的 ERP 管理系统，在定制化 ERP 系统的帮助下，公司与异地工厂对接宛如一个整体，极大地改善了企业业务流程并提高了企业的核心竞争力。

诚信为本。在青木三色工作多年的他发现青木三色的绝大部分员工都是自公司成立之初便存在的"元老"，甚至相当一部分员工在岗时间都超过十年，是企业的归属感将这些员工牢牢留下，心甘情愿地为公司效力。直到今天，张修栋也将林董教诲的"迟付不如早付（加工费与货款）"这条理念作为企业之根。而他的公司也如同他曾经任职的青木三色一般，对员工有着强大的吸引力，员工也对公司有着强烈的归属感和认同感。2022 年是张修栋公司成立的第十二年，公司车位工的平均工龄达到 7 年，其中还有不少都是跟随他超过十年的公司元老，有些同事还是二十多年前与张修栋同为 7 天 6 夜的旧交。

实行"年终奖机制"。张修栋在这一点上有他独到的做法，首先他认为制度就是用来执行的，如果设立了一个制度却不予执行，那就是在透支企业的诚信和前程发展，得不偿失；其次，农村出身的张修栋深知基层员工生活的不易，平时的工资在深圳维持基本的生活开销，一年到头几乎留不下多余的钱，那等到春节这些员工拿什么回老家呢？管理者实行年终奖机制，与业绩挂钩。"当春节前把年终奖兑现到员工家人卡上的时候，他们都会觉得跟着我们一起干是比较放心的事。"

然而真正让张修栋下定决心第二次创业的原因缘于一个有趣的故事。张修栋在青木三色担任生产经理时，手下的一位员工由于个人问题被开除，万般无奈之下，这位员工只得进入市场独自创业，正遇市场高速发展期，他的生意做得风生水起，赚得盆满钵满。一年后张修栋再见到他时，他已经成为身价逾千万的老板，那时他对张修栋说："张哥，市场那么大，不多你我。"这句话在张修栋的耳中久久回荡，让他心中重新燃起当初渴望创业的念头。

二次创业兼任生产总监
获得成功后不忘回馈家乡

2012 年 6 月，张修栋在深圳市乐轩企业有限公司任生产副总，边就业边创业。为了吸取第一次创业失败的经验教训，张修栋利用白天的时间完成本职工作，晚上下班后便钻进自己的小厂里，每天一干就到夜里 12 点。

由于政策的影响，同时也为了节省成本，很多供应链上的配套工厂在临深片区，于是他只能每天夜里往返于深圳和虎门。每天夜里回到家中基本就凌晨 3 点了，最长的一次是连续 52 天都处于这种高强度的工作状态中，累并快乐着。

自古创业艰难多，靠着销售一件件衣服取得的收入把公司一步步做大，公司从最初的 8 人到后来的近百名员工。他时刻铭记着自己从曾经的老板们身上学到的优秀品质，提醒自己诚信是立身做人之本，从未拖欠一天工资，也未延期供应商与合作伙伴的结算。十年如一日，只有提前，没有推后。每年都安排时间组织公司员工进行团建，去周边旅游，坚信"大家好才是真的好"，只有以真心待人，他人才会回报以真心。

因为尝过人生苦，更懂百姓生活艰。张修栋是个知恩图报的人，农村出身的他在取得成就后也不忘回馈家乡。疫情三年，在湖北省面临新冠病毒肆虐时，张修栋二话不说，以最快的速度调集大批抗疫物资送往家乡洪湖，为家乡人民缓解了燃眉之急。同时，委托家乡朋友买了几百箱水果慰问洪湖市参与疫情防控的医护人员，为家乡建设建言献策出钱出力。在面对家乡人民的感谢时，张修栋表示自己不过是做了一件小事，自己之所以能取得今天的成就，是因为赶上了时代发展的红利，是因为深圳给予的机遇，是因为一路闯荡时前辈们传授的良言；自己的今天是社会给予的，有机会定竭尽全力回馈社会，加倍奉还。张修栋还有一个远大的梦想，他颇有意味地在自己的公司名称中——欧语时尚（深圳）有限公司，加入了"深圳"这样一种描述，这也是他的小心思，他希望在不远的未来，这个括号里可以写上更多城市的名字，这也是他下一步努力的方向。

张修栋，一个从湖北洪湖农村来到深圳的服装厂打工仔，凭借着自己的拼搏与进取，历任车位工、技术员、生产经理、生产总监，最后自己创业成为老板，并一步一步做大做强，犹如一颗潜力无穷的春笋，而深圳给予了他所需的沃土和春雨，和他一样在深圳生根发芽的各行各业优秀人物一起，书写了深圳这座城市精彩的春天故事。

张燕林：推动深圳打造国际
一流安全发展示范城市

张燕林，民盟广东省委科技委委员，深圳市政府聘请的全市第三届突发事件应急管理专家组成员，民盟深圳市委第六、七届委员兼科创委副主任，深圳市南山区政协第五、六届委员兼经济科技委副主任，深圳市公共安全科普委员会主任，深圳中科安全技术工程中心主任，深圳中科慕课有限公司董事长，深圳市中科安全技术有限公司董事长、总经理。

2017 年 3 月 21 日—29 日，张燕林曾陪同时任总理李克强等人出访澳大利亚、新西兰两国。2020 年，张燕林获任由广东省统计局颁发、国家批准的"广东省百名企业家"称号。熟悉城市公共安全应急管理与智慧安监云平台，主编科技部国家"十三五"重点出版智慧城市总论《智慧安监实践》，为提升国家安全发展水平，推进国家应急管理能力和现代化体系建设，推动深圳打造国际一流安全发展示范城市出力献策。

深圳中科安全技术有限公司（工程中心）依托火灾科学国家重点实验室，致力于火灾科学、城市公共安全风险防控与安全应急技术工程，构建城区安全保障的智慧应急安全互联网＋智慧消防平台，推进深圳市率先建成国家安全发展示范城市，助力国家安全体系和能力建设。公司系 2016 年深圳市政府重大调研课题《城市公共安全政策研究》组长单位，2020 年 9 月荣获由深圳市应急管理局、市科协、市消防协会和国际应急安全产业联盟颁发的"智慧社区建设贡献奖"。

张燕林带领公司为自然灾害综合风险普查、城区火灾高风险整治、房屋结构检测监测等综合减灾社区创建、重大火灾隐患排查与消防火灾风险评估、电气检测、电单车入户监测与充电桩、城中村电线火灾与燃气预警预报、街道社区和学校的消防安全社会化服务和居家安全应急等火电热的安全社区建设提供解决方案。积极开展"电动车入户监测识别""消防安全体验培训"与"社区公共应急防控和消防技能提升"等社区项目，并且开展公共安全科普进学校活动，提供消防设施操作员、应急救援员职业技能资格培训和公共安全科普教育及应急安全文化场馆建设等。

用方案为产品提供更多附加值
使渠道伙伴获得更多实际利益

张燕林 1976 年 3 月出生于江西赣州市信丰县。1995 年考取中国科学技术大学基础物理计算机专业，大学毕业后，到联想合肥分公司工作，干了半年左右，便辞职来到广州，主要原因是离家近，几个亲戚兄长在广州工作，很多亲朋好友、同学都在广州工作。

来到广州后，张燕林继续从事计算机工作，在广州联想爱联科技有限公司当工程师，负责服务器和存储技术工作，二十多岁就带着 15-16 人的团队做销售，一年销售额七、八亿。张燕林很自豪地说，那时候年收入有近三十万，为了提升自己的国际视野，于 2000 年至 2012 年间相续研读了香港国际商学院在职工商管理硕士（EMBA）和清华大学深圳研究院工商管理企业家班（EMBA）。

因为广州是百年老城，而且张燕林时常来深圳出差，倍感深圳改革开放的魅力，又是一个新型的经济特区，自己的初中语文老师之前到过深圳，说深圳的马路上眼睛数汽车都数不过来，感觉深圳的魅力很大，于是，他决定主动去深圳挑战自己。

2001 年 2 月，张燕林果断来到深圳，与三个朋友合伙注册了一家公司——深圳市易聆科科技有限公司，并出任副总经理。那时候的张燕林刚刚 25 岁，爱健身，擅长与人打交道，他身上具备当代 IT 界年轻人几乎所有的共同点。张燕林说，做出这样的选择，最主要是个人的原因。因为他极为看好服务器与存储市场，也正是为了集中精力开发这两个市场，他最终下定决心。新公司成立不久，张燕林就与在移动存储领域具有全球专利技术的朗科公司签订了代理协议，成为朗科公司在华南区的代理之一，这对双方来讲都是一个好机会。易聆科是新成立的一家深圳公司，可以投入相当大的精力来做"优盘"产品，同时，与易聆科合作，朗科也少了一些"客大欺店"的担忧，双方可以共同成长。

在储存设备方面，除了朗科"优盘"，易聆科同时还代理"移动硬盘"，下一步还会在销售高端磁带机上发力。在服务器方面，张燕林等主要代理浪潮服务器，选择浪潮也是因为浪潮服务器本身在业内一直处于领先位置。除了易聆科，浪潮在华南还有几家代理商，他们在客户端具有丰富经验，对最终客户有很大的影响，这使得双方之间并不存在过多的竞争和矛盾。由于知名度的扩大，还会对双方的销售有所促进。

储存与服务器都着眼于未来的市场，具备长远的增长潜力，而张燕林认为从长远来看，普通 PC 的利润会越来越低。正是基于对市场的认定，易聆科公司的精力除了零售系统外，100% 全部投入到服务器和储存的市场中。

张燕林到中国科技大学招生的经历使他对新一代大学生有了新的看法。他发现当时的大学生愿意尝试新事物，不少人对 PC 冷眼相看，对服务器和储存产品却抱有强烈的欲望。在张燕林看来，经验并不构成大学生成长的障碍。在当时的大环境下，媒体信息高度发达，只要大学生愿意主动获取各种信息，并且能对这些信息进行快捷地处理和应用，他们就能够迅速成长起来。

张燕林表示，当时对于公司的发展，几个合伙人首先抱有一种"坚持到底"的信念，大家一直相信，只要有狂热的欲望就能成功。虽然新市场的开拓是艰难的，但只要你热爱它，便会从中发现无穷乐趣。具体来说，公司的目标就是在三到五年内成为服务器及储存设备方面的方案提供商，将为众多的系统集成商提供服务，为他们提供增值方案，并且会借鉴联想的做法，站在巨人的肩膀上推出类似于"IT 1for 1"的服务措施，先设计出一些较为通用的解决方案，然后再根据不同的应用进行具体的调整与修订。当然，这些都是建立在公司在服务器及储存设备的分销领域达到一定程度规模的基础之上的。

大力建设人工智能教育实验学校
打造人工智能教育特色课程活动

在创业公司干了几年后，张燕林从公司退出来了，在深圳华强北做 IT 行业，做了两年多又开始创业，创立深圳络宝智能科技有限公司并出任董事长、总经理。张燕林说，为什么又要创业，是因为那个时候自己懂服务器，在退出前面合伙的公司后，自己去给那时的深圳高交会和文博会做服务，发挥自己懂服务器、懂网络的优势，租设备给高交会和文博会以及博鳌深圳论坛，为在深圳举办的多个大型国际活动提供技术支持。

从刚开始做代理，逐渐接触高交会人工智能产业，后来又承接了一个很大的项目——中国机器人大赛，再后来就是自己主办机器人赛事，而且那个时候机器人比赛已经很前沿了，张燕林先后举办了国家级和世界级的机器人大赛。因为在深圳做出了影响力，张燕林公司最出彩的是 2008 年在江苏苏州承办了一届世界机器人大赛，同年 12 月在广东中山承办了 2008 年中国机器人大赛暨 RoboCup 中国公开赛。2011 年应邀在兰州承办了 2011 年中国机器人大赛暨 RoboCup 中国公开赛，为兰州提升国际影响力发挥了重要作用。

2023 年 8 月 18 日，8 位深圳科技少年在 2023 年世界机器人大会暨 2022 世界机器人大赛总决赛舞台获两个冠军、一个亚军、一个季军和一批国赛一等、二等奖，收获颇丰。作为教育部白名单大赛——世界机器人大赛 ENJOY AI 冰雪运动会经过两年的积势备战，深圳老牌人工智能创新教育的北师大南山附属学校在北京总决赛现场近 600 支中小学队伍中斩获高中组冠军，深圳南山实验教育集团深湾小学获小学组冠军，深圳坪山外国语学校获亚军，深圳最牛科技特长生培养基地的中科慕课学院获季军，自此，中科 AI 机器人成为科技教育与科技特长生的缔造者。本次 8 位深圳科技少年包揽 2022 年总决赛 ENJOY AI- 冰雪运动会小学组的冠、亚、季军和高中组冠军，全部由中科慕课训练的队伍获得。

本次赛事设置了共融机器人挑战赛、BCI 脑控机器人大赛、机器人应用大赛、青少年机器人设计大赛四大赛事，含 27 个大项、68 个小项、116 个竞赛组别。作为机器人界的"奥林匹克"，本次大赛每天有 4000 余名来自全球的精英赛手同场竞技。

教育部白名单大赛 2023 全国青少年通信科技创新大赛总决赛（2023 中国芯赛）在江西省赣州市举办。深圳中科慕课有限公司（以下简称"中科慕课"）携南山区 12 名科技少年在近 800 支总决赛队伍中夺得总决赛主要奖项——ENJOYAI 智联万家的两个队伍满分和三个队伍获国家级一等奖。位于深圳市南山区粤海街道的中科慕课是国家人工智能机器人、脑科学 AI、机器博弈产业与数据分析一体的高科技创新机构。自 2005 年以来，中科慕课一直以组织智能机器人、人工智能脑科学大赛为己任，是目前中国唯一一家同时承办过"中国机器人大赛暨 RoboCup 国际公开赛"和"中国机器博弈大赛""中国人机大战"的机构。

作为机器人与人工智能创新教育领域的领先机构，中科慕课先后实施了人工智能、机器人、中国芯等科技教育工程。张燕林说，公司自成立以来，把科技创新教育与赛事领域的人工智能脑科学、机器人编程教育、脑机接口专注力提升等科技创新和南山战略性未来产业紧密结合在一起，通过赛事提升学生的主动学习创新能力，学习编程、深化主动专注力等科学素养和科技水平，通过教育部白名单的科技赛事来助力学校争创人工智能示范学校，奋力推进深圳科技教育高质量发展。

"中科慕课先后在 2022—2023 年的教育部白名单科技赛的 WRC 世界机器人大赛、NOC 全国中小学信息技术创新与实践大赛、中国芯全国青少年通信科技创新大赛总决赛等赛事的人工智能、机器人、脑科学、智能网联芯片领域斩获多个冠、亚、季军和近百个国家级一、二等奖。"张燕林说。

张燕林表示，人工智能、机器人、中国芯等科技教育的赛事工程极大地加强了少儿智力开发、逻辑思维和专注力的培养，引发孩子的科学探索兴趣和科学思考逻辑。与中科慕课在科技创新教育和科技赛事方面合作的学校包括深圳实验学校、育才教育集团、北师大南山附属学校、南科大实验学校、南山文理实验学校（集团）、南山小学及南山教科院松坪二小等二十多所南山辖区学校。

2023 年 5 月 17 日，教育部等十八部门联合印发《关于加强新时代中小学科学教育工作的意见》，旨在适应科技发展和产业变革需要，充分整合校内外资源，推进学校主阵地与社会大课堂有机衔接，为中小学生提供更加优质的科学教育，全面提高学生的科学素质，培育具备科学家潜质、愿意献身科学研究事业的青少年群体。张燕林说，2023 年 5 月 30 日，深圳市教育局为贯彻落实国家、省、市关于推动人工智能教育发展部署，抢抓人工智能教育发展先机，加快推进深圳中小学人工智能教育的普及，激发中小学生的科学兴趣，提升其科学素养，启动了人工智能教育项目。深圳市教育局还将出台中小学人工智能教育课程纲要和指南，充分利用高校和城市人工智能资源优势，推动实现义务教育阶段人工智能教育普及化，大力建设人工智能教育实验学校，打造人工智能教育特色课程和特色活动，以人工智能等新技术撬动教育教

张燕林带领深圳学子在澳门参赛

学和育人方式变革，助力深圳教育高质量发展。

作为全国首批双创示范基地，深圳市南山区教育局高度重视科创教育，为学生提供了丰富且优质的科创教育环境和资源。2021年，深圳市南山区发布了《南山区推进人工智能教育的指导意见》(简称《意见》)，《意见》提出要通过培养一支人工智能教师队伍，构建一套人工智能课程体系，落实普及人工智能课程教学，探索人工智能与教育融合应用，构建南山区中小学"人工智能＋教育"生态体系。同时，南山区还充分利用高校、高新企业资源优势，为学生开设了丰富多彩的"校外课堂"。

WRC由中国电子学会主办的世界机器人大赛（World Robot Contest），选拔赛（WRCT）、总决赛（WRCF）、锦标赛（WRCC）组成，并围绕科研类、技能类、科普类设置相关竞赛项目。大赛自2015年起已成功举办了9届，共吸引全球二十余个国家的二十余万名选手参赛，被广泛赞誉为机器人界的"奥林匹克"，得到国家自然科学基金委员会的指导，2022-2023连续入围教育部办公厅公布的面向中小学生的全国性竞赛活动名单，并实现多个竞赛项目的大赛成绩国际互认。

推动消防事业改革创新发展
为确保市民平安做出贡献

近年来，张燕林利用自身城市公共安全研究中心、中科安全技术工程

中心、深圳市政府聘请的全市应急管理专家等身份，为深圳先行示范区和实施综合改革试点，努力推进城市应急管理和消防安全工作，在政府的社会化服务中展现了新担当、新作为。

张燕林长期为深圳消防工作发展建言献策，在推动消防事业改革创新发展或解决重大问题中发挥重要作用，积极投身调研活动和城区实践。

2018年6月，深圳中科安全技术有限公司"社区消防安全体验培训"项目获得粤海街道民生微实事大赛第三名；2019年12月"城中村用电安全火灾感知"项目获得南山街道"科技强安"第一名；2019年9月，与南山区应急管理局共同组织南山区应急管理、消防救援等安全生产企业参加了深圳国际应急展；2021年12月，张燕林在粤海街道积极利用科技创新推进电单车入户监测；2022年1月，带领公司团队为南山区南山街道、招商街道、沙河街道多个社区落实服务由区挂牌督办的火灾高风险整治区域项目，为南山区市民百姓保一方平安做出了积极贡献。

作为2021年南山区政府首批挂牌督办的火灾高风险区域，南山区南山街道月亮湾社区在深圳中科安全技术有限公司的技术支撑下，以火患整治为抓手，以提升火灾防控水平为目标，积极推动社区消防安全高质量发展。张燕林表示，要强化科技手段应用，积极探索打造全市消防火灾安全，尤其是电动自行车入户监测和安全监管平台，通过车辆与电池入户监测、充电监测预警、消防灭火、保险兜底、电动自行车充电棚建设等一系列管控措施，进一步降低电动自行车充电引起的火灾事故风险，并严防"三小"场所违规住人回潮等事故风险，杜绝小火亡人事故发生。

近年来，张燕林和他的深圳中科安全技术有限公司不仅通过消防安全知识科普进社区活动提升社区居民的安全消防意识，还通过结合科技创新的技术项目为社区消防安全保驾护航。该项目通过结合成熟的物联网数据感知管理技术，对在应用的电动自行车的电流监测、梯控技术等进行综合分析后，实现疏堵结合、防控同步的一套闭环电动自行车物联网管控平台系统，得到深圳市相关部门的充分肯定。

张洋：无青春不奋斗

张洋，1991 年出生于河南南阳市新野县一个农民家庭，2013 年大学毕业后就职于知名人力资源服务集团上海公司，2015 年因工作调动来到深圳，成为深圳新一代追梦族；2020 年开始创业，成立深圳市方元控股集团有限公司（以下简称："方元控股"），担任董事长，负责集团决策与制定战略规划。

方元控股是一家数字化解决方案综合服务商，为企业数字化转型提供一站式咨询、建设、人才培养、运营等综合服务。截至目前，方元控股旗下拥有深圳光点软件科技有限公司、深圳和众投资咨询有限公司与深圳南网数字科技公司等多家公司，全面覆盖高中低端人力资源服务业务。方元控股的业务及服务网络遍及全国近 40 个城市，集团目前服务近千家企业、服务员工 58000 余人、年营收超 11 亿元。

十年来，张洋全身心致力于人力资源服务行业，取得重大突破和显著成就。他表示，未来将不断追求卓越，力争为集团公司取得更高的成就，为人力资源服务行业做出重要贡献。

张洋

儿时随父下地干农活
铭记外婆教诲跳农门

　　张洋老家在河南省南阳市新野县的一个村庄，也是《三国演义》中"诸葛亮火烧新野"的地方。从小家庭生活条件在当地还称得上殷实，祖辈和父辈两代人的努力让他们家过着村里人羡慕的生活。有两个姐姐的他是家里最小的孩子，这让他拥有更多的关爱。

　　张洋的父亲是一名退伍军人，也是一名共产党员，服役期间担任过连队卫生队队长；退伍后回到农村，由于为人正直、刚正不阿，被村里党员推选为村支部书记。母亲是一名医生，外公是镇供销社的退休干部。

　　在张洋读小学的时候，家里在省道边开了一家销售农资和手机充值卡的小店，生意一直不错，所以从小他的生活比同龄伙伴们好很多，在同龄人只能玩泥巴的时候，就有了全村第一个篮球，还有许多电动玩具，会翻跟斗的猴子，有声音、能发光的电动冲锋枪等。不仅如此，家人还偶尔带他出远门旅游，四岁时就跟父亲去了北京天安门，这是同村其他孩子想都不敢想的，童年的种种经历给予他自豪感与安全感。

　　虽然从小吃穿不愁，家中长辈也对他关爱有加，可关爱不是溺爱，长辈们满足他的生活，同时也要求他健康成长。在学习、为人、处事方面，父母对他非常严厉。从小学开始，每个周末、寒暑假及农忙时节，年少的张洋都会跟随长辈一起在田间拔草、摘棉花、拔花生、浇水。家种的棉花地足足有十亩，早上五点起床下地摘棉花，直到夜里才能回家。小学四五年级时，天刚蒙蒙亮，他就被父亲叫起来下地牵牛犁地，他在前面牵牛，父亲在后面扶犁，他至今还能记得被牛蹄踩到脚背时的剧痛。

　　上初中时，身体健壮的张洋就帮着家里给农作物打农药，有些漏出的农药流到背上就留下了后遗症，现在遇到温差大，后背便会火辣辣地痛。张洋也背化肥，一袋化肥50公斤，一车车的搬卸、运送，每次都背到汗流浃背、一身灰尘才回家。上高中后，他开始帮家里淘粪、浇粪，田里的农作物在他的精心呵护下也长得比别家的更苗壮。可以说，张洋是真正下过农田的90后，村里所有的农活没有他不会做的。

　　学习方面，父亲对张洋的要求很高，外婆也常常教育他们三姐弟，要通过努力学习走出这个村庄跳出农门。可是比起两个乖巧的姐姐，张洋丕是太调皮，曾经一度因为期末没拿到奖状而不敢回家，而拿着一块红砖跪在家门口的那一幕深深地刻在他的记忆里。

祖辈勤劳节俭的家风、父辈拼搏奋斗的精神，以及严厉而规矩的家风家教深深地影响了张洋整个成长阶段，为他塑造了一个吃苦耐劳、为人正直、诚实守信、发奋图强的灵魂。最终，张洋三姐弟都没有辜负外公外婆和父母的期望，全部顺利考上大学，张家也成了全村唯一一家小孩全部考上大学的家庭。

同学很热心赞助床位
夏天为纳凉楼顶睡觉

2013 年 2 月，大学实习期间，张洋与同学一同前往上海寻找实习岗位。张洋的性格继承了父亲的衣钵，他热情好客、适应力强、乐于交际、勇于尝试，再加上他面试的岗位与其专业及大学期间社团的工作相吻合，很快就被一家全国知名的人力资源服务集团录取，当时不曾想过的是，人力资源服务这个行业可能会成为他至今、以后甚至是一生的职业。

通过面试时恰逢春节临近，而公司的 offer 通常会等到年后才发出，为了度过这段空档期，他便在上海一家商场的百丽店铺兼职卖鞋，每天工作 10 小时，连续工作 18 天，发工资的时候底薪加提成一共 3400 多元，这是他人生中第一笔收入，至今记忆犹新。

实习期间，张洋从不把自己当作实习生，而是把这份工作当作自己的本职工作来完成，兢兢业业、一丝不苟，因此得到了公司领导的赏识，当年 6 月大学毕业后，他顺理成章地被公司留下了。

上海这座城市寸土寸金，一个农村孩子独自到上海打拼，这其中不无艰辛，刚刚参加工作的数月，仅有两千多元的微薄收入。在开始的半年里，一起来上海的大学同学将床位分给他，一张一米二的小床两个男人睡，以维持基本生活，让自己能在上海生存下去。张洋感慨道，至今都感谢这位同学，当年如果不是同学愿意分出一半床，他是万万没有勇气去上海打工的。

后来工作一段时间后，手里有了一点积蓄，张洋便租了一间阁楼，租金每月 650 元，由于阁楼屋顶的特殊设计，有些垂直空间不足一人高，导致人在房间内活动时有时需要弯腰。为了节省开销，张洋一日三餐都是自己做好带去公司吃，根本没有多余的钱支撑他在外面买饭，为此他还做过精准测算，15.3 元的米粮蔬菜可以让他从周日吃到周三。

每天上班，张洋都是乘坐公交车，从阁楼到公司最便捷的交通工具是地铁，但地铁比公交车贵一块钱。为了省下这一块钱，张洋每天宁肯早起一个小时，乘坐两个小时公交去上班。与此同时，他发现早起的这一个小时里，还可以复盘工作与学习新的知识。

张洋从小便早起下地干农活，同龄孩子没吃过的苦他都吃过了，所以当时其实并不觉得这样的生活很辛苦，只觉得是平平常常、必须要走过的经历，只是现在再回忆起时偶尔会有不可思议的感觉，恍若隔世，"之前住阁楼的时候，夏天很热，但又舍不得开空调，我就跑到楼顶睡觉，睡觉前在身边放一个挡板，免得睡着后掉下楼去。"

别出心裁真诚感动客户
加班加点付出终获回报

2013 年大学毕业后，张洋进入公司后担任最普通的销售员，在职期间展现出出色的销售能力，深得公司领导赏识。2015 年 2 月，公司决定将他调往深圳，晋升为深圳公司销售负责人；来深圳以后，他凭借着勤奋努力，加上领导认可扶摇直上，很快成为业务总经理。

能够取得如此瞩目的成就，都认为张洋自有一套独家秘笈，其实背后更多的是专业的积累和真诚的待人。

在上海参加工作初期，他的收入水平仅比当时上海的最低工资标准多几十块钱，除去房租水电，还得在交通和饮食上再努力省一省。但在工作方面，张洋却要求做到尽善尽美，在花钱上毫不含糊。从事销售工作的他深知客户的重要性，销售岗位需要有优秀的工作能力自不必多说，但光有能力却没有留住客户的本事，再强的能力也是纸上谈兵，只有留住客户，才能留住饭碗。

为了获得客户，张洋每次拜访都会自掏腰包买好咖啡去客户公司，从前台到客服每人送一杯。那时候一杯咖啡是他三天的生活费，即便如此，他也坚持送咖啡，因为他深知这是获取客户信任的一种方式：盐多不坏菜，礼多人不怪。展现如此诚意的他自然收获高度认可，就这样，客服非常乐意带他去见客户，这使他得到了其他人得不到的信息渠道。张洋说："我当时送咖啡有两个目的，当时咖啡定位高端，不是所有人都舍得买，我送给客户一是代表我对他们的重视，二是也能体现我司是一个可靠、有底气、值得信赖和合作的公司。"

找到客户，还得留住客户，张洋有诚信、有能力，那距离他成功的最后一块拼图就是勤奋了。农村出身、在成长过程中受到长辈优秀品质熏陶的他有着许多人没有的吃苦耐劳、无私奉献精神，当时身边的同事大多都是准点下班，今天没有做完的事情明天继续做，大家的想法很简单，加班不涨工资，何必那么拼？可张洋不这样想，倘若当天安排的工作没有完成，绝对不下班，经常是周围同事都走光了，他的工位上还亮着灯，独自一人在电脑前忙碌着。好几次老板都从办公室出来准备回家啦，发现他还在加班忙个不停。

张洋敬业、执着、勤奋的精神与所有人都不一样，因此获得公司领导的关注。同时他也靠这种独特的精神和诚信、可靠及出色的工作能力，收获许多客户的信任，这些客户因为满意他的工作能力也会给他介绍更多客户，如此，他的业务越做越大，在上海的第二年，业绩已经遥遥领先。

当日事定当日毕
追梦路上无捷径

深圳是一个属于奋斗者的城市，它不会亏待每一位努力的追梦者。

2015年至2020年这五年时间，张洋在工作岗位上勤勤恳恳、不忘初心、蓬勃发展，是他个人成长最快的5年，从一个业务员变成一个团队管理者，从销售岗位转变成经营公司，成为业务总经理，负责协助管理整个华南地区的业务。在深圳公司任职的五年时间里，公司营业规模也都是每年翻倍。他为公司的付出一直被公司领导和同事们看在眼里，公司领导和主管们给予他"又红又专"的高度评价，在领导们给予许多支持与肯定的五年时间里，张洋完成了从一个打工者到职业经理人的蜕变。

最初从几个人的小团队开始，他定下的一条规矩就是：今日事，今日毕。不管工作到多晚，凌晨3点也好、5点也罢，无论第二天早上是不是还要出差，他都会将当天所有工作完成了才去休息。

团队管理者担任着一个中间人的角色，上要与客户对接协助处理工作上的各种问题，下要跟进员工的工作，保证工作保质保量按时完成。与客户的商务对接过程中可能会出现各种各样的问题，可无论问题或大或小、是否棘手、是否在他的业务范围内，他都会尽心尽力地为客户处理、协调，真正将别人的困难当作自己的事来操心，一针一线缝补任何对业务造成影响的漏洞。他的服务口碑得到行业内的广泛认可，赢得了客户们的普遍信任。

在工作中，他犹如一个"拼命三郎"，即使身为总经理，也保持着曾经做业务员时的工作态度，尽心尽力、不知疲倦。他的工作时常需要出差见客户，为了节省时间、节省公司费用，经常乘坐早上最早一班廉价航班出发，夜里乘坐最晚一班航班返程，出差时身上穿的衣服经常都还潮湿着，因为洗完还没来得及晾干。有一次公司里的行政同事于心不忍，私下说："张总，公司出差的机票可以选正常的白天航班。"但他为了能够当天来回，利用更多的时间工作，还是选择廉价航班。

果断创业放弃百万年薪
接连打击意志更加坚定

深圳是一座充满年轻朝气、活力满满的城市，它就如同风云骤变那样，每时每刻都有无限可能，对于有理想、有野心、有能力的创业者来说，这里拥有最适合扎根生长的土壤。

张洋说："深圳是一个创业者的城市。"自2015年来到深圳以后，在这个高速发展的城市已经工作、生活、成长了近8年，在工作上取得了卓越的成果，工资也从最初入职时仅高于最低工资的几千元增加到百万年薪，这让他坚定地认为自己称得上是有能力的。此外，之前通过工作结识的不少朋友有很多都选择了创业，而且都取得了不错的成绩，2019年10月，他第一次萌生出自己创业的想法。

2019年11月，张洋接到一个电话，得到宛如晴天霹雳的消息：他最深爱最尊敬的父亲突发疾病与世长辞，年仅 59 岁。这让他深陷悲伤一度不能自拔，父亲虽一生平平淡淡，但一直竭尽全力支撑起整个家庭，为他撑起了一片天，在他心里，父亲一直是那个引以为傲、可以依靠的大山。

在老家处理完后事，回到深圳进行一次体检，他意外发现体内长有恶性肿瘤，所幸肿瘤生长处并非关键部位，在进行手术切除后，身体很快痊愈。这接踵而至的打击没有让心智坚韧的他消沉下去，反而更加坚定了创业的决心，他说："当时初步的想法是成功要趁早，趁年轻拼一把，做一做自己想做的事情。"

2020 年 1 月初，他离开工作了七年的这家知名人力资源服务集团，创业计划正式启动，可刚开完公司年会就遇上疫情，然而开弓没有回头箭，脚下的路不论多艰难，他也早已下定决心绝不退缩。

创业初期往往都是艰难的，疫情大环境的影响让本就不容易的创业难上加难，可公司无论再难，也应老板一人承担，张洋懂得人心所向的道理，即使亏损再多，也决不可失去人心。疫情期间，没有少发员工一分工资和提成，最艰难的时候他把名下的三台车拿去抵押，用以维持公司正常运转，创业到第三年，公司才扭亏为盈。

2020 年 1 月至 2022 年 10 月，是张洋的创业初期，这段时期他专注于擅长的人力资源服务赛道，由于他和团队曾在这个行业市场里深耕多年，靠着极好的口碑赢得新老客户的信任与支持，为创业后期的转型升级发展奠定了坚实的基础。同时在创业初期，他专注于处理两个事情：一是对股东关系的处理，二是学习超出自己认知的投资领域。

在股东关系处理方面，由于创业初期几位股东的分工职责、决策机制在业务发展到一定阶段后出现了分歧，如何解决股东间的分歧是董事长的必修课，也是在一定程度上决定创业成败的关键，这是一个企业在发展过程中必须要去面对和处理的一大障碍。

在学习投资领域方面，创业的初步成功让企业积累了一些资金，这会让创业者更加试图拓展、寻找新的机会，比如，方元控股累计在口腔供应链、新传媒、元宇宙等领域投资近 600 万元，可其中有些投资领域已经超出了张洋的认知，盲目投资是极具风险的，对于一个刚刚起步的企业来说更可能一棋落错满盘皆输。

这两点经历让他及时且彻底地冷静下来，重新思考自己的创业初衷，经过反复思量后，最终他决定将精力聚焦回到自己擅长的领域。张洋说："成功是没有捷径的，投资自己才是最好的选择，要不断结合、吸取在前公司服务时积累下的经验，持续投入研发，踏踏实实地为客户创造价值才是企业生存的根本。"

立足深圳专注人资服务领域
面向全国创造更多社会价值

2022年11月，张洋在原有人力资源服务的基础上设立了集团公司，正式升级为方元控股集团，并全资收购了一家科技公司专注于企业人力资源数字化的转型探索，构建了整个公司数字化服务和数字化运营的基础。

如今在物业服务领域，方元控股与新大正合作成立了合资公司，同时服务招商局、碧桂园、南网物业、航天物业多家公司；在新零售领域，方元控股联合天虹成立了新零售共享用工实验室，打造城市零售人才的集散服务；在政府及公共服务领域，方元控股的数字化人才服务平台通过人力的服务精准匹配和智能调度，更加精准有效地为深圳各个街道提供人力保障服务；在科技领域，除了传统的企业服务数字化转型之外，方元控股与珠海华发在智慧园区、与联易融在智慧金融、与招商国科在智慧港口、与百度在无人车测试领域都形成了专业而规范化的技术解决方案，并获得了客户的高度认可。

截至目前，方元控股的员工发展到300多人，2023年上半年营收突破5亿元，整体全年营收预计11亿元。

自从开始创业，公司上上下下几乎所有事情张洋都在亲力亲为，比曾经作为职业经理人时辛苦数倍不止，独挑企业大梁后，他才明白了运营一个企业的学问之深，想要扶起一个企业，需要的不是对某一部门、某一领域的专精，而是对企业上下所有事宜的通晓，成为董事长后更加努力地吸收企业各领域的知识，努力使自己的能力适配于企业的发展，他领悟道："创业是一个人最好的成长方式。"

创业至今历经近四年，熬过了最艰难的初期，如今方元控股已经扭亏为盈，并以蓬勃的姿态向深圳乃至全国展现出无限光明的发展态势，旗下三家公司也各司其职，各自在其面向的领域为社会提供资源、发挥贡献。

其中，光点软件专注于技术的研发和沉淀，精进于科学严谨的管理体系，具备成熟的研发和项目实施能力，能够为客户提供系统规划、建设、运维到客户培训在内的全面解决方案。

和众人才致力于人力产业园区建设，合资公司建设管理，为合作伙伴提供高品质的产业园区和配套服务，同时促进与合资公司的合作发展，共享资源和风险，实现共同的业务目标。

南网数科是人力资源一站式服务提供商，为企业提供包括招聘、培训、绩效管理等全方位人力资源解决方案，提高人力资源管理的效率和质量，实现组织绩效的提升。

来深圳短短的8年时间，深圳给予了张洋一个成长的机会、一个发展的平台，他也不负深圳的厚土，为这里带来一片昂扬的绿芽。张洋表示，希望以后能够把更多精力放在科技研发上，因为这是国家真正需要的硬实力。

提及未来的梦想，张洋感慨万千，脑中没有浮现出一片令世人震撼的商业帝国，只是表达了对未来生活最质朴的期望，他说："我的父亲已经不在了，现在，我要把更多的爱给到我的孩子和家庭，家是我幸福的港湾，我要把它照顾好。同时，我希望公司跟随我的这些兄弟姐妹们能过上好日子，开好车、住好房，让他们觉得跟着我张洋值得，我要努力让公司员工在我这里收获成就感和自豪感。"

作为90后创业者，深圳的开放、融合、创新给了张洋这个创业新人巨大的发展机会，他无时无刻不由衷地感谢深圳这座城市。未来，他将带领方元控股集团更加坚定不移地立足深圳，面向全国，专注数字化服务领域，为更多企业提供最优质的服务，为社会创造更多的价值。

章桂明：中国海关检验检疫领域的"国门卫士"

　　他是海关总署科技委动植物检疫专业委员会副主任委员／植物检疫分专业委员会主任委员、海关技术规范植物检疫专业技术委员会副主任委员、海关总署高级技术职称评审委员会委员、第二届食品安全国家标准审评委员会微生物检验方法与规程专业委员会委员、第六届农业转基因生物安全委员会委员、广东省植物病理学会副理事长、中国农业大学和华南农业大学校外硕士研究生导师等。他就是曾经担任过深圳出入境检验检疫局动植物检验检疫技术中心副主任和深圳海关食品检验检疫技术中心副主任的博士、二级研究员——章桂明。

　　集上述头衔、荣誉于一身的章桂明生活中是一个儒雅、谦和的君子，他待人彬彬有礼、谈吐温文尔雅、举止落落大方，他从不用这些荣誉来包装、炫耀自己，只是将其视作自己的人生经历。

　　三十多年来，章桂明一直专注于植物检疫及转基因产品检测技术工作，他曾夜以继日地在实验室里度过了无数日子，率领科研团队用渊博的学识和不懈的毅力攻下了一个个课题，为我国植物检验检疫方法填补了一项项空白。在建立检疫性有害生物及农产品转基因成分快速检测技术体系与标准体系，防控外来有害生物入侵和未经我国批准的转基因产品流入，打破国外技术壁垒，维护我国进出口植物及其产品贸易安全等方面，章桂明做出了突出贡献。

　　在三十多年的研究、工作生涯里，章桂明曾在进口小麦、大豆、烟叶等植物及其产品中检获小麦矮化腥黑穗病菌、小麦印度腥黑穗病菌、大豆疫病菌、烟草霜霉病菌等多起我国禁止传入的检疫性病菌和多起未经我国批准进口的转基因品系，有效保护了我国免受国际"植物杀手"的入侵和转基因的污染，因此他还有一个雅称——中国海关检验检疫领域的"国门卫士"。

成为全村第一个考上大学的人

1965 年，章桂明出生在江西临川郊区的一户农村家庭里，家中有五个孩子，他是家里的长子。章桂明的父母以种田为生，一年到头在田里劳作以供章桂明五兄弟姐妹吃饭、上学。

或许是穷人的孩子早当家，章桂明很小的时候就知道用功读书，由于家里孩子多、太吵闹，每天早晨和放学以后他便会到家里自留地旁边的一块柑橘地里读书。当村里与他同龄的孩子们都在追逐嬉戏时，章桂明就这样一个人坐在柑橘树下学习，可他从不觉得自己孤独，他享受着书本为他描绘的不同于农村的外部世界，享受着大脑不断吸收新知识所带来的感觉，享受着唯有从书中才能体会到的安静快乐。

章桂明从小就很懂事，不让父母为他操一点心，他勤奋好学从不贪玩，体谅父母的艰辛，总是主动帮家长分担田里的农活。不论春夏秋冬、严寒酷暑，章桂明在学习之余，都会随父母下田干活，村里的人常笑着说："桂仔插起秧来比咱们村里的妇女速度还快、还齐整！"

章桂明儿时便立下了考大学的志向，并一直朝着这个目标义无反顾地努力着。为了实现这个梦想，章桂明立志首先要考上临川一中，这是全省最好的高中，他知道，只有进入这所学校，自己考大学的梦想才有可能实现。

功夫不负有心人，章桂明的努力终于让他考上临川一中，在当时的教育背景下，章桂明高中三年手不释卷、起早贪黑，向着自己垂涎多年的梦想坚持不懈地靠近，他压力很大，但在父母面前却故作轻松，为的是不让他们担心，当华南农学院（今华南农业大学）的录取通知书被同学送到他手上的那一刻，章桂明和他的家人一起发自内心地笑了。他成为他们村第一个考上大学的人，也是他们家祖祖辈辈第一个考上大学的人，也是从那一刻起章桂明真正感悟到了，对于他来说，勤奋是成功的唯一途径。

在上大学以前，章桂明去过最远的地方是老家县城，考上大学后，他去到了广州这个于他而言全新的城市，也迎来了他人生中的第一大转折点。

　　走出农村后，眼前这个世界里的一切东西对他来说都是新鲜的，他好奇地打量着、了解着一切不懂的东西，渴望吸收知识的心"贪婪"到了极致，无论是书本上的专业知识、课外知识，还是口琴、小提琴、武术等才艺知识技能，他都带着足够的热情去学习，如同一只在沙漠里行走很久未进水后突然见到了一湖清水的骆驼，摄取着一切能缓解"饥渴"的精神食粮。

　　由于学习努力刻苦，常不耻下问，加之他注重兴趣爱好的培养，广泛涉猎，章桂明很快成为大学里出类拔萃的优秀学生，大二他成为班里的学习委员，大三就光荣地加入了中国共产党。

　　章桂明大学时的导师是我国著名植物病原真菌分类和鉴定专家戚佩坤教授，在戚老师的悉心教导和鼓励下，章桂明顺利考取了研究生，这也成为他人生的第二大转折点。

　　1996 年，章桂明一边工作，一边在华南农业大学攻读植物病理专业在职博士学位，并于 1999 年获得博士学位。他的博士论文得到了世界银行贷款的支持，是在英国皇家植物园真菌研究所完成的。他受当时的国家动植物检疫局的派遣，在这里进行了近半年时间研究，博士生导师除了戚佩坤教授外，还有国际知名植物病理学家、原国家质量监督检验检疫总局资深教授级专家章正教授和当时在英国皇家植物园真菌研究所工作的知名专家姚一建研究员。初来英国皇家植物园真菌研究所的时候，章桂明真的就像刘姥姥进大观园一样，这里拥有的世界一流的设备、标本和资料深深震撼了章桂明，让他感到无比兴奋，直到今天他依旧表示，在英国的那近半年是他人生中眼界最开阔的时光，在那里他成功实现了由传统形态学鉴定向现代分子生物学检测的"华丽"转身。

　　在英国的近半年时间里，章桂明整日把自己关在实验室，起早贪黑，全身心进行学习和研究，归国后当别人问起他英国的不少风景名胜时，他竟答不出来，不免引得别人怀疑他是否真的在英国待了近半年。可章桂明觉得，旅游的机会迟早会有，能有这么难得的条件去学习进修，无论如何都要万分珍惜。

　　事实上，他现在研究工作的许多基础，也是在那段时间进修时打下的。如今每每回忆起那段时光，章桂明都会感叹："那里的专家都是世界上鼎鼎有名的，那里的标本和资料实在太齐全了，英国皇家植物园真菌研究所的设备也都是世界一流的！"

多次查获外来有害生物和未经我国批准的转基因品系

1990年，硕士毕业的章桂明经导师戚佩坤教授亲自上门推荐，来到深圳出入境检验检疫局前身单位深圳动植物检疫局工作，从此便在这里扎下了根。章桂明把自己的实验室比作一个小舞台，他兢兢业业，三十多年如一日，取得了一个又一个辉煌战果。

小麦矮腥黑穗病是麦类黑穗病中危害最大、防治最难的病害，它由小麦矮化腥黑穗病菌引起，是我国重要的对外检疫性有害生物。1994年，深圳口岸从某国进口了一船约4万吨的小麦，在对这船小麦进行抽样检疫的过程中，章桂明发现了一个形似小麦矮化腥黑穗病菌孢子的可疑病菌，这让他迅速警觉起来。要知道，小麦一旦感染这种病菌，麦粒便会长成一团黑粉，严重影响小麦产量。小麦是我国第二大粮食作物，对我国粮食安全举足轻重，是一点都不能马虎的。既然发现疑点，那接下来最重要的就是证实这病菌是否就是小麦矮化腥黑穗病菌。

可当时国内的科技水平还没有出现分子生物学这类高科技鉴定方法，只能取足够的样本，借助显微镜用肉眼观察判断，对研究人员的眼力、体力、耐力、意志力和对病菌的了解程度都是一种考验。章桂明半开玩笑地说："我们这行做久了多少都会有些腰肌劳损。"

如果有几千万个像矮腥黑穗病菌的真菌孢子聚在一起，那大小也不过就是肉眼下依稀可见的一个针尖小点，而当初章桂明面临的就是要从4万吨重的小麦中找到比这还小的一个小点，用大海捞针来形容毫不为过。为了尽快证实猜想，章桂明与同事们连续四五天守在显微镜旁争分夺秒地观察，困了就在显微镜旁边小憩一会儿，连续观察了无数个玻片后终于找到了上百个病原菌，而且还找到了菌瘿，送到上海复核后确认为小麦矮化腥黑穗病菌。最终这批小麦在口岸被进行了除害处理，章桂明用自己的细心和耐心有效防止了该外来有害生物入侵，保护了我国小麦的生产安全。

1996年，章桂明与广州动植物检疫局的一位同行一起被国家动植物检疫总局派往某国执行产地检疫任务，他们的任务是对我国即将进口的100多万吨香料烟叶进行产地检疫。检测烟草霜霉病可谓劳神费力，每一万片烟叶里才可能有一片烟叶上一处不起眼的地方会携带一块小小的病斑，而且这个国家当时也没有提供相应的实验条件，于是他们便从仓库取来整整 2 麻袋烟叶，带回宾馆进行检疫。为了尽快完成任务，他们夜以继日地对一片片烟叶进行检疫，整个宾馆房间乃至走廊上都充满了烟叶的气味。最终，他们在携带率仅为万分之三到四的烟叶中检出了烟草霜霉病，同时通过调查还及时发现并阻止了几批当年收获企图运往我国的烟叶，坚决维护了我国不进口当年收获烟叶的原则。

2013 年 10 月，章桂明与深圳市的第一万名海归博士凌杏园等同事一道，从一船进口某国玉米中检出并复核未经我国农业部批准的转基因品系，引发全国相继检出该品系，导致我国于 2013 年至 2014 年退运了该国进口转基因玉米及其制品高达 125.2 万吨，引起了国内外强烈反响，中央电视台进行了专门报道，该事件被列为当年质检系统的十大新闻之一。

作为一个进出口大国，我们不仅要能守得住国门，将"坏"产品拒之门外，也要打得开国门，有让"好"产品进得来的能力。作为国门卫士，章桂明就有这样一双明辨是非的火眼金睛，除了检测出过许多携带监管病菌的作物，章桂明也为很多曾被误认为携带监管病菌的粮食作物"正过名"。

2004 年，我国多个城市及深圳等地几乎同时进口了几船小麦，每条船装载的小麦都有 4-5 万吨，且从多个城市传来消息，称已经发现了大量疑似小麦印度腥黑穗病菌的孢子，但是始终没有找到作最后判断所需的小麦印度腥黑穗病菌菌瘿，因而难以判断结果，最后压力就落到了来自深圳口岸的章桂明头上。出口这些小麦的国家并非该病疫区，因此这次鉴定结果尤为重要：若鉴定错误，认定他们国家的麦子有小麦印度腥黑穗病菌，必将引起轩然大波；反之，如果小麦真的有该病菌，却没有被阻止进入国内，也将对国内小麦造成不可预计的影响。

由于事出紧急，即使当时正值周末，章桂明及其同事们也纷纷闻讯赶来加班。在鉴定过程中，章桂明凭借自己深厚的学识基础，认为眼前的病菌不是小麦印度腥黑穗病菌，更像是水稻腥黑穗病菌，由于二者在外形上极为相似，即使是专业人士也很难在短时间内分辨出来，可二者的不同之处在于水稻腥黑穗病菌是我国存在的、不属于检疫性有害生物。有了这个发现后，章桂明立刻向上级领导作了汇报，领导马上下令让全体人员在运

国家海关总署领导对章桂明（左一）的研究成果给予充分肯定

来的小麦中寻找水稻，果不其然，最终还真的在几船小麦中找到了几公斤水稻，检测后证实疑似病菌正为这些水稻携带的水稻腥黑穗病菌。后来每次谈起这个事情章桂明都会疑惑："我们到现在也搞不清为什么小麦船里会有水稻，可能这船之前运过水稻，也可能他们存粮食的仓库之前存过水稻，谁知道呢。"

倘若我国将该病菌错误地鉴定为小麦印度腥黑穗病菌，不仅将承担这些货物带来的数亿元损失，也会影响我国在国际粮食作物进出口检测方面的声誉。章桂明及其团队就如同一张结在我国口岸上的"滤网"，将一切对国家有害的"毒物"挡在国门外，是拥有分辨良莠之眼的国门卫士。

"防范外来有害生物入侵和非法转基因品系流入国门是我的工作，也是我的责任和义务。对外来有害生物和转基因成分检测技术研究向更快、更精、更准方向发展永无止境，没有捷径可走，必须要耐得住寂寞，沉下心去做研究。"章桂明说。

通常情况下，进出境植物检疫工作者们的首要工作是防止危险性植物有害生物传入传出国境，保护农林生产安全、生态安全以及人的生命健康安全。

因此，在经历了多次考验以后，章桂明表示，作为海关检验检疫领域的每一名干部职工，每时每刻都要经受住各种考验，这不仅是作为执法把关部门的特点决定，也是作为一个技术部门的特点决定的，且不说检验检疫在工作中要时时刻刻保持清醒的头脑，经受住各种利益的诱惑，就拿技术来说，如果技术不过硬，则很有可能会使有毒有害的物质和有害生物从我们鼻子下和眼前溜过去，从而可能给我们的国家造成不可挽回的重大损失。

致力于构建新一代植物危险性检测技术体系

在一个领域埋头苦干三十余年，章桂明不求功名，只愿一心钻透那块"厚木板"，实实在在为中国的进出境植物检验检疫领域进步施加推力、做出贡献。至今，章桂明共主持及参与包括"十五"至"十四五"国家科技支撑课题、国家重点研发项目、国家自然科学基金项目在内的科研课题32项，其中主持项目和课题为20项，获得国家科技进步奖二等奖2项，省部级奖30余项；主持及参与制定国家标准与行业标准38项；获得国家发明专利23项；主编专著和编著6部；发表论文90余篇。

我国植物病害检疫，尤其是真菌病害检测中许多检测方法一直以来都是停留在传统的形态学鉴定方法，这类方法存在检测周期长、依赖研究人员个人经验、对不典型的病原菌难以进行判定等突出问题。为了改善此现状，章桂明几十年来不仅努力革新建立对单个病害的检测方法，更致力于搭建植物病原真菌新的平台检测方法，他推动在本系统内乃至在国内建立了针对植物病原真菌的快速、微量分子生物学检测方法，搭建了植物病原真菌新的检测研究方法平台，同时制定国家标准和行业标准，研究成果在系统内进行推广应用，大幅缩短企业的通关时间，为深圳企业节省了数千万元成本。2005年，章桂明和他的导师章正教授合著《植物病原真菌检测平台方法》，目前该平台不仅能应用于植物病原真菌的检测，还在其他病原物和转基因成分的检测中起到良好的效果。

章桂明作为植检实验室建设的牵头人之一，不仅参与原质检系统植物检疫国家级重点实验室的布局与建设，也参与全国很多地方国家级植物检疫重点实验室的核查与验收。他通过总结植检实验室建造经验，参考国内外有关实验室的建设文献，主编并于2014年出版《植检实验室建造与管理》

一书，打破了传统植检实验室的建设平面布局，对植检实验室中的各专业实验室实行了科学合理的资源整合和资源共享，该书对植检实验室建设具有较好的参考价值，系统内很多新建的植检实验室都参考了该研究成果。

章桂明致力于构建新一代植物危险性有害生物检测技术体系，他曾主持完成"十二五"国家科技支撑项目"疑难检疫性有害生物全基因组测序及条形码基因筛选"和深圳市课题"外来有害细菌小分子多肽检测平台及标准化数据库构建"，这些课题以保障我国进口农产品快速安全通关为目标，以生物安全风险高的进口农产品传带的二百余种危险性有害生物为研究对象，针对快速检测技术缺乏、传统检测方法耗时及检测目标单一等问题，开发研究 DNA 条形码检测技术与小分子多肽检测技术，构建我国"新一代植物危险性有害生物精准快速检测技术体系"，该课题产生了一批标准、专利、文章，并进行了推广应用，为企业节省了上千万元的成本，为防控外来有害生物入侵起到重要作用。章桂明还开创性地建立了检疫性有害生物活性与溯源技术体系。长期以来，国内外对检疫性有害生物的检测研究主要聚焦于物种的准确鉴定，至于这些有害生物是死是活，来自何方、去向何处的溯源，均甚少研究，他主持完成了国家"十三五"国家重点研发计划课题"高频跨境真菌和细菌活性鉴定和溯源技术研究"，该课题针对我国对高频跨境真菌和细菌活性快速检测技术和溯源技术体系亟待建立的现状，通过 5 年的系统研究，建立了共聚焦活性显微检测技术、荧光活性染色技术、代谢活性分子检测技术以及基于多基因溯源分析、全基因组分析结合 SNP 溯源分析等新技术，并首次主持制订了多项与之有关的国家标准，此项研究成果也在系统内得到了推广应用。

虽然工作中取得了骄人的成绩，但是，章桂明常说："世界上没有最优秀的个人，只有最优秀的团队。因为个人的力量是有限的，但是团队的力量却是无限的。"

章桂明清楚地记得，20 年前，他牵头"饲料转基因产品检测方法的研究课题"，为了确保按时完成任务，单位决定让他带领同事康林、王颖去北京中科院微生物研究所和遗传研究所，学习掌握一些相关技术和开展前期研究。为了抓紧时间学技术，大家都非常自觉，几个人几乎都是每天早上 7 点就到实验室，到晚上 11 点半实验室关门才离开，晚上 12 点多回到住处后，大家又忙着把所有资料和数据输入到电脑里，碰到一些棘手的问题，还要讨论，经常是忙到凌晨 3 点左右才休息，而早上 6 点多又马上起床投入到第二天的研究中。这样夜以继日的非常日子坚持了一个月。那次回到深圳后，团队每个人的体重都下降了几公斤。

还有一次新疆之行，那时正是夏天，新疆的天气闷热，昼夜温差也比较大。章桂明和课题组的王颖、王伍来到新疆做实验，他们经常在茫茫戈壁滩上翻山越岭，找小麦加工厂、采集样本，因为水土不服，课题组的王伍发高烧至 39 度，但是为了赶进度，王伍在医院打完针，就直奔实验室或继续进行调研。

章桂明还清楚记得，课题组的特殊成员，他指导的十多位硕士、博士和博士后研究生，个个都异常刻苦，其中他和华南农业大学姜子德教授合带的第一个硕士研究生程颖慧为了攻克小麦印度腥黑穗病菌单个孢子快速检测这一尖端技术，在实验室做实验常常到深夜，有时甚至到凌晨，后来她的论文被华南农业大学评为优秀硕士论文。

章桂明说，这样的事例还有很多，可以说所有的工作成绩，都是团队成员默默无闻、踏踏实实工作干出来的，所有成果都应归功于团队。

章桂明将实验室看作自己的舞台，他热爱在这个舞台上"演出"，他常尽情而忘我地将他的精力挥洒在这片只属于他的天地，自得其乐。

"工作就是我的舞台，我喜欢我的舞台。"章桂明说："组织给了这么好的氛围、这么好的条件，如果不抓住机会做出点成绩，真的对不住国家对自己的培养。"他清澈的眼里闪着光，朴实的话语道出了一名共产党员对事业的执着和热爱。

把一生精华倾注成书造福人类

科学技术发展的根本目的就是为了造福人类，作为一名学者、研究者、科学家，章桂明从不吝啬分享自己的学识，曾经在英国皇家植物园真菌研究所的学习，让他深刻意识到了对外学习交流的重要性，只要有学习的机会他从不放过，有对外交流分享的机会他也同样毫无保留。

在多年的工作经历中，章桂明多次受到国家的派遣，同研究团队一起前往其他国家和地区进行技术交流、考察、会谈和分享等工作。2006 年 1

月，赴美国就中国鸭梨输美进行技术交流；2006年4月，赴哈萨克斯坦就小麦输华会谈考察；2006年9月至10月，赴俄罗斯就小麦输华植物检疫考察；2010年6月，赴加拿大参加"第十六届黑粉病菌和腥黑粉菌国际研讨会"；2015年9月，赴澳大利亚开展粮食检验检疫考察与技术交流；2016年10月，赴澳门讲授"植检实验室建设与管理"；2016年10月，赴俄罗斯执行小麦大麦风险考察及技术谈判任务；2017年12月，赴荷兰执行"植物检疫交流考察"任务，在交流期间，赠送给荷方他主编的《植检实验室建造与管理》一书；2019年10月，作为团长，率团赴多米尼加共和国执行输华鳄梨有害生物风险分析考察任务。此外，2012年他还和中国检科院的吴品姗研究员一道在出席"第十六届黑粉病菌和腥黑粉菌国际研讨会"时在上级领导的大力支持下成功争取到"第十七届黑粉菌和腥黑粉菌国际研讨会"在我国深圳举办。

章桂明与其团队所做的种种努力，不仅是为了排除境外植物疫病对我国的威胁，也是为了将我国在此类领域较为先进的科学技术分享给有需要的国家，让科技造福更多国家。

深扎植物检验检疫33年，章桂明从一名刚入职的懵懂青年成长为如今学识渊博、桃李满园的行业领军人物，他总是心怀感恩，铭记着每一位在成长路上对自己提供过帮助的恩师、历任好领导和同事，以及许许多多无私帮助的人。他也牢记使命，不忘初心，将自己的所学、所见、所闻传承给每一位愿意接过时代接力棒的后辈们，就像他作为北京奥运会深圳站的第207棒火炬手，在2008年5月8日12时接过圣火并把它传递给下一位接棒人那样。

章桂明一直致力于将自己多年的研究经验和研究成果著成书，为中国学术界增添更多的优质养分。2005年，他与恩师章正主著《植物病原真菌检测平台方法的建立——小麦印度腥黑穗病菌和黑麦草腥黑粉菌检测方法体系的研究》一书；2014年主编《植检实验室建造与管理》；2016年主编《农产品转基因成分检测与溯源》；2020年主编《动植物病原菌MALDI-TOFMS鉴定技术》；2023年1月主编《真菌和细菌活性鉴定与溯源》；2023年12月主编的《检疫性真菌DNA条形码鉴定技术》也已交稿，即将出版。

  经过三十多年努力的工作，章桂明也先后获得了诸多荣誉：1995 年、1996 年连续两年被评为"全国口岸动植物检疫系统先进工作者"，1998 年、1999 年连续两年分别被深圳市口岸工委和深圳出入境检验检疫局评为"优秀党员"，2002 年获"全国质量监督检验检疫工作先进个人"称号，2003 年获"广东省先进工作者"称号，2004 年获"国家质量监督检验检疫总局优秀中青年专家"称号，2005 年获"国务院政府特殊津贴""全国先进工作者"称号和当选为"深圳市第四次党代会代表"，2008 年成为"北京奥运圣火传递火炬手"，2018 年入选深圳市高层次专业人才等。

  作为领衔人，他在单位领导的大力支持下，成功申请并获批 2 个国家级重点实验室、1 个深圳市重点实验室和 1 个深圳市劳模创新工作室，分别为：2003 年，"国家大豆与植物病原真菌检疫重点实验室"；2009 年，"深圳市外来有害生物检测技术研发重点实验室"，2019 年，"国家植物转基因检测重点实验室（深圳）"；2023 年，深圳市"章桂明示范性劳模和工匠人才创新工作室"等。

  章桂明表示，虽然还有两年自己就要退休了，但是，只要自己在岗一天，就要发扬爱岗敬业、争创一流、勇于创新、淡泊名利、甘于奉献的劳模精神，珍惜荣誉，再接再厉，不负时代，不负"国门卫士"的使命担当。

郑艳萍："我在蛇口收获了无数的体验"

1979 年 7 月，中国改革开放的第一声春雷在深圳蛇口炸响。随着填海建港的机械轰鸣，改革的"试管"——蛇口工业区，在这片起初只有 2.14 平方公里的土地上诞生；1980 年 8 月 26 日，深圳经济特区正式成立。自此，春天的气息从南海边画就的这个"小圆圈"里飘散开来。

45 年过去了，现在的蛇口高楼林立、百业兴旺，曾经的小渔村已蜕变成一座国际化的大都市。而作为深圳经济特区改革开放第一代打工妹的郑艳萍，既是改革开放的亲历者，也是参与者和获益者，现在，已经退休的郑艳萍总是自豪地说："我见证了深圳这座国际化大都市的发展与成就，也在这里收获了无数的体验。""阳光、乐观、积极，是当年我们这代人的主基调。"郑艳萍说。

1982 年，她从韶关南下蛇口，
从此成为第一代特区打工妹

1982 年，广东省韶关市劳动局为蛇口工业区外商独资企业港资凯达玩具厂招工，80 多名韶关女孩成为凯达玩具厂首批合同制工人，当年刚从韶关一中毕业的 18 岁女孩郑艳萍就是其中的一位。

1982 年 2 月 18 日上午，天气晴朗，韶关火车站人头攒动，喧声似海。韶关市劳动局为招商局蛇口工业区凯达玩具厂首批招聘的郑艳萍等 80 多名年轻女工，由两名干部带领，即将登上南下深圳的火车。父母亲友数百人相送，场面壮观。火车徐徐开出车站时，刚才还兴奋不已的姑娘们相拥而泣。

郑艳萍清楚地记得，1982 年，她在广东省重点中学韶关一中复读，她想考一所好大学，但没有十足把握，忽然听说劳动局要招工，去深圳蛇口工作。

蛇口？郑艳萍说，当时她还不知道深圳蛇口在哪儿，只知道比广州更南，那里有海。当时郑艳萍想，自己复读也是为了能去外地工作，这次是劳动局正式招工，并派干部带去，正好实现了自己出去工作的愿望。同时，招工时说每月八十多元工资，加班还有加班费、年终双薪等，而工作了三十多年、做电子工程师的父亲每月也只有五十多元，这诱人的工资待遇也吸引了她。再就是蛇口在海边，20 世纪 70 年代的歌曲《假日的海滩》引发了郑艳萍等年轻人对大海无限的憧憬和向往。于是，她果断放弃复读，毅然决定去深圳蛇口，父母也很支持她的决定。

当时，韶关市共有一百多人报名，最后成行的有八十多人，都是女孩。这是香港开达实业有限公司在深圳蛇口工业区独资设立的凯达实业有限公司（俗称"凯达玩具厂"）委托蛇口工业区到韶关的招聘行动。凯达玩具厂主要生产外销欧美的各种毛绒、电动、机械车等玩具，包括芭比娃娃、椰菜娃娃、唱歌熊和各式各样精致的爬山车等。

郑艳萍说："当时我就是去一个新地方工作，挣钱养活自己，根本想不到我们竟然踏准了中国改革开放的起点，成为第一批合同制职工，翻开了'南下打工'的时代篇章。"

当年韶关还没有直达深圳的火车，所以郑艳萍等女孩们先到广州住宿一夜，次日再从广州乘坐每日一班的火车到达深圳火车站。当时的深圳火车站很小很老旧，"我们这群女孩子们踏着铁路的枕木，踩着铁轨间滚动的石子，提着各自的行李箱，扛着拖着铺盖卷，疲惫不堪跌跌撞撞地走出车站。"

出了深圳罗湖火车站，两辆崭新的带空调的进口大巴将郑艳萍她们接到二十多公里之外的蛇口工业区。展现在她们眼前的蛇口还是个黄土飞扬的大工地，道路坑坑洼洼，各种工程车开过来开过去。

1982 年 3 月、5 月、8 月，凯达玩具厂又从肇庆、汕头和梅州等地陆续招来三批女工。1983 年，该厂职工人数已达 2000 多人，其中 90% 是女工。这些女工和郑艳萍等人，后来被称为特区第一代打工妹。

初到蛇口，郑艳萍看到的是满眼荒凉，正在建设中的工业开发区尘土飞扬，时不时还能听到炸山填海的炮声，附近只有供销社可以买些简单的生活用品，如果想要更多选择，需要骑自行车穿过荔枝林才能买到，"我们来了一个月左右就开始想家，有时会躲在被窝里哭鼻子"，但好在年轻人总有办法苦中作乐，三八妇女节那天，郑艳萍和其他姐妹在宿舍办起小聚会，大家穿上各自最好看的衣服，把零食凑一凑，一起唱当时流行的《甜蜜蜜》。

郑艳萍说，她们是由劳动局正式招工到深圳独资企业"上班"的，当时还没有"打工"的概念。她们是第一批合同制职工，虽然并没有签订劳动合同。

20 世纪 80 年代进厂初期，
一个月加班费挣了千元港币

来到蛇口后，郑艳萍亲历了凯达玩具厂从零开始渐成规模。各种机械设备运来了，各个车间、流水线也陆续建起来了，经过短期培训后就开工了。

"当时上班要打卡，女工们从没见过打卡机，单纯地以为打卡越早越好。8 点上班，早上 6 点多就有人悄悄出门，为的是抢打'早卡'。"郑艳萍说。

凯达玩具厂磨具车间、电工组主要是技术人员，以男工为主，其他车间 95% 以上都是女工。有压炼（各类玩具的模型注塑）、车缝（缝制布类半成品）、爬山车、印刷、车发（专给娃娃车头发）、棉花（往做好的娃娃布袋里塞棉花）等车间，车间还有工序的精细分工，流水作业，大多是简单重复的机械式工作，没有太多技术含量。

工人们被分配到不同的岗位，郑艳萍选择了车缝车间。她天真地以为到"车缝"车间可以学会缝纫技术，以后自己可以做衣服。其实不过是简单重复的机械动作而已，用的是从没见过的电动缝纫机，比家用脚踏缝纫机快很多，一不留神就会扎到手。

招工时承诺的每月八十多元是基本工资，折成日薪大概是 3.5 元，第二年会根据各个车间及个人情况适当增加 0.5 元 -1 元不等的月薪，之后每年都会增加。职工的收入分三部分，有三种货币。基本工资以人民币计发；基本工资的 10% 是发外汇兑换券；加班费、超产奖、年终双薪和各种全勤奖等等则发港币。

"工资其实还不算高，收入高主要是加班费高。"郑艳萍说，旺季加班是常态，每天晚上加班至 8 点或 10 点，交货期甚至通宵加班。平时每月有数百元港币的加班费，旺季时会有上千元。"我第一次加班挣到第一张'金牛'（面值 1000 元的港币，当时大致能兑换人民币 400 多元）的时候超兴奋，很有优越感。"

郑艳萍回忆，凯达当时的特点就是"三多"：加班多、港币多、靓女多，她们还被人艳羡地称为"凯达妹"。但是，加班赚钱却无处消费。蛇口工业区为了方便工人们的基本生活需求，成立了贸易公司，建了一个小卖部，还有购物中心。蛇口的员工每人都有一张购物卡，每月凭卡限量购买各种实惠的生活用品。

郑艳萍记得，公仔牌方便面 9 元一箱，每箱有 30 包；力士香皂 0.5 元一块；红灯牌花生油 3.8 元一壶；香烟最抢手，"红双喜" 8 元一条，"希尔顿" 9 元一条。还有梅林罐头午餐肉、折叠椅（24 元）、电饭锅（40 元）、落地风扇、自行车、呢子大衣等等，都是出口到香港的产品，又通过贸易公司从香港进回来。

"我们都买下攒起来，等放假的时候带回老家。"当时内地许多物资都还是凭票证限额供应，女儿们带回来的东西大大贴补了家用。每年年底，蛇口工业区还给区内职工每人提供一个大件电器指标的福利。1983 年春节，郑艳萍买了彩色电视机带回家；1984 年春节，她买了电冰箱带回家；1985 年则买了洗衣机回韶关。

当年，往来港深的渔民还会捎带各种内地没有的港货。周末，郑艳萍就去渔民村购买录音带、折叠伞、运动套装、牛仔裤、连衣裙、尼龙布料等，自用或带回老家。还有很多来往深港两地的"水客"携带港货在深圳火车站对面的公共厕所里交易，所以她还有钻进公厕帮内地同学买牛仔裤的奇特经历。

"每年春节回家都少不了大包小包地往家扛。现在回想起来，不知哪来这么大力气，一个折叠的小推车绑得满满的。在广州转火车走楼梯，只能拆开一件一件搬。到了韶关，全家四五个人来接才拿得动。我就空着手走在前边，感觉自己特别牛！"

1990 年分配了一套二手房，
参与了工资制度改革"结构工资制"

"当时凯达就是劳动密集型企业，工厂车间大多都是流水作业，每个人承担一个局部的手工操作，没有太多技术含量，像一个机器人一样地做。加班也很多，因为是自己主动选择的，大家也没什么怨言。"郑艳萍说，凯达玩具厂的员工规模最大时达到 3000 人。因此，当时深圳开始成为中国打工者的首选地区和外来工最密集的地区，并引领中国第一波外来工浪潮。

在工厂制作玩偶的生产流水线上，郑艳萍负责为玩偶缝制衣裳，月收入在当时来说颇丰，固定工资 80 元，额外多产的部分还能获得相应的超产奖金，此外还有加班费、全勤奖，郑艳萍也由此参与了我国最早的工资制度改革"结构工资制"。

不仅如此，蛇口管理委员会也是由全体职工投票选举出来的，蛇口的职工还可以分期购买工业区内的福利住房。早期蛇口所有职工婚后都可以按照入区时间等条件评分，享受对应的购房福利待遇。1990 年郑艳萍购买了一套 67 平方米的二手房，价格 2.2 万，自己凑齐首期 8000 元，剩余每月还贷 480 多元。

郑艳萍还记得当时国家部长级领导来工厂看望职工，与大家一起排队打饭，唱歌朗诵诗篇，以及对于职工要求的福利待遇给予批示的情景。"我们经常说一个词叫'蛇口情结'，说的就是早期来蛇口的那群人在一起的那份感情。"

随着工厂订单量逐渐增多，工人的工作量也直线上升，超时加班越来越频繁，与此同时，现代企业的管理制度还未完善，职工权益保障方面存在一定问题，这种情况在当时园区的其他企业中也有发生，蛇口工会就是在这样的背景下应运而生的。

1983 年 7 月，凯达公司工会成立，郑艳萍以一线员工身份当选凯达公司第一届工会主席，后参加蛇口工业区工会第一次代表大会被选为委员。

1984 年 9 月，郑艳萍离开公司生产岗位，成为蛇口工业区工会专职干部，同时被派驻凯达公司任专职工会主席。这是蛇口率先在全国创立的"上代下维权"工作模式的体现。直到 1986 年，她都住在公司宿舍。她开展的工会工作得到了公司管理层和员工的认同和支持。

在凯达玩具厂工作两年后，郑艳萍被调任蛇口工业区工会，先后在女工部、法律部工作。"在计划经济时代过渡到市场经济状态的过程当中，不可避免地会出现雇佣劳资双方的问题，最理想的当然是双赢，但是一开始是摸着石头过河，定位跟定调很重要，不能只看重雇佣方，更不能践踏职工的权益，任何一方都不能不守规矩。"郑艳萍说。

"女工出身，我知道更应该关注哪些女性权益。"有一次，郑艳萍接到关于一家食品厂的投诉，该厂女职工被车间玻璃门划伤了手臂，但工厂未对其做出工伤认定，并将矛头转向女职工与主管的争吵，认为是女职工因受负面情绪影响用力推玻璃门而导致受伤，要求其赔偿。了解到初步情况后，郑艳萍前往工厂实地调查，在此过程中，她发现那扇玻璃门原本就存在破损，只是用胶水粘着，并未消除潜在隐患，基于此，郑艳萍坚决地支持受伤女工去报工伤："工伤的界定只说工伤发生的时间段和地点段，并没有说因为吵架或者其他原因就不算了，不能受了皮肉之苦还蒙受经济损失。"

从 1983 年开始，一个个新公司在蛇口工业区陆续开张，凯达玩具厂的很多女工有了更多重新选择的机会。她们有的被招聘去小学、幼儿园当老师，有的去太子宾馆、海上世界和旅游公司等。

彼时，在蛇口夜校学会计专业的女工最多，她们大多从出纳到会计再到财务总监，甚至有人后来成为银行支行行长。凯达玩具厂大部分员工是在 1995 年公司撤销时离开，并重新找到了自己人生的新定位。

1990 年，由珠江电影制片厂出品的电影《特区打工妹》上映，讲述了第一代打工妹到深圳一家外资工厂打工的故事。1991 年，同题材电视连续剧《外来妹》播映，风靡大江南北。

郑艳萍受邀出席蛇口工联会成立 40 周年庆祝大会盛典

不甘于现状继续学习，
先后考取本科及在职研究生

1984 年，郑艳萍的户口迁到了深圳，成为蛇口的正式职工。不安于机械单调的劳动密集型工作，她开始思考未来的路，下班后把时间全部用在读书上。

通过刻苦复习，郑艳萍参加了全国高考统考，被深圳大学中文系录取。一年之后，因为郑艳萍在工会担任法律部和女工部部长，要做一些维权工作，于是，她决定改学法律，便壮着胆子直接去找了当时深大的校长罗征启，校长居然同意她转系了。

读书其实比上班还要辛苦得多，要克服很多困难，刚开始，郑艳萍在深大上课，从蛇口骑自行车去学校不算远。后来深大没有教室了，郑艳萍就跑到地王大厦附近的电大上课，当年只有那种招手停的中巴，郑艳萍因为晕车，几乎是一路吐着去上课的。因为睡眠不够，老打瞌睡，郑艳萍便学会了用芥末来解决打瞌睡的问题，就这么坚持下来了。1994 年，郑艳萍又考取了中国政法大学在职研究生。

刚去工业区工会工作的时候，在深大学的法律专业知识帮助郑艳萍协助一些女工维权，可是后来有一批老上访的，长年累月地坐在她的办公室，当时让她有一点崩溃了，甚至害怕去上班。

郑艳萍觉得自己的心理出现了一些问题，所以决定学一点心理学。随后，她参加了心理咨询师资格考试，并拿到了证书。郑艳萍认为，女工的心理健康问题也挺多，学习心理学知识可以帮助到她们。于是，郑艳萍便利用周末和节假日去社区给青工上课，做心理咨询。

在郑艳萍看来，蛇口工会可以称得上是中国工会的一面旗帜，它不仅率先制定出招募员工不得带有歧视条件的准则，尤其针对女性职工，不得要求其结婚怀孕便主动离职，并且要求企业与员工签订的劳动合同必须在工会备案。当时蛇口工业区内的四五百家企业都在工会的职权范围内。

职权范围变大了，郑艳萍开始更有意识地为自己扩充知识储备。随后她将自己的业余时间全部投入到学习中，在深圳大学中文系学习时，差不多同一时期，一个名叫安子的打工妹也考了进来，成为郑艳萍的同学，安子创作的打工纪实小说《青春驿站——深圳打工妹写真》于 1991 年开始在《深圳特区报》连载。可以说，深圳 20 世纪八九十年代，有热火朝天的建设，也有文学的诗情画意。庞大的打工群体中诞生了日后为人们所津津乐道的深圳"打工文学"。

在蛇口工会的岗位上，郑艳萍一直干到了退休，期间也感受着这座城市日益完善的劳工权益保障。她认为，深圳这些年在维护职工权益方面也越来越注重专业化，以蛇口工会为例，工会每年会进行招标，与律师事务所合作，协助职工解决纠纷，"职工只要出现问题就可以过来，工会掏钱请专业律师来打官司"，由此形成了一种社会性购买服务。

回首 41 年打拼经历，
继续书写蛇口精彩的退休故事

在蛇口工会担任女工部部长期间，性格开朗的郑艳萍时常组织妇女干部们开展业余活动，或是去世界之窗玩，或是结伴逛街，一来二去与当时一家经常光顾的服装店老板熟络了起来。

如今这位服装店老板已拓展起线上销售的业务，并邀请她一起加盟，她爽快地答应了，为了拓宽客源，郑艳萍主动认识了很多年轻人，有些还成为朋友。她喜欢在家里常摆一束黄玫瑰，空闲的时候，买颗鲜木瓜、一盏甜品请朋友来家里小聚。

2023 年，郑艳萍从招商蛇口工联会退休，退休后的郑艳萍生活更加丰富多彩，她经常和一群 90 后发烧友一起跑步健身，学习炒股，并且考取了心理学三级、二级证书，还体验了一把做生意的乐趣。

回顾在深圳 41 年的工作生活，郑艳萍感恩自己的幸运。"在深圳，特别是在蛇口，我最大的财富是收获了满满的人生体验。"

郑艳萍记得自己曾经参加过深圳市第一届交谊舞比赛、蛇口十大歌手比赛、演讲比赛等等；记得曾作为群众演员参与滕文骥导演的《锅碗瓢勺交响曲》拍摄的情形，那是一组大雨中的镜头，她被淋得浑身湿透却仍然十分开心；也记得脱掉 3 寸高跟鞋、换上运动鞋与驴友的每一次徒步旅行，最佳战绩是在惠州完成了 10 小时内 60 公里的徒步挑战，并前后挑战了三次。这里开发、包容，永远年轻。

"我没有想到自己会搭乘上这辆改革开放的高速列车，在我心目中深圳是最好的家。"郑艳萍说。在曾经的蛇口滩涂，如今一座新城拔地而起，前海蛇口自贸区已变身千亿能级的"试验田"。前海蛇口片区承担着自由贸易实验、粤港澳合作、"一带一路"建设、创新驱动发展等重大使命，是真正的"特区中的特区"。

郑艳萍自豪地说，如今的蛇口也是创新创业的沃土。蛇口网谷作为国家首批"双创"示范基地，已引进苹果、IBM、雀巢、飞利浦等500强龙头企业和联影、联新、商汤科技等独角兽企业。园区集聚中科院育成中心、招商创库、厘米空间等三十余家孵化器和众创空间，是深圳市最具代表性和最具活力的科创类产业园区之一。

蛇口还形成了一个深圳最具国际化的成熟社区，不仅成为附近科技园区高端人才的聚居地，也是深圳外国人最多的地方。退休后，郑艳萍依然喜欢看书学习，也经常去社区做公益工作。如今她既是跋山涉水的驴友，也是蛇口1872合唱团队员，享受着人生的新旅程。

41年过去了，当年的第一代打工妹们每个人都选择了自己喜欢的生活方式，健康、平和、安详地过好每一天。

现在，郑艳萍已经游遍了全国所有省市自治区，并且游览了全球四十多个国家。虽已退休，但依然爱学习、爱唱歌、爱运动、爱旅游、爱摄影。

郑艳萍说，深圳给她一生最好的东西，就是在这里收获了无数的体验。

钟海风：居民心中的一面旗帜

钟海风，1970 年 7 月出生于广东省河源市和平县。钟海风自小向往军营，总对身穿戎装、手持钢枪保家卫国的军人形象有着无比的向往，19 岁高中毕业后他终于如愿，前往武警广西总队成为一名中国军人。从军期间，由于训练刻苦、成绩优异，被提拔为班长，也加入了中国共产党，后考入军校。

离开部队后，钟海风作为退伍军人被安置到广西银兴房地产实业有限公司做保卫科干事，后因国企改制，钟海风便离职下海来到深圳，开启了他在深圳的追梦人生。

来深圳后，钟海风先后做起了水产生意、创办学校、开设工厂、经营房地产，期间曾独自研发过国家专利产品快速节能蒸汽机，该产品在 2003 年曾得到有关部门的充分肯定和大力提倡。

2015 年，钟海风来到深圳市南山区蛇口街道并决定扎根于此，同时开始投身于社会公益事业。2021 年疫情期间，钟海风关心社区居民的身体健康，希望通过自己的力量帮助社区居民减少疫情对健康带来的负面影响，因此在社区内成立了深圳元大意明中医诊所，为社区居民的身体健康多加一层保障。同年，钟海风被深圳市退役军人事务局评为"优秀兵支书""优秀红星志愿服务队队长"，并当选为南山区第八届人大代表。

同时，为了增加抗疫力量，钟海风作为蛇口街道退役军人红星志愿服务队队长，召集了社区内百余名退伍老兵成立了全市第一支社区退役军人红星志愿服务队，为社区抗疫工作发挥了重要作用。因为在疫情期间的突出贡献，钟海风于 2022 年被蛇口街道办事处授予"最美志愿者"称号，也被辖区居民群众称赞为"居民心中的一面旗帜"。

如今，钟海风身兼数个社会职位：南山区人大代表、蛇口街道东角头社区澳城花园居民党支部书记、东角头社区居委会监督委员会副主任、蛇口街道兼东角头社区退役军人红星志愿服务队队长等，他将个人事业放于次要位置，把主要精力都投入到社会公益事业上，一心一意为人民做实事、做好事，把人民放在心上。钟海风表示，人民选我当代表，我当代表就要为人民。

子承父业向往军营
刻苦训练铸造军魂

钟海风的童年生活十分艰苦，是在大山里长大的孩子，八岁丧父，可以说他从小就体会了人间疾苦。

钟海风的父亲曾是军人，或许一部分受到父亲影响，但更多的是被军人威武的英姿形象所吸引，钟海风早早就立下了长大以后从军报国的远大志向。18 岁那年，高中毕业的钟海风申请入伍，可因为镇里名额限制遗憾落选，但他没有放弃，第二年招兵时继续申请。功夫不负有心人，钟海风第二次申请入伍终于成功，他心满意足地得到了自己期盼多年的军装，当他穿着笔挺的军装挺立在骄阳之下时，心中的自豪感溢于言表。

钟海风服役于武警广西总队，自入伍以后，他服从指挥、刻苦训练、深刻学习党的思想，从小在大山里长大也让他的意志、体能和身体素质都优于常人，再加上他又比别人更努力，入伍 8 个月后就当上了班长，次年便顺利入党。怀揣着军人梦，钟海风凭借优异的成绩又考上了武警南宁指挥学校。

工作几年后遇上国企转型，钟海风所就职的单位与一家公司合并，这时他想到自己曾经打工时去过的深圳，觉得那里是一个适合创业发展的好地方，于是他毅然辞去国企工作，到深圳打拼寻找自己的梦想。

早出晚归贩卖海鲜
努力钻研获得专利

改革开放的政策犹如一道唤醒沉睡巨兽的惊雷，唤醒了深圳这只沉眠已久的大鹏鸟，不飞则已，一飞冲天，不鸣则已，一鸣惊人！深圳在改革开放的响亮号角下绚丽发展、展翅腾飞，也吸引了全国各地乃至世界各地的有志者前来相竞潮头。

其实，在当兵之前，钟海风就到深圳短期打过工。如果说上一次来到深圳打工是为了过渡，那么这一次钟海风就是实实在在地渴望通过自己辛勤的双手打拼出一番事业。深圳靠海，渔业兴旺，钟海风便决定从水产生意开始做起，那时他每天晚上十点开上一辆小货车从深圳出发，到陆丰完成进货后，再满载一车海鲜连夜返回，在凌晨五点前赶往罗湖草铺市场，这一趟送下来钟海风能获得 600 元左右的收入。

依靠运送海鲜，钟海风积攒下来一些钱，有了资金基础后，他便将目光瞄向更大的市场，那时他与一些朋友合作创办了一家实业公司，投资建设了一家学校，原本是想深耕教育领域，为深圳培养出优秀的城市建设者，可最后基于现实因素，钟海风不得已在学校主体建成后将学校转让，这所学校就是现在位于龙岗布吉的科智城中英文学校。

虽然学校做不成了，可钟海风及时转变了思路，用卖出学校所得的这笔钱在大亚湾收购了一处码头，做起了燃气分销生意，并由此赚到了第一桶金。后来他又在福田保税区购买了一块地，用于开展物流、开办工厂和投资地产方面的产业。

2003 年，国家开始大力提倡节能环保，为了响应国家号召，钟海风决定在蒸汽机上下功夫。传统的蒸汽机不仅耗能极大，而且效率低下，无论对于作业生产还是节能环保来说都有许多弊端。为了解决这个痛点问题，钟海风苦心钻研、日夜思索，他从电热水器中找到灵感，经过无数次的尝试和研发，终于设计并制作出一台可以在 5 秒内产出蒸汽、1 分钟升温至 108 度、比同类产品节能 60% 的机器，名为快速节能蒸汽机。其出色的性能、极高的效率和较低的能耗为相关领域的企业和工厂带来了福音，这项发明不仅让钟海风获得了国家专利，同时该产品也受到政府部门的提倡和推广。

快速节能蒸汽机一经问世就受到了许多相关企业的青睐，各大厂家纷纷购买使用钟海风研发的产品，钟海风为所有售出的产品提供一年的质保和免费维修服务。但随着市场的发展，各类产品也随之不断更新，市场上逐渐出现了性能更优的蒸汽机，钟海风的发明便渐渐不再适应市场需求，此时的他关注起了社会公益事业，于是钟海风将事业重心转向社会公益领域。

社区亮出党员身份
营造和谐邻里氛围

2015年，钟海风搬家到南山区蛇口东角头社区的澳城花园，从此定居下来。身为党员和退伍军人，钟海风一直有着强烈的社会责任感，他积极向上、乐于助人，致力于为社会公益事业献力。

为了推进和谐社区建设，钟海风主动在所居住的小区亮出自己共产党员和退役军人的身份。由于钟海风关心社区建设，努力为居民做实事，2020年他被蛇口街道东角头社区党委推选为澳城花园居民党支部书记。任职期间，钟海风注重党的政策、党的理论知识学习，不断提高自身的政治素质，对党支部的工作恪尽职守，辛勤工作，积极探索新形势下基层党组织开展党务工作和思想政治工作的新方法、新途径。

钟海风经常组织支部党员学习《习近平谈治国理政》等重要文献，学习新时期党的各项方针政策，不断武装和提高支部党员的政治理论水平，提高大家在政治上的敏锐性和成熟性。此外，为了使党员同志能够在学习上做到人员、思想、精力三集中，他主动把自家经营场地腾出100多平方米作为党员和退役军人学习室，并主动为党员购买若干学习资料和学习用品，为支部建设提供了有力的支撑。

作为居民党支部书记，钟海风坚持施行党支部"三会一课"制度，定期安排理论水平较高、学习深刻、对党的方针政策理解透彻的老党员开党课、讲党史，以此提高全体党员对党在发展时期各项方针政策的理解。此外，钟海风还经常组织支部党员外出接受红色教育，如组织党员参观海丰红场，牢记革命前辈为党和人民利益抛头颅洒热血可歌可泣的英雄事迹；组织党员参观南山博物馆、招商局历史博物馆、东江纵队旧址等活动，教育党员不忘初心、牢记使命，坚定为共产主义事业奋斗终生的理念，提高全心全意为人民服务的行为准则。

现如今，随着时代的更新、城市化的发展，传统概念中的"邻里关系"已经变得淡薄，如今就连不知道邻居家有几个人、做什么职业都变成了社会常态。钟海风认为远亲不如近邻，如果在生活中真遇上什么自己无法处理的难题，还是只有相距最近的邻居才是最能够施以援手的人，于是，主动带领居民开展和谐邻里建设。

小区里曾发生过一件令钟海风深有感触的事。有一次小区里一位女士正在搬家，她将收拾好的箱子借助电梯从楼上运到楼下，出电梯时，由于箱子很重，她费了很大力气也只能将箱子缓缓推动，这时电梯里同行的人不仅没有施以援手，反而露出厌恶的表情，觉得这位女士耽误了自己的时间。听闻此事的钟海风摇头感慨道："明明搭把手就能很快将箱子推出去，还可能收获他人的感谢，这既不费事，也更能节省时间，为什么要这么冷漠呢？"

为了改变这种邻里关系冷漠的现象，钟海风创新性地在小区内组织起"中国好邻居"活动，他希望以楼栋为单位，要求楼栋内的每家户主定期在家中置办聚餐，要求本栋楼的邻居们每家出一个人前来参加聚餐，以此来增加邻居间的交流、增进了解、拉近关系，最终营造出邻里和谐的小区氛围。

目前，"中国好邻居"活动已在澳城花园连续举办了8年，在小区内收获了不错的成效，现在澳城花园居民之间呈现出一种团结友爱、互帮互助的良好气氛，大家都有一种远亲不如近邻、近邻不如隔壁亲的感觉，许多居民曾向他反映"通过该活动结识了不少好邻居""感觉小区更有人情味了""发现原来城市里也可以有这么好的邻里氛围"。

投身抗疫主动靠前
动员居民人人参与

三年疫情，钟海风在疫情防控战斗中带领党支部积极发挥先锋堡垒作用，不仅自己主动靠前，而且要求所有支部党员在这场斗争中冲锋在前，把安全让给群众，把危险留给自己。在宣传方面，他组织党员积极发放各种宣传资料，向群众宣讲疫情防控知识；在防疫抗疫方面，他组织建立党员示范岗，与小区物业一同做好严格的监控防控工作。

2020年春节期间，武汉疫情暴发，随后深圳也受到疫情影响，居民足不出户、严防死守。虽然市民居家防疫，可小区的保安和保洁人员却工作量骤增，他们需要夜以继日地工作，加强出入口监管、增强小区卫生清洁，以防御病毒入侵。

为了感谢并支持小区安保人员和保洁人员的辛苦付出，钟海风在几位社区居民的倡议下发动并组织支部党员和小区居民为在一线抗疫的物业工作人员捐资捐物，作为支部书记的他首先带头捐款3000元。在他的带头动员下，支部党员和居民踊跃参与捐款，在募捐活动的48小时内共计收到捐款8万余元，此外还有部分可用于小区疫情防控的物资。对于这样的结果，钟海风感慨道："实在出乎意料，也很感谢大家能这么配合。"这场活动的顺利举办归功于当时三位活动负责人的密切配合，他们一人收款、一人记账、一人登记受捐者名单，最后将捐款一个个送到所有物业工作人员手里，事后钟海风表示："看到这些居民能够实实在在地帮到小区的安保人员、清洁工、电工等，我们非常高兴。"

在疫情防控高峰期，小区内的一位湖北籍女士某天在家中突然开始咳嗽发烧。消息一经传出，整个小区都炸开了锅，其他居民纷纷要求将这位女士隔离，但该女士非常不情愿被隔离，对抗情绪愈演愈烈。情急之下，钟海风迅速联系到这位女士，提出希望她能去医院配合检查，要她一切都听医生的。所幸经医生检查后，确认这位女士并未感染新冠肺炎，钟海风用实际行动消除了大家的顾虑，平息了一场虚惊。

为了守护居民的身体健康，帮助大家顺利度过疫情，钟海风在小区里开设了深圳元大意明中医诊所，设有中医诊疗、中医推拿、艾灸、针灸、拔罐等传统中医药项目，也设有元大中医传承六代的33类秘药秘方和刘氏推拿术等特色项目，能够解决绝大多数常见的疼痛，切实为患者缓解病痛。疫情期间，每当社区内疫情防控工作缺少人手时，钟海风都会从自己的中医馆里抽调人手为社区解决燃眉之急。不仅如此，钟海风还经常在小区内举办义诊活动，为居民提供免费的搭脉、凉茶，疫情期间累计免费服务约2万人次。

2022年深圳"0215"疫情发生后，深圳在各社区都设立了免费核酸采集点，每日服务有核酸采样需求的人，接到任务后，钟海风带领其企业员工第一时间投入防疫一线，同时组织10名支部党员、18名退役军人红星志愿队服务队员、60多名热心小区居民等共计100多名志愿者参与到疫情防控工作中，在持续6个月未曾中断的防疫工作中，组织率领志愿者共参加志愿服务5万余次。疫情3年，钟海风从未放松过思想之弦，哪里有需要，哪里就有他，他随时带领企业员工、退役军人服务队队员，也号召社区居民参与小区的疫情防控工作，从疫情开始直至结束，澳城花园从未有过感染病例。

体察居民喜怒哀乐

解决群众急难愁盼

钟海风的办公室里"偷偷"藏着许多来自小区居民赠送的锦旗，问起为什么要藏，钟海风总会腼腆地笑着表示，自己做的其实都是不值一提的小事，可居民们为了表示感谢，却亲身制作了锦旗送给他，他觉得自己只是做了一些微不足道的小事，不好意思挂出来，便"偷偷"收着留作纪念。

近年来，钟海风收到过来自澳城花园居民们的一个反馈，表示小区内及许多人家里"三害"（老鼠、蟑螂、蚊子）较多，甚至有泛滥的趋势，特别到了春季，"三害"活动尤为频繁，这不仅影响生活环境，而且对居民们的健康也是一大威胁，特别在疫情防控工作中，老鼠也可能成为传播新冠的潜在隐患。为了有效根治"三害"，钟海风自己出资1万元购买药品，并将药品放置在澳城花园五栋楼下，让有需要的居民自取，有效控制了"三害"对居民们的侵害。小区居民纷纷称赞说："钟书记为我们解决了一件恼心事。"

澳城花园位于繁华地段，周围遍布生活区，附近也有少量工地，街道上经常有过路的外卖员、快递员、工人和社区居民，但附近相匹配的公用休息场所却不多，发现这个情况后，钟海风与东角头社区联合在元大意明中医诊所里设立"暖蜂驿站"，旨在为过往人员提供临时休息场所，解决路

钟海风（左）的诊所获颁副会长单位

途中的困难，即使在开着空调的夏日，中医诊所也会敞开门，欢迎有休息需求的路人进来休息。

钟海风说："我认为居民党支部就是要把小区居民的喜怒哀乐作为支部的中心工作，居民的小事就是支部的大事，要通过我们的努力换取居民的快乐感、幸福感、归属感，用热情换取居民对党的信任和拥戴。"

2021年9月，在选民们的信任和支持下，钟海风当选为南山区第八届人大代表。自当选为人大代表以后，钟海风更是认真履行代表职责，悉心倾听群众的声音，谨慎行使代表的权利，积极向政府反映情况，在人大工作中尽职尽责，努力做好组织安排的每一项工作。目前，钟海风在全区近400名人大代表中，累计履职72次，排名第24名。

自当选以来，钟海风累计参加区人大、街道人大工委、社区人大代表联络站组织代表的各项学习、检查、调研活动数十余次，疫情期间慰问疫情防控专班和封控区工作人员，视察辖区学校后厨卫生和疫情防控等。针对"瓶改管"项目、《关于开展南山区"两不管"道路整治提升的建议》《提升蛇口街区标识及语言环境国际化氛围的建议》的督办调研以及东角头社区人大代表联络站"助企兴业人大同行"调研座谈，人大代表"走街串巷"助力深圳创建文明城市活动、"人大代表集中回选区"接访活动等。领取建议督办任务：关于解决育才四小人车分流及教师停车难问题的建议，关于加强南山区气排球运动项目的建议，关于提升居家养老生活质量的建议，关于加快推进南山区"登峰计划"实施的建议等。在教师节、儿童节、妇女节等节日中作为代表，对相关场所过节人员开展慰问活动；遇到台风、暴雨、高温等灾害天气时协助社区开展防御准备工作。

钟海风对于每一条居民的求助和建议都会一一求证、一一回复，即使只是简单的信息收集、微信回复、语音沟通，他都会很负责任地用心完成，因为每一条信息都体现了街坊邻里对人大代表的信任，汇聚着最真实的民意。

钟海风说："人大代表是人民选出来的，承载着人民的信任，为了报答这份信任，我能做的就是尽可能体察民情，把人民的呼声传递给政府，为他们解决急难愁盼问题铺路架桥，这是人大代表朴素但最为重要的职责。"

有梦的我

——《追梦者》后记

"我们都在努力奔跑，我们都是追梦人。"习近平总书记在 2019 年新年贺词中这句振奋人心的话，一度成为网络上刷屏的"金句"。

小时候，当作家是我的梦想；成年后，穿军装穿警服是我的梦想；参加工作后，成为万元户是我的梦想；来蛇口打拼时，找一份体面的工作是我的梦想；在深圳稳定后，住上自己的房子是我的梦想；退休后，归隐故乡著书立说是我的梦想；往后余生，身体健康发挥余热是我的梦想……

现在，几十年过去了，有些梦想我已经实现了，有的还没有到时间，但是，我终归是一个有梦想的人。

25 年前，我毅然放弃老家相对幸福稳定的工作南下深圳打拼。在深圳，我流过汗水，咽过泪水，看过冷眼，吃过苦头，栽过跟头，遇过恩人，得过帮助，受过器重，人世间的酸甜苦辣咸我都尝遍了。但是，当年洪湖赤卫队的不屈精神在我身上得以传承，骨子里不服输的坚定让我在深圳站稳了脚跟。

刚来深圳时，因为人生地不熟，一时难以找到称心的工作，我放下在老家工作时曾当过村长、村支书和乡政府警务室主任的身段，从零开始，从头开始。曾在蛇口步行街摆过地摊，在深圳市公安局桂庙派出所、雷岭派出所做过保安员、内勤、机动队长等，2001 年开始从事新闻媒体工作，一直工作到现在，是深圳经济特区的见证者、参与者和记录者。

我清楚地记得，在深圳的第一份工作就是在深圳市公安局南山分局桂庙派出所当保安员。我非常珍惜来深圳的第一份工作，所以，很认真地做一名称职的保安员。

现在想起来，人一定要有梦想，有梦想就要努力朝着这个梦想去奋斗，只要努力了就一定会获得成功！

来深圳的第二年，我将身上背着三个塑料袋（蛇皮袋）的妻子接进了南头关。总之，那段时间，钱没有赚到，全国各地的风味小吃倒是吃遍了，并且也不用花钱，因为大家将家乡美食互换着吃。那感觉真的很好，现在想起来，觉得挺有意思的。

可是几个月过去了，仍然没有赚到钱，想着年老的父母和岳父母在家帮忙带孩子，自己没有钱寄回去孝敬老人，也没有钱给孩子零花，心里很不是滋味。

心里想着要找一份管吃管住的工作，存点钱寄回去供养老人和小孩。2000年初，机会终于来了，深圳市公安局雷岭派出所招一个会写材料的内勤，凭着以往的工作经历，派出所所长二话没说，让我当天就上班，并且委任我为派出所机动队长，名义上是管辖派出所辖区所有保安员以及物业公司的内保，其实就是给派出所当内勤，写材料，写总结什么的。

就这样，我们夫妻俩为了留在深圳，一个做了派出所保安员，一个做了餐厅服务员。

在蛇口雷岭派出所工作的一年多时间里，我除了认真完成派出所交办的工作任务以外，还坚持将自己的一些所见所闻写成新闻稿，投送到深圳相关媒体，有时候机会好，发表一篇新闻，就会有三块五块钱的稿费，一个月下来也有几十块钱的额外收入，开心得不得了，也就是从那时候开始，更加坚定了自己留在深圳的决心。

由于有《深圳商报》张清华老师和南山区委宣传部刘亚敏老师、南山日报社屈小燕、曹旭等几位老师的帮助，我的写稿能力提升很快。后来，南山日报社扩编，面向全国招聘记者，屈小燕和曹旭决定聘我到报社当特约记者。于是，我欣然应允，毅然辞去派出所机动队长的工作，每天早出晚归找新闻线索，跑医院，跑社区，找老乡熟人提供信息。一个月下来，我这个没有底薪的特约记者的收入比在派出所保安队长的工资高出几倍，也比报社有编制的专业记者拿的还多，因为我写的稿件比报社专职记者的多很多。

后来，得到《南山日报》总编辑的认可，我终于正式进入报社成为一名专业记者。

当时的我每天骑着自行车日夜穿梭在蛇口的大街小巷，以自己的体力为燃料、汗流浃背为代价，去采写第一现场的新闻。

2002年，深圳全市开展拆除违法建筑的净畅宁工程，当时深圳媒体界影响很大的深圳第一锤和南山第一爆都是我独家采访报道的。2003年，深圳南山出现了非典疫情，作为共产党员的我第一时间不惧危险写请战书，成为报社唯一一个进入非典病区的记者。非典结束后，我曾先后获得深圳市优秀外来建设者称号、深圳市宣传文化战线抗击非典三等功和南山区委区人民政府突出贡献奖等荣誉称号。

2004年2月，我进入现在的蛇口消息报社工作，先后担任外联部主编、运营中心主任、新媒体中心主任和工会主席等职务。阳光、自信、感恩，这是我为人处世的准则。

深圳是一座开放包容的城市。"来了就是深圳人"这一口号已成为深圳的一张亮丽名片。

20多年来，我亲眼见证了鹏城深圳的发展变迁，京基100、平安大厦、春笋等一座座高楼拔地而起；滨海大道、沿江大道、南海大道等一条条马路宽敞通畅；市民中心、深圳湾政务服务大厅、社区党群服务中心给市民群众提供了最暖心最便捷最温馨的服务；前海石公园、深圳人才公园、南山党群公园、大沙河公园、滨海休闲长廊成为市民群众节假日和周末必打卡之地。

20多年来，我亲眼见证了深圳华丽转身成为全球魅力之都、创新之都、数字城市、智慧城市！交通梗阻已成为历史，病人医治更为及时，医疗教育超越时空，环境保护持续有效。

每每谈起来深圳打拼追梦20多年的经历和体会，我便想把女儿在我2023年生日那天写给我的一封信读给大家听，我觉得这是一个女儿对爸爸的敬重，也是自己来深圳20多年的真实写照：

"爸爸，作为劳模和媒体人的'涛哥'，您积极履行社会职责，发挥建言献策的职能，做公益、献爱心、精准帮扶、先行示范，不负时代的召唤，忠诚于党的事业。作为同事、朋友的'涛哥'，那是一等一的好大哥，特别热心肠，把朋友的事当自家事，没有不帮的忙，没有拒绝的事，从来都是客客气气。这样豁达热情的性格，让您的身旁总有一帮老友、球友、铁杆，生活充实而精彩……"

2020 年，深圳经济特区成立 40 周年时，我为了实现儿时当作家的梦想，写了一部纪实文学《圳能量——深圳见证录》，作品问世后，省市区相关领导和部门以及朋友同事老乡对该书给予了充分肯定，很多单位和部门纷纷购买《圳能量——深圳见证录》一书，让我得到了莫大的鼓舞和自信。

去年是改革开放 45 周年，5 月中旬，中国言实出版社一位熟悉的编辑向我约稿。我欣然接受。

在与编辑反复沟通商量后，最终选定了四十余位以前采访过的来深圳打拼的追梦者作为写作对象。其中年龄最大的年过 80 岁，年龄最小的刚刚 30 岁，他们所处的行业不同，地域不同，经历不同，但是，他们的共同点都是怀揣着梦想来蛇口来深圳的，从他们身上可以了解深圳人"敢闯敢试、开放包容、务实尚法、追求卓越"的拼搏精神，这种精神是深圳人新时期开创新事业的重要精神动力。

在完成这部书稿的过程中，我要特别感谢我的妻子和家人给予我的关心和照顾。我带的一位实习生刘润泽为书稿的完成付出了很多的辛苦。

感谢深圳市总工会、招商局蛇口工业区股份有限公司、南山区总工会、南山区妇联等相关单位对我完成创作提供的无私帮助。

虽然已乏近花甲，但是，作为一个深圳媒体人，一个追梦者，今后，我仍将牢记初心和使命，坚持正确的政治方向，坚持以人民为中心的工作导向，提高自身职业道德素养，讲好深圳故事、传播好深圳声音，向粤港澳大湾区和全国、全世界展现深圳南山形象，推动改革开放桥头堡的深圳南山走向更加美好的未来！

黄 涛

2024 年 4 月 15 日